傷歌行

——女腔之城

漫漫秋長夜，烈烈北風涼。翩翩堂前燕，冬藏夏來見。
淒淒復淒淒，嫁娶不須啼。願得一人心，白頭不相離。
思君令人老，歲月忽已晚。流蕩在他縣，故衣誰當補。
與君生別離，相去萬餘里。悠悠東去雲，山川千里外。
海水搖空綠，海水夢悠悠。君愁我亦愁，南風知我意。
遊子何時還，送君如昨日。素蓋轉悲風，榮華與歌笑。
聞君有兩意，故來相決絕。今日斗酒會，明旦溝水頭。
長跪問故夫，新人復何如。新人雖言好，未若故人姝。
感物懷所思，泣涕忽沾裳。佇立吐高吟，舒憤訴穹蒼。

舊的世界只剩下孩童盯得牢牢的目光
黃昏的木麻黃　烈風裡的木麻黃
我認識妳　從我開始懂得哭泣以來
夢想曾駐足　夢想又離去
這是我出生與哀愁的國度　我重返此地
憶起幼年失落的紅色洋娃娃
我不知她是如何逃脫此地

或許問問詩人聶魯達，他說屠殺者使島嶼荒蕪，在拷問的歷史之中。人世的孩童看到他們的微笑被粉碎被破壞。他們的立場細弱如鹿，朝著自己不明瞭的死亡行去。我爲你脫下腳鐐，我爲妳卸下重擔，以我合法的書寫，一遍又一遍；我與你一起同眠，我與妳一起腐朽，以我合法的凝視，一回又一回。直至朽地開出新芽，直到惡土長出新血。百年百合，百年相思。

序曲二 在原鄉，她站成了一個弧線

小娜的眼睛迷離，她的心迷惘，在日落前她身陷高大樹林裡，竟頓時無法移動腳程，彷彿聽見無數的靈在此交談，各種口音交錯。日本音，外省腔，詔安客語，閩語……在密密樹林裡飄忽而過。

南方了無春雨，南方自成一種生活格調與無格調，遊走昔日莊園盛景與古蹟及祖墳間，她想這其實許多只是自我記憶的不捨離去且擅自想要僭越歷史的幻影。

也許她應該學學人類學家李維史陀那般地難忘深刻行過的土地旅程，他自離開里約熱內盧後便在心頭種上了一顆芭蕉樹，而她自悠悠離鄉，也在心頭種上了一株相思樹，六月開滿黃花的相思樹，總是鋪著如絨的黃地毯來迎接遊子。油亮亮寬齒葉的芭蕉樹，記憶如雨滴答滴答地落在芭蕉葉上，擾她心神。有時候她想所有的魔力其實是自我幻想所召喚而來的，她疑惑著究竟自己還存不存在那個魅惑魍魎的土地裡，還是她早已無能爲力述說些什麼？

從田野間走與歷史圖片裡，她聞到大莊園曾有的華麗氣味，那時從大片玫瑰園所開出的車都是嶄亮豪華的，於今從木瓜樹走出的人非老即小，開出的車子都老舊得像是要解體。

老厝從玫瑰園變成了凋零木瓜村。

她沒有經歷過莊園生活，她出生時，三合院不僅蕭條且分家了。

此時她站在已成荒原的出生地，她站成了一個弧線，日照已然落在她的身後，她不知道自己就這樣地佇望了多久，她只感到自己像是一個外星接收體：無數的往事景幕一片片地流逝，許多聽聞過的傳奇不斷地滑過她的耳朵。

序曲一　南方的十字

妳的名字我曾仰望，但我將在無名的國度寂寞度日，在末日的黃昏遊蕩。渡海者啊，留下骨頭，灰燼，媽祖或十字架，淚水與海水劃開鹽和蔗糖的苦路。所幸有個書寫者，她寫理想的失落，人藝瀆神的榮耀，迷路的亞當，傷心的夏娃，際遇的鬼祟，憤怒的憤怒，無知的無知，念珠咒語與救贖。廖氏花葉執說人間就是苦，才是人間。冰冷無男人氣味的床，被歡迎的是夢魘，油火的陰影，吐出子宮的蠕動嬰孩……，譬如朝露，去日苦多，游離的故事，沒有湛藍的海洋呼喚，沒有紫丁香爬滿的圍籬，只有墨水還記得記憶它。

西螺老街給予虎妹童年的撫慰，她常沒有鞋子可穿地赤著腳，徒步從二崙鄉行至西螺老街，一個小小孩，懷抱著什麼樣的夢想，赤腳徒步一個小時來到有著巴洛克氛圍的鎮上老街。也許，她只爲了看一眼美麗房子裡住著什麼人，或者賣什麼東西。長成少女的她，沒有嫁到鎮上。成爲少婦的她的眼中世界依然是無盡的苦力與勞力所串連成的日與夜，刺眼的風沙，刺痛她心的鄙視目光。虎妹決定離開這裡，南方的十字，穿行腥紅的西螺大橋，她頭也不回地往北而去。她的世界跟著晚風逐漸遼闊起來，她甚至看見火金姑閃爍著性交的愉悅尾火。虎妹逐漸遺忘了童年時在這座開通大典的大橋上受到七爺八爺的驚嚇與嚎哭……她天眞以爲離開南方即是遠離貧窮，她曾去車衣服，曾加入工潮，蓋高速公路……此刻她已是孩子的母親了。穿行一夜的島嶼，仍是木麻黃省道綿延前方，一車的孩子等著在南北的流浪裡長出心智與建立日後愛恨的存在。

傷歌行

百年物語——3

鍾文音

從許多人的長篇人生裁減出的段落，等待著被拼貼完成的碎片，她俯身一一拾起。她凝視著這些人生的局部碎片，忽然明白，原來拼貼碎片有時不是爲了全貌，而是爲了再現碎片的各種局部線條。

她從渡海沈船浮起雙手，一路偷盜耳語的碎片，一路打撈狼被馴服成羊的骨骸。斷骸殘屍洩露了所有故事，而這些故事再也拚不回它原有的圖案了，但她卻與那些逃無可逃的目光對上了……。

【鍾氏】

鍾郎（先祖）
廖氏
←
鍾上善
期貨阿嬤（博筊阿嬤）
呷昏阿嬤
愛水阿嬤↓鍾良↓鍾珍
仙麗（呷菜阿嬤）
←
鍾漁觀
蜜娘↓鍾石（廖　擗）（寶蓮）
西娘↓**鍾鼓**（廖花葉）↓**鍾伯夷**（伊娜）↓鍾紹安・鍾國・鍾央
←鍾（古）紘
↓**鍾若現**
↓**鍾若隱**（虎妹）↓德赫・芳顯・・小龍・小娜
↓**罔市**（*送人）
↓**鍾大頭**（*走失）
↓**鍾秋節**
↓**鍾秋妍**
↓**鍾琴**（私生女趙雲闊）
↓**鍾聲**（詠美）↓桂花・鍾心・鍾誠・鍾聲
↓**鍾罄**
↓**鍾流**（蔡瓜）↓鍾燿・鍾緞・鍾情・鍾森・龍仔・鍾南（阮氏鳳）
←鍾志明

◎**姐妹關係：詠美・詠雪・詠姿・詠蓮**

【舒氏】

舒公（廖氏）
←
舒三貴
廖超↓**舒義孝**（張簡之靜）↓舒菲亞・舒藍曦
（玲芬*又名「淑樺」）↓舒君軍・舒阿猶（*約翰）・舒雅各
↓**虎　妹**（鍾若隱）
廖嫻↓**阿　霞**（劉中校）↓劉雨樹（*養子）・劉台生・劉昇
（繼室）↓**桃　妹**
↓**兔　妹**
↓**牛　妹**
↓**馬　妞**
↓**清　和**↓**盟　仔**

◎**廖對**（*別名「如紅」）↓**廖超**
◎**張簡振富**（廖如燕）↓**張簡之靜**（義孝・佐君）

CONTENTS

卷壹

她們醒來歌唱

感性的女報信者，
帶著傷痕奔赴述說的路途……

0

聖母沙塵暴駕臨了。

聖嬰熱浪也在前方。

尖厝崙是她的村莊。

名字由來她們從未去探索過，她們無視歷史，也不畏懼歷史。不爲任何歷史洪流存在的她們，一如墓誌銘不因石頭而改變其內涵。每個女人都是夏娃，世界以她始，以她終。在之前之後，在永不回歸的時間，許許多多的她是第一人也是最後一人，感性的女報信者，帶著傷痕奔赴述說的路途。

有一本書等著被翻開

1

島嶼南方的日子開始在他們都還很年輕的時候，時間流逝還沒有清楚的刻痕，物件稀有，感情也稀有。番界不遠，寥落熾盛。南方的日子不好過，起先是苦熱蠻雨，惡寒酷旱讓他們煩躁，還有疾疫纏綿，神出鬼沒山民，溪流、石塊、蘆葦、焚風、濕氣、暴雨、波濤、森林……有不明白起於何處卻又難以擊退的孤寂，足以吞沒肉身的許多事物都讓他們敬畏。他們的腰際多插有刀，開路防身，刀柄上飾有鬼頭，鬼頭好腥，刀力無窮，開疆者手染紅血，行人至此斷肝腸。

遼闊無盡的平原山野予他們人生幻想，舞天舞地，冶遊山海，四處風光。只是一到黃昏，日落地平線深鎖他們滾燙的目光，另一端的家園已然化成霧中風景，凝結成一封封家書，家書從沒寄至這鬼界之島，黑水染字，只餘相思。連問鷓鴣思鄉否？都說思鄉。羅漢腳豈知日後荒島上的這山這水，日後他們再也行不出它的天它的地。

偶爾被急流送來沿岸的漁舟捎來了鄉音，漁舟裡的彰洲人下船就說，暈死了，這輩子沒搭過船，生目珠沒見過海洋啊。太平洋的藍眼睛，原來如此深沈，如此遼闊。詔安客山城久居，沒聞過腥臊，沒見過大藍，沒嘗過海味。當捕魚者釣起第一尾魚第一尾蝦時，他們望著陽光下魚鱗搖曳出的水滴與蝦綻出如豔寶石的顏色時，他們想奔赴此島是對的吧，他們直接生吃活吞生猛蝦魚，很多年後他們髮禿齒搖了才知道阿本仔叫此沙西米。惡土前方有海洋洶湧，雖然他們不懂海，不懂藍下還有多藍，一如他們都還鮮嫩不懂女人，但他們目目相覷，知道雙手雙足是碇錨於此了。下漁船的人有的飛快赤足奔向海，有的彎身捧起一把沙，有的把臉浸在水裡，再仰起頭時臉上如畫了黑線，盡是海藻護膚。萬事待命名，跟著山民喚，或有竹叫竹圍，有圳名公圳，有丘稱崙，有房爲厝。

舒家人又愛又懼的藍眼珠人曾經悄悄站立在這片寸草不生的島嶼沿岸惡地，說是惡地，這實是污衊。實則歐洲人早已帶走他們要的東西，歐洲人在此島的遺址不在建築，而在島民的臉上。鍾家某房太祖婆的臉白皙至看得見血管流動，那種近乎透明的白啊，他們不曾見。直到後輩子孫尋訪舊史方知血緣被紅洋番「透」過，透者混也，透即驂雜。不是白得看得見血管，要不就是黑如生番。

黑白混色譜系日漸在海的烘焙下已失去了原有色度。東印度公司揚帆的艦上夾雜著歐洲各國的逃亡者、偷渡者、失意客、囚犯，他們被這家以糖爲暴發戶的公司分送至地球惡土上的許多角落，有人發現了哈得遜河，有人發現了金礦，有人發現了航線，有人發現了森林，有人發現了新大陸，有人發現了愛情……日耳曼人和某少女，那一夜發生什麼事？強行，或者柔順？無人知曉，但他們都知曉異鄉人要靠幻想與非法求生。捉摸不定的血統，解析出的成分卻不怎麼光彩。他們起初以爲人生要有未來必須不讓「過去」靠近，但直至幾代過去了，才發現這一切徒勞。她們唱起祖婆在雷雨降下的陰暗閨房之歌，那奇異的聲調，不識字的這一代女子一直都沒搞懂祖婆唱的歌詞，她們記得了聲調，最後才知道原來是

「身穿花紅長洋裝，風吹金髮思情郎，想郎船何往，音信全無通，伊是行船堵風浪？放阮情難忘，心情無地講，相思寄著海邊風……」有人羞怯一笑，對著行過的金髮傳教士，心想原來是放阮情難忘，而不是放阮眾人摸，情難忘與眾人摸，閩語同音，意義竟是天差地遠。藍眼睛，自此成了鍾家某一房的顯形與隱形封印。藍色河流愈流愈淡，不斷被海洋與山城子民的紅血刷淡了她的色澤，但光度卻愈刷愈亮，那鍾家後代目光常焚燒他者。小心和別人的眼睛對望，小心以愛之名的騙徒，鍾家查某祖流傳給後輩女人的祖訓之一。

2

隨著漁船來的漢子佇立海洋時，其中的鍾郎遇見藍眼睛白皮膚少女時心生蕩漾，他尾隨她的腳步來到了更遠的異鄉部落，鍾郎在山豬的叫聲裡聽見了體內的春雷巨響，詔安從此成了後代陌生的追想曲。他們不知身世來處，常笑厭惡客人。就像被山民擄去的漢嬰，日久將視漢為仇。思鄉鍾郎的掙扎與相思隨夜而來，寂寞鬆動了堅強。晚上，鍾郎彈著古琴，讓老音囈語在新築的牆，悲傷的琴音使整座平原的稻米與甘蔗加速生長，白日眼見稻穗滿滿，眼見甘蔗滲出糖的氣味，他們遺忘了生活如此艱苦，遺忘了夜晚那去而復返的喫心相思。在這樣的南方生活，要懂得收攝與解放，開疆闢土者從來都有奇異的人格，不安逸的南方，恰好是他們流血流汗的濕樂園。黃昏時光，走向海洋的漢子，甩動著如尾的辮子躍入水中涼快。

那時他們還不認得這裡的許多生物。當鋤頭往土地一掘時，他們期待挖出黃金般的沈船古物，或者像大陸那些沈湮幾代人的古墓寶物。但這些傳說還不曾發生在這塊他們眼中的新大陸，他們掘起了泥土，跪下去聞著新土新地的氣味，幾乎是流淚的。漢子跪地此舉，惹得來送便當的女人家以為土地會咬人，把他們的漢子臣服了。

她們走近，發現土地爬出許多生物，煽動濕黏的翅膀後，牠們頓然飛上枝頭。那時她們都仰頭，但已未見，僅憑尋聲遙想一整個盛夏。蟬聲嘶鳴在最初一刻的夏宴中，村中人才意想到這是落腳這座島嶼第一次聽聞蟬聲，蟬聲讓夏日烈陽的幻覺變濃了，蟬聲彷如讓日頭拉長了影子，朝莊稼漢頭頂猛猛射去，炎熱氣候曬傷了屋子的色澤，曬褪了如深海的藍衫，白褐色鳥糞沾黏在紅磚上，四處熱塵紛飛，汗水淋漓，這激昂的分貝燃燒著溫度，讓漢子們捲起褲管，坐宴溪水裡，大口啖著生平在此的第一個收成，焚風過後的西瓜，甜蜜如夜晚的高潮，他們忘了黑水溝的那些黑風黑浪，直認此島一方是新天堂。他們的媽祖跟著飄洋過海，媽祖在岸上笑著，黑黑的臉彷彿也十分熾熱，黑檀木光亮聖潔，照亮整間矮厝。

在西娘的回憶裡，彼時台灣厝，窗子小如瓦片，驚怕土匪來。

直到蟬聲嘶鳴在最後一刻的秋決後，村中人感受到季風的冷冽，婆子們學織棉衣抵風，入甕釀酒，夜晚到來，從溪口一路灌進薄屋的烈風，使他們迫不及待地打開尚未釀透的酒甕，那時他們心想難道自己要老死在此？失望瀰漫在他們如惡兆般的夜之蒼穹下，他們失眠，他們俯仰在一張張輪廓深邃、陌生而美麗的臉龐之上，黑髮如瀑如森林，他們循女人的黑水溝一路挺進，喉頭發出蒸汽似的熱空氣，如火山擴散的熔漿，直至熱汗驅逐了冷風。頹然倒下的漢子們，在黑暗的霉味裡，聞悉豐收也目睹災難，往後迎接他們的不再是蟬聲，而是黑水溝裡被吐出的綿延啼聲。那些高低不勻的啼聲啊，才是把他們的命運牢牢釘在島嶼的骨血十字架。命運的軌道已然偏離，命運要彈回原樣近乎不可能，日子只能往前奔去。

3

番婆好牽成，唐山公娶唐山媽。成年平埔女兒住籠仔，此番語稱貓鄰裡，即姑娘房。野性查某祖，若有喜愛的男子行經，她即可在房前吹口簧琴示愛。她喜歡就讓他住一夜，不喜歡就把他丟出去，再選另一個她喜愛的人。

這野性逐漸被他者馴服而消失，她們喪失了本能天賦，直到她們的肉身埋到了地底才看見命運的掌紋，愛情線上多軌而單薄，婚姻線單一而分岔，但什麼都來不及了，她們注定一個男人終老，即使意念裡不知攀爬過多少高峰巨柱。孩子無法塞回子宮去，時間無法重返。年華老去的女人們懊惱什麼叫愛情什麼是人生都不明白，日子已然過了大半。她們想如果早知道時光會一去經年，她們不應該閉上眼睛，她們應該在微光中牢牢地盯住每一個時刻，每一個細微的表情，每一個扭曲而即將渙散的夜慾。島嶼的深淵是沒有永恆這種撫慰人的神話，只有戳痛人生的時時刻刻。在命運的天空下，她們並不哀傷，只是突然想大聲吶喊，已百年了啊，該死啊，竟已百年了，時間像鱒魚游海，快速地沖刷而去。

這座美麗島，生養夢想，即使流犯至此，亦不再聞腳鐐的聲響，他們只看見一片黃金稻穗。曾經連續多日多月的的大旱災旱使得腳下的土地龜裂，連草都枯萎。有人想起他們心中的貞節媽，到廖家請出貞節媽神主牌。將神主牌置於旱地中央，對天乞雨。天空移來烏雲，如日蝕，黑光蒙地。他們聽見雨，雨先落在貞節媽的神主牌，滴滴落落，如泣如訴，接著雲塊綻開縫隙露出藍色光芒，劈下一道閃電雷光。大雨傾盆，佇立旱地的農人微笑著用手用臉用嘴去承接雨水，快意雨水。貞節媽一生乾燥，如注之雨倒像是哭訴她一生荒瘠的淚水。貞節媽終於潮濕了，在三合院廊下觀雨落下的女人則這樣地想。眾農民集資金錢給廖家人，好讓他們著手整修廖貞節媽那已漸殘破荒蕪的墳墓與墓碑。水利會向地主鄉紳提議修建貞節牌坊，貞節高高懸掛，擺盪在亙古寂寞陰風裡。（後代少女小娜日日穿過廖媽貞節牌坊下，感到自己極爲不貞不潔，後來她都繞過貞節牌坊，一腳跳過崁柱，寧願走玉米田小徑，冒著掉落溝圳的危險。那是一個她無法想像的世界，但那個世界卻在她的心中，徘徊不去。）

4

嘉慶、光緒、大正、昭和這種字眼在當代的台灣人眼中已經漸漸消失了它本身所具的時間象限，年輕人見到這類字眼將迷航在無所知的年代裡。

那個年代到處有「崙」「墘」「塘」「厝」命名之地。

一到這小村路口，往下看見的是芒草旁的石敢當，抬眼風光是茄冬樹芒果樹楊桃樹和龍眼樹，一排頭歪向東北長的木麻黃。風送來屎尿臊味，欲落未落的茅廁木門外盤旋著蒼蠅，陽光撒落在長了草的村莊屋頂紅瓦，他們想自己這個肉體有一天也會和這祖上蓋的老房子一樣，終有一天埋到地底後，頭上也會長草。那麼多年了，這村莊日漸有先人被埋到地底，春風草長，那時還沒有火化這件事，樹葬海葬未聞。土地包容一切生息，包括人身盡頭。

尖厝崙是她們的村莊，註生娘娘與死神同住於此，土地公婆守候出入口。她們以爲台灣很大很大，大到一生也走不完看不盡。她們大部分人都沒有離開雲嘉祖厝，除了結婚那一天之外。有時候她們光是離開村莊到鄰近的鎮上就要花上好幾個小時，到大城市那可是要一天一夜，於是當男人說起台灣這塊番薯時，女人以爲台灣就是所謂的世界，此即是天地盡頭，即是一切。

小村日夜是以身體爲節奏，疲憊後好入夢，她們覺得夢很可怕，醒來後，她們的肚子不斷地大了，孩子開始爭相擠出下體的黑暗岩壁，人間啼哭。光陰以日晷、沙漏、線香、燭刻、香印、雞啼、腹鳴來告知她們該打開灶門好炊煙了，或者抬頭看一眼太陽，日久每個持家的女人都有自己所屬的計時器。就像她們的人生從來都不是那麼精準，糊里糊塗就隨手把人生翻了頁。

那時查埔祖上起的家厝，窗小，門小，樑低。野草四長，土匪打劫，六親不認。公媽神主牌還沒出現在楊枝淨水菩薩的案上，因爲公媽都還年輕，還沒想到死亡，更沒想到自己有一天會化成了一小片木板，上有三魂七魄。

男渡海者正生猛，也以爲自己有朝一日會攢錢離開這島，生命荒瘠裡的外遇之島，他們熬過瘴癘熱鏖烈風，熬過不同族群的廝殺，還熬過雙人枕頭的吵鬧不休，熬過異族屈辱，最終他們還是留下來了，且這一留，百年已過。

古早苦日子，卵葩乎人掛（割）去也無知啊，男人哈菸說。死神如影隨形，虎列剌、百斯篤、赤痢、疸瘡、發疹窒扶斯、格魯布……，這些奇異的日語是當時他們耳熟能詳的死神代號，每一個疾病都會將他們與所愛或所恨分離。霍亂鼠疫痢疾天花斑疹傷寒白白喉……，他們在死神漸漸遺忘他們時，偶爾憶起某日爲了哪隻老鼠是誰抓到的吵得面紅耳赤而感到玩味，一隻老鼠換得一毛，誰也不想讓出這珍貴的一毛。鍾家漁觀古早有一陣子被叫三毛，因爲他每回換到的錢都是剛剛好三毛。這些往事說來不到百年，但眾人回憶起來卻像是很久遠的事了。

5

落戶於此，那時沒有外省稱謂，當然也沒有本省不本省的，唐山過台灣來的後代子孫烙印血緣地名在門上，他們口中的假黎、山番是當地居民。那時各省口音交錯，有人叫祖母爲婆婆，第一個婆字三聲，第二個婆字二聲，頗婆也有叫奶奶的，或者叫姥姥、阿婆，阿嬤。鍾家逐漸在閩客械鬥與長居閩南村落而幾代後逐漸失去了母語，僅有些稱謂還是客語，但泰半已操閩南語。他們叫祖母阿媽，祖媽與公媽。孩子們也都喜歡這樣的叫法，說是帶了點鄉野氣味。阿媽已轉音成阿嬤。鍾家查某祖們喜歡被人叫伊阿嬤，即使她們早已是太祖婆了。

許多很老的老人到現在都還記得鍾家那愛賭博（博筊）又愛呷昏（抽菸）的阿嬤，她本來是個標準的美人胚子，結果被阿本仔抓去關在矮牢裏後，久了不能站直，出來後竟成了個駝子，野孩子在背後學她齣孤（駝背），常惹得鍾家祖上善拿棍子打人。被打的野孩子就是在廟埕述說往事的老人了。呷菜阿嬤曾偷偷夜裡對男人上善說伊就是前世因爲在佛前禮敬姿勢不夠謙卑，我慢太盛故日後有駝背之果。上善原本在寬衣解帶，聽了倏地又穿上外衣，扯開門簾竟至離開呷菜阿嬤的房間，丟了一句話給她說我不懂因，也不懂果，但如是因如是果，妳也別出口。男人討厭是非，不管是或非，女人少說他人爲妙。這是唯一一次溫順的呷菜阿嬤惹她的男人不悅，她那夜一人躺在紅眠床，望著床的雙魚雕花，明白有些話是不能說的，尤其關乎因緣。但她常忍不住說起自己看見的未來畫面，有一回她就說著當鐵鳥飛上天，鐵線會說話，女人就逐漸自由了。大家悶聲吃飯，習慣呷菜阿嬤常吐出怪語。直到有一天當鍾家裝起村裡的第一支電話，在摩西摩西裡，才恍然想起呷菜阿嬤說的鐵線就是這個玩意啊。而鐵鳥就更不用說了，美軍轟炸台灣時，村人都恨死那在天上朝地球亂射子彈的鐵鳥了。

村裡的人曾繪聲繪影說庄裏也有個查埔郎因爲抗日被抓去關，這個姓廖的，關了六、七年出來，鬍鬚都長到胸前了。大家都覺得說的人也未免太澎風了，還有人說這哪有什麼啦，接著壓低聲量又說，鍾家呷昏阿嬤走出牢房時陰毛都長到膝蓋了。不管鬍鬚或陰毛，鍾家人稱呷昏阿嬤的高祖蹲過牢房卻是眞有其事。

有時聽到這個傳言的查某嫺仔阿素會很生氣地回嘴說，你們在四媽宮前髒嘴，也不怕晚上被鬼壓床。查埔郎聽了面面相覷噤了聲，彷佛看見前方有個老嫗駝背的角度恍然像是一張椅子似地緩慢前來。

6

呷昏阿嬤一點也不昏，她嗜抽阿（鴉）片，曾名列阿片重度癮者，彼時控管，吸食者得領執照，她名留菸鬼簿。但此不稀奇，百人裡有六人和阿片難分難捨，菸鬼處處。她覺得世間花以罌粟為美為烈，她的那雙天足行過菸葉田，那雙煙黃的手摸著菸葉如撫觸情人肌膚，她偷種大麻，收成時目光熾烈如少女在約會。她常叼著菸說一點也搞不懂為何要禁止這些大快其心之物，她不認為大麻的危害甚過於酒色財氣。真正危險的不是東西是心，是使用者。呷昏阿嬤這個言論固然可喜，但扯上唯心就是漫無邊際的自我認定，總之呷昏阿嬤因為菸而被抓去關已成她生命的事實。知道呷昏阿嬤往昔者則多接受她吞雲吐霧的模樣，她的手指染得酸菜黃，指甲更是像薑般。

她可是從小種菸的人，對於菸葉比稻米還熟悉。所以在稻米收割後的休耕秋日，她建議男人上善也種菸葉以利營收，實則是有些私心。有一天阿本仔官員來了，旁邊還跟著個台灣通譯官，他們越過曬得金黃的稻埕，筆直朝她而來。看伊那個狗德行，呷昏阿嬤用那染得酸菜黃的手指作狗模樣狀，旁邊齊坐在板凳上繡花的姑娘們也都笑了。

阿本仔官直接就把呷昏阿嬤戴上手銬，旁人紛紛走避，原地者或僅能驚狀發呆，過後他們回神只見呷昏阿嬤的背影硬挺挺地像個漢子，隨著日影移動下，最後只見一丁點如螢火蟲的光消失在紅瓦磚厝的盡頭。

呷昏阿嬤在此之前曾經以繫於腰間的銀錫製的菸管筒攻擊一位日本兵，在陽光反射下，阿本仔兵一度以為眼前這個阿嬤擎出了匕首，阿本仔兵往胯下找槍時，因一時心急並未在呷昏阿嬤劈下第一記時掏出手槍，挨了一記疼，阿本仔兵也才看清原來是支菸管筒，這說來可真是差點要了呷昏阿嬤的老命，那是她第一次被抓去關，原因是襲軍。

直到有一天呷昏阿嬤的娘家來了消息，說是希望呷昏阿嬤能夠多給娘家晚輩們一些物資，外頭厝孫女要結婚了。彼時一個人一個禮拜分到四兩豬肉，四兩肉，一丁點四兩肉，一張嘴就可以囫圇入肚！有人結婚，齊湊肉票，幫忙熱鬧。帶消息到獄中給呷昏阿嬤的人是她的姪子，知道呷昏阿嬤的菸盒裡存有許多肉票，用私菸換肉票，她是首肯。（此肉票是豬肉券，回想起這件事時，此村莊已經不知養過多少豬，吃過不知多少蓋過藍色章的豬肉皮了，那些豬油豬肉豬皮，每一寸都滋養著三寸舌根的幸福想望。）幹妳三妹勒，日子佇難過，查埔郎掛在嘴邊的話在豬仔滿村跑的日子就少聽到了。

那時，人們經過鍾家客廳時，都會佇足瞥一眼釘掛在鍾家廳堂的那張華麗虎皮。

鍾家客廳懸掛的這張虎皮是祖上傳下來的，打獵的勇者沒有留其名。鹿皮則是從鹿港嫁到鍾家人稱期貨阿嬤的嫁妝。梅花鹿的鹿皮上還連著鹿頭，目光炯炯如生，盯著鍾家愛人恨人，人生人死。鹿眼隨著時間竟也蒙上了一層水光，汪汪水漬下猶如一輪明月，常讓跨在陰陽兩界的呷菜阿嬤佇足鹿眼下良久，陷入沈思，彷彿她穿越那明珠可以抵達另一個世界。鹿死亡時比活著時更有力量，就像鍾家先祖離開人間比留在人間時更有故事性。

將虎皮與鹿頭完好保存的人是村人賴日照，日照這項技術使他日後成爲動物園的技士，專門將珍貴動物製成標本。日照的身體總是飄著福馬林藥水味，他的女人總不讓他碰，使得他愈是遁隱到動物的死亡世界。那個世界安靜而永恆，肉身時序被他按下停止鍵。

寶島香蕉姑娘

7

這座小村從來就沒有人注意過她的存在，她的四周任何一個地名都可以覆蓋過她的存在。風華的西螺掩蓋了她的姿色，赤貧的口湖擠掉她予人的悲情，海口台西的悍強過她的草莽氣息，麥寮的麥色高過她的稻田綠光，虎尾的甘蔗超越她的龍眼甜蜜……她是一座默默無聞的小村，但曾經她是幾百口人的庇蔭。二崙的尖厝崙，聽起來不痛不癢，難以留下深刻印象之地。物產不豐，水源不足，狂風肆虐，地牛翻身，海水倒灌。洪患讓墳墓下陷，消失在水光中的先人名字。

先人裡，唯獨呷菜阿嬤越過了歷史無情與洪患的無名宿命。

這裡是先有四阿嬤，然後才有四媽宮的。四媽宮是媽祖分身，來到小鎮被稱四媽。小村被男人建構與命名，多年後，他們才在小村的四個方位上各安置了諸神，石敢當、土地公土地婆、萬應公、虎爺。那時的村民百姓多善盡人間與天庭大小事，尤其是每年的媽祖節慶全鎮沸騰，而年底送神儀式也是庄裡小孩目光緊盯之事。神來人間，善惡立判，燒馬燒甲，供神返天庭用。許多欠鍾家錢的村人都盡量挨過每年年底二十二日尾牙之後，當年人們還信守與天的誓約，與人的承諾，過了這一天就不討債了，新歲將至，莊家也礙於情面，於是大夥又可喘口氣先度個好年，等待時來運轉。他們就是為了溫飽與發財夢才來這惡土惡地的，他們看天面耕耘，也看人面交誼，生活簡單，四界有機會。

鍾家當時的祖上有四個女人，因每個女人的婚禮都頗隆重，遂使得每個女人都認為自己才是名門正娶進入鍾家的主。祖上來到台灣沒幾年更因權勢而快速地累積更多財富，但財富來得快也去得快。初遷至台灣的人多家族單薄。因鍾家祖上兄弟共有三人齊來此島，再加上鍾家祖上娶了四個太太，同時為了讓一起渡海來的牌位能有香火祭拜而興建了宗祠，這可說是祖上為了他自己與自己心愛的女人所蓋的最後陵寢。

最早的兩個阿嬤是持家女人，愛水阿嬤是成天只愛作女紅，繡花片是她的絕活，棉衣擱著不同的香花，含笑茉莉玫瑰夜合玉蘭樹蘭，循著香氣而來的鍾家男人看見她美麗巧手與靈秀瞳孔，一時目光就被釘住了。而呷菜阿嬤就是替人向觀世音菩薩求情買命的老祖上，她和愛水阿嬤感情最好，是柔軟的溫暖女人。另外的兩個阿嬤都很特立獨行，呷菜阿嬤總要愛水阿嬤到冥界別喝忘魂水，這樣一切都會記得。打扮很不一樣的期貨阿嬤，是村子裡第一個不穿藍染布的女人，她穿祖父帶回來的西洋裝，戴著英格蘭帽子，看起來很帥氣英挺，她是祖父的得力助手，最會做生意，當時她已經在做期貨了，所以她被叫作期貨阿嬤。期貨阿嬤在這個大宅院是特立獨行的，她誰也不理的，是個體戶。另一個是呷昏阿嬤，她首開女人自由先鋒，從她起先一直未嫁，直等到老小姐看來，是沒什麼禁忌的女人，鍾家人覺得她抽起菸和打起牌的狠樣，簡直就像個大姊頭啊。

許多人是很久之後才知道呷昏阿嬤和愛水阿嬤倆竟是親姊妹，兩人差十二歲，祖父當年看上的人是才十歲的愛水阿嬤，但她當時年紀太小，連初經都還沒來。再加上愛水阿嬤上頭還有個高齡姊姊未嫁，愛水阿嬤當然也絕不能出嫁。愛水阿嬤的父親就要鍾家祖上先娶了愛水阿嬤的姊姊再說，祖上爲了能娶到美麗的愛水阿嬤就一口答應了，娶再多的老婆對有錢有勢的他一點也不算什麼。

娶了已被稱老小姐的二十歲呷昏阿嬤後，他還等了愛水阿嬤四年，愛水阿嬤來了第一次初經後，她的父親才答應了這門婚事，還把女兒的紅血當成寶似地展示。等待愛水阿嬤的這四年，這鍾家祖上也沒閒著，他又娶了個呷菜阿嬤。呷菜阿嬤是晚輩叫的，幫人買命的觀音媽義女，終生茹素，故稱呷菜阿嬤。呷菜阿嬤在娘家時被叫阿麗，「麗」和福佬話「雷」同音，許多福佬鄰人總愛笑少女的她是「打雷水查某」，少女身短暫，過了十來歲就老成。嫁入鍾家後隨著子孫降世，自此長年茹素的她成了定格的呷菜阿嬤。

聽說男人上善當年是在一間尼姑庵遇到她的，過年上善去廟裡行春，見到仙麗，她正好來廟裡齋僧，上善見她宛如見到花仙子，但他卻帶給花仙子渾身的肉味，花仙子就此走入紅塵。按後來呷菜阿嬤的說法是丈夫是她的冤親債主。是冤多還是親多？孫子這般問著。都一樣啊，反正都是感情債，親家冤家都是家，正債負債都是債，呷菜阿嬤常這樣說。

有人甚至認爲呷菜阿嬤是四媽宮的媽祖再世，她的臉仙氣逼人，但比一般人黝黑，遂有人暗地覺得她是黑面媽，擁有靈力的海神之女。三月瘋媽祖時，仙麗幾乎是活菩薩的代言人，帶領家族上上下下百人祭祀，沿途迎接媽祖繞境，媽祖輪庄出巡，庇佑因爲傳染病而死亡的生靈。有人想這鍾家祖上迎娶了四個媽也沒什麼，光是西螺一地的媽祖也有好幾個呢。對媽祖當地也有繞口令：大媽愛呷雞、二媽愛冤家、三媽愛潦窺（溪）……媽祖從彰化來到西螺時，得横越暴雨後湍急的濁水溪，抬轎者總是相安無事。仙麗自己就很愛河水，脫下纏過的小腳，泡在冰涼的河水裡是她私自的享受。

仙麗也有祖父從大陸攜來的私佛，那尊自己族姓供奉的私佛是她父親要她繼承的，認爲她有佛性，佛祖會歡喜。

呷菜阿嬤一直到死前都還在想一件事，如果當初她沒有去福興宮齋僧，且動了婦人之仁的一念，她的命運就會不同了。她年輕時被叫作細姬，台語小隻。姬在日文裡聽起來卻像是「喜妹」，她倒喜歡這個音譯的「喜」字，人生喜少傷多，她的愛美天性更增添這種歲月無情的傷感。

這裡是她生長的小村，她曾經看著它一磚一瓦平地起。一種仙氣逼人的美，彷彿不屬於人間。那時村子燒磚的窯正興，她看著窯裡燈火輝煌，以爲人生處處光亮。未料接踵幾年卻鬧起飢荒，窯裡的觀音土不再形塑成器皿，而化成了盤中飧。吃觀音土的孩子，手腳瘦弱，一只肚子卻漲得像是窯爐，最後消化不良的肚子劇烈鬧疼，橫豎鬧疼鬧餓都難受，時間早晚而已。觀音餅不是觀音菩薩賞識的，而是來自地獄的食物，一丁點麵粉卻混著大量的土，因爲長得太美而免於吃這類觀音土，少女仙麗的母親特別騰出食物給她，認定她會嫁給大戶人家，這樣本錢加利息一定可以從她身上討回。未料呷菜阿嬤卻給鍾家當小妾，雖說衣食無缺，但卻大大傷了呷菜阿嬤母親的面子。

8

愛水阿嬤的木雕花化妝台上有一銅鏡，照出一張美人像。

她常穿著男人從海外帶回的一種棉襪的襪套，棉襪是昂貴之物，都是男人上善從日本或上海帶回來的。愛水阿嬤在上衣外多會套件雲肩，雲肩由一片或數片繡花縫合而成，中間洞口即是頭頸處，洞口往頭頸一放後，繡花布自然往肩外放射，呈現如花朵或雲朵的式樣，將整個人妝點出無比的華麗。如意雲朵、柳葉、桃花、蓮花瓣……取件給主子的貼身丫鬟們總幻想著自己套上這些飾物的模樣，剎那就彷彿獲得了這美好的一切轉移。

愛水阿嬤的衣裝打扮總是面面俱到，比如她在額上也還是繫著繡花精緻的眉勒，眉勒擺放在四方銅盒上，許多丫鬟最愛幫她取物件，取物件前總是愛不釋手地先自行在鏡前把賞一番。她們總說這愛水阿嬤的刺繡手藝，無人可比。不僅眉勒，就是繫在衣服上的腰帶也是精緻異常，尤其是布料尾端，留有一大塊繡色，繡面多是鴛鴦粉荷或龍鳳軒昂，尾端綴有流蘇或銅鈴，丫鬟只消聽到這聲音，就知道主子來了，不敢偷懶，這也是一種善意的提醒吧。

至於三寸金蓮繡花鞋美則美矣，但見者不多，這繡花鞋不若眉勒飾物總是要戴到奪人眼目方休，繡花鞋和肚兜等物的美則要躲藏。唯愛水阿嬤的男人也就是鍾家查埔祖鍾上善當然是這肚兜美的對望者，唯男人不提這些小物，他們儘管把頭埋向那又叫做抹胸、抹肚的肚兜片上。貼身丫鬟倒是嘴閒不住，偷偷咬舌根說過，這愛水阿嬤的菱形肚兜啊，就像一幅畫，其中有一幅，在肚臍位置繡著許多人物，花台樓閣前，人物栩栩如生。洗過那件肚兜的丫鬟不知人物是誰，直到有一回鍾家爲愛水阿嬤祝壽，請來泉州戲班，戲曲演出杜麗娘，貼身丫鬟喃喃自語吐出，原來愛可生可死，她到老都記得了杜麗娘與主子愛水娘娘的那件美麗肚兜。但這丫鬟一生都沒有機會體會什麼是愛，那種愛生愛死的東西，她至死都弄不明白。因爲她的一生早就被鍾上善給定下了，她是鍾家的一個秘密，她沒有出嫁，死在鍾家，陪葬物是那件繡有杜麗娘的肚兜，她成了一縷被遺忘的幽魂。（愛水阿嬤的眉勒經過時移，最後只剩一物留予後世。後代小娜見了曾說，哇，這多像我們靜坐時，綁在額頭上的抗議布條。至於雲肩，小娜以爲那就是現代版的巨型甜甜圈。）

丫鬟大多被叫查某嫺，她們和長工都能藉著氣味或聲音判斷來的主子何人。銅鈴搖晃或髮上步搖，加上簪花各異，花香不一，髮上耳際插著含笑花、玉蘭花、茉莉花……一身的天然香氣，連丫鬟們也都競起仿效。愛水阿嬤不插這種天然花朵，她插用細薄絲綢繞線而成的纏花，在絲綢纏花上噴了香粉，那味道只她獨有。一直到老，愛水阿嬤的頭髮都是烏黑油亮，肥厚的庭院蘆薈定期會出現被切的傷口，那是愛水阿嬤的美麗秘密，梳子沾上蘆薈汁液後，往頭髮梳上一百下。

但老了畢竟沒用了，她無法自己洗頭後，難以忍受自己身上的餿油味，就很少再出門了，許多村人有時還以爲她死了。愛水阿嬤不再水噹噹後，就把自己關了起來。晚年，她常想起無緣的愛子，在六歲時死於急性肺炎的愛子臨終前喚了她一聲阿母，這畫面一直抓著她不放，成了暗夜哭泣的催魂咒。那時候死個孩子像是島上颱風般，女人總得習慣。

那麼期貨阿嬤呢？聽她走路的聲音就知道是她來了。期貨阿嬤孩提時就沒纏過足，粵籍客家人不纏足，她移步的聲音大，大腳大音，辨別極易。

我一生四處爲客，纏足就限制了自己的移動能力。期貨阿嬤在鎮上聊天時對一些女伴說。妳可以不纏，我不纏就差點被我阿依打死呢。另一個查某阿嬤說。月光下，就常見我一個人洗著小腳，那臭啊，絕不可讓旁人聞到，又有一查某阿嬤接說。女人們搖頭失笑，那年代女人薯榔煮沸，絞染成藍布衫。用指甲花當染髮劑、用白粉塗臉、用玫瑰花瓣權充香料，用油勤刷如雲髮絲。鍾家女人的美，具體反應在這愛水阿嬤身上。

9

至於期貨阿嬤，她很中性，晨昏時光，她總是很享受地坐在亭仔腳的長板凳上，望著前方的水稻田，和呷昏阿嬤慢慢地吸著長桿菸斗，冬日時她依然習慣在亭仔腳緩緩抽著菸，只是懷中多了一個小火罈。

早升格成「祖」的她們，還是習慣被村人叫成阿嬤，畢竟她們當阿嬤的時光最長。老是抽著水菸的阿嬤被叫做呷昏阿嬤或阿片阿嬤，她尼古丁吸了太多，痰都是黑色的。眼睛也愈發成褐色了。她的身上總是襲著一股男人似的菸味兒，丫鬟特別喜歡膩著她，像挨著一個她們生命尚未來到的男人似地緊挨著，丫鬟說聞著這味道人整個都清醒了。呷昏阿嬤抽水菸時姿態撩人，躺在菸床上像是一座綻開的野生花園，她那浸滿慾望的神色極其媚眼且頂眞，任何人都不忍要禁她菸，好像剝奪了她這份快樂就是欲她死。在清朝時，呷昏阿嬤日子過得還愜意；阿本仔年代，她卻被抓去關，出來後瘦了一大圈，像是一個得肺癆的人，男人上善看了搖頭說，一沾染這種東西，就成廢人了，妳們要多向仙麗學習啊。

10

呷菜阿嬤身上有檀香味，到老都香汗淋漓，有人說是因爲她前世今生以花香供佛菩薩之故。被稱作呷菜阿嬤的上善查埔祖愛妾仙麗，她在當年幾乎是全村歲壽延長與否的掌管者。她仍是以穿藍染衣服多，不過私下她對裝扮有自己的一套想法，許多人都記得她頸上常換戴不同的飾品，瑪瑙貝殼項鍊和玉佩是她最喜歡的飾物，後來有一回她的丫鬟忍不住問她爲何喜歡瑪瑙貝殼，因爲玉飾尋常，但瑪瑙貝殼在小村裡卻是獨一無二。

這瑪瑙貝殼啊，是我父親有一年跟隨山民呼頌去外海捕魚時從深海裡拾回的，自從他給了我配戴之後，原本體弱多病的我身體就逐漸變好了，有人說這是海神媽祖在庇佑我，仙麗說。有一回呼頌就偷偷地跟她說這瑪瑙貝殼啊，很稀有呢，這可以增加女人的生殖力。生殖力？丫鬟不懂。仙麗摸著她的肚皮說，就是讓妳多生子啦。丫鬟聽了也發出嗤嗤笑聲說太太，那以後我嫁人了，妳這瑪瑙貝殼項鍊也讓我戴一戴。仙麗聽了嘖嘖嘖，才幾歲就思春了。仙麗又說，那時候呼頌還送給我父親一副鯊魚齒骨串成的項鍊，我父親後來就成了很勇猛的漁夫，常和山胞下海，是當時漢人少見可以潛水的人。敬鬼神，愛神秘力量也就成了家父影響我的事物了。

呷菜阿嬤的梳妝台上有一張父親的小小肖像，鍾家上下都知道那是仙麗最寶貝的東西，丫鬟都是每日細心拂塵。呷菜阿嬤一直很相信事物本身的力量，比如顏色本身就有，但鍾家人都只是聽聽。有一回她勸要搭火車去嘉義回娘家的某個丫鬟不要穿那件橘色麻布料洋裝，丫鬟卻不聽，仍執意穿著那件橘色麻布料洋裝上路。後來聽說起先是她喝茶時整個茶杯水潑燙了自己的手腳，接著是火車停駛，改搭客運的她卻碰上客運故障，煞車不靈，害她整個人撞上了鐵桿，鼻樑整個歪掉，牙齒撞斷兩顆。

這名丫鬟後來就被叫作歪鼻查某嫺。

許多鍾家老人都記得歪鼻查某嫺，因為她一直留在鍾家，沒嫁掉。她後來死心踏地跟著呷菜阿嬤讀經修佛，再也不想嫁人了。但許多後代聽了這個故事仍都抱著疑惑，一件橘色麻衣裳能帶來什麼災害？還不是那名丫鬟自己不小心罷了。

有人說可能當年穿麻料衣就是個禁忌吧。旁人接腔道，唉穿什麼橘色衣啊，還是麻的，那時沒有女人敢穿這種顏色的，不出事才怪，這顏色讓人不安吧。

這村莊人談起呷菜阿嬤，總環繞著許多傳奇色彩。有人說，別人的命她都能下地府買了，那預知其他事對伊也就沒有什麼難的嘛。但呷菜阿嬤沒有活成長壽婆婆，也沒見到未來世界已經不需要鯊魚齒貝或者瑪瑙貝殼就可以擁有科技魔法了。

仙麗和上善是鍾家後代最喜歡的祖媽和祖公，這對祖媽祖公只活了一個孩子叫漁觀。漁觀從小不明白為何母親對他特別嚴厲，他曾經很怨母親。一直到自己有了孩子後才與母親和解，理解那是母親的菩薩心，為了公平起見，寧可對己出的孩子嚴厲。那是鍾家還有四個女人持家的古早年代，阿本仔還沒來，鍾家剛落腳雲林營生，男人的辮子還在頭上。那時的二崙之地，還充滿著各種地域口音，潮州音廣東腔客家話閩南語……鍾家祖上娶過四房太太成了早年鎮上人記憶他的奇特方式。百年前鍾家曾有許多女眷與女傭，這些女人的口音腔調也大相逕庭，語言與口音不是女子彼此隔閡的主因，男人與嫉妒才是疏離她們感情的內幕。表面人丁旺盛，實則敗壞的蛀蟲已然侵蝕樑柱。

墓仔埔也敢去

11

有天祖父上善從大街上歸來，他忽然對著家人嘆了口深沈大氣說，我們總是要落葉歸根的，但看來我們要老死在這座島了，異鄉變故鄉，日久他鄉是故鄉原來是這樣啊。（這個祖父當年不會知道時光再過三代，不遠的未來，他的子孫早把島嶼當祖國）。

那時幫傭的婦人與男人家眷都從他們手上的工作裡停擺了幾秒，望向祖上說話的廳堂暗處。大家都不明白為何他要把老死在此不斷地掛在嘴上，這位老爺看見了什麼樣的未來？隔天，上善開始大興土木，說要蓋祠堂。他的兒媳婦們都勸他說，大官啊！我們落腳這裡才多久，都還沒有死過人呢。現在沒有死過人，不代表明天或以後不會死人啊。你看，這片荒山已是墳塋處處，望之不盡。阿祖這樣說時，這些家眷們才想起自己的孤獨，看祖上背後的荒山，早已露出的一片空地，山色雖說不上翠綠青蔥，但樹林之姿在午後也有風光可言，樹林裡已興起櫛比鱗次的墳塚，寫著個體生命曾有的死亡記事。灰灰的水泥拱起一方之地，或半圓或長方，墓碑是觀音石，以金線或黑墨鏤刻亡者姓氏，字刻幾房幾子，主墓下方左右各立皇天后土，這可說是從別處遷來此的二崙人所建墳墓的特有制式，突起的石碑在山野中滲出一種無盡的荒涼。

童年的鍾琴常隨呷菜阿嬤去山上的觀音廟做早課，跟著呷菜阿嬤讀誦《度人經》，呷菜阿嬤說聽經十遍，枯骨更生，皆起成人。但孩子心老想玩，坐不住，她就一個人兜轉到外頭晃，她倒不怕墓地，還常一個人坐在墓地旁，吃著呷菜阿嬤給她的素飯糰。她四處看著墓誌銘，覺得意義頗堪玩味，有的墓碑刻著「無」字，連名字都不刻上去，這意味著什麼呢？呷菜阿嬤做完早課一個段落後，會出來尋她，然後祖孫一起閒晃。郊山靠海，大部分的墓碑在長年潮濕下，都有了裂縫，濕土下昆蟲唧唧，在墓穴周圍爬蠕著一種宛如淚水般的愛撫。

鍾琴一直記得和呷菜阿嬤逛墓園的往事時光。呷菜阿嬤又說阿琴長大若不嫁，遲早要住到姑娘廟。姑娘廟，有很多姑娘嗎？那很熱鬧啊，鍾琴問。對啊，不過可都是亡魂。啊，女鬼？死亡時都還是未婚的女子身分，爲了讓她們魂魄好過，於是以姑娘稱之，且還用廟來供奉。鍾琴聽了忙說那我千萬不要住到那裡了，太可怕了。

當她們祖孫倆將逛墓園的事回家說給大家聽時，祖上家眷們似都明白了，原來要有墓園才能稱爲家啊，大夥自此畢竟是要在二崙長住了。既然要永遠當個追憶人與追墓人的姿態，因此興建宗祠已不只是悼亡形式了，反而更是念生之所，提醒大夥都得在此好好度日。墓裡魂埋的再也不只是枯骨，而是即將埋藏著血緣記憶的遺址。爲此家眷們跟著祖上一起尋找死亡所帶來的顏色，聞著記憶所飄來的氣味。但其實卻反而更增添生之激情，好像死神是好朋友似的。就這樣，祠堂蓋了起來，而且空蕩蕩了許久，白牆上掛的照片大都是畫像或是從海上跟著漂流來的大頭照翻拍的對岸老祖宗。

他們來島上很久了，家鄉有些新移民初來這裡也都由祖上接風與安排的，初來者日漸地也習慣了島上的溽熱氣候與海島生活，久而久之也開始有親人過世此地，也學著當地人在墳上的相框外圍圈起悼亡花。

12

呷菜阿嬤更時髦，還將從大陸攜來的祖宗容顏燒在磁磚上，比永恆還永恆的存在。

鍾家確實到很多年之後才在尖厝崙辦起第一次葬禮，鍾家人得以活得久些，說來全拜仙麗所賜，專門幫短命人持其一生善惡業果向慈悲觀音大士說情，應允後，她即持著令牌到地府向閻王買命。村裡有許多短壽者的命都是她買來的，時間被她延長了。

那時候呷菜阿嬤教孫女鍾琴進入天界和菩薩問訊對話的言語，呷菜阿嬤說的是天語，鍾琴記得說天語的呷菜阿嬤總是在連續吐出一長串的言語後會打嗝，和天語的音波可以懸接上的人，通常都會有奇特的感應，比如冒熱汗，發抖，或者想要流淚，耳朵有刺感，唱歌不輟。鍾琴睜開眼睛，被阿嬤一問，卻什麼反應也沒有。後來聽呷菜阿嬤嘆了口氣說，唉，這強求不得。

那些天語像是一串散落的珠子，分開沒意思，串起來卻是有形有狀。呷菜阿嬤說這是天庭通行證。之後呷菜阿嬤是讓鍾琴認識了天與地的世界，那些有山脈般高大的天人們就在他們的四周飄盪，只是人們見不到。鍾琴聽著想像著瘦小的自己穿過祂們時，就像小螞蟻遇大兵般。

那時候台灣都市只有零星幾座高樓，所以天人就被呷菜阿嬤形容成山脈。

暖冬的午後，鍾家子孫想像著呷菜阿嬤在陰暗的餐桌前，是如何地說唱著天語歌，她的筷子停在半空中，著魔似的表情引領子孫們抵達一個不曾抵達之地，傾聽著法螺音、鑼鼓鈸鈴聲，纓絡琉璃。買命其實買的是對時間的停格，終止讓時間往前滾動，時間的毀滅性讓他們格外敬畏。鍾家在鍾聲出生後的那幾年就開始計畫蓋一座大祠堂，這座大祠堂且供奉著從彼岸渡海來台的先祖鍾郎。

鍾家啓動新祠堂破土儀式時，正好是日本人大力興建鐵路時期。當時因有鄉紳反對蓋鐵路，說是這條鐵龍會破壞風水，以致於此地錯過了搭上鐵龍奔向財富新時代。

那時候呷菜阿嬤看著尖厝崙的曠野之地，曾嘆氣說你們遲早會遺棄這裡的。她勸夫婿別蓋祠堂，因爲這裡不是久留之地，不會再超過三代的，你應該往北走，往北發展；或者往南發展，別待在這沒有前途之地。

鍾上善正家大業大，哪裡聽得進去。他想女人家多慮了，往北有什麼好，往南也不怎麼樣，他就喜歡尖厝崙，想要過鎮上的文明生活就到西螺，三輪車車程也不過三十來分鐘，他喜歡這片純樸之地，他喜歡看著田地冒出新綠的植物，他喜歡泥土的氣味，少了這一味，人生彷彿不實在。就像祖上鍾郎喜歡看海聞海，海浪是他溫柔與暴烈的感受來源；一如風雨是上善的耳與目，風雨牽動他的喜與愁。

鍾家祠堂完工後，鍾聲已上小學堂，他的妹妹鍾琴出生的滿月酒就和祠堂入厝儀式一起辦，鍾家稻埕十分熱鬧，私釀農家酒把每個人的心都烘得暖暖的。

究竟會看風水的上善是否選錯了呢？他曾有那麼一晌其實是懊惱自己沒聽仙麗的話。他看著這祠堂，終年領受著從西北方海口一路颳削上來的東北季風，風沙夜夜闖入小村，浹著沙暴飛上了遠從對岸來的老祖宗容顏，那些框著黑木框的照片成排，被風吹得霹靂啪啦響，遠看像是一群黑白舞踏合唱團。

當時從內地一路飛過濁水溪的沙塵暴是很驚人的，呷菜阿嬤記得當時西螺鎮上最有錢的商行老街最後都因爲飛沙而把商機給飛掉了。在街上停五分鐘的車子看起來像是停了五個小時，停五個小時看起來像是蒙塵了五年。米商油行林立的大街上所裝飾的盆栽終年一片灰臉。隔海的沙漠之沙在遙遠海島落腳，眞不可思議，呷菜阿嬤說這種遙遠的不可思議旅程就好像她下地府去見閻王買命打通關般。

13

這個村裡開始有買命這件事是這樣來的。

很多年前，在鍾聲的祖父上善跟著他的祖上來到尖厝崙時，家裡早已爲上善買好了一口棺，但是那一口棺卻不是上善先用上，也忘了後來是誰先用了那口棺。

後來才知道是仙麗爲男人上善買了命，於是仙麗能夠延長壽命的能力開始逐漸廣爲人知，因此後來這個長年吃齋被村民稱爲呷菜阿嬤的仙麗開始替人買命。那年仙麗已升格當嬤，屬高齡女乩童了。仙麗有一天經過一處廟宇門口頓時就開了天眼，她看見許多的非人類在人們身軀的四周幽浮。所謂突然其實還是有徵兆，有一次她好心地騎腳踏車載了村裡某個即將臨盆的婦人疾駛的路途上遇見了家裡廳堂的觀音媽竟走下神桌，一路跟著她的腳踏車來到婦人生產的醫院，攔下仙麗說妳和我有緣，妳要度人，爲神做事。觀音媽定要收仙麗當乩女，說她天生有靈體，負有天命，要她吃齋念佛，爲將來眾生作準備。自此她就成了一次可爲人買至少三年壽命的女乩。

鍾琴趕在祠堂完工那年降生，幾年後也成了呷菜阿嬤的得力小助手，好時出生，和佛有緣。呷菜阿嬤被想要買命的對方委任後，就會告訴鍾琴不能再到處亂跑了，因爲她要孫女幫伊顧好天門。接受買命委任後，緊接著呷菜阿嬤就會沐浴更衣灑淨施咒，然後躺進神桌下，等待靈識進入另一個時空之旅。神桌下就是呷菜阿嬤的壇城，地下地面空中，都是一個無形的立體壇城，邪魔不能侵，但是就怕貓跳過，所以才要阿琴幫她看守著。呷菜阿嬤說伊只和閻王及菩薩打交道，不和鬼做生意，買不買成命，則要看對方造化，也要看他是否是有緣人。沒買成命的，若不是生善道，那就是要墮入陰司閻羅王的管轄領域了，一旦閻魔王要來插手管的命就不會買成的，地獄畜生惡鬼，隨業力往三道受苦。

怎麼和鬼做生意？

這可多的呢，你看鎮上那個盲眼算命師，你眞以爲他算得準啊，其實是他有養小鬼，小鬼在他的耳朵告訴他來算命者的一切啊。

小鬼可以養？鍾家兒孫們聽了莫不面面相覷。

沒錯，剛出意外而過身的人，靈魂還在肉體旁飄盪，因意外過世時若無人去招魂，魂魄就被他們附身或者收附，再無超脫，這就成了養小鬼。

無月光的夜晚大夥聽了極爲害怕，總是抱成一團尖叫，很小的孩子有時候還會被捉弄地哭了。但怕歸怕，一旦晚上到來，孫子們又是央求呷菜阿嬤說故事，或者說說買命者的傳奇，畢竟這是鄉野上唯一的娛樂。另外一個娛樂是孩子會玩著暫時停止呼吸的遊戲，殭屍額上要貼符，被殭屍追到時要停止呼吸。憋久了當然就露陷，大吐一口氣來。孩子亂寫的符紙滿天飛，在遊戲散後，飛到田埂、溝渠、沙地、河床、屋頂……乍見會冷不防以爲這村莊被下符了。

頑皮鍾琴常趁呷菜阿嬷不在時，手指往案上硃砂盒一按，在眉間處點紅硃砂。長大的鍾琴日後出家，卻成了不折不扣的法師，誦經送終，習以爲常。那些夜晚哭嚎的受驚孩子經鍾琴在胸前胸後輕拍、唸咒就好了，甚至吃魚時被魚刺哽喉，除了吞飯外，也能以化骨符解危。呷菜阿嬷的買命和鍾琴的誦經唸咒除了助人外，還有個相似點是絕不能收錢。每年七夕，索討愛情符桃花降斬情咒者多，呷菜阿嬷總對鍾琴說，怪了，怎麼都沒有人向我索取如何增長智慧的咒語？

孫子們第一次聽見這「鬼」字從善良的呷菜阿嬷口中被吐出時，紛紛尖叫。鍾琴好奇地追著阿嬷問如果和鬼要做生意那得怎麼做？她聽了用蒲扇拍拍阿琴的頭笑說，妳看妳還是要走鬼的黑道卻不走菩薩的白道，妳怎不問我如何行菩薩事，卻問起鬼事來了。但挨不過阿琴，呷菜阿嬷還是約略說了些。她搖著扇子說，業火燒乾，上出爲鬼，鬼實和人同，鬼形和人似，也是樣貌各異，各有變化。貪食怪鬼、貪色魃鬼、貪惑魅鬼、貪恨蠱毒鬼、貪憶癘鬼、貪傲餓鬼、貪罔魘鬼、貪明魍魎鬼、貪成役使鬼、貪黨傳送鬼……，鬼業盡，酬其宿債。物怪之鬼成梟類，風魃之鬼成異類，畜魅之鬼成狐類，蟲蠱之鬼成毒類，衰癘之鬼成蛔類，受氣之鬼成食類，綿幽之鬼成服類，和精之鬼成應類，明靈之鬼成諸類，依人之鬼成循類……阿琴聽得一愣一愣的，很不明白。呷菜阿嬷笑著說，還想再聽啊。阿琴睜著疲憊雙眼仍猛點頭。

鬼就是從還沒投胎的亡者四十九天中被勾招出來的，靈識飄飄盪盪，有的道士就將之附在神像，所以你看乩童好像很厲害是吧。像是村裡不是也有人看我買命後也跟著打延壽旗幟嗎，但他們都非正途，有的還跑去剛往生者的住處，取得往生者的眼淚，將眼淚往自己眼睛一抹，就開天眼了，可以看見來問的人的過去種種和所想的心事和疑惑等等。將亡者眼淚往生者眼睛一抹竟就開了天眼，呷菜阿嬤總予鍾琴童年許多奇幻場景。（這鍾琴長大後在歷經一次的重大感情創傷後，出家爲尼，成了鍾家第一個出家人，那時女生削髮斷念者少，島上出家人隨處都有山林可棲。）

鍾琴常隨呷菜阿嬤仙境遊蹤，曾遇鍾離權仙翁下凡而口吐聖詩。呷菜阿嬤是菩薩心腸，因爲她去買命甫歸來的那些日子，地獄景象總會殘存在她的腦中數週才離去，這或許也是造成呷菜阿嬤生前多病之因。她說我剛剛進入地府，見到死去的人擠在鍋內，十分難過，而被拜託買命的靈則用薄布遮住臉對我說，我在這裡苦不堪言，快救我！都是這些場景，所以阿嬤很累啊，呷菜阿嬤對孫兒們說。其實人生不是到老才會死，該死的時候就會死，墳堆都是少年塚。鍾琴問什麼是該死的時候？呷菜阿嬤說就是有另外的角色在等你去配他的戲的時候。但是沒有人願意如此相信這件事，畢竟那是另一個時空，但人只相信看得見的東西，其實看不見的東西更可貴，更有力量。呷菜阿嬤常對命沒買成的人十分愧疚，好像她成了命運的宣判官，買命者只消看她冒著汗雙唇緊閉地出現眼前，也就知道結果了。而對於幫他買到命的人，呷菜阿嬤總是欣喜無限，爲對方慶賀，並不斷叮嚀對方生命苦短，好生修行去，時光對於世人是很重要的，適切利用也才不枉我費盡心力才爲你買到的命。

生命苦短，人間五百年只是天王一日。呷菜阿嬤說。天王活多久？鍾琴好奇又問。呷菜阿嬤說五百年吧。鍾琴算著數字，五百年乘以五百年，人間不就過了兩萬五千年，這太漫長了吧。時間也是一種感覺，其實才一刹那而已，呷菜阿嬤說。

爲對方買到命的情境，呷菜阿嬤說這眞是美妙，感覺周遭有一朵朵一團團如雲的靈圍繞我身，有時直衝而上，有時又四周而散，忽高忽低，形成各種花朵般的綻放。茫茫奇幻，欲仙欲死。風景幻化，樹林樓閣、奇石花卉、蓮池蓮座、雪山獅座中有仙鶴遨遊其間，奇禽怪獸到處遊蕩，又有深淺不同的曲折佳境迎前，迴轉銅山銀洞間，金光如瀑，霞光萬道，彩虹現前，雲氣氤氳瀰漫，樂音繞樑……聽得鍾琴恍似跟著遊歷蓬萊仙境。

但畢竟呷菜阿嬤遊歷仙境少，歷劫重重多。

鍾家兒孫記憶裡的呷菜阿嬤總是平躺的時間比站的時間還長。

伊若不是爲了眾生買命而躺在神桌下竟日，要不就是回神後生了病，說是代受他人在地獄之苦。地獄有多遠？它在那裡？好不好玩？地獄有鐘嗎？時間怎麼算？兒孫們總是東問西問著，其中以鐘聲和鍾琴爲最。

仔仔啊，阿琴啊，呷菜阿嬤叫所有的男孫都一律仔仔。

我說天之將降劫難，必定有其安排，時間是醞釀關鍵，達到某程度將會不斷顯現，也就是業果逐漸成熟。業果？兒孫們沒聽過這個詞，他們聽過芒果、蘋果、梅子果……所以也跟著以爲這個詞是一種吃了會對身體不好的水果。呷菜阿嬤說話很文言文腔調，她是少數上學堂的女子呢。唉，以後你們就會明白我說的業果是什麼。說時她深深地看著鍾聲與鍾琴，然後又環視這鍾家的一切，看著彩粧新顏的三合院新房子，望著屋翼鳳尾擎天的祖祠，她卻又嘆了口氣，語重心長地說你們遲早會遺棄這裡的。

沒人聽明白這話，也沒人聽懂這個暗示。唯獨鍾琴有些感觸，她以爲祖母所說的是繁華終將荒蕪，盛世有朝落幕。她不知道呷菜阿嬤當時看見的未來畫面是血腥，鬥爭，噬殺，天災，人禍，飢荒，求生，移動……種種而導致的遺棄此地。

呷菜阿嬤對買命人印象最深的是隔壁舒家的義孝，她當時就已經看見買命人義孝未來將取他人之命，但她仍幫他買命。她說我和義孝有緣，而他和那個要被他殺死的人也有緣啊，是緣都得了，不論好壞。

呷菜阿嬤常神遊，她的神遊是在神前表演歌舞。呷菜阿嬤也常鬼廓，她入冥府，遊鬼魂廓地。仙麗是第一代的女遊者，遊天遊地，可惜卻遊不出男人上善的手掌心。

望春風

14

每到過年前就是呷菜阿嬤最忙碌的時節，不僅許多人的壽命拖不過年關，還有許多人爲病人祈福來求她爲他們買命，還有是她忙自己該忙的事，比如誦經持咒，還有行善等。還有就是呷菜阿嬤常拿著剪刀盯著報紙和餐廳廣告包裝，她剪著字。村人趨前一看發現她剪下的是「佛」字，呷菜阿嬤虔誠至連佛字都不能被亂棄。過節過年她就有得忙啦，報紙印的念佛法會甚多，還有許多飯館推出的佛跳牆，那個印在菜單或包裝上的「佛」字，可讓她眼和手忙，後來更推動孩孫們見到此字要剪下，收集到一定的量，她會拿到寺裡以特殊儀式火化。孩孫嗤之以鼻時，她說以前有個人求我爲他買命，大家都想這人行善鋪路造橋，買命應該可成，結果卻沒買成，一個月後就魂歸西天。恁記得否？孩孫點頭。呷菜阿嬤繼續剪著報紙印的佛字邊說著，那善人以前燒毀過佛經和佛像呢。那叫珍妮佛的人怎麼辦？突然有人開腔問呷菜阿嬤，這人就是少年鍾聲。來鍾家走動的鍾聲同學們聞言都笑開了，交頭接耳說對啊，我們的英文名字寫成中文就有很多佛，像你不是叫胡佛嗎？又是轟然大笑聲傳來。呷菜阿嬤停下剪刀把手放在耳朵問你說什麼眞什麼福？（很多年後這些少年早已老成，甚至有的人出國喝過洋墨水，當他們之中有人聽到有人叫珍妮佛時，都不禁想起遙遠故鄉童夢裡的鍾家呷菜阿嬤。）

關於呷菜阿嬤替人買命的事與她的攬海大夢同樣烙在許多人的腦海裡，她那些數說不盡的神話與獨有的瑣事儀式。神話，讓呷菜阿嬤成了她隨機教示鄉下歹子的活善書；地獄與仙界遊蹤，呷菜阿嬤的旅行上達天堂下抵地府，她是最佳導遊，爲鍾家人種下移動的基因。

鎮上的四媽宮後方商街有紙糊店與棉被行，這些地方有時會見到呷菜阿嬤的身影，呷菜阿嬤的紙糊技術也是她和神鬼溝通的媒介，自她還是少女仙麗時即被紙糊店裡活靈活現的大士爺、大士山、金童玉女、七娘媽、順風耳、千里眼、亭燈座、水燈、紙幡、四騎山、神六將、風伯、雨師、土地公婆吸引著。紙糊店阿財師獨門掌藝糊出的六獸山讓少女仙麗神往，六獸山有青龍、白虎、朱雀、玄武、騰蛇……她的後代裡以鍾鼓和鍾琴對神鬼符咒最感興趣，她常帶他們去看這些神廟與佛器商街。其他日子或許來得還不勤，七月則近乎天天來鎮上的宮廟幫忙法事，鍾家習慣每年鬼月不見呷菜阿嬤蹤影，七月初一開地獄七月三十閉地獄的這兩日呷菜阿嬤更是如入神境鬼界。

阿嬤，若下了地獄那麼得過多久才能出獄？鍾琴問。傻阿琴，地獄是妳無法想像的，呷菜阿嬤搖扇笑說。呷菜阿嬤在少女時在天井撞見來家裡作客的男人上善，當時上善正好就著天光在讀著《西遊記》，她和丫鬟匆匆進屋，她看到了那本書的書皮。她想這男人好眼熟呢，好像前輩子就認識似的，讀書樣子的男人好看，她很喜歡。後來她嫁給上善時，就直接接收了那本《西遊記》，那是她很喜歡的書。也因爲書裡寫玄奘在恆河遇婆羅門外道，被外道所縛，將以火燒之前，玄奘讀誦《心經》而使恆河瞬間天地變色，飛沙走石，降伏外道。呷菜阿嬤因此也愛讀誦《心經》，甚至常抄經，贊助印經，發放廟宇。

後代人來到鍾家大廳都可以見到這幅裱框起來的呷菜阿嬤墨寶。孩子們喜歡聽呷菜阿嬤讀經，雖然聽起來很像是外星人。天龍、藥叉、健達縛、阿素洛、揭路荼、緊捺洛、莫呼落伽、人、非人等，一切大眾……孩子們繞著呷菜阿嬤問，妳念的是什麼意思啊？好奇怪的字詞。經書的語言是那個年代所能想像最遙遠的異邦語，也是彼時在沒有火星文和各種奇音譯文的語言新天地。健達縛是乾達婆，天國舉辦音樂會，都是由他奏樂。阿素洛就是阿修羅，是戰鬥之神。揭路荼是一種有著金色大翅膀的金翅鳥，緊捺洛他的頭上長了一隻角，是能歌善舞的半神半人。莫呼落伽是一條大蟒蛇。呷菜阿嬤解釋著，偶爾會以手腳來生動筆畫著。這些奇異長相的神鬼鳥獸，帶給孩子們很多想像的刺激，也帶給孩子們進入一個遼闊未知的廣漠天地。那即是他們彼時的魔戒，魔法天地。

15

尖厝崙墓地在有了呷菜阿嬤和一些相繼也推出各種奇門遁甲的道士後，村人進入買命時期，墓地有一段時日確實沒有增加太多。

第一波的墓地潮是發生在鍾聲出生前的島上動盪與械鬥時期，當時南方來了大量的外來移民者，包括鄰人舒家都是屬於那個時期來到台灣的，也因此不知不覺移入了一些疾病或者外來物種而導致島上一時適應不良，傳染病擴大，死傷不少人。疫情控制後，鍾聲出生了，當時雖還寒傖，但城市都心慢慢成形。

孤行黃昏墓地，常帶給鍾聲和鍾琴兄妹一種無邊的荒涼感，鍾聲對妹妹說我這個臭皮囊還能在世上行走多久呢？被延長的命我得付出什麼樣的代價來償還呢？

也許最多就只能延長到第三十九年吧，因爲聽說九是個難關，九是即將跨越每十年大流年的邊界烽火地帶，九不是天長地久，相反的九像是一個老成的傢伙，讓人討厭它的通透提醒。跨過九，就是一個大跳躍的開始。十九和二十不過差一，感覺卻像是差了十年。

至今鍾琴仍依稀記得哥哥鍾聲在高中忽然昏迷的那夜，呷菜阿嬤是如何著急地沐浴淨口，交代好爲她日夜看守的媳婦該準備哪些素牲禮以及多少蔬果後，她就穿著白衣，爬進了神桌底下，她這一躺就躺了三天三夜，她像是死亡般，如神桌的木頭般紋風不動。她看見神桌底的一角正有一隻蜘蛛結著網，透明的網如行星圖，她想呷菜阿嬤去的地方大約是這張圖的放大版吧。

西娘母親說呷菜阿嬤進入了神殿和觀音媽打交道。歷經三天三夜，呷菜阿嬤醒來，搖頭，流淚。母親也哭了，只有鍾聲納悶著這畫面，不知呷菜阿嬤發生何事，但至少他知道自己的命是沒有被成交。

呷菜阿嬤說菩薩聖示日沈星起，歲月悠悠即逝，擋在前面障礙多，續做功業消業障，廣度六道四生，拔擢水陸以普濟之。西娘聽了嘆口氣說，這就是說鍾聲業障深嘛。隔天就看見祖厝廣場擺起圓桌，擺滿供品，說是要做梁皇水陸寶懺，深愛三王子的西娘要為愛子延壽。人們總是祝福出生卻不喜死亡，也因為這樣村人對於呷菜阿嬤能向菩薩買命的神通很感激。但呷菜阿嬤總搖頭說，其實死亡不可怕，但她眼看眾人為失愛哭泣，她因此不忍心不為他們買命，但買得成買不成，完全得看個人因緣。

鍾琴有時候會想哥哥鍾聲並非沒福報，她天真地想應該是天神們意見各持兩派，鍾聲許是特別的人，有任務在身的人，但天神們又覺得鍾聲的任務是不是需要由他來執行，祂們開始有疑慮，因為說哥哥若是活下來將要經歷很特別的人生，未必這對他就是好事，也許人生是離開比較快樂。但也不要這麼早離開啊，這麼優秀的孩子啊，西娘急起來了。呷菜阿嬤旋即安慰媳婦說，別驚怕，別驚怕，水陸法會後，障礙就會被搬開。

呷菜阿嬤進入她那神秘的時間與空間之旅後，鍾琴看見她在神桌下的表情似乎很痛苦，一直冒著冷汗，像是在打一場難打的戰，她當時想這可能是呷菜阿嬤買命史上最難打的一場戰吧。又是三天三夜，她靈魂回竅的那一刻，鍾琴彎身好奇又關心地盯著她看，卻沒料到她會突然張開眼睛，一陣香氣飄來，鍾琴忽然身體被莫名的氣衝開，一驚往後彈起，撞到神桌正頭頂發疼時，呷菜阿嬤伸手撫摸她的臉說成了成了，愛孫，不會分離了。

鍾琴清楚記得呷菜阿嬤說的是，不分離了。

她不說不會死了，說的是不分離了。

生離大過於死別。

生死曠野，一切景象仍歷歷如昨。自此之後鍾家的孩子都一直戴著呷菜阿嬤當年從對岸攜來台灣的幾塊沁玉。這是咱本家祖上給我的，但最早聽說是祖上從某個富商人家因家道中落錢銀緊縮而流落出來的，老玉貼在阿嬤身上已久，也保護了我多年，現在我將它送給我的愛孫。呷菜阿嬤把玉一一掛到孩孫頸上，玉冰涼地貼著孩孫的胸，小孩都唧唧地笑了。如果有向菩薩買到命，是夜鍾家人就會一起在涼亭吃茶食，延命之夜，朗月高懸，似乎無限美好。

他們沒有看見在旁窺伺的死神。

男性的純情

16

關於呷菜阿嬤上天入地的買命史，最爲村人稱奇的當屬她爲鍾聲與舒義孝買命，但買來的命都讓他們的生命走向一條不光彩的路。

時間如夢，距離鍾聲的肖像可能被掛在祖祠的時間已被拖延了如此長久的時間了。

當年他生了場大病，被診斷罹患癌症時，醫生說只能再活三年，結果三年後走掉的是其愛犬小黃。牠過世時間，是在距離他買命成功之後的第三年，愛犬替主人先去見了閻羅王。他那替人買命的呷菜阿嬤對他說小黃實在是太忠心了。

離鄉赴日的那些年鍾聲常想起小黃，牠曾經給他很簡單的幸福，類似古早年代的樸素東西。隔壁義孝也曾被舒家母親帶來拜託呷菜阿嬤延歲壽，那是呷菜阿嬤最後一次華麗的演出。那時鍾聲剛回國，他記得少年義孝曾說，他感到十分孤獨，當呷菜阿嬤爲他從生死簿除名後，他卻曾經一度迷失，找不到活下去的價值，在這個星球上，少年鍾聲曾想過，萬一他的愛犬下一世進入了人道，從此有了新的人類化身，而作爲主人的他卻反入了畜生道，這不就又是兩條平行線？

他爲自己這種想法感到悲傷，忽然深受呷菜阿嬤輪迴說的影響。畢竟他的生命是個奇蹟，有過奇蹟者，總是離神秘很近，雖然他並不迷信，也還沒找到心中的神性。但總是會再重逢，這種信念是呷菜阿嬤所堅定的。

至於化身走入什麼道？不得而知。呷菜阿嬤說，成爲人至少要守五戒十善。殺盜淫妄酒爲五戒，鍾聲心想自己怎麼可能守得了五戒？光是酒就使他破戒了。至於淫妄，學藝術的他也常幻想女人如梨的豐臀了。呷菜阿嬤說，連意淫都算，於是年少時他曾想那自己豈不是要進入畜生道了。但另一個鍾家愛賭博愛抽菸的呷昏阿嬤卻邊叼菸邊打牌時，邊對孫子說，你那個呷菜阿嬤講那些瘋話了，人心不自由，呷菜也不開悟。（那是鍾聲和鍾琴第一次聽見開悟這個字眼。）

17

鍾家某些女眷與阿嬤們也都偷偷去買過命，除了愛水阿嬤靠的是呷菜阿嬤幫忙向觀音媽買來的外，聽說其餘兩個阿嬤都是自行到宮廟向不知名的道士買的，她們不好意思請求呷菜阿嬤幫忙買命，畢竟女人嫉妒心重，誰要將情敵的壽命延長，不都恨不得情敵早死嗎，哪有還幫情敵買命的。她們兩以爲宮廟的廟公功力好，因爲呷昏阿嬤和期貨阿嬤以爲自己被延長了壽命，卻不知她們的生死簿裡原本就是長壽婆。具有賭性堅強的一面，每一次都從鬼門關被救了出來，她們兩竟忽忽就活過了一整個世紀。不過期貨阿嬤希望延長壽命卻不是爲了男人上善，她另有私心。

愛水阿嬤則被延長了三年，但那三年說來對她也不好受，因爲那三年裡男人上善再也沒有來到她的房裡溫存。說也奇怪，上善等了她那麼多年，晚年卻棄她如敝屣。愛水阿嬤生的病據說是女人病，謠傳下體還會溢出氣味，也不能蓋被。愛水阿嬤被有些晚輩叫成了水噹噹阿嬤，她愛面子，絕不讓人去探望她的醜相，除了呷菜阿嬤外，就只有丫鬟每天照三餐去服侍她。丫鬟大約是不想照顧生病的人，於是她總是傳言一些奇怪的陰森畫面，說是愛水阿嬤陰毛一直長，像玉米的穗鬚不斷拉長到地底。祖厝外的泥磚房地是用泥土不斷搗實的眞正泥地，當丫鬟說愛水阿嬤的陰毛落至泥地時，好似陰毛會釘根在泥地，於是泥地四處竄生黑物。（所有的鄉野傳說都把女人的陰毛想像成黑森林地不斷加長……）

愛水阿嬤最後是在黑森林的傳言裡過世的。

她像是睡美人地躺在黑森林，等待王子救援，但男人卻遺忘了美麗如水的她。查某生查某人病，查埔郎就不碰的，鄉下婦人閒嗑牙時總是這麼說的。

愛水阿嬤生病那年，是童年鍾聲正對女體好奇之齡，而愛水阿嬤當時也才剛初老，十四歲就嫁人的她，和媳婦一起懷孕是常有的事。愛水阿嬤是鍾聲在人世凝視的第一張臉，愛水阿嬤的美麗鍾聲是印象深刻的，不僅如此，他的母親忙著餵養才初生不久的弟弟鍾磬時，鍾聲喝的就是愛水阿嬤的乳汁，甜美芬芳的奶水從愛水阿嬤的乳蕊噴出時，他就狠狠地咬住不放，直到愛水阿嬤摸撫他的小蛋蛋，他才滿足地鬆口，眷戀地深深躺進豐滿的安靜的港灣，讓這雙善巧的纖手如筏槳般輕輕滑過肌膚。

鍾聲喝的不是西娘母親的奶水，而是愛水阿嬤的奶水，她的胸脯圓潤光滑如玉盤。

於是當愛水阿嬤呻吟終日，孤獨地躺在她自己的房間時，鍾聲是那麼地想靠近她，他想看看不覆蓋棉被的下體長什麼模樣，有回他抓著丫鬟問，丫鬟笑得闔不攏嘴盡說，臭小子，你別賊兮兮的。

長大後，鍾聲想起愛水阿嬤情色頓失而有了哀憐感，愛水阿嬤美麗的肖像掛那群老祖宗系列裡，總像是個意外，那麼清秀乾淨，她的臉高懸祖祠，美麗持穩。

至於鍾家祖上上善，當時呷菜阿嬤幫男人多買了五年的命。爲什麼只有買五年？貪心的上善曾問過呷菜阿嬤，呷菜阿嬤只笑而不答，眞被她的男人問煩了，她就說觀音菩薩就只點頭讓她幫丈夫買五年的歲壽。

直到呷菜阿嬤過世答案才揭曉，因爲呷菜阿嬤斷氣前對著帶點哀傷的她的男人微笑，那一抹微笑很奇異，祖上還沒弄懂這抹微笑的背後意涵，緊接著祖上還在想著日後就沒有人可以管他時，（他忘了自己的五年期限也將至了），他怵然地就在呷菜阿嬤的房裡倒地不起，親族趕緊往他鼻息一探，竟沒了氣，走人了。

吃齋念佛的阿嬤原來也是很有心機的啊，她可不要風流男人獨快活人間，遂將上善的死期和自己同年月日。村裡人很動容於他們同年同月同日死，還立了碑紀念。

當時上善原是不答應呷菜阿嬤去當菜姑和女乩的，後來有人拿了呷菜阿嬤的命盤給他看，他才答應了。因為命盤解若她不當乩女，將活不過三十九歲。當時呷菜阿嬤是祖上的三房，四房還沒娶進，呷菜阿嬤以為她和男人的愛情會是唯一的，即使懷有靈體抵達天聽的女人也是對愛情盲目的。

於是呷菜阿嬤搶先在三十九歲來臨前趕緊先為自己買了三年命，結果這一買竟買過了期，說是閻羅王忘了她的壽終之齡，讓她一買竟買了三十年。呷菜阿嬤直到六十九歲生日前才往生，是名符其實的老祖母了，得以和列祖列宗一樣地光榮老去，和她的男人同時掛在祠堂內。

只有鍾琴深諳人性，她知道祖父可一點都不想和他的女人一起死，他還有很長的人生風流欲待品嚐呢。年輕的肉體，那種生鮮氣味，那種歡愉，祖父從來都沒有過過癮，鍾家祖上當年有的是銀子與權柄，他可以有很多女人，但唯獨他沒有辦法用錢與權來替自己買命。

呷菜阿嬤過世時，鍾聲剛上高中，那時正好是暑假，暑假從家裡後方的芒果林一路騎腳踏車騎到村裡的鍾家祠堂時，鍾聲突然掉下了莫名的淚。那些年他還常想起呷菜阿嬤和愛水阿嬤，時間愈久愈懷念她身上的一抹香氣以及傳說中不斷往地心竄長的陰毛，孤獨的處在黑森林陰鬱而死的睡美人，白皙的肌膚如月光，終年不點燈的愛水阿嬤房間卻透著如銀盆般的晶亮，村人總說愛水阿嬤和呷菜阿嬤有了菩薩作伴，因此她們不要臭男人，風流男人了。然實情是鍾聲不懂女人心思，呷菜阿嬤早安排和愛人同生死，別人重生，呷菜阿嬤重死。

18

上善撒手時，他的女人期貨阿嬤仍野心勃勃地作著期貨發財夢，每天就見她看著西洋鐘、打著精明的算盤，估算著遠航的稻米、黃豆、布匹、香料、乾貨來到島嶼時，價格攀升的情況。有一年期貨阿嬤搭上生平第一次飛機去了東岸後山，一去經年，再回到西半部都是爲了送終。有村人欠債逃去了後山，帶回期貨阿嬤的消息是她仍然在作期貨生意，有了愛人，愛人是查某人。末了，村民才有如夢中醒轉似地敲著自己的額頭說，怪不得這查某一天到晚穿西米勞，原來是查埔郎心。

少女鍾琴知道期貨阿嬤當然是女人身，只是她愛上的也是女人罷了，當時蕾絲邊這個詞還沒被吐出，查某愛查某，從未聽聞。

那時男人的辮子早已落地多年，早漸漸適應另一個四腳仔橫行的天下，嘴裡阿依巫ㄟ歐。來去的陌生人，映在他們的前方。陌生的語言成了母語，他們的生活逐漸異化。一生娶多個女人的事也被視爲落伍而逐漸消失匿跡了。祖上四個阿嬤，成了遙遠的恍惚傷懷，老舊的一派風光。這一派風光，直到百年世紀忽然來到，老村民看見坐在輪椅上被推出來的某個阿嬤時，忽然瞬間遙想起那個失落的年代，屬於舊情調的一派風光。

後人在祖祠案上的許多神主牌上依然無法辨識那舊日一派風光裡的女人名字，只見「顯祖妣鍾氏媽神主牌位」，他們已廣稱爲鍾氏媽。

聽說三魂七魄裡有一魂一魄還附身在這些未被移位過的牌位上，常常有八字輕的村民或者孩童走過鍾家祖祠時，總看見陷落在廊下的光。那些光有如排卵魚汛，卵圓形的光從來不懂快感，從來不知爲何她們陷落此村，前方的世界漂浮著上億的卵子之光，它們既不爭吵也不廝殺，只是閃閃發著磷光，在黑海般的小村深夜，她們是覆蓋在男人太陽下的女陰。

19

送君情淚

田裡的男人正目睹著前方的日本村飛官邁出家園，他們想飛官模樣好英俊啊。修飛機的日本飛官一早話別他美麗的妻子，他要驅車前往嘉義水上機場了。

他說妳只要抬頭就看得見我。

那時整個天空都被蟬鳴震得一個白雲也無，騷蟬奔出地底，爲了揉撫體內交配的慾望。她望著藍靜天空，耳膜卻喧鬧，連丈夫說什麼都聽不見。

想念我就看天空，妳只要抬頭就看得見我，日本技師揚聲重複說了一次。

腦子正想著蟬出土是爲了交配的她對著丈夫微笑著。丈夫離去後，她又想蟬交配過後就要死了，這時她突然感到有點傷意襲來。

後來千鶴一直養成了抬頭望天空的習慣，她看見飛機，就萌起往事如煙。

戰爭末期，虎尾的隱密性成了日軍前進所，無數的飛機技師修復的是一去不回的送死機，無數的飛機技師往來雲林與嘉義兩地。

年輕的千鶴一直沒有離開虎尾，即使日本戰敗。她沒有回到日本，她掛在一棵樹上，隨風飄盪骨血枯萎。很多年後，住在這裡的眷村孩子們操著父親的鄉音尖叫著看見鬼，他們拍的照片多了一個日本女人和一排的日本兵。在眷村旁邊種菜的鍾家阿珍婆看著照片說，這是千鶴啊，美麗的千鶴，掛在樹上的千鶴啊。

孩子一路尖叫，像一群飛蟻似地在小路亂竄，釘在原地的多做吐舌鬼魅狀，彼此嚇自己地嬉鬧著。

不知誰因尖叫而鬆了手，把那照片給摜到了地上，照片在一陣風中翩飛，阿珍見狀追著照片，她追到了眷村密密樹林，拐了一個彎就像是祕密花園似的偌大眷村，將阿珍鎖在一個舊憶時空，她聽不見相思與樟樹林外的孩子在打著籃球，也聽不見成排緊挨在一起的女人在炒菜的鍋鏟爐火聲。她蹲在地上拾起照片，死盯著那一排日本兵的臉孔，企圖尋找一張她無法忘懷的青年肖像。

那個就著小窗寫家書的青年，發信地址虎尾，收信地址大阪。他寫著這一封最後的家書，緊握著和人界溝通的最後時刻。

她在青年身後，坐在床沿上，晃蕩著雙腿，緊咬著雙唇。她不知他在寫些什麼，她不識字，但她識得這個介於男孩與男人的背影是傷心的，他以傷心的姿態正埋首寫著家書，他示意她坐著，還給了她一只扇子搧風。她把玩著扇子，扇面彩繪著一座金色寺廟，她覺得好綺麗啊，她打開來搧風一下，又闔扇一會，開開闔闔地把玩，捨不得用力搧，唯恐把紙扇給搧破了。青年寫好家書，遞給她，拜託她明日將其寄出。然後青年忽然窣窣落淚，把鍾家某房所生的阿珍嚇了一跳，慢慢地她才伸出手拍著男人的肩膀。竟夜無語也有語，靜默的雙唇，溫情的肢體。天還黑著，有人來敲門，要阿珍離開了。阿珍隨著一群女孩坐上卡車，女孩們的臉孔多是蒼白或者展露一種疼痛似的扭曲，有人抱著肚子冒汗，有人望著倒退的相思林發呆。阿珍望著遠去的窗下那盞燭火，手裡緊握著他轉交的信，她提醒自己明日要記得寄出。她不知道這信是訣別書，青年明日即是死日。

十八歲的男孩子將爲天皇打聖戰，他們不是天生熱愛飛翔的，他們甚至恐懼飛翔，但他們知道榮譽，也開始認知什麼叫一去不回的人生。他們的飛航訓練裡教官只教他們如何起飛，卻沒有教他們如何降落。他們年輕的生命裡只能起飛，沒有抵達，直到油料用盡，直到身毀形滅。

出任務前，他們的床邊被送來一個比他們還要年輕幾歲的鄉下女生，兩個還沒有開展的人生，兩具新鮮的肉體，該如何開始一段不會結果的遭逢？他們的愛情一樣只能開始，沒有結束。

十幾歲的少女不知道那晚爲何會被載到她們口中的日本兵村落，阿珍知道那個神秘的廣大荒地裡躲藏著飛羚機，她在四周的田中央看見過鐵鳥來去，鐵鳥轉動的聲音使她必須放下手中的菜，將手蒙在耳朵旁。鐵鳥捲起的強風還會掀起她的裙子，露出她那空蕩蕩如瘦小鳥仔的雙腳。很多年後，她才知道自己的多桑收了仲介馬伕的錢，她想多桑無情，竟把自己的女兒給送去慰安。多桑生前嘴硬，有時見她做事笨時就嚷說袂去乎人幹！去隔壁莊是妳的幸運，沒被送去外島。多桑臨終，忽露懺悔相，她終明白懺悔常需以死亡爲底才能召喚出來。激烈咳嗽痛苦萬分的多桑以模糊不清的唇語要阿珍仔原諒阿爸的傻行。

其實少女阿珍沒有損失，她多了一夜的獨特記憶，這夜的記憶植入她的人生夢境，自此停格一個美好神秘的哀愁象徵。

阮的故鄉南都

20

美軍轟炸糖廠和礦米廠後，鍾家西娘在斷垣殘壁裡想起婆婆呷菜阿嬤說的生死循業，歷盡滄桑。西娘哀嘆四萬元兌換一元的落難時期，儲藏的鈔票頓時成了不值錢的薄紙。在敗壞前，她要趕著時間拍下這一切，她可不希望落魄大團圓。某日她召集所有家眷與僅存的幾個長工女婢到稻埕，從鎮上來的攝影師已經站在前方，所有的人對著攝影師前的黑布好奇地望著，笑著。

攝影師按下快門，留住了一張大合照，那時媳婦詠美和花葉手中各抱著孩子，而西娘坐在家眷中央，那是她唯一的一張照片。拍了這張照片後，西娘感到很心安，照片洗出來時，每個人都盯著影中人看，他們發現攝影不但不會攝取人的靈魂，相反地還留住了年輕的身影。西娘瞇著眼睛望著年華不再的自己，她想後代可以憑這張照片想念她的形象吧。

但死神並沒有快馬加鞭地催促她上路，相反地死神追蹤的是她的愛子鍾聲與鍾罄，但當時她並不知道。直到愛子相繼走了，她才發現原來那張照片留住的身影不是她，而是她的孩子。她的死期在歷經恐怖大屠殺後，得再過好幾年才兌現，且是在她毫無心理準備的情形下。

21

情形是這樣的，當時西娘眼前一黑，天空往前傾斜時，她瞬間閃過的是死去多年的愛子鍾聲臉龐，他對自己微笑著，然後逐漸縮小，彈回至她的子宮。她身上的藍色細麻紗衫衣衫褲沾滿了灰土，臉上的白粉香氣吸引土裡的蟲喫噬。她額上的刺繡絨布眉勒貼著泥地，這打從她轉成少婦就跟在額上的眉勒這會要髒掉了，當她要試圖用手去推開泥土時，她發現竟動彈不得。她在內心驚喊了一聲，沒想到自己竟然以這種倒頭栽的姿態離開人世，這讓她活得如此漫長的人世，在經歷所有從產道活下來又從人生隧道死去孩子們的離別苦痛，她對此人世已毫無眷戀的蔑厭，她靜待船渡冥方。彼岸花開，紅如啼血，鋪成紅毯，這時西娘知道她要往那血毯踩踏上去了，曼珠沙華在黃泉遍野燃燒，火光照岸，生死不相見的都遭逢了，引魂花的奇異香氣，她已聞悉。母子原如彼岸花葉，花開不見葉，見葉不開花，現在花葉異時併開，她想她將死在曠野，秋風拂過，她這一生常與愛生離，一聞秋風就知訣別。

22

人生是重新丟入火爐的劍，再次還原於無，再次歷經苦痛，一切將消失於無形，一回又一回，這是爲了什麼？西娘此時忽感莫名，此刻竟無一人在側，泥土的味道不斷地掩埋她的鼻息，呼吸裡所幸還有回憶。

意識模糊裡，西娘在黑暗中聽見了四周鑼鼓喧天，看見自己坐在轎裡，穿越深草樹荒小徑，越過乾涸溪水，上了兩端高立有饕餮雕頭的石橋後，她的鳳霞紅妝晃啊晃的，一股濃烈的稻穀混著水泥的氣息飄進，她將轎子布幔拉開一隅，看見自己正被抬往一間剛翻新的三合院。當時她知道這間三合院將牢牢繫住自己的一生，只是她不知道這三合院將埋藏她近百年的歲月。

幾十墫盤果糖，廳面大九件，房內小九件，金飾八大件八小件，七桶齊全……數字圓滿。阿母還打了個純金小棺材給她帶走，說是金子不變心，男人靠不住。四月初十，她接受當妾，和鍾漁觀文定。結婚前一日，挽面人在白日吉時來到西娘閨房，替她開面。女子未出嫁前，一切身體的毛都不屬於自己可以管轄的，頭毛眉毛臉毛手毛腳毛陰毛……，這些女人的毛都必須保持原璧如初生般。不過西娘其實以前就偷偷拔過眉毛，她覺得自己兩道橫眉很兇很烈，如不祥黑鳥翼，她常偷拔之，卻見愈拔愈烈，如南方沙塵不盡。

母親在少女西娘耳邊交代她待會挽面時可不能喊痛，然後支開所有人，獨留挽面婦人和西娘，西娘感覺那個時刻靜謐如禪，如拈花微笑。挽面人像是在為佛像開光似的仔細，她的臉在挽面婦人左右巧手一轉一拉下，十幾年來跟著的微細汗毛如羽絞落。挽面人收了大紅包和貼了囍字的幾束麵線與大餅離去，西娘就一個人待在房裡了。開面後得不見天日，西娘至隔日上轎前都靜靜待在房裡，她第一次感覺光陰流年如斯滑過，她攬鏡自照，陌生鏡中人。

西娘家不收鍾漁觀聘金，西娘阿母認為當妾再收鍾家聘金就成了貪財，母親完全是因為女兒深愛漁觀之故才同意讓她當妾的，雖然西娘阿母仍因此氣得三天無法下飯，日日在齋堂坐成了一只雕像。西娘當時每日探望，照送三餐，西娘阿母仍坐定如石。很多年後當西娘因為喪子而把自己關在房裡三天三夜時，她想起母親，那時傷心的她在房間裡想些什麼？想女兒的任性？或羨慕她竟然有愛情？且還自由選擇夫婿？還是想女兒自此不在身邊了而神傷？還是女兒是一己的鏡面，照出了幽禁女人身體的幾世囚寵？她意念著母親，接著反問自己，她此時神傷什麼？她自嫁來鍾家後，時光都消失去哪了？所眷所愛終究何意？她深度感到光陰之神捉弄人心的可怖可嘆。

當年西娘的阿母氣歸氣，但在漁觀保證西娘無可撼動的地位後，也只好讓女兒嫁了。出嫁時由母親爲她蓋上大紅綢緞頭紗，從紅色頭紗望著母親，西娘想，她要到另一個家了，難道女人一生只能這樣？這頭紗是用來遮羞嗎？還是爲了神秘？她記得讀史書時提過這頭紗原是爲了遮風避沙的，儀式穿過時光，竟演變成女人必要的貞節裝扮。西娘開風氣之先，她是自由戀愛的，且不管對方已有妻小。漁觀那些妻小實則對她也構不成威脅，大某精神憂鬱長年待在房裡已不管事，妾蜜娘已往深山古剎出家，另一小妾來自風月，不知爲何突然因病過世，於是這眼前鍾家天地就是她的了。娘家給的嫁妝足足有三十箱，共花了八百圓（當時公務員薪水一個月不過二十圓）。嫁妝裡自然少不了產子衣，還有最讓西娘感到迷惘的兩套白綾絲綢內褲，她問母親爲何要兩套白色內褲？母親笑言，一個是妳結婚時穿上，初夜後放置床邊。另一件是直至妳在鍾家往生後，後輩女眷爲妳換上，此爲有始有終。

西娘拎著白內褲看，彷彿它們是命運，她必須握好它們。

三天後宴請親友，六天後西娘回娘家。母親說妳的初夜內褲妳舅仔探房後已攜回落紅褲了，妳的婆婆們都很先進，都說她們毋須見證落紅與否，這樣看來，阿母倒是眞落伍。西娘聽了一直笑，原來穿這白內褲是此意，唉，阿母啊，古人眞是耍心機啊。（但她覺得有始有終的意涵美，另一件白內褲倒是一直留在嫁妝箱裡。）西娘的陪嫁丫鬟一直陪她住在鍾家六年才願意離開西娘遠嫁，西娘對習俗一向不在意。她是孤查某囝，也就是唯一的女孩，父親做許多大宗生意，祖父是鄉紳，經濟一直很好。當時待嫁的女人都會自己做鉤花刺繡，女紅。棉被繡龍紋後來被日本警察沒收，當時結婚不能有金子，金子也會被沒收。她讀過公學校，參加過日本女青年會，村子裡的人都很敬重她，知道她當妾是因爲偉大的愛情，雖然他們從來不知道什麼叫做愛情，但都知道她可是一位眞正的千金小姐。

當時她在書院讀很多漢書，書院是早年她的祖父和當地仕紳蓋的，爲了解決漳泉械鬥，聰明的仕紳知道唯有從孩提時就作伙玩耍，作伙讀冊，才能長出根生的感情，書院讓漳泉囝仔作伙讀冊，幼時親暱慣了，長大就不打了。

西娘後來才讀些日本書，央父親從日本帶回許多書和雜誌給她。連日本最新流行和日本天皇的消息她也都知道。嫁到大家後，她唯一的堅持是各房妻妾應單獨住，單獨伙食，這樣可以減少不必要的流言紛爭。她自己總是很愛乾淨，年輕時看不慣丫頭們打掃還會自己清潔打掃，她有點像日本婦女，等丈夫回家後，孩子都上了床，她還會陪漁觀小酌一番，兩人總有說不完的話。夜宵夜宴，這房常是最晚捻熄油燈的。緩慢喝盅溫酒，吸著長桿菸斗，冬日手捧小火罈，夏夜手搖蒲扇。但她在阿本仔的眼中卻屬於殘障者，當被祖國拋棄時，纏足就如髮辮成了殘敗符號。纏足少女成了阿本仔對海外博覽會裡關於島民的樣貌展示，島上長老都知道這種展示帶著歧視性，但他們已經被祖國拋棄了，成了等待被耕殖的民，如何被耕如何被殖，民不再是民，民已成囚，許多人在渡海來的神像與祖先神主牌前暗自神傷，西娘口日耕衣，她不理不睬政權更替。偶爾在晚上，拆開纏足布按摩著弓起的足時，她會想這是一雙奇特的腳，不爲行走而來，不爲勞動而生（未料日後卻爲覓食行走而亡）。

阿本仔來了後，當保正的廖家親戚派人來到尖厝崙，在鍾家牆上用粉筆畫出一個大小，要鍾家各房把窗子開得像粉筆畫的一般大，同時要他們在後院挖便所。他們到鍾家後院一轉，發現環境衛生，且還很聰明地種了許多防蚊的尤加利樹，日本人對西娘微笑彎腰致意，說她是好榜樣，離去時還拋下一句話說這村裡的許多人係巴嘎露。

沒想到有一天我們會成爲新臣民，一座人形島。

她當然也沒想到日後這象徵仕紳女兒的纏足會讓她倒頭栽，一頭倒插田地，以背面日，成了鍾家哀愁的一幅寫眞。

心酸酸

23

彼時，西娘趴在泥地上很久，沒有人知道她跑到田裡是想要收集些稻穀或種籽之類的。她還有一口氣，然而四周寂靜。她想熬過了那麼多年頭了，最後竟要因爲覓食而亡。過去環繞她的生活周遭有多少疾疫啊，鼠疫傷寒赤痢霍亂天花腦膜炎瘧疾恙蟲病肺吸蟲蛇毒肺結核肝腫斑疹癩痢梅毒……，曾經村裡因爲一位傳送書信的腳伕帶來了嚴重傳染病，村裡不少人得了鼠蹊腺和淋巴腺腫大的痛苦症狀時，她都沒得過任何的病，連感冒都沒有過，沒想到晚年自己竟要因飢荒而死，成了難堪的餓殍，她這種死法怎麼去見孩子鍾聲鍾罄啊……。她心裡哀鳴，旱土塵味塞滿她的鼻息，她在呼吸薄弱前，閃過一些如光束的畫面，許多往事像夏日閃電滑過，她看見了年輕時執意嫁給漁觀的自己；她看見雨季時，她和女眷們用扇葉棕櫚編織蓑衣；她看見暖冬時，她在院子架起竹竿，曬起那床親自刺繡的龍鳳被，她看著家裡的查某孫在棉被下穿行而過，遺下美麗青春。褪色的鮮紅綢緞在冬陽下映出溫暖光澤，繡面的龍鳳與翩飛的成對蝴蝶全活了過來。這床讓她蓋了一生的愛情與肉身幻滅的被子，是她最後眷戀在茲的物件。接著，她看見了孩子，突然明白她一生似乎是爲三子鍾聲而來。念頭才升起時，她馬上看見離去十多年的兒子，她心中永遠的三王子現了身。

鍾聲說阿依喲，我不是說我會來接妳嗎？我不是來了嗎？

她見自己的靈在對著三子鍾聲微笑，故事裡的三王子總是正義帥氣，她的三王子也是，這一刻的相會，終於以自然的方式來到。然後她想起三子剛出世時正是漁觀生意大好時，吃飯時人丁繁多得敲鑼集結方得湊齊。三王子學步時，從後院天井到前院大廳，一路可是鋪著從大陸買來的絲綢緞面棉絨毯，生恐三王子跌倒。那時沒有銀行，光是放銀子鈔票就需要一整個半樓層才足以擺放啊，守銀槍口如眼。連案上的觀世音菩薩都散發著濃濃的檀香味，桌下方還套著鹿皮裙，鹿皮可見台灣梅花鹿的前世身影，家裡的漆器銀器就像陶瓷般常見。

西娘當時為了不讓家裡的男丁去打戰，除了鍾流是自願去之外，她可是將藏匿在稻倉的幾口鐵箱趁夜取出，打開箱內的金塊金條，賄賂日人。這段往事，於西娘的一生是羞愧印記，僅封藏在她的心裡。

24

那時小鎮大街上的名妓翠仙年輕時美麗得讓人目不轉睛的黑白攝影照片還是當年漁觀高金聘請人去拍的，拍照時，許多仕紳都被邀請去觀禮，攝影技術不再讓人畏懼掠奪人的魂魄，相反的當翠仙的照片高懸鏡花閣時，鏡花閣鎮日川流不息，只為博翠仙歡心。翠仙的照片也被漁觀拿了一張回家高掛，月彎劉海下細緻五官迷濛如視遠方，絲綢繡領依著雙頰高立，手肘輕倚烏心金絲雕花桌，翠玉花戒如佛手，那神態豔麗而不張揚，多看幾眼，連魂魄都會被吸入。這時，許多人擊額方曉，原來攝影納人魂魄的不是影中人，而是觀影者，被看者無心，目睹影像者倒是心思重重了。西娘見翠仙像老祖宗似的被迎回家也不嗔不語，她把那照片當藝術照看，許多村民見狀都笑西娘癡憨。

許多男人老想進鏡花閣逛逛，平日累積財富時，不忘多補老本，於是從內陸來的各種偏方擱在許多漢子的抽屜裡，曬乾蝗蟲的雄雌交配身影，被停格的性愛之姿，可治失戀。海狗油與虎鞭和水吞食，成了夜夜咆哮丸。從祖上呷菜阿嬤流傳下來的媚藥秘方，偷偷被漁觀拿去給中藥鋪打製成包，悄悄賞給鏡花閣的各堂主官人。阿難被摩登伽女迷惑頓失明心的迷魂咒則早已失傳，漁觀知道西娘有譜，要她抄給他，西娘聽聞卻不氣反大笑，你臨老入花叢，有錢沒處花啊。西娘對漁觀晚年喜好到鏡花閣從不阻止，她以為那世界也是一種撫慰，能提供撫慰者，在她眼裡都是善心人。

甚有男人唯恐翠仙被歲月侵蝕，紛紛貢獻不老秘方予她，無奈地，翠仙竟比其他平凡女子還凋零得快，最後竟連興致也失，再也不見客。有日本歸人獻供從江戶時代傳下的女悅丸秘方予她，說是塗抹後春心蕩漾，無奈依然不見翠仙身影，她像是枯木委頓，只好避不見人。再聽聞翠仙消息，說是得了奇怪的病，有人以爲一定是她接了什麼走船人才會導致這種不幸。

阿本仔來了，那時鍾家也還可以維持一些顏面，西娘沒有想到後來鍾家會如此落魄啊。當年她的三王子的那場婚禮啊，媳婦身上的西式婚紗，連她都很豔羨呢。但有些保守鄉下人第一次看見白色婚紗，不知貞節，只見白色恐怖。爲了她的三王子鍾聲的婚禮，不惜搬出私藏的所有，大肆宴客。那時的台灣人生活艱苦，肉、米和布料全靠配給。一個人一禮拜才分到四兩豬肉，四兩肉能有多少，張嘴有的一口也吃不到，只能聞香。西娘有朋友後生結婚，她總是到處集資肉票來當作禮金。她總勸說，人生一回結婚，幫鬥熱鬧嘿。

自從四個兒子被抓後，西娘並沒有以淚洗面，她每天更勤於祀奉神。特別在神明生日時。她在前一天就要媳婦們幫忙磨年糕，蒸紅龜糕、草粿、菜頭糕。不是端午也買豬肉紅蔥頭來包幾串粽子拜神。孫子和曾孫們未知大人之苦，皆歡天喜地期盼神明能天天過生日。四媽宮媽祖生日時，西娘也傾其嫁妝私囊，請了戲班演戲酬神。當夜，西娘伸手進衣櫥時，卻摸到冰冰涼涼的軟物，她取蠟燭一照，見到一尾蟒蛇不知何時躲在衣服裡，那堆衣物是西娘爲孩子保存下來的成長之物，蟒蛇正巧躲在鍾聲小學與初中制服下，西娘驚魂稍定後，沒有趕蟒蛇，她看見蛇的肚子裡鼓鼓的，應是之前吃了什麼東西。她用古老石灰方法引蛇出洞，她當晚在燭光下，冥思著，這回孩子阿聲是無法再回來了。蛇是來報信的，因爲隔天她養的母雞怒髮衝冠著，一算，小雞少了一隻，小雞昨夜被蟒蛇吞食了。她暗自掉著淚，小雞就是她的孩子啊。

有一度她和詠美只好求助於民間法術。

早在呷菜阿嬤年代就有奇門遁甲脫身術，她們沒想到自己有一天會需要用到這種法術。咒術師要她們兩紮小人，以草繩編之，然後放在村子入口，在放置前不能讓別人見到。紮好之小人，代鍾聲之罪，讓鬼神捕捉，解了冤結。婆媳兩偷偷摸摸地紮著草人，在月圓時，就著月光，邁著小步伐合力將草人搬至村口處的十字路口處。隔天一早她們兩再去路口，發現草人已消失。地上有些草繩碎裂蹤跡，婆媳兩喜極而泣，認爲草人已代阿聲死，遭四方惡鬼啖了去，愛子將可免此惡劫。

然幾日後，她們仍接到鍾聲被判死刑的結局。

草人無法代活人赴死。

詠美那夜之後，祈禱懺悔，她不該相信邪魔歪道的。

西娘知道孩子被判死刑那日，整天未進食，她依然虔心拜佛，拈香敲木魚，爲自己相信邪術而虔誠向佛和觀音懺悔，接著她沈默地車起衣裳，做了幾套衣服，準備爲孩子們送行。而草人的下落是這樣的：不知那夜會颳了強風，大風把草人吹離，草人一路滾過田野，落到了省道。一早的巴士客運和牛車，壓過了草人，草人碎裂，紛飛四處，再難尋覓。

咒術師說不是他的法不靈驗，是有些事無法改變結局。妳也知道妳的孩子鍾鼓也會五行地理風水和卜卦算命啊，但他也知道有些事無法改變。西娘聽了仍然付了錢給咒術師，只淡淡說，沒關係，該受的我們一定受，你說這無法改變，那麼如果你行騙也難逃因果，這也無法改變。（這名假的咒術師，很多年後在一場著名的台中大火裡死亡。那時他已經行騙賺了很多錢，夜晚常流連在酒吧歌廳，當那場大火使許多屍體都焦黑無法辨識時，唯獨這名假咒術師很好認，因爲他的胸前掛滿了金條，金子打造的佛像。認屍的人說這不是那個算命仙嗎？怎麼他沒算到這一步？）

恰想也是你一人

25

傷痕日漸被時光掩埋，女人國失去丈夫無能再繁衍孩子，於是她們熱中於繁衍牲畜。村子的牽豬哥仔常牽著他的種豬，到處播種。早春女人看得心癢難耐，晚春女人則只顧趕著亂竄的母豬仔。

民選縣長投給林金生！縣長投給林金生！廣播聲放送著選舉人名字，聽在寂寥的鄉民心裡，只感到荒涼，政治帶給他們的只有無盡的苦痛啊，他們還能相信誰？

這選舉的聲音聽在西娘的耳裡，音波噬心。

總讓她想起三子，她的三王子。

想念時，她就跑去後院懸掛的一口鐘下駐足良久，敲鐘敲鐘，敲醒亡魂，敲熄愛戀，鐘聲迴盪，直至音歇。鍾家落魄在她的手裡，西娘無顏面對祖宗，她年年粉刷鍾家公廳，請求祖先們住豪宅，盼伊獲得原諒。她苦勸媳婦再嫁，但詠美聽了總是沈默。

早年的西娘在鍾家是孤傲的，那是天生貴氣者才有的自然神情，別人也學不來。西娘望族之女，是坐轎子結婚的，據說當時光是抬轎渡溪的壯漢就可以組成一支義勇軍。西娘當時從被風吹起的布簾一角瞥見滾滾溪流，她害怕這條溪，這條溪奪走了她的父親，那時她的父親正收著大筆的稅款欲至郡役所交款，父親搭渡排橫越溪途中，竟被船家劫財後推入水中。

溪水在她結婚前夕幾天忽然退卻成一條乾河，她知道這是父親的庇佑。也許阿爹已經化為水神了，她想。這讓她嫁到鍾家的忐忑瞬間放下。

西娘的轎子被抬進鍾家稻埕時，曬穀廣場早已是老小擠成一團，爭著看北港第一美女的面龐。她和媳婦廖花葉曾同時臨盆，同時間，鍾家後院六畜興旺，母豬生七隻小豬仔，母牛也吐出兩隻小牛。那一年，不僅生子要報戶口，就是生豬仔生牛仔也都要替牠們報戶口。在吃緊的年代，西娘還算悠遊，由於丈夫漁觀擅語言天分，很容易就打點了日本人。而她的手藝女紅名聞遐邇，是送給日本官方太太最好的禮物。

想起那些美麗的刺繡，西娘就會面露微笑。

十戶一甲，十甲一保，基於住民都有連帶責任與好處，當年鄰近各戶對漁觀和西娘都十分尊敬，漁觀更有喊水堅凍的影響力，但其背後支柱完全來自於西娘。她活這麼久，也許和她自己的健康秘方有關，感冒時她用烤焦梅乾加蔥末注入熱水喝，出汗即好。孩子們發燒，她壓碎蓮藕加蜂蜜喝。多少夜晚，孩孫們的咳嗽傳到她的耳膜，也是她用黏稠的白蘿蔔加上蜂蜜來爲他們治療。說太多話的三王子鍾聲在外奔波回來聲音沙啞時，西娘總是用鹽水加醋來讓他殺菌漱口，西娘還認爲麵包皮加入粥裡煮可以治療拉肚子。南方冬日濕氣貫穿薄牆冷透時，她幫一家老小的棉襪裡放進曬乾的紅辣椒，如此治療了腳底的冬日癢與凍瘡。夏日長痱子的背，去見西娘就好了，只見她抓了把鹽放在熱水攪拌，紗布一沾抹在孩孫的背，每張發癢的臉就都笑開了。到了夜晚，一家老小都是在茶葉渣內裝的枕頭上作夢。

持家的西娘，在貧窮年代也是一家的保命丸。一旦她走了，就像失去了保生大帝似的生命支柱。

西娘的心多年前就死了，她發現自己有那麼多偏方，但就是沒有救愛子的偏方。鍾聲在台北被槍決的消息傳到西娘耳中時，西娘沒有哭，只是靜靜地坐在窗前，望著一株早開的花發怔。

她的眼睛早已哭傷，此刻連一滴淚都將如針穿刺地疼痛。有通靈體質的她已經看見鍾愛的孩子身上有個孔洞不斷地溢出血水，死亡的訊息早已送至。

同是首腦的鍾罄卻只被判十五年，西娘沒有高興這樣的判決。她以爲鍾聲和鍾罄都會被判死刑，她早已有失去兩個優秀兒子的準備。當她知道讀書會是他們兩兄弟共同發起時，她就見到了可能發生的未來命運。西娘認爲鍾罄苟活，西娘說你應該爲自己所選擇的信念赴死，你活下來，但那些爲了呼應你理念卻因此賠掉生命的人如何安魂？他們的家屬如何安心？你應該貫徹自己的信念。

鍾罄默默承受，他面龐出奇的平靜。

詠美在旁卻說如果鍾聲也像弟弟該多好，至少留得青山在，不怕沒材燒啊。

西娘說妳不懂，很多人因他們才揭竿而起，但那些人死了，做為首腦人物卻苟活，這不是革命者的精神，不論有沒有和別人交換利益，自首就是苟活，這是牆頭草，如果要當牆頭草，那怎麼配當首腦。號召之前自己就該想好，不要把別人的性命拿來開玩笑啊。

阿依，難道妳捨得弟弟阿罄赴死啊！已經死了一個兒子了……詠美不解。

從斗六車站回到尖厝崙的一路上，木麻黃小徑上飛沙走石的，西娘邁著小步伐，忽忽唱起歌來。

詠美對婆婆說阿依，一旦嫁，我就是嫁到尾了。妳放心，厝裡一切家小我會照顧。西娘聽了沈默一晌，半晌才說妳也要想清楚，別和阿罄一樣，沒想清楚就一頭熱，害了自己也害了別人，何況他沒有妻小，理當是更沒有牽掛的人啊。

阿聲難道就有想清楚？他也是害了自己也害了別人啊。詠美聽了這話像是被燙到似的，突然開腔大聲了起來。

妳看妳還是很怨，這樣怎麼走到尾！阿聲不一樣，他是爲他的信仰而活，他很清楚他要革命的東西，他不會讓別人爲他送死的，要死他會先死的，那不一樣，這是伊的選擇和價値，西娘說道。她也不打算再說媳婦，畢竟她也是受害者，她不過是在已成局的人生裡試圖嚷嚷怨嘆幾聲命運罷了。

鍾罄後來死在異鄉，村人說這西娘也眞是的，她應該堅持請道士們到蘭嶼招鍾罄的魂回家。西娘已經沒有淚水了，她只是沈默地把鍾罄寄來的照片裱框起來，把鍾罄肖像掛在父親漁觀肖像的旁邊，鍾罄的老邁模樣使他看起來和父親漁觀像是同輩。

26

西娘把自己關在房裡三天三夜，沒有人知道她在房間裡做什麼。現在輪到她的生命上場了，她究竟在房裡做什麼呢？那三天三夜如一生悠遠，她靜靜地坐在榻榻米上，取出塵封的那只古琴，三王子從內陸帶回來的這把古琴，琴聲幽靜而悵，她沒有撥絃，僅來回不斷地撫拭。然後她又取出一口木箱，一一取出木箱裡的物品，生產衣下的血漬黏附棉線上，她如螞蝗將鼻息埋進那血的圖案裡，有母子相依的原生氣味，那是她那三天三夜的食糧。那三夜有三夢，一夜她夢見她騎著一隻懷孕的母老虎，手持一尾蛇，將蛇如鞭子般揮舞，她朝四周噴口血時，蛇頓時硬如劍，被劈到者皆發出哀嚎的苦痛聲。二夜她夢見一尾大魚拉她下海，她竟就在魚肚裡住了下來，直到有一天一個額頭上印著「蔣」氏者命令漁夫把大魚撈上岸，說是魚肚裡藏有金銀珠寶，待大刀剖開魚肚時，卻也剖傷了她，任她血流如注，瞪大目光如見仇敵，她喊著魚是神聖的，持刀者冷笑。三夜她夢見雞舍的母雞全變成孔雀，孔雀開屏，後院大理花如雲朵盛開。

她醒來自己解夢，懷孕母老虎，那是虎妹，即將產下肖蛇男嬰，虎妹此子，被劍劈下，此子意味將養育不久。二夢其解魚是漁觀再現，他的三王子遭政權去勢出草，連帶傷了周遭者，尤其本不問世事的女人，在魚肚裡修養生息的她終也得傷心醒轉。三夢她解鍾家故事的未來述說者是女性，雞化爲孔雀，祥夢瑞兆。夢吉祥，西娘虛弱地推開厚重木雕門，那一刻鍾家老小都還浸淫在夢裡，西娘佇立破曉時光的農村景色裡，迷濛的露華濃予她美好幻覺，她朝空氣大吐一口黑氣與黑痰，接著她步行到村外小徑路口眺望晨間中央山脈餘峰景致時，正巧駛鐵輪車的阿勝經過，還以爲自己見到了白衣仙姑。

她看見丈夫漁觀也來了，她記起了死者，想起死者的死亡記事。

爲漁觀舉行入殮的是鎮上最有名的法師道明。道明師敲鑼打鼓，鼓吹樂隊拔鑼嗩吶聲氣勢張揚，安靜的村莊許久已經沒有這樣的喧擾了。七日法事後，道明師宣稱漁觀已經被他引至佛國，說只要虔誠祝禱往生極樂世界，亡者就可以見到佛光，見到佛光者還有不受庇蔭保佑嗎。法事幾日下來，原本罩頂的陽光烈焰卻湧進了雲海，眾人在雲端下感到有絲涼意，大家都要這睽違許久的涼意，也不期待什麼佛光成仙了。

做人這麼歹命，誰知道做神仙有多快活？都是聽來的啊。有人竊竊私語。

鍾家客廳仙桌旁，牆壁懸掛的那張完整鹿皮曾經眼見這一切的血腥，當年爲漁觀誦經時，釘得牢牢的鹿皮不知怎地竟掉了下來。

西娘說有想念漁觀的人在路上了。

27

那人是期貨阿嬤，常把喪事當慶典看的人。

期貨阿嬤從東部趕來時，全村的人又都跑來看伊了。這景象有如當年期貨阿嬤帶著好幾張鹿皮隨著嫁妝來到雲林時，許多人都來看鹿皮，摸著鹿皮。在村裡沒有人見過梅花鹿，沒有人見過羌見過熊，他們只見過被馴服的豬牛羊，連馬都沒見過。從鹿港嫁來鍾家的期貨阿嬤帶著梅花鹿皮，爲年輕人的心裡植下了一片梅花鹿奔跑叢林的想像，一種純然的野性。

你們所見只是一張鹿皮，在我們老家啊，一年要出口三十萬張鹿皮呢。村裡的孩子都無法精確說出三十萬到底是多大的數字。那些爭睹鹿皮的孩子已然長大，他們再次看見鍾家的期貨阿嬤，都有點近鄉情怯起來。何況在他們小小的世界裡無法明白爲何鍾家的期貨阿嬤要穿男裝剪短髮呢？她離開的時候是一個穿旗袍的女性呢，怎麼回來就轉了性？

期貨阿嬤也不按古禮什麼要敲打比自己早走的晚輩棺木，她什麼也沒說，只在棺木旁合十默禱，連淚都沒掉一滴。那次她在鍾家留了七天七夜，期貨阿嬤離開鍾家後，很多年後，期貨阿嬤成了人瑞了，其死亡訊息傳來村裡，又是很多年後。（其肖像才被鍾小娜補足在祖先群像裡，善於攝影的小娜從一張模糊合照截取了期貨阿嬤的身影，將之修復放大。那是一張很帥氣的女人照片，村子裡的人只要看那影中人的眼睛一秒，就會遙想起那個飛沙走石的下午，從車子裡委身走出一個穿西裝剪短髮的女人，眉目英氣逼人。）

穿西裝打領帶的期貨阿嬤帶著一籮筐的東部特產來到她離開多年的鍾家，她張望四周一下，內斂的神色裡看不見情緒的波動。她已是一個老人了，但看起來身骨硬朗且神采奕奕，彷彿視時間於無物。西娘喚了聲卡桑，妳返轉了。聲音低沈悲切。期貨阿嬤卻對西娘大笑三聲，音量足以趕跑諸魔，一切會過去，免傷心啊。期貨阿嬤環視她年輕時的尖厝崙老屋，一條龍的建制眼下卻成了一尾蛇，恐懼籠罩上空。

期貨阿嬤沒有生子，在領養孩子前，她將另一個太太仙麗所出的兒子漁觀當作親生子，她在人世有親眷之感的人，她得來看一眼。

連孫子鍾聲結婚時，期貨阿嬤也叫不動呢。她喜歡送終。

漁觀法事舉行了四十九天，鎮上一些位居官職的昔日友人也來弔唁。四方形的鍾家廣場從各入口湧進人潮，連做五金買賣的推車、賣九層油蔥糕和油炸花生糖小販、兜售愛國彩券的殘人、賣膏藥江湖術士、旋轉木馬臨時遊樂場……全兜轉在廣場帳篷的四周。加上請來的法師道士和歌仔戲班與布袋戲班的輪流上陣，將整個小方寸吵得熱鬧滾滾，高分貝四散。繞著歌仔戲班搭的木棚追跑的孩子不知這是一場葬禮，他們以爲是媽祖廟會，於是玩射水泡彈珠尪阿飄的小猴囝仔們整日發出興奮的尖叫嘶吼……這場葬禮成了鍾家最後的一場華麗高潮。戲班演出陳三五娘。另一個來自鎮上的鍾家布袋戲班演出范蠡獻西施，一口道盡千古事，十指弄成百萬兵。王對王，仙拚仙，亡魂對亡魂。

倒地的西娘想起生者，也憶起死者。

28

還沒有人發現倒頭栽在土地上的西娘，她想難道自己竟要背對著天而死？以恥辱之姿？她感到背部愈來愈熱，她的呼吸愈來愈困難。

西娘倒在地底的緩慢時間裡，她任意識流淌，想起不相干的，也想起許多相干的。她那無法言喻的美早已被時間消蝕得無影無蹤，醜物倒是長存人間，西娘以為當今之世，活也猶死了。只是過往的她絕無思及近百歲的她要下田尋覓穀物，絕無思及幾個兒子過世得早，徒留她的歲月孤寂。

當西娘以倒頭栽的方式碰的一聲倒在荒地時，起先無人發現，直到金黃的夕陽暈染了西娘一身時，才有駛著鐵牛車的鄰村人透過田埂旁的竹林瞥見一具如抹上聖油的金黃身影。鐵牛車的兩個壯丁和三名婦人一起奔下車，邁向西娘臥倒處。其中一名婦人才看見一雙穿著破舊繡花鞋的腳時就開口說這是鍾家阿太啊！這婦人還是女孩時就聽聞過眼前這雙小腳的美名與繡花鞋的繡功，雖然繡花鞋破舊了，但仍看得見那刺繡的精細手法。婦人合力將她翻過來，我說的沒錯，果然是鍾家阿太，那原先說話的婦人又開口說了一次。

西娘的臉蒙著些土灰，乍看有點像是女巫師。有人以手探了探西娘鼻息，鼻息尚存，她倒在一生最愛的土地上，她僅剩的一小塊田地。

這鄰村人都聽聞過西娘美名，眾人以一種虔誠肅穆的表情將西娘抬上鐵牛車最舒適的乾稻草上，然後一路撲撲撲地開進尖厝崙鍾家祖祠的廣場前。有人看顧著西娘，有人先奔至鍾家祖祠後的鍾家三合院大廳，東張西望也沒個人影。於是開始扯喉叫喚，這時房間有人發出呻吟聲地問著誰人？生病在家的是西娘的三媳詠美。鄰村婦人循聲找到詠美，說了西娘這回怕躲不過黑白無常了。詠美聽了瞪著天花板，怔怔地掉下淚來。

怎麼厝內都沒人？

一家老小都去鎮上找工了，鍾鼓仙上山採藥，連西娘都去田裡，只有我這個無路用的人破病在床。

那現時怎麼辦？村婦問。詠美要他們扶她起身，她艱難起身後從抽屜找出了一張寫了號碼的紙張，拜託他們到村長家搖電話給西娘屘子鍾流，要他趕緊回家陪母親。鍾流趕來，母親西娘虛弱卻還不至於說走就走。鍾流隔夜返家，他的妻阿瓜劈頭見他就說怎這麼快就返轉？鍾流搔頭摸腦地說，阿依忽然好轉起來，她要我將廳堂掛的那張大合照拿去翻拍，阿依只要我局部翻拍她的肖像，說是要我準備伊以後過身的事，阿依說的是以後，且我看見她的臉龐像是在等著什麼似的，眼睛睜得晶亮。

西娘那比月光還亮的瞳孔散著等待某人的氣息。

我比誰都愛你

29

鍾聲被屠殺後，詠美的眼睛長年因流淚過多而凹陷成枯井。在時間光陰的摧殘與生活競爭的肅殺和感情的揪心裡終於目盲，目盲於一切，背對自己的歷史。她的背後星辰如虛空之無盡，兒子問她，妳要去哪裡？

她說去領政府欠我們的一個公道。

說這句話時，她想起了母親。一個老母親想起一個更老的母親。

當年母親對著大海嘶喊一聲，海靈啊，媽祖啊，爲何抓我所愛？

誰還母親一個公道，上蒼不能，大海不能，大地不能。大海的反射光讓母親眼睛受傷，大海且讓她哭瞎了雙眼。有兩種人最容易得白內障，一種是漁夫，一種是農人。她剛好是這兩種人，海水的光長期傷害她，水稻田的光也長期侵蝕她。窮人的光可以傷人，讓人了無光明。

想起母親，那麼遙遠的人。母親一直對詠美婚姻不幸耿耿於懷，很過意不去，說來也是好笑的，只是因爲她在迎娶當日準備了一道鴨肉給詠美吃，母親記得詠美是愛吃鴨肉的，但事後有人告訴詠美母親鴨肉在婚宴是不祥的，鴨和押同音，新郎會有牢獄之災。詠美夫婿被抓去關後，這位做母親的就忐忑不安，認爲是自己帶給女兒不幸。沒有把祝福帶給女兒是這位後來瞎了眼母親的終生懸念，詠美母親在黑暗中，不斷地念經祈禱，直至她往生，她沒有再看這世界一眼，即使她最愛的女兒詠美與最戀的海洋。

詠美對母親的回憶就是凹陷的一雙眼睛，如枯井的雙眼擒住了她的遺憾懊惱，不用閉上眼就抵達黑暗的黑暗，如今也來到了女兒的命運。

詠美知道再過不久她的雙眼雙耳也都要被時間無情地關閉了。

五官敗壞，四大崩解，她趁毀壞見菩薩之前，來討人間公義。

當她邁著巔巍巍的步履到警備總部檔案室調閱資料，浮上眼簾的第一個死亡名單刺痛了她。她的配偶欄寫著小字「歿」的鍾聲。這麼大氣卻福薄的名字，爲了理想而被異黨像豬一般地運到台北跑馬町，斃命，屍體連同島嶼的濕氣腐蝕於泥地了。

多年後，戒嚴時期的政治案件終獲平反。詠美來到中山北路「財團法人戒嚴時期不當叛亂暨匪諜審判案件補償基金會」辦公室裡等待填單領錢時，她注意觀察著來此的家眷表情，當然，她看不見細微的心情，每個人只想趕緊拿了錢就走人。誰也不想撞開傷口，一點也不想讓亡夫亡父最後以「鈔票」換取，亡夫亡父的肖像被鈔票上的肖像無情地替換了。

詠美一看就是那種經年守寡的肅穆樣子，她坐在辦公室裡，在匪諜字眼下方的塑膠椅子上端坐等待著，她閉目刻意想像著自己是山寨主女匪頭，山寨夫人。她看見丈夫的逃亡，他躍下溪水，如鯨奔去。岸邊擱著眼鏡、鞋子、書……。

突然有人搖了她一把，她打了個冷顫，睜開眼。老太太，您幾號？隔壁的一個老太太問她。兩個老女人微笑著，互看手上的號碼牌。

詠美想，丈夫死前也有個號碼牌，現在她也有個號碼牌，以前她領的是屍體，現在她領的是數字。以前叫囚犯號碼時，是訣別。現在叫家屬號碼時，是賠償，是某種正義的替換？

她們疲倦地看著彼此的號碼牌。

老太太說，輪到我了。

詠美對她微笑致意。

她想，丈夫離開囚室時也是這樣對其他的戰友如此微笑的吧。

領了一張支票後，詠美再也沒有到過那間奇怪的台北辦公室。島嶼也走到歷史傷口的彌合時間了。

詠美知道，把自己和丈夫隔開的不是歷史，而是際遇，理想的落差。她想在意這段血腥歷史的人，也許是要受過傷的人吧。否則歷史對許多人而言其實是不具意義的。

惜別海岸

30

詠美是受到父親唯一疼愛的漁家之女，漁家之女常常想的是過去和海的戲劇性。她嫁給一個農夫之子，農夫之子想的卻是未來。

她的青春期已經有人高喊「維新世界，自由戀愛」的流行語，但在鄉下小漁村，她還是遵從父親大人的旨意婚配，她對於現代文明，或者課堂英文老師教的什麼摩登生活是不瞭解的。對她而言，她喜歡的世界是井然有序的，甚至是被安排得好好的，她很怕自己得作主。最後是有人幫她作主，她只等著照辦就行了。於是媽不媽登，她無所謂。

晚年的許多時候，她多待在昏暗柑仔店，從搖椅上怔忡醒轉，透過餅乾糖菓的玻璃罐望見店前一條被玻璃映照扭曲變形的小路，她即不經意地遙想起那場被延遲時間的婚禮。那場被母親認爲豪華與被其他少女豔羨的婚禮，卻造成其他女子的自殺，那些女子太愛她的夫婿鍾聲，卻選擇死亡？這於她都是聽來的。當時她只知道她即將成爲一個妻子，一個母親。不知人生有無盡的黑夜與悲傷苦痛在前方等著她。在結婚初夜，當她第一次在一個陌生男子面前裸身時，她就知道她永遠都不可能滿足他的丈夫。丈夫摸到她的胸部時，他的手明顯地快速移走，雖然當時丈夫對她說妳很美的。但她知道她平板的胸部將成了她無法極樂的痛。

她是村子第一個穿上西式白紗結婚禮服的女人。她從蕾絲的雕鏤花朵縫隙瞧見了她的新家，她知道她一生都將老死在此，且知道跨過車門，她的姓氏自此以夫爲冠。

她日後墓碑將是：先妣鍾施詠美，男三大房立，女名如亡者都將消殞。

名字比思念長。

31

沒有人知道那些日子的夜裡，詠美一個人在房間裡都在想什麼，懷胎三月，而丈夫已經消失四十九天了。這是一九五一年的初春，這天日頭放晴，在一連幾日綿綿春雨後，這陽光掃蕩了陰霾，稻埕上雖空無一物，連稻穀都被窮人撿拾一淨，但陽光在風中游動閃爍，溫暖光芒讓人想要伸展筋骨。這日村落裡陸續來了些他地的流動小販，送藥包的郵差、賣線頭鈕釦布匹的布販，五金雜貨鐵牛車，醃製醬瓜的推車販……搖鈴聲淡入又淡出了。

有個挑著竹簍的賣魚人這天也來到了尖厝崙，當他走到鍾家門口叫嚷買魚喔！買魚喔！西娘正抱著孫子跨出門檻來到了魚販旁，西娘很疼孫子，抱前抱後的。看在她的媳婦廖花葉眼裡卻很不是滋味，村裡的算命仙早說這個孩子會剋母，無法吆飼長大，她老盤算著要把她送給鎮上的妓女養，西娘卻怎麼樣也不肯。廖花葉總想著婆婆這舉動分明是拿這個孩子來詛咒自己，花葉暗自想恐怕得等西娘往生後，才可能送走這孩子了。

當家的西娘不管花葉，逕自抱著孩子走到魚販前，逗弄孩子，親著孩子，問著孩子呷魚呷魚喔，孩子只一逕地手裡亂抓著，口吐著酸沫。

西娘把孫子放下來，蹲身望著竹簍，抬眼問就剩這兩尾啦？

是啊，太太，剛好初一，許多人家買魚拜拜。

初一了，好快啊。西娘用手按掐了魚肉一下，魚眼珠黑白分明地映著藍天上那朵白雲。西娘起身，忽然有些暈眩地使得她的小腳顫抖了一下，魚販本能地拉住她一把。西娘微笑，魚販這溫柔伸手拉住的一把，使得她臉皮忽然泛紅，好像基於不好意思似的只好說那就兩尾魚全買了吧。魚販彎身抽取竹簍邊的報紙，將那兩尾魚包住遞給西娘。西娘轉身對著正好出來探看的詠美說卡滋拉，妳入內攢錢付小販。

詠美遞了錢給魚販後，將魚拎進廚房。忽然聽她哀叫一聲，在餐桌上餵孫子喝米粥水的西娘疑惑地轉頭看詠美一眼。

詠美才想起自己的失態，她拎著沾滿魚腥與魚血跡的報紙走至西娘旁。

阿依……

西娘望著她擱在桌上發皺發腥的報紙皺眉著，心想這氣味真奪人啊。

新生報。她讀著右上邊的報名，她的眼睛視力只能看見這三個大字。

阿聲走了。

走了？西娘想他能走去哪？難道越獄，或者執政者良心發現她的愛子不過只是個愛讀書的孩子罷了，他連拿鋤頭都不穩呢。卻聽得詠美說，阿聲已經槍決在跑馬町了……她握著手中那張魚販包魚的報紙，全身發抖著，嘴唇也像是被通了電流似地跳動不止。

西娘被槍決兩個字死死地釘在桌前不動，初夏的庭院外有飛舞的風送進正在開花的植物香氣，她卻吸不到那個空氣了。廚房通後院的那道木門咿呀咿呀著，葡萄藤在窗外綠意盎然，但她卻看不到這個美了。整個世界都無聲無息，都暗下來了。直到孫子拉了她的衣袖喊渴。西娘看了孩子一眼，她才又活過來似的繼續手上的餵食動作。許久，她才悠悠地說，這裡沒人可爲阿聲收屍了，只有妳了，妳就準備去台北吧，想辦法找到阿聲，引佇個不孝子的魂返家啊。妳若想嚎，就嚎出來吧。

詠美搖頭，只安靜地又走回爐灶旁。從大水缸裡舀了幾瓢水，殺洗著魚，魚血腥紅了刀，她掏洗著內臟。她的手被魚鱗刮刺著，她覺得此時這股疼痛感很好。

水注入鋁鍋裡，聲音在安靜中顯得奇大。那上好的鋁鍋是鍾聲有回到鎮上買回的，她記得丈夫當時拿著鋁鍋說這是從米國人軍用飛機拆下來的鋁片做成的鍋子，發亮的，眞是輕啊。那水聲也驚醒了在旁邊坐得近乎尊雕塑的西娘，她在陰暗客廳忽然開腔唱起哭調，哭皇天啊，死佬無人收……憑籬籬傾，靠壁壁倒，留母一人哭悲哀……

詠美殺了那尾來報信的魚，而且把魚的尾巴給煎斷了。

她在恍神中想起阿祖說過魚的尾巴弄斷是不吉調事，但死亡早已先一步來臨，她還有何所懼？

她的男人鍾聲在她的身體裡放置了一只不斷轉動發條的記憶鬧鐘，她感到時光在身體敲著，每一聲都敲著鍾聲的魂。

中午她沒吃飯，她一個人退回西廂房。這個小房間有一只上等檜木的紅棉床，一座衣櫃，一組化妝檯椅。就這樣了，除了床底還有夫婿的鞋子以及床上的兩只繡花枕外，就空空然了。但新裏已久的油漆味卻還不時地飄散而出，讓詠美的記憶無論時光走得多遠都還能憶起出嫁至鍾家時的那種奇異的忐忑，外面喧囂，獨她靜默。像是早已寫好的預言書，她初嫁此地即已感受莫名的悲傷。她坐在床沿上，靜靜地望著窗簾的光影，陰影落陷在縐褶處，陽光隨風跳動。她的房間是唯一有兩層窗簾的，一層白紗，一層台灣小碎花花布。她要求鍾聲去鎮上洋行為她訂製的，她無法忍受許多野孩子或者好奇的少男少女就端然跑到新娘子的窗前好奇著，即使關了窗，陽光也還能讓這些好事者看見她的剪影，她感到不自在。留學的鍾聲當然是二話不說就照辦了，西娘是開明的人也很同意，倒是詠美的妯娌廖花葉心中卻暗自不平，有時她總是酸言酸語地說高貴人總是比較神秘，其實孩子們哪裡要看她了，只是她愛漂亮罷了。把詠美說的像是一個很輕浮很物質的人。

詠美無所謂，她確實也愛漂亮。但此時此刻，這窗簾卻讓她感到疼痛，這窗簾可以說是鍾聲對她愛意的某種表達了。

32

夜晚，確定鍾聲死了後，她從昔日的不安裡反而平靜了下來。從今而後相依相偎，無論貧富順逆，無論殘疾健康，我們珍愛珍惜，且至死方休……婚禱成了昏倒。這床他躺沒幾年，給她的夜都化成了胚胎或者小孩。有村婦羨慕她可以和鍾聲這樣的「好種」生個孩子，想必後代出息的。在她還沒被迎娶進鍾家前，聽說許多媒人走動西娘廂房，遊說西娘願意讓某大宅院的某個嫁不掉的兔唇女兒和鍾聲生孩子，那大宅院願意以一箱黃金送給西娘。西娘笑說，鍾聲又不是種馬。媒人乾笑於旁，心想自己也分不到一小塊吃紅的黃金了。現下，詠美躺在新房，新房早已沾滿血腥與淚水。種馬男人成了荒野之屍，她終於懂得大宅院兔唇女兒要孩子不要丈夫的那種感覺了。

當她還在日夜感傷時，西娘早已邁著小腳去村長家說情，要他幫忙預留明日台北火車票，她要詠美隔日就北上收兒子的屍，不能讓鍾聲暴露荒野過久，野狗會吃屍體，那對鍾聲太悲哀了。接著又到農家探問有無貨車或三輪車要到斗六，順載哀家詠美和孩子到車站。西娘問了許多家都不願意，彷彿鍾家已是被作記號的傳染病之家，最後是一家早年深受西娘賑災與便宜租地的農人得知後連夜趕到西娘門前說，沒問題，明早的事交辦伊。

詠美不願意帶老大桂花北上，她覺得這對孩子是趟折磨的旅程。西娘卻持相反看法，她說任何一個孩子都想見父親最後一面，即使已經是一具屍體了，父親還是父親，父親的靈也還沒離去，他在等她們前去告別。殘酷是殘酷，但這就是生活，她要去看看父親是怎麼爲別人而死的，是怎麼死在自己貫徹的理念下的，是如何莊嚴地赴死卻被了草處理的畫面，這樣她終生都會記得她有一位何等了不起的父親，這是她必須經歷的早熟過程，我們不能佯裝這事的不存在。讀過漢學和經書的西娘道理言之鑿鑿，其話是擲地有聲，詠美別說是反駁，她連大氣都不敢出一聲。

她在衣櫥裡，尋找黑色的洋裝。也尋找著丈夫的新衣，卻發現丈夫的衣服沒幾件，好些的都被他拿去送人了。

黑色，是她能給予丈夫最後的顏色？

這黑色，沈甸甸的，她從來沒有喜歡過這個顏色，但似乎這顏色再也擺脫不了了。她想，大戰結束了，怎知道眞正的戰爭才要開始。這村莊眼見就要成了寡婦村，墳墓將比戰爭時還要多啊。

神從你身上奪走的，祂用眼淚償還你。她忽然聽見窗外有人低語，但她轉頭，只見竹葉搖曳著。她問自己還有淚嗎？

33

隔天一大早詠美帶著孩子搭上運玉米西瓜的鐵牛車，一路吃著飛沙，在西螺車站時，鐵牛車又把她們交給載米袋的電動三輪車，一路穿越了腥紅大橋，花生沙地、魚肉市集，就這樣風塵僕僕地抵達斗六車站。

斗六車站是詠美和西娘見鍾聲最後一面之地。隨後，鍾聲像豬仔般地被丟進卡車，卡車迅速開走。詠美見婆婆邁起步伐奔跑了起來，綁過的小腳瞬間卻讓她跌了一臉鼻灰。詠美跑上前扶起幾乎昏厥的婆婆，婆媳兩人那一刻才痛聲大哭起來，那是詠美唯一一次看西娘如此老淚縱橫。

在擠滿北上的賣票入口，她調整著被人群擠壓導致帶點扭曲感的臉。她終於買到了兩張北上的火車票，透過村長早向賣車票的人有所交代，她才能在人群中搶得了兩個位子。

她帶著老大桂花北上尋夫，不再呼吸的身體是否還有阿依口中的魂魄？她不知道。她臉色木然，過擠的人群常欺壓到她的身體，她也像是毫無知覺似的。

在亂烘烘的月台上，詠美向一個小男孩買了把看起來再不澆水就會失色的一束花。她正好想應該要有一把花，她一早醒來就在想要去買一把花。

她帶著桂花去如廁時，順便放了些水在花束的塑膠袋內。

車站帶著牲畜腥臊氣味，一些剛從牛墟下場的販牛人交易完成，拎著錢要搭車北上。

詠美終於帶著孩子坐到了自己的位子。

火車在氣喘的鳴聲中開拔。

嘎嘎嘎，月台邊的人逐漸後退，消失在窗前，取而代之的是勻稱的稻田，搖曳的密密香蕉林，一望無際的綿延山色。逐漸地，空氣漸漸乾燥了起來，詠美撥撥被風吹亂的髮絲，聞著風裡關於海的氣味，她想是漸漸遠離海風的吹拂了。自由的海風，是她拋棄了它們。

在路的前方，木麻黃的後方是尚未犁田栽種的土地，露出了大片的黑，有的土地也興建了房舍，幾間紅磚住宅蓋起，房舍旁有水缸，植栽幾株芭樂樹和龍眼樹。

晨光的霧漸散，天氣還未熱起來，一切都還可以忍受。

只是冷不防一陣令她窒息的火車煤煙塵會從窗戶飄進，頓時讓她感到有點噁心，她肚裡還有個正在分裂細胞的胚胎，可憐的胚胎，無父的降生者。

無父之子，如無頂之屋。沒人頂天，沒人頂地，她感到今後只剩下孤單了。

流浪到台北

34

在與鐵路平行奔馳的省路上有載滿西瓜和香蕉的牛車。年輕的莊稼漢腳踩著牛車，裸露的上身因爲力量的牽動而展現了有力的肌肉，詠美看得入神，不知爲何悄然地感到深沈難言的寂寞之痛噬咬著自己的心，無以排遣的多感之心。臉還盯著窗外瞧時，卻轟轟地，頓然整個視野化成了墨黑，原來是火車過山洞了。

火車出了隧道，她當時來不及關窗，當然沒提醒要桂花關窗，一出洞口才見到桂花的臉像是關公。她掏出手巾幫桂花擦了臉，桂花笑著指著母親的臉，但她這個做母親的卻面無表情地將手巾折了折，用較爲乾淨的一面擦著自己的臉。

我們最好關窗，詠美說。

會悶熱啊！桂花說，但她還是幫母親試圖拉下車窗，但怎麼拉也拉不下來。

窗戶生仙，生鏽的窗卡得很緊，詠美放棄了，她很累，心想臉黑就黑吧，有位子坐就不錯了。

桂花的腳沒事就踢著前面座位的椅背。

詠美一路抿著嘴無語，手上的東西紋風不動。停靠站時，窗外叫囂著燒枝冰，臭酸的便當……她恍如未聞。只在車廂內開始有人吃便當聞到氣味時，她才想起什麼似地站了起來，拿下擱在上方鐵架的花布包，打開結，遞了個從家裡帶來的飯盒給桂花。

飯盒有幾塊豆干、酸菜和一塊豬肉，桂花看到豬肉就露出欣喜的表情，她很久沒有吃到肉了，有肉吃代表著不尋常，她想也許是父親寄錢給家裡了，又或者是阿嬤爲她們北上特地加菜的。

但即使是這樣面對著有吃食的喜悅都無法讓她們身上沾上些快樂，反而她們母女看起來就像是要前去悼亡的喪家樣子，陳舊的外衣，面容凝結著一股像是凍著的寒氣，但又有一種習以爲常的那種如鉛的沈靜感。

火車慢慢地穿越了溪流平原。

火車在中途靠站，休息了頗長的時間。停靠的站外是荒涼的平原，桂花一下子就竄出車廂，在月台上眺望這新奇之地。她從沒離開家，這世界好大，大到像是會把她的身體吞噬。

疲倦的詠美終於酣酡在椅背上。昨晚她無法入眠，是悲傷，是更多的空虛，是無盡的惶恐，是說不出的寂寥。

火車再次鳴笛，驚醒詠美，見不到桂花，倏忽跳起，旋即就見到被堵在走道人群裡的她，懷裡的洋娃娃像是紅色火爐，一頭金長髮把射進車廂裡的陽光折射得遊晃迷離，詠美鬆了口氣又坐回位子上。

正午大太陽露出了刺目的光，這光燦對比詠美的陰鬱，使她感到頭十分地疼痛且暈眩，她見到自己在岸上眺望漁舟點點，等待父親歸來，等待聽到漁船引擎聲靠岸的幸福聲響。她一輩子都在等待，等待一個身影。

就在這時火車廣播聲說台北快到了，陸續有人慌張站起，伸長手臂拿行李。詠美拿下布包，取出梳子要桂花把一頭吹亂的頭髮梳一梳。

記得今天不論看到什麼都不要哭，知否！

桂花聽了瞪大了她的大眼睛，似懂非懂地猛點頭。

桂花手裡抱著一個穿著紅色衣服的洋娃娃，是鍾聲留日的朋友在她三歲生日時送的，是桂花唯一的寵物，都快少女了還整天抱著洋娃娃不放。但這回詠美不給她帶，說是小大人了還抱著洋娃娃，眞丟臉。桂花暗暗哭了整日，是西娘說了話，伊只是個大囝仔啊，妳就饒過伊吧，別剝奪伊所愛。

別剝奪伊所愛。詠美想起這句話，心裡如針刺。西娘說妳不能與命運搏鬥，妳只能順應變化，命運的秘辛不在手掌心的掌紋，而在妳的心與看不見的地方。此刻她盯著自己的斷掌紋，看著自己極深長的生命線與極短淺的感情線，陷入迷霧般的心境。難道我命中注定所愛皆離的折磨，而鍾聲注定在死亡的痛苦流沙裡消滅他的理想？他只能在曠野的墳堆裡行過一個地方又一個地方的遊蕩，直到命運轉盤停止？她又想起婆婆西娘，這女人在極度哀傷的每個夜晚如何度過，生活在已經消失秩序與希望的偏遠小村，歡樂像是海中泡沫，難以挽回。

詠美捏著自己的手，希望可以終止這不斷下滑的意志。

車站外無人是靜止的，每個人都在奔赴或者流動。詠美再度來台北，但沒想到任務是如此艱鉅。在她高中時曾有機會隨日本老師和同學來台北植物園和動物園玩，但那回她臨時出痲，臉上都是豆花，又發燒又疼痛的，就這樣錯過了台北之行。後來還是父親帶她來台北玩，作爲一種補償。

有那麼一刻她忽然想起高中日本老師，她臉上似乎才飛掠了一抹油亮光彩，但很快地光彩就隱沒了。許多時候她都是心慌慌，她對於眞正的內心深處並沒有世俗眼光該有的巨大悲傷時，她感到有點罪惡。她在馳騁的風裡，思緒有時卻不由自主地飄到了丈夫的情婦，聽說台北某藝旦間曾有過丈夫的戀人，且傳說丈夫在日本時也曾和一位藝旦過從甚密。

村婦弄鬼弄怪，說那名藝旦也懷了鍾聲的種。

詠美只是聽著，從不反駁也不回話。她想反正都是失去了，如果那名藝旦眞的懷孕，她倒是很想去見她，請求她留下孩子，如果孩子阻礙了她的未來，她願意撫養鍾聲的骨肉。但她這樣一想時，就覺得自己太一廂情願了。

她在這個難熬的火車之旅裡，暗自地感謝著這個藝旦，感謝她讓自己的悲傷有所依靠，不至於太過強烈欲死，甚至有時還有種解脫之感。因爲丈夫的愛是不完整的，丈夫的愛不是唯一的，這使得她有了點能力與藉口去自我偷生，偷點空氣，偷點縫隙。

35

台北車站外大道上奔馳著稀奇的轎車，還有路邊的大王椰子樹高高立起，把她們瞬間刺激得目光湧動起來。在不知何去何從時，她拿出放在口袋的紙張，遞給某個向她們招生意的新式計程車司機看，司機點頭，載她們前往。

美而廉西餐廳。桂花隨著車行經的街上看板唸著。

媽，什麼是西餐？

詠美聽著，只淡說就是西洋餐，用刀叉吃，不用筷子。

哪天我要和爸爸一起來吃，桂花自言自語，新奇地看著眼前的新天新地。

詠美低頭，擦拭著眼角，手壓著心口處不語。

經過一座公園，在某個荒涼處，司機指指前方一棟房子說就是這裡了。司機收了錢後，她們雙腳剛踏在地上，連人都還沒站穩，司機就急急忙忙地驅車離去，有如看見鬼魅似的。

這陌生之城看來有如在沈睡，竟是一絲風都沒有，不遠處有一兩家小雜貨店。詠美走進司機指的那間房子，拉開綠色紗門，門發出輕微的嘎嘎聲，像是嘆息。熱的下午，進入室內卻是一陣陰涼。

一個在櫃臺打瞌睡的男人聽到聲音醒轉，我是家屬，詠美靠近櫃臺問。

家屬？來收屍？男人問。

詠美點頭，心裡卻劇痛，但鄉下女人一時之間也不懂反應，只訥訥地等著男人指出方向或者盼望他能夠帶路。她從布包裡拎出一小塊黃金遞給男人，男人放在手心上估秤著，他微笑起身，以一種曖昧的神色看著詠美說，如果妳可以給的更多，我也可以做的更多。這空間好陰冷，詠美拉拉衣襟，避開男人的目光。她的皮膚全豎起了汗毛，她的頭頂上的日光燈慘白。

妳沒有勸他走正途？帶路的男人忽然開口問。

他是個好人，好人有自己的路。

男人呵呵地笑，帶點嘲弄意味地說妳這樣是說好人沒好報。

這間臨時搭起的平房，有一段長長的走道，陰暗而冰冷，近乎阻絕了外頭的燠熱，甚至毛細孔都翕開地起著雞皮疙瘩。走在通道時，桂花手裡包著塑膠袋的花因爲過於安靜而發出了有如巨大的摩娑聲，聽來很刮著神經。

叫什麼名字？走到停屍間後，男人問。

鍾……聲。詠美嚥了口水。

泥地上許多屍體，有的擠成一堆，有的血跡乾涸，有的已發出潰爛殘缺，有的較爲禮遇的則用茅草竹片覆蓋。氣味如殺豬場，蒼蠅繞著屍血水環繞。

男人找到之後，掀開竹片要詠美確認。詠美壓抑地點頭，然後要桂花跪下祭拜父親。屍體忽然七孔流血，流出的活血畫面與氣味，詠美至今都還記得。她沒有哭，沒有一絲淚。只是靜靜地對女兒說用手虔誠地拜，跟父親說請放心，一路好走。突然像是長大了好幾歲的桂花依母親所說跪下祭拜，然後將花擺在父親冰冷的屍體前。

然後詠美安靜地帶著孩子走出那間屠宰場。她想著男人手腕上的錶不見了，連鞋子也不見了啊。婆婆西娘早就預知要用黃金打通關係，送了金子後，才順利地簽字具領屍體，她向這個公家單位借了電話，打給婆婆西娘事先安排好的台北葬儀社來處理屍體清潔與火化事宜。她看著請來的民間菜姑和土公仔幫鍾聲換上那套她帶來的新衣服，卸下破爛的衣服時，她看見了鍾聲身上淤青，傷痕處處，連下體的睪丸竟都被打破了。

她差點暈厥，靠牆喘息才不至於倒下。

是夜，詠美帶著桂花住進了村人介紹的雪天旅社。

這雪天旅社窗外，街道瀰漫著春夏交替時節易起的濃霧。

她看見晨光漸顯，謹慎地緘默起來，任心緒流過一些片段。那些日子鍾家為了向上蒼祈求鍾聲的無罪或者至少死罪的赦免，常常以豐厚牲禮酬神，但並沒有得到神的保佑，因為神無法改變人的意志。

就像她說破了嘴她也無法改變夫婿要往火坑跳。她訝異的是婆婆的沈默，她明明知道兒子自日本回國後就一直在進行一些事，但是她不懂為何婆婆從來不說話。

很多年後，她才知道再也沒有比西娘更瞭解兒子的了，西娘知道阻止無用，她只能默默祈禱神明。

她在丈夫鍾聲傳言即將被捕的前幾天，她背對著哭到快瞎了雙眼的婆婆西娘想去尋找丈夫。但才走到村口，等了一個小時的客運還遲遲不來時，背後的男嬰和手中牽的女孩忽然一起發出哀嚎的聲音時，她放棄了，她自己也想哭，除了想哭，她不知自己還能做什麼。

西娘說，詠美，妳要好好養大每個孩子，鍾聲必須為伊的理念赴死，否則對不起那麼多跟著伊卻送掉性命的人。伊死也好，伊不能寫轉向書，伊寫了可以苟活，但如何對得起跟著伊送死的人。伊的死就像將軍死在戰場，那是伊的命。

她感謝西娘還能安慰自己。

36

指針很快就走到了清晨，詠美一個人步出旅社，她忽然想起日本男老師，她聞到香氣，那時他們稱之爲文明的香氣。說日本話抽日本菸，襯衫上有摺疊得工整的白手帕，髮香體香瀰漫，日本老師的日本味，她正大口吸著。原本答應要帶她們班畢業後重聚北上二度旅行的，話說出口不久，台灣卻光復了。男老師被遣送回去，再也不復相見。此刻她像是瘋婆娘似地狂走著，繞著街道，她記得在一棟樓裡她搭過流籠，電梯流籠載她和多桑上七重天。七重天的每一層樓都是滿滿的百貨，她第一次聽到百貨公司這個名詞，而她就在七重天裡。現在她覺得自己像是在十八層地獄裡，感到燠熱。有三輪車好意停下要載她，也被她拒絕了。等到大太陽出來後，她感到熱，瞬間她像是被太陽曬醒似的，猛然她才想起自己不再是個少女了，有個孩子還被自己擱在旅社裡。狂走的路已經不太記得了，幸好這一帶的三輪車伕似乎習慣見到憂愁的女人，他們載送旅客太多，很輕易就辨識眼前這個女人想要走路，但她似乎找不到來時路，她走丟了原路。

詠美說，雲天旅社。她走到一位面容和善的年輕三輪車車伕前。

是雪天吧。

詠美笑，應該吧。你們是當地人，應是我看錯了。

車伕載她走幾段路，先前她自己急步狂走的悲壯感已經慢慢消退了，在轎上，視野有一種高高在上的感覺，她委屈卑下的心清醒了不少。於是靜下看著這陌生之城，這哀傷之城。（她不知道將來這座城將會湧進許許多多和鍾聲一樣擁抱社會主義的共產黨員，只是這些共產黨員將是未來在中正紀念堂拍照，在圓山吃大餐，在故宮買翠玉白菜，在她先生逃亡過的阿里山拍集體照或者自拍……如果她那時候有預見未來的能力，如果當她知道未來她的丈夫在任何一個地方高聲宣揚任何一種理念都不會出人命時，這時的她會不會哀嘆命運而痛哭失聲起來。）

但詠美沒有這種預視的能力，她在沈浸了自己的傷痛後，開始以第三者的目光看著這座鄉下人眼中的帝王之城。她聽聞坐上這帝王之城的新掌權者姓蔣，這新掌權者說的話沒人聽得懂，但他下的命令大家都聽懂了：逮捕異議份子，捉拿左翼領導者，然後對這些菁英頭目一一開槍。菁英的城已毀，世界消失了左半部。自此這城的心肺都只有右半部在跳動在呼吸，被切割的左心房。

夫人上台北玩？三輪車伕撇了頭問。

詠美吐了口大氣，玩？我來收屍的。

收屍！車伕喃喃自語，原本詠美以爲他會大驚小怪，沒想到這年輕的三輪車伕卻像是善解人意似地說我瞭解，夫人是家屬，妳還要去跑馬町吧。妳回旅社拿東西後，我可以等妳，載妳過去。

很遠啊！詠美不忍心搭三輪車。

不遠，我年輕，這只是踩踩踏板，運動運動。三輪車伕說。

這車伕又在前頭自言自語似地說著話，這台灣啊已經不一樣了啊，太太啊，像妳剛才把雪天說成雲天是無傷大雅，但是有些話有些信將來妳說出口或者妳寫字，都要很小心啊。打字要小心，左和右字很像，得小心看著啊。央和共也很像，要小心檢視啊。

詠美在後頭並無專心聽，她看著風中消逝的新奇台北景物，一些高高的樓房，漂亮的日式紅樓建築，內心感到刺激得很可悲，她是來收屍的寡婦，不是來觀光的小姐啊。

車伕送她回旅社，在門口就見到一臉心急的桂花。桂花一個箭步跳到才剛停妥的三輪車前，阿依！我驚怕一個人。別驚，阿母不是回來了嗎。桂花跳上三輪車座，詠美搖頭笑著。好，妳在這坐著，前面的叔叔等會要載我們去見父親最後一面。說著，詠美就彎進旅社內，上樓拿了小花包，在櫃臺結了帳又跳進了後車座。

鍾聲早先一步已被移到火化之地，詠美看著竹片林木等物掩蓋在屍體上。詠美牽著桂花向前，雙雙跪下，點香祭拜，詠美將西娘交代的一一託說一番，然後走向前，在屍體上撒落一些濁水溪的沙與米，再放上一張黑膠唱片，那是鍾聲生前喜愛的一張馬勒唱片。就在這時候她才發現鍾聲的衣服口袋露出兩封信紙，她趕緊偷偷放進口袋。然後把黑膠唱片放在上頭，才擱下，就有人走上前來，在屍體上淋了油，轟的一聲瞬間火光竄升，瀰漫屍體四周，吞噬了眼前這具血早已乾涸腐朽的發臭屍體，一具原本英挺帥氣的屍體。火先從這具屍體曾爲農民奔走的雙腿開始蔓延熱度，接著曾經爲農民侃侃而談平等理念的嘴巴也不再出聲，接著射向烏托邦未來城邦的炯炯神色也不再發亮。

一股塑膠焦味濃烈傳出，當然不是鞋子，鍾聲沒有鞋子可穿，是詠美放在木材上的黑膠唱片。

天籟般的命運交響樂，聲音轉成物質，轉成氣味，轉成了灰。

固體成氣體，骨肉化灰燼。

風揚其灰，如鉛之重。

詠美將骨灰罐包著小碎花布巾，又再次坐上願意等她們母女的車伕。

車伕像是家屬身分似的在旁肅穆觀看，載往台北火車站的一路空氣似乎是沈滯不動的。車伕騎著騎著，忽然開腔唱起東洋歌：莎喲拉娜……莎喲拉娜……

詠美聽得哀戚入神，望著通往車站的景物，心想這陌生的傷心之城，丈夫葬身之城，孩子的亡父之城，她不願意再來，不願意再看見這城的將來與美好。無論如何，她不屬於這城了。

37

鍾聲神主牌請回家的那晚，西娘將所有三合院的大門與窗戶緊閉，並以黑布遮住。找出家裡所有的蠟燭，即使有的蠟燭是紅色的，是當年鍾聲喜宴所點燃的。西娘都一一點上了燭火，披上黑衣，要兒孫們和她一起誦經，爲彼岸鍾聲冥河送行。

詠美將寫給丈夫的信，丟進焚燒的紙錢裡。她寫些什麼，連她都寫下就準備遺忘。

生前鍾聲並無宗教信仰，但她們執意爲他如此送別，在佛國佛語中，人生再不和苦遭逢。

某夜，有道人影掀開花布簾，熟悉的西裝褲，黑皮鞋。人影開口說：我知道妳心中充滿了恨。如果妳原諒我，我才能走得開。她見到他，他忽然就瞬間消失了。

詠美感到有人摸她。

她感覺是他回來了。

他摸著她的肚子，即將臨盆的孩子，他最後的子嗣，在子宮即被毀的胚胎。

未久這個孩子提早面世，不足月的孩子，在懷胎時被刑求挨打的孩子，出生時瘦弱，且竟然有一腿是彎的。

詠美用盡所有力氣才吐出這個孩子，她剪斷臍帶，聽見孩子痛哭後，她昏死了過去。

最小的這個孩子取父之名鍾聲，是父親的還魂，是歷史的抗議，是家族的紀念。

過了些年，少女桂花才對屘弟說，那晚父親有回來看你，有摸媽媽的肚子，父親沒有遺忘我們。父親每一年在他的忌日都會回家吃飯，那晚桂花總是膝蓋會發涼，感受到一股寒氣，摸摸看，冰冰的對不對！桂花對阿妹阿弟說。父親回來了，你們有沒有感覺到？最初幾年阿聲聽了總是嚎哭著，是害怕的一種哭。妳別嚇妳阿弟啊，詠美對桂花說。但桂花每一年都期待著這一天的到來，她知道有一天屘弟阿聲會明白父親以無形之魂回來的意義。

希望一點真情意

38

初到鍾家的夜晚，詠美第一次聽見壁虎的叫聲。

十分悲傷的聲音，像祖母躺在鴉片床時聽的三弦琴。她心裡感到奇異，怎麼會在新婚之夜，聽到這樣悲傷的叫聲。

她的心發冷著。

新婚之夜，新娘子詠美躺在西廂房想的卻是她的老家。她不知道自己爲何會嫁到這個看不見海的小村莊。倒是有一座山在視野前供她眺望，想像起霧時山鬼們是如何地擺出了迷魂陣以迷惑旅人之心。

小時候她不曾聽過山鬼，除了稍大後讀過屈原《楚辭》。但她聽聞很多水鬼故事，她的很多童年玩伴如今就睡在水鬼的肚子裡。愛幻想的她有時候會想她的玩伴會不會踢咬水鬼的肚子，好讓他們肚子發疼發腫。

當然那是孩提時被大人的說詞給愚癡了的想像。事實上，她聽過太多夜晚的哭聲，母親的哭聲隨著海風送到失眠的她。她一向淺眠，按父親的說法是，她不喜睡神，睡神也不喜歡她。但她不知道她喜歡哪尊神，也不知道哪尊神喜歡她。父親說，討海人要拜媽祖，村裡有座奉天宮，裡面就是媽祖。黑媽祖，被海風日曬得黑了。

她父親自己有幾艘船，父親總是傍晚出海，不捕魚，而是向其他上午打魚的漁船買魚，再到別的村莊賣，父親就是這樣認識了鍾家。

入晚，他們常在岸上玩著「賣鹹魚喔！賣鹹魚喔！有人欲買鹹魚否？」一人背扛著另一個人，像賣魚般地沿街賣，要買的人就把那人再揹走。入晚玩耍和遊戲的小孩也都陸續被喚回家。海邊人家旋即陷入黑的染缸，詠美的窗外深黑，極其安靜。

躺在新房的詠美體會著她未出嫁前不曾有過的夜之靜。以往這個時候，她還不捨得睡，讀著日文和英文，夜裡總聽得父親的船歸來。汽艇噗噗噗地由遠而近，引擎攪著海浪的聲音，像是她的搖籃曲。

許是這新房太安靜了，詠美不知怎地念頭紛飛，新婚囍事之夜，她竟悠悠想起一些死亡事件，想起高中好友愛上教她們英文的日本女老師，竟從山之懸崖躍入大海。而她現在躺在一戶新的人家裡，對於自己的命運也感忐忑。

詠美一向難眠，有一丁點心事就更把自己推離睡眠的岸邊。但那時的她只是躺在夫的旁邊，靜靜地躺著，讓身體處於乖巧，看這樣會不會受到陌生愛神的眷顧。她還沒談過戀愛，就已經是別人的新婦了。

老房子四處安靜到聲音可以被她解析，外有竹風鳥鳴，內有蟲唧人鼾。

詠美冥想一陣，睜開眼睛，盯著窗邊一絲的月光幽凝。她把手放進棉被裡，手伸進身上唯一還穿著剛才套進的小碎花內褲，她的手冰冷得宛如是一具鴨嘴器，撬開自己的陰暗濡熱濕地。

撫摸一陣才感覺有點沈沈睡意。但這時她聽見如鳥尖叫的高音，再仔細聽，是發自天花板的聲音，是壁虎，兩隻壁虎的嬉戲叫聲尖如鳥鳴。壁虎安靜後，轉成任意的節奏聲音搗進。

老厝的新房裡，還有一絲油漆味。屋內樑柱上有蛀蟲嚙咬的陳年木頭，蛀蟲吃得那樣忙碌，一種很開心的節奏。但對那個忐忑的時刻，這壁虎的尖聲對她而言卻像是一種寂寞的撫慰，無論男人怎麼看待和自己的感情，於她當時是需要的撫慰狀態。

老房子予人一種深淵感，戀人共同擁抱的黑暗非常全然，非常閉鎖。結婚把她帶開了海邊，把她帶離得那樣遙遠，遙遠到無法常見到娘家的人。黑暗是她將和她的新夫所共同擁有的空間顏色，好暗啊，連燭火也熄掉了。

不怎麼愛一個人就不會走上殉情之路，詠美又想起跳河殉情的高中同學。如果完全地愛一個人又何需殉情？愛不等於擁有，愛就是愛。呼喊這個字時，就有了愛。所差所別只是呼喊這個愛的時間點，在孤獨的黑暗中呼喊愛和在荒山的深淵呼喊愛是相似的，但若在群眾的光亮裡呼喊愛就大不相同了。一個呼喊出的是愛的內裡，一個呼喊出的是愛的形式。詠美是結了婚才看見愛，就好像她是離開了海，生命的海嘯才即將狂襲向她。

39

活下來是爲了見證未來的幸福或是未來的悲哀？

詠美心極度不安，她不知道這個不安從何而來？

她的新夫婿人人稱羨，是鍾家阿太阿祖最愛的兒孫，他是留日高材生，又曾到過莫斯科一年，簡直就是一個鄉紳英才。他的機會多的是，詠美不明白他爲何會答應結這個婚？父親對她說你們上輩子紅線就綁在一起了。做尪仔某，好叨是緣，壞叨是相欠債，早晚都要還，一切攏是運命。

她才十九歲，她不懂什麼是紅線，什麼是緣分，什麼是運命。

她只知道以後不能再聽到夜晚父親漁船回家的噗噗聲了，她盯著黑暗覷，當黑暗被穿透，也就沒有黑暗了。

妳只是贏得了一場失敗。她聽見自己的聲音，心裡忽然一驚，彷彿有人在她耳邊耳語。要多大的神諭降臨於她，她才能明白這場婚姻的奧義？爲什麼這場婚姻是贏得了失敗？她的夫家可是一村之首，新夫也是眾人之頂，詠美不明白自己的不安究竟從何而來？

詠美貼牆傾聽，稻埕廣場還有賓客在暢快開講，之前掛在窗櫺上偷看新娘子的囝仔們也都被父母吼回了家。後頭厝也回不去了，除了歸寧日外。現在只剩下她一個人杵在黑暗裡盯著壁虎。

40

不遠處有個愈來愈近的小販聲，好像在賣番啊火！番啊火！

詠美也不知自己究竟是躺了多久，她終於聽見木門開啓的聲音。

詠美近來常無端地想起日本年輕男老師，他是她一生的秘密。

你們上車前要記得先去尿尿喔！這是她小學時印象最深的話，後來懷念的卻是老師的臉龐、語調、溫暖。

她終於存到一筆錢，央求卡桑帶她同去拍張穿著美美的日本和服照片，她要將和服寫眞送給日本老師。那和服是向寫眞館租來的，但和服上的美麗腰帶卻是多桑賣了三籠漁貨才換來這條刺繡精美，有鶴與茶花奔放圖案的腰帶。她的母親其實並不喜她如此日本女人的打扮，回程母親叨念她說，衣裳就是人格外在的代表，妳穿這樣叨是思想偏去日本啊，將來妳是要嫁給阿本仔喔。

而她也不知道，未幾年日本竟投降了。那張照片於是成了一則預言，她果然送給了日本鶴之老師，也成了老師對島嶼擁有的珍貴收藏記憶物吧。

照片背後用鋼筆寫著：美麗記憶永存。

老師帶他們全班去參觀過日本相撲大賽，女孩子們看見裸露的許多胖子不禁咬耳朵笑著。

那時候，青春洋溢的她懷著跟老師去日本讀書的大夢，渾然不知死神正射向自己。後來父親作主要詠美嫁給鍾聲，她想自己是喜歡鍾聲的，她喜歡鍾聲身上的氣味，喜歡他爬上屋頂調整天線的認眞，喜歡他聆聽唱盤時手指在光線下跟著節奏地輕彈模樣……但這麼多的喜歡，卻仍抵擋不住她無法忘懷那個青春時期第一個把她帶向外在世界的男老師。尤其在經歷了後面的恐怖折磨後，年輕的她無法承受那麼多重量，她忽然從少女成了少婦，孩子呱呱墜地，來不及懂的事情一下子撲天蓋地朝她飛來。曾經的光亮現在都成了冗長的黑暗，那場婚禮是如此地豐饒，但其往後卻也如此地赤貧。

她想自己那個年代的女人青春如此短暫，二十歲前就黯然熄燈。

詠美老得很快，像是不容許時間稍作停留。

可憐彼個小姑娘

41

詠美常想起遙遠的過去，唯有過去還有些幸福感的零星畫面。

比如改行賣小吃的歿鼻，挑著臭豆腐擔，一路搖鈴來到尖厝崙鍾家的稻埕時，西娘總是拐著小步伐和拎著手帕踏上老厝涼亭。西娘會向歿鼻買盤臭豆腐，讓衝出來的孫兒們分食著吃。西娘喜歡看人丁旺盛的畫面，大家族的畫面。

歿鼻的名字由來當然就是鼻塌，鼻塌不是天生的，是其養母在她還是養女時，有天拿了文木屐朝她的鼻子丟，結果就把她的鼻子給打扁了，血流如注，日久任其發爛所致。

每回歿鼻一走入村裡，大家都會想起那個狠心的養母。西娘可憐伊，總是買很多來饗宴眾口。

有幾年，村裡敲鑼打鼓，有戲要搬演，熱鬧喧天。

詠美記得輪鍾家出錢那年，酬謝神明，鍾家作醮，戲碼婆婆西娘要詠美選，她一選就是陳三五娘與薛平貴。

西娘笑說，怎這些曲目聽起來都有點傷感，不過西娘是個很寬大的人，她就照詠美的意思酬神，雖然心裡有點微恙不安。

她叫婆婆大家，叫公公大官，那年代都是這樣叫，但語言落入文字聽起來卻像是要「打」人似的，於是還是多稱婆婆阿依或卡桑。

她眞心喜歡那些光亮的日子，她和僕人一起到鎮上的商店採辦貨物。她還特意打發僕人，要他們先去吃早餐，自己卻要長工載她繞去溪的出口，她獨自眺望遠處的海。

她一直喜歡海，但她嫁來的尖厝崙只有山坡，田野與沙子。

幾個婦人正在溪邊洗臉刷牙，熙熙攘攘著說話。

有幾個濃妝豔抹的都是剛從西螺茶樓交班的女人，不是才剛醒，是根本還沒睡，遂露出一臉的倦容，和一旁她這種良家婦女對映出兩種生活樣貌。溪沿著小村流淌，把田畦邊人家和岸上人家分隔成二。溪流到小村後，其實只像條溝，溝上人家窗戶對著流水。天氣晴亮時，沿岸茶室女人推開木窗，迎光化妝，粉末飄入水裡，水上胭脂粉末香氣，搖啊搖地，如夏蟬薄翼，少女少婦們見了開在園內的花總是拔了一只插在鬢上。詠美當時所不知道的是自己的夫婿正躺在某個藝妓懷裡，大大地傾訴著當年留學的情景與未來的社會革命理想。

詠美當時立在岸上只是望水發呆，望著水中倒影。她不知道幾年後，她在水中看見的會是一張帶血的臉孔……

她若從大鎮上回來，總會特別思念娘家，除了短暫享受過短期的蜜月外，她的夫婿日後常不見蹤影，只說他忙於改革鎮上的事物。這些她不懂，也不想懂，但是她好寂寞。西娘有時會對詠美說，不然妳藉此回家一趟，向妳後頭厝訂些漁貨，這些漁貨正好我們酬神可以用到。

詠美好久沒有回娘家，婆婆向她父親訂了好幾簍漁貨，還讓她順道回娘家，既風光了面子又可一解鄉愁。

42

那聲槍響，使詠美的心整個碎了。

詠美知道那些年家裡若沒有西娘，她根本不知道會是如何熬過日與夜。

鍾家被充公的祖產像是水流般地離開鍾家，男人搞革命留下的災難，使得這個村子時光壓縮，瞬間多了許多年輕的寡婦。

自此村婦見到詠美時，總是冷漠不打招呼。幾年後當社會開放了，當地村婦仍不相信政府會開放言論，只要聽到有男人幫聊起什麼聯合政府或者共產等字眼時，村婦聽了就破口大罵了起來，好什麼好，眞是好個頭哩，好到全村全家人卡早攏被恁們這些愛風騷的查埔郎害得悽慘落魄，好個鬼啦，好到恁無是死就是關到破病，咱婦人囝啊仔呷西北風度日。

其實村婦從來搞不清什麼是左什麼又是右，她們只知道左轉右轉，就是搞不懂何以向左會出問題？尖厝崙的左邊是頂茄塘，難道住頂茄塘的人會有問題？何以向左的這些人自此繳出了他們的青春與夢想？何以他們會失掉這一切？

已經有失去丈夫的村婦陸續離開這座悲傷啜泣的村莊了，她們往都市營生去，只有都市的繁華可以讓她們這幫婦孺忘記痛苦與憂傷。

那些判決文字讓詠美和婆婆西娘午夜心痛：「鍾聲意圖以非法之方法顚覆政府而著手實行處死刑褫奪公權終身全部財產除酌留其家屬必需之生活費外沒收。」沒有斷句的判決書，看起來有如一連串黑暗的符號。

酌留其家屬必需之生活費根本是少得可憐，整個家族的田地與財產盡數被沒收，她們從地主變成佃農，只能去綁租田地耕種。

她不知丈夫鍾聲所進行的「非法」是什麼？她只記得鍾聲每週召開的讀書會，她不明白，她只感到害怕，畢竟她也讀過高中，是進過學校的，很會讀書的，所以她隱隱知道，這讀書會很危險。

但她的夫自此已被叫成「鍾匪聲」了，明明兩個字，被叫成了三個字。供夫婿躲藏的鄒族朋友高一生被叫做「高匪一生」，她成了匪妻，但她連匪是什麼都不知道。鍾聲被判死刑的最後幾次面會不斷地對她說，將來要記得回饋曾幫助他逃亡的友人。後來也傳來消息，高一生不願意和政府聯手清鄉，他被以貪污、資匪的罪名逮捕，在鍾聲被槍決的隔年也魂斷槍下。

四月季節，山上的天氣仍涼意深深。隔年，她攜子和祭品上阿里山，西娘還要她帶著些禮物或者金錢給當地受難家屬的孩子們。

她遇見一個傳道人，她想從傳道人身上找到昔日夫婿鍾聲的身影，她想這種人都是爲理念而活的人。一粒麥子不死仍舊是一粒。整個灰澀的教堂，忽然因其信心與歌聲，似乎也就少了些寂寞。

但很多年後，詠美又明白了另一件事，上帝無法幫每個人，業力得靠自己了，她隨婆婆念經念佛，後來且成了台灣興盛的佛教團體護持，常至其他教友喪家誦經，或者親赴災難現場服務。但幾年後，她又覺得這一切很世俗，清靜蘭若之所也是暗潮洶湧。

自此她漸漸和世俗脫鉤，不再上阿里山，也不往他處去，她守著尖厝崙老死。

港都夜雨

43

回顧民國四十二年古曆四月，她如此心涼。四月是傷心時節。自此許多男人消失在女人狹小的生活世界，自此女人不明白爲何信仰婚姻卻要守寡，婆婆不是說要堅持自己的信念，但男人不也結了婚，但盟約不算數？可隨時棄守婚姻？

她說我們結婚的時候沒有人告訴過我們會這樣的啊。我以爲結婚就是爲了兩個人在一起度日，看看我們又變成一個人，而且還失去了自由。青春像劃過的火柴，瞬間就熄滅了，夜裡詠美好寂寞，身體常感寒冷，她好想重溫男人的氣息與懷抱但卻不可得。鍾聲走了那年，詠美已瞬間蒼老，且只能任由乾枯。

沒有男人的村子，使她更受不了這裡刺目的飛沙。一場革命把她困在這個再也沒有愛情、再也看不見未來的村落，房子四周到處落著沙和灰塵，只要發呆半小時，鞋子鍋子鏠子就浸滿了沙。飛沙走石讓這個小村小鎮沒落了，停在街上的車子沒幾分鐘就蒙塵。

床上冷，再也聽不到鍾聲朗讀文章的磁性好聽嗓音，還有他放的貝多芬音樂。

半暝全頭路，天光沒半撇，婆婆聽他夜晚走動的聲音時，曾如此戲謔著。

詠美還記得當年廟裡的保生大帝會在流行性感冒其間出巡，伊的阿嬤會教他們念正氣歌，以台語發音念。想念老家海水，她曾回到後頭厝麥寮，娘家哥哥們卻見她如鬼魅。父親的漁船停泊在港灣，看得出好久沒有出航，父親說，現在不能隨便出海了，連看海都不行。

海，成了思念對岸的罪惡風景。

妳沒事也別往海邊跑了，父親說。他想起女兒以前最喜歡拿著畫筆畫紙往海邊去寫生。當年唯一還願意靠近詠美的親人只剩妹妹們詠雪、詠蓮與詠姿。詠姿嫁到台西，卻一頭栽入夫家的貧病生活。她前去探望妹妹，只因爲夫家出了事後，特別想念後頭厝，當她來到台西時，見到躺在病床的妹妹，姊妹闊別多年相見，唯一能做的竟是抱在一起痛哭。而詠雪隨著辦桌的總舖師師傅東奔西跑，姊妹兩要見一面也難。詠美記得父親過世時很愧對詠雪與詠姿，因爲她們兩個都沒讀書，後來父親生病少出航，錢都讓給了男孩讀書，唯獨詠美生逢家中富裕時，詠美在當年能讀到高中簡直是當時海邊村落的傳奇。詠蓮則讀到初中，憑著她的努力與運氣，運氣是她遇到一個願意幫助她的男友，支持她半工半讀，然後成家立業，這讓受益娘家很多的詠美才比較沒那麼罪惡感。

44

在一群台西落敗老舊的房子中，詠美這天背著早產的瘦弱嬰孩阿聲，走了不少路才尋得了詠姿家。

沒料到詠美初到牛厝村的妹妹詠姿家前，就見到門口掛起白麻布，門口坐著兩個呆滯的男人，隨風飄動的白麻布啪啪作響，還帶來陣陣如鼠屍般的臭氣。

詠姿的小姑寶梅終於結束了就連活著也有如死的人生。對伊來說，活著一無所有，死亡反成了解脫。詠姿對姊姊說，死前未出嫁的小姑把最後一口血吐到了婆婆豬母仔身上，人稱豬母仔的婆婆眼看著女兒的血噴到自己身上，卻再也流不出眼淚了。豬母仔說連買棺材的錢都不知道在哪裡。

詠美聽了，拿出些錢給躺在病床上的豬母仔，豬母仔還迷迷糊糊地不知何事。

依哦，我後頭厝大姐來看妳，錢袂乎寶梅去天堂……說著詠姿又哭了。

詠美原本要說的話也都全吞了回去，沒想到妹妹比自己還慘，嫁的先生發了病，現正眼神呆滯地坐在門口上曬太陽。她對於自己的不幸似乎在這一刻全都包容了，由不得人啊，她想。

詠姿一定要她留下來吃午飯，說是黃昏時有台牛車要去鎮上載貨，妳再搭鐵牛車順路回家就好了。詠美看妹妹背後嬰孩哭個不停，也正好需要休息，餵奶，就答應了下來。說是留下來吃飯，其實就是吃她帶來的魚肉菜飯。

詠姿說，多桑難道不知道他爲我挑的丈夫是個賭徒，家裡都被他賭光了。這個鬼地方的許多村子一直有聚賭的性格。詠美聽了悽慘地笑，心裡感到一陣哀傷，因爲妳知道這不是多桑的錯，多桑當時爲他們姊妹挑的夫婿都是一時之選，但誰會知道今天，她也不知妹婿是什麼時候染上毒癮和賭博的。

第一次聽到毒時，還以爲是鴉片。詠美記得祖父有抽過鴉片，但詠姿說的毒像是一種奇怪的白粉，一染上就難斷，最後傾家蕩產，詠姿說著又嘆了口氣。

45

長達二十多年的時間，整個小鎮、整座村莊幾乎在輪流辦葬禮。家家傳出暗咽哭聲，尤其暗夜裡，隨著防風林的風來回擺盪的啜泣聲更讓人難眠。

舒家阿霞的外省老公中校看得嘖嘖稱奇，他說我的親戚都還沒死在這座島嶼，我眞不知有死亡這件事呢。

阿霞聽了扭起他的耳朵，害他疼得哇哇大叫。

你找死啊！說這種風涼話。

我沒說風涼話，我是說眞的。我也很想有祖先可以祭拜啊，你看我多孤單。清明節時，沒個親人魂魄可說說話。

那我死了，你就有親人了。

唉，妳瞧妳說這什麼氣話啊。

正說著，見詠美買菜路過舒家，阿霞忙要老公滾回屋裡，免得詠美看了他頗礙眼，尤其是聽他那一口鄉音。阿霞是好不容易才學會半聽半猜這語言的。

葬禮上，道教和佛教吵，一個葷食，一個素食。

有媳婦不能受洗，因爲日後要拜公媽，要拿香。詠美仍是民間所以爲的那種佛教徒，持香拜拜，和亡靈溝通。道士對詠美說人有三條靈魂，其中的第三條是幽靈，跟著屍體走。七七四十九，七天做一條魂魄。最愛和最厭者勿來，靈魂會很執著，無法脫離。許多親人鄉人當年要詠美不要冒然去台北收屍，都說台北那麼大，妳哪裡找得到所在，何況屍骨也不知被丟到哪了。只有西娘要詠美帶著大女兒桂花北上尋屍。

在那趟通往台北的傷心列車裡，詠美在車行途中，肚中孩子一陣腳踢，她一時感到十分疼痛。冒著大滴的汗，用手撫摸肚子，心裡說著，孩子我將以父之名再次還原你的生命。

那時候，鍾聲還曝屍在城內荒野時，詠美在倒退的風景裡，卻已暗暗決定回去後將所有的孩子都改名。鍾誠、鍾央、鍾心成了孩子的名字，唯獨這個肚中遺腹子她卻執意取名鍾聲，父子同名，稀有之景。桂花不願意變成鍾華，她堅決不想改，詠美遂由她。婆婆西娘可以瞭解媳婦的苦，藉遺腹子遙想丈夫，也無不可。只是她自己有時恍惚時也錯亂了，以為叫鍾聲的孫子是自己的孩子，自己的孩子還沒有被槍決，自己還正年輕……常常直到詠美出來抱小孩了，西娘才從午後的眠夢裡驚醒，鍾聲這個孩子已經走了，她連用杖敲他木棺以責斥他讓白髮人送黑髮人的機會都沒有，她只記得他最後在斗六車站的身影，瘦削而髒，滿臉鬍渣，眼睛卻炯炯有神，畢竟是她的孩子，從那雙目光就看出那是她的血液印記，革命個性的覆轍，但那銳利眼神炯炯目光到了第三代就愈發模糊了。

46

那年冬天，詠美生下這個還在娘胎就被槍桿打過的早產兒，也就是也被命名為鍾聲的孩子，以父之名。未久詠美傷心發現這孩子有一條腿是彎曲的，站不太直。有人就說伊命眞韌，在陽冥界交替的母胎時，牢牢記住被槍桿子打過，痕跡終生不滅。

詠美對亡夫的傷痛全凝結在這個有殘缺的孩子身上。（但他身骨幼小，終生娶不到老婆，且酒不離身。這個也叫鍾聲的孩子喪志，日日喝酒喝到茫，被人叫伊酒空仔。床下常被發現都是酒瓶。他一生唯一值得被歌頌的事也許是他還在通往人子成形的冥途時，遭軍人用棍子襲擊過。他隔著母親的羊水感到那股襲來的陣痛與驚嚇。胎兒的耳朵十分靈敏，酒空仔在出娘胎前聽見許多聲音如流水來去，怒吼，叫囂，哭泣，耳語，哀嚎，鞭棍聲。）

詠美很後悔把這個孩子叫做鍾聲，她本來認爲是一種紀念，但不幸地成了命運的複製，幽魂的枷鎖。

詠美在發現孩子有缺陷後，生活反萌生力量。她自從過了傷痛嗜睡期後，倒是撐過來了。

西娘請人幫詠美訂製了一個大木箱櫃，上層鑲有玻璃，下層隔以多格抽屜，裡面裝有許多日常用品。一路搖著博浪鼓，發出聲音告知賣雜細者已到。

胭脂、黑人牙粉、白人鞋油、火柴、布匹、明星花露水、感冒糖漿、針黹包、鈕釦、餅乾、糖果……大木箱櫃掛在腳踏車上，詠美頭戴花巾斗笠踩著腳踏車，她總是先去妹妹詠姿村落，準備一落物品給妹妹後才沿街搖鼓。她一度就這樣成了查某賣貨郎，等到孩子大了些才結束了移動，轉而定點開小舖子。

小村有民生物品小店鋪，都是她這個鍾家媳婦當年開來度日的，供應小村緊急需索的醬油鹽巴味素土豆油，蠟燭火柴草紙煤炭，哄小孩吃的糖果餅乾蜜餞冰棒，解男人癮的菸酒，除此沒有特別的東西了。連蜜餞都只有紅芒果乾和黃鳳梨心乾，吃得小孩紅唇若血。沒有紅唇膏可抹的少女，爲了增加唇色，會吃片紅芒果，讓唇看起來紅豔如夕霞。這嬸婆日日躺在藤椅上，像是一尊材料縮水的雕像，無論冬夏常蓋著一只油得發亮的鴛鴦戲水棉被，鴛鴦棉被多是當年得自新婚禮，她們蓋了一輩子卻不知鴛鴦宿性是年年換伴侶。詠美精瘦的臉上掛著凹陷的眼，有時來買東西的人得自己去找東西，然後搖醒她收錢，或者直接記錢在牆壁。

其餘物資流動小販可補足，像是每日來賣醬菜的搖鈴推車，賣皮帶、賣草帽、賣桶子的徒步郎會定時來到小村，還有標榜什麼都有的貨車雜什郎，至於修鍋鼎修破碗修絲襪修鞋修紗窗磨菜刀等流動小販更讓她們不需離開方寸之家，她們的世界很近，都在眼前。

慈母淚痕

47

大女兒桂花願意在表面上被改成鍾華，詠美想的是這樣再也沒有人懷疑他們鍾家的政治正確性了吧，他們心向中華民國，連名字都可以是中華的諧音，這夠忠誠了吧。但實情沒她想的簡單，當更名成鍾華的桂花國中畢業後以榜首考上台中女中，卻因父親一案而被排擠時，詠美氣到心顫，整個人發抖，躺在床上心痛至任黑夜降臨。當晚她把女兒叫到面前說，妳還是叫桂花吧，阿母會永遠記得妳剛出生時整個院落的桂花香……別哭了，阿母會替妳安排出路，妳要勇敢，記得多桑生前跟妳講過的話嗎？只有妳自己堅強時，別人就拿不走妳的意志。

周日詠美上教堂時，將桂花被學校排擠的事告知了傳道人。美國教會傳道士願意幫桂花申請學校與護照，詠美聽了十分高興，她希望資質如父的長女可以出國留學。

桂花就這樣成了小留學生。

送行桂花是詠美一生裡的第二度重大傷痛，那種傷心悲痛無法言喻。讓十五足歲的女孩子一個人到美國讀書，妳眞忍心？許多村婦都覺得詠美瘋了。支持她的反而是婆婆，西娘告訴她，親情是永遠的，距離不是阻隔，但學習只有這段時間，錯過難以重返，讓桂花去美國讀書也許是一種勇氣，一種智慧，母女情應該勇於暫時割捨。

出發前，西娘請鎮上的木屐師傅爲桂花訂做一雙美麗木屐。

阿依，桂花去米國穿不到木喀（屐）。

穿得到穿不到是桂花自己的興趣，但我們不能不準備個紀念物。

西娘認爲木屐最好了，木屐可不是東洋物，它是道地的唐風產物。女孩子穿木屐身線美，踩在地上，每一聲都是相思。

妳大官已經過身，不然他是最好的木屐師傅啊！

訂製時，西娘親自畫好圖樣給西螺鎮上的阿成仔木屐師傅，還叫詠美去監工，桂花也愛跟去，她不是穿草鞋就是布鞋，可從沒踩過一天的木屐呢。

48

在天井下，阿成仔木屐師傅將山黃麻木等木料粗胚擱在桂花的腳下量尺寸，這粗胚早已晾曬在太陽底下十來天了，木料堅實，散發可喜木料香氣。曾經是桂花父親好友的阿成仔師傅接到西娘的訂單很猶豫，他知道自己是個逃脫者，他拒絕鍾聲對他灌輸的馬克斯思想，於是他得以苟活至今，但他的心底隱隱哀傷，因爲他在心裡上是支持鍾聲改革的，但他自認沒有膽，也沒有智慧，他只有一雙好手藝而已，他只能安分做個鄉下人。

阿成仔用刨刀刨成適宜桂花腳板的模型後，他仔細地以砂紙磨著木邊，木板邊緣露出如女人多脂油臂膀般光滑線條，刨刀仔細地刨平表面、屐跟等稜角。仔細地將油漆塗上木屐木料上，待乾後，釘好木屐耳。接著，阿成仔就按西娘所要的「竹子與梅花」繪圖，將竹子與梅花彩繪在木屐表面。

拿到木屐的那日，西娘拐著小腳帶桂花去鎮上吃肉圓配薑湯，然後還去吃了碗梅汁楊桃剉冰。同時去戲院看了場電影，片名叫「女性的復仇」，早慧的桂花一看到這隱含個體生命意涵的片名就猛對阿嬤點頭，說想看。

她們祖孫兩在戲院看著女性如何復仇，心裡十分暢快。在黑暗中，西娘取下手腕上的玉環，將鐲子往孫女手上套去。

記得這一日，西娘在影中人的復仇聲中對桂花低語。

祖孫兩走出戲院，夏日的天色已轉爲大藍，她們在四媽宮前看見一個腿疾者在賣獎券，小小的獎券告示牌寫著：「一券在手　希望無窮」，西娘掏了腰包將小販的獎券全買下。

歐桑心地好一定中獎。

西娘笑笑搖手說，我只是買希望。

西娘將獎券擱進胸口開襟處，如寶貝般貼身著。

桂花抬頭望著藍色天空，這時西娘招了輛三輪車。她們坐了上去，一路天空更藍，星月降得很低很低，木麻黃不斷退後，將藍色切成一束束的鄉野夢幻。

在往後桂花的生命裡，這黃昏故鄉的最後大藍天色，竟成了她夢中草枕裡永恆的天空了。

49

那日返轉鍾家大厝後，詠美早已準備了幾道青炒，還從菜櫥裡取出醃漬物，從零食籃取出幾片臘肉。當然也從柑仔店裡拿了好些瓶彈珠汽水當作「開香檳」來慶祝，晚餐特地允許所有的鍾家各房孩子們自己開汽水或是可樂喝。那七星汽水與百事可樂冒著泡，簡直像是星星滿天，孩子們都覺得桂花要遠行帶給了他們無比的快樂。電土燈下，每張孩子的臉都撿回了消失已久的歡顏。

孩子們一起看著桂花在大廳前走台步。

桂花試踩竹梅木屐，木屐將她的美少女身形拉得挺直，西娘看得熱淚盈眶。隔天，在鍾家稻埕前拍下大合照。教會的美國傳道士大衛派來接桂花的車子駛進鍾家稻埕，下午時光所有的孩子放棄繞著桂花轉，轉而紛紛追逐起新奇的車子了。

祖孫倆懷抱了片刻，西娘知道桂花這一去，於她是永別了。

詠美望著遠去的汽車，則遙想起那個搭火車的時光，她叮囑桂花無論看到什麼事都不哭的嚴肅下午。聽話的桂花，睜著好奇的滑溜雙眼，來到台北城，看見躺成如西部海岸線的父親，她沒有哭。

詠美知道往後的桂花在異鄉也不會哭，她的淚水已屬於前世，就像住在海邊的她一般，海水已看過太多死亡，太多傷心光陰的摧殘。

但桂花一度害怕火車，害怕火車通往的城市。

那裡潛藏著她最深的一道傷口，她小女孩的心裡強行被擱置了島嶼百年來的動盪與倦怠。所幸桂花和父親之間似乎綁著條愛的電擊，只要一扯動思念，整個神經就會被震動，奇特的是這個愛的震動卻足以免於她被人間藩籬所帶來的絕望傷害。因爲她知道父親是爲理想而死，爲信念而亡的，死亡比愛強大，於是連父女之愛都不足掛齒，愛不是微不足道，而是超越了愛的執著本身，這就是力量。當然能夠這樣想，如此地釋懷，已是時間過了許久之後。

往後桂花自創一種不需要情人的完整愛情。

幫助我好好死去，父親的死亡暗示，桂花想。

那一天，還是個大孩子的桂花在父親即將被放進簡陋的四片木棺時，她偷偷拔了父親的一綹頭髮，她把頭髮藏在口袋裡，無人知曉。

父親的髮絲被她用布包好，隨新護照飄洋過海。

新護照下來時，每一個村人都跑來看，大家都好奇米國護照長什麼樣子？

看啥，ＡＢＣ狗咬豬你識喔？看懂喔？

至少看西洋字護照生作啥米款啊？

青色皮，愛貼相片啦。

阮一世人無曾攝過相片啊。

護照內裡是寫啥?唸一下唸一下。

姓名鍾桂花，出生地TAIWAN ROC。

哇，眞厲害，烙英文，台灣英文叫做太彎，哪發音和中文同款?那英文眞簡單嘛，台灣叫太彎，啊桂花英文名嘛是叫桂化。她捨棄後來改的什麼鍾華之名，她想這名字眞是俗死了。

台灣我知，啊ＲＯＣ是啥米意思?

中華民主共和國。

你不要念錯喔!有人聽到「共」字很敏感地往四周人群瞧了瞧。

桂花狷搞（猴），莫怪潑猴愛走動。

啊你青瞑是尬人趕鬧熱衝啥?

青瞑郎咁叨昧摸!

大家聚在鍾家祠堂大廳前，傳遞著桂花的護照，你一言我一語，連眼盲的青瞑公都趕著來摸摸護照的封面紙皮。這個村人集結一起的盛況紀錄一直到阿姆斯壯登上月球電視轉播的那日才被打破。

桂花離開後，詠美總習慣在黃昏時仰望天際，那時候總有飛機掠過上空。尾翼掃過一抹白煙。她思念夫婿的心自此轉成思念女兒，和她一起當未亡人的女兒，曾面對父親血塊乾涸的屍體，一個大孩子已懂什麼是收屍，什麼是伏法，什麼是槍決，什麼是送行。

詠美後來開雜貨鋪爲生，且有了洋菸洋酒洋物，可以零買幾根菸的貧窮年代早已丟得老遠。

那些新奇的外國字，是鄉下新一代孩子追逐的東西。詠美雜貨鋪在鄉下仍是一間發亮的物質之屋，畢竟商人不願來到這不滿百人的小村落開店，詠美成了永遠的老闆娘，永遠的零售商，永遠的開喜婆婆，帶給一代又一代的村裡孩子很多的甜美記憶。從濕黏的糖果、梅子、橄欖仔、夾心餅乾到乖乖義美歐斯麥養樂多可樂汽水冰淇淋，主人在，舖子開。詠美小舖繼續迎接新時代，薇琪礦泉水、油切茶、活氧水、拿鐵咖啡、啤酒、威士忌……

詠美終於願意承認她的夫婿早年信仰的社會主義是徹底失敗了。人不在乎公平正義，只剩權力物質慾望啊。

這一切發生如眨眼般地快，不論驚天動地或者平凡無奇，一切都像僅是眨了個眼。

50

自鍾聲過世後，詠美雜貨舖倒是常收到沒有附上地址的奇怪包裹。包裹裝著許多物質，小孩衣服、文具、書籍，甚至有時候會在衣服裡夾著幾張鈔票。她不知道是誰寄來給她的，她想也許是上帝。

她早年和鍾聲都是教會教友，鍾聲當年認爲西化的進程可以幫助台灣邁向快速建設，快速把台灣立於領導地位，從而解放對岸祖國。解放一詞，在他的觀念裡或許和整個主義有出入，但他認爲整個社會需要邁向自由、公平，沒有對立與充斥物質空洞的東西。於是在宗教上，無神論的他也選擇比較靠近基督教，但他喜歡的是教會的組織力量。然而他還沒運用到教會的力量，他就被上帝召回了。詠美一度走到團契，其實只是懷著悼念亡夫心情，和什麼西不西化自是完全無關。但也因爲教會，才讓因爲父親故而出身不好的女兒桂花能夠到外國開始過新生活。

詠美也常想起孩子，這個和她共同度過艱辛時光的大女兒。

起先幾年她都會收到從美國寄來的信，桂花寫的思念手帖。但這幾年漸漸地已經收不太到她的信了，只是偶爾託來台教友帶來幾句話，要母親免牽掛等語而已。

詠美在日漸遲暮裡，學會漸漸不牽掛了，她知道牽掛就像古厝牆上的鐵釘，早晚都要鏽蝕，鏽掉的記憶也將是如此地無用。

51

詠美雜貨鋪一度曾掛著耶穌基督的聖像，此是整座小村最爲獨特的一景。

一九七五年四月之後，絕大部分的人家家裡都掛著偉人肖像，唯獨詠美死也不肯懸掛那張在她眼裡是殺人魔的光頭肖像。

很多人勸詠美掛了好安心，掛一張光頭肖像也不會死，還可僞裝忠誠。

詠美搖頭稱謝說，我這個賣雜什婦人能變出啥米茻（ㄇㄤˋ）？我不懂偉人，但我認得死人。

詠美一生看過太多死人。

漁家女，離死亡很近很近。大海每天都湧上魚的死訊。海如慈母淚，最柔軟也最剛強。漁村，颱風天漂來漂流木，果園的果子掉落，家裡客廳還漂來了魚群，掙扎，跳躍，驚恐。岸邊停滿了船，颱風前，船夫們在家了，颱風天還沒進來，天飛得好高，男人仍在船上聊天，喝酒，有的在染漁網，用一種薯榔的顏料，此染料可使線更堅固。小孩從甲板跳至水泥岸邊，像麻雀般跳上跳下。

夜裡，船撞擊岸邊的聲音。

母親忙著把木板檔在屋子前，以防海水倒灌。

燒煤，物件一層灰黑。

導引火力發電廠的水，圈成一個水池才注入海水，水池形成一個漩渦，小孩跳下去會被強大漩渦彈起，眾人都覺得很好玩，貧窮孩子的樂天堂，不知危險。

但有一回六個小孩到晚上還沒回家，大人出去找才發現一個小黑影躲在船邊。其餘五個小孩不見，小黑影小孩從船邊站起，哭啼他回頭就不見其他的同伴了。

他們都沒有被水力彈起。孩子隨著水流向大海了。

村子裡很長一段時間籠罩在愁雲慘霧裡。船隻經過那個地帶，都會聽聞小孩的哭喊與母親的嗚噎，詠美熟悉那種傷心的聲音。

52

當時的死亡和整個空間感都有神秘性，少女詠美會潛水，看著滑進大石縫間的魚，那樣的藍，她後來就是在繪畫的世界裡也不曾再見過那樣的藍，童年大海的藍。她對水有種奇特感，一邊是險峻山崖，一邊是海，有條沙灘小路常被海水淹沒了，以致消失了海和小路的界線，感覺像是踩在海的表面行走。

她成了基督，可以在海上行走。

當時晚上常傳說有匪諜出沒，或有鬼夜行，鬼穿著白色衣服。她見到某人竟跟所謂的白衣鬼打了起來。常見漂來水流屍。村落凝結著一種奇異的氛圍，大人圍在屍體前，等到她挨近了，屍體已經包著草蓆。有一回她跑快了，見到屍體，被吃掉的眼睛空洞洞地掛在一顆頭顱上。每週會有定時到每戶人家補藥品的人，那時的郵差還兼賣愛國獎券。遠足，走火車鐵軌，經某隧道，看見一個水池被鐵絲網圍起，她也會好奇特地繞去看，她對水有奇異的感受。漁村有兩次的自殺事件。一次是女高中生愛上老師，從面海山上懸崖躍下。還有就是弟弟不知怎地染上了嗑藥，心臟痲痺走了。母親哭得聲嘶力竭，父親悲傷到無法再出海。而妹妹詠姿瘋病發作，這後頭厝竟就孤絕了她可以倚靠的後路，她成了沒有娘家可回的可憐人。

但詠美常懷念起海，想看海。

童年夜裡聽父親的船歸來，噗噗噗，引擎攪動海水的聲音，喧鬧卻安然的聲音。

白日她一個人專注地在岸邊撈著魚，望著水草晃遊……那世界像是剩下自己，那種孤獨的絕對。
詠美永遠記得颱風夜裡，一個人看著漫進屋內的海水，美麗的恐懼。
詠美離開了那裡，永恆的青春之地。
十八九歲青春就結束。
詠美聽見了新娘悲歌。

寄語夜霧裡

53

春霧大，少女花葉在淡藍山嵐裡望向空曠廣場，她想明日天晴至可曬死鬼了。隔日雜貨郎就會搖著鈴來到小村，隔日花葉醒轉，豎起耳瓣，果然聽見雜貨郎的卡打車鈴聲悠晃停在鍾家祖祠。她拎著一雙肉色絲襪，到雜貨郎攤上補絲襪的一絲裂縫。這補絲襪的攤販師傅記得她，記得少女的她曾站在街上，在學生隊伍裡揮舞旗幟，為軍人出征唱歌。他記得她唱的特別高昂渾厚，分貝突出在整個隊伍裡。「一定凱旋歸來，勇敢的誓言啊，沒立功怎能言死……」他看見她的臉孔因激昂聲量而波動著，月彎形的劉海下如海的瞳孔，海洋閃爍銀光，像是他即將要行經的南洋，要出發的遠方。補絲襪的師傅那時也還年輕啊，行經少女學生隊伍的他當時望見花葉的那座熾熱海洋，他曾經想，要死也要死在這片海洋啊，娑婆海洋，雷聲隆隆，春雨陣陣。
現在少女已經變少婦了，沒有月彎形的劉海，黑髮海洋下，盡是羅織著恍如礪岩的神色，整個人像是包裹的繭，木然而沈默。
花葉不記得她曾為眼前這位師傅從軍送行過，她送過太多為天皇賣命的島嶼青春漢子，有人生有人死，她從不想去記得任何一張陌生男子的臉孔。她當年立在人群高歌純粹是爲了自己的歡愉，她喜歡那樣的場面，帶點激情似的秋天訣別。就像她和同學去收廢鐵罐，敲掉莊園大戶裡的鐵雕花窗，或者割馬草送給軍馬、縫千人針……，繡花裁縫打板編織，埋頭忙這些事，不是基於愛國心，也不是基於眷顧這些離家男子，她純粹爲了自己存在的愉悅感，這種活著的感覺，熱騰騰地燃燒著少女花葉的心。她甚至一度把日語當國語講，改日本名，也曾一度很熱中時尚生活，少女時的她活著時是如此地現世，結婚後，她卻如上了層膠，不再眼觀外界，活著純然只觀自己。這說到底，還是如出一轍，花葉是一個爲自己而活的女人，她可以很溫柔也可以很無情，許多村人嘴上都這麼地說著。

她仔細地盯著絲襪師傅在肉色絲襪上的縫補技巧，這雙絲襪不慎鉤到門口鐵釘，唰了一聲，她往下一望，心裡一沈，哀嚎一聲。自從丈夫被關後，能討她開心的世界僅剩美麗物質與孩子伯夷、若現和紹安了，她知道她是個徹底偏心的母親，沒有理由的，她也不明白。

就像她早年偶爾和鍾鼓去郊外認識他喜愛的自然世界時，她總是呵欠連連，而鍾鼓總是興奮的像個孩子，東指西指，拾起無患子給她看，黑亮的籽，有它自此無患。每一片落葉每一粒種籽他都惜命命，這座房子四周的植物大都是鍾鼓親植，只要她推開窗戶，就可見到色彩，見到生命。直到有一天鍾鼓消失了，他去了另一座名爲綠島但卻不見他心中的綠之島。她也不再推窗了，她任屋外植物枯萎荒蕪。

她遁逃到裝扮裡，移動車小販會來兜售二手女性雜誌月刊，她喜歡看很多美麗的時尚雜誌，聽拉日耳廣播的戲，這個機器寶盒裡的世界比外面的爭掠屠殺要來得乾淨而可喜。雖然女人的世界是一場又一場的隱形爭掠，但屬於花葉世界的依然白白淨淨，她不屬於這塵世，雖然她的美麗曾照耀了這塵這世。她的美麗可從鍾家一本相簿裡看出，那是十三歲時尚未染上菸癮的她在相館裡拍的一張沙龍照，她穿白色洋裝，頭戴印象派雷諾瓦筆下那種看起來出身良好人家的少女寬帽，齒貝如鋼琴鍵，雙手凝脂如月，整張臉的五官小巧如精工。

花葉一直認爲自己的前世住過雍和宮，許多人問她雍正皇帝長什麼樣子啊？她總是笑而不答，只說夏蟲不可語冰，她是貴族，是上過學堂的。她學過茶道、花藝，甚至還練過劍道，唯獨忠貞與顧家的婦德她不怎麼在意。

花葉特別討厭虎妹，那種在極地能夠剽悍營生者實則讓她害怕，她將那股對虎妹的畏懼轉成極度厭蔑。

花葉媳婦虎妹十四歲時必須夜晚走十公里路去撿拾生火碎煤碎炭碎木，或者到田裡撿小番薯，到市場撿西瓜皮、魚尾、豬皮等謀生之苦是花葉無法理解的。她的苦比較是精神上的，尤其是鍾鼓被關的那些年。到了夜晚，她覺得這世界冷酷而無情。那時還沒有情慾這個詞，若有的話，那麼至少她會知道捉弄其苦的究竟是什麼。但她不明白，她只覺得躺到了孤寂的木床上，那如焚火燒著她，燙著她，她常無法入眠，以為這世界最寂寞者非自己莫屬。

於是她精通美麗的延長術，但美麗無法延壽。

54

廖花葉在十幾歲從雲林小山城嫁到平原尖厝崙，她坐著轎子，一路被人抬著走進鍾家的茶埕，那時鍾家除了種稻還買賣茶葉。很多人都恭喜廖花葉的父親，說他爲自己的閨女找到了好人家。但結婚那日，廖花葉坐在新娘轎內，卻老聞到一股奇異的屍臭味，她被那氣味悶著，她礙於新娘的衿持，什麼話都不敢說。那時鍾家其實已經顯露了敗象，那種掩蓋在華麗織錦下的敗象只有廖花葉聞悉得到。但後來有人聽廖花葉說起當年事，咸說那是之前挖了糞池罷了，或者是連續下了六十七天的梅雨後，乍現幾天的高熱高悶將掩埋的臭氣潮濕給逼了出來。

但總之，廖花葉結婚的那天天氣是放晴的，是亮的。

梅雨季下得沒完沒了時，曾經廖花葉以爲這是一場不被祝福的婚禮，但綿綿大雨忽然在她的婚禮前三天止住了，且灑下一片金黃時，廖花葉笑了。許多人都以爲這是廖花葉一生當中唯一笑的最燦爛的一回。

她的父親送給鍾家二十八銀元的嫁妝，爲了怕閨女被鍾家看不起，所以就是窮也得去借這筆錢來。二十八銀元據說還是爲了數字的吉祥，二是成雙成對，八是發的諧音。這筆錢一直到廖花葉爲鍾家一連生了三個兒子後，廖家才將之還清。

有算命仙在鍾家因爲二二八延續的清鄉事件而導致四個兒子槍決或坐牢後，就來個馬後砲說起這二八是不吉祥之語，二加八是十，十也是1和0，注定廖花葉要孤單一生。

廖花葉嫁到鍾家後，最先敗壞的不是鍾家，而是自己的娘家。有村人說花葉哪裡是什麼貴族，不就是有幾分惡土荒地的地主女兒。

花葉的母親是沒讀過書的女人，是那種老公做什麼她就做什麼的女人。花葉唯一和母親學的事是抽菸，起先她從來不知道什麼叫癮君子，也沒抽過菸，不知道飯後一根菸快樂似神仙是什麼境界。直到有一天，她那大半人生都在種菸葉，燻菸葉的母親在陰暗中叫喚十三歲的她，來阿母這裡。她聞到菸味，很迷濛的空間，她見到母親穿著斜襟開口藍衫衣，蹺腿坐在燻菸葉外的長廊下吞吐著，大口白煙隨著一束陽光風塵裊繞，那時她在走廊的盡頭望向母親，心想母親好美啊，那神色那姿態，她著了迷，抽著母親遞過來的菸葉也大吸一口，卻嗆得淚水直流，隨後竟產生了甘美與舒適寬鬆的感受。之後，她就迷上了菸。花葉嫁到鍾家後，有人見了因爲抽菸而顯得瘦削的她就說伊簡直是當年呷昏阿嬤的翻版。

一分地分配二百五十公斤菸葉，廖家有上甲山地，他們在每年稻田收割後休耕空檔約八、九月時節，向株式會社申請菸苗，草綠稻穗轉眼化成墨色綠浪，在十月來臨前完成菸葉採收，之後就是日以夜繼地燻菸葉，在烘焙室裡常常被燻得兩眼昏花，有時年輕男孩女孩禁不住睡蟲嚶咬打了瞌睡，忘了將菸葉翻面，菸葉燒焦也是常有的事。除了花葉之外，廖家人一生都在稻田和菸葉的兩端裡勞動，在稻與菸葉的空檔，許多人都得出外當挽茶工、插竹工、割筍工，唯獨花葉免去了這些艱苦事，父親驕縱了她。

在稻田休耕時節，短暫改種菸葉的廖家祖上是有頭有臉的讀書人，養出日日緊閉房門在躺椅上抽大菸的後代，許多人見了不免有點感慨。

然而身處這座寂寞半山城，花葉日日眺望窗外蜿蜒錯落著黑瓦矮厝，平地的稻田與山坡的茶葉交織的田園景致卻吸引不了她。那些在山頭移動的挽茶少女，碎花頭巾陷在綠浪裡，這種無以言說的勞動，看在花葉眼裡無疑都是苦的。

少女花葉想去城市看大千世界，母親聽了總罵她罵得臭頭，聽說台北有洋樓汽車百貨，還有看不完的雜誌，不若她收到雜誌時都已經是過期雜誌了。

父親執意把她嫁給說是門當戶對的鍾家後，她菸就抽得更厲害，兩雙眼睛瀰漫著淡黃，手指也是一片枯黃，瘦削的頰骨上掛著大而空洞的眼睛，少女清澈的瞳孔日益蒙塵，她眼下的生活好像只剩下抽菸這件事足以撫慰她。尖厝崙一聽就是落後至極的小村，她想自己的城市夢斷了。

55

起先干擾廖花葉的是生活在陌生大家庭的不習慣。她感到孤獨，起初一個人時總是在門裡躲著，活在她自己的世界裡，賴在木床上抽菸發呆翻過期雜誌，要不就是入了夜後等鍾鼓爬上她的身體。她總得惹婆婆西娘不高興了才願意出來活動活動，她自願一週去東門市場一次，這樣可以順便去鎮上逛逛新事物。

廖花葉的妯娌之一是鍾家蜜娘那一房的媳婦寶蓮，她最早是西娘買來當作查某嫺的，長至少女後卻出落得十分美麗，且與鍾家蜜娘之子發生了感情，於是就讓她直接嫁給鍾家。因此這寶蓮反而和婆婆倒像是母女般熟悉，不若廖花葉感到自己是個外人。大媳伊娜和三媳詠美卻又是冷調性的人，誰也不熱絡，和廖花葉亦然。

嫁給鍾鼓的廖花葉其實氣質閨秀，帶著貴氣，和寶蓮的美豔俗味很不一樣。但花葉這人有點陰冷，且不會持家，更不喜歡到處走動，結婚後仍常見她一個人窩在房裡讀租來的日本小說，或者是《女性俱樂部》和《女性》等日本雜誌。廖花葉在父親親自督導與刻意培養下，也讀了好幾年漢學和日文。事實上這場婚禮是媒人金生嫂牽的線，金生嫂要廖家和鍾家約好雙雙去廟裡拜拜，然後要廖花葉躲在廟的卜卦間偷偷相看。廖花葉帶著婢女和三位好友共五個人，一起在卜卦間偷偷影一下男方。廖花葉透過卜卦房的木窗縫隙，仔細盯著在廟殿泡茶的漁觀與鍾鼓和自己的父親品茗談笑。廖花葉清楚地看到了鍾家學中醫的鍾鼓清瘦優雅的模樣，那一刻心裡隱隱感到自己的命運似乎已經產生變化了。在那一刻舊世界一切再也回不來了。（後來有人就把他們倆的八字拿去一間拜呂洞賓的宮裡合字，扶鸞乩童說這兩個人前世是父女，緣結下了，怎麼樣也跑不掉了，花葉想他們總是這樣以前世爲由亂點鴛鴦譜。）

有村民對漁觀說汝沒聽過娶某看娘勒，買田看田底啊？這花葉的娘大菸可抽得凶呢，臉色蠟黃如土，肝肺都抽老了，聽說咳出的痰黑得都可以拿來寫毛筆字了。將來這花葉不也是活脫變成伊娘模樣。

話傳到少女花葉耳邊，她笑著想，她才不會和母親一樣呢，抽菸不會把她的腦和心都抽黃了吧，何況我是要去大城市看世界的人。（但花葉第一次到台北距離她少女時期已經過了四十多年。這漫長的四十多年裡她甚至沒有離開雲林，除了到台北看病與看望孩子外，她躺著比站著的時候多，她不斷地吐出孩子，埋掉孩子，送走孩子。她忘了自己是何時才結束那沒完沒了的懷孕和分娩，分娩和懷孕……的母豬時期。鍾鼓坐牢的那十年她的肚皮才有了休息，但她又被慾望和寂寞折磨著。）

南方下大雨的黃昏，眼見自己陷在陰暗老宅時，她會感傷地取出床下壓箱寶，仔細翻出物件，欣賞著自己的昔日倩影。結婚時穿的橘色絲綢鳳仙裝，結婚前母親爲她準備的黑布裙產子衣和煮飯裙。產仔裝她用了許多次，煮飯裙卻還簇新新的。

她是一個不會照顧孩子的母親，時常放縱自己與溺愛某些孩子，對外人也頗苛刻。還有她可恨死所謂的革命，從新加坡回國的弟弟廖朝永是唯一和她親的娘家人，弟弟因她認識鍾聲，加入讀書會之外，竟比鍾聲還更熱中政治，組成了自治聯軍，有回他準備從二崙前往梅山的途中，遭國民黨軍隊發現而當場斃命。這個朝永弟弟和她親，但卻因革命早死，她的娘家早已是風中之燭，父母因染賭迷菸，散盡家財，她想起總是心痛。日後丈夫鍾鼓送綠島，這讓她的心更加封鎖與扭曲。她生養眾多，死去與送走不少。她的女兒秋節秋妍是以美色聞名幾里外的大美人，但她不知為何見了這兩個只差一歲半的姊妹心頭總是不祥，好像她們的美色隨時會消失，她疼愛這兩個美麗的女兒，也溺愛大兒子與么兒。但村人也都知她討厭三子若隱和送給鎮上妓女養的女兒罔市。若隱和罔市也都長得不錯，遺傳花葉美麗的五官與父親濃密的黑髮，但花葉就是不愛他們，沒有理由的不愛。

她是一個奇怪而獨特的母親。

56

舊皮箱的流浪兒

一九五六年詠雪的孩子出生兩個月後，在飢荒年代她偷偷送給糖廠有著外省口音的劉廠長夫婦，但很快雙方就失聯了。她希望在死前可以看這孩子長成什麼樣子了。她暗地自己偷偷打聽，所幸在她死前見到了這個只在她懷中待幾個月的孩子，而且她不知道原來這孩子離自己這麼近，他就是一直被叫外省豬的劉雨樹，劉中校的養子。起先她不敢說的原因是她把孩子給外省人領養，將來這孩子很可能是大罵台灣的原生種。

那年頭有多少人將孩子半送半賣地給了當時在糖廠當官的外省人?詠雪不敢想。那一年誰叫颱風過後，好不容易種了許多的甘蔗，卻被幾頭山豬刨掉了所有抽長的甘蔗與其他作物。

有人建議改種大莖種甘蔗，收成才漸好。水稻甘藷豆類玉米西瓜花生……後來有種籽卻沒了雨水，荒旱使他們棄了租田的想法，總舖師老公決定移動人生，四處辦桌，但囍事少，喪事的辦桌卻不斷。

那年頭多少母親背著罪惡。不見落跑新娘，只見落跑母親。送子棄子殺子，母親之罪。婆家厭女，家裡容不得多一張女嘴分食，這都讓她們從產房聞女色變，暗夜落跑。

下田勞動孩子在田裡哇哇墜地，女人還沒從疼痛裡回神，男人陰影隨至，有人勒死了女嬰。女人見了驚聲尖鳴，但已喚不回，無主屍骸在桂花樹下年年施肥。

古早貧困女人各有各的肚皮顧慮與傷心故事。

57

詠雪當了送子的母親，則要從糖說起。

糖很階級，糖很高級，這一切都因爲糖。糖心機深，糖是鈔票，糖讓她投降。她嫁給糖廠廚師，望著滿園綠意的白甘蔗田，以爲這世界將美好。卻不知飢餓如狼尾隨，狼牙尖尖，毫不鬆口。她只得把即將被飢餓之狼吞歿的紅嬰仔送走。

飢餓的力量大，大到足以拆散母子，讓她成爲一個送子的母親。

那是歹賺呷年代，被破敗漁家父親送走的童養媳詠雪長大了，她的心忽然被騷動了，日日心癢。某天她正蹲在大拜拜的廟前水盆下洗著碗，年輕的總舖師正好從廚房炒菜的空檔走到廟前抽根菸，他看見眼前這雙黑白瞳孔，晶亮如水，這眼神讓他著迷。他從台南到這雲林偏僻小村落，完全不知人情世故，僅死盯著眼前這個年輕女人。輾轉打聽得知她是人家的媳婦仔時心已難收，他的眼睛後來老是跑到廟前的廚房旁，望著這個瘦弱的美麗背影。

爲了詠雪，這窮廚師付出很高代價，他用所有的積蓄來換取愛，將她從別人家的未來媳婦裡奪回，奪回的方式還包括先讓詠雪的身軀屬於他。然而窮在羅漢腳時還不是問題，窮在一家子裡卻成了大問題。愛萌生的力量在結合後開始凋萎，他懷疑自己是否錯估了愛的力量，否則爲何要將心愛女人子宮孕育的嬰仔送走？但孩子在眼前已經幾個了，孩子如狼地吞噬著他的骨本。這廚師日日抽菸，發黃著一雙眼睛，原本的目珠已然的褐色就更深邃了。

這詠雪廚師丈夫來自台南鹿耳門，血統裡可以見到被洋番靡過的淡淡印記，淡褐目珠裡夾著一絲水藍，髮色也不那麼黑，有人戲說他久遠的高高祖母可能和隨著東印度公司商船來的歐洲金毛郎睡過。風吹金髮思情郎，高高祖母的故事化成了歌，成爲島殤。憑著淡褐目光裡的那絲水藍，詠雪日後輕易地辨識出失聯已久的嬰孩天使，她的子宮只是他的暫居之所，日後這孩子將成爲島嶼人口中的外省牛，無緣的孩子卻留有原生祖上的高額頭褐眼珠等印記。（被詠雪母親送走的孩子劉雨樹長大找到母親，揭開謎底。以前他老問養家劉媽媽爲何自己的眼睛顏色和大家都不同？劉媽媽說這是上帝爲了讓你的靈魂之窗看出去的風景和別人不同之故。這說詞讓雨樹笑了多年。）

58

日本製糖株式會社在南方以虎尾爲據點，甘蔗像是美國南方的棉花般遍灑，成了農人的甜蜜新希望。農人總是想，種在土裡的籽總有一天會給他們勞動的生命回報。但他們一向天眞，不知血汗收割的糖並不屬於自己。他們和甘蔗一樣，生命等著別人收割。（就像後來的六輕，財團輕易買走了海，抽走了水，留給他們遮蔽視野的風沙與弄髒鼻息的白煙，咳出濃痰的日與夜。）

傷心的日子總是很多。

殖民生活沒有自由，國民政府來了，自由不僅沒來，且貧窮還跟著來。詠雪不敢求助他人，大家自顧不暇。這時他們眼中的他鄉天使現身了，領走了孩子，孩子有了新奶與新蜜，孩子有了活口。母親切斷思念，獨留自己的午夜傷心，因爲愛。

從中校退下來到糖廠當物料庫經理的劉中校那日開著吉普車，這來自彼岸的男人和妻子在上海相遇，輾轉再從上海廣州香港一路來到他們當時眼中的惡島台灣。在每一塊地方他都盡力播種，但妻子的肚皮仍是靜悄悄的，一個子兒也沒有。這是惡島，劉媽媽想。人人口中仍稱劉中校的他想的卻是：難道這一切是因爲年輕時自己曾經車禍傷及了下腹，故從此沒個子兒影。

打消生子念頭後，劉中校開始留意周邊年輕婦人。他見糖廠廚師妻子詠雪常到他們居住的眷村擔菜賣著，姣好面孔瘦削而清麗，吐露一種高貴的純潔氣息，他看她連賣個菜也不會看秤，胡亂賣著，常被騙也不知。年年見她肚皮消了又脹了，而自己的妻子卻是肚皮平平。有天他就向屬下廚師說，你的孩子如果養不起，我可以領養。廚師一直喜歡這位正直長官，覺得劉經理和其他空降至此的外省人不同，他話少嚴謹，不若很多外人老是對他兇巴巴的，有次有個外省人還持槍故意在他炒菜時從背後以槍頂住他，嚇他，害他菜差點炒焦了。把孩子給劉經理養，廚師覺得這點子甚好。總比要掐死孩子好吧，有了希望，有了生路。但唯一條件就是廚師要離開糖廠，劉媽媽不希望他們再見孩子。詠雪丈夫想，有了劉經理給的錢他可以自己開小吃店，然後好日子時還可以到婚喪喜慶辦桌時當總舖師，於是他們一家就和糖廠斷了聯繫，日後被稱劉中校的劉經理他調，詠雪和孩子自此就是島嶼的陌生人了。

那年代，送子娘娘送來人間的孩子都在不同口音與姓氏中移位，玩大風吹遊戲，身落何家無人知。

詠雪自覺仍是受眷顧的，長大的孩子自己尋她來，且予她晚年無憾。

早年她替糖廠日本人洗衣，接著替糖廠外省人洗衣，獨獨沒洗過孩子的衣。她要雨樹把換洗衣物交給她來洗。母親老了還親手洗衣？雨樹不解，聽詠雪解釋，雨樹就將單薄些的內衣內褲遞給母親洗。詠雪趁洗衣時，大力聞著孩子的體味，像是廚師在聞湯的吸吮樣子。孩子的氣味，溢滿著她的思念。

失學的詠雪沒有姊姊詠美幸運，也沒有ㄠ妹詠蓮的任性。詠美恰好處在家裡大豐收時期，加上聰穎，受了好的教育。詠雪讀冊時，年年大寒不寒，人畜不安，又加上她也比較鈍，多桑就不栽培她了。且說也奇怪，她特別不得母親喜歡，有人說因爲詠雪太美，美得讓人窒息與不安。可惜詠雪不知自己美，也不懂美的本錢。有人來要詠雪，母親就讓她去當了別人家的童養媳。哪裡知道去的人家雖有些錢，未來婆婆卻十分苛刻，總說女孩家要早早訓練好日後持家。於是詠雪透早擔水、生火、炰魚、殺雞煮糜、洗碗、洗衫褲、搖紅嬰仔……邊揹養家母親生的小嬰孩，邊將傭人截斷在後院的龍眼樹枝柴丟進大爐，龍眼枝條燒成了黑木炭，可煮水可賣錢。

詠雪也曾一度渴望過上學，家事空閒時，她揹著小弟嬰仔，走很遠的路，偷偷走到學校教室窗外聽講台老師的聲音，有回小嬰仔在花巾後面嚎哭起來，引起講堂老師好奇走出，看著一雙大眼的美麗女孩揹著一個小嬰仔在窗邊聽課，原本起了惻隱之心，但小嬰仔嚎哭實在不是辦法，遂告訴詠雪，回家吧，紅嬰仔哭會影響到別人。詠雪就走了，小髒臉凍在寒風的小路上，鐵牛車和貨車駛過，揚起的灰塵刺目，她揉揉眼睛順勢讓淚落下，冰冷的目液讓她感覺生命有了潮濕況味。她邊走邊搖晃背後嬰仔，輕哼說著不哭啊不哭啦，汝再哭下去，姊姊都沒力氣揹啦。

詠雪也曾偷偷步行兩個小時回到生家，如獸躲在後院，但都被母親用掃帚趕了出來，這個被嫉妒燒成心火的母親朝她嚷著，妳趕緊走啊，妳是別人的，妳跑回厝裡，是存心要丟咱厝的臉啊。然後詠雪又走了兩個小時回到養家，養家母親早已氣得拿著棍子七孔生煙了，而那個未來要成爲她夫婿的小男孩就躲在柱子旁微微笑著，就是他的那抹微笑讓她害怕。以至於日後他強要她時，她腦中浮起的臉孔是一張正在看好戲的笑臉，她一想起這臉，就有了推倒他的力量。

每年農曆十二月八日到來時，鄰家詠雪都會揹著小弟嬰仔到鍾家稻埕玩耍。佛陀成道日，鍾家西娘煮大鍋臘八粥，行經者皆可食。八寶乳糜可口，西娘儲存的米維持了非常多年供臘八粥予十方之舉。她依循的是婆婆呷菜阿嬤的儀式，這是她唯一晚年還覺得自己有點用之處，直到存米用罄，大飢荒來臨，西娘才無糧無錢無力可施，而她也知道自己死期將近了。許多餓過的孩子，都像詠雪一樣，期待臘八粥熱呼呼來到，就像期待戲班子在廣場搭戲棚一般。多年後這些飢餓的孩子早已走入另一個家庭人生了，但聽聞鍾家西娘因爲想去種田撿穀粒而倒在田裡時，許多孩子都流淚了。其中可能以詠雪哭得最凶，她是個沒有經過馴化的感性女人，如果有機會受教育，她的感性結構足以撐起一個藝術家的美名。就像舒家虎妹，她天生的世故沒有經過馴化，如果有讀書，她的世故聰機足以讓她威風如成功企業家。但她們只是一個婦人，求生存的女人，她們都沒有什麼作爲，只是活成一個成天張著活口，爲明天憂心的女人。

自從鍾家西娘走了，以倒頭栽在田裡的難堪慘烈之姿，日後逐漸惡化死去，這在她們的心中猶如死去了聖母，失去了永恆的美麗經典模範。她們在雲林的生活多所絕望，且常常連絕望的力氣都沒有，尤其是詠雪，沒有強勢的個性可對男人推波助瀾，她後來一直都住在廚師男人爲他們的愛所安頓的老宅，也就是將嬰孩賣給糖廠外省經理後將所得的錢在鄰村蓋了間房子，日久房子也老了。當年搬到新房時，只有詠雪日日夜裡啜泣，對廚師男人說，孩子長大了會找不到她啊。不太識字的她不知道領養手續有明確記載了生父生母的名字，她也不知道戶籍資料日後將提供候鳥歸返的孩子關於遷移的思親動線。

可憐戀花再會吧

59

那時還沒有時鐘，日頭落到防風林之後，路口那株茄苳樹落花時刻就是下工之際了。每回經過黃花滿地的樹下，舒家虎妹總是拾起幾朵把玩，或插髮際，她管這叫落工花。落工花有一天不再落下黃花了，落工花樹幹被砍掉了。虎妹覺得悵然，但旋即又想，再也不需看落工花何時落花了，因爲她天眞以爲自己已經不用再當工人了，她可是被鍾家下聘了呢，雖然她覺得自己像是多桑手中的物品，秤斤論兩地被變相送走，但畢竟離開繼母的宅院是一件開心的事。

娶某看娘，但她沒有娘，未來的婆家無法看到媳婦的娘，僅能就虎妹來想像未來。她的手腳肓敏，屁股多肉，強勁的腿喚起勞動的美，彷彿只要有她這雙勞動的手腳就有無限的豐收。想來伊係好媳婦，媒人對鍾家花葉說著。花葉當時沒意見，虎妹自己對嫁人之事也沒有太多看法，她只知道鍾家婆婆疼伯夷、若現和囝子紹安，她想嫁過去應該也會受疼愛。所以虎妹就被鍾家下聘了，媒人對虎妹說，妳嫁到鍾家，還怕沒吃穿。虎妹看著她腳踩的這片土地，她怎麼勞動，稻穀還是別人的，她長時間將腳浸在水裡，僅分得一天幾塊錢。她聽人說得罪土地飼沒雞，她自覺十分敬畏土地，但不知爲何土地龍神總是遺忘了她。媒人來提親，她也許有機會擺脫這片藏有吸血鬼的水稻田，螞蝗水蛭如吸血鬼。

婚前她望著她出生的這間舒家宅院，母親廖超流的胎血早已乾涸，無緣的母親成了一只肖像，人間煙火吃得少似的顯得秀氣溫雅。

虎妹幼時母親就死了，這是個無法扭轉的事實，這或許也成了她一生的黑洞與暴烈旋律的來源。在兩三歲前她被養得白胖胖的，彷彿是全天下最幸福的孩子，成天都有奶水吃，成天都有人搖晃著她多肉節的手腳，她兩歲多時曾被母親抱去參加明治健康寶寶大賽，母親當時叫她阿妹仔，爬過來，爬過來，爬到阿母的心上來。小虎妹睜著骨溜溜的大眼望著在前方張開手臂的母親在呼喊著她，她要爬第一啊，爬啊，爬呀，爬向在前方張開手臂的微笑母親。快爬到母親的臉上了，看見母親的雙手了，她用著多肉的腳一躍，終於衝向第一名，她是明治健康寶寶。

但這健康寶寶卻在隔年母親過世後，頓成一個最不健康的寶寶，一個飢餓的囡仔。虎妹對母親的另一個記憶就是她不知母親過世，她爬向躺在草蓆的母親，就像她當初奮力爬向母親雙臂那樣地爬著，只是她這回好飢餓啊，疑惑的神情寫在臉上，她爬起又跌倒，顚躓前行，哭鬧著爲何阿母不餵我？我要呷拎（奶）。她想掀開母親的衣服吃奶時，她被一雙大手抱走，她嚎啕大哭，又飢餓又生氣地哭著。

虎妹自此再也沒吃過母親的奶，她開始進入人生的大飢荒。繼母廖氏不到一年就娶進舒家。（很多年後電視流行將後母演得極壞，虎妹總是看得稱心如意，但那也得等到她三十幾歲後才能稱心如意啊。）獨裁者的時光凌遲得太慢，於她是如此地想。

十多年來虎妹總是肚子餓得扁扁的，繼母廖氏自其進門即從不正眼看虎妹，虎妹像是空氣，幼時的飢餓感會挖開生命的黑洞，虎妹於是變得早熟而壓抑，靜肅而暴躁，或者有一陣子成天睡覺，只有睡覺可以遺忘身體。等到虎妹五歲了，她看見自己的肚子愈來愈瘦，而那個睡在父親旁邊的陌生女人肚子卻愈來愈大，她望著那個肚子總是想著好會藏東西的肚皮啊，她是怎麼做到的？忽然有天醒來虎妹聽見屋子裡多了一道道奇異的囝仔哭聲時，她才驚訝地發現女人的大肚子裡藏的是一個嬰孩，這讓她感到奇異而害怕，她看著這個從肚皮吐出的孩子被女人疼著，且有奶水可喝，就和她之前有母親時一模一樣。她知道生命的飢荒這時才眞正要開始了，在歉收年代，四處都會冒出搶食者，父親身旁的陌生女人的肚皮就一直在製造搶食者，肚子大了，又消了，又是嬰孩哭聲，每一個身體都要她抱，每一張嘴都爭奪她可能的食物。她常常餓得發呆，任手裡的嬰孩哭泣，直到陌生女人來拍打她的背，怒罵她是無人教示的野囝仔，無知見笑。虎妹有時會望天空，或者走到村口對土地公或者石敢當、虎爺默默詢問著她的疑惑，她想人生來不是要活的嗎，可是爲什麼每一天活著都覺得會要人命？如果注定這樣飢餓，那她不知道牙齒是做什麼用的，如果上天不給人食物吃的話，那麼爲何要她長出牙齒呢？她看著自己的乳牙掉了，又長出奇異的新齒時，常幻想如果吃進去的食物可以在體內自己繁衍的話就不會餓肚子了。她懷疑自己的牙齒之無用，但她非常知道這雙手的用處，繼母日日提醒她，因爲她得抱囡仔，搖囡仔，背囡仔，好像她天生就會餵哺孩子似的，但她還只是個大孩子。

虎妹童年生活唯一擁有美味的一回是義孝大哥抓到一尾躲在洞中的魚鰻，他起火烤魚，兄妹兩在溪邊大啖鮮魚，開心如富孩子。（因此後來義孝大哥入獄，探監前夜虎妹總是炒著魚鬆，這魚滋味連結的記憶一端是如此稀有的開心。）有一回還摘了鳥巢，撬開鳥蛋，但卻都半孵化長了毛。或者撿到蛇蛋，小蛇竄出。虎妹嚇得半死，哥哥卻說這很補。（很多年後，她聽隔壁的越南新娘說起她們在家鄉都吃這款有毛鴨蛋時，不禁想起做囝仔時爲了吃而破壞鳥巢的這種害生之事。）少女虎妹心想，日後絕不嫁給農夫！身上沾滿泥土臭肥料和蟲蟲的農夫。餓了偷甘蔗或者哥哥會去補些蝦子取火烤來充飢。

她深深懷念著母親，她記得阿依身上的乳香味。十多年後，虎妹急著想成爲另一個母親。

媽媽我也真勇健

60

在那個階級意識牢固的年代，女人的對立時常上演一場肉搏戰。

舀水互潑、鍋鏟互敲、抓頭髮扭打……童年時虎妹無能抵抗，只要她飢餓發昏地走到廚房，繼母就先往廚房櫥櫃一站，擋住她的去路。有一回虎妹先佔上風，偷取得一瓢地瓜簽飯，張口就猛吞。繼母飛奔來，卻一把打掉她掌中未竟之飯。瓷碗碎裂，割著了她的虎口。

沒人教示，偷呷飯，妳阿母沒教示妳！繼母鎖起櫥櫃拋來惡毒之語，順勢在地上噴了一口檳榔紅血。虎妹聽了恨得牙癢癢，但只能靜靜地吸著掌中虎口之血，那種鹹濕的苦澀滋味她一生都不會忘。

自此她深切知道一個沒有母親的孩子其命運是可以瞬間毀在旦夕。以至於十年後當她成爲一個母親時，不論和夫家多麼的寃吵不合，她也沒有想到離開孩子。四歲時她還見過空襲，大哥義孝不在家，無人會叫喚她躲空襲。每個人都在叫喚著牽掛的名字。只有她，沒人牽掛她，沒人叫喚她。一個囝仔跌跌撞撞，只本能地跟著陌生大人跑。台灣光復兩年後，虎妹該入學了，但她只有一陣沒一陣地讀了兩年，很快地她就被父親叫回家帶繼母生的孩子。她太小，還不知道復仇的力量，或者其實她的心性是善良的，她對於幾個同父異母的阿妹阿弟仔們，倒無偷偷行虐之事。她看著他們不哭了，就編織著手中的家庭手工，就這樣度過了她的童年。

那時看見穿綠衣服賣迴蟲藥的小販嘴都還會饞，虎妹心想如果能吃那甜甜的迴蟲藥該多好。肚子裡的迴蟲卻長得肥滋滋的，貧窮者見了從身體吐出的穢物恨得牙癢癢，眞想抓肥碩的牠們來炸成一盤菜呢。義孝倒是抓過肚猴（蟋蟀）來炸，來鬥，贏點小錢，可以買食解飢，那是兩兄妹的歡樂時光。虎妹至今都還記得童年跟著人群看義孝去幫人家閹割黃牛的畫面，義孝爲了賺二十幾塊錢，就去學閹割牛。抹鍋巴灰底再伴點油塗在畜生睪丸，幾個壯漢抓著黃牛，義孝揮刀瞬間，看得幼年虎妹又驚怕又想看。（多年後當義孝殺了人，有些村民回想起當年那個青年揮刀的勇猛與毫不猶豫的神情，牛閹後長得快且性溫馴，當年義孝應該也順便抓去把自己閹了，沒看過那麼凶猛的少年郎。這個歹子啊，天生做歹子。）

61

在生活的本能裡，虎妹是個角色。她可以比別人多早一步打聽到哪個人家的稻田要收割，她就能早先去田裡撿拾農家收割掉落的稻穗，常常可以撿滿整個布袋。回家曬乾，偷偷磨成米，加入番薯簽，就是美食。或者她也比別人機靈，常在番薯田撿拾主人採收遺漏的小粒番薯。當然很多時候沒這麼好運，她常挨餓著肚子，晚上想都別想會有食物降臨，爲了免於飢餓感的侵襲，只好走到水缸旁，舀一盆水洗洗腳，就早早上床睡覺了。或者白天時抓到了田鼠，義孝大哥會剝老鼠的皮，烤肉來吃。好不容易人家看他們兄妹兩可憐，給他們些種籽，種到人家不要的廢地裡，蘿蔔和玉米卻都長蟲了。

上帝為什麼要給我們種籽，卻又不讓我們收成呢？那時候大她十多歲的大哥義孝常曾這樣感嘆著。農夫就該有地，不然當什麼農夫？他有很多的不解，但都沒有解答。

鎮上已經沒有人願意賒帳給他們了，因為他們有個賭徒父親三貴。何況他們也沒有任何的抵押品，也沒有願意在紙上簽名的擔保人。父親三貴向當鋪貸款來的錢，買了種籽和肥料機器等物，種籽播到土地都還沒開花，他們就來向他收利息，利息繳不出，又滾到本金。結果借了三百塊錢，卻只有六塊錢是屬於他借的，其他的又轉成了利息。三貴發誓，再也不同借錢的當鋪往來，要自己當莊家才行。這是後來父親的體認。但他已經窮了，體悟的太晚，孩子都跟著飢餓，只剩下苦可以吃。少女虎妹從小沒得吃，卻長得異常地虎背熊腰，且漸漸有了帶著豪氣般的中性姿色。奇異的是在那樣吃不飽的年代，她的乳房卻異常的豐滿肥美，日益被時間形塑成一個如虎豹雲貓般的姿態線體，嘴唇散發南方熱帶的烈焰氣息，同時音量如洪鐘，笑聲如海嘯來襲。彼時如果有「童顏巨乳」之詞，少女虎妹絕對配得上。差別只在於虎妹沒有發嗲的嬌滴滴時間，她的力氣都得用來謀生，她的世界沒有運用肉體或者美色來輕易度日的想法。

她只知道要吃飽要靠自己的雙手雙腳。

在那個落魄貧窮的舒家歲月，她學得許多長處，包括忍受飢寒交迫，以及打造保護自己的盔甲。

62

虎妹童年和少女期最興奮的是去西螺街仔亂逛，熱鬧的市仔頭，福興里延平路中段，這段路是街肚，集結最多當年她望之不盡但卻無能力買的商行店家。

肥料店、農漁貨、碾米店、五金行、金飾店、日本和服、棉被行、茶館、醬油行、什細貨鋪、家具店、布庄、洋行、鐘錶行……她最喜歡佇足在鐘錶行前，看著時鐘神奇地轉啊轉的，鬧鐘噹噹響，機械手錶滴答滴答響……有時候鐘錶行的年輕老闆會走出來，她總是嚇得躲到騎樓石柱下。老闆召喚她前來，取出手錶給她看，教失學的她如何看鐘錶，做人要珍惜時間，最後且這般對虎妹殷殷述說。

往後，虎妹最喜歡的物件除了黃金之外就屬手錶了。

離開夢幻鐘錶行，虎妹經過農會、鄉公所、信用合作社、診所、餐館、酒樓、戲院、巴士車站，她拐進以蓋西螺大橋用剩的木料搭建而成的東市場，市場裡有虎妹愛吃的北斗肉圓和乾麵，但那時候只能好幾個月來此吃它一碗，那時她已經在四處攢錢了，偶爾嘴饞，犒賞自己。但車子還是捨不得搭，總是和女伴從二崙用步行方式走到西螺。鎮上的鄉紳集資酬神搭著戲台，小鎮小民小女散著微笑的光度。小虎妹眼睛啊無盡地流轉在那些富有人家的裝扮上，姑娘打扮得精細華麗，新衣裳亮簇簇的，綢緞布面閃著水紅湖藍翠綠金黑，有的滾花邊有的刺繡，抹著胭脂拭了白粉，髮髻潔亮，總是十指優雅地輕搧羅扇或輕捏小花巾。耳墜子是銀樓打的，金晃晃地在陽光下散著光暈，讓貧者一見頓然暈眩的金光閃閃。

戲鑼敲響後，那些莊園大戶的老太太老仙翁啊就被婢女服侍而出，個個老了也都很有個樣子，老太太華服綠黛地打扮著，老仙翁抽著長長水菸袋地呑吐雲霧，看著戲台人生卻也不太動聲色，不若她一把眼淚一把鼻涕的。

她直接從少女跳到少婦後，這條西螺街也是她早年營生打拚之所。

她喜歡大鎮大城，討厭小鄉小村。她童年第一次赤腳來到西螺時，她曾親眼見到鎮上的少女從莊園走出，笑得無憂無慮，穿得乾淨美麗。她確信她們不用下田工作，不用在衣廠做事。她們的笑聲吸引著虎妹，虎妹在尖厝崙的舒家是聽不見笑聲的，除了辱罵聲外。村裡的女孩在播種插秧除草，撿牛糞撿地瓜，收集稻草甘蔗葉，劈柴切菜，活得像賣了幾個錢的牲畜。虎妹常感難挨，她以爲這一切的不幸都是源於母親的早逝，可怕的傳染病。

如果上天給了每個人母親，卻為何又把她取走了？為什麼？她長大後也曾學著大哥當年說話的語氣地扣問蒼天。

63

少女虎妹到鎮上新興工廠打過工，在打工時，她很有大姊頭姿態，於是膽子更是養壯了。只是她的繼母卻還不知道虎妹早已長出了虎心虎掌，當她某回再度在虎妹捧起正要放到口中吃的飯時，猛然倒了瓢發酸的餿水。虎妹立即將瓷碗朝繼母丟去，繼母雖閃得快，卻閃不過虎妹奔來的拳頭，兩人開腔互罵去乎人幹！下死下種！臭雞掰……，日漸衰老繼母打不過年輕虎妹，頓然朝地上賴皮一坐，哭將起來，虎妹正想朝繼母身上吐口怨氣之涎時，父親三貴恰好回來看見這一幕，費了好大的勁拉開兩人，才止住了女人那足以火燒厝的騰騰殺氣。

這查某是破爛貨！虎妹記得少女時期後母對旁人是這般地罵著自己。

當年，她倒是想自己怎麼破也沒有這間土角厝破，這間房子唯一讓她有回憶依靠的角落是母親往生前躺過之處，神桌下的廳堂，那裡還有觀音媽低眉注目。

母親生前躺過之地，已是另一個女人的領地了。

茅草、竹子編築而成的房子，冬日寒風呼嘯而入，風穿入薄牆的每個縫隙。

虎妹冷得直打哆嗦，冷得牙齒打顫，空缺的門牙一張嘴更是有如被冰塊撞擊的冷。

白天她總在遊蕩，四處巡著牛糞堆，搶著撿回去當燃料燒，牛糞堆上爬滿了蛆，她也是搶著撈。撿完牛糞，繼母會使喚她去挖蚯蚓和採蒲公英回家好餵鴨鵝。餵養鴨鵝時，她總幻想牠們被燒烤成美味的饗餮，但沒有一次她嘗過鴨鵝的滋味，鴨鵝多是要換成現金的，即使因為拜拜而沒有被換成現金的鴨鵝，也祭不到她的五臟廟。她在廚房後院看見鴨鵝羽毛時就知道鴨鵝被刀刃脖子了，紅血注入米飯，鴨鵝血是繼母的補品，這舒家的東西，從來沒有屬於她的一份。

那時舒家還有一頭牛幾隻豬，她坐在牛背讓哥哥義孝牽牛去吃草的印象還是有的。那是她最後的幸福時光，在母親往生後，她和哥哥都喪失了這樣的快樂福祉。

舒家以前也是富有人家，拿橘子當球踢、水果掉滿院也不是沒有過。但從虎妹母親過世的那天起，虎妹還沒長成的童年就已宣告結束。虎妹母親的死，成了啓動她人生命運的一個重要關鍵。

她注定成爲飢餓的查某囝。

入黑後，四處空空然，繞了廚房前院後院一圈，找不到可入口的東西後，她舀了一盆水，又是洗洗腳板早早上床睡覺了，睡覺可以抵抗飢餓。

她的父親三貴知道自己愧對這兩個兄妹，他卻以反方向來掩飾愧疚，總是成天罵東罵西的。三貴因爲愛呷檳榔，早患有牙根病，成天牙疼，加上貧困，脾氣就愈發暴躁了。

風沙大時，脾氣差，烈日當頭時脾氣更糟，飢餓時脾氣簡直火爆。

晚年的三貴常一個人去台西海邊釣魚看海，瘸著腿，緩慢走至遼闊的大海，看著自己從海上來，卻再也走不回海上。

少女虎妹討厭海，她喜歡有物質閃亮之處。舒家的男人其實比女人感性與憂愁，任性而詩意。

64

虎妹早早加入生產隊，去田裡挲草。夏日水滾燙著腳，頭上的烈陽燒著頭頂，上下交煎，酷熱如火燒。稻草如刀，以手割之常傷手。水蛭吸附在皸裂的腳板上，血跡斑斑。水蛭難去之，吸血嘴咬到肉絕不鬆口，水蛭難以剝離腿肉，就像難以將正在交媾的狗分開。上回阿水嬸見到兩隻野狗在她家庭院相幹，氣得提桶水潑水，眾年輕女農剛好行經，全停下來看熱鬧。虎妹笑說，分不開啦，阿水嬸，這狗正爽，妳哪佇呢殘忍。年輕女農們聽了虎妹大剌剌地說著全又掩嘴笑。阿水嬸說，奇了，相幹狗眞正係分袂開。說時，阿水伯正提著扁擔推開籬笆也見到這一幕，他說恁眞沒聊，佇也通看。狗相幹淋水也袂分。公狗卵葩有個倒勾，會鉤住母狗，直到伊爽煞。

年輕女農們聽了老查埔郎吐出什麼幹啦卵葩的臉都紅了，紛紛轉身離去。唯獨虎妹還杵在原地，她要阿水伯趕緊點菸，邊說邊秀著小腿肚上的許多水蛭給他看。虎妹啊，妳也眞能忍呢！還眞巧，知影水蛭只能點菸燒。阿水伯點上他的新樂園香菸，用菸燙之，水蛭驚嚇後紛紛鬆脫吸盤。這個月好不容易吃到的青蛙肉都倒貼回去了，看每一隻水蛭吸得肥滋滋的，虎妹搖頭可惜。這搫草艱苦工作，實在無是人幹的。

十三歲月經來的那一天，虎妹不慌不忙，她用手指往兩腿間滑去，然後將指頭放在鼻下，她覺得這氣味鮮明，好像廚房裡永遠輪不到上桌吃的魚乾。她愛上了這種氣味，帶著港口的潮騷，又像後院一甕甕的梅干菜，下體像一道菜。半夜，她常將指頭放到私處，聞著這種奇異的魚腥味。那時鍾家的西娘常送來麵粉袋給他們，虎妹將麵粉袋裁切成杯墊大小，然後把那個杯墊放置下體「接紅血」，那是她小小的私密與不爲人知的自我遊戲。妳別想早點嫁，妳以爲誰會娶妳？繼母早看穿了她思春，妳逃離這裡，就會變老虎啊？我看還不是餓貓一尾，這村莊係沒出脫的，妳最好看破。

看破？我爲什麼要看破？看破什麼？她低身見到自己的衣服四處補丁，鞋子破洞，這具身體到處都破，我還得看破什麼？她不明白，她也不想明白，她只想離開舒家，可悲的阿母早早死去，可惡的阿叔早早娶了陌生的搶食者，她憎恨家，遠離這村莊，她要到天涯海角。

可惜，虎妹沒有到天涯海角，她不僅沒有到天涯海角，且竟嫁給了同莊鄰家的鍾若隱。爲什麼她要答應這門婚事？有時候午夜她會想著，但她想當時可能餓昏了，竟沒有認眞看出媒人婆手中拿給她看的照片根本不是鍾家老三若隱，而是和鍾若隱近乎相像的鍾若現，她知道鍾家母親花葉疼愛長子伯夷、若現和屘子紹安，聽說要給他們一些田產，田產變賣後花葉要舉家北上。她餓昏了，沒聽清楚媒人婆提親的是鍾若隱，但手中拿的照片卻是鍾若現。她一時異常興奮，對於未來可以北上的奇蹟雀躍著。

她十八歲前的生活，最遠一次是到桃園，跟著一輛載滿少女的貨車，貨車要把她們送到一家成衣廠，集體住在工寮，集體打鐘時間上工下工，她只做了兩個月就跳上了一輛來工廠收貨的夜車，躲在一堆成衣裡，直到天亮時分，司機下貨時才發現睡死的她。

妳怎麼躲在這裡？

拜託你送我回尖厝崙永定厝。

尖厝崙永定厝在哪？

沿著西螺延平路一直走就會進入尖厝崙，永定厝就在永定國小附近。

司機看她一臉堅毅，且光是夜奔這一舉就讓他肅然起敬，司機約莫五十來歲了，是嘉義人，有個早凋的女兒，知道虎妹的親生母親也是嘉義人，又多了幾分親切，於是就讓她繼續搭便車，把她載回尖厝崙。一路上虎妹才道出為何夜奔，說是成衣廠惡劣男工頭要強暴她，她隨手抓到一個大針就把男工頭的卵葩給刺破了，在哀嚎中，她趁著一點天光與聽力指引，摸到了已經引擎發動的貨車，二話不說就使勁地跳上如棉花的成衣堆裡。

還好是衣服，要是我是載豬食的，妳不就淹死了，司機說著，虎妹聽了大笑。

妳沒領到工錢啊？司機又問著，並遞一瓶汽水給虎妹，虎妹迸的一聲開了汽水，咕嚕灌了幾大口，打了幾個嗝才好整以暇地說，有拿到上個月的，這個月反正才做幾天而已。講著又噗嗤一笑，想起工頭被她猛然一刺的哀嚎表情，就又吐了一句沒卵葩查埔郎！

這就是虎妹唯一的北上經歷，說來也不算北上，因為桃園當時也是四處稻田，空曠無比，和故鄉一樣荒蕪。倒是立在田中央的工廠不少，機器成天滾動，囪管冒著白煙。那時候她車著嬰兒服，賣到美國的嬰兒服，她夢想著擁有自己的家與孩子，她想學繼母從肚皮吐出孩子，孩子可以吸吮自己的奶，這是幸福的事啊。

挲草，攢些工資，虎妹都一一存下。接下來淹水、除草、施肥、噴灑農藥，秋收割稻，虎妹也擔下來做。她很早就覺悟只有錢可以讓她有飯吃，有尊嚴，有能力遠離這個鬼地方。至於愛，她不懂，也不必懂。天不給妳的東西，不要強要。她和少女伴們總是這樣說，她在這群女農裡顯得特別自主，十五六歲就像歷經了幾世輪迴的滄桑。割稻時，每回老師都來問說，來不來上課？虎妹每一回都望著老師袋子裡的教科書，她對爬滿文字的書敬畏，但知不可再返校園。老師有回對在割稻的她說虎妹，妳看愈飽滿的稻穗總是頭垂得愈低，這很有意思吧，這就是指做人要謙卑呢。虎妹手下的鐮刀狠狠地往飽滿的稻穗一割，她無情地抬起眼說，這垂得愈低，就愈是等著被砍頭了。虎妹手裡抓著稻穗往老師的眼前一晃。老師後來沒有再來遊說虎妹去上課，他知道這女孩子已經夠獨立了，她本身就是個不示弱的人，上課也是罔然。虎妹的國小和初中之齡都和田地為伍，其實她痛恨農事，只是在這務農的世界裡，她沒有選擇，如果可以選擇，她一點都不要清心寡慾，不要什麼賦歸田園。她想要去台北，去闖水泥森林。

65

三貴也有個老繼母，孩子也叫伊阿嬤，但知這繼母以前對父親三貴不好，孩子和伊也就不親。老祖母已經餓瘦得胸前垂掛的乳房像是兩只口袋了，想吃點東西也是難上加難，每一回老祖母走到廚房就被三貴續絃的太太廖氏趕了出去。老祖母就又走回靠近乾稻草房的小房間角落，嗯嗯唉唉著，不知是飢餓還是傷心。她偶爾會想起虎妹的親生母親，這個家只有這個媳婦對她好，但卻早死。

老祖母死前日日身虛腹餓，死後遂體如枯木，四處見骨，身似荒山。手裡還抓著粒生地瓜，啃也啃不動的生地瓜被老祖母的手指牢牢嵌著。兩隻該死的老鼠在老祖母臉上手上嚙咬著，老祖母僅餘的半邊臉肉和手掌肉都不見了。虎妹尖叫而出，她好不容易要來的熟地瓜在發顫中掉落泥地。

虎妹忘了自己母親的死，她連自己爬過去要喝母親的奶都想刻意遺忘，好像生命的這個起點已經如海岸線地遠遠退後了，但她倒是牢牢記得了老祖母過身前的樣子。

要掙一口飯呷，絕對毋通夭死，她在水田除草時對著同是少女的女工們說。飢餓對虎妹而言意味著羞恥，不幸與空洞。虎妹體驗過飢餓後，她很明確地認爲生命中所有的恐懼她都已經經歷完成，一個孩子最畏懼的應是母親的遺棄（那時還不懂死亡），然後是飢餓，再來是與陌生人相處和迷路。她都經歷了，陌生人就是阿叔的新女人，至於迷路，關於這一點她卻嗤之以鼻，迷路是因爲有家的方向要前往，沒有家的人也沒有路可迷。也因此，虎妹在少女堆裡總是顯得特別大膽，偷甘蔗，搶水，騎摩托車，和男生幹架，用最鄙俗的字眼咒罵人好壯大自己的聲勢，這是她從旱土惡地學來的生存絕活，凶神惡煞都足以被她的音量嚇跑，即使她只是不經意地打了個大噴嚏。

望呀望　等呀等

66

虎妹從囡仔時就叫喚父親三貴阿叔，喚母親阿依，那個年代很多孩子都不直接稱謂父親，最多叫多桑；也不直接叫母親，多叫卡桑或阿依（姨），聽說在這樣的疏遠距離下孩子才好飼養（好像叫阿叔或阿依就不再是自己的親生孩子了，那麼上天假使要把無緣的孩子拿回去的話，也不是大人或孩子的錯了。）三貴常見虎妹和繼母廖氏的肉搏戰後，有回就意味深長地對虎妹說，阿妹啊，若有人來提親，妳就嫁了吧，離開這間有悲傷回憶的家吧。

這難道係家嗎？虎妹也自問。父親的出現總是意味著某種新決定的出現，虎妹已經習慣阿叔帶著報信人姿態來到她的生命，第一次阿叔帶給她的悲慘訊息即是他要再婚了，新的女人是新媽。第二次報信是要把閨女嫁出去了。

那年，虎妹去挲草插秧攢錢。這是她自小就熟悉的工作，那時沒有農藥，她在四歲時就會幫大人抓稻蟲換錢，一百隻換一毛錢。虎妹交出一百隻生命，可以吃到一碗麵果腹。當時她還沒讀阿依巫乀歐，台灣就光復了，隨著物價飛漲，她得抓五千隻才能換一碗麵，一碗陽春麵瞬間飆到五元。

她永遠記得那年的冬日踩在水田的寒凍感，腳板都皸裂了，手掌也是。繼母生的妹妹在她的背後哭著，等著母親餵奶。該死的稻子！她在心裡咒罵這水田的凍。但這句話有比表面更多的隱藏，傷心的水稻田，總有傷心故事來陪襯。如果她不是在挲草插秧，也不會因爲拋頭露面而遇到媒人婆金毛嬸。金毛嬸見了她一身虎背熊腰的健碩體格，忙去鍾家說媒，到舒家提親。阿叔看虎妹和繼母處得水火不容，忙點頭，虎妹看阿叔點頭，也只好跟著沈默算是回應，她想自己才剛滿十八歲，父親就忙著要把自己送走。

67

第二回虎妹見到金毛嬸時她也正彎著腰在插秧，天色即將夕落，背後的夕陽橘色如蛋黃，她想著過幾天地主就會發給她二十三塊錢而感到喜悅，臉上大約是露著微笑，正好讓媒人婆陪同偷覷著虎妹的未來阿太西娘撞見，她見了忙點頭同意了這門婚事。據後來媒人婆說，那時的鍾家阿太西娘對媒人婆說，這查某囡仔和我有緣，伊真夠勤力，伊嫁乎阮孫是阮的福氣，看伊的體格像是可以把整個衰落的鍾家撐起。而當時虎妹的未來婆婆花葉聽了卻不怎麼歡喜，但西娘答應的事也等於大家都答應的事了。

至於虎妹自己也不是完全不能作主。因爲媒人婆至少還是拿了照片來給她看呢。媒人婆來找她時，也是在這片稻田上，好像這片稻田是她的寢宮，每個人都爭著要她欽點，或者用句當代語，大家爭著要她帶槍投靠，她的好身材好耐力就是一支好槍，將爲未來的婆家注入生產力。媒人婆帶著她未來的尪婿寫眞照片來尋虎妹時，因逢日落時分，天色黯淡，她正好從水稻田上岸，一臉的稜角分明，看著諂笑的媒人婆沒什麼表情。

虎妹，將手快擦乾，來看看妳未來的尪婿，妳若不喜歡，還是可以反悔不要這門親事的，金毛嬸揚聲道。她從泥地上岸，走到金毛嬸身邊，拿起她手中的照片看。她看了照片微笑起來，媒人婆金毛嬸也跟著笑說。我不會輕睬替人牽緣的啦。

自從虎妹看過照片後，她就開始期待婚期。舒家急著把她送走，她也急著想離開舒家，那是一點也不舒服的家。那是她一生中唯一在插秧時臉上會笑的時期。甚至鍾家兒子行經而過時，她的少女伴們也會停下手中的插秧動作，拉直原本彎身露著乳溝的身子，對她開腔玩笑說，虎妹妳尪行過，係眞緣投喔！

虎妹嫁到鍾家，當她坐在冷冷的木板床時，看見有人掀開布幕時，她瞬間才發覺一個歷史不復回歸的大謬誤：她驚訝地發現自己嫁的對象竟是鍾若隱，而不是自己心儀的鍾若現。

阿太西娘錯拿了照片給金毛嬸，兩人目珠都不好，也不知照片拿錯了。

虎妹被婚禮喜宴摒除在外。

肖虎者不能進新娘洞房。

被摒除在自己的喜事之外，在洞房裡，她感到自己是甕中之虎，她再也插翅難飛。她嘆了口氣想這姻緣應該是西娘欽點的吧，她見到了自己童年的可憐身影，也見到還未進入初老之齡的西娘。緣，那時就打上死結了。

68

那是不斷被虎妹重播的畫面。西螺大橋在一九五三年舉行通車大典時，彼時一個小女孩也好奇地隨著幾個村童步行許久來到這座橋，橋上站滿了濁水溪兩岸的雲彰人。西娘邁著小腳爬上了這座血腥色的紅橋時，撞見一個小女孩正被行經而過的七爺八爺和隆隆鞭炮聲嚇得躲竄到她的腳邊時，鍾家阿太西娘旋即通靈似地知道這女孩再十年後，將會成爲她的孫媳婦。

這沒有母親的女孩又想起在日本投降之前，年幼的她正巧遇上空襲疏開，沒有人來喚她，她抬眼看見一架飛機掠過眼前時，以爲是一朵巨大的屋頂飄來。

就在那異常緊張之際，西娘邁著小腳走到小女孩身旁，呼喚長工抱小女孩快速逃離轟炸區。之後是幼年的她看見鍾聲在屋頂架天線放音樂。

十多年後，有人來向舒家提親。

鍾家西娘卻一時匆忙或者已進入眼花之齡了，給了媒人婆一張鍾若現的照片，虎妹很高興要嫁給鍾家疼愛之子。那時候鍾家早已因爲兒子槍決或坐牢以及家產充公而凋零。但因還有些尚未登記在案的田地，所以比起舒家仍是大戶。虎妹喜歡有母親疼愛的人，像她就知道花葉溺愛的長子鍾伯夷的太太就很幸福，鍾家長子已然和原住民姑娘伊娜結婚（那婚禮轟動全村，因爲所有的人都跑出來想要目睹傳說中的美豔新娘，人群中也有墊著腳跟東張西望的殷切虎妹），而受花葉疼愛之子還有鍾若現和鍾紹安，但紹安還小，她想那麼說來鍾家就屬鍾若現最適合自己了，她這麼地想著，只要想到嫁給深受母親疼愛的孩子一定是好的，自己嫁過去後，日子絕對不會太差。那時鍾家雖已落沒，但畢竟曾是知書達禮的大戶人家，她又想早點離開舒家，於是聽父親這麼一說，也就順水推舟了。她不知道自己搭上去的是即將在風雨飄搖中沈沒的破船。

在等待迎娶的日子，虎妹仍照常去田裡插秧，偶爾看見鄰家鍾氏有人經過，她的姊妹淘們就會竊竊低語說阿妹的阿娜達剛剛走過喔。很快的虎妹就破滅了，她嫁到鍾家在西廂房等待新夫婿入內時，起先還沒意識到推開她新生命這扇門的人是鍾家最沈默的老三鍾若隱，她在黑暗中羞答答的迎接新夫婿，並以熱情之身迎接他的肉體。她只感到這身體十分單薄，輕盈，和她的想像不一樣。但她是快樂的，她爲自己擺脫舒家繼母的夢魘而欣喜著。

直到在陌生新房的清晨她淺眠醒轉，看見沈睡在旁的人卻是鍾若隱時，她差點尖叫起來。但旋即才慢慢撫平，心緒想起金毛嬸確實嘴巴吐出的人名是鍾若隱，只是她手裡秀給她看的人影是鍾若現，而她自己因爲太興奮了也沒去搞清楚。昨夜身體都給眼前這個人了，生米已然煮成熟飯，她還能逃去哪？她回憶著生命的第一個男人，如此陰柔的身體，有張幾乎不開口說話的嘴巴。

她想如果自己嫁到天涯海角也就罷了，那逃走還沒人會傳出去。偏偏她嫁的是鄰居，所有的風吹草動都會傳回舒家，她可不能讓舒家繼母看笑話。於是她就開始想鍾若隱的好，他如山的沈默，對比她如雷的吼，其實頗爲絕配啊，她這樣安慰自己，靜靜地坐在床沿看著起霧的清晨，夜色慢慢退去，雞鳴了。有人來敲她的門，說阿依要她起早去煮頓早飯。她這個新媳婦，很快就成了幫傭者。

阿依！虎妹學著和其他人這般地叫喚著婆婆花葉。有時她也叫婆婆卡桑，虎妹叫已失明的公公鍾鼓大官或者多桑，那個年代沒有人去追究稱謂來源。她因傷害而面臨如煉獄般的情境，她檢視傷口總是有如在檢視瘟疫病毒般的詳細。好像記憶會長出癌，讓她好生疼痛似的。

虎妹自從對父親和媒人婆點頭了這門婚事後，她成天腳步輕快地去田裡挲草插秧，一個月領著二十幾元的薪資也覺得暢快，這二十三元中有三塊錢總是被她拿去買吃的，尤其是莿桐的大餅，她偷偷去買了好幾回囍餅吃，那種摻著肉的囍餅，肥滋滋的，那時候誰怕肥啊，根本生命裡還沒出現肥胖這個字眼。她老幻想著要是結婚能吃這種大餅就好了。虎妹不知道新娘不能吃掉自己囍餅的傳統禮儀，她提早把「囍」給吃掉了。

虎妹的婚禮簡單到晚年她都忘了自己是怎麼結上這個婚的？她想誰要她笨，什麼人不嫁，偏偏嫁了個同村的人。同村也就算了，還是前後屋厝緊鄰。夫家的後院隔著一排竹子就是她的娘家。

那個近在咫尺的娘家，裡面沒有她的娘。

她在這個沒有娘的後頭厝裡像是個查某嫺，手腳像是電動機器，轉忙個不停。

她不過走了幾步路，就到了另一個新家。兩家人太近了，好像結婚只是出門買個菜而已。但雖說兩家近，她做囝仔時很少走進鍾家內裡，那時候她自卑，她覺得鍾家是世家，高攀不起。

沒想到有一天她會走進這個大家族，成爲三媳。她喜孜孜高興嫁入「豪門」，卻不知這座門早只剩下門了。

進入鍾家，又是另一個艱辛的開始。虎妹臥在房裡，不知人生險事，也不知初夜何事。她已看過查埔郎的卵葩，她刺過爛工頭的黑卵葩，噁心極了，所以當她在番油火的光線下悄悄睜眼瞥視「陌生查埔」若隱搖晃的卵葩時，她突然想要嘔吐，但她被壓在下面，她隱忍著，直到這壓力頓然朝她身體的側面倒去，沈沈的呼吸聲伴隨著打鼾聲襲來。她起身往旁邊的尿桶吐了酸水，用手拭了拭溢出酸水的嘴角，仰頭望著低矮的天花板，幾根粗大的木頭撐起石灰牆，她聽見百年的老木頭有蛀蟲聲響，壁虎嘶鳴尖銳刮耳，這蛀蟲聲竟讓強悍的虎妹不禁傷心地留下淚來。她想要離開這座老宅，她想離開身邊這個陌生查埔。但來不及了，才一夜時光，陌生查埔已經變成床頭死鬼，且她發現經血不再來，她的肚皮終於也可以藏東西了。但這沒有帶給她喜悅，少女時做的青春大夢消失得無影無蹤，她在鍾家的日夜勞動裡，不免感慨這是怎麼回事？唯一疼愛她的鍾家阿太西娘也不管事了，偶爾在她誦經時會要虎妹聽聽，虎妹總是坐不住，屁股在板凳上磨蹭。阿妹啊，妳要定性啊，還能吃苦都是好事。虎妹心想阿太老了，吃苦怎是好事？那麼多可以吃的事物，爲何要吃苦？但嘴裡沒回，虎妹還是點頭稱是。阿太知她心思，只勸她嫁給若隱是天注定好的，別再想東想西了。虎妹看著已經大如濁水溪西瓜的肚皮委屈地想著自己的雙腳難道已經被徹底釘在鍾家老厝嗎？難道她不能離開這座傷心小村？她一點都不愛尖厝崙？誰說人一定要愛故鄉出生地？她不喜歡，她只想逃得遠遠的。

妳著忍耐

69

西娘活得很老很老時，她遇見兒孫們開口總是你是誰的囝仔？她也不是眞不記得，彷彿懶得去想似的，她連想起往事都覺得疲憊，還有名字。她的記憶版圖已經開始長滿了蠹蟲，被蠹蟲吃出了許多缺口。

但西娘還記得教虎妹用紅線綁住嬰兒手腳，說是如此嬰孩日後長大可正正當當地做人。虎妹聽了欣喜，她正擔憂著男嬰若像哥哥義孝那般做歹子，這苦將吃不完。虎妹的肚皮大了又消了，消了又大了，如此歷經四五回，都是吐出男嬰仔，且中間有一兩個成無緣囝仔。直到她這一回即將臨盆前，她突然聞到了空氣中散發甜蜜的一股說不出的喜兆，她彷彿看見在女嬰生出後不久，在嘉義山上打工的若隱，來信提及不久的將來會把他們全家接去台北的畫面時，虎妹摸著肚皮笑了。

虎妹流下胎血時，溫熱的暖流沿著大腿溢下時，她聞到了血腥的同時卻也聞到了空氣中飄散著一股潮濕的蜂蜜味。那時她不知道兒時玩伴養蜂人正帶著幾罐甜滋滋的蜂蜜一路朝她的尖厝崙前進。女兒出世，從陰道裡被虎妹用力地擠出來，她用剪刀斷去嬰兒和母體的連結。

疼痛逐漸遠離意識後，她使盡全力地爬起，就著一盞小小油燈，然後把紅嬰仔放入熱水裡，洗淨嬰仔一身的胎衣胎血，將流血的臍帶口抹上事先準備好的麻油後，她看著紅嬰仔在油燈下一張乾淨無比的臉和她靜靜地對望著，虎妹笑著搖晃紅嬰仔，她想眞是個安靜的乖孩子。整間老厝如此安靜，安靜到不知道有個紅嬰仔降世。她探出小窗外，瞧見三月初春的天空綻放著一抹藍眼睛。就在這時，有人敲她的門。養蜂人在門口，扯著一口牙笑著說，妳嚐嚐好蜂蜜，妳會忘了疼痛。那時他們不知人生字典裡有幸福滋味這種文藝字眼，不然養蜂人會吐出這樣的字給虎妹，好寬慰她的人生。養蜂人看見紅嬰仔如此安靜地躺在木床上時，他聽見紅嬰仔微微的心跳，張舞在空氣中的瘦細手腳，他忽然想起什麼似地猛然轉頭問虎妹，紅嬰仔不哭？就是這時虎妹才想起紅嬰仔確實還沒哭過，難道是瘖啞仔？她猛然衝去床上大力搖晃嬰仔，前後上下，如抓小雞似地倒立拍打，嬰孩還是安安靜靜的。養蜂人幫忙將包覆在細小四肢全身的稠密透明黏膜撕掉，看見一張發縐的臉，皮膚可見紅通的血管，就在前方大官鍾鼓的屋裡忽傳出收音機歌聲，悠悠唱著偶開天眼覷紅塵，嬰仔像是被勾起什麼似地傷心嚎哭了起來。虎妹頹然頓坐於地，偏紅色的頭髮潮濕地貼附額前，她也有一股想要嚎哭的衝動。整個心放下後，虎妹全身鬆掉了，她頓然昏厥了過去。

紅毛仔，別難過啊，養蜂人低聲地喚著虎妹童年綽號。

養蜂人幫太太接生過，對習俗亦瞭，他將嬰兒的胎衣拾起裝在原本裝蜜的小布袋內，他關上房門，走去鍾家祖厝前院，找了顆桂花樹挖了個深洞埋下。

埋好胎衣，養蜂人聽見鍾家西娘房裡傳出聲音，往聲音走去。西娘體弱，窗戶卡住推不開，養蜂人走近手一拉就開了。他對著西娘說，阿太，你做祖婆囉。西娘笑著，在我斷氣前，趕緊讓我看看孩子，這若隱聽說上台北攢錢去了，叨煩你啊。接著又自語，我等待的緣終於來了。

養蜂人進屋幫忙近乎暈厥的虎妹將小女嬰抱去給躺在床上西廂房的西娘瞧瞧，而躺在床上喘息的虎妹聽得腳步聲走了又來了。來的人是也被吵醒的伊娜，伯夷的太太伊娜說阿太很甲意這查某囡，虎妹聽了才高興地睡去了，夢裡出現很多蜜蜂，蜂窩上流淌著金黃的蜜汁。

隔日整個房間飄滿著蜜香。

女嬰出生後，由於太過疼痛或者由於虎妹覺得一個女生將來能壞到哪去，所以她並沒有用紅線將女嬰的手腳綁住。接著是女嬰出生沒幾天後的某日清晨，西廂房傳來老小哭嚎聲，跌在田裡只剩一口氣的阿太往生了。虛弱的虎妹躺在床上，一個人呆呆地想著阿太的藍衫身影。她想阿太已經很老了，看起來就像是一百多歲的人了。個子不斷縮水，皮骨分家的乾癟，挽著稀疏花白的髮髻，臉上流經大小縱橫的溝渠。纏過的小腳裹著一層又一層的布，後來大部分都穿和尚打洞的鞋，一襲傳統的藍衫藍褲或是黑衫黑褲。臉瘦削而美，那種滄桑，虎妹無法形容，在她的語言裡就是歹命人的身影。

她緩步地走到西廂房，在西娘的耳邊喚了聲阮可憐阿太喔！阮乎人尊敬的阿太哦！阿太眼睛緩緩地流出淚來，鼻孔溢出白如雪的血，如甘露。而窗外群聚著白蝶與飛蟻，使得許多人在那日以爲村裡下了場奇異的大雪。

流血遍地的十多年後，西娘在她往生不久前做了個美麗眠夢，伊夢見天空落著白色的雪，滿滿的飄落在鍾家老厝的黑瓦紅屋上，白雪伴隨著相思樹鵝黃黃枝葉，鋪成一條美麗深邃的雪國畫面，綺麗啊！然後是一聲嬰兒的啼哭把她喚醒。

鍾家媳婦虎妹生了個女嬰。女嬰孩子時被叫做囝囝，貓貓，摸摸，毛毛，或者小娜。

何時再相會

70

西娘倒在泥地的畫面成了大地聖母的姿態。

經過發現西娘倒在田地的鄰村人一再地描述且一再地傳誦後，所有的人都相信西娘是死於一種神聖的氣氛中。她有如得道者般全身金黃，且終於在漫長的大旱過後，下了場黃金雨，雨過天青，彩虹騰起，彩虹之大幾乎從中央山脈橫越至西海岸。

從各村來的弔唁者，帶來了許多吃剩的食物，有人甚至搭起帳篷自願守靈一日。連鎮上酒家女或者妓女戶的女人都前來弔唁西娘，她們都嘖嘖稱奇西娘沒有經過漫長的身體苦痛，她就這麼地倒下，和大地合為一體。她們沒聽聞這種死亡方式，大夥都有一種聖潔感。

事實上西娘的死和她的那雙小腳也脫不了干係，就是因為小腳的重心不穩才讓西娘在烈日下忽然一個暈眩就倒頭栽了。但也好在西娘是倒頭栽，否則烈日如此大，等被發現時早已枯槁。但她避掉了烈陽的毒害，反而面朝土地，以至於臉部雖有蟲噬但還算保持完整且柔和，加上土地塗灰效果，而予人不凡巫師的聖母形象。

那是西娘絕望的一年。

她一生都沒有嘗過這麼嚴重的飢荒，所有能吃的四腳東西除了桌子外都被拿來吃了。她還和兒孫子們趕在日落前走到濁水溪去抓老鼠，或者看水中還有什麼可能的生物。前不久陳腐無稻的穀倉裡發現一窩小老鼠時，大夥都興奮地烤來吃了。遠遠站在孩孫之後的西娘，內心感到一陣悽愴，她覺得這是將死的徵兆了。她在孩提時就被算命說，如果大飢荒降臨，就是她該告別人世之時。

這天她好不容易得了一些菜籽，她一個人就像捧著聖物般地走向廢耕荒地，那日頭很大，她長達九十多年的生命印象裡好像從來沒有這麼熱過。就在她一個重心不穩倒地時，她看見背後的自身陰影逐漸在擴大中，接著在暗下的世界裡，看見了揚起如羽毛的大雪，她的雙手如翅膀，在氣流裡煽動著雪。

愈苦者愈長命。

早年那種每天作息正常，五點起床後燒香拜拜，聽聽拉日耳日本演歌的年代好像遙遠到無法回想了。這漫長的九十多年過去了，中間的人生速度像是快捲片，很快地一週過去，一個月過去，一年過去……，接著又變慢，痛苦來時，一切又變成慢速度了。

她的背很駝很駝了，九十幾年的脊椎再也無法承受生活與感情所帶來的巨大壓力，逐漸彎了。她的背脊呈現六十度的彎曲，她想再過一兩年也許自己就要變成一張垂直成九十度的椅子了，她也逐漸重聽，許多人都必須將嘴巴放在她的耳朵上揚聲開腔。哪會變安呢啊？舊年還好好的。她常想著，這世界怎麼突然變得這麼安靜了。她駝背的身影下依稀可見不捨離去的姣好胸線，鵝蛋臉龐依然典雅。她不曾問過她心愛的三王子鍾聲在日本的雪子命運，她想總是一個癡心的女人吧。

西娘一直喜歡冷，今年這不要命的熱與旱卻要了她的命。

同時她還看見她的孩子鍾聲的墓旁飄著五萬餘顆無頭屍首……她出聲大叫我兒啊。三王子轉頭悠悠說：阿依喲，我等妳等佇久啊。

她是個好面子的女人，鍾家走到這一步像是破敗在她手裡似的，後人許說她不會管小孩，不會持家啊。她從豐盛年代竟一路走到飢荒時局，怎堪忍受？混雜騷亂的時刻都過了，悲傷也日漸被醃漬封存起來了，但天卻不作美，不是豪雨成災就是荒旱連連。她這些日子特別想起一些亡者，她的孩子鍾聲鍾磬都走了，老伴漁觀走得更久了，漁觀的妾蜜娘也早離開這愁苦的人世了。漁觀的母親仙麗也駕鶴西歸了，她很懷念這個呷菜阿嬤，她們兩個女人擁有共同的男人是漁觀，這並不減損她們之間的情誼。擁有仁心聖體的仙麗早就預言這一切了，說西娘在百歲前會死在她鍾愛的土地上，同時她還在死前會看見島國下起一場大雪。但這兩句話太抽象，聽者無解，何況烈女如西娘也硬是不肯相信所謂的預言。但雖說如此，她早在九十五歲生日一過，就悄悄拿出未被當掉且被她保存完好鮮豔的綢緞衣裳，將之放大放寬了些，她準備用來當作自己的壽衣。同時她早已將出嫁的白內褲嫁妝放在壽衣旁，當年伊阿母要她嫁至鍾家有始有終，如今她都是九十多歲的老人了，十幾歲的出嫁時娘轉眼已是一具待死之軀，而手中的白內褲在樟腦保護下依然雪白如昨。

西娘葬禮上，請來哭婆與孝女，原本不過是聘僱為喪家添氣氛之人，但哭婆與孝女卻嚎啕得哭天搶地，這哭婆與孝女是對母女，原來她們也曾為鍾漁觀的喪禮哭泣，那時西娘給予她們非常豐厚的紅包，後來得知她們是寡母孤女，常常送米和蔬果給她們。

哭婆孝女音聲肝腸寸斷，虎妹抱著女嬰在旁，虎妹的眼淚還在目眶打轉時，懷裡的紅嬰仔忽放聲大哭，風中的白幡如鶴飛翔，在白幡空隙只聞眾人也齊聲大哭了。

連嬰兒都成了哭婆，西娘這一生值得啊，有經過的村人心想。

西娘葬禮以喜事來辦，氣派如同當年阿祖漁觀。但現下鍾家已十分落魄，因此得偷偷典當大部分西娘私藏的金飾與許多重要家具才得以風光辦成。

71

若隱為鍾家唯一疼愛他的西娘阿嬤蓋上「陀羅尼經被」，這被子還是他走了許多遠路，爬了無數彎了又彎的階梯才得來的，他是去西娘長年茹素誦經的深山古剎裡向西娘的師父特地請來為西娘送行的，他曾聽西娘說蓋這陀羅尼經被可以不墮三惡道，可以往生極樂。

虎妹聽了不解，若隱解釋說三惡道是餓鬼道、畜生道、阿修羅道。

阿修羅？虎妹聽得眉頭都皺起在一起，那是她第一次覺得若隱是有程度的男人。反正就是壞的地方，地獄啦，閻羅王管轄的地方，閻羅王妳總聽過吧，若隱說。

誰沒聽過閻羅王，騙我不識啊。虎妹想阿太人這麼好，是不會去這些地方的，她會去見菩薩。所以不用蓋駝漏尼驚被，我認為阿太會想蓋她的龍鳳被，這龍鳳被她蓋了一生，應該要伴隨她的肉體一起火化才對。屘叔公你說對否？我講的是不是有道理，卡有人性。虎妹親眼見過淹大水時，西娘是如何地珍惜這床龍鳳被，她早早把棉被收好架高。獨獨有一回水實在來得太快了，眼見大紅棉被就要被吞沒了，西娘急急喊著背過身去搶救什麼收錄音機的屘子鍾流說，撿棉被啊，這卡重要！鍾流只好扛起像是幾千斤重的泡水棉被逃到高處。大水過後，西娘仔細地曬著這床被子，很仔細地曬著，拍打著，務必要保持表面的錦緞亮度，還要讓內裡棉花蓬鬆。

這些畫面讓虎妹知道這床棉被對西娘的重要，也讓虎妹隱隱知道阿太和阿祖的愛情深度，雖然她自己一生都不懂什麼叫愛情，只要不能當飯吃的東西在她眼裡都是裝飾品。

許多人是在西娘葬禮上才知道西娘原名悉糧，是被漁觀阿祖改了名。悉糧，死於糧食匱乏的西娘，許多人都這樣想。不識字的虎妹指著西娘後頭厝送來的白幡問上頭都寫些什麼，有人跟她說音容宛在，駕鶴西歸等。虎妹抱著女嬰邊好奇地聽著，她覺得識字的人都好厲害啊，以後也要讓孩子認識字，會寫字，絕對不要跟自己一樣可憐，連自己的名字都少寫好幾撇。虎妹記得初入鍾家，阿太西娘第一次要虎妹去貼春聯時，虎妹竟然貼錯了。

虎妹看著紅紙，紙拿反的。

阿太，這紙上頭寫啥米？虎妹。

這係字啊。

我知啊，但係啥米字？

西娘答說「滿」時，她才驚訝地發現虎妹竟不認識字。她想這將會是虎妹未來的某種不幸啊。西娘不知這舒家三貴竟沒讓虎妹上學，她替虎妹感到可惜。她想教孫媳婦寫些字，但虎妹不是太忙就是太羞於提筆，虎妹說阿太我是拿鋤頭的人。妳不是只拿鋤頭的人，要記住阿太說的話。

虎妹想著說這些對話，心裡想著這個鍾家已經沒有愛他們的長輩了，此地還有什麼值得留戀？她的腦子還閃過一個不好說出口的私念，她想這「駝漏尼鷩被」如果留給自己的哥哥義孝該多好啊，他殺過人，死後可能要到閻羅王那裡報到，她私心希望可以保留給他，爲他減罪。（她想阿太是好人毋須錦上添花呢，當然後來虎妹也沒料到哥哥成了基督徒，哪裡還有什麼往生蓋經被之事，哥哥的地獄天堂和她的天堂地獄不一樣啊。）

鍾家大老鍾流屘叔公點頭了，他想母親西娘也很疼愛自己，現下哥哥們都走了，鍾鼓青瞑破病，也是風中之燭，只剩下自己成了族裡的長者，成了爲年邁母親送行之子。

最後覆蓋在西娘身上隨同火焰一起灰飛湮滅的是那床古老龍鳳被。

虎妹很高興自己爲無能再替自己爭取什麼的西娘說話，她把這番爭取認爲是對西娘的某種回報與庇佑。否則以她在鍾家的地位，她的話是不可能受到重視的。

72

詠美撐著病體在窗前探看時想，婆婆西娘在天有靈也會笑開來吧。苦日子都過了，再苦都會過了。這血染的土地，悲喜都有了落處。西娘在過身前說她的眼皮忽跳左眼忽跳右眼，詠美想起呷菜阿嬤說過的什麼左眼跳財，右眼跳災。但西娘只是對詠美笑說，眼皮跳很正常，人老了嘛，眼皮也不聽使喚了。

西娘在進入彌留之前，她要告別這生活了大半輩子的小村之際，她看見了恍如下雪的島國。但事實上那是春日天亮之前，虎妹正難得作了個自嫁到鍾家的一個美麗春夢。就在春夢飄下粉紅花瓣時，忽然她肚子極疼，滾出一個紅嬰孩，她在疼得近乎死去的當下，抓起剪刀剪去和嬰孩的聯繫臍帶。日後這個紅嬰囡仔在十三歲前常跟著她流徙島嶼，且常被心情不好的她罵雞搿破痲破格。虎妹沒有虎眼，她看不出紅嬰仔是帶種的女孩。

然在西廂房的西娘聽見嬰孩哭聲，她要前來的人趕緊抱虎妹新生的嬰孩來給她瞧瞧，因爲她已經看見呷菜阿嬤的身影來到身旁了，這意味著死神已上路，時間急迫了。

嬰兒來到西娘的房間就不哭了，笑呵呵地兜轉著黑白分明的眼睛。西娘握著嬰孩的手，自言自語原來漁觀當年說拿劍的人就是拿筆的人。她摸著女紅嬰的雙足，輕輕捏著可愛的小足，忽而笑說這是四界爬爬走的腳啊，眞係好啊，無好像阿太啊。

西娘瞥眼睇視著木頭窗櫺外掛著一輪冬日的大圓月，她嘴角上揚，帶著一種僧侶式的微笑，沒有人會忘記阿太的那個微笑，月光暈在顏上，摻著亮粉的笑，一種不朽。她對圍繞在她周邊的親眷們說，虎妹生這個查某囡，我可以放心走了。虎妹說阿太這紅嬰仔看似養不大。汝別驚惶，一個握有書寫秘辛的人就會變得強壯，冤魂將會以文字復活，將來我的故事，小村的一切，這土地獨特的宿命氣味，紅嬰仔有朝一日會以她的方式寫下這一切，寫下人如塵土行過平原。

虎妹不懂，眾人不解。

但阿太那抹臨終笑顏，讓她們在赤貧年代感到了安慰。

73

西娘有一天要詠美替她煮一碗魚湯。詠美想家裡哪有魚？

黃昏，西娘手裡卻抓了尾用草繩綁住的魚，是她去水塘抓的。大家都不信，西娘說完噗嗤一笑，才說是向魚販賒來的。你們放心，以後你們會還清這筆欠款。

當晚，西娘夾起一塊魚吃，卻被魚刺刺到喉嚨。

疼痛了整晚，隔日，她一個人走上荒地，那日原來她想要從土地裡尋找一些穀物和種籽，她聽說炸成油呑食可以去除魚刺。但她卻倒頭栽在生養她的這片土地裡，且任陽光曝曬多時。她的背脊面對蒼穹，鼻息俯地，緩慢地失去鼻息，像是一個倒臥沙漠的人，一幕幕往事，一個個執愛者如膠捲片放映，人生高潮再不可得，唯獨幽黯常蒙心頭。三王子鍾聲來接迎，她開口質問，何以棄家棄母棄子？鍾聲喉頭哽住，無法言說，只是淚流。西娘也淚流，她的淚水直入土裡，吸引蚯蚓前來。於是當她的軀體被翻過面時，耳眼鼻口爬滿了蚯蚓或者螞蝗，黑黑的嗜血者暢快如入雨林，如獵人需以殺生來維生，其活著的目的就是吸他者的血，如索去她心愛三王子的當權者。

她的耳朵其實還有意識，她聽聞著村人七嘴八舌地談著她的陌生往事與鍾家。有些事她想辯解，但已無從開口。

西娘的法事結束後，鍾家的食物忽然多了起來，足夠吃上把月，因爲有人包來的白包金額也夠鍾家還清一些欠款，西娘最後以己身的死亡來驅走了家族的飢荒。

在看似無止無盡的悶熱歲月，在某日初春一聲雷鳴巨響，閃光連連之下，甘霖終於降下，且降得恰恰好，既澤披處處，且未漫過田埂高處。田邊蓄水池滿溢，流水發出悅耳的嘩啦嘩啦聲。

西娘如大地之母般的離去隔年，整個村莊卻澤雨綿綿，所有的大地都活了過來。蘆葦叢開始有青蛙叫聲，死寂皸裂的土地開始恢復沼澤的喧騰，在夜間的路途上，不再有人脫光了上衣發瘋似地狂奔。

大家都認爲是西娘在天的庇蔭。長久以來籠罩著各種死亡陰影的村民，終於越過了死亡線，死亡本身不再讓後人驚怖著魔，西娘的死亡帶來一種前所未有的聖性與喜感。

高齡自然死亡的本身就是一場喜劇。

就在大雨過後不久，有個陌生人走進村莊，帶來了新奇的蘇門答臘咖啡樹樹種，遙遠的地理名詞帶來了異國情調。

補破網

74

西娘阿太辭世後，虎妹在鍾家的孤單更深了，也在阿太走後的那一日，她知道不久之後她將離開這個赤貧之地，她想去台北，想去這個大世界，不是對大世界有什麼嚮往或者有什麼好奇，她滿心想的是她要去掙錢，不讓孩子給別人瞧不起了，她冥思著要讓孩子抬得起頭來，那就要受教育。可不能像自己這般的苦，苦到連別人說啥、苦到連字都看不懂……苦到這麼不方便，這對自尊心強的她眞是一種折騰。

養蜂人總是在小村路口停妥卡車賣蜂蜜，卡車上掛著「不純砍頭」。許多人停下來問養蜂人，你眞豪氣，不純砍頭，我要硬坳不甜，你的頭眞要給我砍？養蜂人氣定神閒地抽著菸，吐了一口大白煙說，不純砍頭又不是砍我的頭，是砍蜜蜂的頭啦。停下來買蜂蜜的人聽了都笑翻了。

這養蜂人曾經予年輕虎妹一些甜蜜小村的撫慰。

很多年後當鄉下親友將養蜂人的死訊告知虎妹時，虎妹想起養蜂人來到她剛吐出紅嬰仔的清晨，送來了虎妹生平不曾有過的甜蜜蜂蜜香味，養蜂人還提醒她嬰孩一歲前不能吃蜂蜜，虎妹收回正要往嬰兒嘴巴一放的一匙蜂蜜。原來蜂蜜有菌，嬰兒會受不了的。

報信人對虎妹說這養蜂人是醉死的。

虎妹聽了覺得詫異，她知道老公若隱一生最想的事就是醉死，但若隱沒有，他是猛爆性肝癌走的。醉死？難不成養蜂人被泡在酒精啊？她胡亂想著。報信人續說這養蜂人啊晚年不知蜂蜜滋味，卻曉酒味，某夜喝酒過多，跌到溝渠，就爬不起來了，很淺的水也能帶走他的肉身，因爲肉身浸泡太多酒精，能臣服水神。原來是淹死的，喝到爬不起來也是眞悲哀啊，虎妹想。醉臥水裡也是醉死，報信人言。

她想起養蜂人曾在小娜進小學連續多年都是班上第一名時，悄悄對虎妹說，妳知否，我功勞也有一些。按怎講？養蜂人說著當年他如何拾起女嬰的胎衣，包在充斥著蜂蜜香氣的布袋，攜到前院桂花樹埋下的往事。虎妹聽了不解，這有何干係？養蜂人續說，唉，這樣孩子會聰明啊，要是當時我夜晚糊里糊塗地將胎衣埋到你們鍾家後院那就慘了，埋到屋後嬰仔傻憨啦。

兩人笑著，管它眞假。光是養蜂人這心意，就足夠虎妹紀念他了。養蜂人那得意的口吻，再久她都記得。在她的生命記憶版圖裡多是悲傷或者難堪氣憤之事，這是少數讓她覺得生命雋永，人活著還有些意思的事。

一個孩童時代的玩伴參與了自己吐出新生命的神秘時刻。當年虎妹懷孕三個多月時忽因急性腹痛及陰道出血就醫，醫師發現她子宮有正常胎兒，輸卵管也有一「迷航」胚胎，是少見的子宮和輸卵管共存懷孕，緊急以腹腔鏡手術切除，才成功保住胎兒。子宮和輸卵管的共存懷孕是同時發生子宮內和子宮外的懷孕狀態，自然受孕者發生率約三萬分之一。虎妹的女兒就是在三萬分之一下來到了人世。那一次也是虎妹第一次住進了醫院，但那回她很快地在手術過後就逃離了醫院，因爲沒錢繼續療養。

雷光巨響的夜晚，她夜裡忽然肚痛，孩子的頭撐開了產道，小小肉身竟就滑出了兩片岩石般的甬道，女嬰撞上三月的驚蟄空氣，卻安靜無聲。虎妹想原來痛徹心扉是這樣的啊，她在夜裡自行剪斷臍帶，在疼痛欲死裡的昏厥裡依然記得將孩子的胎衣用早已準備好的蔴油洗淨，秀出一張乾淨的五官，嬰臉面對著她，嬰孩望著人世的第一張臉，嚴厲而苦寒的臉。虎妹轉著嬰孩，想看嬰孩沒有多一條尾巴，是個女孩，她欣喜地忘了疼痛，她想要個女孩子，漂亮的娃兒。

迷航的胚胎，春雨雷光裡降世。

差點死掉的虎妹，劇痛欲死，她知道屋裡的花葉阿依是聽見了她被嬰兒屠殺的哀嚎聲，但婆婆卻不聞不問，而嬰孩的夭壽老爸在外打工逍遙，或者在賭桌。虎妹感覺自己的身體像是被放在冰箱般的冷著，窗外打著轟然雷聲，閃光照亮的一室的陰幽，春雨冰冷，她渾身打著哆嗦，找著水來洗淨這安靜不哭的奇怪女嬰。

養蜂人帶著蜂蜜氣味來到鍾家老宅，且目睹了小娜的出生。那時整個房間都因爲蜂蜜的氣味，而減緩了她對這座小村與老宅的怨懟。

養蜂人在小村的花房像是一座科技生物實驗室，有村民甚至開玩笑說養蜂人的孩子都是從蜂蛻變的，或者從蜂的植被花苞裡爬出的。養蜂人不喝酒的清醒時光他常幫忙去摘除虎頭蜂窩，許多村童都喜歡看養蜂人全副武裝如科學怪人似的模樣，他全身穿著白衣，頭罩紗盔，騎著野狼一二五，引擎聲巨響，許多孩子在歐嘟邁後吸著二氧化碳，追著養蜂人跑。猴死仔，別來，被虎頭蜂咬一口，你們就死翹翹。經過虎妹鍾家古厝時，養蜂人又刻意身骨騎得直挺挺地風神起來，歐嘟邁的身後懸掛著一張「蜂蜜王」廣告，手把兩端掛著「蜂蜜治百病」小旗。養蜂人朝虎妹喊了聲紅毛仔，妳的紅嬰仔呷我蜂蜜，生得眞水。虎妹聽著於是笑開了，她的視線沒有離開養蜂人的背影，這背影有種甜甜的氣味，她見他一路越過木麻黃，騎過竹林，直往山林去。

被虎頭蜂咬到的採筍客與採菇者被山民抬了下來，養蜂人見狀搖頭想，要上梁山也得有像我這樣的本事啊。

75

虎妹深深以爲這鍾家和舒家都不是她人生的避難所。嫁到大戶人家的幻想很快就破滅，她即使是懷孕或者還在坐月子期間她都得下田播種插秧除草。

在爛泥上匍匐爬行，浸水施作，一耕再耕，膝蓋腫疼。

人血是水蛭的瓊漿，回家腳踝總是黏著一堆噬血的水蛭。

夭壽喔！阿太西娘看了虎妹的腳黏著這麼多的水蛭，吸她身上的血吸得飽飽的，西娘就會吐出夭壽字眼，要虎妹趕緊去水缸裡掏水洗洗。虎妹常怪婆婆花葉不看顧她的孩子，她在佈稻時常對女伴說：阮阿依大小心，不顧若隱囝仔，敢講若隱毋是伊生？旁人笑呵呵著說，若隱和恁阿依長得很相像，連鼻連嘴攏像，是母子沒錯。

花葉阿依沒事對虎妹罵大罵小，過年過節也照常罵東罵西。臨時臨夜總是給她出難題，透早拜公媽晚暝洗衫褲，日時去菜寮割菜，黃昏倒尿桶餵豬潲，腳手要敏，半日無閒，但阮囝仔伊卻不願替咱看望一眼，叨是順霎也艙願意。幾個小的像是沒人要的囝仔，巧巧兒也養成了憨呆……沒後頭厝的勢好靠，給人看不起，虎妹逢人就講，總說伊絕不回憶往事，但尋常卻又口吐往事苦汁。旁人總回說，那時代女人攏係牽拖來牽拖去，拖磨致死。

虎妹和花葉阿依情結早已結下，原因可能是因爲西娘阿太愛孫媳婦，卻不喜歡兒媳婦。花葉阿依於是把不受寵的不幸歸之於虎妹。花葉打從虎妹走進鍾家就不喜歡她，然虎妹在作囝仔時就常遇見這個美麗的鍾家大媳廖花葉，男人說花葉要有花果相陪，花葉手不動三寶，家事全不用她勞手勞心。虎妹常在貧瘠的孩童時期就盯著這個好命女人發怔。虎妹沒想到有一天這個女人會成爲自己的婆婆。

虎妹是典型選擇性記憶的人，伊常掛在嘴邊的話是不記得自己曾有過婚禮。然而倒是有一個人記得了。那是她過世母親那邊的弟弟，也就是她的親舅舅廖榮公。天頂天公，地下母舅公。母舅最大，廖榮公住在油車一帶，廖榮公在往生前曾對去看望他的虎妹說妹仔，妳的孩子未來眞出脫，妳艙通怨嘆啊！廖榮公用毛筆寫了兩個字遞給虎妹，他說這兩個字送給妳，給妳未來的兩個男子各取一個字。虎妹訥訥接過紙，顚倒看著字，有看沒有懂，同時心想，現下肚子裡的孩子不知是男是女，這舅舅也眞是的，連下一個都想到了。廖榮公未久即辭世，死後和虎妹的親生母親廖超一樣，生廖死張，墓碑上拓刻著：張榮，和虎妹母親墓碑張超比鄰。廖榮公死後，虎妹和親生母親那邊的親戚就全斷了，她有時想要是在路上遇見誰也認不得了，更遑論後代。

一親二表三代去了了，沒有後頭厝可依靠，虎妹在鍾家常感孤單。虎妹生第一胎時，用盡了她所有的力氣才吐出這個好動的男寶寶。男嬰出生時，大家都說這嬰兒長得俊，連少出美言的婆婆也覺得好看。她依舅舅榮公所言，將紙條遞給當時還活著的鍾鼓，請公公命名。剛從綠島歸來的鍾鼓見了紙條，唸著德芳，說這兩個字品格高尚且光宗耀祖，旋即又連說了幾聲好名好名。分別在這二字上取名「德赫，芳顯」，鍾鼓對虎妹說妳的兩個兒子都有好名了。

虎妹不解，要是生女如何？

大官說生女無妨，另有名字等待。

這種預言般的言語對一向大大剌剌的虎妹失效，虎妹只管將名字像是拿藥方般慎重，遞給丈夫要他去幫孩子報戶口。奇的是，虎妹三胎出世仍是男孩，她連生三個男孩。許多人羨慕虎妹還有序大長老替囝仔取好聽的雅名，這意味著大家族的傳承還在。而許多人是窮到連名字都亂取的，什麼牛糞、扁鼻、臭耳、罔腰、罔市、招弟、阿菜、阿呆……不都是這樣來的嗎，名字竟成了一個時代的縮影。（這些不雅之名到了中年之後都盛行改名，於是一個掛著張歐巴桑臉的人卻被叫做詩涵、雅竹、語婕、美妍……或者他們爲孩子取這樣的名。）虎妹在當年沒有這種爲孩子命名的煩惱，鍾鼓過世前都把名字取好了，要不她的哥哥義孝也很愛幫人取名，只是他興取英文名，她聽起來怪，不找哥哥取名，唯獨么女讓哥哥取名了，哥哥看了女嬰說，就叫妮娜吧。

泥娜，什麼怪名？虎妹怪叫著，不過仍叫女嬰小名娜娜或小娜。

很多年後，有人偷偷告訴虎妹說女人和男人在做那檔事時，如果是在很快樂的情況下懷孕的，那麼日後出生的孩子就很漂亮。虎妹和丈夫的感情每況愈下，小娜就曾對虎妹抱怨爲何把伊生得歹看，虎妹聽了心虛，好像因爲自己後來都很敷衍丈夫的房事才導致么兒么女長得不夠美似的。

但她常想這怎能怪伊呢。那美好的新婚初夜，她心中想的人其實是鍾若現啊。

初夜？聽起來像天方夜譚的遙遠，這又是多少年的事，如果把世界的時鐘都收起來，當時間失去度量，只日出而作日落而息，那麼是否有許多的恐懼可以被消抿？虎妹學會看時間是她在少女時去成衣廠車衣裳時學的，常常不是遲到就是太晚離開的虎妹讓老闆很訝異於她連時鐘上的刻痕都不識。虎妹否認她看不懂時鐘，她覺得這眞是要命的時刻。當老闆撥著時鐘刻度要她回答現在幾點鐘時，虎妹的臉紅了，她停頓了幾秒，望著成衣廠小窗外的天光，瞇著眼睛想，偏斜的日頭照在紅瓦上，現下應是三點吧。老闆看出這愛面子的虎妹眼神的猶疑，他並不給伊難堪，只說妳到我辦公室來。尾隨在後的少女虎妹盯著眼前這個男人的背影，她在做囝仔時一路赤腳來到西螺鎮時曾經見過這個當年已經是青年的大戶人家之子，那時他站在洛可可的二樓洋房陽台上望著前方，她仰頭看見陽台磁磚上有文字，她不懂上面的字是什麼，她越過那個字，看見在陽台上的這位年輕男人，那時孩童的她想這男人是否可以把她帶離貧窮，是否可以幫她長出翅膀？農田荒蕪時節，少女虎妹想辦法要來到這間工廠，因爲聽說男人是這裡的老闆，她想和他遭逢，或許如此生命缺憾可以少一點。男人進了辦公室後，取下牆上的時鐘，她惶恐又要回答鐘面上的數字。男人撥著上下的指針，親切而耐心地教著虎妹讀懂刻痕，一次又一次地撥動著上下那兩根不同刻度的針，有時九十度，有時四十五度，有時重疊。虎妹喜歡重疊，像是兩個人在一起。重疊在上面是十二點，重疊在下面是六點。

虎妹沒有被洛可可男人帶離遠方，她的生命總是被忽略或錯失，即使等在她生命前方的劇本已然寫成，她還是被繞過了劇本，完全成了自己故事的局外人。她的生命總是不照她想的路徑走，像是颱風偏離了路徑，結果總造成災難。就像她幻想洛可可男人帶她離開那座悲傷的尖厝崙小村，但洛可可男人其實只是媒介她去別的地方打工罷了，男人並不尾隨她。她在一種天眞的想法下被洛可可洋房男人送到桃園成衣廠打工，她在陌生之城與機械如監獄的工廠生產線上得知了延平老街的洛可可洋房男主人即將和擁有大片茶園的茶王之女成親了。拜託，妳以爲妳自己是誰啊？她在充斥著踏板與輪軸的裁縫聲音裡，逐漸將腦中西螺洋房地景與男人模樣從腦中裡一筆一畫地塗銷著。虎妹是務實的人，她作夢的時光通常很短，一旦夢境被現實打醒就再也無法重回夢的起點。這也是她能在艱苦年代好好活著的一種特殊能力，這種特殊能力使她這樣務實且庸俗的婦人偶爾也能散發一種如夢的光，讓人打從心裡感佩她存在的熱與塵，一種極爲務實的俗世塵埃與極爲夢幻的光熱交錯而過的瞬間劃過，讓人的目光無法不盯牢著她。

虎妹常哀嘆嫁的人像是啞狗。

若隱是鍾家一個沈默的身影，在家族裡十分沈默的人。虎妹不知道命運要帶自己去何方，也不明白爲何命運會讓孩童時的自己遇見了西娘？她記得孩童時撞見的鍾家西娘曾對自己說咱有緣，會再見面。但直到虎妹結了婚都還不知緣是怎麼來的。她不知爲何命運要給自己一張錯誤的照片，給自己一份錯誤的想像？她對若隱以前是有印象的，在她的童年時常跑到鍾家稻埕玩耍，那時都會遇見少年若隱，但她是一個活潑多話的人，她很怕遇見沈默寡言者，她會不知所措，會不知身體姿態要往哪裡擺放。

你們兩人這樣眞好啊，一熱一冷，一鬧一靜，一顯一隱，終是可以圓滿過一生的。西娘在世時曾幫她看顧孩子時對正在曬衣的虎妹這樣說。

鍾家分家後，其實依然都在永定厝裡打轉，從任何小徑出入都會遇到親眷熟人，分家比較像是分食，那時候食物比什麼都重要，得各憑本事去找食物過活。於是醃製食物與覓食本領也各顯奇招，有人抓田鼠田雞的功力一流，讓家人永遠有肉可啖。然而對女人而言眞正帶來殺傷力的不是食物的匱乏，而是感情的挫傷，女人永遠嗅得到她的天敵。嬸婆阿瓜喝農藥企圖自殺的消息傳出時，虎妹正好腳踩酸菜，顧不得鵝黃的腳板，一路奔至鍾流叔公家探望。這阿嬸對虎妹不錯，常偷偷塞食物給她。阿嬸被救回來，但卻啞了嗓。虎妹和阿嬸的溝通就只能靠眼神，或者寫字。阿嬸讀過漢文，她的年代並非失學者，反倒四歲台灣就光復的虎妹成了政權輪替下的失學者。於是虎妹常要小娜幫忙傳遞消息，五歲的小娜就識得不少字，她爲了替母親寫字，一本國語字典被伊翻爛了。外公三貴見狀說，舒家當報信人有接班者了。

黃昏時光，小娜迷上和啞嗓失語的嬸婆筆談。嬸婆練過字，楷書隸書草書皆有架勢。許多字小娜自也認它不得，拎著嬸婆的紙奔跑至外公三貴家，由三貴解。就這樣，虎妹遷移北上前，小娜就扮演著信使，是嬸婆的嘴，是母親的眼。

76

這食物過剩的時日來得緩慢。光復後牽豬哥郎才又現身小村，見渾身臭鹹鹹的牽豬哥郎繩下那隻巨大豬哥搖晃著大陽具，後頭追著起鬨互抓下體的頑童們，其中有人指著豬哥，大聲嚷著身穿衣領烏皮紗，翻山過嶺去找妻，人人笑伊流氓仔，伊講賺錢飼頭家，許多在河旁洗衣的少女丫頭聽了都噗嗤笑著，想轉頭看卻又衿持。當年虎妹也常被繼母叫喚拿鐵鍋子去圳溝旁搓洗，黑底鍋沾著長期燒蔗葉的黑灰，刷得她滿臉如貓鬚，其他女孩都跟著笑了。她們一路滴著水，拿著鍋子，到豬圈裡煮餿食。這時牽豬哥郎正牽著猴急種豬入豬圈，母豬們一時騷動異常，直流涎，女孩們低著頭發出笑聲，竊竊私語，然後才各自走回厝裡。

吃不飽的時光漫長，在小女嬰小娜出生前的整整十年，虎妹都感謝耶穌廟的幫忙，美援送來麵粉，還送來避孕藥。麵粉虎妹領了很多，但避孕藥她卻拿了沒食。她心想沒病幹嘛食藥。於是她懷了女嬰後，又病了一個胎兒，一個孩子。女嬰之後的兩個孩子都沒保住，尤其最末一個白胖可愛，卻染了病。她傷心欲絕，常把這個心愛嬰孩的生日橫生當作是女嬰的生日，也常把女嬰當作這白胖嬰孩想，但這個活下來的女嬰卻是非常瘦小，讓她非常失望。

這一年虎妹不到三十已是四個孩子的媽，也已經歷自己的嬰孩早夭的傷慟。傷心加上經年累月的勞累，使她看起來像是中年婦女。她懷疑自己好像直接從少女跳到歐巴桑，她沒有年輕過，她的青春是竹子，開花就意味著死亡。

後來衛生所的護士來了家裡，帶著一張海報給不識字的她看。海報上畫著雨天裡一個母親撐起傘，傘下躲著兩個孩子，第三個孩子在傘外淋雨。

這是啥米意思？虎妹問。衛生所護士笑說，妳看第三個孩子就沒辦法在傘下遮雨了，生太多孩子就沒辦法照顧了，兩個孩子恰恰好啦。

第三個孩子不就我們家的龍子嗎，我怎麼可能讓他在傘外淋雨，一定是揣在身軀邊的。

護士好說歹勸才告訴虎妹服避孕藥的重要。

但虎妹仍是食食停停，這對她也就沒什麼用了。不過護士帶來的蛔蟲藥或者眼藥膏她卻總是搶著索取。還有老鼠藥，家裡的人瘦得乾乾的，老鼠窩卻愈養愈肥了。她需要毒藥毒死老鼠，但她心中一直有個秘辛，那些黑暗的鍾家歲月，婆婆視她如空氣，幾個若隱的妹妹們更是瞧不起她，她曾氣到想要吞食這些老鼠藥，但嬰孩的哭聲總是把她從如幻的死亡場域調回了現實。她一生裡生氣過無數次，每一回的生氣都不是普通的那種氣氣就算了，她屢屢都是氣到想了斷自己。死是她常在日常挫敗時吐出的字眼，那麼尋常地被她吐出，像是吃飯一般。但這字卻深深地影響了孩子，尤其是女兒，從小就認為會失去母親，母親會在狂風暴雨的生氣裡忽然消失，她總是害怕擔心著。虎妹從來不知道女兒這樣害怕，她總是把死掛在口上，各種死，說是要出去給車撞死，說是要吃老鼠藥，說是要撞牆……

但她不曾氣到說自己要餓死，虎妹對餓十分恐懼，她老年第一次重新讀書，就好奇問過老師餓怎麼寫？老師說，餓是「食我」合起來。她拿著鉛筆不斷地寫食我，「餓眞係可怕。」沒有比餓死讓虎妹覺得更悲慘更無尊嚴的事了，肚子咕嚕咕嚕叫，是她從小覺得最難堪的事。

虎妹怕餓，所以對花花的物質市街總是很感興趣。

但在亂世飢荒年代，大家還是忙著讓女人的肚皮生產報國，晚上世界是漆黑的，無光的，抱在一起也許還能感受一點活的「用力」。大家都在忙著生龍生鳳的，殊不知多年後，她們後來會遇上什麼衛生當局還要來家裡發什麼保險套，勸說兩個孩子恰恰好的節育之事。當時女人拿著保險套笑著，大一點的小孩搶著拿去玩，有的試著吹成汽球，有的套在手指上，空氣飄著化學的奇異香味，彩色的手指在燈光下旋轉著，追跑著。

女人幫還是沒人膽敢讓那個玩意兒進入自己的隧道。

那時「火車過迸孔（山洞）」的歌還沒人敢大聲唱，然而秋收時節，如果妳靠近一些荷爾蒙興旺臉上冒著痘痘的女人，她們都偷偷地哼起若干小調。

在那一刻她忽然想起兔妹，有鄉下人聽說看見兔妹一個人站在剛興建好的公路上，有個陌生男人停下車，她坐上了那輛車，走了，離開尖厝崙，抵達她自己的冒險幻境。許多人都沒有再回來這座小村，連結宿命的臍帶，許多人以各種方式切斷。虎妹想，她也該離開這座傷心小村了。

心所愛的人

77

養蜂人送蜂蜜給虎妹那夜所生出的女兒小娜轉眼兩歲半了，虎妹又病了，九個月，么兒急著面世，但不幸地卻夭折。她私下要小女兒改成么兒的出生年月日，以此來紀念他，算命仙也對虎妹說，么兒的生辰若給小娜對全家都比較好。小女兒成了么兒，撫平虎妹心中的痛。三貴知道了，對虎妹說，這樣也好，聽說代替另一個人活，命比較韌。虎妹因孩子夭折而整日愁眉不展，她是喜怒形於色的人，手裡抱著在懷中動也不動的嬰孩發瘋似地叫著哭著，她那時候才知道不只尪婿是運命，連孩子都是運命。而往後這一切都是從水稻田開始的。於是水稻田，帶著苦情苦味，沒給她什麼好印象，水稻田除了意味著苦力外，也代表著際遇的捉弄。

她的歷史際遇被按下關鍵性的一刻是發生在悲哀的水稻田。

她的哥哥義孝也在水稻田水源事件被關進牢裡。

她想起不久前哥哥義孝才從監獄寫信來，希望她撥空去看他，他還囑咐妹妹帶點魚鬆肉脯或者什麼的去看他。

魚鬆肉脯，她聽了心裡嘆口氣想，哥哥是關到腦筋壞了，無知外面的艱苦世界是嗎？

她在領到工資後，旋即背著嬰孩去買條魚，背上的男嬰正發著燒，她在市場到處走來走去，捏著手中薄薄的錢想著買什麼好呢？也許順便抓點青草，回去熬煮，給嬰孩退燒喝。她和小販殺價了半天，一尾魚少半毛錢。晚上煎了魚，卻只准兩個小孩吃魚尾巴。老大吃超過她畫了線的魚尾巴時，小手即被她大力地拍打了一大下，小的男孩正試圖越界時，也被她捏了臂膀一大下。瞬間兩個男孩在又嘴饞又遭挨打下，一時就在昏黃的燈泡下放聲哭起來。哭聲是有感染力的，背上的嬰孩也嚎啕大哭著，她一邊搖晃地安撫，一邊安撫趴在餐桌巴望食物的孩子。

別哭別哭，等回有青草茶喝。乖喔，魚要留給阿舅吃，明早媽媽再買喔！

接著她將煎過的魚放在鍋上乾炒，炒到魚的整個屍骨成碎，她沒有錢買魚鬆，於是自製炒魚鬆。

探監的前一晚，整個廚房總是瀰漫著炒魚的味兒。老大已經十來歲，他聞到這魚味，看見母親大力鏟著的身影時，才漸漸安靜了下來，他知道明天要搭很久很久的車，去一個很高很高的圍牆看舅舅。

媽，明早我也要去。

不行，你要上學，弟弟去就好了，上午你的老師才去田裡找媽媽，老師說你很巧，要我讓你每天去上學，別讓你跟著我打零工了。你忘啦，上回你跟著媽媽去看舅舅，搭車子時你吐了車子一地的地瓜稀飯……老大聽了於是也不再堅持跟去。那時虎妹已身懷六甲，前面生男丁的戰績早已超越其他妯娌，很多人問她這一胎想生男或生女，她都笑著說，都好啦，也不是我們想就好了，能生一個可以好好活下來的健康囝仔就行了。但誰也不知道其實早在幾個月前，當她知道經血沒來洗時，她簡直十分沮喪。雖然流著經血在水田挲草插秧是苦痛之事，但再也沒有比懷孕還要挲草插秧還苦的事了。何況，拿什麼去餵這些囝仔？

她之前曾經因爲發現沒有流掉這個孩子後，偷偷地在家跳啊跳的，還偷喝一種怪怪的草藥，但孩子還是堅持要活下來，只是早產些，因而天生長得瘦小。這個孩子是唯一的女孩小娜。

那年代媳婦常和婆婆一起懷孕，婆媳兩代同時懷孕，看誰生的囝仔又巧又水。健康已是她那一代人的最大渴望，女人見過太多死亡，聽過太多哭聲。多少流產的嬰兒，多少嬰靈魂埋荒田，女人在夜裡作惡夢，渾身冷汗。舒家耆老也大都記得虎妹在幼時是如何地爬向母親的屍體，試圖想要討奶水喝的傷心畫面。這件事像是不斷重播的定格，是虎妹傷心的源頭，一說起就目屎流，彷彿傷心是流感，一點風吹草動就輕易染上身，有如中了悲魔。

無情之夢

78

那年小小西螺鎮從兩萬人忽然暴增八萬多人。

那年義孝殺人。沒有母親的虎妹在鍾家愈發沒有地位了，後頭厝又出這種見笑事，每個人見到虎妹都以奇異眼光殺向她。虎妹割稻時，常把眼淚流向稻田，她背對天，望向地，她想只能以這樣的姿態過活嗎？難怪多桑三貴當時告訴她，嫁給同村鄰人妳最好心裡有準備，因爲娘家的大小事都會傳到婆家的。婆婆花葉對她一向沒好感，這下子望她的眼神就好像她也是殺人的共犯似的。

到處都在流傳義孝殺人這件事。虎妹常見到一群人窸窸窣窣的聚在一塊說著話，見到她走來，聲音就關掉了，見她走遠了，聲音又如收音機響起。

爾後，她回到娘家，像一個刑事似地混在群眾裡，她仔細地看著槍殺現場。之前大哥在她的協助下，已經脫掉了血衣，現下不知逃亡到哪了，忽然在觀看的人之中有人低說著警察已經抓到義孝了。她忍住悲傷，靜肅地看著，擠在丟下鋤頭的農民之中，眼睛望著那灘血跡，還有打斷的扁擔，被踹過的門，搖搖欲墜的門鎖，追打的痕跡，有些是義孝受傷的血跡，虎妹認得出來，因爲剛剛接應大哥時，她看見他的頭和腳都滲著血，暗紅色的那種，和被槍殺瞬間流出的大片腥紅血漬顏色不太相同。虎妹突然對義孝產生了一種哀憫的感覺，她看見哥哥被人一路追殺的狼狽樣，也見到他不得不反擊的那種憤恨。只是這一擊，也把自己擊斃了。

爾後，沒有人記得義孝曾經是秀異聰穎的讀書人，也沒人記得他看地球儀嚮往世界的神情，也沒有人記得爲了爭取水源，挺出來的勇猛姿態，大家只記得他是個殺人犯。而虎妹是殺人犯的妹妹，虎妹如共犯，她日日等待著離鄉日子的到來。催促著北上的若隱，趕緊接他們母子上台北。即使餓死台北，她也要離開這個完成她前半生故事的出生地，結婚地，生產地……。

在還沒離開小村前，又發生了一件讓虎妹悲慟欲絕的事。入夜，妹妹阿霞忽來敲門，虎妹探出頭來，都還沒認出是阿霞時，阿霞劈頭就是阿清出車禍，死去了。同父異母裡對她最沒有分別心的小弟躺在舒家前院，那樣俊美的臉孔被車輪滾過，哭死了舒家女眷。虎妹第一次看見繼母廖氏的臉扭曲，她也知道這人間是有悲傷事的。但這無助於她們之間的和解，繼母厭惡虎妹出現，她想這女人是來笑話她的嗎，她不知道虎妹的悲傷不亞於她。

這幾件事都讓虎妹知道是該離開這傷心小村了。

虎妹自此覺得和她相好的人上帝都會提早徵召他們。母親廖超，小弟阿清，大哥義孝，西娘阿太……所以她暗自決定此後絕不善待自己的孩子，要兇要狠地對待他們，要把愛隱藏起來，這是她心中的天眞想法，即使她被孩子誤會也依然要行使不誤，爲了防止上天奪其愛，她以打罵教養孩子，那種打罵也只有虎妹做得出來，她寧可讓孩子氣她氣得牙齒緊咬且心很痛。她的孩子不解她的苦心，她怕所愛的人會被命運帶開，只有所欠所憎的人才會留下。

孩子不解，她的教育讓心靈敏感的女兒尤其受創。

對小孩而言，那年喜歡一棵樹和喜歡一個男生也許也是混淆不清的，何況童年她的心理狀態還駁著許多來自於原生的匱乏情愫。女兒小娜成天喜歡待在外面玩耍，因為那感覺於她有說不出的熱鬧和安全，不像她的家只有母親和老是躲進黑暗的老父。小娜進門總得把東西大力地往床上一摜，發出很大的聲音好嚇走躲在空氣的精靈。一開燈就是慘白，她外婆的往生肖像一直掛在化妝台上方，化妝台就在客廳，空間十分窄仄。小娜凝視外婆肖像，一張停格在年輕的臉，她媽媽總是在肖像下日日重複對著她說著一樣的話，一樣的故事。說的盡是外婆的美名，當時來台灣的美軍每天都癡想美豔的外婆，可惜她很早就過世，那時媽媽還不到四歲，就已經知道生離死別了。小娜故事都聽膩了，她媽媽每天還是像禱告似的每晚必說一回，並領著她在外婆的肖像下白牆，以刻度來量身高。虎妹對著肖像說阿依喲，妳可別讓妳這查某孫長得沒三塊豆腐高喔。小娜總是盯著肖像看，每一天都發覺肖像裡的外婆愈來愈年輕，長得愈來愈像是伊自己，直到有一天她見到外婆的肖像上停著許多黃色小蝴蝶，小蝶搧著粉翅，像在對伊拋媚眼眨眼睛，小娜忽然自言自語了一句愛是蝴蝶變的。當時虎妹在車衣服，聽了女兒胡言亂語，只淡淡說妳永遠別去猜想有錢人家的男人。小娜取出紙張，畫下有著兩扇炫目豔色銀光翅膀的蝴蝶。

蝴蝶總是到處飛舞，妳也一樣，虎妹說。

那妳是什麼？小娜反問母親。

虎妹手腳停頓半晌，搖搖頭說我是妳母啊。

小娜聽了噗嗤一笑，原本在心裡想的是母親是一粒回不了海水的貝殼，無法回到海洋，在岸上總有一天會曬乾。死掉的貝殼空有美麗的外表，沒有靈魂。小娜在心裡胡思亂想。

79

童年小娜喜歡南方小村，虎妹笑她沒見過世面。

虎妹不斷地告訴她台北有好多東西，傻瓜才要住在小小的尖厝崙永定厝。等了多年，終於輪到她自己可以作主的人生了。那天只要路上見到虎妹的人都曾目睹過她周身散發出來的懾人光芒，她再次被這種奇異的光暈籠罩住。她騎著孔明車到了西螺，她突然覺得西螺這個鎮很小嘛，延平街原來不過是一條極爲平凡的小街罷了，她現在看這個地方的每條大街小巷都覺得好小，一點都不值得她留戀。她直直地往一家極爲熱鬧的貨運公司行去，她見到許多和她一樣的移動者，他們在南北兩端移動，賺進許多財富，老闆的貨車排滿了空地，讓虎妹在貨車的車陣裡走走停停，四處摸著，這些物質新世界讓她很激動，她懷想著若隱開著車子的神氣模樣，那是她該有的生活，只是這人生被延遲罷了，她一直都這麼相信著自己的夢想，她認爲只想而不去行動者都是落伍的人，她的夢想從來都是可以實踐的。她賞畢車子完美的機械線條後，她很滿意地走到老闆的辦公室，老闆的電話接不完，她卻不急，這一點都不像急性子的她，因爲她正陶醉在「電話生意」接不完的夢想裡，她想這才是生活啊，自己絕對不要在小村裡沒有尊嚴地仰息著，何況西娘阿太走了，那個原鄉老宅院早已沒有她留戀的人事物了，那裡只剩無盡的傷夜與苦痛，除此空蕩蕩的。等老闆終於放下電話後，她仔細地告訴老闆她要預定一輛貨車，且貨車的車齡要在三年內的喔，要安全的啊，她說話的口氣像是大客戶似的。

80

台北發的尾班車

藍色發財車來到小村時，許多婦人都在自家的門口看著即將北上的虎妹一家人，他們露出很欣羨又很不屑的神色。有的孩子依著貨車不走，還被婦人叫罵回家。有婦人蹲在門檻餵食孩子，湯匙常停在半空中，她們想，這虎妹好厲害啊。

虎妹搬了幾樣屬於她自己這一家子的一些壞銅古錫後，她再次定定地望著這鍾家老宅，她確信直到這座鍾家老宅傾頹前她都不願再入駐。當貨車駛離鍾家稻埕後，轉了右彎，經過烏山頭水庫流下的水源支流，虎妹環視著這水，這奪去生命的農人之血，這剝去哥哥義孝自由的水，她聽見水流嗚咽，她瞥見女兒小娜的貓臉掛在貨車的車杆上不知在瞇眼看著何方，那瞳目和睫毛很迷人啊，她第一次覺得女兒漂亮，她幻想著女兒將來在台北可以去學鋼琴學跳舞。接著當貨車彎近舒家前的竹籬笆時，她並沒有要貨車停下好和繼妹們道別，她覺得眼前沒有這種煽情的必要，衣錦榮歸才要緊。她看著生活三十多年的小村被車子拋離，落魄的舒家和落敗的鍾家漸飛離了視線，生命雖是依然飛沙走石，但被拋離的原鄉卻讓她感到一種前所未有的暢快。

虎妹站在鍾家稻埕望著自己從少女變成少婦之地，忙碌的子宮，孕育著恐懼。從子宮吐出的孩子有四個活下來，有多個無緣者。（很多年後，她才告訴女兒來到台北時，爲了打拚生活，拿掉很多可憐的無緣胚胎。她很懊悔，懊悔的是她後來老是天真地想，要是當時沒有拿掉，也許這些孩子會比這個死查某鬼小娜孝順呢，彷彿該拿掉的孩子是小娜……）無緣的胚胎或者半成品嬰孩都被那時候的女人悄悄墳埋，來不及悲傷，子宮又入主了另一個想要霸佔皮肉宮殿的房客了。她們常流淚卻不懂什麼叫悲傷。她們常大笑卻不知什麼是快樂。她們常移動卻不知什麼爲旅行。要往台北大城市移動的夢想開始轉動了，南方移民潮省道的動線上有一輛貨車上將載著臉龐線條永遠堅毅如石膏像的虎妹與一群骯髒如貓臉的孩子。

81

這一天終於來了，這也是西娘某週年祭日了，虎妹唯一一次夢見西娘的一回，她看見西娘的背後是高樓大廈，那樣的城市景觀虎妹一生從未見過那種高度，那些樓房的高度啊，簡直是媽祖起駕，讓她心生豔羨。西娘依然穿著斜襟藍染，那雙小腳對應著背後的浮塵大廈，予虎妹目不轉睛。西娘說虎妹啊，妳要離開這座沾滿血跡的小村，去大城市吧，那是妳的天地，但這天地得來必須付出感情的代價。

虎妹醒轉，腦子裡充斥的是那些吸引她縱身一躍由高樓所切出的各種華麗峽谷，峽谷下有車，有時髦男女，那是她嚮往之境。而西娘所說的感情是她最嗤之以鼻的東西，自從「看錯照片」嫁錯人後，感情就不再是她生命裡的東西了。她覺得當女人成天裝扮的結果不就是等著讓男人睡，這有什麼好的，除非裝扮是爲了讓自己快樂那她就覺得值得，她的人生除了孩子就是自己，她當時以爲和男人的感情是最輕也最荒蕪的事物。（然而當幾年後她發現若隱在大城市有了別的女人且又成日喝酒買醉的事實後，她願意去承認感情是影響生命最巨大的風暴時，她已經沒有能耐去裝扮年華了。）

夢見西娘那年女兒小娜也已然會趴趴走了，成天爬芒果樹像野貓，或者在廊下發呆如空癲囝，要不就是成天跟著養蜂人趴趴走。這讓虎妹感到害怕，她總覺得這小村潛藏一種消磨人意志的不可見之沈淪力量。

確定離開鍾家老宅前的三個星期，虎妹又陷入了奇異的如夢時光，就像當年她以爲要嫁給鍾若現前的一種奇異幻覺萌生，她的整個人都散發著光。要是當時鍾家的呷菜阿嬤還在的話，一定會說菩薩和護法神環繞在虎妹旁，那種環繞周身之光，是只有對生活產生巨大能量者與慈愛者才能獲致之境，就像鍾家案上的楊枝淨水手持甘露與蓮花的觀音像，畫身總是佈滿光。或者離小村最近的一座小教堂裡環繞聖母和聖子周身的光，具有一種讓人目光不移的光環。那時見到虎妹的人都不免多看她幾眼，或者總是想盡辦法停下來和她說話，好像她是傳道者似的，每個人都要上去和她說幾句話好沾些光。虎妹不知當時自己具有一種讓人趨近的光，她庸俗（她一直有這個部分，她一個人時想著這些俗事或事物壞的一面時，光就消失了。）她想著大家靠近她是「看得起」她了，二、三十年了，她一直覺得村人隱隱地瞧不起她，沒有母親是這麼一回事，赤貧是這麼一回事，被婆婆花葉摒棄又加深了這一回事，哥哥義孝槍殺了人則注定了這一回事，現在他們要上台北了，大家都看得起她了，她覺得村人無情，趨富驅窮。

但實情並非如此，虎妹的喜悅是具有感染力的，她在終其一生裡都忽略了這件事，這使她偶爾出現的如夢靈光常剎那升起又瞬間消失。

能目睹她身上散發這股奇異的熱光者也愈來愈少了，因爲虎妹的人生喜悅時光說來並不多。（最後一次目睹虎妹身上散發光熱的人是小娜。她在某個雷大雨的午後和母親坐在公寓陽台，那是八〇年代初台灣錢淹腳目，小娜見著母親在數著從股票和大家樂賺來的鈔票時，散發的那種大笑神采，小娜心想母后這笑容能否停格？停格吧，讓我目睹神蹟的存在。小娜遙想著孩提時的某一年，母親也曾經綻放過如此的光夢笑容，那笑容的背後也和金錢有關，母親數著鈔票，一張一張地數著，好像數不完似的，還要她幫忙將鈔票折平，每一張鈔票每一個銅板在陽光下都閃閃發亮。那種開心，那種對生活的無憂，都讓人有了光。而這光強烈折射在陰暗的虎妹身上時特別顯得明亮，這光強烈融合在巨大的虎妹身上時也特別顯得強韌。）

錢可以買得到尊敬，錢可以免除其在日常生活所受的苦，錢可以買她的開心。

離開南方，猶如丟了被釘在原地的十字架。穿行一夜的南方小村，被她丟在腦後。前方是新世界，新的大城，新的人種。充滿流言的赤貧小村不值得她回首，流血的無歡老宅不值得她回顧，流淚的床枕不值得她回眸。往後只要有人提起這座小村，或者提起她的阿叔或繼母或婆家，她都會出現制式的表情，慣性的嘴角上揚，冷淡的眼色，鼻孔更是彷彿要噴出仇恨的怒火。這時除非有人提起鍾家阿太西娘，才能足以澆熄她體內的厭蔑之氣。

於是當她搭著貨車被運到台北時，初見台北城時虎妹整個人受到很大的震盪與激動。原來世界還有另外這一端，這麼多樓房，她竟然鄉巴佬地完全不知道，她想一定要在這座城市擁有自己的房子。

很幸運地她離開了讓她勾起痛苦的水稻田，男人的水稻田，命運的水稻田，勞動的水稻田，無眠無休的水稻田，讓她在這裡遇見媒人婆的這場婚姻，讓她在這裡狠狠抽打因漏尿屎在褲底且發燒還舔吃著冰棒的幼小女兒，讓她晚年膝蓋十分痠疼的水稻田……她痛恨水稻田。她渴望離開……渴望離開生活大半輩子的雲林時她還年輕且充滿精力。貨車載著她離開尖厝崙時，虎妹小女兒小娜還一臉貓臉地靠在米袋裡睡著了。她摸摸小女兒的臉頰，略微帶著燒，但她不擔心，反哼起歌來，心想到了進步的台北什麼都有，還怕什麼，只怕沒錢而已。

隨著車後退的木麻黃小路，月光忽隱忽現，夜裡靜靜吹起的沙塵像風中獨舞，後車燈投射出飛揚的線條。

以前覺得討厭的東西，都因爲離開而變得可愛了。

月光下，她看著貨車逐漸駛近的腥紅西螺大橋，溪床濁沙滾滾，連續幾個半彎月形的腥紅橋樑端立在荒莽溪水的兩岸。童年她生日過後不久的某一天，她離開家門，好奇地隨著村人一起往大路走。這天不是耶誕節，也不是行憲紀念日，這天是只有雲林人才會記得的西螺大橋落成紀念日，一場像是作醮驅魔的通車大典。於今虎妹以送別之心目視著即將遠去的紅橋，她忽然回憶起童年那天一早番薯簽沒煮好，被繼母用鍋子敲了一記頭，撫著頭感到痛恨與恥辱，但繼母比自己高大且強勢，自己還只是個小孩，於是只能跑開，只能在繼母的謾罵中跑開。

妳好膽就嘜返轉，假猶，無信妳沒返轉，外面沒通呷，還不是乖乖返轉，做台北人，做猶空夢……繼母在她後面叫囂著。

虎妹一生有幾個畫面永遠難忘，老是自動倒帶的畫面，難以停止述說。

其一是童年時拿破鍋去修理時見到了西娘。那時補破鼎郎正騎著孔明車，後面載著長方形竹簍，一路叫喊。霜冷天氣，抹鹽魚和魷魚掛在竹竿下隨風微微擺盪著，乾冷的風即將形塑日後入胃的客家小炒和青蔥爆香。補破鼎郎在火爐下燒得鼻子通紅如柿，許多人家拿著鍋子、鼎仔、臉盆、鉛桶來給他修。他端詳著其中一只鍋說這壞銅古錫奧奧去，修獪成囉！他對著其中一個五歲女孩說。五歲女孩竟哇了一聲嚎哭了起來。鍋沒修成，女娃怕回去挨大人打罵。鍾家公廳這時走出一個長髮在腦後挽成一個髮髻、穿著細麻繡花台灣衫褲的美麗女人，她一走近，許多人就聞到撲鼻的茉莉花香。原本那些厝邊頭尾的圍觀人都用眼睛餘光看了一眼來者，圍在補破鼎郎旁的鍾琴就回頭笑著輕喚了聲阿依！補破鼎郎這時也禮貌地跟著對女人點頭叫了聲太太好。這個被叫太太的西娘從袖口掏出點錢替女孩買了個新鍋，女孩轉啼爲笑，抱著新鍋像抱著心愛玩具地一路奔去。這女孩西娘是認得的，隔著龍眼樹群後面鄰人的舒家大查某囝虎妹，可憐剛失去母親不久父親就續了絃，女孩雖叫虎妹，但這隻虎卻老是被肖狗的年輕繼母日夜使喚叫罵著。有人笑說，這不就是歌仔戲戲文所唱的什麼虎落平陽被犬欺。但也有人說，別看這虎妹，她只是還沒長出虎牙，哪天虎牙長了，可得防著被她記仇反咬一口。女孩抱著新鍋喜孜孜走回家的小徑上，她不斷地親吻著這只新鍋，心想著回去阿叔見狀一定很歡喜。這時一陣冷風從竹林灌過，冷風穿越她這一身空蕩蕩的污漬破衣裳時，她感到極爲冷冽，這時她開始小跑步，以跑步來驅逐冷，邊跑邊吐出白氣時，不知怎地忽然想起偷偷見到鍾家廳堂上高懸的一張虎皮與鹿皮，她不由得又打了個寒顫，起一身雞皮疙瘩，好像被釘在鍾家廳堂的是她自己。她當時的這一念，卻是不經意地鉤到了她未來的命運。她彷佛看見自己也將像那張虎皮似的往後將被牢牢釘在鍾家了。虎妹被往事釘牢的其二畫面是不斷被她說起的西螺大橋通車大典。

濁水溪芒草那樣蕭條，金豔豔的陽光下集結著台北來的黑頭車，金髮米國洋人，黑壓壓的村民。小虎妹穿著單薄破衣裳，頂著一頭糾結如獅子老虎般的亂長髮，頭髮上還有幾隻被血液餵得飽飽的虱子。

在寒風中她好奇地隨著村人也從濁水溪一路上岸，頓時鞭炮轟轟響，她那因爲走很遠的路所流的汗水還在衣內滲著冷。午後陽光穿越木麻黃，從背後打上一圈光輪，投射腥紅橋墩上，那一刻她好像目盲了般，感到一陣迷眩。然後是轉身時她撞到了亮眼光鮮的衣服，兩隻手長長地在她的面前晃動，拂著她那一頭雜亂黃赤且極爲營養不良的長髮，她抬頭見到有幾樓層高的龐然大物，嚇得尖叫而失聲地嚎哭了，四周村人笑著。

七爺八爺就像童年惡夢，老是來嚇她，她拜許多神明，但唯獨怕七爺八爺。那麼大仙，比樓還高，做囡仔夠怕的，神不是來嚇阮的，神是來保庇阮。

82

貨車經西螺大橋，她回憶起童年第一次走上這座橋的往事，彷彿才昨日而已，但人事全非。最疼愛自己的阿太西娘已辭世，她想起阿太時會感到一陣心疼，無來由地想掉淚。她知道西娘從民國四十二年起，每個夜晚總是獨自傷心流淚，西娘的三個男孩在西螺大橋一周年慶時，那時她未來的叔公鍾聲被槍決，她未來的公公鍾鼓和未來的屘叔公鍾流雙雙被送綠島。她想自己還是比阿太幸福啊，至少自己終於可以離開這塊傷心之地了，這塊沾滿血腥之地，她不想再想起（她到晚年才知道這島嶼何處不傷心呢，哪裡不流血呢，但她已逃無可逃。她將自己的逃亡權給了女兒。）於今唯一相依爲命的大哥義孝也入獄了，自此這故鄉再也沒有值得她一絲一毫勾起留戀之處。做囡仔時有夠憨傻，沒老爸或沒老母的囝仔世事生疏。她看著月色中遠去的橋，這裡神廟如此多，但卻貧瘠異常，當年村莊遭連坐罪者眾，男的非死即坐牢，留下的非小即老，這裡眞正成了傷心女人村，有人以淚洗面，有人以苦度日。但虎妹不願意如此，她得離開，她想飛，她要讓自己的孩子有未來。

貨車在省道裡繼續走著，司機又去大盤果菜市場載了幾籃貨後，才繼續往北開。直到畜獸尿臊味遠離鼻息時，她知道故鄉這會是眞的遠離了，貨車刻意載著她們母女駛上公路，一條新穎公路，讓她聞到新鮮刺鼻的柏油氣味，那一刻她忽然意識到這氣味和原生不幸的命運鎖鍊已然隔離，那一刻她看到青春的年齡時間已然結束，而內在的青春時間卻才要展開。

她想整個番薯島都需要他們啊，他們往南或往北，當年他們十分無知，不知道什麼是高速公路、鐵路電汽化、石油化工廠、核能廠……，他們只認得鈔票，有的人連鈔票上的人頭是誰都不知。虎妹離開家鄉赴北，是整個尖厝崙的女人移動之最，雖然她最遠也只抵達台北城。當時家鄉到處流言四竄，有人傳說去高雄造船廠的年輕黑手們都成了造船大王，到台中港、蘇澳港的輝仔柳仔開舶來品店，去蓋高速公路的矮仔發仔開賓士。（事實是，他們只是和那些閃亮店家和在風光物資前合影拍照，寄回家鄉而已。）離開者的心頭卻十分篤定，他們確定自此一去，世界將轉，風光頓變。就像虎妹早從義孝大哥那裡聽到他說未來的車子會在天空飛來飛去，未來世界不只有人腦，還有電腦和機器人，未來的人種頭殼都會很人。

在點油火的無燈鄉村成長，她在貨車中見到點點燈火的台北城時，她趕緊搖醒了小女兒，指著前方的台北橋說快看，眞水眞水的橋啊！那口氣就好像以往搖醒孩子看西螺大橋的複製口吻。

小娜揉揉眼睛，小女孩說出了也不知在哪學的石破驚天之語：「我要在這裡長大，長大成名。」這口吻讓虎妹想起四歲時隨著義孝大哥見到鍾聲在屋頂放送古典樂的身影時，自己也吐出了驚人之語：「我要和伊結婚。」

那一刻她跟著女兒笑了，虎妹說有名要做什麼，憨囝仔，要在這裡有錢啊。

故鄉自此成了異鄉，虎妹喜歡這樣的結果，她就是不喜歡小村。女兒回頭見到母親的神色如發燙的鋼鐵，那神色讓她提早長大，她也被那果決的熱情燙到了。

這小村於虎妹是失母失兄失子之地，是血印之地，是飢餓之土，是悲慘世界，是她一切的悲傷源頭，她頭也不回，如有人此刻要她掉頭回去，除非槍斃了她。

雨夜之花蕊

83

喜妹、兔妹、憨妹被老一輩的村人稱爲「阿妹三口組」。

住在頂茄塘的喜妹，她在記憶尚存時還記得以往的一些日子，她一直在準備著試穿婚紗。那時鎮上開了幾家西式新穎的新娘禮服店，白紗給了鄉下女孩無盡的未來幻想。但由美國贊助的醫療義工服務團巡迴下鄉的檢驗車卻阻斷了喜妹的婚姻路。她在免費的誘惑下，不僅上了驗血車，還接受了衛生所提供的最科技最新穎的乳房與抹片檢查。女工們第一次聽見這種對身體私密處的檢查，無不驚恐萬分。唯獨喜妹天生好奇，且貧困多年，只要聽到免費二字，無不躍躍欲試。

躺在冰冷的床上，喜妹第一次嚐到什麼是麻藥。心想著麻藥眞是奇異的發明，竟然能讓自己眼睜睜地看著某個部位失去感覺，遠離自己的身體飄忽而去。就在喜妹結婚的前兩週，衛生所的人送來了檢驗單。子宮頸癌像是一種死亡的病菌字眼，自此每個人都惶恐地盯著喜妹。「子宮」大剌剌地跟喜妹的名字印在一起，當時的人只聽過子宮，還沒聽過子宮頸。

子宮上怎麼長出頸子？

笨啊，沒有那條頸子，男人的種怎麼會跑進子宮。

小孩從那裡跑出來的嗎？

工廠女工們悄悄地在輸送帶上交頭接耳東扯西說著。

喜妹的位置已經空了一段時日，她發給大家的喜帖還在許多女工的桌上發亮。

聽說喜妹上台北醫院，要把子宮切除了。

那她不就不能生孩子了。

嗯，更慘的是她被退婚了。

就在二二八那一天，喜妹被退婚，不是因爲政治，而是因爲她那不幸的子宮，不是癌，是瘤，但已經沒有人要她了。時間如果再晚些個年，這生病的子宮也許有改寫命運的機會。但當年當然沒有，不孕簡直是大譴。於是喜妹恨極了二二八，恨到沒有任何原因的。（在許多年後她竟出現在二二八和平公園悼念現場。她身處在不是被過度聖戰化就是被極度冷漠化的現場。她嚷嚷著二二八是殺手之日，她瘋瘋癲癲的模樣還遭警安人員的驅離。）二二八，她怎能不提這個帶有哀傷般神諭性的特殊數字呢。對喜妹個人而言這一天是婚姻死神驟降的殘酷日子，她無能閃躲的日期。就在二二八對抗亂象稍稍有點退去的跡象後，南方稻埕在午後呈現了白晝的死寂。這時有一輛美國製卡車穿過風沙、滑過泥濘，越過竹林芒果樹，顛簸地衝進村莊裡，直入尖厝崙這個小村的心臟地帶鍾家稻埕。

下車的竟是一個女人。查某開大車？許多人被引擎聲吵醒，從正午的昏睡中醒轉，從窗戶中看見一個女人開車奇景，男女老少皆嘖嘖稱奇，像是看到外星人。

女人叫翁喜妹，很多人從她的名字判斷誤以爲她是客家人，她總是連說幾聲不不不，這是日文名字音譯的，Himay，姬。翁也不是她的姓，是她的名字「音」的日文發音。所以她的本名是蕭音姬，老家在隔著濁水溪的彰化。原來啊，彰化蕭（狷）一半，鹿港施（死）一堆，莫怪喜妹瘋癲，有人這般戲說。但大家仍習慣叫她翁喜妹。她出生台北，母親和鍾家有親戚關係，喜妹回到母親童年的鄉，聽說這裡到處都需要買東西，於是她載了很多東西，打算來這裡開家店鋪。

那時鍾家詠美還沒開雜貨鋪，而尖厝崙唯一商鋪鍾家某房妗婆正好要把店鋪收了。那時鍾妗婆的店鋪是孩子的夢幻天堂，位在村子裡最大兩條小交叉的路口，隔著小徑，前有小川田疇，後有竹林房舍，房舍四周植滿楊桃樹和龍眼樹，羊齒蕨類植物傍縫而生。翁喜妹來到此地，她敲敲房子的磚牆，發現小屋結構十分良好，景觀怡然。這正是翁喜妹嚮往的生活，她很快地把之前一路從台北驅車返鄉的崎嶇困頓，甚至懷疑起自己是不是瘋了的念頭瞬間都拋之腦後。翁喜妹開心地四處轉著，轉到了妗婆面前，開口就是我要，我要它，我買了。幾天後，鍾妗婆接過現金，她用手指抹去糖果玻璃罐上的灰塵，將一切物品點收轉給喜妹後，不禁警告起翁喜妹。我說喜妹啊，開店不是妳想的那麼容易，妳以爲這裡的人需要東西，那是沒錯，但問題沒錢啊，大家以爲日後要過好日子了，可是妳看時局是更壞了，誰有錢買物。

喜妹卻說，妳不知道台北更亂，更難生存。

鍾妗婆搖頭笑她天眞，人家往都市跑，妳卻往鄉下走。

等到買下店鋪過後，喜妹才開始去逛起尖厝崙的村內村外。很快地她就發現這裡似乎也陷落在不知名的魔鬼力量裡了，到處有被焚燬的房舍，田園荒蕪，一片殘破，使得田和路再也分不清了。買下店鋪的那天起大霧，所以她並沒有看清這四周的殘破景觀，反而當時有一種印象派的風景感。

但其實是四周之景已然是野獸派了。

黃昏時喜妹坐在自家店鋪前，她無聊地開起一包餅乾吃，就著正一點一滴落在遠方山後的夕陽發呆著。她之所以逃離台北，是因爲親見一個陌生人被槍殺在她家門前的路上，男人的腿在倒地後還保持著彎翹起的姿勢。許多個小時過去了，許多人走過男人的身旁，也有人騎腳踏車行經，但都沒有人理會那個陌生人，好像躺在路中央的是一塊石頭，一件廢棄的家具。

她想還好在這祖上的家鄉裡還沒見到任何一具屍體被丟在她家的門口。

有人以爲喜妹成了悲妹，有人故意叫她顛倒女人，被際遇捉弄的女人。被退婚的女人在那個古早封閉年代，容易心裡得了瘋病，易讓她憂鬱一生，但她沒有，在心裡她成了男人，開店查某，開大車的顚倒女人，顛倒反性，鄉人都這麼叫她。

但她活了下來，以她自己的本性。

84

和翁喜妹一對的是舒家兔妹。有人說這可憐的兔妹，因爲有兔唇就這樣被叫作兔妹，以前虎妹將她放在乳母車上推著時，面對鄉人的恥笑，心裡都感到命運作弄的苦楚，對一半血緣的妹妹，虎妹還是很保護，她會去追打那些恥笑她們的人，直到追不動了，或者兔妹嚎啕大哭了。

兔妹日漸長大後，她決定離家，她感到再不離去，自己將有爆炸的感覺。當𤞞兔妹爬上剛通車未久的新穎公路等著陌生人把她接走的那年，村人才知道有精神官能症這個名詞。

過去他們都只說𤞞仔、神經病、𤞞魔神。

許多靠山林傍海邊討生的人家，每一年總有初長成的少女消失在舒家老么兔妹的眼中，很多年後，她才明白那些和她同樣年紀的少女是去了台北，幾年後她們卻以一種豔麗濃媚的姿態回到老厝，當她們穿著露背裝站在廳前啃芭樂時，許多剛長毛的小男孩都像是被招魂似的腳步無法動彈。

有村人背地裡說這兔妹拜過狐仙姑，聽說要脫光光就著月光拜。難怪她看起來很狐媚的樣子，又有人接著說，看來兔妹要改成狐妹了。狐仙姑長什麼樣子，會不會像仙女？誰看過仙女？廟前阿公放下從垃圾桶回收撿來的雜誌，雜誌上的封面女郎沾了一身的紅檳榔漬。

剛讀女中的少女第一次聽見和看見什麼是露背裝，什麼是假睫毛。高中女生最常做的事就是照鏡子，剪分叉的頭髮，穿窄裙躲教官。那年代保守荒蕪的鄉村因爲北上女孩的返鄉而帶來了有如是馬戲團的華麗氛圍。彼時還沒離開家的兔妹自己也看得心驚膽跳的，她二十歲了，從沒離開過這個快要長霉發爛的小村。她看見小學同學變成了一個遙不可及的模樣，趿著細高跟鞋踩在鄉村的泥地裡，每行過一處都踩踏起凹陷的軟泥，惹得蚯蚓四竄，蟻蟲搬家，鳥類驚飛，風搖樹動，直似地震來襲。

兔妹覺得自己簡直難堪。穿著破衣裳，成天帶下面幾個弟妹小鬼。

有一天舒兔妹消失了。

有人見到她一直走一直走，任鐵牛車經過叫喚，頭也不回地走著。最後見到她背影的人回村裡說，兔妹脫下鞋子，爬上了於村人有如小土丘般的新穎公路。好奇的村人也跟著爬上了小土丘，躲在公路旁的相思林裡，盯著呆立在公路旁的兔妹任風揚起她的糾結髮絲，她的短裙像是開傘般，打開了她的紅色內褲。

幾輛飛馳的車過後，有一輛車往她靠路邊停下。門打開，裡面的人也沒說話。就見兔妹跳了上去，跳上去前還回頭笑了一下，彷彿她知道有村人在其後面見證這一幕似的。

虎妹聽了旁人轉述很不以爲然地直說哪有可能！阮小妹從來無曾搭過車子，何況是上陌生人的車。但一天過去了，一個月過去了，一年過去了，十年過去了，都沒有兔妹的消息。直到虎妹自己都舉家遷至台北了，都沒有再見到兔妹。

虎妹繼母廖氏過世那年，虎妹忽然想起自己的兔妹，她知道兔妹還活著，只是不知伊在何方。她記得這個阿妹說話有點口吃。鄉下傳說這兔妹幼年時就愛漂亮，吃飯時老愛照鏡子，捧著的飯常快掉到地上了。阿依就警告她這樣會口吃。於是許多鄉人要辨認舒家那幾個長得很像的女兒都是從說話來辨別的，尤其是兔妹沒人會忘記她說話開頭總是會我我連個好幾聲才能斷續把話說完。

虎妹回到尖厝崙，依禮俗女兒要從村口跪地一路爬到家裡，虎妹是繼女不想吃這一套，但礙於村人目光也就象徵性地爬了一段。她不禁在心裡暗罵著膝蓋痛死了，沙石泥地女人誰禁得起爬啊。就在繼母即將封棺前，前廳忽然揚起一陣巨大騷動。前方有個小黑點逐漸爬了過來，大家全成了木頭人似的盯著小黑點不動，直到小黑點成了大黑，木頭人開始動了起來，一片譁然的音量如鼓般地彈開來。

是兔妹啊！是兔妹啊！

穿著緊身性感黑衣的兔妹一直爬，圍堵在路口的喪家人與村人紛紛讓路，讓兔妹爬到廳後的棺前，兔妹嚎哭起來，口中直叫著我我我……阮阿依喔！心肝阿依喔！兔妹哭著時，還往包包裡掏出許多紙鈔、金子，往棺木拋灑，有的紙鈔和金子落入棺木裡，有的則揚在闃黑陰森的棺木四周，或者落在正對著亡者遺容做最後一面巡禮的家眷。大夥都目瞪口呆了起來，有的還想，這猜兔妹這呢多年過去了，還是個猜仔啊！只是口吃依然如故。

兔妹如風來去。

死老爸路頭遠，死老母路頭斷。母親已死，人子告別家鄉自此成了永恆的再見，永恆的遠走高飛。路已斷了，返鄉路已斷了。在那場舒家阿依的葬禮上，許多北上求生者自此知道原鄉隨著母體焚燒成灰的那一刻是再也不復返了。他們之後零星回來的可能只是清明或者拾骨，到了後代就更不會對著一個甕的照片起相思之情了。於是，尖厝崙不僅早已是地圖難以找到之地，更是傷心離鄉者刻意抹煞的心靈地圖。最後成了舒家祖譜上消失的一個名字。當一個人的名字逐漸不再被提及時，他的世界也跟著消弭於無形。

被兔妹抱過的虎妹之女小娜記得兔妹身體的氣味，帶著一種茉莉、麝香和白茶等奇異混合香氣，也記得兔妹的笑容，總是帶點悲戚的笑，開口說話才會把悲戚轉爲喜劇，說話的姿態像個還沒長大的孩子，還會噴口水在別人的臉上。

也因此許多年後當村人傳說當年兔妹是在台北新開幕的百貨公司男仕部當男鞋櫃姐，且還是櫃姐業績最好的一位時，小娜聽了深信不疑。兔妹賣鞋子，是她命運最好的幾年，她頭老是往下望客人的腳，她總是微微含著頸，慢慢蹲下身幫男客人套著鞋子，當近距離聞著這個用極其修長的手蹲在地上爲他們套鞋的女人時，許多男客都聞到了她身上奇異的香味，頓時心生喜悅。櫃姐兔妹的業績，讓許多來自南部同鄉的櫃姐感到吃味，她們的腦子大部分時間都是花在如何賺更多的錢，如果沒有賺到更多的錢，就把腦子用在嫉妒上，她們想竟然輸給一個有缺陷的人，她們當然不平。兔妹身處在整個樓層的櫃姐女人都對她有敵意的險境卻渾然不覺，她那種逢人帶點傻笑的模樣，更加強了敵意者的憤怨。在某個櫃姐佯裝好心幫兔妹結帳之下，利用結帳差額，發生兔妹沒有爲客人打折，而折扣金額反進她個人口袋的事情。兔妹捲鋪蓋時，都還搞不清自己是怎麼被遺棄的。

她把這種感覺稱爲遺棄。遺棄加速她內在失心瘋的啓動機制。

兔妹又成了她被村人想像的「該有」模樣。她像是村人對台北凡間的想像盡頭，帶點邪惡本質的，帶點迷亂情調的。

只有虎妹例外，虎妹不做如是想，她知道妹妹失心瘋一定是因爲被查埔郎騙了感情與身體，笨女孩才會人財兩失，虎妹自己端然不會如此，因她從來不看好愛情。至於台北是什麼本質？虎妹不懂，虎妹從來不關心這種抽象的問題，她所看見的台北都是可觸摸之物，否則全不存在。台北是由無盡的日夜辛苦勞動階層所繪出的集體流汗流血樣貌。虎妹初來此城，覺得自己和這座城市尚有些青春可資往來互動。她才三十多幾，沒有理由不看看台北，沒有理由拒絕這座錢都的誘惑，一如喜妹一如兔妹。多年後，也許只有她理解這些女人的行徑。

虎妹被叫虎妹是因爲她恰北北，但她的妹妹被叫兔妹就沒這麼幸運了，那是因爲她有一張奇怪的唇，這唇被叫兔唇。當虎妹繼母廖氏看到剛出生的女嬰嘴唇上方切開一條大裂縫時，廖氏就昏過去了。

這是兔妹災難之始。呼吸的第一口空氣就是惡意之風，一道裂痕深深地刺痛了她和所有人的目光。

那時候沒有人聽過整型，當時的人只擔心溫飽，不知人可以選擇換一張臉，換一個身體。眼小的唇顎裂，人間目光的惡意從這道裂縫開始。

就把眼口切大，鼻塌的就加高鼻子，臉大的就削骨，胖子抽脂變瘦子，瘦臉豐頰變豐潤，沒奶的加鹽水袋……（這些在當時她們的想像裡將是宇宙的盡頭，在胸部上加鹽水袋或果凍，她們人入初老後，有人去嘗試，笑著說，在胸前晃著鹽水，好像把家鄉的海水都兜進來了。奶子大要幹嘛？還不是給男人玩，最不屑的人就屬虎妹了。）

兔妹的年代沒有這些東西，於是她最初仍只能是兔妹。

當種地瓜和香瓜的地主老楊某日來到尖厝崙舒家收地租時，他只敢站在舒家入口外叫嚷著，三貴家入口是豬舍，雖然只有三隻小豬，但也養了條兇狗看顧著。三貴，今年租稅你欠很久了啊！你不繳錢，你是準備賣查某囝仔給我啊？

午後時分，三貴從廳堂藤椅醒轉，聽到小黃猛烈叫囂著，有人在大喊大嚷著。仔細聽，是在叫他的名。他仔細聽聲音是地主老楊，來催收錢的。他哪裡大氣敢吭一聲，但又細聽內容好像是老楊說帶了什麼東西來著？

三貴，你要不要吃今年剛採收的甜瓜啊？老楊故意這樣說，誘使三貴出來。

三貴還在猶豫要不要出來時，他的女兒人稱阿賣（醜）兔妹卻先跑了出來。兔妹倚在房舍入口的榕樹下，倚在樹旁盯著老楊腳下的東西看著。

老楊看見兔妹，他想這兔妹跑出來幹嘛，心想看到她的臉我都陽痿了。他撇過頭，眼光不往榕樹那邊看去，繼續扯開喉嚨叫喚著，且仔細地看顧著腳下的一大袋肥沃地瓜與甜滋香瓜，唯恐兔妹或者路人突然趁他不注意搶走他的貨物。妖嬈兔妹突然衝至老楊面前，忽然掀起上衣，露出一對沒有穿胸罩的奶子，那又大又白皙且豔香十足的奶子，瞬間就讓老楊撲了上去，手亂抓一通。而三貴奔上去，早把老楊那袋香瓜和地瓜給拎回屋裡了。許多農人看了目瞪口呆，心想兔妹不傻，女人的本錢她懂，她讓父親免於飢餓了。

85

男的當黑手，女的當作業員。被迫放棄土地的男女成了資本主義下的小小螺絲釘。他們在生產線上，聽哀怨的歌，聊有一搭沒一搭的事，手一刻也停不得。

領微薄的薪水，尊嚴不再值錢，有能力換錢餵飽肚皮才是要事。一度兔妹被可憐她的皮鞋加工出口廠的廠長任用，在工廠裡當生產線作業員，有一天她也加入玩鑰匙遊戲，也許是因黑夜沒人看清她唇上的撕裂痕，她跳上一輛機車群裡看起來最破的機車，沒人知道那夜發生的事。

但聽說兔妹在這工廠攢了不少錢，她要上台北去動手術。兔妹是眞的上了台北，至於整型，許多人並不知其結果。再聽說就是她從櫃姐退下，潛藏的瘋病發作等事。

她去田裡撿摘乾枯野菜亂賣著，騎機車的不淨男人或是放學的調皮男同學有的還會趁機欺凌一番。失心瘋女子沿著一整排木麻黃跌撞而來，黃昏一路越過村莊的海風吹得她的身影鬼魑魑黑魅魅的。

有一回這個兔阿姨抓住了小娜的長髮，小女孩猛一回頭，只見長髮如亂雲，她一手扯抓著小娜的髮，一手摀口大笑，森黑的牙在昏幽的木麻黃裡如燐火，小娜尖叫一聲，魂識如破散九霄。瘋女子竟突然幫她編起辮子來，她也就任她編辮子了。這就是村人後來看到的兔妹樣子，唇上的裂痕是否淡了些，其實並沒有太多人關注，因爲兔妹臉上那種說不出的哀愁與淒涼感，任何人見了都會起雞皮疙瘩。

尤其是她以奇異旋風出現在母親過世的喪禮上，那抹嘴唇紅豔豔地媚人，留下一抹如此哀愁又如此幻滅的形象。

兔妹後來和瘋女人形象連在一起，一度還四處在小村內外亂走，捧著野花踩著田埂。這瘋妹子有一天從瘋狂邊緣突然醒過來，然後她去沐浴淨身化妝，在衣櫥找了幾件東西後就又搭車離開村子了。

那一回在村外耕田的人見到兔妹踩著高跟鞋，身後是風飛沙與某處焚燒的黑煙，蟬聲嘶鳴如壞掉留聲機，午後雷聲突然轟然彈下幾聲，只見她叼起一根菸，再次攔上了一輛陌生人的車子，她倚在車窗的口，超迷你短裙裡露出兩只似凝脂般的包子臀，農人抬頭正巧望見她的包子臀。接著她委身入車內，車子加速，揚起一陣狼煙。兔妹如兔，再度彈跳入陌生人的車，消失。陌生人給她安慰。

這回，虎妹終於相信兔妹是跟人跑了，她追出時，連一抹煙屁股都未見。虎妹靜靜地站在省道路口，她抽動著鼻口，大力聞著風中多氯聯苯裡殘存的一抹香水味。虎妹喃喃自語，搖頭說著對男人走也無免走這麼緊啊，正想問伊香水在哪買啊。

最後關於她的傳說是有人在夜市看過兔妹，說伊在公廁入口收錢，給她五元，她給你幾張衛生紙。

兔妹死時全身都瀰漫明星花露水和尿臊味混合的奇異香味，就是那股異香讓小娜陪同母親去認屍時，認出了她。當然虎妹沒有聞到，她只聞到屍臭，妳兔阿姨身上哪有什麼香味，我從來無聞過香，我只聞過她的悲哀。這是虎妹人生裡最靠近心靈的一次，小娜聽了很驚嚇，她看著兔妹嘴巴上的那抹玫瑰，發綯的玫瑰花瓣，像小學生的勞作，帶點孩子氣的歪斜，一種可愛又淒涼的不完整作品。虎妹爲這個可憐的阿妹仔訂製一件新娘衣，白色婚紗是兔妹的霓裳羽衣，她潔白如初生，準備送給火神。

自此兔妹消失在許多人的惡意目光裡，出生印記誘發人的惡意，不輕鬆的人生。許多人對她的記憶是有一大村長在衛生所找到一籮筐老鼠，許多人跑來看老鼠窩，建議放火燒。只見兔妹衝去，把一箱老鼠倏地抱走。不殺生、不殺生，她邊走邊重複這句話。有人看著兔妹背影，就嘆息地說起這兔妹會有這兔唇，都怪伊老爸三貴一度愛釣魚，且很會釣魚，每日溪口的魚都被他釣光了，村人都吃不到魚。許多人都見過中秋節之後從深海一路游到淺海的大魚被三貴釣上岸，他一路拎著大魚走回村裡，小路上的灰塵被魚水滴落成漬印，魚的口被草繩扯裂，流著血水，傷口好像兔妹。

這是村人對兔妹的幾個深刻印象。她救一窩老鼠生命，然而她的生命早已被許多人殺過，以目光，以流言，以傳聞，以鄙夷，以輕佻，以不堪……

86

村人聊起可憐的憨妹都會連帶說起她的母親阿秀，說起阿秀，又會說起一個假算命仙，他們都管叫這算命仙是阿秀姘頭。算命仙當然不是什麼仙，說來是個假仙神棍罷了。村人連用神棍這兩個字都很不願意，他們有時寧可叫這男人是畜生，當然這是他們上了許多當後才學來的教訓。

假仙以物質誘惑著村裡憨妹的母親阿秀，那年頭鄉下的日子很不好過，一個柔弱女子又帶著智障女孩說來也只能以身體交換些溫飽食宿。只是這母親太單純，不知這神棍竟食髓知味連智障女也一併性侵害，聽說智障女月經來了又停了，這做母親的遂起了疑，某日戴起斗笠說是出門上工去，卻偷偷返家窺視。這阿秀先是將耳朵壓在木窗櫺聽聞裡面動靜，她聽見女兒嗚嗚亂叫有時卻又亂笑一通，假仙不斷地以像是咒罵又像是憐惜的口吻重複說著傻屄，憨妞，沒人疼妳摸妳幹妳，只有俺疼妳才會幹妳啊，妳要感謝還有俺對妳眞心啊，以後來世做巧女，阿爺疼妳喔，妳看，俺不就這麼地疼妳嗎，疼到妳身體了，誰會這麼疼妳，誰知道俺的心，俺在這裡沒有半個親人啊，只有妳是俺的小親親。

裡面的聲音傳出來的又是一陣吼叫夾雜著喘息以及傻笑聲。

這阿秀攀在窗外驚得心臟快跳出來，她壓住情緒，先往龍眼樹爬，要看得清楚到底是怎麼回事。她卻見到這一生最痛楚的事，這假仙不斷上下前後抽動的背影亮在她的眼前，接著再往前移一點，她看見被壓在下方的女兒正扭曲著紅通通的面目。阿秀一驚，還差點從龍眼樹摔下來。這阿秀女人可眞了得，也算沈得住氣，她沒去鬧，怕被假仙害死，卻暗暗在夜裡對假仙下了奇怪的毒，法官驗起傷來卻又是死於心肌梗塞……村人多年後傳說著這外省假仙其實是死於阿秀之手。

反正他們兩人根本就是同床異夢。

有人聽到這事的眞相時，許多人心想也許這阿秀搞不好也學得假仙的幾招巫術呢，不然如何沈得住這樣的氣？要是我就衝進去殺了這個狗養的畜生，有村婦憤恨地說著，濁水溪土豆被咬牙切齒地幾乎要從嘴裡噴了出來。

阿秀後來仍住在假仙的老房子裡，但房子鬧鬼傳聞卻傳遍村子和學校，村長還因此開闢另一個村口道路，小孩也都被告誡要繞路回村裡，唯獨仍有幾個好奇與好事者仍睜著好奇眼睛想知道這對母女後來的生活面貌。

87

曾經目睹阿秀憨女被性侵慘劇的人早已渡海他鄉，她是舒家義孝女兒菲亞。

童年菲亞聽到這村人口中的假仙時，村人總是會笑言這老鄉男人身上有兩支槍，大的打共匪，小的打姑娘。她回去問母親，母親也聽不懂，在旁的阿公三貴聽了卻笑翻了，叨念這假仙是垃圾人，不舐鬼。

菲亞帶著恐怖的人間故事自此離鄉。

那是在算命假仙出事前，她上半天課，下午放學時突然想念假仙常給她的鈔票和有漂亮玻璃紙的糖果。那天她刻意繞去假仙的老房子，老房子門外卻不見尋常坐在那裡搖著蒲扇的算命仙，她聽見屋內好像有人聲，遂像貓般似的熟門熟路，躡手躡腳地走進後院窗旁，她趴在木窗外，先是聽見憨妹似笑又似哭的聲音，看見了算命仙爺爺脹紅的臉青筋直爆，算命仙用手指沾口水地抹在憨妹私處，口吐白沫似地顫說著怎麼有這麼漂亮的地方，眞是美呆了啊。然後他抽動起身體並用手拍擊著憨妹臀部，他邊罵著操妳奶奶啊，俺看整個村子就俺對妳最好囉，他們都清高啊，他們只是不敢吃妳，光笑妳傻屄，只有我當妳是寶貝呢。

童年菲亞不明白她口中叫的仙爺爲什麼看起來這麼興奮卻又如此憤怒呢？她只感覺仙爺像是快要把

天花板、氣死貓木櫃和床板都震晃至垮掉了。

菲亞一想到此便很不安地離開現場，之後菲亞老覺得假仙的老房子有天一定會垮掉，那麼大的震動，嚇死她了，她擔心算命仙和阿秀姨的瘋女憨妹會不會被垮下來的磚塊木板壓死。但當年撞見那一幕的菲亞什麼也不敢說，她當時那麼年幼，僅靜默地彈著她的桌上小鋼琴，小蜜蜂小蜜蜂嗡嗡嗡琴鍵聲沖散了寂寞，在一個人的寂寞下午，她流下了莫名的淚。

菲亞自從聽村人笑說這假仙是快樂地爽死，是欲仙欲死的，她覺得這死法很奇異。假仙死後，阿秀和憨妹女兒不再出門，許多人都很好奇這母女兩如何在老房子裡度日。眞相只有菲亞知道，原來每一天菲亞都在上學前將她的早餐饅頭放在老房子的門檻邊。下午放學再行經時，黑糖饅頭已經不見了，她想阿秀和憨妹啃著饅頭的滿足樣貌。

也因此菲亞是第一個發現阿秀和她女兒死了的人，她早上放的饅頭依然完好地擱在門檻角落，上面爬著烏黑的螞蟻。她鼓起勇氣想要敲門，卻聽到屋外的大樹飛起一陣風而嚇得快跑。她回家告訴虎妹姑姑說阿秀姨死了，阿秀姨死了。

虎妹姑母當時正好回到舒家，在廚房幫忙嫂嫂之靜洗米。她對嫂嫂之靜說這孩子眞神經，誰准她去那鬼房子，再說要呷竹鞭了，她和她那個猶老爸義孝同款，都有猶的血緣……菲亞聽了噤聲不再言語。

（那時她的世界有父有母，還不曾想過有朝一日會成爲女渡海者，女逃亡者。）

隔日上學她依然走到那假仙的老房子，發現黑糖饅頭已經被搬空了一半。她決定再放一次饅頭看看，她像是個送牛奶的小孩，每天回收空瓶子的果決。

放學，黑糖饅頭依然有殘痕存在。她想原來是被鳥吃的。

這回菲亞走去警察局，決定告訴警察伯伯。到警局，她說她要報案，她知道阿秀姨死了。當天晚上，附近村人就聽見警車救護車嗚嗚嗚響了。村子外鬧烘烘說話走動的聲音傳進老房子內，她卻專心而篤定地看著電視，母親之靜在幫小姑虎妹對著愛國獎券，這時之靜抬頭看菲亞一眼說，妳眞厲害啊，倒先知道阿秀姨死了。那妳下回要不要幫汝阿姑報明牌？

假仙的房子本來就是違建，很快地公權力行使於這無人住的老房子。當怪手摧毀老房子時，一干小孩子都在空地看著，有的人還忘情地數著一到一百，彷彿假仙還活著，手裡拿著羅盤。房子骨架轟然倒塌時，菲亞恍然見到三隻鬼魂飄了出來，飛在空中，老中小。謠傳阿秀餵憨妹安眠藥，然後燒炭自殺。這是村裡第一樁的燒炭自殺事件，當時這還是一個很新奇的死法。村人以爲取暖的炭，沒想到可用來取命。

沒想到的事當然很多很多。

假仙的死總結了阿秀與憨妹的慘澹歲月，也終結了一個小女孩菲亞奇異的童年，菲亞在成長的日子裡心想自己竟幸運地逃過假仙的猥褻與性侵害的可能，她感謝憨妹，她天眞地想自己的不幸被一個更輕易交出生命的可憐智障女給代受了。

假情假愛

88

關於婚喪喜慶，肖龍的人總是受歡迎的在場者，而虎妹永遠都被摒除在外，連自己妹妹的婚禮也是。

阿霞的婚禮，有很長的一段時間她都會連想起自己處在那個寂靜的晨光，帶些昏濛的幽黯，龍眼樹飄來初夏蟬的淡鳴，木窗櫺把陽光切成了細瑣的光陰。她以爲新娘就是注定被囚在一個房間，一步也不能任意踏出地等著新郎倌來迎娶。白紗手套手指有個部分滲出了紅，她突然掀開面紗哭將了起來，瞬間一幫在外頭偷瞧的孩子嚇得全一溜煙地散去。媒人婆說，難道是沖到新娘神哩，忙探出頭喊著肖虎的人別留新娘房，肖虎人快快走。

新郎倌，劉中校，一個離村落極爲遙遠的軍階。

這是他的第三度婚姻，但在島嶼是第一次婚姻。而村裡的人只知他離婚，但不知其在大陸的過去，還知道他帶了個青少年兒子一起來到二崙舒家。迎娶阿霞的小土路上揚起了巨大滾滾狼煙，灰塵如霧地遮住了群排的木麻黃。軍中小阿兵哥群起來此，有的綠兵抄著一口異邦話，猛對女人笑著，把女人和一幫幼童女孩少男少女看得內心很激動。自此村人叫阿霞是「那個嫁給外省仔的！」彼時外省如異邦，遙遠而含糊。許多年後，有些人想起阿霞結婚那天的白紗手套上漫染著一朵血紅花。

婚後阿霞收心，在娘家附近空地要劉中校蓋新房住。

某日烏雲疾走時，阿霞急匆匆跑去頂樓收曬的棉被時，摔下樓來，手腳淤青還閃到了腰。幾天來都躺在床上哼哼唉唉，這倒讓她不期然地想起自己的婚禮，那日確實是見血了，只是不是褲底下見血，而是手指上。她被笨手笨腳的髮廊小姐將伊的指甲剪過底，竟致剪到肉了，流出紅血。本以爲血止了，結果還是滲到了白紗手套。沾著血跡的純白瞬間有了漸漸乾涸掉的髒污感。她還想起當時流下淚來，倒非因爲疼，是因爲想到自己是保守村落第一個嫁給外省豬的人。

她是沒想到自己竟會和村人口中常喊出的外省豬結婚。

這村人口中的外省豬救了她，也把她的身體全看光了，也摸了。起先阿霞怪父親要她那天去巡田水，明明大雨眼看就要來了，還巡什麼田水？她嘀咕著，但仍戴斗笠地出了門。大姊嫁去鍾家了，她成了大姊。如果不是掉到水溝，她也不會遇到劉中校。但如果沒遇到劉中校，她的小命就沒了。

劉中校向三貴提親時，阿霞也答應了。很多人當時還以爲這豬仔猶了，強暴了阿霞，但其實是他救了她。那回她從田埂回家，天雨濕滑，一個不愼就滾落至河水暴漲的田溝，不會游泳的她張手滑著，掙扎著。劉中校正好開車行經，車也沒熄火，噗通一聲就跳下去救人。再上岸時，劉中校懷中的阿霞近乎光溜溜。她身上的衣物被激流沖走，全身只剩下內褲。那內褲還是破舊的男人款，阿霞簡直是無地自容。劉中校給了她自己的軍外套，並送她回家。劉中校覺得和這女人眞是有緣，離異的妻子早已改嫁他的下屬，劉中校亟需一個女人來解他的島嶼寂寞，於是當晚他就去向三貴提親。

三貴心想，也好，其實我本從大陸來，應知故鄉事，何況這瘋阿霞很野，如果沒嫁劉中校，搞不好就跑去高雄被美國金毛大兵給睡了。那時鄉下人都謠傳外省兵強姦女兒，還有個貪財的母親收了外省兵好幾個戒指，興高采烈地給了女兒，女兒最後瘋了，這貪金子的母親才知道原來每天睡女兒的男人都不同。所以有人就恐嚇阿霞，搞不好劉中校家裡還藏了好幾個外省兵，每天爬上妳的床，幹死妳喔！這阿霞塗著丹蔻，豔豔如血的指甲指著對方說，幹我又不是幹妳，妳緊張啥。對方一陣臉白，沒想到這阿霞唇舌毒辣至此，自認好心沒好報。兩個女人自此鬧翻了，見面也不講話。

三貴想的是自己還有那麼多的賠錢貨，嫁掉了虎妹也還有好幾個等待他爲她們尋找未來。他想麻煩是麻煩，不過既然有高官要這個瘋阿霞，三貴想要不趁早給女兒嫁了罷，管他從哪來，從地獄來的訪客也可以。有人笑三貴還不是爲了錢才嫁女兒，人家是要嫁外省人寧可讓人抓去剁成塊餵給豬吃，這三貴卻把女兒送給外省人的屌來爽。但三貴不這樣想，他覺得人品比較重要。當他這樣的賭徒吐出人品兩個字時，許多人嘴都笑歪了，笑到連身骨也直不起來了。

三貴偷偷好幾次打量著劉中校的行徑爲人，他斷定他眞的是個好人，這準沒錯，而且他也判斷準女婿有孝敬他這個準丈人的幾個銀子。兩人其實年紀差不了多少，但結婚他就變成晚輩了，要他幾個錢孝敬也不爲過。何況舒家自從落腳尖厝崙後，從沒發跡過。上回嫁虎妹，了草到他這個當父親的人都不好意思出席。這回阿霞的婚禮，鐵定要讓舒家出口窮氣。

村人說劉中校猜豬仔，只是惡意罷了。這猜人當然沒瘋，只是他們聽不懂他在嚷嚷什麼而已。

三貴答應劉中校提親前，想起聽村人說劉中校有個私生子。

不是私生子，是我和前妻的鞋子。劉中校搔搔頭說，這鞋子很懂事，不礙事不礙事，您放心唄。

提鞋子幹嘛？什麼董事愛四？三貴聽不懂只好裝懂，心想大概是說他有些錢吧。

恁結婚可以，婚禮一定愛鬧熱！

愛鬧惹？後來劉中校問了台北雜耍團團長阿財，才搞清楚是說要辦得隆重，請很多桌。

熱鬧簡單，劉中校將所有小兵調至此，軍車滾過的狼煙，幾乎遮掩了視野。當天辦桌，有吃有喝，從天掉下來的一餐，被邀請的鄉下人無不至舒家廣場前吃個粗飽。

只有阿霞愁著一張臉。許多人以爲她不想嫁給外省人，紛紛在吃喜酒時爲阿霞感到可憐。嫁給老頭，又無知伊在講啥米？眞是可憐。其實阿霞只是手指疼痛著，被削去一小塊指肉的指甲竟異常疼痛，死查某鬼！目珠掰到賽！她暗罵著鎮上美容院的阿花手藝眞差。就是那個紅，那個淚，讓阿霞嫁人是嫁辛酸之語傳遍了整個村莊。但結婚後阿霞很快就歸順收心。她想老公講的話雖聽不懂，但久了光看行爲也能猜著，這一點也不難。而劉中校的身體，阿霞也不討厭，他長久在軍中的訓練，使得他雖有些年紀，但肌肉卻還紮實，加上塊頭高大，阿霞簡直就是迷你小野貓。那一年台灣已經逐漸走過了政治風暴，台灣人認命了，外省人也知道暫時是回不去了，理念也許不合，慾望或者經濟卻誘使他們結合，管你番薯我芋頭，交配了種一樣有看頭。於是劉中校那幾年一天到晚都在吃同袍或者隊上小兵的喜酒，喝醉了回到阿霞身邊就哭，說想家，說一堆話。阿霞也聽不懂他在說啥，只記得脫下他的衣服前，要先搜搜裡面有無暗藏鈔票。

阿霞和劉中校兩人比手劃腳，就過了許多夜。生孩子，不需聽得懂人話。虎妹說，替妹妹撐腰。

89

自此虎妹百詐不侵。

年輕時她就遇過島上盛行的金光黨。有日她剛從銀行領錢出來，遇一個瘋子和一個正常婦人，瘋子不要金子，婦人要虎妹拿手裡的錢換之。虎妹拿回家一拆開是兩塊磚，上面包著一張鈔票。但她給對方的是兩疊國語日報，她習慣走出銀行時，有一包是裝預防被搶的替代物。黑吃黑，一口黑，沒損失。

她起初在台北一間有著很大庭園的日本房子當起外省人家的煮飯婦，食事繁雜，食器多樣，煮飯婆多人，外加洗衣女及打掃者眾多。

當時虎妹和她一同幫傭的還有個客家古嫂，常常她和古嫂是雞同鴨講，一個講台語一個講客語，虎妹聽主人的話也是莫宰羊。泰半靠古嫂用她很破的台語再加上比手劃腳才完成了主人交代的工作。別家幫傭女人則和虎妹合不來，她已經是很銳利的人了，但聽到異邦人的言詞更覺得有如一把利刃，相形之下，她寧可和古嫂一起打工，古嫂倒是很沈默的人，也因此留給虎妹好印象。

後來虎妹才知道年輕古嫂是嫁給老兵，幾乎是以賣的方式婚配給外省老兵。知道古嫂的境遇後，虎妹和大妹阿霞見面時，總說妳眞好命，嫁給中校，每天穿得紅滋滋，水噹噹，哪像古嫂面色青吭吭。

日本厝的通鋪紙門，虎妹很好奇裡面模樣，有人教她沾口水就可以看見裡面。她邊看邊笑著，原來是外省男官正在偷吃，嚇得虎妹往後彈跳，差點跌撞木門。一群女傭抿嘴暗笑，一幫女傭在一起就眞厚話，流言一團，也不遮掩己事。虎妹對麻醉藥嘖嘖稱奇，她說這眞厲害，護士把一塊布往我鼻子矇一下，我就不省人事了。虎妹流掉孩子。她容易病子，懷孕叫病子，無神之胎。當時醫院不接受墮胎，有女人教虎妹對醫院佯稱是被污姦就可以拿掉。虎妹搖頭嘆說，明明就是我尪那死酒鬼的，還要稱說被強姦喔，實在眞罕。有人回應，尪常強要啊，這叨係強姦咱啊，汝無知喔。眾女笑，未婚女生臉頓紅了。

阿霞跟姊姊虎妹說現有結紮手術了，但她們姊妹都沒有勇氣。阿霞覺得子宮的義務已盡，她可不想成爲當時大多數的女人般，結婚後就成了母豬一隻，還得勞動衛生所來強力推行兩個恰恰好才肯避孕，她不想嘗試各種痛苦會嘔吐的方法來避孕了，她想一勞永逸就是去結紮，此在當時是前衛的女人之舉。

我們島上的女人連美國母狗都不如哩，人家美國的母狗也都只生兩胎，美國人體恤母狗辛苦，多不給生太多，生兩胎的母狗一樣水噹噹啊，寶貝得很呢。市區精品店老闆娘和隔壁舶來品店的女人聊著，這話被當時在委託行那棟大樓打掃的虎妹聽了覺得有意思，在日式大宅院裡大家把流言傳來傳去。

從水貨跑單幫的精品店女人那裡聽來關於美國的母狗論後，使得虎妹有感而發地想著，確定不讓自己再生了，也不讓鍾若隱再碰自己的身體了。她常去台北後，觀念才跟著先進起來。很多女人認爲家裡要有多子多孫才熱鬧，說來要熱鬧也不用把自己的身材和幸福賠上去啊，要熱鬧到市區就很熱鬧了。市區女人的話在大宅院裡聽來也不意外，當時在鍾家和舒家女人除了呷昏阿嬤和期貨阿嬤外，其餘都是沒見過世面的女人。虎妹在幫傭之際也常到中山北路晴光市場一帶做點打掃零工，她總想將來女兒也要漂漂亮亮的，像那些櫥窗的精品般，虎妹拿幫傭的餘錢曾爲女兒買了件蕾絲的洋裝。洋裝蕾絲很快就撕裂成了破布，那時小娜成天不是爬樹就是揍男生，乾巴巴的。而虎妹已經開始身材變形，愈發肥胖了，她摸摸肚皮總無奈地說豬不肥，肥到狗了。

虎妹大老遠來到台北，當然不會讓自己和這座偉大的城市隔絕開來。她要融入，要參與，要掙錢。自從看兒子們擠在雜貨店裡看棒球還被老闆娘責備時，她就攢錢去買了台電視，歡迎大家到她家看電視。雖然電視講的話她到老都聽不懂，但等了幾年，終於有布袋戲和歌仔戲時段時，她就已經非常滿足了。早年電視裡的女人也是她學習的對象，她看著女人的穿著打扮，跟著學著，化一樣的妝，穿一樣的衣服，心裡就怕被說成庄腳聳（她不知道鄉巴佬和土包子是什麼意思，土包子她以為是包子的一種。）她成天心想著要怎樣才能熬出頭來？然只要一想到自己有個入獄的哥哥，她就覺得出頭天很難。

90

虎妹在那時過什麼樣的日子，家鄉人並無人知曉她的那段往事。只知道虎妹日後極其厭惡外省人，厭惡到似乎只要提外省兩個字就莫名地激動至咬牙切齒，像是要將之切斷吞腹才好消其肚內火焰。多大的委屈能量才足以轉換成如此深沈的厭惡感？只有虎妹自知。劉中校每回聽見虎妹咬牙切齒地談起外省查埔郎時就趕緊拿起報紙佯裝看報，但耳朵卻仍豎起來偷聽，不過有大半的內容他都是聽得霧煞煞的。

這由低階女人出外幫傭之路自古至今未曾斷過。比如奶媽廚娘看護作業員這些行業，虎妹那一緣人都熟悉。即使童年，糖廠裡也盡是黃皮膚，一群傭工傭婦。虎妹在外省人家幫傭沒多久，就被同行婦人看她手腳敏俐，介紹她到錢較多的旅館工作，也是先當清潔工，起先同組資深的女人會欺侮她，要她打掃浴廁，自己則搶先到床頭取走小費。後來學乖了，她公開對同組人說，輪流吧，這樣不用使暗，完全憑運氣。妳生日幾番？十一，一加一等二，妳收雙號房的小費。那妳生日幾番？十六號，所以是七，我收單號房的小費。至於雙號單號哪一間有小費哪一間的小費多，就交給天公了。大家發現虎妹頗聰明呢。

虎妹奮力打掃著之前被入宿過的房間，充滿人的體味空間。她用熱水一沖，玻璃杯亮晶晶，將玻璃杯拿到窗前檢驗有無污漬時，她想著世人鄙視人的貧窮究竟是怎麼回事？為什麼這個社會會欺侮貧窮者？連學校老師都會欺負繳不起學費的孩子，連自己的婆家都看不起來自貧窮的自己？這貧窮究竟是什麼病啊？

離開飯店後，虎妹攢存了不少錢。也曾到西門町暗巷，升級當旅社的女中。那是她第一次穿絲襪，她看過花葉阿依在鄉下修補尼龍絲襪的畫面，那時候她覺得當女人很麻煩啊。每天看著化濃妝的女人穿著薄紗衣服飄過她的眼前，她從沒穿過薄紗衣裳，她想攢食女人也同是苦命查某，其中有個苦命查某帶她去買內衣。華歌爾內衣，她不知道什麼是ABCDE，以前鄉下內衣都是一年訂作一次。台北百貨公司的內衣很有意思，一排排吊得如粉彩畫，大的華麗如燈罩，小的可愛如眼罩。妳是D，專櫃小姐說。虎妹說豬很大。對，很大喔。

價錢卻讓虎妹心跳加速。她想在這種浮華世界再待下去的話，錢都會被吃回去的，哪有規定一定要穿花哥耳內衣和漂亮薄紗的？

家鄉來的遠親東山哥跟她說有更好賺的跑單幫生意，就是後來虎妹賣洋酒洋菸的那些時日了。家庭代工滿街，有手有腳，嘴巴就不缺食。她樂得把孩子丟在家裡生產芭比娃娃聖誕燈飾刷子梳子牛仔褲鈕釦玩具，小一點的大人拿著細竹枝盯著偷懶打瞌睡的小小孩。整個世界閃亮亮，被撞翻的金粉銀粉，撒了一地的萬花筒五彩碎片，飛揚的彩紙薄紗，四散的鈕扣釘子，斷裂的塑膠手腳，笑聲伴著那個窄小陰暗的空間，虎妹做生意夜晚歸來，面對一室的亂，想打人也沒力氣了。

白蘭地、威士忌、XO等洋酒洋菸是主力走私產品，其餘附帶的是三葉葡萄乾、貴妃糖、巧克力、咖啡等昂貴洋貨。她的女兒每次都眼睛睜得大大地看著母親拆卸著包裝紙，她看著美麗的包裝紙很想要吃，但虎妹每回都說，以後有錢阮再吃，這些都是要拿去換錢的。有一次賣了不少錢，終於允許小女兒拆開其中一盒巧克力糖吃。包裝著透明顏色紙的巧克力，女兒拿玻璃紙看世界，世界對望出去都是彩色的。

那回女兒暈過去了，在吃完一整盒巧克力後。

很多年後，虎妹都一直以爲吃巧克力會醉。後來才知道那巧克力裡面包有威士忌酒，一口巧克力就足以把她和貧窮帶開。

她第一次看見圓形衛生紙，之前她只見過方形衛生紙，不知衛生紙可以長成滾筒圓形，她天眞以爲台北人的屁股長得不一樣呢。

91

不識字的虎妹每回去補貨，都要剛習得幾個字的小女兒幫她把貨物品名寫在紙上。每一次買東西的價格她都清清楚楚，她是天生的生意人，只是際遇不給她。補貨的她隨身攜帶一只大的褐色仿鱷魚皮紋包包，口袋裝著小女兒寫的單子，不認識字對她並不是很艱困的事，只是偶爾也會被騙，明明要補的是威士忌，卻以更貴的價格補到了十年約翰走路。

她賣很多新奇的西方走私貨物，但她自己對物品卻是一個十分死忠的人，一輩子就用那麼幾樣物品，帶點死心塌地的那種信賴感，信賴一個牌子，一種款式，一樣用途。比如化妝品從她用了「絮紗朵」資生堂後就不曾再換過其他品牌。那時候的「絮紗朵」常在市場的某家兼賣內衣的專櫃就買得到，化妝水乳液粉餅是基本款項，再多也不會買，任專櫃小姐說破嘴，建議她買軟膚水、去斑美白膏、去角質霜……她都無動於衷。比如她認爲好衣服就只出自裁縫師的訂製服，自己買布製衣是她一年一度的大事。比如電器用品她就只買「索妮」，她不知道索妮就是SONY，她女兒教她認四個豆芽字母，以免買錯，她跟著女兒念「死歐安歪」，只有Y的音最準。讀Y，歪字，虎妹笑得合不攏嘴。歪，英文和台語同款嘛，歪眞好念，雞歪，歪哥，歪懶叫……虎妹還讀小學的女兒小娜可聽得一愣一愣的，母親吐出的語言刺激著她那對還新鮮的耳朵。

每回賣東西回來，她和小女兒都在床上整理著收來的鈔票，皺巴巴的鈔票或者髒兮兮的鈔票在虎妹的眼裡發著光，偉人只有這時候才可愛起來。

虎妹起先也不太信任銀行。她想爲什麼銀行可以代收這麼多人的錢然後再轉借給別人賺利息，收低借高，竟有這麼輕鬆好賺的事。她第一次走進彰化銀行時，她像是在欣賞百貨公司櫥窗似的在櫃臺走動。歐桑！有沒有需要幫忙的？有人問她。虎妹笑著對穿制服的小姐說，錢存到你們這裡安全嗎？利息多少？怎麼存？竟完全是專業的口吻。

但當銀行小姐遞給她表格時，她的不專業全顯露了。她不認識字啊。她把表格拿倒反著，小姐知道仍不拆穿她的難堪，就說要不回去塡好再拿來呢，而且還要帶印章和身分證喔。隔幾天虎妹帶著小女兒來幫忙開戶後，她拿到了生平第一本寫有自己名字「舒虎妹」的銀行存摺簿。翻開存摺簿一點一滴累積的數字，讓虎妹的四個孩子個個讀書，一路上大學，出國讀碩士，拿博士。她其實不是大方的人，也很捨不得錢讓孩子拿去供養學校和書本，但虎妹深深懷念鍾家阿太西娘，西娘往生前對虎妹說，這將來鍾家只有妳的後代將才，妳要盡可能地讓他們讀書，只有知識可以改變你們鍾家的衰敗命運。所以錢總也沒待在銀行太久，數字一路攀爬又一路狂瀉，她的孩子也一路堆疊知識與學位。

92

洋菸洋酒斷貨時，虎妹又在朋友之夫的引薦下和跑貨船的人搭上線，她賣起水貨來。起先在西門町眞善美戲院旁角落擺攤，賣洋貨，化妝品糖果等。但每日站在那都驚得要死，決定放棄，改跑單幫。先前賣洋酒洋菸被警察抓去。虎妹終於知道蹲牢籠的哥哥是什麼滋味了。警察要她通知先生來保她出去。

你找得到我尪，算你厲害，他不是賭死就是醉死了。

那找誰呢？警察聳聳肩問。

後來找了她的姊妹伴富米。富米知道事情後，從五股陸光新村一路搭公車趕到城中分局，那已經是兩天後的事了。蹲牢飯的虎妹二十四小時地幹譙政府，她的女兒在警察局也待了兩天，因爲沒人接她，那時虎妹的兒子不是已經大到住校就是在學校補習。那是他們對台北印象最不好之地，戴帽子的賊頭，虎妹一向對警察沒什麼好感，她嗆道你們抓善良辛苦的養家查某，你們敢算是查埔郎嗎？

幫傭打工時期，虎妹藉著搭公車慢慢知悉進入台北城的幾個路徑，她睜大眼睛看著這座城市的人是如何累積財富，她想學，她想擺脫貧困，她知道這城市到處都閃亮著財富，只消她走過去把財富兜進來。她覺得丈夫眞沒用，在五股綁人家一點小田種種菜，他就滿足了，黃昏到來，就和三兩農工走到座落在田中央的萬應公廟前飲酒，毒辣太陽的白燦燦日光逐漸落到後頭了，還通天見不到他的人影。她常得叫那也是野得看不見人影的死查某囝仔去喚伊老爸回家，若不返轉，歸去死在外頭也好省她煩心。

想不透伊到了台北還只是要種菜，又不是有地非得種菜不可，明明就是散赤人，無地無銀，伊叨偏偏綁人田地愛種菜。虎妹嘮嘮叨叨唸給旁人聽，旁人也跟著附和說，是啊，若這樣留在南部種菜就好了啊。

93

虎妹的語詞與生命是粗糙的，她認爲粗魯是必要的，強悍是不得已的。

剛上台北，他們住到了河邊一棟透天兩層樓半的房子。初落腳北部時，虎妹很老土，以爲小孩子還是可以像鄉下一樣地到處大小便，女兒要便便時，她總是嚷一聲：去豬仔寮放！

四歲孩子不敢去，因爲去豬仔寮便便不是有野狗要咬她就是有瘋老太婆罵她。於是女兒常在褲底放屎了，然後又是遭她鞭子一頓。

她開始做生意。

她厭惡水稻田。

她厭惡鐵牛車。

她厭惡小村落。

女兒還小時虎妹曾在台北橋下做蔬果批發生意，那時她才知道人的口音有百百種。她說筷子是抵，對方說箸念篤。她說豬係滴，對方說豬叫嘟。她稱番茄堪麻朵，對方說的卻是甘啊蜜。後來她只要聽見有人將豬發音成嘟，她就想起她的台北橋下流離歲月，然後對那個人說你講的是台北橋下口音。

那時虎妹很強悍，曾有一回和女人打架時，在旁跟去做生意的女兒驚怕得都嚇哭了。

虎妹甩了四處傳她流言的隔壁攤位婦人兩個耳光之後，那日，她照常在生意結束後，去了一家常去聊天的藥草店。

被虎妹甩耳光的鄰攤婦人老公去青草藥店找到了正坐在廊下吃花生米的虎妹。男人劈頭就罵伊猜雞掰！妳討客兒！那名鄰婦老公作勢要衝過來打虎妹耳光，被店裡的其他人拉住。

我討客兒也沒討到你！虎妹罵回去。

我的懶叫乎妳咬不斷！男人開腔罵。

你的懶叫丟給狗呷，狗嘛袂愛呷！

幹恁娘，臭雞掰！男人又罵回來。

你沒小啦，惹熊惹虎，無通惹到恰查某，警告你喔！虎妹大嚷著。

最後那個來青草店叫囂的鄰攤婦人老公在大家勸說下離開。虎妹女兒在旁邊看得心驚膽跳，猛咬指頭，她一轉頭就看見女兒躲在角落，虎妹落落大方地對鄰人笑說，唉，我這個虎霸母竟忘了給女兒生膽子。

因爲和鄰攤交惡，加上租金日增，虎妹後來又放棄了蔬果批發生意，改作別的生意。

夜半時分，虎妹總對台北生活失望，北部人的勢利大小眼與冷漠她得慢慢去適應，而若隱則日益消頹，和當初在鄉下收到他寄自他方的信簡直判若兩人。她不解男人的悲哀，她只知道她的男人成了酒鬼，若隱每日喝酒，喝完酒就倒頭睡在卡車上，好幾回口袋裡早市生意收的錢都被迌迌人摸得一乾二淨，他卻渾然不知。又有幾回在田中央的萬應廟當廟公的若隱下工到廟裡總是先脫下長褲在溝裡清洗市場的髒污，洗畢長褲就順手將長褲吊在竹籬笆，倒掛長褲銅板掉滿地，鈔票也是被𨑨迌人吃乾抹淨，若隱依然不覺世事多舛，酒精讓他陷入深深的睡夢。

94

暴風雨夜，虎妹沈睡至深海，竟不聞風雨。隔日鄰人議論紛紛，都說偉人死了。

電視是黑白，人生是黑白。蔣氏偉人辭世時，虎妹牽著小娜去排隊弔唁，在她們四周是穿著黑衣嚎啕哭泣的老兵。虎妹對這一切只是好奇，並不懂表態與傷心這回事。相反的是她的內心很高興，因爲聽說監獄減刑，她唯一的親哥哥義孝日後也許就可提早出獄了。虎妹想，蔣公過世哥哥可以減刑，那麼蔣公的兒子過世也可以減刑囉，她爲這樣的舉一反三感到興奮，竟暗暗希望姓蔣的兒子也早點過世，好換取哥哥的自由身。

那一年虎妹家多了張偉人肖像。那日謁靈後她買了張偉人肖像回家，將偉人高懸客廳。蔣公是烏龜星轉世，許多鄰居來參觀她買的肖像時說。

爲什麼不是飛龍？

妳仔細看他的光頭像不像一隻烏龜，人們筆畫著照片上的頭形，眾口鑠金。

虎妹就信了，她想烏龜星應該也有法力吧，她聽聞狐仙蛇精都是有法力的。

女兒跟著電視唱您是民族救星……

媽，什麼是民族救星？

虎妹皺眉，她也不懂電視在唱些什麼。

她問兒子，你讀過書的，你別裝青，回答一下啊。

民族救星就跟文天祥一樣偉大。

文天祥？

指南宮裡面的人嗎？

問題愈滾愈大，虎妹決定放棄追索。末了她說，反正誰給我們飯吃，我們就跟誰。

若隱在旁光是看報悶聲不語。

報紙裡有黃金啊，你嗑嗑看。虎妹忽然把話題轉到總是沈默的丈夫身上，看不懂字的虎妹對報紙很是吃味。相信偉人是烏龜星轉世後，偶爾虎妹也會拜拜伊，拜託伊降些神蹟到她的生命裡。她求哪些神蹟呢？比如多賣點東西，多些錢財，希望老公不要天天喝得顛倒空想，希望女兒小娜長大不要是個醜八怪。她聽說蔣公在世時，他常穿的披風是可以防子彈的，護衛也個個是神槍手。聽說士林官邸隧道裡面都是黃金，他們都很想去那隧道逛逛。多年後，他們要搬離這塊初上台北落腳的老屋時，偉人肖像和垃圾一起被丟到焚化爐。那是焚化爐剛建設的頭幾年，像一隻長頸鹿似地高高矗立在城市盆地邊緣，吞吐著煙塵。

經濟好轉，她們都迫不及待想要把過去的舊物拋掉。

我竟將伊相片貼在客廳佇呢多年，到現時才知我將仇人當作神主牌啊，卡早大家攏毋敢講毋敢談，害我無知原來伊叨是害妳阿公叔公死去的人啊。虎妹對女兒感嘆說著。女兒低頭看著偉人蒙塵肖像，心裡也說著，不只妳啦，我也以爲他是家裡的神呢，以前妳和爸爸冤家時，幼小的我還偷偷雙手合十，拜託他不要讓你們吵架。接著又整理出許多的電影海報和老唱片，海報年代久遠，久到女兒都還沒出生。

這是古早收的，虎妹看一眼，卻一副這些沒什麼的調調。

戽斗、矮仔財、白蘭、張美瑤、陽明……虎妹看著海報一一唱名。她想那時候都還有台語片可看，躲在黑暗中看電影的日子眞係幸福，搬來搬去，女主角無是墮落紅塵就是被男人放捨，然後看破出家，唉，反正搬戲尬看戲攏是猶人，人生一切係假的。

95

那時租屋處彼此緊鄰，二樓有露台，只消越過比大人膝蓋高的高度即可跨到隔壁，這樣的高度，門又不閉戶，也從沒聽聞過有什麼小偷。但雖無偷兒，生活卻是非常三姑六婆，那時還無八卦一詞。三姑六婆也就算了，最慘的情況是颱風過後，沒水，這時候就有得吵了。附近人家裝有幫浦，每個人提水桶去裝水，總是有人插隊。虎妹的個性哪裡容得了這種事，雙方又罵來罵去。這棟透天厝切割成好幾戶人家，一樓店面木工師傅的工作室，二樓切兩半，一半是虎妹家，另一半住著三寶姊妹。但透天厝本身是歪的，不知爲何還在主結構裡長出許多畸零地，每戶畸零地又都住著人。也搞不清楚有幾戶人家，總之一大早和天色入晚時，水泥與木板牆隔間就會傳來許多聲響與氣味。廚房和浴室是共用的，得分時段。虎妹因爲做生意，很難固定，有時她不照時間表走，爲此常和其他女人爭吵。虎妹無所謂，她想這只是初來台北的暫窩處，她想趕緊賺錢，好離開這個鬼地方，其餘都不重要。

三寶姊妹未婚，寶惜寶猜寶珠，大家都叫她們三寶姊妹，她們每個人也眞的各有三寶絕活，寶惜擅說擅唱擅舞，寶猜擅菸擅酒擅交際，寶珠擅作衣服擅修指甲還擅按摩。寶珠常對來探望虎妹的妹妹阿霞說，我如果不作衣服，我就去作妓女。

惹得阿霞笑不可支，警告她說，妳這話可千萬別對我姊說。

那時候的女人誰敢主動追男人，偏偏上門來找寶珠的都是查某。訂製衣服修改衣服全找寶珠，修指甲也是，按摩是附帶的。虎妹幫寶珠做過許多媒，但她和男人走一走，卻都無果。虎妹就說，寶珠啊，幫妳作媒人很沒成就感，你們家風水是有問題嗎？怎麼幫妳作媒都是作白工。

寶珠的姊姊寶猜和寶惜其實不常回到這間雜處的透天厝，她們只有在被男人拋棄時才回來，哭哭啼啼的，惹得這間房子的人都難入眠。（很多年後，虎妹見到女兒也婚姻無果時，曾一度想起初上台北時所遇過的這三寶姊妹，她總是遺憾當時搬家得太慢，讓女兒有了壞榜樣。）啥米三寶，講起來不就是破雞掰。虎妹總是把難聽的字掛在嘴上，但卻不許女兒學著說。

96

這透天厝十分狹長，從騎樓走到最後面的廚房與廁所，會經過四個房間，每間房間又各住著許多南部五色人。虎妹承租了這間透天厝，當起二房東，爲了方便，房租可以日計，也可以月計，年計。像木工夫婦就是以年計，這對夫婦在這裡生下了一女一男。每天經過騎樓的人都會見到木工師傅在他的工作案上拋光著木板，打造出許多木頭物件，書架書桌書櫃木椅木桿子……。許多村人來到台北找工作或暫落腳時都會來到虎妹這裡，這裡有好幾年的時光就像是一棟旅社，其中落腳的又以雲嘉來的年輕男女居多。也因此虎妹看準這個特色，才兼作起媒人，這裡成了最早的紅娘中心。

房子四周畸零地則不屬於虎妹管轄，但畸零地房客在房東許可下又可以共用這棟透天厝的廚房浴廁，爭吵就是這樣來的。等不及浴廁的，多在騎樓下用蜂窩爐燒水，用臉盆幫孩子洗身。四處玩鬧或者趕著去看比較有錢的鄰家電視的孩子不慎踢翻了一鍋熱水，哇哇叫著，倒冷水的，倒醬油的，忙著安撫孩子。

許多住過這棟透天厝大雜院的孩子在往日和愛人裸衣相擁時都會被觸摸到腳踝上的那一抹貧窮傷疤，小娜的腳有燙傷的疤痕，她的表姊菲亞也有燙傷的傷痕，被熱水燙傷的傷痕會起皺，日漸成了一抹粉紅肉色的疤，枯萎玫瑰印記。

許多孩子長大後在燒烤店裡，有時不禁會被碳烤的氣味勾起一抹傷心，忽然悠悠被蜂窩爐的燒煤炭氣味侵入感傷記憶體，忽然被碳燒的嗶啵響聲撞擊某一塊心海的沿岸。

97

寶猜有天大叫著她洗澡時被某個猴死囝仔偷看，非得要那猴囝仔的母親富米懲罰孩子，那作母親的富米當然不肯，還以高分貝吐出妳在外面給許多男人都摸透透了，回來這裡給個小鬼看一眼會死啊。妳這個死婆子！妳佇個破麻！女人如語言血光，飛濺童年小娜一身，她的耳膜又驚又跳的。

小女孩小男孩喜歡偷覷大人洗澡，或者在露著胸脯擠乳溝的年輕女人身邊故意玩鬧著，心眼卻都在女人的飽滿乳房上。

所有小孩都將耳朵都貼在薄牆上，當時的牆都薄無阻絕。大人孩子等著看兩個女人互摑耳光的戲碼上場。許多女人的男人也常把目光停在寶猜和寶惜身上，這時男人不是被捏耳朵就是女人討著被喝醉酒的男人打。半夜，常有女人突然奔出房門，一路尖叫，跑到路上。後面有一個拿著脫鞋或木棒，嘴巴還不斷幹譙的老公。被吵醒的人聽了一會，知悉聲音來自哪一對夫婦後，又安然地繼續睡了。或者沒睡好的人，會往天井或者馬路上喊著愛好好教示汝某。

打來打去，沒打出人命，也沒打出離婚。

半夜女人的尖叫和嬰孩的嚎哭仍不時傳來，彷彿這些聲音是當年人生繁華的盡頭配樂。甚且偶爾先前的吵鬧聲，忽然安靜成窸窸窣窣，繼之搖動的薄板聲響，喘息拍打呻吟的異音，在夜晚詭譎成許多窗口的風光。

隔日這些太太笑了，又原諒了老公。然後這些房間不久就會陸續走出大肚子的女人，她們的肚子像是吹氣球，接著她們就會水腫，手插在腰上，步履蹣跚地拖趿在狹長無光的走道上，經過許多戶恩怨夫妻或者羅漢腳，等到走至了廚房，又是一身汗了。

這些太太們懷孕後，這些房間就會安靜了些，她們的男人又常消失或者晚歸。幾個月後某日羊水破了，她們能呼叫的通常不是她們的男人，而是虎妹。虎妹逐漸習慣進出這些地方，包括她自己也是容易病子，只是她沒有讓胚胎成形。

有的男人外面有女人，住在這間透天厝的年輕妻子就會成了這房子的幽魂，不太出來走動，有時發呆，忘了餵嬰兒奶水。虎妹會使喚哥哥的兩個女兒菲亞與藍曦去幫忙。直到透天厝的地主決定要改建成公寓，虎妹只好搬遷，整個透天厝大雜院的人忽然都親切起來。

很多年後，這些年輕妻子也步入中年，她們早已四散，各落腳在三重蘆洲新莊萬華板橋土城永和中和。但她們都還記得虎妹，偶爾會想和虎妹聊聊天，說說過往。虎妹搬離那間近似旅社的透天厝後，她在透天厝附近買了一間三層樓公寓的二樓，她一直擁有這間房子，那些女人都知道來這裡可以找到她，或者知道她的訊息。當虎妹四處做生意，或者又南來北往時，她都沒有賣掉這間房子，她只是把它租出去。初老時她一度回到這裡，本想賣掉這二樓公寓，但才發現這間公寓怎麼賣也賣不掉了。

她後來不論住到哪最終總是回到這間有著回憶的水泥磚老公寓。這房子不僅路衝，她的正下方一樓還開了間神壇，天后宮。天后媽祖一住就是二十幾年不肯搬。虎妹和女兒都幾度搬進搬出（感情流浪輪迴不知幾回了，只有媽祖還在原地慈航普渡眾生。連乩童都成老童，成了虎妹最久的鄰人，半人半鬼，半陰半陽的。）

媽祖都來住了，這裡怎麼可能拆除改建？一樓的廟公說媽祖不肯搬，所以這老公寓就只好腐朽了下去。但也賣不掉，因爲樓下有廟，許多人不想買。那時候她還常去樓下的天后宮秉告天聽，祈求媽祖遷移，好讓她的公寓可以賣掉。但每一回擲筊都是哭杯，她也哭著一張臉返回陰暗的公寓。自此也沒再央小娜寫「吉屋出售」的紅紙了，倒是「吉屋出租」寫了很多年，寫到後來等到的是開環保罰單的警察上門爲止，才不再貼了。

虎妹年輕時買的這間公寓，換過無數的房客，粉刷過不知幾回，丟掉不知多少垮掉鏽掉的家具，許多男女在這間公寓繁衍貝比，許多男女在這間公寓簽下結婚又離婚的證書。（沒想到晚年又回到了虎妹身上，不喜歡和媳婦住的虎妹，晚年一個人住到這間公寓，這老公寓是台灣經濟剛起步時的一種流行款式，現在落伍到任何人見了都想拆除它，改建它，連銀行都不願意貸款的房子，現在容納了虎妹的肉身，她很慶幸有個遮風避雨的房子。何況這還是充滿著許多回憶的房子，若隱就是死在這間老公寓的，她想也許若隱的魂還在這裡，所以這間老公寓讓許多提議改建的年輕人踏破了鐵鞋也說服不了整排人全同意改建，總有許多很牛的釘子戶不肯改建。）

那時的房間多毫無個人隱私可言，即使已經搬到所謂的新公寓了，然建材多是用合板薄牆，薄板貼塑膠皮，被虎妹發音成「美麗幫」，她也不知這個詞怎麼寫。那個年代，許多被吐出來的語言其實都不是爲了被閱讀被書寫，而是爲了生活所用。女兒問虎妹，媽，妳說卡啊墊是什麼？虎妹就指著當時有點錢人家的花布窗簾。啥米是湯宿？虎妹就指著衣櫥。讀了英文後，虎妹女兒小娜才恍然大悟，母親說的可是日式英語，而虎妹則一直以爲那是台語。

當二房東的唯一麻煩是，房客走了要打掃。或者鄉下沾一點邊的親戚來住免錢的。透天厝大雜院如是，二樓公寓也這般。虎妹很早就懂得當收租婆，所以虎妹的個性說是天生，還不如說是被訓練出來的。她生活在大雜院以及大市集，她被生活的現實鍛鍊了絕不妥協的頑強內裡，她逐漸像個男人婆，因爲生活提醒她太嬌弱是無法生存的。

老公寓房客如果突然退租，都是因爲女人的男人跑了，付不起房租了，又或者也常發生某夜悄悄搬光東西的奧客。虎妹以往只知有殺人犯，卻不知也有經濟犯。保人變呆人，票據詐欺僞造文書……種種都會讓房客落跑。好在當時虎妹就懂得要收兩個月押金，只是押金常常不夠付修理房子的費用。這時她只好能省則省，買油漆和女兒自己粉刷，買木料要兒子訂製。

98

虎妹第一次走進銀行，這社會竟有專門幫人儲存銀子之地，以前都是藏在屋裡，她還聽過有錢人家的半樓厝都是用來藏金磚和銀子。她也才知道還可以跟銀行借錢，但起初多年她都是當會頭，美容院、土地公廟、柑仔店、公園榕樹下和客廳都是他們相聚之地，每個月時間一到，紙上寫了想標的數字然後將紙折好，紙放在桌上，一一排序，玩著孔子下山來點名，點到的就是愛吃枝仔冰……打開輪到的那張紙，紙上的數字就是標到的錢。沒有要急用錢的常標到，急用的常沒標到，女兒小娜邊坐在板凳寫功課邊看著和母親身邊有關的事物，每一件事物都和她腦子的結構如此迥異，也讓她感到十分趣味。

那時五鄰六舍發起的互助會虎妹總摻一腳，有時是會頭，有時是會腳，好在虎妹沒被倒過會，唯一一次會頭倒了，但虎妹跟的這個會剛好她先標走了，會頭倒了，她連利息也不用繳了，就是那一回虎妹標到會後，她決定去買房子，她想這是老天爺給她的幸運暗示。她東看西看，左思右量，卻買到這間路衝的公寓（那時她沒聽過路衝之名，是直到略和公公鍾鼓習過一點風水的大伯來吃入厝酒席時說的，那時她還覺得早知道就不邀請鍾家人來，鍾家人沒安好心，總是嫉妒她的成就。）當時付了頭款的虎妹走路有風，是有風啊，虎虎生風，她又讓人見了肅然起敬，當她臉上蒙上那種奇異的神采之光時，任何人都能感染到她那如夢的靈光，是久違許久了。

買了這間水泥磚蓋的屋子，牆比較厚實些了。但當時街道其實不是那麼吵雜，最大的分貝不過是吵架的聲音或者偶爾突然有小販播放修理玻璃、土窯雞芋頭冰之類的城市音。這間公寓讓虎妹最得意的是她的品味，她幫這間新房子的客廳買了張油畫。有一回她行經兒子讀的國中校園圍牆外看見一整排的油畫擱在圍牆地上，她當時心生一念，要買張畫，她也為自己這個念頭嚇了一跳，她的生活裡從來沒有這種什麼繪畫或者音樂的。她拿了畫後想，不知為何當時腦中浮上四歲時和大哥義孝在鍾家稻埕旁高高仰望著鍾家三王子鍾聲在掛著天線，放送音樂的美好景象。（她哪裡知道這個人後來要跟著孩子也叫伊三叔公。）那是她童年僅有的一次美好畫面，也是唯一一回她和藝術有關係的連結歷史。

她決定買一幅油畫。她的生命竟然需要一幅畫，這如夢靈光又將籠罩她的周身。

她突然像是活過來似地直朝小販而去。

這幅畫就這樣從路邊被她買回家，許多鄰居都跑來欣賞，嘖嘖讚賞虎妹的眼光獨到，整間客廳有這幅油畫都有了光似的。當時學校圍牆地上排了一整排的油畫，大多是有小橋流水花卉，她唯獨看上這一幅騎馬的帥氣騎士肖像油畫，她覺得帥氣極了，她喜歡那種氣魄，她一點都不喜歡什麼小橋流水人家那種畫。小橋流水家鄉風景可看多了。

她整個人蹲下來仔細看著油畫。太太，妳眼光好啊。攤販對她說這係師大學生畫的作品，他拿來賣，可是眞跡喔，聽學生講說這畫裡的人叫拿破崙。

虎妹不認識畫裡的男人是誰，更沒聽過什麼拿破崙。

什麼眞雞？拿破輪？

他幹嘛拿破輪？但不管如何，我是眞正中意這張圖。

討價還價一番後，這在她眼中被叫作拿破崙的油畫就跟著她了，這畫一直掛在她公寓客廳，許多人到虎妹家裡都因爲這幅畫而誤認爲虎妹是個很有文化的人，至少是個還有興致買畫作的人。在那個年代知道要用油畫來裝飾客廳的人非常少，這畫讓寒傖的虎妹家看起來有了絲溫暖，尤其入晚家裡開燈，油畫跟著發亮，色彩飛舞，看得女兒小娜心思跟著飛揚，買油畫這件事可說是小娜最喜歡母親做過的其中一件大事。有時母親不在家，她也常一個人玩著開燈關燈的遊戲，看著油畫忽暗忽亮，覺得畫裡騎馬的男人似乎也跟著她一起玩著寂寞的秘密遊戲呢。

虎妹唯一跟阿霞去城市閒晃的浪漫就是看林青霞和秦漢演的三廳電影，那時候她和孩子落腳三重，三重三和夜市盡頭有一家戲院，她親生母親那邊的表弟阿東仔在此畫電影看板兼當放映師，她常帶孩子來看免費電影。後來阿東仔到台中發展，她無法再報上他的名字看免費電影時，這電影幸福時光才告終結。她的小女兒跟著她胡亂地看了這些電影，才八、九歲就常幻想自己的愛情如電影的浪漫。她卻總潑冷水說電影和人生是不同款，妳還是好好讀冊，看電影肚子又不會飽，媽媽也沒給妳生得像林輕夾那麼水，妳也沒三塊豆腐高，妳想要遇到緣投桑情漢是無可能，妳看來只能是讀冊的命，沒讀冊就去作女工。聽到這些話的小女兒頓時就對人生很失望，人生充滿著對立，快樂時光總是短暫，這是很確定的事。

母女兩看免費電影的時光自此成了絕響，虎妹口中的林輕夾成了她眼中女人絕美的典型，而她口中ㄙㄣ不分的情漢也成了她對緣投仔男人的唯一想像客體。

99

哥哥義孝從監獄來信，告訴她一定要讓孩子讀書，讀書就是熬出頭的方式（當時虎妹嘀咕義孝大哥書也讀不少啊。）她也請兒子寄全家照片給大哥，並要兒子信上寫希望哥哥不要忘記妹妹和長大的孩子們。（誰能料到這樣多情的兄妹，幾年後會彼此冷戰不說話。）那也是她能做的事，於是她掙的許多錢，都讓孩子拿去繳學費了。甚至她還幫女兒報名過舞蹈班，這女兒一到教室卻哭著不想學，害她很沒面子。

對虎妹而言台北最熟的地方就是行天宮和龍山寺。

就像在鄉下時，她最喜歡去四媽宮。

虎妹未嫁至鍾家前曾有個還算親的堂妹招弟，招弟因爲近乎眼盲，父母不疼，自幼被送去專收孤女的未婚婦人那裡飼養，眼力差的招弟卻耳根好，對念歌、哭歌很有天分，一開腔總能煽動人的情緒，逐漸習字，讀懂歌本，過目不忘，她四處走唱，兼賣藥，賣的無非是那些什麼治臭頭藥、治癬藥、治瘡藥等。晚年時招弟自行易名秋禪，虎妹聽不懂什麼是秋禪。

招弟說問妳查某囝即知這名眞詩意。

濕意，唉也莫怪伊啦，過往艱苦，任誰都無可再提起。虎妹像是自言自語地感嘆起來。招弟去台北前，曾到虎妹家和她告別，當年少女的心卻老成得像是枯木，虎妹央招弟彈月琴唱幾段詞予她聽，招弟開腔揚聲，說起過去心酸酸，看起未來眼茫茫，阿妹和阿弟是歹命人……虎妹聽了竟潸然落淚，尤其是聽到阿妹和阿弟是苦命人時。她因喜愛倒也記住了這念歌的七字唱腔，她的這唱腔在日後多災多難的家族喪禮上產生了巨大的煽動力。

尤其是花葉阿依的葬禮，虎妹繞棺總是唱起念歌，噴發無限哀思。

阮可憐娘勒啊，妳棄捨子孫作妳去，娘咧啊，阮苦憐一生娘勒啊……，念歌刺心。她哭到要人去攙扶才起得了身，旁人道這花錢請來的孝女白琴也沒伊認眞啊。

道上總是說，免哭免哭，擱哭妳阿依無法超生囉。

其實虎妹的哭嚎都是乾嚎，沒有淚水的。每回哭嚎完，總是乾渴極了。直奔廚房灌好幾口水才能接續。除了婆婆和繼母的葬禮讓虎妹哭得心虛外，其餘的她都是哭天搶地，如天崩地裂。虎妹最親的同父異母弟弟清和、阿太西娘、哥哥義孝、父親三貴、丈夫若隱、……她的歌哭，堪稱是村裡一場場自行演出的庶民藝術啊。當然這種椎心之哭是無法再承受了，好在丈夫之死終結了虎妹的鄉野歌哭絕響。有回她感嘆地向孩子們說以後就由你們來歌哭我，但哭詞裡要有笑。

100 孩子們互相覷看，咸說何時虎母長智慧了。

七〇年代以阿戰爭石油危機。虎妹沒有受到影響，但她在那邊當作業員的工廠老闆卻應聲而倒，她沒了工作。決定加入攪拌水泥的工作，中山高速公路部分路段通車時，她曾欣羨地站在高高的「小山」上眺望偶爾滑過的閃亮車皮，她在這條公路打工四年，這條公路有著她和無數男女的汗水，汗水換取薄薄的鈔票，餵養大大的肚皮。她看著寬鬆筆直的公路，發亮的車子奔馳在這條嶄新公路時，她不禁對其中一個也在眺望的女工說，將來我也要開車在這條公路上。

後來虎妹從來沒有在這條公路上開車過，她的女兒幫母親在這條公路來來回回移動奔馳經年，曾經最高紀錄來回跑過日行千里，爲愛耗油。

離別的月台票

101

當廖如燕和東京醫科大學畢業歸國的張簡振富結婚時，村裡的人都說，眞是郎才女貌天作之合，廖家要出頭天了。但也有人背地說張簡廖本是同家人，是不可以結婚的，流言四散，彷彿會有不幸的事情發生。

十六歲高二的暑假去醫院打工時，有人介紹振富給她認識，兩人一見鍾情，如燕很快就成爲廖家人稱最將才的兒子新婦，只是一年過去，如燕的肚皮卻仍靜悄悄的。夫婦兩去向註生娘娘求，送子娘娘果然給了他們夫妻一個寶貝，如燕順利懷孕，當如燕以爲從此可以擺脫不孕將成棄婦的悲劇時，卻哪裡曉得厄運才要開始，就在她懷胎八個月時，丈夫振富卻因爲外出看診而感染了瘧疾過世。

在墓碑上，寫著張簡振富名諱，這名字透露一個歷史，過繼或者招贅盛行年代，保有自己的姓卻又不得不冠母姓的雙姓奇異並置。男孩還好，到了女孩，若再冠上夫姓，名字就落落長了。

就像張簡之靜嫁給舒義孝後身份證欄成了「舒張簡之靜」。

張簡世居高雄拷潭寮，拷潭家族大戶人家庭院深幽，剛嫁去的如燕，總覺得裡面有鬼。如燕的廖家也有紅番基因，她望著掛在拷潭家族的陰暗肖像，一張張查某祖上長得都像極了走船人拿回家裡的月曆西洋番女，和自己倒有兩分神似之處。查某祖上高挺鼻下一雙深瞳，洋番印記隱藏在基因的某個鎖鍊。但那時誰知道自己有這種洋番基因，連基因都未聽聞。是到後輩子孫望著如燕那張年輕貌美的肖像與自己帶點藍色的發亮瞳孔相輝映時，才有耆老透露高查某祖曾與走船金髮查埔郎相戀。相戀一詞甫出，少女群掩嘴而笑。之靜也在人群裡聽聞，確定自己這雙藍瞳孔裡映著另一座海洋。

102

張簡之靜不久就見不到自己的兩個女兒了。她覆轍了母親的命運，她的母親如燕生下她沒多久就見不到她了。張簡家的人認爲如燕是「不吉調」之人，所以不讓她帶走自己的女兒之靜。如燕回到娘家，每天想著之靜，想要把之靜帶回去。但之靜阿公阿嬤不肯放行。張簡兩老要振富的弟弟旺明收養之靜，未料這卻是之靜人生最快樂最安逸的幾年，旺明夫妻當時一直膝下尚無孩子，對她更疼愛有加，之靜也一直以爲旺明夫妻是自己的多桑與卡桑。養兒育女則有天命，之靜四歲那年旺明妻死於大霍亂。旺明再娶，這一娶就注定了之靜往後的悲哀生活，旺明新妻阿罔不喜歡老是像幽魂般的之靜，小之靜總是如鬼魅似地沈默不語地立在角落。他們倆冤冤吵吵過了幾年，旺明有回發現之靜常餓肚子，他處在中間，十分尷尬，等到之靜的阿公阿嬤相繼過世後，也就順理成章地將之靜送回她原生母親如燕的娘家。

之靜記得那一天她拿著包袱，由旺明騎著牛車載她離開村裡，往鎮上去。一路上大鎮的人煙市集，帶給她新奇的氣味。

多桑走了，愛乖喔。

那時她以爲眼前的這兩個老先生老太太只是好心收留她的人，旺明離開時沒有多講，而老先生老太太也沒有多說什麼。她不知道眼前這兩個老人是外公外婆，直到住了大半年後。日本式房子的醫生館，處處飄著酒精氣味，瓶瓶罐罐裝著彩色的藥丸，之靜好幾回飢餓過度爬上木椅偷偷打開玻璃蓋，卻被一股發噁的藥味打消了念頭。如果是餅乾該多好！那些年之靜常躺在木頭地板上，望著窗外的榕樹發呆。之靜母親如燕的娘家是開醫生館，到了她要升初中時，一把火卻燒掉了青春的幸福，醫生館火災，日式木頭房子燃燒得很快，人即使逃出，但見大火吞噬一生居所如魔獸飲血時，老人家頓時萎縮在地，加上年事已高肺部禁不起逃出時嗆吸了那幾口煙，火勢滅後，兩老送醫，到院後之靜外公器官衰竭過世，外婆自此眼盲。之靜是不祥查某，不祥女人，村婦都這麼咬耳根。事發本來學校就讀得有一搭沒一搭的，之靜自初中後失學，先是跟少女伴去學裁縫。接著自己在日式的房子裡掛了個「作裳」小招牌。午後大片的寂靜常伴隨著孤寂而至，失神在某個毛衣線口。製衣工廠姑娘蕙秋曾對她咬耳根說我要沒學作裳，我就會去做妓女。之靜聽了抿嘴笑，工廠領班武男正行經而過，手指目瞪她們，要她們手腳要快。我做妓女，第一個讓他搞，蕙秋又朝之靜咬耳根。過了一年，蕙秋和武男結婚。穿自己裁製新娘衣的蕙秋對之靜悄說，妳看話可不能亂說，他眞的成了我的第一個恩客飯票啦。

許多有錢官太太富小姐找之靜縫製新款洋裝與旗袍，她拿著尺丈量那些女人的身體，仔仔細細地量著肩線胸線腰線臀線腿線，那些貴婦們打開之靜的大門後，就使之靜房裡溢著茉莉玫瑰麝香氣，她還沒用過香水，不知道香水可以使人魅惑。她暈眩在一座座花園裡，替飽滿得像是剛剛被愛撫摸過的身體量製集眾人目光之衣，女人走後，留下一張張手圖稿和尺寸表，她黯然坐在裁衣桌前，盯著老窗外的昏黃光暈一丁點地暗了下去。她想著往後來接她的男人會帶給自己幸福嗎？做愛是什麼滋味？她曾聽蕙秋說痛死了，痛到流血，原來躺下來當妓女不是件容易的事。那時誰也不曾從母親那裡得知初夜這件事的種種，彷彿她們是無母之女。

之靜內心是一盆火的人，雖然她外表看起來如此寧靜，尤其是那雙近乎僧人的單眼皮遮住了慾火，薄薄微翹的嘴唇予人冷感，柔細髮絲安逸至無波無情。但其實她是一盆火，任何包括身體及其他的物質丟進去她的黑洞都會燒炙變形。只是還沒有物質丟進她的這盆火裡，所以連她自己也不知道，何況那時候的世界是如此貧瘠。現實匱乏阻礙了她對自己與未來的想像力，她只能任憑際遇敲門。但她擁有冰山美人的美與藍湖泊的瞳孔，就像義孝遇見她時對她說她的這種美已是一種近乎命運的東西。她聽不懂義孝這種言語，一逕地笑，他說他要娶她，而她等著他說這句話，那時候他們才剛相遇，之靜就期待這一句話的出現。

她在等待結婚的日子仍裁製衣裳，這回裁的是自己的未來。

素蘭小姐要出嫁

103

張簡之靜記得那座中美合作的紅橋，她不知道後來那座紅橋被中沙合作的白色大橋取代了。之靜記得橋下的夏日西瓜如保齡球堆疊著，小孩吃得一手紅血淫淫。之靜記得那間舒家老宅，竹管厝的房子到了冬日異常冰冷。

菲亞出生那年舒家老宅正在進行最後一次的ＤＤＴ噴灑，印著中美合作的喞筒朝菩薩與大陸祖先神位噴去。她抱著菲亞遠離老宅，在屋前稻埕上望著衛生所的人在房子四周噴著。之靜日後一直記得這一幕，手臂彎裡的菲亞睜著大眼笑著，手舞足蹈地想要掙脫她的懷抱，她輕輕拍打著背，菲亞漸漸地安靜下來。那時她想這間老宅噴完藥水後，將乾乾淨淨，日子看起來似乎光亮有望。

那些困苦的時節，她被大姑虎妹帶去大埤打工，踩鹹酸菜。休耕種芥菜的大戶農民，雇用女工們收割芥菜做酸菜。結成球狀的芥菜採收，去根去殘葉，曝曬一日後，一層鹽一層菜，她們穿著膠鞋踩踏。結束打工，除了有些錢，還有大把酸菜可帶回家，過年難得煮酸菜鴨肉湯、酸菜肚片湯、酸菜紅燒肉，義孝不知去哪拎來了肉與內臟，此是她對舒家僅有的甜蜜回憶。

在甜蜜之前，多是酸楚。尤其是過年前到香腸食品廠打工，她們這些老弱婦孺以嘴巴來博取工資，嘴唇吹腸，撐開腸好灌肉，鹹水蝕肉，唇紅唇破唇腫。竹竿上曬晾一節節腸肉，陽光與風烘出香腸臘肉香氣，但這些都不屬於她們的新年。或者去地下鞭炮工廠，冒著被炸成碎片的危險。

夜晚下工，她們經溪尾的水流公和萬應廟旁，都要快步疾走。之靜總是感激還好有大姑虎妹，她跟著孩子叫大姑的虎妹膽子大，她總是緊緊跟著虎妹經過魔神區。

之靜後來沒再見過虎妹大姑，每到過年前，之靜在灌香腸曬臘肉或是去市場買酸菜竹筍時，她的心會淡淡地掃過虎妹的身影，這如大地之母的女人，爲了錢，啥米都無驚。

之靜離開二崙後，再也不曾回返此地，一次也沒有到過，甚至連雲林這個大縣她都不願意再訪。她的不幸都在南方，濁水溪以南莎喲娜拉。

104

少女之靜曾有一回想吃雞肉但因夾不到，於是站起來換了位子坐，外婆見狀突然用手打了她的手一下。外婆不語，但她隱隱感到不安，不知自己做錯了什麼事。夜晚，外婆才乘四下無人時對在洗碗的她叨念說女孩家吃飯時不能在坐定後亂換位子，這是婚後再嫁的歹吉調。那時外婆愛聽的戲曲正唱到情愛何辜，孽緣何堪，之靜當時萌起一種奇異的不安感，但這不安很快就被淡忘了。也不知爲何抱著菲亞的此時此刻之靜突然憶起這件很小很小的往事。

義孝消失了，被判死刑的消息傳來時，她整個人陷在當年狹小黑暗的新娘房，隨著嫁妝來到舒家的縫紉機蓋著小碎花布，她像夢遊似地走向它，掀開塑膠布，像機器人地踩踏著腳板，看著衣針上上下下。她忽哭了起來，用針刺著指頭，血如豔玫瑰地滲出，吸吮著血，她感到惡意的快感，旋即她感到憤怒，起身拉開櫥櫃，將一件高掛在鐵桿上的義孝黑色西裝扯離吊竿和衣架，那力道幾乎是西裝撞飛到她的胸口地一個踉蹌。然後她瘋狂急切地拉開縫紉機抽屜，找出一把剪刀，剪開了西裝的縫合口後，瞬間她把剪刀丟在縫紉機台上，以雙手力道扯開縫合的布，布匹撕裂的聲音像是她的吶喊，她臉上那種悲傷與憤怒融合至難以解析的線條逐漸鬆了下來。一件立體黑西裝成了一塊空蕩蕩的布，她像是蓋棺似的將縫紉機蓋上這塊不規則的黑布。義孝的黑衣覆蓋了她的縫紉機，這件有意義的嫁妝，再也失去了踩踏的力量。她想沒有愛人了，織衣做什麼？她望著這冷極的舒家矮厝，陰幽苦楚，沒有義孝，她待不住這裡的。義孝的任性的暴烈深深地傷了她。

她頹然地任思緒飄盪，以前姑娘出嫁前半年多會去大城或小鎮學裁縫，爲的是學好技藝，爲夫家大小製衣。那時她和少女伴們一起去當學徒，學著如何裁縫出一具具即將套入身體的布衣空間，她們學打板裁衣縫衣繡衣，日日在腳踏板的節奏韻律裡想著即將到來的未來。學徒要給師傅每個月學費，還得幫師傅照顧孩子，煮飯打掃家裡。不知蕙秋嫁人幸福否？身體寂寞還是心靈寂寞？還是都不寂寞？抑或都寂寞，之靜胡亂想著，當年兩個學裁縫的女孩已跨越結婚生女之路了。

她想起學製衣前，要先學會拆衣，拆衣給她一種瓦解崩裂的暢快，她喜歡拆衣，拆衣後的一片片布塊，使她明白物件之始。有時一件看起來不怎麼獨特的上衣卻由二十片布塊組成，她在這樣的過程裡想起自己的人生，拆解組合，重組新生？外婆當年總對她說飢荒餓不到手藝人，但於今愛的飢荒卻將餓死她的心。

之靜望著蓋棺的縫紉機，她知道是該離去的時刻了。她要帶孩子回高雄外婆家，殘存的老厝她想也許那裡還有些溫暖。她把孩子叫到跟前，告訴她們她的計畫，孩子都很高興母親的決定。她在公公三貴心腹小黃狗死去的隔天，決定離開舒家。那是快天亮時分，她叫醒兩個孩子，菲亞和藍曦。她要姊姊菲亞幫她提東西，她牽著藍曦和幾個布包後，悄悄拉開木門，穿過圍籬，少了忠狗的看守，她很順利地帶著孩子搭上事先叫好的計程車，緊緊地攬著孩子，在霧濃清晨，頭也不回地背對她的傷心地。

沒有父親的孩子被叫成野孩子或者空囡仔，她想也許孩子需要一個父親。但三貴不可能讓自己的孫子改爲他姓或流落在外，他知道之靜必然帶著孩子回高雄。

有一天之靜回外婆家，發現只剩眼盲的外婆留著淚說孩子被伊阿公帶走了，我沒有理由不讓他帶走啊，我看不見，又追不回來。

之靜頹然陷落黑暗，外婆又悲慼地說伊講妳係水流破布，流到哪就勾到哪。之靜聽著這刺耳的惡語，腦中閃過破布隨著流水，行經四處，到處擱淺。這是義孝父親三貴對媳婦說的毒語，她想那個家還能回嗎？她再不可能重返二崙，但孩子不在了，那她要去哪？

105

在表妹的牽引下，之靜去了台北，很自然地隨著當年女孩北上的腳步前進。但在她要北上前，她得先去探監，手裡緊握的離婚證書都緊張地可擰出水了，她發抖地將離婚證書遞進小窗，從透明隔間裡看著憤怒的義孝將離婚證書捏成一團，且用黑色電話狂敲著玻璃，獄方人員打了他，他被拖走，以惡狠狠的眼光殺向她。她去了七回，義孝在獄方人員的勸說下，終於願意還她一個人生。妳以後絕對不要猜想見女兒一眼，他最後的一句話。（而她也沒料到生命在死神來到前，她竟自此再也沒見過那兩個緣薄的孩子。）

她和女伴們搭上了一輛蔬果車，像貨物似地被載上台北。她先是去了國賓戲院，跟著別的女人學習如何當一條牛，但黃牛票抓在她手裡卻怎麼樣也賣不掉。直到有一天有個男人對她說她手中的票他全買下，她怔在原地，耳朵卻響起嬰兒哭聲，哭得很厲害，但四下只有看電影的人，哪有嬰兒。男人帶她進去看電影，她又想起了義孝，他也曾在高雄當兵時帶她看過電影。但他的一生是毀了，也毀了她，她緊咬著嘴唇想著，電影在演什麼她都不記得了，在白光裡，她播放的是她自己的人生。

男人帶著她從西門町走到台北車站，搭上往平溪的慢車。她像是沒有感情的木偶，有人願意撐住需要支架的木偶人生，她就感激涕零。車外風光一路所見都迥異於嘉南平原，潮濕空氣讓她連打了幾個噴嚏。

三貂嶺，站牌寫著這個奇異發音的地名。她想這樣的奇異環境，正是她新生的所在。男人佐君在礦場當領班，她再度成了洗衣與織婦。

她改嫁不久，聽說義孝改判無期徒刑。她生第三個孩子時，聽說義孝改判二十年。她改嫁後生的第一個孩子已然十歲時，聽說義孝已減刑為十四年，且不久即將出獄。她以為他死了，十四年後，他竟然要出獄了，她嚇出一身冷汗。自此，她把耳朵封起來，只要關鍵字出現舒家義孝雲林二崙永定厝賭博水稻田等字眼，她都不聽，甚至英文和詩都排斥，舉凡和舒家及義孝有關的字眼她都遁逃而去。日漸地她的耳朵愈來愈不好，呈現自動退化的臭耳狀態。想聽就聽得一清二楚，不想聽的竟可以完全充耳不聞。

義孝出獄的日子，她完全隔離於他，因為她後半生根本沒有離開這座潮濕山城。直至晚年，聽說義孝死了，她才走出來，她想去眺望一座橋。那座橋連結著她一生的兩個男人。幸與不幸，知識與愛情。

106

明治橋上，之靜站在橋上眺望著某處，她的背後車水馬龍，有計程車司機唯恐她突然走到馬路，對她鳴著幾聲喇叭，但她好像充耳不聞似的。要不是因為這座橋要拆了，她不會來此憑弔一些往事。這橋曾經是她和第一任老公義孝第一次帶她在台北壓馬路的風光之一，那時的義孝多風光，她記得他還朗讀什麼太哥兒（泰戈爾）詩給她聽，雖然她完全聽不懂，她只是溫柔地笑著。這橋也曾是她的第二任老公佐君帶她第一次上台北時於此述說其家族往事的景點。佐君當時對她說，我祖父種茶，當年他從大稻埕划船來到這裡，下船，上明治橋，送茶，然後再划船回到大稻埕。這是都鐸式的建築，以前那裡有台北神社。佐君站在橋上，對之靜說著日據時代阿公的往事。佐君阿公一郎是日據年代的模範國語家庭，說日語，改日本姓，學劍道，獻貢天皇最好的茶，最好的米。阿公的弟弟次郎則在松浦屋印刷廠當印刷工人領班，因爲他的日文好，印刷上的文字都看得懂，工作起來很風神。

怪的是光復後，有一回佐君的叔公次郎被一輛美軍開的車撞傷腦部，醒來後，日本話卻全忘光了，連日本字都不認得。直到一郎阿公出現時，他卻清楚地對一郎公喊出了一級弄（郎）。但除了一級弄之外，什麼都忘了，佐君說。

之靜聽了笑，覺得這樣的遺忘很好，有時遺忘比記憶來得輕，來得美好。

可見你叔公是不想說日文的，只是不得已。之靜幫老人家詮釋著。

其實都無所謂吧，活下來才能做自己生命的詮釋者。佐君看著悠悠河水，遠處山色雨後濕潤，之靜悄悄地覷著他，心想這才是她喜歡的男子啊，溫文細膩，不若義孝那狂妄的人，她自覺自己是被義孝半騙半哄才嫁進舒家的，她不愛義孝，她也不愛住在尖厝崙的舒家，但當時她沒有選擇，直到義孝毀了自己，她才有所選擇。她想起義孝，不禁打了個寒噤。

冷啊！佐君脫下外套給之靜，之靜笑著接過，沒有多作解釋。實則剛剛自己是想起在尖厝崙舒家時，常常得面對義孝突如其來的暴怒，他暴怒時誰也拉不住，他會把整桌的碗盤全推倒在地，而她只是默默地掃著碎裂的陶瓷片，有幾回腳趾還被瓷邊劃傷了。

佐君擅於品茶，源於童年跟在祖父身邊習來的能力。但祖父晚年嗜賭，把茶山都輸光了，家族陷入黑暗期，茶自此成了遙遠的香氣。他說那時候，到處都是人和自然的故事，不像我們，沒有故事。佐君站在橋上，從河面吹上來的風把他的稜角削得分明。彼時他們的背後有動物的低吼聲，有孩子的尖叫聲，摩天輪轉啊轉的。

之靜不太記得義孝帶她走中山北路的畫面了，但她記得多年後佐君再次帶她來此的原因，因爲佐君的祖父在榮總病逝了，於是他們從石牌搭了公車來到圓山。那是她第一次見到佐君的阿公，也是最後一次。佐君祖父晚年迷上酒色與賭博，茶產不再，在大稻埕成了落魄戶。佐君早和多桑舉家往深山走，不理這老人多年，直到聽聞他得癌症末期，不久將往生才相聚。

佐君多桑是長了，個性硬如礦，早年就自行去山裡當苦力。但佐君告訴妻子之靜，自己卻著迷著風流祖父，當然他可不敢告訴父親。

這明治橋，這基隆河，是佐君在此訴說往事給未來女人之靜聆聽家史的遺址。石橋美麗地襯著佐君的故事，背後在遊樂場的孩子歡笑聲昂揚，動物的低吼聲激情……，她在這座橋答應了佐君的求婚，即使她不知道日後三貂嶺的生活樣貌，三貂嶺聽起來像是一個異邦，一個很遙遠的夢土。

她在這座橋見到光亮未來，手上被戴上一只佐君存錢打的黃金戒。黃金戒厚實，在黃昏的夕照下很閃亮，指上有著奪目的光輝，她被這個光暈吸引住了。

就是在這座橋，指證她是有愛的人，她不是不祥的女人。但這橋明天卻要拆了，後人將不知這裡曾經有過一座美麗的橋，將不知這橋曾有一個婦人在此宣誓自己的愛。

就像她自己這身老骨頭一樣，也即將被地水火風一一拆解，未久將化爲塵了。

她這一生，她不是自己人生的放映師，她一向不擅於倒帶。她過去能度過無數黑夜與傷心就是因爲這個記憶倒帶能力的不足，她很少回首傷心往事，只顧著往前奔去。（在面臨即將繳回天庭的功德簿，她才凜凜一驚，這人世空過的部分太多了，她在關鍵時刻沒有說出「愛」這個莊嚴字詞，她太吝嗇施愛了，她只求現世安穩，但這人世何曾安穩？安穩竟是最大的虛妄，她爲求安穩而捨棄許多內在的眞正渴望，而命運何曾停止晃動心緒或者機緣？她晚年站在即將拆除的明治橋，美麗古典的明治橋竟無法留駐眼前，一如她發現安穩才是人世最大虛妄時，時間已經不給她往前了。晚年之靜才懂得回首，用僅有的剩餘時光，用盡所有可能的倒帶能力。）

107

義孝的脾氣總是烈得如火，稍不如意就把桌上的東西掃到地上，之靜總是默默地拿掃帚掃淨。之靜在舒家活得像是一幅背景畫，永遠是背景，但又不能缺少這幅背景。直到那一聲槍響，對舒家老父三貴而言是愧疚悲情之始，對她的丈夫而言是失去自由之始，對她卻是個天大的解脫。

她不再成爲背景。

她跳到命運的前景，決定爲自己謀出路。

之靜逃至高雄時，一度去加工出口區當作業員，那時的生活就在輸送帶中度過。三百多家工廠，她的手中物品見證了經濟，球鞋腳踏車收音機衣服。她蹬上腳踏車，行過白花花的陽光，白牆上的紅漆字「親愛精誠」「消滅共匪」閃爍得發亮。

她待最久的地方是成衣廠，縫製內衣內褲。她想起最後一次陪外婆去訂製奶罩已是很多年前的事了。那是件神奇的內衣，非常繁複的胸罩，一整排的排扣，刷洗時總是聽得到扣子和布料及刷子彼此之間的摩擦聲響，輕微地像是靜電，刺著耳朵。她們那時還不知道那就是馬甲，或者魔術內衣。魔術魔法這個詞，還沒發生在那個年代。七賢路的酒吧到處是打扮妖嬈的女人與美國大兵，迷你裙加露背裝，女人們以爲美國大兵會帶她們遠離酒吧，女人於是生下眼睛是褐色或藍灰色的混血孩子，台灣孩子就在酒吧外閒晃著，趁美國大兵出來，就猛落幾句哈囉哈囉。之靜就在那樣的環境下，度過她的傷心期。生活充斥洋大兵、彈子房、藍寶石、喜相逢酒廳和六合夜市，高雄愛河邊改變了她的前半生，台北明治橋改變了她的後半生，兩場邂逅，重如石與輕如煙。

她在高雄遇見義孝，她以為他會給她幸福。但沒有，義孝竟讓她成了流離失所的人，連女兒都得遺棄。

之靜離開義孝，為了謀生只得十八般武藝樣樣通，金木水火土皆備，就可惜陰陽不調，完備的女人男人不參與這樣的生命個體。

在台北賣黃牛票之前，她一度避居菁銅打工。菁銅火車來，菁銅火車過。

她醒在火車聲音裡。

去洗頭，阿婆問，妳是哪家的媳婦啊？

她來到小鎮，成了一個人人看得見的幽魂。

她採大青染藍布，採薯榔染紅巾。長得像是芋頭連在一起的薯榔，削皮，曬成絲。漁村做網，網得染上薯榔，植物裡有膠質，可以堅韌漁網。

因各種理由而成為中輟生的孩子被送到平溪國中，座落在山上公路旁的教室遠看像是荒敗中還堅持春色的旅館。

私人住宅請勿闖入，連警察都停下來問她在作什麼？她在找不用錢的東西，但她不是拾荒婦，她不拾荒，她拾寶。山上水氣濃，菁銅是油銅的一種。到處是筆筒樹，筆筒樹輸出大宗，是種蘭花的蛇木。初生時像是鹿角的合掌蕨遍生。

聽著火車聲長大的村民鼾聲大，只有她這個陌生人失眠。起初火車聲讓她深深失眠，她記起當年剛嫁去舒家時，舒家前院養的鵝叫聲也常讓她睡不著。她總是數著鵝的叫聲入睡。

有一晚聽到鵝只叫三聲就不叫了，她隱約知道發生什麼事，但她不敢起床。

隔天清晨就聽婆婆廖氏大聲叫著：鵝被偷走啦！
怎麼沒聽鵝叫？
鵝被下蒙汗藥，昏過去了，所以沒叫。
眞是的，新年快到了，好不容易養得肥肥的，廖氏惋惜。

108

小羊，在愛情上我是小羊。
在愛情裡，一個關注眼神就有如是一個天使的眷顧。
之靜讀著她少女時期寫的日記。
但她絕不讀義孝從獄中寄來的信，她不讀憤怒者寫給她的信，那種信都是把刀口揮向別人，都是別人負他，他不負別人。她把那些信都丟到屋後的河，那些年河水已經開始吸納人間的所有一切嘔吐之物，一切經濟起飛的廢水。
她喜歡這座北部山城，遺世獨立。唯獨小火車通過時，她感受到整個地底的轟隆跳動，只有這時候她知道有外來人行經了她的世界。
之靜失去孩子，就像母親如燕失去她。晃動她們命運板塊的都是離開她們的男人。
一個不被需要的人是痛苦的，也是沒有求生意志的。人都是被需要。每個人應該都有存在的力量。許多人間的求生力量是來自於被需要，她一度失去這種求生力量，因爲她不被孩子需要，孩子被帶走，孩子遠離母親，母親遠離孩子，沒有比這種事更痛苦的。
她一直到被迫離開自己的孩子，才願意回望自己的母親如燕，可憐的母親，之靜想，這句話也好像在說自己似的。

當時有個女人來高雄找之靜，之靜的手正被縫衣針給刺流了血，她把手指送進嘴巴，舔著血，嘴角頓時有了微笑。以前製衣工廠時有人見狀曾笑她是吸血鬼。但這次卻血流不止，她吸了幾口後，血又從指紋奔流，就在之靜彎身找紗布時，有人敲門。

一個生下之靜之後就被迫離開自己女兒的女人出現在她面前。

之靜停下找紗布的動作，手指含在嘴裡去開門，她看著一個和自己長得有點相似的老女人立在門口，老女人看她嘴含手指，大笑著。老女人說，妳還和嬰兒時一樣啊，吸指頭就有安全感，吸指頭就以爲有愛的幻覺。之靜聽了似懂非懂，什麼愛啊什麼幻覺啊，這眼前朝她熾熱奔出的兩道藍光究竟是什麼旨意？

老女人小小的個子俐落，骨架如木，頭上盤了個髻，瞳孔裡窩著兩盆微弱的藍火。就是這燙人的藍火，讓之靜觸了電，她頓時看見奔流的血緣源頭。

門口飛進一股風，這時之靜看見老女人的藍色旗袍衣角飄起，她看見一雙白皙的腿，像是富貴人家才有的肌膚，她忽然感到自己像是一頭骯髒的動物，面對一個美麗的獵人。之靜第一次覺得人生無助，她看著自己這雙屬於女紅粗活且長繭的雙手，她很想逃離這個現場。

這女人是她的親生母親如燕。

之靜沒想到幼時哭的那個母親不是親生母親，她的母親還活著，但之靜當時不覺得這個發現有什麼新的意義，因爲她早已成爲別人的母親，她不再需要一個新的母親。她還來不及聞原生母親的氣味，就已被推入另一個新家，也成爲一個母親。

如燕來見之靜，是爲了能夠拿到她認爲屬於自己的產權後，之後她就頭也不回地離開張簡家，如燕討厭張簡家，那幾乎奪走她的青春之地。

沒有人知道離開張簡家的如燕發生了什麼事。當她再度出現張簡家時，許多人都像是看到一個從歷史走出的幽魂般。有傳說是如燕離開張簡家後，嫁給一個中國老兵，生了孩子，倒是相安無事地度過幾年，如燕本以爲自己被說成剋夫命的魔咒解除了，哪裡知道有一天老兵在修公路時發生大爆炸，老兵沒死腿卻被炸傷，從此得坐輪椅。正巧去送便當的如燕目睹了丈夫被炸傷後，她在那一晚被勾起自己是不祥女人的往事記憶，她不斷地尖叫與驚嚇過度後，隔天大家發現如燕整個人呆掉了。

她以爲自己又剋死了丈夫。

老兵丈夫也無力照顧她，孩子又還小，於是如燕被送到精神病院。

後來聽說如燕和精神病院的院長卻談起了戀愛。

如燕病好之後，唯一記得的事卻是要去張簡家拿回土地權狀。如燕去找之靜，她要之靜將老人留給她的那間醫生館土地轉到自己名下。

之靜無所謂，她想自己還年輕，哪裡會缺賺錢的本錢，何況她也不想擁有這塊地，她不覺得自己屬於那裡。

如燕把賣掉土地的錢給了精神病院院長，精神病院從此給她一間還不錯的房間休養。最後村人見到如燕是在報紙上，精神病院瘋狂之夜，男病患爲女病患殺了精神病院院長，女病患當夜撫屍痛哭，後自盡在院內長廊的盡頭。

之靜是第一個趕去病院的，她見母親那瘦瘦小小的身軀在風中擺盪，木窗外下著寂靜的雨，好安靜的早晨，即使到處都是血跡。陪她前去的義孝則在窗邊吹著風，任無緣丈母娘懸空的腿盪向他。

之靜看見如燕的雙手抓著繩索，像是一種懊惱的姿態。

沒有人知道那一夜發生什麼事，傳聞是有精神病院的男人爲了如燕爭風吃醋。當如燕見到她生命裡第三個男人死亡時，她再也受不了她自己的命運，這回她剋死的是自己。之靜才明白母親離開她不是自願的，她是被迫的。目睹如燕的棺木被推進火中時，之靜說了一句話她如果不結婚，一定是最自由的人。她應該晚一點出生，那世界就是屬於她的了。

如燕照片後面站著一排她和不同男人所生的孩子，但她以爲自己比任何女人都貞節。

沒有人知道她的肚子還正懷著一個胚胎。

從此張簡家的祖先肖像，才多了一張停格在十六歲的如燕照片。那一年，如燕結了婚，那一年她生下之靜，如燕離開張簡家。只有這一年，張簡家曾承認她的存在。當時才十六歲的如燕，除了男人她還能有什麼選擇？在那個舊得發黃腐朽的年代。

109

之靜永遠不認識自己的母親如燕，她總是認爲那一年來找她的女人，是認錯了女兒。

之靜認爲自己的母親是四歲那一年就死了的那一個母親，曾經給過她奶喝的美麗母親。

之靜是這麼告訴她的女兒菲亞的，雖然她的女兒一路想把故事追下去，但線索早斷，那間醫生館，那間精神病院……所有留下如燕印記之地都注定被祝融深深吻過，只爲了讓如燕成灰，讓她從來不曾出土。

如燕成了鄉下的一則傳說，甚至有人傳說她是觀音媽轉世，大火那夜，有人繪聲繪影地說見到一個白皙如觀音大士的女子跑進跑出，救了許多人出來，因爲只顧著救別人，連自己的家人都來不及救。

之靜聽了總是笑，這故事可眞難寫啊。但即使如此，如燕還是被寫下了，即使章節很短。如燕是一隻蝴蝶，灑下花粉後就不再駐足家族樹裡。

就像如燕走後的那個雨夜，下了歷時七天七夜的大雨，飄著潮濕水氣與血水的氣味，雨聲成了如燕生命裡的另一種寂靜。雨聲也成了之靜回憶母親的方式。雨聲也成了她們生命共同的悲哀腔調。

之靜覆轍了母親。在失去菲亞與藍曦後，她才認識了母親。

菲亞和藍曦有多少年不曾見了？之靜偶爾發呆時會想起她們。藍曦還小時，還曾被虎妹偷偷帶來見她。升國中後就不願意了，寧可邊工作邊上學，把日夜的時間佔滿。

不能怪孩子，孩子一度差點被阿公三貴賣掉。那是一個可以隨意被大人「販售」的年代，販嬰者賣的是自己的血緣骨。

看來我們姑嫂情自此要斷了，人講若過三貂嶺，毋通想母子。要入三貂嶺是眞無方便啊，虎妹對嫂說。沒錯，情是要斷了，一如俗話說的若過三貂嶺，毋通想母子。山深水遠，虎妹當年是沒有去成三貂嶺。改嫁給礦場領班的之靜再婚無喜，婚事不張揚，只托人傳消息給虎妹說我的女兒是舒家不讓我帶走，不是我不要她們，請妳照顧她們。虎妹這一受託，竟十年忽過，虎妹家就這樣多了兩雙筷子。

苦海女神龍

110

十來歲的少女罔市常偷偷跑回尖厝崙，躲在樑柱上巴望著鍾家人的走動。

每回被花葉發現，靜默的花葉都像是被鬼附身似地發抖著，四處找著掃帚口中碎罵著我無係汝老母，緊走吧。

花葉像是在趕一條流浪的癩痢狗。

罔市瞥見哥哥們正在大口吃著雞腿，她的淚頓時奔流。

罔市出生時，被花葉視爲剋星，正逢花葉的父親過世，她想這孩子不祥。

不能進家門，從小被她養在稻草邊間，直到十來歲，送給一位染病的老妓女。送去鎮上時，僅讓她帶了一個小包袱，叫了一輛鐵牛車載她走，好像她是一頭牛似的。

罔市的往事不值一提，值得提的是許多農人村婦在二崙與西螺之間的小路都常見到罔市身影，唯獨罔市的母親花葉不曾見過。十來歲的孩子乾瘦瘦的，像是烏爪雞，赤腳走在砂石地，腳皮磨破發腫。夭壽啊，花葉不要的查某囡仔又走回厝裡囉，瘦得跟鬼一樣，比鍾家養的母豬仔不如，母豬肚皮都肥得快觸地啦。罔市才進村口，許多人就聞到她身上的酸腐氣味。乾瘦瘦的女孩只能眼巴巴地倚在廊柱，但很少見過母親身影。

後來罔市死了心，打算跟妓女新媽媽生活，她洗淨了自己，徹徹底底地洗刷著，許久沒有赤腳走路後，新皮也長出來了，洗淨自身後，她站在妓女媽媽家的廊下吹風，夕日橘紅的光照映她一身，許多人議論紛紛，發現這原本老是哭哭啼啼髒髒兮兮的罔市竟是個皮膚白皙的美人胚子呢，可惜妓女阿金破病了，不然要是重起爐灶，還怕客人不上門啊。當罔市決定好好服侍妓女媽媽時，沒兩日東北季風一起，從濁水溪颳來的冷風讓妓女媽媽一口氣上不來地喘著，肺頓時像是裂開似地一口血噴得罔市滿身，甚至瞳孔都有血濕之感。

妓女媽媽往生了，留下的錢剛好夠安葬。罔市再次徒步走回尖厝崙，她想妓女媽媽死了，花葉媽媽總該把她領回去吧。但沒有，她從晨午站到黃昏，只有一條昔日養過的狗來到腳邊磨蹭，鍾家靜悄悄的，像是所有人早已被下禁令似的，成天竟見不到人影。罔市站累了，她再次拎起包袱往北走，一直走，這條路她不知走過多少回，她知道這將是最後一回了。妓女媽媽的老屋已經有新人進駐，工人在重新粉刷著牆，她頹然地看了最後一眼後就走上了西螺大橋橋口，站在橋口上，望著軍車一輛一輛地過去，風沙刺著她粉紅如櫻的肌膚，終於有一輛軍車在阿兵哥起鬨下，使得前方長官同意讓她搭了便車。

在車上她看見許多人盯著她瞧，她不知道這些人的目光都是壞痞子。

一個快退伍的阿兵哥帶她到艋舺。

自此罔市消失在許多村人的記憶裡。關於她的傳說總是夾雜口水與惡德，連母親都不要的女兒最後連自己也遺棄，接著男人如過客。有人信誓旦旦說曾看過罔市上電視新聞，因爲火燒始亂終棄的查埔郎，當然這純屬虛構。也有男人說在艋舺開查某，床上躺的正是罔市。說者言之鑿鑿，罔市那張臉啊，薄倖的表情就和伊阿依花葉同款，她的雙乳中心有一硃砂痣……騙猾，啥米硃砂痣？

很多年後，直到有一天，來艋舺青草巷找朋友的鍾若現看見前方聚集一群人，救護車喊著讓開讓開，頓時他在散開的人群裡看見了躺在地上的一個女人，這一看可把他嚇壞了，這不是無緣的妹妹罔市嗎？他一眼就認出罔市，她那種獨有的薄倖表情就像是母親花葉的再版。

接著他看見衣衫不整的罔市胸膛中央躺著一粒痣，傳說中的美人硃砂痣。

他打電話給母親，告訴她罔市死在街頭的消息，問母親是否要去認屍？電話那頭的母親卻淡淡說，無免吧，佇呢多年了，也未必是伊。很多年後，鍾若現身處母親花葉的葬禮，他飄忽灌入母親聽了罔市死在街頭卻不去認屍的淡漠聲音，他起了一身的寒顫，一個母親可以無情到這種地步，母親怕去認屍是因爲怕見女兒幽魂來擾抑或是畏懼還得幫女兒收屍負擔一筆喪葬費？

罔市成爲往事。

失去美色後，罔市成了街友，她習慣赤腳走路，即使走在大城市的柏油路上。她被叫街友阿花，生活一片凌亂，有家歸不得，四處流浪地睡公園、車站或騎樓。

鍾若現背著母親偷偷去看這位非常陌生的妹妹，是如此血緣相通的陌生人。他看見屍體的手上掛著一只藍絲帶，帶上印著心若虛空悲願無邊，罔市手上長滿凍瘡與癬。在場的醫師看他一直來祭拜遺體，遂好心地告訴他說這大體女人是腦死的，可能當時被撞倒地不起，她是少數在生前就想到死後世界的人，早已寫好遺願，她捐贈了心臟、腎臟、肝臟、骨骼、皮膚、眼角膜……若現聽了旋即問也是母親花葉的主治醫生母親能否接收這眼前大體的眼角膜與肝臟移植，排的順位好像也是輪到母親了，不知是否能爲母親花葉進行這次的移植手術？醫生沈思說我知道這情況，只是不知是否會產生排斥。一定不會的，若現答。醫生聽了微笑，眼神露著不解，心想何以你如此篤定。

就這樣花葉在這間醫院裡重現光明，她從來不想看一眼的女兒眼角膜就在她的眼睛裡，她不知一個母親的光明來自於活在黑暗的女兒。她也不知在此醫院的某太平間裡正躺著被她遺棄的女兒身體碎片，從小就是感情碎片的罔市爲了有飯吃有地方住而簽了器官捐贈，她沒有送行者，她一直都是孤獨的，如破布娃娃。

花葉不知她不要的女兒正在她的體內死命地長出血肉，重新復活。

花葉因爲這個成功的移植手術還登上了當年的醫療版報紙，那是少數有捐贈者的年代。一年後醫院爲花葉慶生，初老的她開心地一口吹熄蠟燭。醫院對媒體說移植手術已愈來愈進步了。他們對鍾家人悄悄地說著這眞是天賜因緣，從來沒有這麼吻合的移植配對，連親生子女都未必相合呢。

進行移植器官後，擁有年輕器官的花葉又多活了十幾年。

她的媳婦虎妹是這件事唯一的受害者，因爲花葉阿依不走，虎妹的折磨就依然存在，她在婆婆鄙視的眼光中就只能對鍾家人疏離，背對原鄉。知道罔市如垃圾般被母親丟掉的歷史後，虎妹多次對別人說我的那個夭壽阿依啊是個沒血沒淚的查某人，心肝眞狠，我淨想就是不明白，作母親的人怎會放捨自己的查某囡，我疼我家小娜都來不及，怎捨得放捨伊，放捨半天都無可能。

被遺棄的女兒，在母親的體內尋找方位。

等待復活。

花葉從此有了根。

台北紅玫瑰

111

鍾秋節殺夫。

傳聞傳回家鄉，村民都不可置信這以美色聞名的弱女子怎可能弒夫。秋節傳奇愈來愈擴大，人們說秋節猛砍男人的那話兒幾刀後，還刺了他的頸，他如雞般地咽喉有個洞，一個窟窿像眼睛地瞪著人。頸子像水管噴爆出血，如破裂水管噴出水花，蔓延流淌到許多人的夢境。那一夜，有很多秋節的女友都從血色的黃昏中驚醒，她們發現是夢，床旁的老公鼾聲仍如雷大作，身上殘留另一個女人的脂粉味香水或者酒氣。

很多人曾經勸過秋節，有個酒鬼丈夫總比孤獨一人終老好啊。她總是沈默地搖頭，心裡想的卻是如果有個暴力丈夫呢？一個賣蛇人，生吞蛇膽蛇血，他應該和蛇同寢，她想起他的手他的嘴他的氣味，都會從腳底一路寒到心窩。有時家裡冷不防會照見浸泡在玻璃缸的蛇，她常嚇得尖叫。有時在床上，她會被要求以水蛇腰的姿態扭轉她的腰她的背，甚至倒掛床勾，舔舐他一身。

生活處處聞得到血的氣味，血的記憶，她想乾脆一次了結，一次洗淨那紅。

警察要她回到現場模擬殺夫，小巷茶店的男女老幼都擠在門口。這個地帶的人特有的草莽與閒散寫在臉上，流浪漢乞丐假和尚妓女老鴇廟公理容小姐攤販嫖客小偷流氓地痞侏儒賣藝人按摩妹老人小孩懷孕婦女……連瞎眼盲人都挨著腳踵來看熱鬧，有人朝盲眼人幹了一聲你是對人看啥？他們全擠在狹小的門口上張望著。好奇的無所事事男人對著秋節臭幹落譙，吐著濃痰與檳榔血在地上說這款查某平日溫馴假仙，殺夫卻不手軟。老婆婆和女人家則以同情又畏懼的眼光投向秋節，但當秋節抬起頭望著群眾時，所有在場女人家又把目光移開，她們唯恐被秋節那堅毅冷靜的野性目光燙著了。

社會記者好不容易才衝破圍籬的一個缺口往現場奔去。殺妻常聞，殺夫未聞，閃光燈在秋節臉上，原本看起來如死的秋節眼皮才動了一下。

殺夫女人秋節被警察解開手銬，她的目光空洞地冷靜，像是解脫者或是夢遊人，不屬於人間似的。

但她不僅在人間，且要模擬殺人。

醉死的夫沒有抵抗，好像刀子是妻子往昔的舌頭或手，醉死的夫不知險境地往那張他們曾經恩愛的床倒去，鼾聲大作。那張簡陋的組合床發出刺耳的吱嘎響，當秋節持起刀時，刀子彷彿有了自己的意志與生命，不像是秋節在殺夫，倒像是刀子自動揮舞，去除她長年的惡夢之瘤。她現在以誠實來取代過往矇騙混沌的生活，這莽撞的誠實代價可真是要了秋節的自由。她經常被毆打的臉已經不再美麗，秋節的絕美成了絕響。女人嘆說耕壞田只是一冬，嫁錯尪是一生歹年冬。看熱鬧男人說的卻是小心以後別喝得爛醉，不然怎麼死的都不知道，連老二都像香腸被切下來，真恐怖啊，死了沒老二，作風流鬼都不成，這下不成了公公，男人們在警車帶秋節離開後說，人潮陸續回到樹下賭博下棋擲骰子。假和尚集團繼續在廟口持鉢化緣，傷殘兒繼續賣著口香糖抹布，妓女叼根菸在廊下望著即將落雨的天空，秋節那張沈靜而美麗的臉孔她們看了十五年，從來不知道秋節所受的性虐待，女人是又同情又嫉妒吧。人群散去後，秋節住的那排矮厝忽然有了光，秋節的門口拉起警示黃線。隔壁的茶店老鴇叨唸著，誰敢晚上來這條街啊，有查某殺夫的街，男人來了不都陽痿了。

唯獨某老茶嬤大聲替秋節嚷著話，老茶嬤說該死的人本來就不需要活。

自衛秋節被判十年。花葉阿依沒想到晚年要去監獄看女兒，以前她要去綠島看鍾鼓，現在她還得去探望女兒，花葉想自己怎這麼歹命。花葉不解，秋節明明是她最疼愛最美麗的女兒，怎麼落得如此命運？

112

鍾秋節原取名鍾葡萄，西娘幫她改名，西娘叨唸過媳婦花葉總是對孩子隨便取名，西娘覺得這媳婦任性極了。花葉暗忖，後院的葡萄藤蔓美麗清脆，爲何葡萄不美？因秋天生，西娘遂將葡萄易名秋節。秋節年輕時一個人搭車到台北，輾轉到艋舺後，一度大家都叫伊艋舺水姑娘，或是剃頭秋。她覺得這些名稱都比鍾秋節好，讀書時每個孩子聽到台上老師叫她的名字時都會哄堂大笑，總是把她氣得想往桌下鑽。汝西娘阿嬤說秋天節氣最宜人，哪有像妳這樣刁鑽壞脾性的。秋節瓜子臉鼻挺嘴細大眼，說起秋節的美色，每個人都認爲她是幾公里內的第一大美人。但秋節如秋老虎烈性，她不愛學校，本來她以爲她的美麗可以減少在校園被欺凌的可能，但相反的是她常被發情男生挑釁，野的男孩還會趁機偷掀她的裙，或者抓她的長辮子，加上她功課差頭腦帶點笨，美而不聰，這讓美麗的她身處霸凌校園反而是一個危險，每天上課都不安寧。秋節遂討厭學校，她想再也沒有比學校更是強弱分明與險惡叢生之地了。她初中也沒讀完，再加上父親鍾鼓早過世，沒人管她了，少女的她就自行奔赴台北，經人介紹在艋舺一家日本居酒屋當女侍。爲了省下錢每天都吃居酒屋賣剩的壽司，一陣子還被叫壽司妹。日本壽司店小氣老闆娘發現她會偷店裡賣剩的壽司後，就要她捲鋪蓋走路。

秋節離開日本壽司店後，她想苦力是沒出路，要先改造自己。於是秋節學台北女人讀過期婦女雜誌、姊妹、皇冠，囫圇吞棗地亂看。翻徵友欄，學著回給筆友信，收過從軍中發來的電報或者徵友信。那時她留著米粉頭，穿著頭重腳輕的長洋裝，踩著麵包鞋。來到台北每天逛街，感到自慚形穢，她開始學著台北女人留著當時流行的赫本頭，整個人俐落起來，深邃的輪廓頓時很有型。說話學著不再大聲公，她學會了許多事，包括城市女人的嬌媚與手腕。知道情婦是怎麼回事。花葉阿依知道後見她一回罵一回，要秋節別跟男人姘在一起，名聲難聽。

最後秋節來到了西門町，忽然明白自己的一雙手一對奶和一張美麗的臉都能吸金，她學剃頭，但剃的是男人的心。

在龍蛇雜處之地秋節很快就染了色，想要漂白也難。

她起初是住在理容院的頂樓，西門町理容小姐像她這樣有個性的美女，老闆通常多不喜歡，碎唸著剃頭還挑大頭？挑小頭也就算了。年紀輕輕的秋節聽不懂什麼大頭小頭的，仍是我行我素。理容院外僞裝成鞋匠實則是盯梢警察查訪的男人很喜歡她，常暗示她脾氣要收斂。店裡同鄉來的保鏢也喜歡她，有回在她耳邊耳語小頭的意思就是指男人胯下的玩意兒。秋節一陣面紅耳赤的，她氣得搥打保鏢，一手就被保鏢抓個正著，之後手再也無法從孔武有力的保鏢手裡掙脫。鍾秋節到了台北名字依然被笑，且笑得更厲害。理容院老闆娘阿娥幫她改了個名，秋節自此叫白雪，霓虹燈下的白雪照片笑吟吟的。

但這笑容並不長，白雪的照片很快地就被龜公臭幹落譙地拿了下來，摜到地上的照片玻璃碎裂成網狀，那碎裂的笑臉還是依然甜美。

是因爲大雨。

冷雨狂下七天後，茶店生意冷清。阿娥向水手爺祈禱，要白雪跟著念，水手爺啊，保佑大豬來進朝。白雪念到大豬不敢大笑出聲地悶笑著，阿娥瞪她一眼又念，大豬大雨敢走，暗路也敢行，父母罵伊不聽，妻某參伊拚鬥也不睬，狗吠不驚，心悾悾，眼茫茫，緊來緊來，入門那支任阮摸。

白雪這下再也忍不住地口水噴笑而出，心想這樣這些豬哥男人就會來？以前水手爺不忙，會聽到咱呼喚，現在不知是否有效。然大雨繼續下，連亭仔腳都鴉雀無聲，商店都拉起鐵門。雨阻絕了大豬入甕，女人安安靜靜地修著指甲，女人吹染著頭髮，女人剃著眉毛，那是一段停格的時光，白雪一直記得那不知下了幾天幾夜的大雨，那時候的她常在窗口望雨，希望日子就這樣。

誰會相信那個望雨的詩情女人後來親手刃了老公。

也許是那場看似無休無止的大雨，讓白雪又成了秋節，她離開理容院。隨著一個來給她剃頭的男人落腳艋舺夜市，一個賣蛇人。追求者眾，最後竟挑了個賣蛇人，花葉阿依氣得連婚禮也不參加。秋節也不懂爲何會迷上這沾染著蛇血味的男人，感情不都是這般，一開始都無法看出敗壞徵兆。賣蛇人當初告訴秋節他是生意人，風趣的言語和極佳的外相，誰能探悉底層?秋節感到無辜。

賣蛇人有奇異的性癖好與要命的暴力，這兩種地雷埋進秋節年輕的生命基地裡，她無能察覺，她的任性又導致了她的倉促決定，她一心想離開理容院，卻不知又跳進一個更深的火坑。秋節嫁錯人，扛起生計後，在歲月的隱忍與折磨下，秋節的美頓時褪色，她和鄰居婦人在夜市擺攤，夏天賣髮夾手帕，冬天賣圍巾手套。她的殺蛇男人清醒時會去廟口大街賣壯陽藥和盜版錄影帶。

113

秋節妹妹秋妍也美，美到幾里村莊外，但她也不想待在鄉下，很快就搭上金馬號去了台北找姊姊秋節落腳。秋妍原本叫鍾花生，名字也是西娘改過的。

秋節的妹妹秋妍一直被孩子叫鹽姑，直到有一天後輩在她的輓聯上看到飄盪在風中的名字，他們才恍然大悟原來姑姑的名字是秋妍，不是鹽。也是一個在秋天生的女孩。秋妍也曾跟著秋節來到台北學剃頭（彼時鄉下女人城市謀生的尋常出路，演變成後來的馬殺雞）。但秋節在看見老公盯著妹妹的野火神色後很不安，她要秋妍趕緊收拾包袱到別處租屋去，所幸秋妍在理容院上班沒多久，很快地她就被一個隨意飄到此地的男人帶走了。

有一天一個穿著西裝頗爲體面的男人站在理容院的照片下，指著秋妍的照片說，我要讓她剃頭。然後男人就把皮鞋往皮鞋匠的臉下一擺，鞋匠邊擦著男人的鞋邊在心裡幹譙，這有錢男人一下子就把自己比下去了，鞋匠原本還在猜想著美麗的秋妍。

男人開了家電子工廠，幾年後竟成了某電子代工大廠，秋妍出脫了，村裡人都這麼說，沒人敢再叫她剃頭查某。但他們仍流言著秋妍其實是做男人的細姨，每回秋妍開著名車帶著大包小包的禮物回到村裡，許多婦人都在窗外探頭探腦望著她們可能終其一生都沒坐過的名車，既羨慕秋妍，嘴裡卻又說著唉，做郎細姨，把伊阿依氣死了。

花葉見了秋妍其實內心是高興的，她想秋妍的祖父不也三妻四妾的。嫁去埔心的姨婆妖死客對秋妍說男人啊妳綁住他的腳沒用，妳要會綁住他的錢。大家都說人兩腳錢四腳，錢會跑掉。但錢沒跑掉，先走掉的人卻是秋妍，她還沒幫花葉母親的老宅翻修就得癌症走了，奪走她的是乳癌。

秋妍過世大家才知道她並非是當人細姨而是去當後母，那男人死了老婆，一對兒女都大且結婚了，因而秋妍想孩子都大了，那嫁給男人就沒有當後母的難處。男人的兒子在她嫁過去不久竟意外身亡，兒子媳婦得了憂鬱症未久也自裁。留下了兩個一男一女的小孫子給秋妍和男人，秋妍年紀輕輕就這樣當了姨嬤，她得照顧孫子，再來是男人的工廠爆發被倒帳危機，男人的房子只好賣了還債，但錢還是不夠，最後動到秋妍頭上，用她的名字去銀行借錢，男子當初是愛她的，但這愛禁不起際遇如此兇狠狂襲，秋妍就這樣得病了。許多村婦聽了才發現當年秋妍開名車回鄉原來都是表面好看的，而那小孩竟還是男人的孫子，他們聽了秋妍故事搖頭嘆氣。愛面子的花葉自此不再提這兩個女兒，她想看來自己是一輩子都沒有孩子緣的，可憐的秋妍，花葉看著女兒美麗肖像，總是哀嘆。

村人說紅顏禍水，看鍾秋節與鍾秋妍兩姊妹即知。

被有錢男子帶走的秋妍沒躲過際遇變化與病魔，不幸被賣蛇人帶走的秋節沒躲過牢獄。花葉晚年常嘆氣這鍾家大宅院空蕩蕩的，這一嘆可讓她又嘆了二十多年。她的媳婦虎妹長年身處鍾家與舒家的命運風暴，雖知世事無常，但也不禁怨嘆水人無水命。

秋節與秋妍這對姊妹的悲傷終點，成了花葉晚年孤寂的原由，她極爲疼愛的子女都不成器或早夭，被她遺棄的自然是命運更慘。自此，花葉仰望兒女成龍成鳳夢碎，花葉放棄渴望，她成了一個孤獨又病老的婦人，對人間不再存有夢幻。

關於秋節殺夫，許多人至今仍覺得是一則謠言，絕美秋節，怎落得和兔妹醜女同等可憐命運？秋節進牢獄，許多老人想起當年鍾家呷昏阿嬤也被日本保正抓去關過，許多人想起這樣的烈性女子。有些村民事過境遷仍無法理解與相信，許多女人更是驚訝，她們甚至想起自己那一天到晚互相冤家的死鬼，她們最多只是對查埔大聲嚷嚷或是摔破酒瓶威嚇，殺夫這字眼進入她們的耳朵，簡直是刺痛極了。

秋節殺夫。

當年她如果沒有易名就成了葡萄殺夫。

或許叫葡萄就不會殺夫了，花葉偶爾在老宅裡望著兩姊妹當年生活痕跡時會這麼地想著。花葉沒有對秋妍這個黑髮人敲棺，她連走到屋外的力氣都沒有了。花葉想起當年望著這兩個美麗女兒時常心生的不祥感沒想到竟成眞了，歲月經過如此多年的迂迴轉折，竟還是兌現了她當年的不安夢魘。無緣的孩子，母親永恆的痛，花葉是直到那一刻才明白當母親的感覺，但她也已快行將就木了，所有的回憶轉盤將自動播放，她連控制記憶體都失去了能力。

也許死亡對某些人有時更像是一種恩典的儀式與賜予。

誰人不思起故鄉

114

第一次上台北時，花葉已經做阿嬤了。

台北，台北……，她搭塔庫西（Taxi），坐艾勒維塔（Eelevator），用刀叉呷西餐。但她發現少女時嚮往的台北和自己的感情世界一點也不相干，來台北意味著看醫生，但誰要看醫生。

於是她又渴望回到雲林，終老是鄉，花葉回到小村。

那時全村的人都擠在這個房間的小窗口外想要看她這個新娘子，她遮的面紗，等著來掀開它的新郎。

新娘成了老娘，新郎變舊郎。

此刻她記起了死者。

她的件，鍾鼓。分不出日出與日落的人，還能分辨事物的是他的手他的耳，直到他的耳朵也關閉。聽說鍾鼓讓耳朵失靈是他身體自己所選擇的，他不忍再聽暗夜哭聲，從母親西娘與詠美房間傳來的啜泣聲，在他聽來都如雷鳴巨響。（很多年後，他的三子若隱耳朵也重聽，傳言這也是一種身體本能的退化，因爲虎妹的叫罵太大聲，於是若隱自動失聰。當然虎妹是不相信有此一說的，她說餓要飽餐睏要眠，身有好壞，各有因緣，別怪到我頭上。）

但花葉不知兒子若隱如何，但她是知道鍾鼓的，她知道他有能力關閉他不喜歡的五官。她臨老想念起伊，於是她回到這到處瀰漫著死亡陰影的老厝，日夜躺在鍾鼓過身前的床，好像這樣就比較不寂寞了。

她躺在鍾鼓睡過的床枕，一些美好記憶會自然浮顯，這是她臨終前些年的夢枕，那氣味能治癒她的失憶。他帶著她徒步去溯溪，她戴著他從日本購買來的白色蕾絲寬沿帽，心裡嘀咕著爲何要出來曬太陽呢，但眼睛還是乘滿了歡喜，因爲他在身旁。那時冬日水淺，濁水不濁，溪石露臉，他牽著她沿著濁水溪畔，踏遍每一寸溪岸，一百多公里的溪就像他的生命母河。鍾鼓說做爲一個尋石人眼光要好，你看濁水溪石多美啊，一條溪流飼養這麼多色彩，溪產異石，可裁爲硯，質潤淨滑。她學他像個孩子似的彎身盯著河水，只見陽光下墨綠、青綠、淡黑、赤紅、赭紅、靛藍併發。鍾家的墨都是這樣磨出來的，這種寒不結凍的活石在掌中依然生命盎然。鍾鼓的眼睛發亮，直到他從綠島出獄後，他失去了目光，濁水溪尋石遂成了他的塵封往事了。

花葉艱難地起了身，拿起化妝台擱著的一塊青綠色硯石，刻著廖花葉名字的石，寒著一張臉，握起冰冷如火燙。這石個性剛硬，遇寒也不流淚，多像她啊，絕不求饒，尤其在媳婦虎妹面前。她如是想著，但旋即悲哀又想，求不求饒到最後恐怕由不得自己，到時要是疼痛昏厥過去了，豈不任人宰割。她打算用鍾鼓留下來的石硯磨墨寫遺書，卻怎麼樣也找不到墨條，她頓然呆坐床沿，沒有墨的石硯也只是廢物，她覺得十分孤寂。這窗外的寒雨下了二十來日了，一點也沒要停下的徵兆，她往土牆一摸，手紋濕透。

雨水以何種姿態落在這座飽受折磨的小村？歷史以何種語言寫在這間充滿腥淚的老厝？又或者相反，一滴水也不落土。她細數度過多少人生荒年，肉體的荒年，感情的荒年，子宮的荒年。花葉寂寂然地又躺回她十四歲就以身體爲誓約的初夜之床，她記得一道冰冷的舌鎖住她如海洋的喉，濕黏地滑喫過她敏感如山峰的乳房，撬開她未張開之處，沿著大腿滲出的紅。她記得房間外是村外黑暗的世界，有狗在吠，有貓跳瓦，伴著木床唧唧嘎嘎的搖晃聲，頂上番油燈吐著火舌，把在她上方的鍾鼓頭殼投射放大在白牆，鍾鼓巨大的影子罩住她的上空，他是她的神，但之後這神變鬼。

無盡的雨，每一場夜雨都像是召喚。她躺著望雨，屋簷滴落成川，她躺在嫁來鍾家的木床，第一次讓下體感到疼痛的床比她的身體還堅固。

早些時候她還會起身打開她床邊衣櫃和窗下的五斗櫃，櫃子裡散著樟腦丸的氣味，收納著她結婚時穿的新娘衣，衣櫃裡面還有鍾鼓以及她溺愛的孩子伯夷和紹安的衣服，她在某些失眠夜晚，會拿起衣服東嗅西聞。五斗櫃裡有一些日幣銅板，如意鎖片，發黃照片，還有幾團毛線球，勾一半的毛衣毛襪，爲亡者勾的，但他們都已死去多年，連陰間也漸漸忘了索取陽間的溫暖。

這些年她漸漸以遺忘來編織她的壽衣，她不曾再打開衣櫃，她聞到合成樟腦的氣味，她知道她的時代早已結束，黑白無常已經上路了。透明的壽衣，即將裹覆其寂寞之身，她知道離這個日子不遠。許多事她開始記不得又忘不了，尤其是她在鍾家的暮年時光。鍾鼓離開監獄已是暮年，她也初老了。

她將乾枯的臉皮浸在面桶裡，冷熱交替的泡著，這面桶是她結婚時帶來鍾家的，當年母親依習俗爲她準備了面桶、腳桶、子孫桶，子孫桶就是尿桶，多子多尿，繁衍子孫意，她覺得古早人可眞相信象徵，她覺得子孫桶臭臊死了，子孫多未必留得住啊，多少孩子比她先離開人間，孩屍伴隨著記憶逐漸消失在南方的黑暗裡，她在這裡活了一生一世，成了守著老宅的三姑六婆。

115

花葉一旦陷入回憶流沙即不可自拔，不用去回想，過去即往事煙塵，回憶自動滾入這些染著深深悲哀與死別的苦慟裡。回憶愈拉愈長，她常陷入夢魘般的囈語。她愈想遺忘愈遺忘不了，每一個景物都是勾引，人間影事分外清晰，她總是不經意地想起鍾家以前的風光，她有過的末代華麗。是啊，這老宅院古早時好熱鬧啊，孩子剛生下不久，婆婆西娘即請專門保護嬰孩的十二婆陣來鍾家稻埕前表演，陳靖姑和她收伏的十一個妖女在埕上擺晃陣勢，臉上戴著塗著白粉的面具，但許多人都不知那是面具，以爲下凡神仙的臉總是特別大而白皙。十二婆的服裝金豔閃熾，在橘光下她抱著孩子看得好開心啊。頓時在音樂停下後，十二婆裡忽然有人在大庭廣眾裡卸去白色面具休息，竟露出個中年男子粗鄙牙疏的面孔時，圍在周遭看戲的孩子都嚇哭了，她懷中的孩子也哭了。她不記得她抱哪個孩子看十二婆陣，她想也許除了若隱、罔市和那些死去的孩子之外，應該都有請十二婆陣來跳護嬰舞吧，她感嘆又想，這些儀式是安慰了誰？孩子都跑去哪了？夜晚她見到自己成了罪人，身上遍滿大鐵蛇，蛇纏身著下體，從陰道鑽進去，再從眼耳吐來。有時出現的是鐵鳥，啄著自己的肉。有時出現銅狗，咬著自己的身體。

在旁的牛頭獄卒冷笑地持著兵器，惡罵著妳們這些顚倒女人。

妳殺死胎兒，應當受此苦痛。又妳的孩子在胎腹中時，人形已具足，生活猶如地獄，夾在兩片巨石旁，當妳吃熱食時，胎兒猶如身在火熱地獄；當妳吃冷食，又如在冰冷地獄裡生長，終日處於苦痛，而妳還喝了毒湯處死嬰兒，妳要受劍樹刺、刀山砍，熱鐵床燙，熱銅柱穿，被牛犁過的肉體，被拔出的舌頭還無辜地喊著我沒有我沒有……花葉晚年常在噩夢的吶喊裡醒轉，醒來一身熱汗，不知自己身在何處。她抱著肚子，覺得很冤枉，流下眼淚來，心裡哀怨地想著鬼使啊，難道查某人無查埔郎會自己病子有身嗎？胎兒不願落這人間苦地，豈能怪母？當時喝了鍾鼓開的中藥保產無憂散，但胎兒還是如河水般地流掉了啊？那些時光，女人受盡血之苦，血來或不來都驚。就像農事男人受盡水之苦，無水或做大水都怕。

年年受孕事折磨，她想難道母親受的身苦心苦念苦都不算數？妳想自己的前幾世或也曾被扼殺在產道前吧？妳感到冤屈極了，心想若論前身事誰又能知呢？佛也不知啊，遂說是雞生蛋或蛋生雞，毋須去解。

人生妳，妳生人。人殺妳，妳殺人。人身疲勞，花葉噩夢連連。

夢愈來愈多，花葉就知道離冥間的日期愈來愈近了，心神俱碎的她常錯亂時序，一旦清醒過來就是哭嚎，悲傷哭聲裡喊著憨子啊，汝怎忍心放捨阿母去，丟下阿母一人啊。她想著誰？唸著誰？村人行經時都說還不是想她的伯夷、紹安，伊寵子寵過頭，對不喜的孩子又棄養，愛與狠都在一身。於今她的淚水為誰流？也許為她自己吧，村人閒言閒語道。鄰近忙於田事的婦人們聊起這鍾家花葉嬤寵子的程度，她把較小的孩子送人，就是為了讓她深愛的長子伯夷可以喝較久的奶水，他這吸奶吸到七歲，怪不得孩子都變笨了，沒有早早學會求生本能和獨立能力，日日閒晃，玩點小賭。有婦人接著咬耳朵說，當年鍾鼓坐牢，就有人說花葉把感情都投射到長子身上了，每天要他陪阿母睡。待伯夷娶老婆了，花葉又把注意力轉到紹安，你看紹安也是每天抹油頭，公子哥兒樣，還不是花葉寵壞的。聽說這紹安都少年了，一鑽進母親被窩，手一掀就扯起母親上衣，解開奶罩，悶頭就吸，婦人邊說這流言邊不好意思地笑著。旁邊做工的查埔郎們聽見這些比八卦雜誌還情色的字眼時，頓時彼此互相打情罵俏著說，麥講別人，沒卡定，恁查某相款，乎人按呢嗉，眞爽。一恰查某停止手上洗菜的動作，倒了一盆水在那男人褲襠，男人遇突襲一陣冷竄叫囂，大夥笑開著。

花葉不記得那些身體的事了，當身體疼痛時，所有和身體有關的激情與愉悅瞬間消失得無影無蹤。她想起的都是些臉孔，如晃在水中般，臉色捉摸不定，但眼神卻都直直地盯著她看。

這已成病體的身軀，她想再過不久就要稱爲大體了。

116

最早發現廖花葉生病的人是虎妹，那時廖花葉被最深愛的大兒子丟給三子若隱，她只好和虎妹住。虎妹發現阿依的內褲爬滿了螞蟻，螞蟻沿著牆，一路來到婆婆的內褲裡。螞蟻爬滿了花葉換下的內褲，嚶噬著底褲沾黏的液體，蟻如軍隊。有人告訴虎妹說這是糖尿病徵兆，不信妳也去樹林撒一泡尿，不久就會有螞蟻兵團來到妳甜蜜的窩。虎妹跟婆婆說妳得糖尿病，別吃糖了。花葉從不知道吃太多糖也會生病，以前白甘蔗採收對她而言是一種幸福的召喚，白花花的糖讓她蒸出的甜發粿美味，鍾鼓晚年眼睛不視，鼻子卻靈，灶裡的甜發粿吹出的熱氣，讓他成了尋香人，他有自知之明，要在花葉蒸甜發粿時嘴邊說著發發發，說發討花葉歡心。葡萄釀酒也要糖來催發，少了糖這一味，花葉人生沒滋味。於是家人偷藏糖，但花葉總是能找到，她不明白人生這麼苦了，竟連一點糖都不能吃。

花葉一個人偷偷躲在角落吃食，雙手顫抖的她總是把一桌的湯湯水水四處潑灑。她無法忍受在虎妹面前這副模樣，於是落腳虎妹家時，她簡直像個小媳婦似的躲著就食，在虎妹面前活得像隻老鼠。

花葉得了糖尿病，她很不得已地讓虎妹帶她去醫院打點滴，藍青色的血管任護士怎麼找也找不著。找不到血管，護士不斷拍打花葉的手臂，好不容易找著了，就往手臂一扎，瞬間紅色液體緩慢地在透明塑膠管裡停滯和流動。手臂很快地出現了紫青色的斑點，她閉著眼睛避免和媳婦相對看。

之後要了花葉命的是子宮頸癌。那時鄉下女人都沒聽過這種病，只以爲孩子生太多所致，或有不潔之想。直到時代已經走到E世代了，鍾家和廖家的老一輩女人聽到歌星梅豔芳也死於子宮頸癌時都想起了廖花葉，媒體說這種病有的成因是性關係複雜所致。她們經兒孫解釋聽懂什麼叫性關係複雜後，都拍了兒孫一記，大聲說著那鍾家阿嬤也是死於這款病啊，那她可冤枉了，伊一世人也只有一個查某郎啊。這樣被污名化，連女人們都無法接受。許多人也才恍然大悟，原來花葉初老時被村裡女人偷偷暗笑這麼老還小產流了胎的事，其實是她的子宮脆弱岩壁再也無力承受撞擊而致血崩，即使是愛的摩擦也會讓子宮流淚。何況當時已沒有愛了，只餘疼痛。

廖花葉罹患子宮頸癌末期，虎妹在台北和平醫院裡替婆婆把屎把尿。那時虎妹的青春早已不在了，她的婆婆也死期將近，兩人對看兩無語，生命只剩貧窮與苦痛。虎妹是廖花葉最厭惡的媳婦，廖花葉是虎妹最想處罰的婆婆。廖花葉還有意識時，常感心肝冒火，只因瞥見虎妹正在照顧無法行動的她。每日清理大小便、抽痰、導尿、翻身、按摩、洗身，那是虎妹女兒小娜第一次見到另一個女人的陰毛、陰道，甚至陰蒂，那地方稀疏腐朽，漆黑如藻，腥臭如屍。

婆婆花葉是巧巧人，知道虎妹對她好是一種處罰。處罰自己眼睛長在腳底，錯愛他人，所愛的人皆不來看顧她。花葉每天都期待打開門的是她深愛的長子或者長媳，但每一回都落空，進來者總是虎妹。虎妹幫住院的花葉洗身時，也常陷入自己的回憶，她想起婆婆常要還在少女階段的女兒將自己胎中流掉的胎衣或是流掉的胎血骨肉拿去埋的畫面。

眞是夭壽！叫那麼小的女孩拎著血淋淋的胎兒走遠路去埋掉。

虎妹見著婆婆的下體，有如濁水溪。

婆婆先是切除子宮，薄如膜的子宮在醫生執起置於燈光下時，恍如是發縐的翅膀，或者腸子。

恁老爸住過的所在。虎妹對著仰起頭來看的小娜說。

那我住的所在呢？小娜問。

虎妹笑到肚疼，傻囝仔，妳看不到啊。

這所在叫做子宮，小娜告訴母親。

聞起來親像曬乾筍絲，親像乾屍獸皮……嘖嘖嘖，這款所在也能生出人來！虎妹自言自語。

花葉沒有想到有一天她會落得要媳婦虎妹幫她把屎把尿地度過人生的晚年。

她幾乎想不起來她是如何厭惡起虎妹的。

那年當她被抬著轎子走進尖厝崙的村口時，她從轎子偷偷掀開的一角簾外就瞥見了一個正在賣力工作的小女孩，當轎子漸漸靠近村莊時，聽見有人對著這小女孩嚷著虎妹虎妹快來看新娘子！這個叫虎妹的小女孩停下手邊的工作，直盯盯地望向轎子，冷不防她和小女孩的目光對到，她嚇了一跳，她從沒看過小女孩眼中有過的那種倔強凌厲的神色，她瞬間像是被燙著似地鬆了手，簾子忽地垂落。接著她又聽見有個女人的聲音在開罵妳手腳快點喔，誰叫妳跟著看新娘子了，想坐轎子嫁人啊，這輪不到妳！

廖花葉的轎子就這樣一路穿行村口小路，經過水稻田和一整排的防風林，再繞進有芒果和龍眼的大樹後，就看見錯落在一片竹林和梔子花的鍾家大厝。小女孩虎妹大人般的凌厲神色讓花葉一直盤旋在婚禮上，花葉有點懊惱，卻不知爲何這小女孩的影像揮之不去。

南都夜曲

117

年輕花葉所嚮往的台北於今卻連結著醫院。

台北好大啊，她從醫院樓上望出去，霧濛濛的水泥高樓，不若家鄉一望無際的平原遼闊，但有許多的窗，窗裡有燈，她感覺整個城市沒有屬於她的夢，她的夢在原鄉打轉。她的遺忘卻在夢裡想起，鍾鼓也在夢裡復活，她怕甦醒，醒來的世界又將一次又一次地把鍾鼓殺死。她期待黃昏降臨醫院，窗邊染上了如鴉片的暈黃，她偶爾會想起鴉片阿嬷，以爲自己才剛嫁到鍾家，十四歲的姑娘。她自沒有黃昏的國度來到台北大城，捻亮的街道燈火是她住院唯一的風景，在她闔上眼睛前，削了橘子皮的太陽把她安全地裹進眠夢。那時疼痛還沒那麼劇烈，癌對她還客氣著。

但她開始不吃皮蛋和粥，她說這黑白兩色，是黑白無常，她怕。在過往喜愛食物的顏色裡，她彷彿照見閻王的使者僞裝其中。

只有糖可以去苦，童年歡樂的糖，追著虎尾台糖火車的糖，血淚的糖，不自由的糖，殖民的糖，被俘者的糖，裹著黑色夢的糖……只要回想以前釀葡萄酒時注入金亮亮的砂糖，她的嘴角就溢出幸福的微笑。然而她被嚴禁吃糖了，糖尿病附身，糖不再甜蜜，她很不明白，她被剝奪了晚年唯一能安慰三寸舌根的快樂。吃糖偷偷摸摸，口袋裡常偷藏糖，然而當螞蟻如軍隊地沿著她的內褲前進聚集嚙咬時，螞蟻將洩漏了她隱匿的糖，她的嘴饞成了兒孫目光掃射於她的恥辱印記。

花葉查某囡鍾秋節假釋出獄後常利用時間來探望阿依，秋節和母親閒聊時偶爾還會抱怨自己的名字諧音不美，花葉聽了就會露出少見的微笑，她到現在仍不懂爲何女兒一說起自己的名字就嘴翹鼻翹的不悅，花葉說妳係秋天生的，秋節好啊，鍾秋節有啥無好？

其他病床的親眷有人聽了也笑。

詠美有一回對花葉說至少妳的丈夫還活著，花葉笑了笑，她在無盡的夜裡等待鍾鼓歸來，十多年是漫長的，她想始終守候的人較苦，還是心死的人？又或者像鍾琴，看起來永遠毋須守候人的苦？她不知道苦的差異，但她知道守候的滋味是苦。這種苦需要糖來安慰。

有一夜她聽見米麩茶的嗶嗶聲，她一時以爲還住在村裡，下了床就往聲音尋去。走道醫院盡頭，發現是一只燒壺在嘶鳴。睡著的護士，睡著的病人，她穿著綠色薄衣，手還掛著滴管。她突然感到天堂上鎖而地獄無門，她飄飄蕩蕩，不知身何在。有護士被壺鳴驚醒，切掉開關，抬眼見到花葉。

夢遊花葉，如處中陰。

罔市來到她的夢裡，她嚇醒了，嘴裡喃喃自語不是阿依要放捨妳，是阿依太怕妳了……綠色病房只有儀器發著微弱的光，隔床的病人呻吟著，不斷翻轉抽搐。她坐在病床上，看著針管插滿了手和腳，淤青發紫的傷口，像一張醜臉，她覺得這張醜臉很熟悉，恍似罔市剛出生的樣子。罔市死去多年，她很少想起這個孩子，她的生命裡有很多無緣的孩子，但那些無緣屍是太空爆炸後的碎片，來不及心傷。但罔市不是，罔市是在她對鍾家有很深眷戀的情感時活生生被她母親狠心送給鎮上的老妓女。她一直不喜歡罔市，但鍾鼓喜歡，鍾鼓一走，她就把這個古怪的小女孩送走了。她在懷罔市時就想打掉，她一直認爲罔市不吉調。她是去參加父親喪禮後回到小村的那夜，強被鍾鼓索討身體的，她一直覺得夜晚的身體還充斥著白日哭喪的不潔，而鍾鼓恰好以爲能解喪親之憂唯獨性愛。那夜之後，她天天不舒服，常有一種想要尖叫的瘋病感，發現有了身孕後，她連吃了一個月的藥竟然打不掉胚胎，她異想天開將鐵絲衣架折成一條直線的小彎鉤，將小彎鉤緩緩地伸進陰道，以感覺送進子宮。但沒有用，胚胎日益成形，她從來沒有懷胎時如此害喜，時時嘔吐，心跳加速，手腳發抖，神經緊張。吐出這個古怪胎兒彼時已經是深夜，她在月光看見胎兒的臉上有幾道刮痕，頓時大哭起來。她想到自己的一生，想到這個即使死也要來到這世界的孩子，她不懂爲何這孩子這麼執著，不要命的執著入世，這讓她看見這孩子就害怕，甚至從不抱她也不餵她。罔市出生未久花葉母親意外死去，這加深了花葉對這孩子的又畏又厭。妯娌媳婦詠美常好心地將罔市偷偷接了過去，偷偷餵養著罔市，直到鎮上的老妓女來到鍾家把罔市帶走。

罔市連死了花葉都不願意見她最後一面，花葉並不求罔市諒解，她知道這和諒解無關，這完全是命運。花葉到死前都不知道她的體內有罔市的器官，女兒活在母親的體內，等待慢慢折磨遺棄她的母親。沒看過這麼狠的阿母，村裡謠傳罔市大約不是鍾鼓的種的流言，隨著罔市的離去，流言漸漸如雨被陽光蒸乾了般。

花葉換了器官後，讓醫院移植外科博得一個好名聲，院方從來沒有移植過這麼成功的案例，接受陌生人捐贈的器官竟然可以完美地復活在他者身上。然而不出幾年，花葉移植的器官開始每日折磨她，但說也奇怪去醫院檢查又說一切安好沒病，但一離開醫院花葉又痛徹心扉，奇異的疼痛，像被鈍刀凌遲切割的撕裂但又不會要她的命的一種痛。

凌遲的痛了幾年，直到子宮頸癌的痛蓋過了移植器官的痛。她的病歷是一條綿延的歷史檔案，在身體的渡口上風雨飄搖。

花葉終於明白鍾鼓常掛在嘴上的去日苦多，她覺得人生眞的是苦海時，輪迴已經在等她了。她又從台北轉回了雲林，她的台北沒有歡樂，沒有物質，台北對她而言是去看醫生，而醫生是她最不想看的人，她回到鄉下後常對來家裡走動的村人說台北醫生長得像牛頭馬面，不然就像包公都不笑，阮驚都驚死了。

118

花葉想念南方的太陽，夢遊隔日她想回到南方曬太陽。她想念西岸的海，那時看海是一種奢侈，每次和子孫午后去看海，她都覺得這大海眞綺異啊，近乎無情的遼闊，近乎無邊的力量，大到把村莊出海的男身吞沒其中，小至她站在岸上海也文風不動。海面在平靜無波時有緩緩通過的船，像是油畫的船。有些旅程從來未曾抵達過目的地，她記起大戰時的大船爆裂成碎片；她記起父親出海搭的客船，巨浪把它翻攪到龍宮。她看見海會流下淚來，這東北季風從海一路狂掃颷肆，風飛沙刺傷了瞳孔，皮膚刺紅，髮絲糾結，步履闌珊。每個活過島嶼海岸或溪邊沿岸的人都無法忘卻東北季風的強烈穿梭與愛撫。但花葉喜歡海風和東北季風，那種風吹的刺痛於她是舒爽的，眼窩嘴角耳內吃進的灰沙不過是風的調味劑，比起平靜無聊的村莊，她更喜歡海的奇異。海依然藍，海依舊黑，但她已經發白了。

於是她像是遺忘了感情債務與往事灼傷，她轉回南方的太陽懷抱，讓陽光去霉，一轉在老宅多年，直到她被某一次的颱風橫掃出門。

小村常染著死寂，但也有螢光時刻。比如鵝黃的太陽將濁水溪硯台曬得發亮，芒花狗尾草都在微笑迎她。她想還是回家好，要死也要死在和鍾鼓結合的床。她又成了鍾家老宅的主人，這間房子的夜比日吵，老宅院的幽魂們全回來了。老厝讓花葉記起了已沒有臉孔的他們，她記起最早的幽魂是她的孩子，血肉模糊的胚胎。夜復一夜，永無止息，漫長告別。她孤獨已久，渴望鍾鼓早點來接她。塵土與浮光的下午，她看見鍾鼓從肖像裡走了下來，沈默而年輕，他抓起她的手，她期待他的撫摸，但他卻是爲她把脈，一臉的擔憂。她看見暮光裡的鍾鼓，餵養著她虛弱的夢，夢中之夢，充滿塵病與潮濕，彷彿一道深淵，召喚她赴死。花葉啊，花葉，凋零爲了根，鍾鼓是花葉的根。然而鍾鼓是風，來去無影，徒留花葉醒轉淚流。她想起自己也是半死之人，即將加入老祖宗的隊伍，她們都將被稱鍾廖氏考妣，在她和死者之間已經沒有多少時間了。

沒有人願意直視她的眼睛，沒有人願意再抓起她的手，除了病魔。病魔還沒打算鬆手，但也沒勒緊繩索。晚年廖花葉失禁，一絲氣息懸吊著，她看著鍾鼓的肖像，質問他爲何要給她最痛苦的懲罰？沒有被馴服的痛，啃咬著她。那時她屋外植栽的葡萄藤已枯萎，她睜著凹陷空洞的瞳孔盯著天空，藤蔓交錯，陰影遮蔽了從嘉南平原一路奔來窗前的夕日，她聞到有著死亡味道的葡萄藤，腐敗的土地正等著劏出坑洞，她聽見一群人拖著鐵鍊在地底下走踏的聲響，她還看見鍾聲，她想告訴詠美，但她只能躺在床上。

她一直以為快了，快了，召喚她的黑白無常要伸出爪鉤了。然而她仍活著，嘴巴張得大大的，一張眼就呻吟，一闔眼就覺得被世界拋棄。

之後她的生命必須以子孫的時間來作分配，有一半的時間她被迫住到虎妹家，由虎妹照顧她，她感到這比生病還要折磨她的意志。她的胯部包著肥胖的白色尿布，更顯長腿細瘦彎曲，一個老的嬰孩。紙尿布奪去了她最後的尊嚴，且執行者是她當年最瞧不起的媳婦虎妹。虎妹撕開膠帶，掀開花葉的尿布，虎妹的表情難掩頓然一陣臊味衝進鼻腔的噁心。從皮包骨的雙腳下拉出尿布，接著虎妹用布擦拭如豬肝色的陰部，那如放了不知多久的凋萎花瓣，承受多少次男人鍾鼓的潮浪撞擊，現下已如廢墟。皺縮的玫瑰，散出尿臊與魚腥般的氣味。虎妹直視婆婆陰道，這個孤寂的小角落，她自己也很熟悉。這肉瓣開處是人子通往世間的悲傷出口，窄仄的隧道出口，將孩子用力地甩出皮膜小厝，嬰孩翕開蠕動的嘴唇吮吸著賁張的乳水，嬰孩瞬間遺忘了處在陰暗晦濕的隧道恐懼，他愉悅地將嘴對著母乳的突起處，如蝙蝠似地航進了血色的深黑未來。

偶爾花葉會想起自己年輕時的樣子，她從來沒有躍上喜悅的高峰浪頭，燕爾新婚，酖酣酩酊，恍然一瞬，就害了喜。舊的痛苦被新的痛苦蓋過。但這些往事花葉都朦朦朧朧地很難拼湊完全，但對於當下的身體尊嚴，她卻感到異常清楚的痛苦，裸著身的下體，讓她想嚎啕大哭，但連哭的力氣竟也匱乏。花葉的房間，瀰漫惡臭，發黃床單永遠乾不了似地沾黏著屎尿。人從這個充滿屎尿之地吐出肉身，人根本就是大便，虎妹想。花葉靜靜地躺著，褪去衣褲的她如死。

她那麼愛漂亮，年輕時可說是村裡最美的人，她幾乎不做家事，雖然她蒸年糕的手藝人人稱頌，但她就是不愛做家事，廚房油油膩膩的，湯湯水水總是傷了她的指甲。

就像她不喜歡三媳婦虎妹就是除了嫌她沒母親、家裡貧窮外，還嫌她長得不夠水。哪裡像大媳婦伊娜，濃眉大眼，美麗極了。生的男長孫白皙可愛，女長孫漂亮如洋娃娃。

119

廖花葉到死前都還記得，她的三個同父異母的哥哥是如何夥同著日籍同學一起欺負著她。在廖花葉六歲時，三個哥哥將其手腳分別像五馬分屍似地一一抓起，然後要他們的同學春生將她的嘴巴扳開，與弄著春生將其雞巴尿往她的嘴巴灑的往事。她還記得從南洋回來的瘋阿嬌是如何地被一個朝她臉上射出白色液體的日本兵驚嚇的初體驗。

廖花葉恨死什麼革命了。

革命奪走她一生所愛，弟弟和夫婿。到火燒島的鍾鼓被放出來沒幾年就過世了，而那幾年鍾鼓也活在黑暗中，他的眼睛日漸瞎了，成了村子裡被晚輩暗地偷叫青暝公老人。但其實也還不老啊，花葉不解時光何以把老公的肉體給快速燃燒殆盡了？廖花葉常不解時局到底是怎麼走的，也不解這鍾家怎麼忽然間說敗就敗的。

晚年廖花葉偶爾會陷入失憶，那或許是她心靈解放的一刻。但她並非全然失憶，她僅記得快樂時光，而遺忘痛苦日子。失憶減緩她的蒼老，快樂卻增加她的滄桑，二者相抵，她和一般同齡的老女人還是顯得年輕些。可見足以勾起她快樂的板塊還是大過於憂傷之地。她想見的兒孫很少出現在她的病榻，她不想見的虎妹反而常出現在眼前。虎妹博得同病床的幾個家屬讚許，她內心知道自己正在以看不見的精神折磨在佯裝體恤著婆婆的病體。

花葉被送到醫院後，虎妹幾乎下了工就來到這家醫院，幫花葉翻身，幫花葉導尿，幫花葉洗下體。這可憐的下體曾經吐出若隱肉身，可憐子宮病變。瓢蟲專剋蚜蟲，以前妳是瓢蟲，現在我是瓢蟲，虎妹在心底說著。她大力地拍打著婆婆的背，好讓她舒服些。但手勁之大，連隔壁床的婆婆都希望也能被虎妹按摩按摩。

日日睜眼見得虎妹，花葉只好閉上了眼睛，但閉上眼睛有個致命的缺點是有些回憶卻漸漸有了起色。她開始點滴想起，自己曾經那麼地忽略三子若隱一家人的存在，她甚至從沒抱過虎妹生的四個孩子。一想到自己的偏心，眼睛又馬上睜得大大的，唯恐陷入黑暗深淵。

有一件事她也從沒忘記，在失憶的地圖裡這件事像是一盞閃爍的燈泡，閃閃滅滅之間還是依稀可見往事的形象。在花葉日漸如死魚的目珠下，有時會閃電似地映照出一座憂傷海洋。

這座海洋只有虎妹的女兒小娜看得見，那時醫院電視正播著慰安婦婆婆們至日本抗議的畫面。花葉有個少女友伴阿桃就在那個抗議的老婆婆行列裡，當時她曾向家裡還算小康的花葉求援，阿桃家貧，父母要賣她身，但花葉也還小，不知如何關心起。這少女友伴阿桃竟就憤而離家加入一個遠放南洋的隊伍。阿桃以爲新天新地迎接著她，卻不知此去是當慰安婦，她以爲是去報身救國，是去當小護士。十四歲的女生，無知地成了慾望的砲灰。回鄉來卻成了半瘋的激進女人。活著回來的阿桃，卻染了性病，性病治好了，性情也轉變了，面貌更是一去不回。鼻端突出的紅肉瘤，成了阿桃不潔往事的紅印記。阿桃精神時好時壞，在某些時候，她會像是得了桃花劫似的瘋狂，將家裡的所有衣物都剪破，好幾天不進食。精神好的時候，阿桃就像一般的婦人，但有個怪癖就是喜歡洗澡。後來她在嫁給了一個死了老婆的年邁外省人，說也奇怪，嫁人後的阿桃精神日益轉好，記得了許多事。在外省丈夫走後，她逐漸將悲慘的歲月公諸於世，唯獨從來不提曾向女友伴花葉借錢之事。

每天接客二十幾次，那些明早可能戰死的日本兵是眞瘋狂的，阮這台灣查某連紅血來洗時也得躺著被幹，三年毋邁穿過衫褲……阿桃曾粗俗地對剛步入少女的小娜如此說著。

於是小娜對阿桃比對阿嬤印象還深刻，她喜歡阿桃婆婆，她覺得阿桃是個性情很眞的悲苦女人，那種悲苦足以引發瘋狂，合理的瘋狂。

阿桃最後還是靠著意志鑿開了悲慘隧道，在深淵處引進了一道光。

相反地小娜覺得自己的親生阿嬤一直都是逃避的，無光的。

少女小娜見過阿桃多回，因此在電視上很快就認出阿桃，她的鼻端紅肉瘤很吸光，盯住她的視線。她搖醒阿嬤，指著電視。阿嬤睜開眼，看著少女友伴阿桃，點滴記起那一天黃昏，阿桃來敲她門，說父母要將賣她賣給一個老頭，她才不要，阿桃要花葉借伊五十銀圓好逃去台北。但花葉哪有那麼多錢，阿桃卻說不然妳的金飾拿些借我先去當，我日後還妳。花葉不捨手上耳際頸上金飾，一勁搖頭。目送失望的阿桃消失在月光下的竹林時，花葉望著那些金飾，心想如果這些東西可以幫助好友阿桃，爲何不呢？忽然想要叫住阿桃時，阿桃早已隱沒在竹林深處。

隔天花葉去阿桃家尋她，阿桃母親正在罵人，死查某鬼，唔知對誰去了。

阿桃自此消失，只聽說她加入日軍招兵買馬的南洋叢林。

少女花葉黯然神傷，再過一年，花葉就嫁到了鍾家。兩人自此成了不同世界的人。聽說花葉都不太戴金飾，她最多就是戴玉，無人知曉原由，她的媳婦虎妹則說玉能幹嘛，當然是要黃金。

120

看見阿桃出現在電視上的花葉無神地盯著螢幕一晌，旋即闔上眼睛。

往後花葉連耳朵也關起來。

她變成大聲婆，聽不見自己的呻吟。電視成天開著，聽得清、記得住的藥品廣告每天喧囂，花葉婆婆充耳不聞。

不見光的房間她常搞不清是日還是夜，後來確定是夜晚了，是因爲遭自己遺棄的孩子一到時間就會紛紛來到她的床沿邊，有的靜靜流淚，有的吐舌頭，有的還掐著她的脖子要她說眞話。

時光穿過花葉心的裂縫，一屋子的寂靜，回憶毋須勞駕電源，自動在眼前放映。她在另一端看見狠心的自己，棄子。昨日崩解，濁水溪風沙裡的寂寞背影充斥在整個房間。她看見被遺棄又孤單在大街上死去的孩子，孩子連收屍她都不願去認領。沒有仇恨，母子有什麼深仇大恨？她不知道，她就是討厭這兩個孩子。她讓這兩個孩子天堂無路，地獄無門，人間緊鎖。她知道媳婦們說她狠毒，但她覺得寃枉。天生的不喜歡，這種感覺她無法解釋，像是繁華世界裡的廢墟感，只想逃離孩子的哭聲，奪魂的要命之感，她不喜這兩個孩子，她隨便取名菜籽，罔市。其中一個她悄悄送走，鍾鼓發現後氣急敗壞，卻無論如何都無法逼問出孩子送到哪了，那一夜鍾鼓氣到眼睛流血，血光裡是剝離的孩子，他搖頭嘆氣。其中一個女孩罔市則養到十來歲了才送給一個鎮上的老妓女，鍾鼓答應的原因是老妓女孤寡，給她一個孩子作伴也算是行好事。

以前花葉聽母親和老一輩的阿桑們低聲聊天時說就是他強昧愛啊！才會一直做一直流……阮查某的身體親像母豬。少女的她聽了總是很害怕，沒想到後來的自己也走上這條母豬的路，除了鍾鼓被關的那十多年她不再懷孕之外，其餘時光她常病子，起先和婆婆同時病子，後來和媳婦常常同時病子。

於今她的子宮像荒圮傾塌的老房子，一任一任的房客刮傷了血肉宮殿的危脆皮膜。老房子逐漸貶值，且時光毒素上場，癌染上了她的子宮頸，逐漸她皮骨腫脹，全身紫青黑淤。偶爾疼痛減低時，她悠悠忽想起被自己送走的孩子罔市，短暫靈光裡，她想通了自己那麼討厭這個孩子除了罔市出生時剛好母親過世外，還有個主因可能是在罔市之前她已病子多年，許多模糊的血肉胚胎都被她埋在後院或者田的某棵樹下。但沒想到罔市命硬，橫生完整地奪出子宮，且還活了下來。她總是想這孩子是抓交替，她的眼睛還沾著血跡，就聽說娘家母親往生，接著罔市就轟然如雷地哇哇啼哭起來。

有一天花葉夢見許多嬰靈阻她前往天堂，她被推進黑暗裡，接著見到自己竟七世生爲畜生，變成豬狗猴蛇鳥鹿象，在小象被老虎咬的血痕裡驚醒，她知道天人有五衰，不是天人的凡人有幾衰？她的五臟六腑皆要崩解而去了，但她畏懼成豬啊，急忙叫喚著來看顧她的女兒秋節過來，叫聲伴隨著淒涼的哭聲。天剛濛亮，秋節乍醒揉著眼睛來到阿依身旁。

阿依，汝按怎無爽快？女兒秋節問。

是無爽快，人生一直都無爽快啊，到死更悽慘，我夢見自己變成貪豬嗔蛇，妳去問問姑婆鍾琴，請她幫我念經。

走了山路去寺廟的鍾秋節從姑母鍾琴那裡接過一本燙著金字的經書《尊勝佛頂陀羅尼經》，鍾琴本厭花葉嫂嫂，但習佛要放下分別念，又死者爲大，她想來想去就從紅木櫃裡請出經典要秋節回去誦給母親聽，此經入耳根，花葉或可免淪落畜生道。鍾琴送秋節出殿外，她說妳誠意捧此經書，妳洗過手的水連蟑螂螞蟻都可利益，此經功德不可思議。秋節點頭，感到自己恍如佛陀弟子目犍連，神通廣大的目犍連入地府救母不成，佛陀說神通也無法解業力。但她相信自己有能力救母。那只是一種意志與相信，比如當年她殺夫，現在要救母，都是相同的意志展現，只是一個成魔，一個可以入道。秋節用捧過經書的手洗條毛巾爲母親做最後的淨身，然後屋裡就開始聽見秋節讀經，聲音動人如天籟。前身悠悠，後身茫茫，人生百年草前霜，生死循業，歷經滄桑，我可憐的阿依，請汝寬心好走。

花葉終於逐漸沒有病痛與夢魘，臨終前還清醒地託囑秋節要幫阿依的全身塗上新竹白粉，鍾鼓以前還到處去幫人看地理和風水時買給她的新億春粉撲白粉盒，她想抹上這個去見冤家也許還不難看吧。

花葉躺在闃黑黝闇的木棺裡皮肉盡殞，卻依然頂著一張白粉粉的臉。

在釘棺前，不懂事的孩孫差點笑了出來。

121

說起花葉的葬禮可比起當年伊出嫁的婚禮還更像一場婚禮，那時已經流行電子花車，鋼管舞女郎，台灣錢潮淹腳目，鍾家後代不管對花葉阿嬤喜歡或討厭，都很認眞地爲伊做足面子，葬禮辦得很澎派。

她七十歲照的那張相片十分典雅，那是她生病前一年拍的相片，在鎮上新開的一家相館，這是她生平第二次進相館拍照。許多人都說花葉一生不太得女人的同性緣，但那張老相卻是拍的極好，滿臉皺紋下有雙炯炯的眼神，慈眉善目多了。

可惜花葉的喪禮在她溺愛長子伯夷有權決定下卻變了調，她的那張大肖像框著金邊，被高懸在裝飾著許多黃色菊花的發財車上，電子花車女郎穿得極少，肚臍中間鏤空，閃亮亮片和流蘇羽毛不時因爲舞動而甩到她的遺照上。送行的發財車遇到紅燈停下時，許多歐嘟邁騎士就看著這一幕發笑或發怔起來。

送行可以送的這麼喧鬧？這麼俗辣？

陌生的路人都看呆了。尤其是送行發財車司機可能沒料到省道某路口有新設的號誌燈，或者一時恍神沒見到號誌燈突然轉紅，他一個緊急煞車，差點把電子花車女郎從車上甩出去，在一陣路人和騎士的驚呼中，女郎一個箭步瞬間抓到了花葉阿嬤遺照上方的一根輕鋼架，女郎才沒被甩了出來。

拍拍胸脯定魂後，女郎彎身轉到前頭駕駛座破口大罵。啊你係按怎開？想要謀財害命啊。女郎幹譙司機，司機嚼著檳榔，呵呵呵地笑著，一口紅血。袂死啦，恁伯無甘呼妳死啦，妳妖嬌美麗，阮哪甘心哩，放心給恁爸跳，跳乎爽，乎人歡喜，等會錢給的才多。

燈轉綠，發財車又繼續開往墓地。幾輛發財車的後頭是孝女白琴與鍾家廖家的老小家眷們。他們沒見過花葉當年的婚禮，但此刻都參與了花葉的葬禮。電子花車女郎大跳豔舞在送行亡者的路上那種少了哀悽的俗豔歡樂像是一種對死神的抗議，當然村民不作如是想，他們只覺得這景象好新鮮，讓人忘了要流淚，比慶典還慶典的死亡現場。

流淚的只有秋節，她擔心母親眞的變成豬了，童年她要到豬圈餵豬，只要聽到腳步聲就以爲來餵食的豬仔總是悽慘地叫著，那記憶瞬間奔來。秋節一時感到暈眩，恍然聽見豬叫聲從凹陷墓地滲出，她在一群吵鬧裡雙手遮耳，蹲下身來。

122

那年頭許多女人都得叫孩子去把黏在賭桌的父親叫離開賭局。

或者手頭上的錢得看緊，免得被男人拿去賭了。

虎妹有過幾回憂心匆匆地穿過沙塵，太陽反光柏油路，像黑海的路，灼燒著她的瞳孔。走過溽熱騎樓，胸口強壓著一股怒火，找到了賭局，總是大吵一頓或者大打出手。出手的是虎妹，她摔米酒瓶，被人拉開。

鍾若隱過世後，她想也許她的苦難結束了。但奇的是，想起他，她卻總是傷心不已，無法停止哭泣。旁人以爲她愛他，但她不愛他。但她就是想起他會悲傷會哭泣，好像生命有個部分被切掉了。若隱走了那瞬間，虎妹哭天搶地。那種哭法完全是驚人的山崩地裂，把孩子們嚇壞了。當時見母親哭得像是瘋掉的嚇人模樣，女兒還曾心想明明母親沒有那麼愛父親的啊。

後來女兒才明白，母親失去丈夫的悲傷哀慟感並非由於愛，而是純然因爲被剝奪，一種失去，也就是愛不愛是她自己的事，但丈夫不該被上天那麼早就收回去，讓她頓失寃家的對象。往後大約有三年的時間，虎妹像是被丈夫的死亡記憶給活埋似的，成天身體發疼，夜裡都會聽到她的哭泣或者呻吟聲，自此夜晚有一條蛇咬噬她的神經。她長了蛇皮，在腰部。

姊妹淘富米說她也長過，長在脖子。

富米嚇她腰部長一圈後就會死翹翹喔，我長在脖子時，人家就告訴我會繞脖子，束死。富米帶她去士林一家廟斬蛇，說也奇怪，這木劍一斬，蛇皮盡褪，虎妹又虎虎生風地活轉了過來。

虎妹闖蕩這座陌生城市。爲了累積人脈，她打電話給過去在幫傭團裡認識的許多太太，太太們的背後又連結著很多親眷，她一一打聽適婚者，然後幫家鄉男女牽紅線，當起媒人婆。當紅娘是她累積人脈且建立口碑的最佳方式。她在台北縣三重租賃的兩層樓房也常成了家鄉人來台北的暫時落腳處。她且把一樓分割一半租給一位木工師傅，然後在另一半的客廳裡稍做布置後，儼然是相親之所。她想自己的婚姻是媒人說來的，她也來當媒人婆看看，家鄉孤男寡女正多，很需要她這種大聲公敲邊鼓。只是她覺得自己是一根被榨乾的番薯，她自覺中年以前的農事痕跡還牢印皮膚上。又皺又烏的皮膚讓她花了不少錢買化妝品和粉餅胭脂等，她喜氣洋洋，別人是客廳即工廠，她已進階至客廳即茶館，男女喝茶，頭低低，眉勾勾，姻緣線就纏住了。

熱鬧的新天新地和新人，讓虎妹日漸遺忘了南方傷心地。南部小孩記憶是稻草堆，在稻草堆裡奔跑，天空揚起的絮，像鵝毛飛。颱風是天候的神秘地帶，一條龍房子，讓奔跑在每個房間的孩子跨過門檻，有時不巧會撞見布簾下的交纏身體在棉被裡轉換體積感。騎腳踏車在田中小徑，兩岸植滿甘蔗或是玉米，被風吹拂著，她總是感到有什麼神秘事物要發生，總是越騎愈快……

好遙遠的事了。

她微笑地吃著囍餅。

客廳角落裡已經堆了一疊一疊的餅盒了，燙金的囍字發亮著。

虎妹記人年歲多僅記得生肖，婆婆花葉肖豬，繼母肖狗，多桑肖鼠。

虎妹從小曬得很黑常被叫紅毛和黑番鴨，也被繼母罵臭雞掰，她也常以此話罵她的小女孩（但她認爲她對小女孩是愛意的，因爲只有這樣的使惡，上帝才會遺忘她的所愛，從而忘記帶走他們。但她的繼母是惡意的，這她毫不懷疑。）結婚後和市場的男人搏鬥互罵。她一生可聽太多「髒」話了，有力的髒話，她吐出來可貞是氣定神閒。她常對她的女兒吐出髒話，其實她也不是有意的。就像有些男人動不動就問候別人的娘一般。她說髒話也是這樣，就是嘴爽且能發洩情緒罷了。比如她心情不好時罵她的查某囝「臭雞芭」。她和女兒逛夜市，女兒看到賣水果的小販掛著「漬芭」時大笑不已，她問上面寫啥米爲何妳笑成這款樣？

漬芭！

女孩子不要對人講垃圾話。

沒有，我哪有講，上面明明寫漬芭。

漬芭？

就是醃漬的芭樂啦！

虎妹吞嚥口水說，這款燕巢醃漬甘草粉的芭樂好呷。她在咬下醃漬芭樂時，滋味把她引到小時候的新年，大哥義孝會帶她去西螺戲院看電影，買辣田螺和淹漬芭樂。

那麼才情的大哥都死了，整座村莊認識的人都走得差不多了。

之後南下的虎妹大都是因爲去參加婚喪喜慶，她成了小村的返鄉者。每一回返鄉，虎妹都精心打扮，即使去參加的是喪禮依然。打從要返鄉的前一週她就開始陷入焦慮，就像要去見老情人的不安。愈是打扮愈是不順眼，衣服穿穿脫脫，總沒個滿意。

123

虎妹最後一次見到繼母當然是在繼母的葬禮上。繼母還沒過身前依然躺在舒家老宅，虎妹對那個小房間印象深遠，因爲那個小房間躺著的曾經是她的阿依和她的阿叔，她的父母親。後母取代前母，成了掠食者，她總是這麼詮釋著。

她照禮俗進去探望後母阿依，她們從沒開口叫過彼此，她們彼此都是喂來喂去的，好像路上的仇人狹路相逢。小房間裡的老女人肚子很大，像是虎妹五歲時以爲這個陌生女人私藏東西的樣子，只是除了肚子讓虎妹想起原樣外，其餘的一切都產生著如此令人訝異驚恐的敗壞，繼母的眼睛空洞歪斜，往上瞪得老大，皮膚像是剝落牆壁的縐紙，腳底板皸裂如溝渠，嘴角溢著酸臭的氣味，如鳥爪的手不斷抖動……她並無法看清來者是誰，但當她見到虎妹穿過布幔時竟驚恐地張嘴欲叫，但喉嚨像是被鎖住似的僅發出水龍頭打開卻無水的乾涸聲。她手腳抖動得更厲害了，以爲是鬼魂來抓她了。虎妹想，妳也有害怕的一天啊。虎妹拉了張阿叔生前坐過的板凳，她坐在木床旁，環視著這低矮的小房間，床上貼滿舊式的日本女人穿和服打陽傘的月曆，還有幾張不知誰張貼上去的金髮大妞穿露胸的海報，眼睛都被孩子挖成黑洞，怪嚇人的。廖氏女人蓋的花棉被是虎妹那個原生過世母親生前蓋的，當年她爲了這陌生女人竟蓋她母親的被子曾氣到幾週都無法吃飯且無法言語，一度這陌生女子以爲她是啞巴。

這小房間死過三個人了，阿公阿叔阿依……，現在這女人也快踏上另一個冥界了，驚恐成了唯一可辨識的臉譜。而虎妹成了高高在上者，在仇恨的死者面前，她顯得太強大，以至於讓繼母竟以爲死神來了。虎妹沒有握她發顫得厲害的手，她靜靜地望著這小房間，她出生的小房間，疼愛她的阿依嚥下最後一口氣的小房間，虎妹的內心沒有感傷，也沒有喜悅，因爲死亡讓人尊敬，雖然她那麼想要盡一切力量去鄙夷眼前這個曾經虧待她甚多的女人，但她看見臨終之眼的恐懼時，她安靜了。彷彿往事化爲許多身影，每一個人都被重疊在這片故事的身影下無法脫身了。虎妹終於明白能造成自己不幸的仇恨者其實意味著和自己有更深的連結，否則怎能造成這樣的不幸？若不是因爲那樣無法切割的連結，誰有辦法製造另一個他者的不幸？

虎妹在充滿幾代人的尿臊味與胎血氣味中遙想著這一切，造成她自五歲後不幸的這個源頭者已然要走入墳墓了，墓穴陰冷的孤寂之風讓臨終者陷入瘋狂，不要關我，不要把我一個人關在黑暗裡，沒有空氣啊，我呼吸不到啊！不幸的源頭者開始囈語，有親族討論或許不要土葬，要不要將廖氏火葬？虎妹在舒家成了輩份最大者，但她搖頭無法爲仇恨者做人生最後的決定，她叫喚和繼母最親的阿霞進小房間問阿依的意思。

阿霞一個人留在母親身邊，她很羨慕大姊臉上的平靜，她自己害怕極了，這是她第二次面對往生者，第一次是她的老公中校彌留前的發狂狀態，猛咬著她把她嚇壞了，她希望母親可不要咬她才好，她這樣一想時又頓然放了心，想起阿依早已因爲長年吃檳榔，牙齒掉光了。阿霞很少進這個小房間，雖然她愛阿依，但這小房間有種奇異的味道，不好聞也不難聞，像是老有一個看不見的人躲在某個角落似的。阿霞再次拉開布幔走向舒家親眷時，她滿頭大汗，彷彿用力過多。她坐下來喝杯茶後才喘口氣說，阿依起狷啊，抓都抓不住，哪裡能問話啊？我看就還是土葬吧，將伊葬在阿叔旁，阿叔一生有兩個某，正好陪他。

返鄉參加繼母葬禮的這一年，虎妹已然初老，如果仇恨之火早點燃燒，或許彼此還有機會說出原諒，但太遲了，臨終者已然陷入彌留，逐漸失去意識，無能說出原諒，也無能洗刷舊塵。彷彿只有死亡之歌才能斬除復仇之欲。

不用多少時光，自己也將和繼母一樣老，虎妹第一次讀得懂何謂悲傷。

參加過很多葬禮後，虎妹覺得自己活得很老了，她覺得自己老得不像話了，但其實有感而發的那年，她才六十出頭而已，她還是被叫做虎妹，妹啊妹啊，像唱山歌似的。

青春悲喜曲

124

晚年住虎尾的鍾家某房阿珍婆自知自己人生的剩餘價值僅存的是幫媳婦帶小孩，黃昏時等著垃圾車來。她的祕密是想去大阪，但她沒錢，就把祕密擱在心口，她的五斗櫃裡放著一只未寄出的信。當年她失信了，未將訣別家書寄出，只因隔天她發高燒，連發高燒幾日不退，甚至據說黑白無常都來床畔抓她了，有人說她可能那夜被阿本兵虐待，有人謠傳她中邪，那村民口中的黑森林有許多病死的日本兵，有許多流胎的女人。忽然有一天，少女阿珍就醒過來了，她艱難地走下床，問著哥哥她昏睡了幾日，哥哥用手指比著竟是不夠。以爲妳要死了，多桑說伊眞衰，拿人家沒多少錢卻要花更多錢醫治妳，就說不管妳了，死活是命，伊說如果妳命大自然就會活下來。阿珍聽著掉下淚，她的哥哥以爲她氣多桑無情，忙低語沒事的，哥哥有請隔村的鍾家阿鼓來爲妳灌了幾次的中藥湯。阿珍流的淚是她悠悠想起錯過了寄信，聽說神風特攻隊是敢死隊，一旦飛上天是有去無回，只有高飛沒有降落，只有啓航沒有抵達。

那麼那封沒有希望的訣別信還要寄嗎？她撫觸信紙，夜夜自問，也夜夜思起青年就著油燈寫信的背影，他的頭顱被放大在白牆上，她在身後望著出神，她聞到他身上的年輕氣味，她髮上別有一朵隨手摘來的夜來香，窄仄的小房間溢著夏夜的野香。妳眞香，他撫摸著她的光滑臂膀，僅輕輕地吻咬著她的耳朵，僅僅如此，已惹得她晃動不已，她不知那叫敏感地帶，她那時候什麼都不知道，就是現在也不知道這具老邁的身體錯過了什麼。

她常頭包花巾帶著孫女去荒廢的眷村，小孫女歸來手腳處處有黑蚊咬痕紅點，媳婦叨念伊何處不好去，偏偏往眷村行。阿珍吞吞吐吐說是去巡花生田啦，怕肥碩花生全餵了老鼠。

阿珍後來要去虎尾眷村前就把孫女託給她住在隔幾戶不遠的阿妗婆，自己騎著歐嘟邁來到昔日的日軍前進所。那間慰安所還在，相較後來蓋的房子顯得大多了，一大間裡隔著許多小房間，赴死飛行員的最後居所不需要大，他們需要的是安撫恐懼與思鄉的良藥。

日本人沒想到有一天要退出這座他們深耕半世紀與愛恨交加的島嶼，虎尾前進所的一切都是一個長遠計畫的藍圖再現，才完工不久就投降的四村成了監獄，她的愛情記憶基地成了非常政黨國族意識的建國一村與二村。於是她想嫁給來到此地的外省軍人，她想如此她的回憶就可以被延長。

這裡是她少女時期的回憶基地，她得積極介入命運才能挽留不斷模糊的記憶。當外省軍人移防至此時，她聽說有幾間大戶都是住著單身阿兵哥與軍官，於是她總是來此晃蕩，同時姿態萬千。

她就這樣把自己落戶在此，床邊是操著她聽不懂鄉音的外省男人。日本特攻隊青年未完成的任務，移交給她的下一任男人。男人大她甚多，然而身體的氣味舒爽，她說不上喜歡但也不討厭。初夜的疼痛，卻讓她畏懼，她想原來是這樣的啊，莫怪搭上貨車的那個奇異的慰安夜裡，擠在卡車後座的許多少女抱著腹部臉上還冒汗，有的眼睛轉著淚水，似乎極其疼痛的模樣。唯獨她讓風張揚著髮絲，直盯盯地望著黑森林的某盞燈亮處。她自覺自己是如此地幸運，沒有被破壞的身體，沒有被破壞的記憶，沒有被破壞的思念。她的新外省男人分到的這一間房舍就在慰安所的前方，隱密在樹林裡的昔日日軍醫院和慰安所因為傳說有鬼，於是日久成了荒涼之地，但阿珍常偷偷轉去那裡，冒著被蚊子嚙咬的癢，靜靜地在荒廢的屋瓦牆邊發起呆來。

也許野孩子們見到的女鬼根本就是她自己，她這樣一想就露出得意的笑了。

婚盟但不被祝福的男人。

阿珍父親的結拜兄弟三貴也曾把自己的女兒阿霞半買半送似地給了劉中校，欠賭債的三貴還了阿珍父親錢，有了錢後，阿珍父親忽然就有了當父親的尊嚴，他拿著刀威脅阿珍若要嫁給這些不知從哪打來的阿兵哥，要將她剁去給豬吃，但當時他們家窮得連口豬都沒有，即使三貴還的一點錢也還是窮。當年阿珍多桑拿著廚房的菜刀狀似要追殺她，把阿珍嚇得跑到稻埕上的空地，回頭見阿爸也駐足原地，烈日下一手拿著掃把一手握著菜刀，汗沿著粗糙的褐色皮膚流下，父親喊著這家妳別回來了，給日本人幹爽，現在又要去給阿兵哥幹。

她知道父親只是要點尊嚴吧了，嚷一嚷好讓村人聽見他可不贊成婚事，雖然他自己也想從這個婚事撈點好處，但他可不希望女兒戳破這個底，乾脆先嚷喊出來，狐假虎威一番。其實阿珍父親曾住過這一帶，靠糖廠小村，他很熟悉的氣味。

這裡注定和自己有緣，阿珍知道。

阮祗係中國輪（人）。她常用台灣國語對別人這樣說，沒有什麼意思，只是一種融入，只是一種表白，待說習慣後，這不僅讓她在眷村裡覺得很有生活氣味，也很有安全感。她學得很多技藝，擀麵皮學裁縫，她也教各省來的婦人養雞養豬種菜。

在這裡她已經會說很多鄉音了，男人每日都搭官車去嘉義水上機場上班，她就和這裡的太太們學做水餃，她開衣裳修改舖，成天有人來她開的小舖裡說話聊天，久了，各種語言和口音也都識得了基本。水泥牆上記滿了歪斜的「正」字，有記借電話次數的，有買東西先賒帳款的，一畫一元，一個正字欠下來是五元。買進冰櫃時，夏日許多孩子喜歡掀開冰櫃吹涼氣，直到她放下燙衣服的熨斗大喊一聲警察來了喔！野小孩才碰地一聲關上鐵蓋，轟然四散。

現在那些吃得一手黃漬紅唇的色素糖果與冰棒，就像她的青春遠去了，但那一夜，少女阿珍的祕密從來沒有遠去。

（阿珍死後，她的女兒在她的床櫃裡找到許多隻豬，裡面的豬吃足了硬幣，阿珍存著旅費。）

（但阿珍始終沒有踏上日本旅程。）

鄉村小姑娘

125

小娜參加阿珍堂姑婆的葬禮，她是在阿珍堂姑婆的葬禮上聽見她的故事。虎妹嘮叨著自己的女兒總是太好奇家鄉事，妳別老打聽這些不光彩的事。

虎妹的人生並不在意別人的故事。

她在意的東西和其他女人差不多一樣，最在意金錢外，就是對年歲耿耿於懷。也過了不知幾年，虎妹到現在都還在意著某年被一家麵包店女老闆娘問她是否已快八十歲了。虎妹接過麵包心想，我難道看起來這麼老了？那年她才六十幾歲啊，竟被誤認七、八十老媼，她心裡一痛，往事折磨的痕跡就更明顯了。就像此刻，她是眞的感到老邁了，所記得的往事大都是些不愉快的瑣事，偶爾有些童年畫面。因住偏遠貧窮小村，從幼時即目睹母親生病遲治的死亡畫面，這在她心靈烙下身苦之感，但這種身苦感卻無法增長其出離世間的智慧，虎妹反而執著於錢更甚，她把錢看得很重，重到舉凡兒女只要給她看得見摸得著的鈔票，就感到無比的安心。目睜錢做人，關於這一點她很肯定。於是活到晚年，她買東西總是徘徊又徘徊，不解何以東西都貴，她老是邊買邊嘖嘖嘖個不停。

她總是夢想自己有天可以當富婆，晚年還走動這塊土地除了不是因爲神，就是因爲死。

花葉阿依過世那年，虎妹連續參加不少次葬禮。聽說花葉才剛斷氣就有人奔走至其妯娌鍾流妻阿瓜那裡，阿瓜因氣鍾流風流而呑飲農藥導致的啞嗓，那一刻是連哭都無法出聲。傳遞消息的就是返鄉的虎妹，她跟著孩子叫阿瓜嬸婆，這阿瓜嬸婆和花葉相好，即使大家都說花葉是整個村裡最難相處的查某人，但阿瓜偏偏和她好，以前年輕時還常咬耳根。鍾流風流，只有花葉當面爲阿瓜訓過他。虎妹說阮阿依往生。阿瓜聽了，老淚縱橫，出不聲的嗓子像烏鴉似地乾嚎幾聲，她拿出紙筆寫了些字給虎妹看。虎妹想自己大字不識幾個，探頭看僅猛點頭，伸手欲拿阿瓜嬸婆的紙，她卻不給。到現在虎妹也不知那紙究竟寫了什麼？反正文字跟她絕緣。沒幾年阿瓜嬸婆也走了，虎妹這時經過阿瓜嬸婆最愛吃的北港餡和肉餅店，她也買了些吃，這餡黏牙，差點沒把她的假牙給黏下來。虎妹哀嘆，年輕時沒得吃，老了沒牙可吃，眞不知這人生究竟爲何這樣苦。

126

排隊買樂透的人把虎妹擠出騎樓外，她不知樂透字詞何義，但知和做富翁夢有關。瘋愛國獎券六合彩大家樂，她也有份，總是輸到當褲底。現在她不買了，愛國獎券和六合彩的紙如果回收都可以貼滿牆了，一百元也是錢，可以買兩個國民便當還有找呢。她往前走至天后宮拜媽祖，求媽祖給她兒女幸福財富，該嫁該娶的，媽祖不該讓他們孤單啊。然後她看看錶還有點時間就四處在北港外圍溜達。兒時這裡是她的夢幻之地，多桑曾帶她和哥哥義孝來過這裡，她記得那回多桑是為了去北港牛墟買牛。去時很歡樂，回時卻憂愁。

她不解原因，直到很多年後聽義孝說起那回往事才知是多桑彼時不知牛墟有規定，當他將牛牽離了欄杆一步，牛販說如此一來，牛就屬於他了，離了欄杆即無反悔餘地了。因當時旁邊圍觀眾多，眾目睽睽下，一個中年男子帶著兩個喪母未久的孩子，彷彿這世界的人都將準備欺負他，而他又無能力反擊。聽說那回原本屬意的是另一條牛，但因牽離了欄杆，只得認帳，買了牛。回家後發現這牛確實是中看不中用，果然應了父親三貴的憂慮。那牛外相佳卻無力耕田，腰腹圓大原來是生了病，原本長得好好的八齒，未久卻脫落成七齒，六齒。那日東北季風狂吹，牛墟塵埃滿天，三貴可能一時在迷霧裡眼花。有人勸他將牛殺，他不忍。父親唉聲嘆氣，對著牛不斷地在回想那時那刻他在做什麼。那時他看著這隻牛，明明見牠在鬆軟與凹凸不平的泥沙土面上抵武著對牠進行試驗的人潮，坐滿拉板車的人滿滿，牠卻能在牛販一個抽鞭下，往前直去。三貴後來告訴虎妹，挑丈夫亦如是。

虎妹嫁了若隱，她想還不是父親答應的媒事，這和她的目光無關，多桑挑丈夫如選牛的理論一直沒有被檢驗到。

多桑自己挑的女人呢？虎妹從鼻孔吹出一口大氣，哼的一聲地望著這個寂寥的小村。那苦毒她的女人，繼母廖氏已魂歸大地。

時光就這樣溜走了，現下她是個老查某，昨天才去電頭毛，這會就因稀疏而垮了，虎妹覺得老了眞醜啊，如果像義孝說的有上帝，那麼爲何上帝不把人造得美一點？這不合理，她總是這樣想。她是愈老愈在意美醜，之前還打電話要小娜去問整型醫師能否解決唇紋和眼窩凹陷，這死查某囡仔卻問也沒問。

有一年生日孩子帶虎妹去K歌，她看著螢幕的郭金發唱「燒肉粽」，想起自己挲草一日六元、插秧一日十二元的日子。那時候虎妹看過的電影有大塊玲玲和矮仔財，她看電影時笑得很開心，一個帶給別人快樂的人是很偉大的。她到了中年才知道，社會說的那個偉人一點也不偉大，他帶給很多人死亡與痛苦啊。時間能否塗銷這些不快樂的記憶體？她看著窗外，無風光可言的相似小鎭，遺留許多虎妹四處拜拜的行腳。拜了那麼多宮那麼多廟，虎妹才驚覺時間飛逝，神到底是眷顧她還是摒棄她，她不是很清楚。所幸她沒失智，對過往記憶細節都非常清楚。

媽媽請妳也保重

127

虎妹現在已是旅遊團裡年紀數一數二老的人了。

前幾年她和幾個鄰近的外籍新娘一同上識字班的課，她都被這群瑪麗亞叫媽咪，她好窩心啊，雖然大字仍不識幾個。那些外籍新娘幾乎服務了她的晚年一生，洗髮燙髮剪指甲按摩叫外賣……，唉，比起那個死查某囡仔還親近啊。虎妹感嘆女兒日日趴趴走，不若街坊外籍新娘近。

團裡也有外籍媳婦陪公婆旅行的，說的國語把大家笑彎了身，虎妹想這些查某也眞可憐啊，誰要遠離自己的母親？唉，只有我那個死查某囡仔才會想遠離母親，憨查某，以後就知道有母親多好。虎妹想起女兒小娜，這個老是不知逸樂到哪的女兒，讓她一生老是擔憂懸念。當年虎妹在二崙第一次聽見「沙哇迪咖」時，簡直笑翻了。啥米三碗豬腳？搞清楚是你好的意思時，外籍看護和勞工已經充斥在生活的周遭了。屘叔公鍾流到老都還懷念的魚露一味也四處飄香，連對外人與外食很難接受的虎妹也都習慣了。

她在得知自己快要得退化性關節炎時，她在未來可能寸步難行前，去參加合歡山看雪的中老年團。

她一生沒看過雪，那是她僅餘夢幻。

他們這群老人團遊走台灣，什麼風景也沒在看，卡拉ＯＫ是重點，說笑話是重點，昏睡是重點，他們在遊覽車上陷入集體夢境，在遊街時陷入各自的往事回憶。

有人幫虎妹點歌「媽媽請妳也保重」，她忽然從睏意中醒轉，拿起麥克風就是如癡如醉，彷彿當年那個在三槍牌車衣服的女工再現。紀露霞和陳芬蘭歌聲眞係好聽啊，虎妹說，接著她緊張兮兮地把麥克風遞給別人，歌一旦結束，麥克風就像會咬她似的。

當導遊小姐在老街一家囍餅店尋到茫茫然陷在回憶裡的虎妹時，嘴裡不禁叨念著阿桑無好趴趴走，跟丟了眞麻煩。回到遊覽車上後，虎妹才坐定，她口中的導遊小姐成了豆油小姐，她忽然將麥克風遞給虎妹，豆油小姐說遲到上車的要唱歌喔。她很緊張，又本能地唱起「媽媽請妳也保重」，許多阿嬤卻都目眶紅了。沒油菜湯，沒腳眠床，睡破棉草席……女人回憶起可憐的童少。到了午飯時光，他們這群老人團被豆油小姐催促下車吃飯和買名產。虎妹吃飯沒用過刀叉，擎起筷子流利如跳加官，一個老查埔郎對她們這一桌加起來千歲的女人說了「雙腿劈開氣味來」的筷子葷謎語，許多老女人臉都紅了。哼唱望春風的虎妹吃著白斬雞時，遠處的一畦稻田水光有人影在耕耘，往昔透早做工就唱歌，心情好壞都會哼一哼，唉一唉，現在唱歌卻是因爲搭遊覽車度無聊時光。離開遊覽車到草嶺之旅後，巴士在西螺把虎妹放下。騎摩托車來接她的阿霞說，姊啊，網路什麼東西都有了，妳還拎著豆油，不重啊。啥米完路？虎妹戴上安全帽說著。阿霞搖頭，一路加油往二崙去。心裡忽放映起往昔聲色，即使她們不知喝了幾回的忘魂水，這些不願回想卻頻頻敲門的記憶仍閃過如昨。

古早年頭偶爾有點豬油攪飯吃，世界忽然就亮起。若再加上酬神戲班來到村裡，日子就添了聲色。這些日子現已無影無蹤，像是連同苦楚一起被馬桶沖掉了。虎妹站在黑傘旁，招魂幡被風吹得霹靂啪啦響。

小路上有個黑影走來，瘋婦乾嚎著臭耳啊，你死得眞悽慘落魄，連查某囡仔要幫你穿鞋讓你過河好走都穿不下啊。臭耳啊，你耳朵很靈，是阿母耳朵壞了。再也聽不得你叫阮阿依囉。你在菩薩那裡好嗎？只有菩薩不會嫌你是個臭耳人。

黑傘下舒家女人聊著這走來的可憐瘋婦，八七水災都過這樣久了，這母親還活著，但卻失心瘋。水災顯靈了觀音白衣，瘋婦曾看見臭耳被觀音大士帶走，但她的悲傷卻沒被帶走。虎妹說沒人瞭解一個母親失子的悲戚，除了失去者。阿霞說是啊。每年臭耳老母都要祭子，臭耳本來像樹般地被種在地底，鄉公所來函也是要她遷移臭耳墳墓。

理由一樣說是墳墓要變公園，將來大家都有新的去處可玩，在期限內遷移還送骨灰罐。臭耳老母的笨媳婦就欣喜地叫拾骨人來，於是臭耳如枯木，轉眼成灰，躺在編號一〇〇的骨灰罈裡。他們對臭耳老母說，阿桑這是好預兆，一〇〇，呼妳呷百歲。電視上年年都播出哀嚎失子的阿母，臭耳老母早就沒淚了，這島水還不夠多啊，水帶走孩子，每一年都是這樣啊，阿霞在黑傘下低語。

虎妹對自己的身世很茫然，能往上推的連結體僅有三貴，但三貴的歷史又不值一提，誰會提起一個賭徒，他若有榮光，也是恥辱的諷喻。她每次回到村裡，都覺得許多人的眼光還是瞧不起自己，但每個人都樂於停下手邊的工作站在田埂上和她聊聊天，說說話。沒有人想知道她的父母親的歷史，當然她的父母親的父母親就更如同塵埃，彷彿不存在，彷彿舒家沒有祖先。貧窮讓人不想知道過去，貧窮不若大家族有榮光可述說，貧窮者只在意今天，過去苦楚，誰休再提。爲此，虎妹很不能理解女兒的書寫，窮到要被鬼抓去的歷史，有何書寫之必要。她說這惡土連蒼蠅都不願停駐，貧窮者沒有祖先。

妳聽過落魄貴族，妳有聽過落魄鬼族？

虎妹無史，她只有自家與現世。

當有一回虎妹聽鍾家人說去了大陸尋根，一路輾轉抵達詔安官陂，看著滿眼寂寥枯萎山城時，他們高興找到祖先的來處，一方面也慶幸祖先有把他們帶出山城，且發現鍾家是道道地地的詔安客。虎妹聽進這些話時，也是訝異極了，她討厭客人，沒想到自己就嫁給僞裝成福佬的客人。她失笑聽著，回說身世也不能代表什麼啦。

鄉民也多能理解，因爲他們知道尋根只是一種慰藉，那根那源頭，其實早已和自己了無關係了。

安平追想曲

128

苦熱的季節剛過，東北季風初初吹起，風伴著濕氣蒸騰，將懸浮微粒送上了天，吹進他們的鼻息下。雲朵籠罩天空，那是麥寮孤島上幾百根沖上天的苯乙烯，他們只管叫那是六輕雲，他們已經習慣那樣的空氣和天了，不動的烏雲，如男人般地罩在她們的肉身之上。六千七百餘萬噸的二氧化碳排放在她們腦中沒有意義，她們只懂溫飽，只要魚鴨蛤蠣活跳跳。行經巨大煙囪，強烈的陰影罩下，讓她們變得很渺小，瞬間閃過的是死亡。今天虎妹那兩個留在家鄉的妹妹都沒去六輕廠房工作，她們要看著父親被從棺木拎起，她們都很擔心父親會不會變蔭屍。拾骨人喊著，屬兔屬虎閃避囉，虎妹趕緊轉過頭去。

大夥像是開獎似地等著棺木開挖的結果。

舒家女眷們這時望著腳下被翻起的土堆坑洞，她們看著，心裡想著這是父親啊，讓她們受苦的父親，血緣不願意和他有所連結的父要出土了。父親不死，他的皮肉仍牢牢黏著骨骸，一棵樹的樹根竟穿過三貴頭顱，在頭顱裡生出枝椏。拾骨人說汝阿叔變蔭屍啊，莫怪舒家難出脫。整個墓地塌陷了砂石，木頭已敗，鋤頭敲出了陳年的屍氣腐朽味。虎妹曾夢見一隻蛇跑進父親的棺木，父親托夢給她說他又冷又濕且頭痛不已。一開挖三貴墓就猛見一條蛇竄出。父親三貴的骨皮相連，擎起時如皮偶，濕氣太重成了蔭屍。虎妹想這舒家後代子孫要有多發達多有財，她才不信，看看祖宗們的墓。整個棺木內漂浮著水，拾骨人得戴手套撈屍塊。三貴死時還眷戀的那雙皮鞋像是浸滿水的兩艘破船，原先塞滿棺木的陀羅尼紙蓮花碎片漂浮，奇的是三貴生前被打斷而瘸掉的腿骨頭卻是完好如初。

拾骨人說，聽聞人在中陰生時殘障的會變好，失聰者變靈敏，眼盲者目可視，失憶者記憶比生前強七倍……但那是在中陰身的完好，我沒見過連骨頭都會復原的。

黑傘下一個陰影如風箏揚起，如釣魚竿釣到魚的瞬間揭起，只見拾骨人從棺木拎起父親遺骸，骨骸如拋物線，整張地被拎起，如皮影戲人，也如死鳥展翼。那些沾黏的皮肉像蝙蝠的翼，乾褐地掛著詭譎表情，尤其是父親的下半身竟不斷滋生，不減反增的皮肉，如豬肝，牢牢地掛在脆弱的骨骸上。當初讓三貴死能瞑目的那雙上等皮鞋又像是泡在水中兩隻相依爲命的小動物。

終於把塌陷的土堆挖至看見棺木了，接著眾人趨近，紛說著：看到衣服了，看到腳了，看到頭顱了……頭顱被拾骨人拿起，眾人驚奇地說著，牙齒都那麼完好啊，只有一顆裡面塡有銀粉。拾骨人扒去一顆顆的牙齒，說是拾骨不拾齒，因怕死人來吃生人的財，白色牙齒遂如玉米粒地跌落土堆。他是傷在頭部過世的，拾骨人摸著頭骨的某處說，骨頭記憶著人的在世遺痕。

突然在一片靜默中，只見阿霞大聲地問著掘墓人說師父啊，咁有看到金子？虎妹大笑一聲說，有夠憨頭！當時能夠買好棺材下葬都不易了，散赤都散赤死啊，哪裡有錢買金子陪葬。

阿霞點了菸抽，嘴裡吐出一口大煙說沒錯，哪有金子可撿，我只聽見阿叔的骨頭發出喀喀喀響的回音。

不論撿金或拾骨，其實她們都只撿到虛空。

129

阿霞想起父親的氣味，三貴在山林裡當手斷師，手斷師就是親手伐斷樹木的伐木工人，返家的父親手持米酒和一些黑白切的下酒菜，飄著木材的氣味，童年的她聞了就知道父親賺錢回家了，她總是在固定的時間站到六畜興旺的豬圈圍籬旁，等待父親返家。直到有一天，父親沒有出現在圍籬旁，他去賭間了。

虎妹想起別人轉述給她的畫面，那是讓人子傷心的血色黃昏，父親被收賭債者打瘸了腿，以乞討者姿態，被丟在收割後焚燒的田，他就這麼如蝸牛蠕動地爬著，以腹行走，短稻梗刺痛著肉，燒稻梗燙著骨，沒人敢靠近他，因爲黑道人在路上冷笑地看著。父親被送回家時，滿身鮮血，昏厥欲死，腿如木偶地懸著，盪著。

阿爹，多桑，阿叔啊，虎妹在心中叫著。那一幕的羞恥如永恆的紅字。

墳塋上拾骨人開著棺，邊說著這棺卡得很硬，棺釘生鏽，沼氣甚重。

水神連父死都不放過他。虎妹感到悲戚，她試著遙想一個父親的好，即使那好如此稀微，但努力懷想起，也可稍稍撫慰一種永遠惡意的傷感。那好是來自父親身上曾有過的木香味，有段時間返家他總帶回一座森林，肖楠、扁柏、黑檀、紅檜、牛樟、相思。那時父親還是個父親，他搭上男子漢列車，搭小台車上山伐木，下山時給她們的空洞的胃囊攏來了食物，短暫讓她們不感到絕望與空虛。有那麼一兩年過年過節還有雞飯春餅發粿粽子可食，還有幾塊錢幣在掌中可供眼睛發亮。然很快地那座不定期在傍晚會現身的森林消失了，失志的父親不再上山，也不再勞動，他在熱血與冰窖的兩極裡浪擲輸贏，他成了一個要命的賭徒。

她們的人生於是又進入驚蟄未蟄，人吃狗食的年年飢荒。

那時陣多飢餓啊，虎妹望著海洋想，她這樣務實功利的人，因爲荒蕪，也會出現感傷時刻。如何躲飢餓鬼？女兒老愛問她往事。她瞇著得了青光眼的瞳孔，見到一個小女孩赤腳踩過芒草，沙地，河岸，她看見前方的遼闊。在飢餓時她去看海，她盯著海，數著浪，這樣就忘了飢餓。有時還撿拾釣魚人丟棄的小魚回家生火烤。冷冬時她改去鎮上，走過一家又一家的商店，走看商店色彩，繽紛色彩能溫暖她的蒼白，在別人家的後院偷偷取水喝，喝水止飢。數潮浪，數顏色，就像失眠數羊，一種對境忘我。忘不了，只好撿別人不要的，偷別人多餘的。

當然更能忘我的是電影院，虎妹少女時愛看電影，這也是她遺忘飢餓的方式。但沒錢啊，她在西螺電影院外徘徊，趁機溜進或者混在大人堆裡佯裝別人的孩子，有時被發現從人群中快要被強拉出來時，她早就一個箭步先遁入黑暗裡了，黑暗的戲院不好抓人，戲院售票小姐就會想算了，電影院也不是她開的，多一雙眼睛看電影自己也不會少塊肉，於是虎妹免費看戲得逞。

四萬元兌換一元，這讓父親三貴一窮二白，轉成了好賭人生。母親的早死，繼母的不給吃，這種種都讓她陷入貧窮。但同父異母的妹妹阿霞沒餓到，因爲她有自己親生的母親庇護。阿霞不思餓，她思起的是父親生前常要她記得將他的重要遺物與衣冠送回對岸故鄉，他交給她一個地址，信封上寫著的地址仍是大清國武功衍派舒氏祖厝，一個模糊的座標，父親晚年的牽絆。

虎妹忽然想起了父親的夜好女人，那個起猖癲狂者，消失在木麻黃的一個圓月裡。被父親傷害的女眷，在此望父，二十幾隻眼睛像是要吞噬父親似地冒著火，即使隔了這麼多年。終於有人開腔問拾骨仙阿叔皮肉怎麼處理？讓太陽來吃他吧，拾骨仙說。這拾骨仙一家都是拾骨人，來舒家拾骨的是兒子，他的父親最厲害，光看棺木就知道有無蔭乾，但拾骨老人上回到鍾家拾鍾漁觀的骨，卻染了屍毒，手腳被病菌弄瘸了，只得封手。拾骨人也知這將是他們最後一波的拾骨高潮，鄉公所一只命令下來，說是要把這一帶變公園，強勢要村民拾骨安置先人至塔。埋土之墳全數拾畢後，拾骨人就打算轉去看風水了。拾骨人算過，一個月下來拾一百口棺，死人骨頭真多啊。鄉下罵人誰睬你這死人骨頭代誌，果然要睬死人骨頭事還得要連親帶故。

三貴的人形皮骨被拎到稻埕曬，不巧連著幾日雨天，曬屍不得。拾骨人又怕野貓老鼠叼咬，只得將人形皮骨懸掛在荒廢的豬圈樑上，免得驚嚇家小。拾骨人也是識三貴的，他想這人命真硬，連死後都讓人驚，伊怎麼和水這麼有緣？生前泡水，死後還泡水，這水離不開這島，也離不開三貴，拾骨人想起三貴是因做大水被淹死的。前些天村裡也有老人跌落水溝，倒非淹死，而是醉死爬不起來。拾骨人對前來探屍的虎妹聊著，虎妹冷笑地說，這庄裡的人啊，都失志，留在這庄裡討生注定要艱苦一世人。妳聰明，早早離鄉攢錢去。也是四界走，沒讀過冊，怎跟人拚，錢沒攢到啦，好在孩子有出息，虎妹嗑土豆說。妳的孩子真是將才，拾骨人又說。三貴的人形皮骨掛在樑上，屋外雨聲淅瀝，他像是掛在牆上偷聽女兒說話似的姿態，隨風擺動著頭殼雙腿骨。虎妹膽大，她忽然轉頭看著多桑，過去都過去了，再惡也是父，就像這塊土地，再壞也生養過自己。無知大雨啥米時陣會停？虎妹盯著人形皮骨喃喃說著。一陣風襲進，將三貴的頭殼轉了轉。拾骨人不知去哪了，她看著豬圈，三貴背後貼著一張褪紅去金的六畜興旺，虎妹笑了。

130

等待父親骨骸曬乾的日子，在大雨潮濕裡，虎妹撐著傘如夢遊者般恍神在小鎮今昔。偶爾會晃到大戶莊園外牆，那是她以前最愛在圍牆外觀看的大戶人生，此時莊園多已荒蕪，老街上的米商、油商、醬油商、醃漬廠、花生廠一一行過，磚造鋼筋混凝土，洗石子和貼面裝飾，昔日風情眼下蕭條，她想著這些少女時最常凝視的人家於今也不過爾爾啊，有熟人見到虎妹，恭喜她好命啊，兒女免伊操煩。虎妹聽了笑，心想我哪裡好命，那死查某囡仔鬼沒拿過幾個錢回家來孝敬過我啊。大戶石雕樓牌上刻著姓氏，遲目虎妹早已明白裝扮是身分的彰顯，彰顯皇天后土之上，讓凡人貧者走過自慚形穢卻又欣羨不已地亮著眼。虎妹年輕時以爲大莊園的大戶人家都是神仙投胎，不然怎麼每個都漂亮，且錢也用不完。她一心認定有錢和好看是掛勾的，人有錢才顧得了門面。

虎妹和多桑來過的水利會，圓弧立面前的大王椰子細瘦如故，水利會裡有不少精英也死在牢獄了。虎妹繼續走多桑年代的大通、二通、三通，大同、延年、中山路，想起了自己可憐的童年，可憐的哥哥，西螺戲院、基督教會的尖拱十字架……，正在曝曬的父親屍骨，虎妹驚醒，發現片刻神遊了。最後她還是被香味吸引，往吃行去。

花生香味撲鼻，吃了一粒肉圓配豆腐湯，她才有了些現世溫暖。以往有點吃的都是拜媽祖婆賞賜，西螺鎮的新街四媽廟是偶爾可以分到一點糕餅，或者到墓地，也能讓哀傷的喪家心軟而分到一丁點吃的。飄進弄巷的台灣海風揚起虎妹的白髮絲，滿城沙塵如針刺目，她的眨了眼皮好一會。童少的她爬上龍眼樹，偷覷張看大戶人家的生活聲色。龍眼樹高壯，滲來高度的甜氣，可惜累累果實泰半都被採收一光，僅剩幾粒未成熟的掛著，她摘來剝皮入口聊以安慰三寸舌根。只是不斷分泌的惱人唾液與咕嚕咕嚕叫的肚皮讓她感到難堪與飢餓。

故鄉就是難堪與飢餓的代名詞。

貧窮氣味點醒虎妹的現世感，倏然夢醒。虎妹的遊園不驚夢，卻不意竟孵育了小娜的小說夢。這夢，一夢再夢，彼時母女倆在莊園外遊走才驚覺時日已逝，回頭所見竟也已花殘柳敗。戲臺人家的歌聲分明還飄進耳朵，歌聲穿過高有幾層的大樹，虎妹在窗邊探頭探腦，只見藤蔓錯亂交織，葉落鋪成一條幽黃小徑，內裡靜寂，像已遷居許久。斑駁戲臺沒有人，歌聲從何而來？虎妹雞皮疙瘩一身，快快牽著女兒疾走。她想這種大戶人家冤魂最多了，井裡搞不好都是溺斃的丫鬟女鬼，泡在記憶裡的幽魂，靈體對人間異常執著。還是虎妹實際，她說做少女時我也曾猜想嫁乎有錢人子弟，不過現在妳回頭看看他們也不過就是如此。不遠前也有不少好業人家的後代在拾骨。鍾家也是啊，你看阮大官的幾個兄弟，鍾家卡早嘛是讀冊人，有地有產，後來給蔣的抓去槍斃，擱有送綠島的，後代只好飲西北風，就是不睬政治，天地有時也無情，一切別計較才快活。由犀利虎妹嘴巴吐出別計較的溫柔話，舒家女眷們都像是看到天啓，忽然在荒蕪裡見到光，古老土地裡所發出的一道彩虹微光。東北季風吹起，她們拉拉衣袖，重新凝視不仁的父土，她們可不想讓日子續喝西北風呢。

天總是會放晴的，虎妹望著綿綿不休的大雨說著。

雖然雷聲仍一路從遠方彈向他們的耳邊，但烏雲的天裂出一束光，把他們的眼睫染了層金沙，虎妹吐出甘蔗渣回應說，等亡魂都安塔後，早晚子孫會旺的。

131

大雨一連下了十七天十七夜，萬物似將腐朽爛去了，雨下到拾骨人原本都要放棄曬屍想直接將屍體送進爐裡烘烤時，老天突然收了玩性似地停了。太陽曬乾泥地，像是想起三貴似的放送熱度，讓三貴不再皮影高掛，終於再次成大字地躺著。曬稻穀曬蘿蔔乾的村婦看見三貴皮骨躺在稻埕上，也都想起了舒家的悲劇。將才的舒家長子義孝成了殺人犯，三貴自此頹靡不振了。連曬幾日後，皮肉盡脫，三貴終於可以入甕。

拾骨人再度把三貴的骨骸依人骨排列置入甕中，腳脊椎手頭顱。頭顱骨包裹一張白棉紙，棉紙上畫上眉、眼、鼻、嘴，人形骨有了張臉，宛如還看著後代似的。拾骨人要舒家親眷祭拜，告知三貴要移位了，地理師說三貴住的方位是塔裡最好的一樓東區，東區迎太陽升起，庇佑子孫。眾人在冥紙煙塵裡分別，相聚一堂的舒家族人又恍似陌生人，各奔馳南北而去。

時間如刀，刀現傷痕。受苦女眷已無淚，淚已石化。

天終於在整個村莊要發霉之前放晴，天堂放晴就有陽光了，拾骨人抬眼說。他續擇好日開挖整座村莊的古墳。

虎妹自嫁到鍾家後仍常去親生母親墓前哭訴她爲何那麼早就放捨了她，親生母親的墳墓原本只有她和哥哥義孝會去掃，但她嫁了人，而義孝入了獄。虎妹母親的墳墓淹沒在雜草堆裡，拾骨人費了好一番功夫尋才尋到墓碑。虎妹僅帶著小娜前往，虎妹無緣親娘，三貴的第一個老婆，拾骨後曝曬，乾燥後裝甕，置入黑木炭吸濕，女性頭顱後方擱置一朵塑膠紅花，塔甕刻名：張超。誰捧骨灰罈入塔卻爭議一時，辦入塔與超渡儀式者聲稱女性不能捧骨灰罈，但現下張超親眷只剩虎妹一人。虎妹心想習俗眞麻煩，習俗要改啊，女兒從村頭哭到棺前當年就折騰了許多女人，現下連捧斗女性都不行，這讓她大聲揚說著母親的甕如能自行走去塔內，恐怕她會自己走去而不想麻煩後人。虎妹對有意見的男人說奇怪，女人是怎樣？不淨嗎，啊恁查埔郎不是查某生啊。然而嘴巴雖逞強，在心裡上，虎妹其實慶幸著自己好在還有兒子們，若只有女兒小娜豈不悽慘，何況小娜迷迷糊糊，母親活著都少來探望了，母親走了豈不回家的路都忘了，虎妹在心裡嘆了口氣。最後張超拾骨入罈後，依然由虎妹捧罈入塔位，虎妹行徑讓阿霞等妹妹們看得心驚膽跳，但也在內心對姊姊舉讚。

儀式虎妹不懂，爲何生廖死張，她也不明白。她是一個很少去追溯自己從何來的人，她不太關切前世或下世，她覺得去探索那麼遠的身世與來世都是無意義的。從她肚皮吐出的囝囡仔即是她的家族全部，連丈夫若隱都不算數，虎妹的家族就是她和孩子，其餘她只是做到世俗該有的責任而已，她不把孩子之外的人認眞當家族看待。

她的家族只有孩子們。

132

拾骨人拼湊組合著許多二崙老祖先的四肢百骸，沙地上一派蠻荒野澀，映出地上的骨骸如樹枝般單薄。昔日曬稻穀，今日曬人骨，幾百口棺開，若好好焚燒，搞不好眞能燒出幾顆鑽石來，反正都是碳化物，有的老骨頭在地底都快躺成寶石了，埋這麼多唐山客祖先魂的島夜裡霓虹驂著燐火，祖先開夜總會眞鬧熱，活的人顚倒寂寞啊！村民在拾骨人的廣場看著滿滿人形遺骸景象聊著。

韋恩颱風把許多人掃出自清代起就有祖先死亡陰影的老家，包括虎妹。但她一直想離開鍾家老厝，只是沒想到是離開得如此徹底。那些夜裡生產時自行剪去臍帶的疼痛彷彿昨日而已。關於這村的回憶都是不開心的，她常哀嘆自己年輕時不懂世事，每回見幼小女兒被兒子芳顯帶到田裡時，這小女嬰老是哼哼地嚎哭，在爛泥水田裡的虎妹不方便上埂岸，就丟話給芳顯說帶你妹仔去找老爸。芳顯往前走見了坐在樹下哈菸的老爸，老爸見妹仔哭，就從褲裡掏出幾個銅板要芳顯帶妹仔去買冰吃。等到兩兄妹又行經虎妹的水田，虎妹挲草一抬眼又見兄妹兩小影子移過，而那像沒人要的小野貓仍是一把鼻涕地掛著，哼哼唉唉個不停。虎妹想這囡仔老是一張貓必霸臉，幾道髒痕如貓鬚拓在黃昏尋她的臉上。

等媽過來！她喚住芳顯。她上岸把手腳洗了，抓過女兒，往她褲子一脫，狠狠說我就知道勒，哼哭個不停，叨係又放屎褲底了。她氣到一直往女兒身上打，一直打，邊拖女兒到水邊邊洗著伊的屁股，手仍使勁地打著，她把女兒嘴上咬的冰棒丟掉，本來想女兒大約要放聲大哭了，片晌卻睡著了。她讓芳顯背著妹仔回家，她草還沒除完，回到水田，一把淚就掉了下來，氣那若隱做人老爸的，竟只會掏錢給那小兄妹買冰吃，也不探看爲何嬰孩哭個不停，虎妹愈想愈傷心。

很多年後，她想起兩個小兄妹的可憐模樣仍會心疼，她覺得自己眞憨眞鈍，買個尿桶不就好了，這樣小小囡仔就不會因爲不敢去外面放屎而乾脆放屎在褲底了。想起過去，虎妹就覺自己是這世界上最可憐的人，自小沒有母親的女人結了婚也不知道怎麼當母親。

生命至此飛沙走石，虎妹每每回到故土總沒來由地一陣悽惻，無法想像美麗之島沾滿弒腥氣味與任其敗壞的荒蕪。

回到尖厝崙的虎妹，暫居老家，老家經未嫁妹妹的翻修後，牆壁高懸的照片是唯一還在述說著舊影的人事，其餘老宅早已是簇新如昨。

虎妹盯著客廳的肖像群裡一張小而發黃的照片，她的母親，辭世的臉孔停駐在清秀的無時間痕跡裡。常有從後院飛來的蝴蝶停佇其上，黃色小蝶群，像是來報喜的美麗隊伍，在母親肖像上旋轉。蝴蝶吸飽了龍眼樹花，開心地在屋內翩舞。虎妹想這一切彷如夢境，撒手人寰的母親也已拾骨了，母親的骨頭魂埋地底如此漫長，有時在夢境裡她都會聽見骨頭相撞的喀嗤喀嗤聲，六十多年的地底生活，骨頭似乎也有了靈性。所幸母親沒有變蔭屍，骨頭如得骨質疏鬆症，輕盈乾燥如樹枝。

虎妹一生裡曾去觀落陰兩回，算命三次。虎妹想知母親下落，何以她拋下幼小女兒，讓女兒自此受盡苦難。虎妹的眼睛被通靈尪姨罩上黑布，在黑布裡埋有一張符咒，她被交代坐在椅子的雙腳必須原地踏步如在行走，一路將度冥河，過獨木橋，經過許多黑山黑水，切忌莫回頭，見到豐盛擺盤食物，切忌莫嘴饞。

虎妹沒見到母親，就是見了她也不識得吧。通靈尪姨覺得虎妹是來浪費時間，因爲虎妹鐵齒，一個鐵齒的人如何和靈界溝通。妳不放下身見，如何見母？虎妹匆匆離開神壇，她原本要觀澎肚短命的丈夫投胎到哪了，若做神仙也請告知，但她一時害怕就跑出陰暗神壇。直到想起自己付給通靈尪姨的錢是算命套組，在捨不得錢之下，隔天她又折返，被尪姨恥笑。妳這一生我見妳都是強渡關山，怎麼昨天嚇得落跑？虎妹支支吾吾地說，因爲覺得連自己的母親都不識而覺得尷尬。

沒關係，無緣就是無緣，對面相見不相識就是這樣，這回不會連尪婿都不認得了吧，通靈尪姨開玩笑說。

虎妹在放符咒的引領下終於見到夭壽老公若隱，沒想到若隱冷淡如鐵，也不開口說話，也不知他過得好不好。虎妹問他有何需要？若隱方開口答說，請叫小娜來看我，她才是妳這個做母親要關心的。魂離冥界，黑布揭開，虎妹淚流滿面，這夭壽的還是關心那個死查某囡鬼。

虎妹不曾關心過三貴多桑的往生世界，魂飄何方，歷劫下落，她認爲一個在活著的時候已然不讓人想念的人，死後就更不值得一提。

她只是盡義務地回家一趟罷了，至於父親的屍肉脫落得好壞，於她都是一樣的，苦日無法變甜，但也不會更苦了。

港邊惜別

133

這是詠美最後一次出遠門了。

這是一個奇怪的想法，她想去基隆港。很多人沒有攔她去基隆港，以爲她是去懷念當年夫婿鍾聲回國的港口。但詠美一開始不是去悼念鍾聲的，她是想去基隆的船來品店買件新衣裳。有一天她遇見一個老友，老友不經意地打量她說，妳身上穿的這件外套應該有一二十年了吧。她頓時爲一身的舊衣感到寒傖羞赧，於是她決定去買一兩件漂亮的衣衫。

爲何要老遠到基隆買衣衫？她安坐火車時，心音頓明，她也不知，也許自己想趁此旅行吧，她是在坐上通往基隆的火車後，才感受到基隆港對她的意義。港邊的大船，送來一個丈夫給她；港邊的大船也把她對日本老師的情送走。港灣上發著亮，鐵皮折射她畏光瞳孔，這港灣不需海霧就足夠讓她迷濛了。潮浪不斷地湧打岸邊，時激時緩，幾輛大船吐出嶄亮的汽車，她又記起了和鍾聲在基隆港接他留日友人輝成的畫面了，那時好年輕，好飛揚啊，誰會知道幾年後鍾聲是被腳鍊拖曳前行，目不閉心不瞑，禍及家後，魂繞祖厝，終年不去。但輝成更慘，幾乎家破人亡。歷盡酷刑，有村人從台北回來，謠傳著輝成被吊起來，手掌被用針釘在麻繩上，冬日裡被灌著冰水，頭垂著，看來是死了。輝成妻聽了頓時昏厥，有人罵那村人眼睛都快瞎了，哪裡看得準被吊的人是誰。輝成妻被用熱薑溫醒，聽了嚎哭，跳下床找著孩子，拉著孩子們往屋外去，滂沱大雨中，就見這瘦弱的妻和幾個蘿蔔頭跪在泥地上，祈求著上蒼要阿成平安歸厝。村人去拉這輝成妻小，輝成妻入屋後就失心瘋，癲瘋幾日，滴水未沾，被好心詠美知道後，她熬煮了碗補身中藥，輝成妻卻身子不受補，且起了反效，被灌湯藥後，竟熬不過當晚。詠美懊惱又心殤，也哭昏了幾日。輝成沒死，幾年後出獄，帶走孩子遠離老厝，不讓別人找著。

那些日子感覺好遙遠啊，詠美想。這港口的霧，和昔日一樣迷離，霧散，吐出了幾張年輕的微笑臉龐，她到現在都還清晰可見。她看見自己置身在這座港口的奇異身影，她自問爲何要千里迢迢到此買衣衫？她失笑著自己這副老太太的模樣，港口上的年輕水手爲何不下岸？他們放浪的人生裡四處可有想要碇錨的愛情嗎？詠美瞇眼望著船，她接著想起父親，討海的父親，被海吞噬的人生，往海往島，都是殤。

男子有殤，女子有傷，島嶼有傷。

離開港灣，詠美緩步行在沿岸熱鬧商街，電視牆播著百貨公司週年慶，上萬元海洋拉娜排隊幾小時賣空。只有她像是惶惶不可終日的流浪老狗，褪色的外套上頂著一頭染著不勻的白髮。眼見是查某孫口中的什麼草食男、花美男行過有風，她略微仰起頭，趣味地望著街上的新奇人類裝扮。想買什麼款樣的衣服呢？她停駐在許多店家櫥窗前，沒有人招呼她。她在櫥窗約莫有看到喜歡的才敢推門入，約逛了幾家後，她買了一件淺紫色絨外套和一件正紅色毛衣，她想穿顯影點的顏色。

然在海港吹冷風過久，她回家後，就重感冒了，老人家不禁這冷，躺在床上甚久。過年時，孫子還是幫她剪掉衣服上的標籤，爲她換上亮眼衣衫。

這紫這紅，在一個偶然裡，刷新了詠美回憶裡的苦楚，爲她的基隆港上了新顏新色，蒙著迷霧般的傷心港口，從此她想和它是田無溝水無流，兩不相往了。

不消幾年，她將進入如鹿死前的靜謐年光。

四季紅

134

詠美那晚堅持在柑仔店休憩睡覺。

事實上她根本難以入眠。她環視著雜貨鋪的一切，訝異自己這麼多年都閉鎖在這方寸之地，這擁擠破舊的柑仔店，收容了她的一生，保護了她毋須走出去就可以營生的可能，雖然只是蠅頭小利，但卻是她的一切。許多東西打從一開店就在那裡了，但從來沒有主人帶走它。她在進貨時，曾對賣她東西的人說，每一樣東西都有他的主人。

但現在就連她自己都要疑惑了。

逛大街回家當夜，詠美就感冒了，發現她沒有來鍾流家大廳吃早餐的是鍾流的女兒阿緞，阿緞忙叫人去雜貨鋪找詠美。詠美掛在那張她躺了大半輩子的藤椅，整張藤椅凹陷成一個姿態，背靠有斷裂，顏色深褐。

家人說她不該去吹海風。

感冒後，元氣大傷。詠美進入了嗜睡，嗜睡症名詞在當時還未有聽聞。她總是躲在棉被裡不出聲，像是昏死了般。她的孩子生性都很安靜，也很習慣躲在棉被裡動也不動的母親，像是蜷曲在雲夢裡的詠美看起來像個孩子，她總是放上德布西〈牧神的午後〉唱片，未久即進入夢鄉。這唱盤當年沒有被丟棄，因爲被她藏了起來。

很多年後，才有人知道詠美早在多年前上台北收屍的那一刻起，她的人就不屬於這個世界了。當一個人不覺得她屬於這個世界時，她要如何繼續過活？她的命運掌紋完全失效。

後來她的兒孫找出了創傷後症候群和憂鬱症來解讀她，詠美聽了都無所謂，管得什麼病，她得的是心病，愛死病，愛的黑死病，這還不夠明白嗎。沒有未來的愛，如凋萎的花。

詠美記得在邁入初老之齡前，有一天醒來，揭掉蓋了黑布的鏡子，她看著自己，她摸著自己可憐的胸部，寂寞的身體，當日她不知爲何她決定獨自一個人去台北一陣。

那時西娘已經很老了，她想自己的人生也是如此空白，難得媳婦還有力氣，也就沒說什麼話。只說妳的孩子也都住校了，妳該清閒一陣，是應該過過自己的生活。年紀輕輕就來鍾家，什麼都沒嘗過，就當了寡婦，妳也是可憐。

詠美聽了一把眼淚一把鼻涕地離開鍾家。

大家都只知道詠美上台北，但不知道四十幾歲的女人在台北要做什麼？

沒多久，又見到詠美，說是適應不良台北生活。且西娘生病，只見詠美又搬回鍾家，還開了小柑仔店。阿美雜貨鋪又開張了，小孩都奔相走告。

村民見了從台北回來的詠美，感覺她變得更美了，胸部似乎大了些。妳好厲害光目測就知道了。不然我們偷偷看阿嬸洗澡？幾個少女派了眼睛最好的阿霞去澡間偷窺，在滿月照明下，阿嬌透過木板縫隙瞄著歐巴桑的肉體。神奇的一刻來到阿霞的目光下。

眞的好美啊，可惜她卻沒有男人，有少女望著嘆道。美就要有男人喔？阿霞說。

詠美從來沒有談起那一年她在台北做什麼？也沒有人敢問她。

好像那一年從來就沒有離開過。詠美雜貨舖依然開著，她依然坐在藤椅上，透過櫃子的糖果玻璃罐縫隙望著村人在小路上來來去去。

自此，她任由美麗的身體窩在暗影中，隨著年華慢慢老去。

135

晚年的詠美瞇眼看電視新聞，聽到轟動社會殺人魔王陳進興案後其孩子被送往美國，如此是隔離也是保護。她想到可憐的女兒桂花，雖然案件輕重不同，但傷心孩子的父親都是被槍決的，一個是背負政治的黑名單，一個是背負惡煞的罪名。但孩子是孩子，原可不必背負父親罪名或惡名，但最後只能遠行方可遺忘島嶼妄加其身的傷痕。

桂花走的那一週，愛國獎券開獎，西娘中了一些小獎。累積的小獎正好給桂花寄了錢去，桂花在美國的前些年雜費竟都有了。說來是巧合，但或許可說是西娘早已料到之事。家中男丁消失的光陰裡，西娘總相信，有一失就有一得。上一代的傷心是無法免，那麼下一代的快樂能不能不消失。

如果西娘活到現代也許就不會說這些話了，因爲後來事實是朝詠美的心思而去：每一代都有他們自己的故事，都有自己的傷心事。

她在晚年常想起那個北上收屍的荒涼下午，白燦燦的陽光，將她的身影拉得如怪獸般。她在那聲無情的槍響後，成了寡婦，成了棄婦。遺棄比離別可怕，那種永遠無法再被縫合的碎裂感，無法再被填滿的空洞感，只消在午後光陰，她一個人被村子裡那碩大的死寂籠罩時，她的心就會抽疼，瞬間收縮痙攣了起來。

被遺棄的不只她一個人，還有整座村莊任其荒蕪的遺棄。

活得很老很老的詠美，活過跨世紀。她拖著蒼白的身體，在雜貨鋪裡走動的瘦削暗影，成了鄉人記得她最熟悉的樣子。幾乎沒有人會遺忘她從餅乾罐子拿出糖果餅乾的手，或者從背後架子上取出米酒的手……。詠美和西方的最後接觸是她終於走進麥當勞，吃了大漢堡和薯條，然後她還到咖啡館喝了一杯拿鐵，兒孫看她喝咖啡時整個眉頭都縐成一張皺紋紙時都笑了。西螺鎮上充斥許多光亮的商店，她新奇地東走西走，看著入夜還火亮的二十四小時商店，叮咚叮咚聲中，不斷地人進人出，嘖嘖稱奇小鎮也有從哀傷爬起的一天。

名叫超商的店鋪佔據輝煌的街口轉彎處，固定的歡迎光臨，謝謝光臨，模組化的一式明亮，冰櫃裡擺滿了待加溫的國民便當、燴飯、義大利麵。連芭樂水果攏切得眞水。詠美看著冰櫃說。她想是再也沒有人要去她那間黝暗的雜貨鋪買東西了。那間雜貨鋪埋藏著她一生的故事與心情秘辛，她喪夫喪子流洩的幽微之光都逐漸被抹煞了。

當城鎮的街角都被財團佔領後，詠美的世界就縮小成雜貨鋪頂上的那抹燈泡之光，那光所燃起的暖黃，再也溫飽不了世人。

接著她要兒孫帶她去客運局和巴士站轉轉，那些站倒還有老舊的氣息，離她的記憶不算遠，丈夫曾在這裡帶她搭上通往台北的車子，那一回他們去基隆，一個老下著雨的海港，她還記得雨霧的港口，他們落腳在一家小旅社，那是他們最美的一次纏綿。她還記得日本老師離開台灣的那一天也是下雨，莎酷拉莎酷拉……莎喲娜拉！

卡桑，妳在想啥米？

詠美笑著從凹陷的記憶坑洞彈回。

我想去買一套新衣裳和一雙新鞋，詠美說。

然後她說想去看海，兒時的海，夢幻之海。

靠近海邊有了成片的巨物，兒孫告訴她那是六輕。

什麼親？她老了聽不清。

六輕，冒白煙的東西。

哦，海邊怎麼有這種東西啊。詠美瞇著眼睛看遠方，看不清楚海，她很傷心。

136

詠美晚年最掛念的是和父親鍾聲同名的屘子鍾聲，阿聲的頭骨塌陷了一邊，肩膀歪斜，手腳不靈光，走路一拐一拐地。但不論晴雨，許多人每天大多會見到阿聲拐著瘸掉的腿行走在漫天的沙塵中。他的手裡總拎著一罐米酒瓶，戴著選舉時別人往他頭上戴的棒球帽，棒球帽帽沿有個台灣圖案，遠遠地就見著頂上的綠番薯圖案彈進眾人的視線裡。

偶爾夜裡，詠美會想幫阿聲弄個內地女子來讓他有伴，但又旋即想著，何必再糟蹋另一個女人了。以前多桑口中的內地女人是阿本仔女，現在人稱內地女子卻是彼岸女子，這世界變來變去，她常很難適應。

詠美總想有一天這孩子會醉死在路上吧。所幸阿聲醉死在路邊水溝時，詠美早已去世多年，她不曾見到自己預言的孩子下場，不然她人生的苦將再添一樁。但鄉里人說起和革命者父親同名的鍾聲下場是醉死時總是欷噓。夜晚醉倒水溝爬不起來，失溫而死實在不怎麼名譽啊。

阿聲活著是悲劇，連死亡也是悲劇。他在娘胎被槍桿打傷的畸形胎，像降世外星人，常喝得爛醉的外星人。孩子是外星人，孩子的父親也是吧，哪裡有外星人，詠美自言自語笑著，她想起喜歡聽古典樂的夫婿鍾聲曾對她說莫札特是外星人，他不喜歡地球人所以很早就離開這裡。那你也不喜歡地球？她回問。我喜歡啊，只是地球需要改革。鍾聲邊吹熄番油火邊這樣回答。她笑著，看著光影下的鍾聲側臉。

革命就是把自己的命格掉，革命是準備要上斷頭臺的，可不像這些人。詠美看著凱達格蘭大道上的主事者，心裡這樣想。那是她最後一次看電視，螢幕裡一片紅，她不喜歡的顏色。所幸詠美早孩子鍾聲一步先步，這讓她少了許多折騰。鍾聲代表著她心靈的桃花源，她曾經一度後悔以鍾聲的名字來為屘子命名，當她看著五體不足的孩子日漸消沈酒精且愈發癲狂時，她知道一切的悼念都徒然了。

感到一切徒勞時，年歲的大火已經把她的身體燒到末端了。剩下一絲燈蕊，是僅存對疼痛的巨大意識。回憶起某些人不僅無法讓她止痛，甚且還加深了痛。

有時候西娘會來她的夢裡，讚伊是好媳婦，上事宗廟，下繼後世的女德，她這個媳婦全有了。村長來走動，對鍾家後代悄聲說可以頒一個貞節牌坊給詠美，只要鍾家願意投票給這個黨。不巧躺在床上的詠美以最後一口氣的力氣聽的明明白白。她以杖敲擊地板，子孫進其內，交代絕對不可接受任何以她的名義而收受的東西，即使一塊碑一塊坊。什麼貞節牌坊，當寡婦是不得已的事，誰要那個牌那個坊，什麼國民桶，殺她來換一張選票都不可能，她脹紅著臉嘀咕著。許多人都以為她進入了迴光返照，記憶迴圈的倒帶。如果此是記憶回溯，詠美也太悲哀，最後其口中所言是她所厭之寡，所惡之黨，這豈不是給她難堪。

在詠美的病床上，出現一個人，許多人都交頭接耳，窸窸簌簌的口沫橫飛。

吳建國，讓詠美成為寡婦的行刑者穿過廳堂，他的身形依稀可見當年，雖然是老人了。村人不喜歡看見他，但他們心裡都知道吳建國不過是執行命令者，真正殺鍾聲的人當然不是吳建國，但吳建國畢竟是行刑者。老邁的吳建國柱著枴杖，很奇怪的是，晚年的他唯獨眼睛最好。他從弱視到眼力還不錯，都是拜《眼明經》所賜。許多村人都覺得他根本是唬爛，怎麼可能讀經就會眼睛光明？吳建國說相信就有力量，他也相信誠心懺悔可以獲得少年友伴鍾聲靈魂的諒解。

然這個家畢竟是沒有父親了。

吳建國可以懺悔，但他當不了這個家的父親。

詠美對孩子感到愧疚，因爲她自己是一個擁有父愛的孩子。她晚年的幸福回憶就是和多桑的時光。讀女中時她去看電影得穿上繡有名字和學校的制服，且三天前就得向學校提出申請，還得報告她去西螺電影院看了什麼電影，和誰去看電影等等。

有一回她和表哥去看電影，學校記她一個污點，她問爲何不能和表哥去看？表哥和表妹最容易產生感情。她當時聽了還大笑著這什麼邏輯。那回看的電影是孤星淚還是火燒紅蓮寺？她的晚年手轉著遙控器，電影影像不斷地來來回回，然而那個禁錮年代卻像是發生在昨日而已。

一個家裡沒有父親，孩子就少了榜樣。詠美總是這樣哀嘆，一位父親勝過百位教師或者百位情人？她記得桂花曾寫信這樣訴說。她在生命的終點前，一直覺得虧欠大女兒桂花還有小兒子阿聲，桂花行天涯路，阿聲浸在酒國，一個在天邊，一個在咫尺，但都是她虧欠的人。阿聲哪裡也沒去過，尖厝崙就是他的天他的地，手裡永遠擎著米酒頭，許多人都叫他空癲聲。他走路一拐一斜，揚起的塵土被他踢如沙塵暴，老遠在村口就看見他的身影，從他的眼睛看出去，日頭像雨刷似的，斜過來又傾過去，這世界是流動的，不穩的，迷濛的。詠美在生病前的秋日參加了最後一場恭逢水官大帝聖誕萬壽的法會，三天三夜梵誦梁皇寶懺，四時無災，八節有慶，香花清茶，還願謝戲者在村廟口夜夜啓動發電機，任戲子呼天喊地，觀者冷冷清清，偶有流浪貓狗駐足。人人都擠在廟裡，領平安符和平安龜。

空癲聲擠進人群索取了兩隻大小平安龜，他給了詠美，口齒不清地說阿母乎妳呷百歲。詠美落淚了，梁皇寶懺誦得震天價響，在冥間被蛇嚙咬的懺悔者終於不再疼痛，她看見亡夫鍾聲了，她知道她見鍾聲的日子已然不遠了。

137

冬日後，詠美身骨就一直是彎的了，她為了不讓人看見一個駝子，她已不再出門，且老是躺著，這一久躺就沒有再起來過。一個女人，撐過多少噤聲風雨，撐過多少血腥，撐過多少孤寂長夜，在太平盛世卻無法久撐。一個人無法久撐，這老宅也像她的身體快垮了，濕答答的棉被發著霉味。她想起查某太祖們，蠻荒島嶼的女人，喝過野蠻人的奶水，蛇雞豬貪嗔癡，說自己是三害三毒，水裡來火裡去。那時常見為守貞守潔寡婦立的牌坊，女子配婚的男人不幸早歿，而女人仍堅持守寡且肩負侍奉公婆之責，堅守忠貞守孝。詠美多年來，總覺得自己的心是背對這整個寡婦的歷史，雖然外表大家看不出來，實則她朝思暮想都是離去啊，但最終她仍是死在鍾家，博得晚年清譽。

守孝她懂，守貞她也懂，但守寡她不懂。

躺著的詠美常看見港口上擠滿著遣返的日本人。如霧的海緩緩地送來她的夫婿鍾聲，也緩緩地送走她仰慕的日本老師。吃煤油的大船吞吐著送別感傷的濃煙，汽笛鳴響出他們不敢說的衷情。詠美站在岸上朝大船揮手，她新婚未久實在不能耽擱在外過久，鍾聲理解她想要送別老師，一如她理解他在日本有個願為他赴死的女人。但男人以為的理解其實僅僅碰觸到女人的表面，而女人的理解卻往往一下子就戳到男人的核心。偶爾，昏睡的詠美也會夢見鍾聲，好年輕的他，不曾衰老，她遂不想夢見他，她覺得皺紋爬滿臉上的女人不宜再見時間停格的夫婿，即使在夢裡。然而高中的日本老師在腦海的模樣也停格在還算年輕的年紀，但她夢裡見他卻顯得毫不羞澀。或許純是精神上的愛慕吧，詠美給了自己一個堂皇的理由。

但彼岸無回音，一個空蕩蕩的地址，失效的座標。

讀書時成績優異的她，把所有的優異與憂鬱都傾注於書信，但回聲闃如，希望依然空蕩蕩。

這些年她常收到的信不是來自日本，而是來自台灣一個陌生的地址與陌生的名字。久了，這名自也不陌生了，隱隱地她把這個名字想成了自己愛慕的老師。信上名字寫吳建國，她不知他是誰，也不知爲何他要一直寫信給她。他是誰？他爲何有這麼強大的愛意湧向她？她應該愛這個陌生人嗎？爲何他的信充滿了對她的懺悔？信都被她放在五斗櫃的抽屜內層。

這天她要來幫她翻身拭體的么妹詠蓮將信全拿出來。

她抽出一封信讀著：詠美，我的雙手沾滿鮮血，好友玩伴的鮮血，妳的所有不幸的源頭都因爲我按下了扳機，我祈求妳的原諒。

這吳建國是誰？我又不是神父，他寫那麼多信來懺悔，反反覆覆都是類似的語句，這些信就好像行刑者懺悔錄，他說是他殺了鍾聲，這我可不信，殺鍾聲的人是住在總統府的總統先生，怎麼會是叫吳建國的人。詠美喃喃自語，將信用橡皮筋綁成一捆捆，要詠蓮去神案上拿下打火機給她，她手一按，用打火機把信全燒了。她揉揉眼睛，想了一下又自語著，這吳建國應該也過身了，前兩年就沒再收到信了。

詠蓮聽了一愣愣的，以爲姊姊又陷入今昔不分之際。

身痛時，改信佛教的詠美聽著佛歌，呷菜阿嬤老年時唱的，不知被何人錄下，錄音帶一直留在鍾家，人生嘆苦苦何在？唱到這一句，詠美才能漸漸入睡。

倒是她的妹妹詠蓮，成天笑嘻嘻的，有人說她的命是老天給的，因爲某年躲空襲時這詠蓮還是個嬰孩，怕嬰孩哭洩漏形跡，臨走就把她放在觀音菩薩神案上。臨別前，阿娘對這嬰孩說，妳如果命大，那麼我們回來時還能聽到妳的哭聲，說著向觀音又拜了拜。空襲結束，傍晚的木麻黃降下血色的黃昏，阿娘心中忐忑，如果嬰孩沒有活下來，那麼一個嬰孩會成怨靈或者英靈？怨靈怨懟母親捨她自行逃亡去，英靈會欣喜犧牲自己成全家族。但一個嬰孩並不懂什麼犧牲自己成全他人，故多半會變成怨靈，這位母親徒步回家時落後在村人之外，她遲緩著步履，空襲時腦子一片空白，此時她害怕地東想西想。尤其黃昏的巨大夕陽像是血盆大口，靜靜地守在前方彷彿等著吞噬她。

直到她回家見了案上嬰兒手舞足蹈笑呵呵時，母親才放下心頭重擔。詠美常轉述這些畫面給差她甚多歲的詠蓮聽。詠蓮聽了總是笑，好像那件事跟自己無關似的，她的那種笑，任何人見了都相信她是命大的人。命大詠蓮，許多老人都知道她這個稱號。

韋恩颱風讓詠蓮也成了寡婦，剽悍如男人，這採蚵女，喝著鹽水，守著海老。

她常從魚市場收攤後去照顧大姊，帶著一身的血腥味，但詠美對照顧她的人也沒什麼多的選擇了，桂花在國外，阿聲酒空，餘者家眷在彼岸攢食人民幣，能在身旁使喚陪伴的人零星。

138

這天詠美忽然想吃新鮮的奶油蛋糕和一碗牛肉湯，以前她不喜吃甜食，一生也沒吃過牛肉，吃牛肉是鍾家當年的禁忌。詠蓮特地去鎮上訂了個小蛋糕，然後去市場挑了一塊上等牛肉，傍晚慢燉了碗湯端給詠美吃，她吃後竟沒多久就往生了。

聽說鴨肉很毒，但沒聽過牛肉也很毒。詠蓮感嘆姊姊命不好，連最後想要喝一碗肉湯都不得。

詠美也沒吃到蛋糕，當蛋糕送來時，她已經斷了氣。

鍾家總是以喜事爲長壽婆辦告別式，紅色的帖子，紅色的辦桌，會場擺置了許多紅豔鮮花，裝置著華麗度母，喜洋洋地像是迎娶新嫁娘。

詠美躺進了早年她娘家父親爲她早已準備的那口棺。那口棺沒有庇蔭她的夫婿當官，仍只忠誠地扮演收屍功能。

蓋棺那一刻，詠美看見海。看見父親爲了這個大海女兒能嫁到富足鍾家的喜悅之情，她看見還沒開花的自己，新婚之夜杵在黑暗中，等待肉身凋零腐朽。

詠蓮幫姊姊收拾房間抽屜時發現一封沒有寄出去的信。

詠美寫給日文老師的最後一封信。

親愛なる先生：

夢で出会う先生の面影。この世界は寂しさに溢れていても、あなたと一緒に過ごした青春時代を思うだけで心が休まります。あの戦争が終わり、港の船があなたを連れて行ってしまいました。私の青春も終わりを告げ、時が経ち夫を得て子供も生まれましたのよ。でも夫は瞬く間に天に召されて、四人の子供たちもそれぞれ離れていきました。長女は強迫障害が強く牧師を通してカナダに預けられ、向こうで勉学を続けました。息子ははお腹にいる時に銃で撃たれて知能障害。能無しだとずっと嘲弄されました……先生、青春時代には人の世がこれほど、邪険だなんて知りませんでした。人の生の暗い影と深い淵について貴方も教えてくださいませんでした。当時は先生もきっと人の世が朝日のように美しいものだと思っていたのかもしれませんね、風に吹かれる女学生の微笑み、あの美しき日のように。でも貴方が帰国してから、私の祖国の島は棄てられました。本当の「祖国」は来ず、身は分断され心も死に絶えたのです。

先生がもう一度台湾にいらっしゃって、私の青春をもう一度燃え上がらせ、この流れる血を止めてくださったらどんなに嬉しいことでしょう。でも貴方は何処にいらっしゃるのかしら。貴方が残していった住所は希望のないただの座標軸の一点？お返事がありませんでした。貴方はかつてこの港から広がる海原とこの南の島を眺めていたのでしょうか？故郷の雪国では暖かな潮汐が夜の夢によりそっているのかしら?あの高速で走る列車の中ではクチナシとジャスミンの香気は漂ってる?私はこれから孤独な葦、仮面をかぶった悲しきクラウン、飛び去ってゆくイメージを前に、悲しみに暮れないようにしなければ——再会した時のためにもね。

お返事がない。まるで砂漠の石のように、白日の追憶は熱く、夜は氷のように冷たい。

二崙のこの村に午後の雨。貴方との思い出。雨宿りしたあの木の洞。あの尋常でない大雨。先生がいないんだったら生きていたくないわ、あの時、取り乱した私はこんな風にいいましたね。洞の外では狂おしい雨。私の声は雨音にほとんど押し消されたけど聞こえたらしく、貴方は笑いながら「君はずっと生きていくよ、桂子」と。ほら、この大雨はきっとやむよ。怖がらなくていい。

貴方の暖かな手が私の手を包み、生徒たちに見せてくれたあの向日葵の絵のように悲しい中にも希望がありました。

長い間、あの大雨の時の暖かい手が荒れはてた私の日を日夜撫でてくれる。この島が受けた不義と冷たさに耐えて、私は沈黙を続けてきましたわ。貴方は蝋燭の灯のように、私の斑になった影を照らしてきた。死と同じように崇高な愛、蝋燭のように短い青春。岩よりも堅い不幸、野草よりもでしゃばりな白髪。たとえ残酷に定められていた運命だったのだとしても、それに屈従はしませんでしたよ。私は今もこの村にいて、そっと誰にもわからずに遠く貴方がいる方を見ながら、海辺で待っています。

これからの人生は潤いのない枯れ果てた砂漠。もう人生に貴方からの恵みはないのでしょうか?これが貴方への最期の問い合わせになりそうです。

お返事をお待ちしています。

不懂日文的詠蓮好奇地將姊姊的信拿去給鎮上專業的翻譯社翻譯，譯出的中文信大約是這樣的：

親愛的老師：

我看到您的影像，在我的夢中。

這麼世的孤寂，並不包含你，我想起青春時和先生同遊的時光，內心就感到寧靜。大戰結束，港灣的船帶走了你，我的青春也結束了。我在飛逝的時光裡有了夫有了子，很快地丈夫又被上帝召回天庭，孩子四散，大女兒驚嚇過度，被牧師送至加拿大寄養與讀書，小兒子在我腹中被槍桿打傷，一出世就智商不足，一直被戲叫空仔……先生，在我的青春裡，我不知人世有這等險惡，你也未教我們這些生命更暗的陰影與更深的深淵，我想你當時也以爲人世美好如朝陽，像我們這些女學生的微笑，每日都隨風披靡，如斯美麗。你歸國後，我的祖國成了棄島，眞正的祖國沒來，我們卻先被斷頭與心殤了。

先生，我好希望你再來台灣，重新燃起我的青春，幫我將傷口止血。但是你在哪？你留給我的地址是否只是一個無望的座標？你沒有回信過，你是否曾在港邊眺望這娑婆之洋，這南語之島？在你下雪的原鄉是否有溫暖的潮汐伴你眠夢？在高速列車的速度裡是否飄來梔子花和茉莉的香氣……我想我自此是孤寂的蘆葦了，一個戴著面具的悲傷小丑，在飛逝的映像裡，我練習著不悲傷，我預習著可能和你再見面的情境。

但沒有回信的你，就像沙漠的石，白日的回憶滾燙，入夜卻極爲冰冷。

這個下午雨在二崙小村下著，而我記得你，和你躲雨的那個樹洞，那個異乎尋常的大雨，如果沒有你，我不願意活著啊，那時的我這樣失心地說著。樹洞外的雨狂飆，幾乎將我的聲音滅頂。你聽見了，笑著對我說妳會活下來的，桂子。你又說，大雨會停的，不要害怕。

你的手溫著我的手，如向日葵，你給我們看過的畫，悲傷而有希望。

這麼多年，大雨裡溫暖的手，摩挲著我粗糙的日夜，我忍受著這島嶼的不義與冰冷，緘默噤聲。你像一盞燈，映照我斑駁的陰影。與死亡同高的愛，與蠟燭同短的青春，比石塊更堅定的不幸，比野草更蠻橫的白髮，我沒有屈從，即使殘酷早已寫在訃聞。我依然在這座小村，以不被人看出的等待姿態，行去海邊看海，看著有你的方向。

我的人生自此無水，乾涸，荒漠。我的人生難道已無你的恩典？

這是我最後的問句。

期待回音的桂子

即使翻譯成中文，詠蓮還是沒能讀懂姊姊寫的信，甚且她覺得這中文簡直比日文還難。但她至少知道這是姊姊埋藏經年的祕密，於是她悄悄地把信埋在姊姊喜歡的一株桂花樹下，這桂花樹是姊姊日文名字的來由，也是她為長女取名桂花的源頭。

塵歸塵，土歸土。詠蓮聽見身後有道士這樣說著。魂埋地底的詠美，讓很多人感到心酸。

139

詠美過世前，只在意一件事，交代兒孫千萬不要將她火化。

照辦的兒孫以為詠美怕火燒會痛，於是土葬。

五年後，和她心最親的大女兒桂花再次返國，因為弟妹通知她返國幫母親拾骨。

阿母沒有說她要讓我們撿骨的啊，桂花在越洋電話裡說。

因為埋葬阿爸的墳要開棺，墓地要整地變成公園了，所有的墓地都要開棺撿骨，移到靈骨塔。阿母要跟父親一起，所以也要一起火化入塔。

返國的桂花發現了母親不肯火化的秘密，母親子宮前裝有避孕環，燒不壞的避孕環，母親怕被兒女們發現後笑她。

在拾骨時被眼尖的桂花一眼看見後，她趁法師一個轉面，迅速彎身將之撿入口袋裡。返回母厝，她將T字形的避孕環取出，洗之。然後打開桌上檯燈端詳，那一刻她想起了孩童時和母親一起北上搭火車的那回，母親那堅毅沈默的側面，深深吸引著她。那時候她好想躺在母親的懷裡，她好想安撫母親，告訴她阿依喲，妳毋通傷心，妳擱有我啊，請妳保重。

但她什麼也沒說，只靜靜地睜大眼睛望著退後的風景，緊抱著手裡的洋娃娃。

一如此刻，她什麼也沒說。

她已明白寂寞母親當年暫時離開家鄉一年的秘辛，在燈泡下她看著這個奇異的發明，能有效解決母體禁得住誘惑或禁不住原始渴望的分裂繁衍……

桂花打開母親塵封已久的抽屜，想找個容器來裝那個小物件時，她看見了母親的日記。

桂花闔上日記本時，天色已經發白。

她看著窗外竹林景色一眼，然後環視母親這孤單的一生，自從結婚蓋到老的花布棉被邊都破了，花色褪了，枕頭泛著油光了。

當年她在葬禮上沒有哭泣，事隔多年卻在這時候流下淚來，流淚不止，轉爲抽泣的哭聲。流淚過後，她到後院洗了臉，聆聽著早夏蟬聲。

回到房間，桂花靜靜地把那避孕環像是一隻騷蟬似地放入玻璃盒裡。她將帶著母親的這個身體印記再次遠走高飛。她想這個環才是母親的貞節牌坊啊，她的貞即是她的眞，至少她曾在黑暗的生命隧道裡點上一盞燭火，只是這火很快就熄滅了。度母聖殤，勇者詠美。

140

詠美過世不久，送人當童養媳的妹妹詠雪竟也走了。

詠蓮又是送行者。

她和被姊姊詠雪送走的孩子雨樹陪伴臨終者。

詠雪老是陷在懊悔裡，生前對著雨樹說，如果不是貧窮，誰會當一個送子母親。

將雨樹送給糖廠經理，這讓詠雪一生都對糖又愛又懼。

她此刻嘗著鷹牌煉乳，現在不論什麼食物她都想加上鷹牌煉乳，還會用手指刮去鐵罐外溢出的白色甜乳，將手指放進嘴裡，整張臉頓時笑瞇瞇地皺在一塊，嘴笑目笑，完全了無前生苦楚似的神情。晚年她的身體散著糖蜜乾焦氣味，整個身體如整座糖廠。

眼前這坐在床沿旁的高大孩子，老宅因他顯得更老了，孩子抵擋了刺目的光，帶來溫柔的陰影。他有著像是被食神日夜偷偷烘焙而抽長出的好身材，她既感到愧疚，又感到欣慰。這是她晚年唯一期待的身影，多年來日夜思念所照亮的幻影，現下幻影如實地在眼前了，當迫切期待的焦慮轉成無法啓齒的陌生時，所有混合著命運愧疚的思念頓時卡在喉嚨。

他注定是別人家的孩子，他喝有權有勢的外省家口水，也就長得一副有錢有勢的大器好樣，她想任何人見到他都會自覺低他一等，任何女人只消看他一眼就會愛上他的，連她這個親生母親也不例外。她是個單純的女人，她想如果重新投胎，願作送子孩子雨樹的女兒，她想應是十分幸福，或者當孩子的情人，但她沒這個命啊，她連做伊母親的資格都喪失，自己竟讓思緒想得那麼遠，她忽然臉紅，不好意思起來。

她告訴因爲飢餓而送給糖廠經理的孩子雨樹往事，她知道即使省略述說，雨樹看到這寒傖昏幽且空無一物的老宅，通透的孩子應該知曉一個母親當年的難爲與苦痛。

如果當年沒毀婚，沒和窮廚師落跑，這故事就待改寫。

詠雪鍾愛卻送人的孩子在眼前了，長成了一個大男人，劉雨樹。詠雪在世時擔心孩子會在養家複製她的命運，但結果卻相反，孩子被外省家養得好好的，受了大學教育，且懂得禮儀。她看到孩子時，她忽然悟出一個自己認爲很有意思的道理，那就是她想長期金錢匱乏會腐蝕人心與該有的氣度，她自己過去的養家是忽然有錢的，遂金錢還未馴化野心，會不知錢的妙用與大用，甚且會苦毒一個比他還貧窮低階的弱者，因爲如此可彰顯一種佔有的傲慢與獲得的快樂。不若雨樹這個孩子的外省養家是幾代人都未受飢荒之苦，孩子的母親劉媽媽還是讀過上海西式學堂的，看她把孩子教養得多有禮貌啊，她忽然明白這種幾代未受飢荒之苦的人家就是突然貧窮了，內裡和樣子也都還維持著人的基本尊嚴與氣節，一如鍾家的西娘。

她想得遠了，這就是詠雪，雖然她被村人看成一個只是賣菜的婦人，無人知曉她的奇特心思，這是她逃脫日復一日生活困頓的祕密，她常把思緒放在他處，這樣就容易放過自己了。

時光倒流，一個母親不得已地拋棄了紅嬰仔，連愛都是奢求。時光若往後移，這老母親將愛上自己年輕的孩子，然時間奢侈。老母親的眼淚乾涸，下體乾涸，臉皮乾涸，枯槁死灰裡僅存的一絲熱燼燙塵，她全燒給雨樹。

詠雪死前的剩餘時光大多和雨樹這個孩子聚在一起，和雨樹一起回顧倒帶這部拍得極差的人生影片。

古曆歲末的送神日，詠雪跟著天神回到天庭。整座村莊的人那日都在焚燒盔甲和馬匹給眾神回返天庭的旅路所用，詠雪搭上了天神便車，謠傳她也回到玉皇大帝身邊。接著是她的妹妹詠蓮說，寂靜的村夜第一次降下了白雪，雪從古坑草嶺一路漫飛至村裡，厝裡，眼裡，河裡，溪裡，一直飛越海峽。詠雪的美與苦，化成絕世之夢。不論是詠雪跟著諸神回天界，或是天夜降雪，每個村人都願意相信，每個人都認爲詠雪是苦命的美麗好女人，她這樣的美色，若要懂得運用，她豈會是如此度日。但她卻誠懇認份，無多餘念頭來生是非，她只是生活下去，愛著孩子，思念著孩子，每天到市場賣著菜，一直賣到雨樹來尋她才沒有老年還在黃昏市場裡將自己蹲成了一具雕像。

雨樹送終，操著完美複製自詠雪母親的雲林靠海口音，將外省口音隱藏得好像從不存在。他在喪禮上答禮了對母親的根生思念，人子對天對地對人扣首再扣首，送走的孩子從北方飛回了南方之家，幫詠雪母親總結了一個飢餓送子的時代，她的溫婉她的絕美，一到夜裡就復活在村人的夢境裡。

當她的靈車繞行其生前往來的幾座小村時，每個村民都盯著靈車上的黑白照片一時愣住無思或頓時神往起來，詠雪驚人之美，屬於生活苦難，卻不屬於情色。美人無美命，人群裡有人嘆息低語。

只有一座村莊是詠雪生前交代千萬莫去的，那就是詠雪童年與少女當媳婦仔時的老宅院，她毀了約，還跟了別的男人跑了，爲愛受苦，這人家早就不知幾回罵她活該了。那人家欲把她送作堆的男孩日後當了醫生，在小鎮開了間診所，離詠雪所住不遠，但聽說詠雪是打死都不給那個男人看病的。咱的身軀以前不給他，現在也別去給他看身軀了，詠雪總是這樣說，這就是屬於詠雪的奇異感性。

詠雪過身那夜落雪，一場冬雪一場漫，雨雪霏霏是豐年，村人如此流傳。

你看過落雪冇？有外人問。

像初生白羽毛，輕飄飄四處飄著，有人像背誦課本地答著。忽然樹下玩牌的查埔群裡有人大喊了一聲，我胡了。

141

現在少見大肚子查某人，現代查某無願病子，坐在亭仔腳的阿嬤說著。黑壓壓的蒼蠅讓她們的手很忙碌，龍眼季節，四處甜蜜蜜。

赦罪月即將到來，許多女性心驚膽跳，唯恐那些嬰靈不肯原諒她們在夜慾後所結的不幸之果。避孕藥還沒來到這座村莊時，許多女人不明白肚子爲何總是消了又漲了，漲了又消了，不消不漲的就成了漂流胚胎或者不孕之苦。其中一個總是懊惱而疑惑的女人就是菲亞的同學玲芬，不，正確的說應該是菲亞的繼母，同學變繼母，不是好萊塢電影，在小村當年還是聳動的題材。那年她才十八歲，菲亞出獄的父親義孝正好尋去女兒的租處，沒找著女兒，卻見到女兒同學玲芬，讀書一百分的玲芬（因討厭零分諧音，她一度改名淑樺，淑樺玲芬都是她），沒去讀大學，她正準備去當會計好養家。玲芬畢業那天就跑去把西瓜皮已留至肩膀的長髮燙了起來，燙過的頭髮使她更具奇異的魅惑，像是少女的臉上長出想要刺探世界風光的嫵媚稜角。那是什麼頭？很多年後玲芬才知道那叫做法拉頭。

那一夜，玲芬付上她的一生。在她那樣有限的十八年裡，並不知這樣的險惡。且這樣的險惡直到義孝死後都還在她的生命裡形成巨大的暗影，增生結塊，來去如潮，毫無防備。她底層的家族精神史在生了三個孩子後爆發出來，鄉人說這一家人全狷了了。從一貴到義孝，都被當作是某種偏執的瘋子了，沒想到新娶的好女孩也是個瘋孩子。

那一夜，這種瘋癲直通上帝。

義孝從監獄出來，未久即步上禮堂。在牢裡爲他受洗的牧師也爲他主持婚禮。新娘十八，很多人以爲他是要嫁女兒，結果得知他是新郎倌，有的人很尷尬，有的人直接就不敢正視義孝，怕被他那如火的目光灼燒到。當義孝吐出我願意後，她突然喉嚨被什麼給卡住了，這時台上的牧師看著她，背後的目光射向她的脊，整個教堂陷入幾秒的安靜，差這一句「我願意」他就可以成爲進入她生命的主人，支配她的身體，她的快樂？義孝轉過臉看著她，用手輕搖著她，她轉頭和他的臉對望，淚水卻滾了下來。當她吐出我願意時，好像是吐出一口大血似的，教堂鐘聲敲起，眾人掌聲響起。她抬頭看見背光的天使，骨枯的耶穌，她打了一個冷顫。她感覺剛剛自己在聖殿以嘴巴冒充了愛，吐出我願意的那個我是眞的我嗎？她一時有點暈眩，差點跌在走出教堂的那一刻。

那一夜，她沒有當成會計小姐。

她成了太太，妻子，母親。

十八歲玲芬當母親，接著隔不到兩年肚皮又發漲了。

142

二十年後，君軍也執意要步上母親年紀輕輕即結婚的後塵時，玲芬完全使不上力。玲芬是還年輕的親家母，看起來卻像是活了好久好久的疲憊者。她沒有任何幸福語言送給女兒，她早已陷入精神的失序，時好時壞。君軍只能祈求上天，希望那日母親精神是好的，不會忽然歇斯底里，君軍害怕白紗新娘服會被母親剪破，很小心地收藏著，直到婚禮當日。但她還是發現蕾絲被母親撕裂了一半，她將蕾絲抓縐，用別針夾起，看起來獨特，很受讚美，君軍卻心裡淌血。君軍懷胎生子後，曾仔細算過年歲，她想母親是在什麼時候精神病爆發的呢？是他們和父親流離失所開始住在貨櫃的時候嗎？那時候她十一歲，大弟阿猶九歲半，小弟雅各七歲，也就是母親剛過三十歲不久，那時候母親到學校參加母姊會時，老師還以爲她的母親是她的祖母。母親年輕美豔，那麼快速的老化，像是拒絕收受原本生命賦予她的禮物。又或者母親不想讓自己看起來比丈夫年輕甚多，那時父親已經是老歐吉桑了。父親每日都會揮棒球或者練舉重，讓自己看起來不老。而母親相反，她什麼也不做，她常陷入發呆狀，白髮很快地就隨著她的憂慮漸增，母親從也不染，君軍望著加速老化的母親，她不忍卒睹，她想離開這個奇怪的空間。父親爲何要住在大貨車改裝的貨櫃屋？很多年後，當君軍見到同父異母的姊姊們，她才明白原來那是表姊小娜曾對她說過的舒家有流浪與瘋狂的基因。父親的貨櫃屋可以移動，像吉普賽人，在虎妹姑母口中成了一坨屎郎。父親不明白孩子需要穩定，他四處移動只爲了滿足自己一生從未出國的遺憾，他們跟著不斷地旋轉，移動，轉學，每一次在新團體裡都害怕得像隻喜歡黑暗的老鼠，不敢開口說話，有好長一段時間君軍以爲自己也和弟弟一樣是瘖啞人，她愛弟弟，她可以明白那個無聲靜默世界的力量。

於是她一點也不打算繼承這個基因，她喜歡穩定，喜歡土地，喜歡它開出果實。她的老公以三箱自產的水蜜桃和水梨就擄獲了她的心，他身上那種植物的氣味讓她很安心。事實證明，舒家最聰明的人是她，不喜浮華的她並非不去爭取更好的世界，相反地，她早就看穿這世界的階級再怎麼努力都存在，只有回到土地的現實安穩才能療癒儲存在她體內的瘋狂基因。

活著的父親是如此地固執，相較於凡事都不聞不問的母親，父親是照顧者，他教她讀英文，告訴她沒有幫她取英文名字，因爲要她行事如君子，硬頸如軍人。她笑著，心裡很不喜這個感覺帶狠卻又裝得很君子的名字。

父親是冷的，冷血的，他已完成那種冷。他被亂棒打死了，他終於被渴望者的刀刃切割，終於離開了兒女。他的器官分屬在不同的人身上，父親再次如他喜愛的上帝耶穌般復活了，以其自己想要的方式。但他以部分的器官復活人間，這些陌生人成了父親最親近的人，她很羨慕。皮與肉都被剝除，彈跳的心，光明的膜，不喝酒的肝，不抽菸的肺，穿過宿命的扉頁，在他安靜的死亡中，如鹿渴慕溪水，再無迷失的念頭。她幫父親戴上猶大肖像，絕望者的保護神，讓父親以其理想的方式復活。孤寂不再是他唯一的伴侶，他且不再是偏執者，不再是一組號碼，不再是殺人犯，不再是姑母眼中沒血沒淚的兒。

父親見不到她的婚禮，也許是好的，她想否則以父親的激烈個性是不會答應年輕的自己這麼早就嫁人的。她不喜歡讀書，她討厭書，從小父親就唸著她可別遺傳到妳那瘋子阿公。聽到瘋子她沒感覺，在旁的母親倒先發作，瘋子，你在罵誰？瘋子被父親吐出口是母親跨越三十歲那年，三十歲是個危機訊號？她曾一度在產後擔憂著這個瘋狂基因到底有沒有鎖鍊住她的命運？產後憂鬱症瞬間就染上了她，她對外界具有渾然不知的能力，但獨獨對體內的精神瘋狂與否懷有戒慎恐懼的覺知能力。

不幸也還沒離開父親，她知道。當父親在幼小的三弟耳邊敲著大鑼而孩子依然無反應時，他發現這孩子是瘖啞人，那一刻，他知道上帝對他的考驗是不會停止的。

143

遺傳父親的高度及母親的秀麗臉龐，君軍在婚禮上美豔如模特兒，但她卻執意要嫁給農人之子，一點也無沾染城市的任何氣息，甚至連察覺自己是長得如此美麗也不知。和其母親一模一樣，不知為自己的人生爭取，不知幸運也是要去打拚才會來的。眞憨，伊無知伊係嫁歹命的，虎妹悄悄說著。（不過當隔年虎妹收到幾箱珍貴的水蜜桃與水梨葡萄時，她早已忘了她曾說過這樣的話。）

那場君軍婚禮，許多女人想的畫面都不同，最具感官性的應屬愛幻想的小娜。

很多年沒有參加婚禮的小娜來到這場在大甲溪沿岸辦桌的在地婚禮。

144

小娜想起的是一些往事，當君軍還是個嬰孩時，暑假返鄉住在鍾家祖厝的少女小娜，某日騎鐵馬到後頭的外公三貴家，她原本想偷摘一些葡萄回家吃的傍晚，穿過前房養畜生的茅屋，穿過亭廊，聽到在另一頭有女生在哭泣。她走進看是那個年輕舅媽，她在餵奶，小娜驚詫地以像是研究員般的角度，她仔細地看著女人的乳水像一朵漲滿花粉，亟欲噴出如粉塵爆的巨花，乳水正從乳蕊裡噴出，闔眼嬰孩哭鬧，雙手憤怒地抓著空氣，在一身汗濕裡終於雙唇咬到了母親那可憐發黑發脹的乳頭，空氣安靜下來了。

這時玲芬阿妗才抬頭看少女小娜一眼，喚了聲小娜喔，入坐啊。然後用腳踢了張板凳到小娜腳下。那板凳從三貴時代坐到現在，三片木頭釘子釘了又釘。小娜坐下後，遞了一些手中摘來的葡萄給玲芬阿妗，她搖頭只有氣無力地說眞是累壞了，妹仔愛哭，弟仔也愛哭，兩個貝比相差沒多少歲，快把沒經驗的她給累垮。她得空出左右手，讓兩個嬰孩各握著手，且一小時後嬰孩才願意睡著，她一抽手嬰孩就醒過來，屆時又是手腳掙扎，嘴臉扭曲，哭鬧不休。

少女小娜聽著，心想女人眞可憐。她想這女人才二十出頭，高中才畢業就被舅舅收爲囊中物，死讀書的單純女人。少女小娜對阿妗說要回鍾家那邊了，剛剛偷跑出來，阿嬷要我幫她曬蘿蔔乾。小娜騎回鍾家，騎沒多遠，就繞過兩畝田和兩片防風林。在走回鍾家的路途，夕陽正在防風林游移嬉戲，她邊吃葡萄邊仍晃蕩著光景，心裡突然心生一念，想去鎭上新開的情趣用品店逛逛，上回她看見電視有乳膠身體的介紹，既然有乳膠身體也應該有乳膠手，像是學校保健室的塑膠模特兒般，那塑膠模特兒總是光著身體躺在那個瓶瓶罐罐的房間，有時男生經過總是言語輕慢侮辱著塑膠女模，好像那人體是活的女人般曼妙。

少女小娜偕同堂妹阿玉去鎭上敏雄開的情趣用品店時，敏雄見兩個小女生大剌剌走進店的後頭，可眞嚇死了。那年頭所謂的情趣用品是敏雄跑船時自己帶回來的，他跑船賺了不少錢，就開了間水果刨冰店，當時他就很時髦地取作「冰館」，並隔開一小間房間是眞的「賓館」，售一些情趣用品和漂亮的大胸脯金髮女人海報與情色書籍，還有他走船時的各地紀念品，說情趣用品還不如說是異國情調的物品罷了。敏雄是阿玉堂哥，見多識廣，但就是沒見過小女生跑來要來買情趣用品的，他以爲她們要吃八寶蜜豆冰。少女小娜卻問敏雄有沒有賣塑膠手？

他看了少女小娜一眼，奇異的眼裡有如是冒著熱情火花的瞳孔亮了起來。她臉也溫熱起來，她和他一起走進裡面的賓館情趣店。敏雄跑船的黝黑皮膚散著有如太陽和花朵與海水般的氣味，她走進了這個陌生世界，像掉進愛麗絲夢遊記的氛圍，那時候她覺得敏雄很帥，但她對歲數沒感覺。他要她每一樣都拿起來看看，正巧前廳有人在喚他吃剉冰，他轉身離去，連同將充滿海島椰子花朵的魔魅氣味帶走。

她才想起來此的目的，終於看到一雙女生的塑膠手，她抓起手，走出情趣賓館。走到前面的冰館，阿玉早已經吃了一半的蜜豆冰了。

她說要買這雙手。

敏雄和阿玉都笑得把冰水噗嗤一聲地噴到白牆。

你買手幹嘛？阿玉說。

要自己玩也得買雙男人的手才夠大。有穿著拖鞋的某男邊吃草莓牛奶冰抬頭說著，那男人腕上掛著蜜蠟佛珠，手指戴著斗大的戒指，卻穿著拖鞋。少女小娜脹紅了臉說你們不懂啦。執意要買。接著又故意說她喜歡女生的不行嗎？阿玉笑著，她對敏雄說小娜是我們鍾家最優秀的怪咖，小娜要做的事是誰也難阻擋的。我沒錢買這一雙手，我只有錢可以吃碗冰，她說。喜歡這個怪怪小女生的敏雄說，妳拿去試試看再說，他說話時表情嚴肅，小娜喜歡他把她當大人看。

黃昏她騎著腳踏車回到小村，和阿玉在村口道別，阿玉住另一村，家裡有很大莊園。小娜腳踏車的籃子前裝了兩隻塑膠手，有些開車的人從車窗裡探出頭來鬼叫著對她亂喊，也有騎摩托車的男生做出靈異的表情嚇她。無聊，神經病！她罵著。

145

在大多數庄稼人還在外頭工作時，她拐進外公家找年輕阿妗。年輕阿妗依然蹲在亭廊下餵奶，洋裝上的鈕釦開了大半，頭髮紛亂，怎麼看都像是瘋了的可怕模樣。小娜一時感到害怕，她見過阿妗剛結婚模樣，無法和現在當母親的她聯想在一起。

阿妗。玲芬緩緩抬頭看小娜一眼，疲累地笑著。

小娜從籃子上取出兩隻手給她。這做什麼？玲芬疑惑地看著。

她說妹仔和弟仔要睡覺時，妳就給他們各握住這兩隻假手，讓他們以爲那是媽媽的手，這樣妳就可以抽手休息了。一兩個小時讓嬰兒握著不敢離開誰受得了啊？她說。

阿妗，手要放在貝比床邊就好，亂放會嚇到人喔。

小娜騎著腳踏車離開老厝時回頭看了阿妗一眼，兩個愛吃鬼正咬著她的乳頭不放，而她的眼神正盯著放在矮凳旁的兩隻塑膠手發起怔來。

隔沒幾天，那雙手就被小娜送回敏雄的情趣賓館店了。

小娜搖晃著塑膠手說人的體溫和質感是很難被複製的，假人的溫度和眞人是不一樣的，摸起來和擁抱起來都是不同的。敏雄悄悄對她說，任何事物最無法被複製的就是觸覺，他當時指著那些一隻隻站立如仙人掌的男根對她說，複製大小尺寸容易，可是溫度感和觸覺最難，幾乎是無法取代的。

阿妗隔幾天看到小娜說謝謝這個創意和體貼（的確是一招在當時足以轟動武林的大創意），妹妹和弟弟握著還是哭，他們可以分辨出假和眞的手呢。

難怪母親無法被替代，母親的氣味質感和體溫，皆獨一無二。

小娜想起玲芬阿妗，敏雄和那雙塑膠手。那個哭嚎的女嬰正穿著白紗笑吟吟地走來，那樣雪白的紗，在陽光下，如薄霜。

那白幾乎使小娜一時雪盲。

146

夏霧深濃，洪水陰影環繞著一些莊稼人，他們抬頭望天，一排的腳正努力地踩踏著龍骨車，灌溉著稻田。彼時男人擔憂的多是收成，記得的多是自然之害。女人擔憂的多是錢財，記得的多是感情之殤。莊稼男人很怕又是做大水的歹年冬，夏霧籠罩，帶給他們不安之感。

時瘋時醒的臭耳阿娘最怕做大水了，她在兒子的肖像前燒香祭拜，要臭耳求水神別再做大水了。臭耳年邁的父親日照在旁看見笑著，他說臭耳死那麼多年，不知輪迴到哪了，哪裡還記得妳這做阿依的。電視新聞開著，午間新聞要民眾防洪的聲音不斷地搗進耳朵來。現下臭耳一家老小住的房子已是村中現代化住宅了，這全拜日照殺虎賺錢一事。年老的日照最讓村人聽聞畏懼的事是據說他曾親手宰了五隻虎，他倒不是武松，他是被一個有錢人家受雇去殺虎的。這件事在村人口中不斷地被轉述後，日照殺虎的戲劇性已經讓日照成了神似的，害他晚年都不太想出門，成天聽廣播，看電視，成了老宅男。臭耳阿娘幾年後才敢問他究竟殺五隻虎是怎麼回事？日照放下收音機指指家裡說，全在這間屋子了。臭耳娘以爲虎靈在屋子裡，嚇得矇起眼睛不敢看。日照扳開她的手笑說，是殺虎賺來的錢全在眼前這間透天厝了。日照生病迴光返照時才對臭耳娘說起殺五虎事，原來是受雇台中某大戶人家殺虎，原來這人家豢養了五隻老虎，沒想到有一年在得知即將通過一條國際公約，老虎將被列爲稀有動物後，有錢人家決定把五隻虎在公約生效前全殺了，因爲他們擔不起日後飼養老虎還得擔其死之罪。搶在國際公約實施前宰殺五隻老虎，這讓當年無所事事的日照有了這項血腥的工作。

日照分得虎鞭，喝了虎血，嘗過虎肉，且還獲得一筆大酬勞。據說原本身體極差的日照，竟自台北

返家後日漸老當益壯，且在老宅大興土木，蓋兩層樓透天厝

人口外移的荒涼小村裡的老人家日日被蓋房子的敲打吵鬧聲打翻了午睡，他們有的就走到日照家參觀，對日照說啊你是對到大獎喔。

147

日照多活了幾年，現代化透天厝也終於讓沒了臭耳兒子來孝敬的兩老有了安慰。日照到台中殺五隻虎的傳說不知怎地被渲染開來，有女人家不解台中那麼進步哪裡有虎？要去也要到深山林內啊。

晚年日照卻常做出奇怪舉動，有人說他愈看愈像是一張沒有牙齒的老虎皮。發黃的臉色無精打采，每個地方都在萎縮，唯獨指甲常常愈剪愈長，常常臭耳膾都被他抓破了皮。且日照也會往自己身上抓，肌膚都呈潰爛狀，像是一隻戰敗的森林之虎。

當看護的鍾流女兒阿緞曾經去照顧過日照叔，有天她很時髦地穿了件虎紋外套，把日照嚇得差點沒死去。

想著這畫面時，阿緞在村路口遇見阿霞，她停下腳踏車和以前念過同班的小學同學阿霞寒暄，聊起日照大叔見虎紋外衣驚嚇得要死的事，阿霞聽了大笑說武松殺虎很威風，現在日照殺虎卻嚇得像隻老鼠了，這也是鄉里傳奇。

虎太銳利了，阿霞說肖虎的人就很倒楣，不論生的慶典或死亡儀式肖虎的人都要迴避。像我們兩是小龍女，從小就受歡迎，阿霞說道。

是啊，她們還在當孩子時，只要附近有婦人生孩子滿月，總要肖龍的她們倆揹滿月嬰兒走過門前象徵性臨時搭起的小橋，嘴裡邊喊著出大廳好名聲。且產婦總愛叫她們去房裡逗玩嬰孩笑，或唱歌給嬰孩聽，說是將來會成龍成鳳。嬰仔嬰嬰睏，一暝大一吋，嬰仔嬰嬰惜，一暝大一尺。阿霞阿緞唱雙簧，把

每個嬰孩都送上了日神月神的懷抱。

村裡嬰兒百日時他們的父母且讓她們兩以紅線綁住嬰仔手腳，她們不解，臉上充滿喜悅的年輕村婦總對她們說，這樣日後孩子就不會做歹子，會做正正當當的事了。關於這一點阿霞很不認同，她噴出口煙說，幫嬰兒綁紅線啊，我可綁得多勒，孩子要變壞也是由不得我。

阿霞生下台生，台生滿月時她也學著虎妹教她的要用紅線將嬰兒的手腳綁住，無奈的是，長大的台生也一度做歹子，和他老子近乎反目，蹉跎終日。阿霞後來就不再相信什麼肖龍的是多幸運的事，也不再相信儀式了，她寧可相信物質帶來的快樂。她是那種餓肚皮也不能省臉皮的女人，也是那種爲了漂亮會把孩子的學費與生活費拿去換成衣裳鞋子包包和化妝品的人，一不小心，帳戶就會轉眼成空，有太多理由要花錢，爲美要花錢已不是理由，老公不回家要花錢，兒子學壞要花錢，心情不好要花錢，選舉支持的政黨落敗要花錢，花錢可以彌補她的心情缺口，但最讓她想不通的是爲何在付了錢，拿上手提袋的那一刻，所有的快感全消失了。阿霞對女友說，買奢侈品就像做愛，拿到後高潮瞬間也過了。

她在那個年代，實在是個異數。虎妹笑她別人還以爲妳是出生在有錢人家哩，眞不知妳這花錢習性何來。這是天性吧，阿霞知道，無關窮富。少女的她最喜歡村中的男人是那個常騎著電動三輪車來到稻埕的雜貨郎，他帶來了整間小百貨行來到她的眼皮下，她圍著村婦望著櫥窗裡面的雜細，針線鈕釦白粉胭脂髮夾花露水眉筆腰帶毛巾手帕牙粉刺繡鞋信封信紙……，她的小小世界。

阿霞愛錢是因爲錢可買物，和虎妹的愛錢不同，她常笑虎妹的錢是死錢，只是數字。虎妹則回說，我看著數字往上跳眞安心，物無情，買是金，賣是土。

那個嫁給外省仔的！阿霞爲了擺脫村人叫她的這個外號，她就愈常講台語，直到有一天她去台北，才知道自己一口台語和打扮都聳死了。

阿霞常笑虎妹生了個怪胎女兒，盡寫些奇怪的東西，倒是遺傳了阿叔三貴，他老人家晚年在村口擺攤幫人寫信的模樣，她還記得，以至於她老覺得寫字的人都窮酸，關於這一點虎妹倒不置可否，寫字的人總不會比數鈔票的人好，這她們是確信的。

杯底不可飼金魚

148

年輕時的阿霞絕對想不到自己晚年會愛上麥當勞的兒童餐，爲了得到玻璃櫃內的玩具，她的兒童餐必是小漢堡、玉米濃湯和高鈣牛奶，麥當勞叔叔、凱蒂貓、小叮噹、皮卡丘、史奴比、小丸子、加菲貓、美人魚芭比……讓她的世界和年輕時一樣輕盈華麗。

阿霞自劉中校過世後，幾乎很少想起過這個異邦男子，連夢都沒有。有時她會以爲這個人不曾在她的生命過，但抬眼卻見他穿軍裝的相片高掛，還有那個不爭氣的死囝仔，一到大陸就樂不思蜀，還有時間一到就自動匯入的月退俸。過去如夢，斷電的光陰，使她到哪都可以生存下來。她發現人要不懼時間，才能向前行去，懷舊歌懷舊衣懷舊餐，她都不愛。當別的小孩還在抓老鼠和蝴蝶論件販賣時，她已經知道打扮自己來吸引有錢男人會更快。當少女們在成衣廠零件廠過著計件人生時，她已隨著婚盟過起西式生活。她的人生以時計費，她把時間花在保養和打扮上，她深知女人的美短暫，所以時間昂貴。有村人說這阿霞可能偷偷學過癡情降和鉤心降，不然就是拜狐仙。有許多村人以爲劉中校會和劉雨樹的媽離異，是因爲阿霞的介入。這阿霞可冤枉了，心雖氣，但仍常抽著菸踩著高跟鞋拎著閃亮黑包，氣定神閒地行過那些身上飄著農藥味人的身旁。她以爲流言永遠存在，這和妳的解釋一點也沒有關係。

她很少想起劉中校，他在世時如空氣，他死後也如空氣。只有每月的軍餉入帳慢了，她會想起他。

阿霞五十多歲時，她的髮色仍染得和懷中的博美犬一樣金黃，她的指甲比水晶燈還炫，沙龍照迷濛一點也不寫眞。八〇年代一度她也和姊妹一樣來到繁華都市，台北台中高雄，她都烙印過足跡。只是她這個人離鄉絕不會唱什麼媽媽請妳也保重或是惜別海岸之類的歌，她絕不要溫情或感傷。

149

阿霞來台北謀生，說是謀生，還不如說她是來消磨時光，見見世面。聽西洋歌早已不新鮮，用刀叉吃西餐正時髦，她且認爲沒有賣羅宋湯就不是西餐廳。夏日彎進小美冰淇淋店，那種冰店裡舒爽的涼透，香草牛奶巧克力三色冰淇淋香氣撲鼻，瞬間她遺忘了故鄉搖鈴喊叫的ㄅㄚˋㄅㄨ車，城市男男女女依偎低語，不若小村總是扯嗓說話，久了每個女人都像茶店老鴇倒了嗓，人還沒老，聲音先老了。

她就這樣一個人坐在冰淇淋店或咖啡館，那個年代沒有任何一個單身女人敢推開那扇咖啡色玻璃門的，阿霞例外，因爲她對外在的眼光一向渾然不覺。

有一回她在西門町看完電影後，那新的〇〇七電影觀看時要戴超大眼鏡，看得她頭昏眼花。一個人跑去咖啡廳喝咖啡醒腦，這時有個陌生女人來搭訕她，陌生女人自稱凱莉。阿霞聽了這名字覺得有趣，她想怎麼四周全東一個大衛，西一個東尼。這些英文名字讓她忽然想起大哥義孝，一個嚮往旅行西方世界的囚犯，總是愛幫孩子取英文名字。她家鄉有叫瑪麗的女人，不是因爲在颱風天出生，而是因她那薄倖老爹一天到晚在酒家逍遙做眠夢，把酒家女的名字也疊影到自己女兒身上了，這瑪麗不陪父飲酒，她七、八歲就要餵豬割芒草，芒草利如刀，割得手紅如鴨蛋，痛時就用溫水燙。阿霞吃過瑪麗她娘的奶，那時母親又懷胎生子，奶要給弟弟喝，瑪麗娘胸脯大奶水足。阿霞每次見到瑪麗阿母也都暱稱阿姆，虎妹若在旁聽了，就對阿霞低語古早查某感情好，尪婿可享，奶也可分。兩人吱吱笑，瑪麗阿母耳尖聽了嘆氣說還不是不得已。

妳怎麼稱呼？阿霞從瑪麗往事回神，瑪麗，阿霞隨口一應。

瑪麗妳眞幸運，凱莉接著對阿霞說這全世界最大的直銷公司來台灣了。全世界，最大，這類字眼聽在從沒上過班快要成爲歐巴桑的阿霞聽來十分刺激，異常新奇。

接著凱莉要賣鍋子給她。阿霞拋媚眼，吐了口菸說，唉，這世界如此多物，我最不需要的就是鍋子。

妳不煮飯？

阿霞搖頭，心想女人幹嘛那麼可憐，像姊妹們做死了，也沒人心疼。女人幹嘛要當煮飯婆，要飯到處有，菜色任挑。那恰是自助餐十分興盛的年代，阿霞樂於嘗試城市新生活。她後來才知道凱莉說的叫直銷，於是很多人告訴她別參加，那是老鼠會。

老鼠會，她聽了覺得有趣，想像著很多老鼠聚在一起交頭接耳的畫面，反而讓她想去看看了。還有一種是什麼直效行銷，她聽都沒聽過。起先一直把它想成是直笑行銷。因爲這些直笑人見到人就笑。這凱莉女人還親自來到她當時住的永和，說是直銷一定得以面對面的方式，來介紹產品及銷售給消費者。

妳這是提著包包到處賣啊，和我姊姊虎妹跑單幫很像。

凱莉說不不不，這大大不同，我們的背後是有大公司支持，我們是旗下的獨立承銷商，有業績，有制度，和跑單幫完全不同。而且我們不是在外面漫天吶喊，我們通常都是去拜訪消費者，在他們的家裡或是工作場所等，和固定商店也不同。

阿霞不置可否，反正這些銷售員都是要賣東西和賺你的錢，說穿了不就這麼回事。她不知道這島嶼即將跟著世界的腳步轉變，從虎妹這種藍領作業員，逐漸要汰換成以銷售和業績爲導向的業務員生存叢林。阿霞不知道往後她的朋友裡面，有四分之三都在拉保險，做直銷，她開始因爲耳根軟而讓家裡囤積了許多貨物，買了許多可能永遠也用不上的保險。

乖乖，阿霞前往說明大會會場時，被滿室的老鼠群聚嚇得覺得自己老是家裡蹲和窩在咖啡館吞雲吐霧的生活簡直和世界脫軌。超大型會場裡面竟大都是和她一樣的女性。她們多是來兼職的，直銷主打

「時間自由」「業績自主」，讓這些女人全跑來了。

從起先的賣鍋了，到後來產品的琳瑯滿目，阿霞目不暇給，爲這新生活的新物質刺激得忘了她的兒子逐漸學壞的事實，也遺忘了劉中校過世帶給她的落寞，她領著劉中校的薪俸，日子無虞，但心裡有個大空缺。劉中校的養子劉雨樹勸她多出去走走，別老是買東西，但她仍然遏止不住。於是這麼多年下來，阿霞不僅家裡門戶大開，川流不息著來拜訪她的各家公司上線與產品；家裡囤積的物質幾乎是台灣直銷內容物的變遷縮影。一台六萬元的德國烹飪萬用機她連拆封都沒有、一台三萬元萬用果菜汁機只打過一次芭樂就束之高閣、瘦身霜擱置至發霉、減肥茶和燃脂咖啡喝了兩次就覺得噁心、維他命營養品大罐到如油漆總是吃不完就又有新產品、面膜日久硬如紙片、衛浴廚廁清潔劑放到氧化揮發。

當年因這個闖進她空洞生活的陌生女人，阿霞不僅沒有像她一樣升上什麼藍鑽，且根本是難賺，還整個倒貼呢。而那個當年在她生命裡的陌生女子凱莉，已經是邁向皇冠級的直銷人物了。

電視上那個什麼教授不是說個性決定命運嗎，所以難賺不是我這種喀小可以做得來的啦。阿霞自我安慰。凱莉這麼多年已歷經十多家的直銷公司，她參加的不是老鼠會，但她卻是一個活生生的白老鼠，勤於被各種新進台灣的直銷公司當實驗品。多年下來，凱莉從不忘記阿霞這個好客人，幾乎什麼東西阿霞都會買，偶爾有些大會她在無聊時也樂於去晃晃。於是二十多年下來，阿霞參加過許多刺激她腦波的大會：美夢成眞、我的第一個百萬、你也可當富豪、幸福圓滿人生、輕鬆樂活……等到「樂活」字眼出來時，她的白頭髮早已如雪飛。

她總是以旁觀的看戲心情來看著台上講者口沫橫飛，句句刺激著聽眾的交感神經，聽者腎上腺瞬間活躍，馬上掏錢加入會員，會費於個人不過一千元，但有的會場隨便都可以群聚個一兩千人，大家都忘了，資方可是一夜淨入上百萬啊。阿霞不知交過多少個一千元入會費，但有的她從來沒進過貨，也沒賣過任何一樣東西。但阿霞把說明大會當心靈勵志來聽，反正她的人生所需的心靈雞湯就這麼小碗。

在演講者話語的刺激下，年輕人拿著筆記抄著台上聖人聖語，甚至阿霞還會告訴年輕人，字寫錯了喔。

水晶燈下，講者激情，聽者酥麻，阿霞也因爲這樣而變得有些學問的樣子。她逐漸也很厲害了，她可以輕易複製講者的經典名句：講一個小時的道理，不如引用一分鐘的故事；每個生命都有故事，但不是每個故事都有生命力。遠離失敗就是遠離貧窮。人不是怕沒有機會，而是怕和機會錯身而過。敢想、敢努力、敢堅持，就有可能成爲千萬富翁。相信相信再相信、堅持堅持再堅持……她想有一天她也可以寫書呢。她每回見到小娜就跟她說，難怪妳寫的書不賣，因爲妳沒有刺激人的心理需要，妳寫的太深，其實大部分人都跟阿姨一樣，只要吃粗飽就好了。不賣就是失敗，聽了小娜好挫敗。

小娜也曾被阿姨誆去聽了場演講大會，那時小娜抵達劍潭青年活動中心時，簡直是嚇壞了，阿霞卻要她進去，她說別怕，阿姨又不會害妳。小娜進入會場，看見那麼多人等著迎接「大師」時，她的心情眞是五味雜陳，心想要是文學書有這樣的場面該多好啊。會場人山人海，許多年輕人等著「大師」告訴他們如何從赤貧小子變成搭加長型凱迪拉克的富豪大亨。大師出場前更是十足作勢，主持人就是凱莉，她已經變得臃腫，如伊莉莎白泰勒玉婆再現。各位，過去我和你們一樣，也不過是一個陌生人帶我來到這樣的會場，但現在我站在台上當藍鑽，你們只要加入也可以！她中氣十足，勤學當代主持晚會的架勢，大師還沒出場，已經將人心炒得滾燙。在大師出場前，感動人心是最必要的手段。會場安排了一位身體有殘缺的知識青年現身說法，知青上台，那殘而不廢的形象首先已打動了人心。知青說各位，我站在這裡是個愛的奇蹟，證明人只要循著事物的軌跡，最後就會有奇蹟出現。像我這個樣子，只有先力這個公司會用我。這個公司是大愛行者，沒有門檻，只要你願意加入。即使像我碩士畢業，畢業還是要面臨碩博士的競爭。在這裡像個家庭，……我很懊惱之前因爲懷疑而延宕了一年，各位你們只要相信就能收成！我都可以，各位一定也可以！

許多人聽了熱淚盈眶，彷彿人生的聚寶盆已在眼前。

這時連演講會場的兩側和樓上也都擠滿了人，小娜一看，糟了，這下連要偷溜出去都沒辦法了。

在大師出場前，放著國際大師蒞臨全球各地的影片，「他們終於做到了！」影片繼續跑著各個國家的成功直銷人，最後的煽情畫面是前後對比，將他們年輕時做各行各業的赤貧模樣對比今日穿西裝搭轎車的富豪模樣。

影片結束。主持人高喊著你們想不想和他們一樣有錢？！

台下混雜著失業者和家庭主婦歐巴桑與年輕人的超大型千人會場人士齊聲高喊著想！聲音震得小娜耳膜差點破裂。凱莉又高喊各位你們今天賺到了，以前你要聽這場演講你要跑去國外，你們現在就賺到了五萬元，離財富愈來愈近了。現在我們就以國際禮儀來歡迎我們馬來西亞分公司的林老師。連國語都講不好的華僑，口音刺耳著小娜。結果這林老師也不是他們宣傳的最頂級銷售大師，仍是一連串的見證者分享。這些分享者的頭上恍如罩著一股奇異的天使光環，說者目睛泛光，有如是一場對大眾催眠的勵志大會。然在小娜聽來，卻有如一場精心排設計過的矯情演出。

神秘大師仍不見蹤影。凱莉又繼續開玩笑說，掌聲不夠喔！全場聽了全站起鼓掌，響聲在密閉會場裡像是鞭炮。唯獨小娜沒有站起來，也沒有鼓掌。有人側目看著她，好像在說妳好大膽，妳怎能如此漠視我們心中的「大師」。

阿霞姨在前方笑著，以眼神揶揄著小娜，意思是說，妳想寫作，妳得看盡人生百態。

大師出現，直銷最頂級的成功人士帶著鑽石的財富光環現身，現場鼓掌聲如海浪一波波襲來。小娜好怕見這種人，嘴裡都是極其關心好意的笑容，但吐出來的言語不外還是爲了行銷他們自家的產品。

小娜對阿霞姨搖頭著，嘴角不耐煩，阿霞賊賊逕笑著。

中場，小娜跑去外面猛吃餅乾和喝飲料，阿霞笑著說，奇怪舒家的孩子對賺錢都不熱中，除了妳媽例外。但妳媽偏偏不愛直銷，她到現在都還認爲這是老鼠會。我跟她說老鼠會是以人頭繳會費，所以是騙人的。直銷是銷售產品，是合法的。但妳媽還是不信，要輕易讓她從口袋掏錢出來，簡直是難如登天。

我媽最討厭老鼠了，她也常叫我老鼠，說養我會咬布袋，小娜笑說。

一連串見證者的蒼白語言，讓小娜趁中場離開了。阿霞跟著小娜走出來，兩人相識一笑。

我現在知道以前家裡有很多東西都是妳給的呢。

對啊，用不完。

兩人沿著中山北路行，慢慢走著，極其安靜地走著。楓葉下的冷空氣拂來。她們像是被剛剛的熱潮給沖昏了頭，竟是無法言語。

海海人生

150

阿霞在一九八五年知道了試管也可以生出嬰兒後，內心對於新科技感到很奇異。她的子宮只培育過兩個孩子，她不知道是劉中校不想生還是她的肚皮不爭氣，她其實希望再有一兩個孩子，但自從生出很難管教的台生後，她的肚皮大多是靜悄悄的，和虎妹容易病子不同。

阿霞從少女時期就有預感自己會生出「壞子」，可能孩童時在廟前聽聞太多地獄與因果，從懷孕就擔心會生出畸形兒，那時連體嬰正以變形的樣貌讓她日夜憂心著子宮裡的未知數。孩子面世，日益長大，面目美麗。混血的番薯和芋頭，混出一張英俊的臉。阿霞小心翼翼地培養著，聽說學鋼琴的孩子不會變壞，也買了鋼琴到彼時落腳的舒家。鋼琴扛到村子路口時，所有在噴灑農藥的或彎腰除草者，皆停下手中工作，望著龐然大物發怔。鋼琴被孩子敲得叮叮咚咚，不久之後，黑白琴鍵如缺齒者，凹了個黑洞。

阿霞的噩夢終於出現。當兵的台生竟呷毒，入獄後，阿霞就覺得她往後的人生恐怕要靠自己。她一度招收檳榔西施，沿著通往家鄉的省道交叉路口擺起檳榔攤，她的作法是整條路全包，每一攤看似名稱差異，其實都是她旗下的西施，網住每一個客人。

隨著時光漸移，她的世界堆滿了連拆都沒拆封的物品。

許多村人目送著印有一隻黑貓宅急便的貨車在阿霞厝來了又去了，紙箱裡裝著她們也很嚮往的物質。竟呷藥呷到換一台電視，阮生目珠沒見過，村婦嘴裡嘮叨阿霞，但心裡可欣羨的，她們想這阿霞領她那死外省老公的月退俸日子可眞享受，哪像伊自己，想買罐玻尿酸和膠原蛋白可盤算許久，且通常都還是去買食物。以前餓到沒肉吃，現在哪裡有吃素的道理，她們總是這樣安慰自己那過度嘴饞的舌根。

當阿霞有一天發現她的身材再也不能穿丹寧布時，她知道她的身材走樣了，丹寧布的密度以往總是能裹出她的好線條，但現在這種布卻總是擠出肥肉。緊身衣服成了衣櫥的廢料，她開始成天想著如何變美這件事。晚年阿霞還迷上購物頻道，除了愛美外，也因失眠害慘她。二十四小時的電視放送與客服服務，讓她半夜拿起電話就打，有時還兼和客服抱怨或者聊產品，這彷彿成了阿霞失眠的消遣。

而村裡也屬阿霞最怕老和最怕死了。她每天上午和虎妹一樣勤聽廣播，看股盤。聽廣播買的藥品點數都可以換到一台電視了。

阿霞對於要終老此村落她覺得自己已經夠委屈了。她結束掉台中省道檳榔攤，決定改變自己的造型，她想丈夫死這麼久了，她的肉身還剩多少殘餘價值？一雙美腿可以喚起色慾的強大力量，一對雙峰可以喚起雙手如棉絮般的觸感，眼睛勾魂，嘴巴交換津液……這都需索美。

我是爲我自己啦，其實呷到這年歲也知道沒有男人仍可過活。女人過了中年，唯獨臉龐不長肉，其餘部位的肉像是得了錯亂症，到處滋生，沒理由地亂長。

每天電視上播出腥色羶，八卦雜誌封面週週高掛的童顏巨乳對她們失去的青春實在太刺激，尤其像阿霞這種閒而有點餘錢的初老女人而言。然而新庄仔的七十阿婆也跑去整奶的事畢竟也傳到她們耳中了，阿婆年輕時在意的A罩杯，想去做成F罩杯，但皮撐不住，最後還是以C收尾。阿婆想圓夢才能了其一生遺憾，阿霞懂，但虎妹不懂。虎妹一直弄不懂女人的那兩團肉和美國人有什麼關係，ABC狗咬豬，怎麼扯到了奶？阿霞懶得對姊姊解釋，反正她也要變美就是。

阿霞有了阿婆的鼓舞，她想她才五十九歲呢，美麗時光看來還漫漫可度。於是後來她除了抽掉多餘油脂外，亦把多年宿疾一併處理，宿疾說來尷尬，阿霞介意的是奶頭凹陷，於是爲了把那葡萄粒大的肉鉤出來，可讓她去台中診所不少回。把拎弄大衝啥？還不是等著給查埔郎摸爽，妳給妳姘頭查埔郎免費賺爽，虎妹粗言粗語的。阿霞將空出的一手捏了姊姊臂膀一把，一手仍抱著心愛的美麗博美犬。

這隻博美犬來到阿霞的懷中時還是個只有三分之一手臂大的小可愛，獸醫叮嚀阿霞要保持這類以小而美著稱的狗兒務必在半歲前就養成牠一天僅吃一餐的胃量。但阿霞總以爲何必讓牠受苦，遂仍讓牠一天吃三餐，有時人吃的殘餘也被餵了下去，所以不到一歲牠就脫離了人們對牠的刻板印象，牠成了「大隻」狗。直到有一年，阿霞帶牠搭國光號到台北，一路博美被笑不是博美，又見很多台北女生流行將這美麗小狗裝在她們昂貴的袋子裡，美麗小生命探出楚楚動人的模樣。當阿霞和台北小女生在街車相逢時，只見女生們的小可愛探頭探腦地打量著阿霞懷裡的博美，只見寵物們都嚇得縮回了女生們的袋裡，而主人小女生們也露出懷疑神色，懷疑阿霞懷裡的博美非純種狗，她們說哪有這麼肥大的博美？這話傷到阿霞，阿霞決定光主人整型是不夠的。

牠絕對是純種的，只是牠比較大隻而已，阿霞說。

但也太大隻了。女生們異口同聲說，彷彿說的是主人似的口吻。於是她和博美在台北人眼裡都被叫成「眞大隻」。阿霞返鄉之前，決定提領老公的軍人津貼，爲美而活。就這樣，阿霞不僅是當年第一個嫁給外省人的女人，她不僅沒被多桑剁給豬吃，還每天吃香喝辣的，連晚年都有餘錢來爲自己的肉身美麗而戰。

妳膽子眞大，敢一個人去那種地方，虎妹說。虎妹怕醫院，即使是爲了美麗的診所。其實當時一個人身處在女人的肉身行刑處時，阿霞也很忐忑，恍然以爲自己在殺戮戰場，在納粹人體實驗室，但看血肉影片之後是美麗再現時，她又有勇氣了。

雖然變美的阿霞和博美犬仍住在小村裡，在黃昏時，這美麗的兩個生命的背後仍是沙塵滿天，夕陽的金紅把她們勾勒得豔光照人，但她們甚覺寂寞啊。她們的背後風景仍是永恆的地景，乾燥的濁水溪吹來的飛沙走石，農田裡有阿婆和外籍新娘戴著花頭巾在勞動著。在這樣荒蕪乾澀的天與地裡，她們慢慢地走往鎮上，這童年眼中的夢幻大鎭於今在她們的眼中像是個破敗戶，而她們的肉身卻才要從破敗戶裡掙脫。

三聲無奈

151

舒家五妹舒桃妹回到村裡時，許多人都不認得她了。

桃妹愛逃，從小就跟人跑，廖氏媽偏心疼自己的子女，卻唯獨對桃妹不疼，把她看做是虎妹的同黨。

以前桃妹被村人叫水蛇腰，有人以爲她叫水蛇妖，妖女返鄉，以撩人姿態颳起一陣目光的焚風，豬哥男的涎水都漫漶到濁水溪了，有村民放下鋤頭盯著桃妹一拐一拐的高跟鞋，網狀的黑絲襪網住了他們的目光。

很多年後，再見桃妹，她打扮得卻像是佛教團體委員，藍衣乾乾淨淨，目光慈藹，別說燒起男人的神經末端，她連一根稻草也焚燒不了，她臊味盡去，燃起的風是溫煦和風，許多人都忘了她曾是讓男人一心想跟她逃跑，一意想跟著廢耕的水蛇妖。

桃妹一生的祕密是曾在台北一家私人酒吧廁所被某個黃董強暴的悔恨事，但說是強暴又很尷尬，因爲她也沒掙扎，不勝酒力的女人通常被看作攤開渴望的妓女。她進廁所時黃董尾隨在後，像是吃速食似的，她在昏幽光線下任黃董褪去衫褲，把手指挖進隧道。連脫去上衣都不需要，桃妹如獸在被搗進喫咬時，她從未關好的門縫瞥見彈鋼琴的女人依然彈著她的琴，冷冷地和她對望了一眼。她的眼曾釋放求救似的哀傷，但彈鋼琴的女人兀自彈著，好像這一幕她熟悉極了。

男人快速地衝出隧道，激起一陣海水似的冰冷，沿著她的大腿流淌那股讓人痙攣的觸覺。彷彿她是即將進入海岸風光的鐵路，風光雖美，但列車卻無情地滑過。其實那種半被脅迫的感覺是伴隨著一些奇異的陌生快感，尤其在廁所的微弱燈源下，大理石的光潔與水箱聲音，半滴在下體來不及拭去的尿液混著男人的涎沫。她發現這個在社會上有財富和地位的男人喜歡強暴奪取的姿態，這帶來快感與權力施展。

那間當年座落在敦化南路的時髦新大廈鋼琴酒吧，她在返鄉前還刻意繞去，但卻遍尋不著。

那年還年輕的桃妹從台北一路搭巴士回到老家後，廖氏媽很不喜，桃妹兄嫂也不歡迎她，三貴只抽菸不語，小村保守，不僅不歡迎去台北混過又未嫁的女兒回家長住，再得知阿桃得病後更是驚恐，唯恐阿桃死在厝裡，不名譽外還得幫她負擔喪葬費，故全家同心齊力掩飾阿桃病情，加上許多村人誤將阿桃病容解釋成年華漸去，野味日久轉成了慈眉善目，故媒人得知二十九歲的阿桃未嫁時，走動舒家頻繁。

趁桃妹還沒現出發病徵兆，且在二字頭尾巴年紀時，家人就這樣把桃妹嫁掉。偏僻小村對於未嫁女兒若死在家裡十分畏懼，加上可觀的喪葬費都是擔憂事，他們甚且認爲陰間的鬼會被死阿桃帶進家裡，所以要趕快驅除她。閒言閒語讓桃妹在擁擠窄小的老房子日日感覺目光刺向她來，躲都沒得躲，只能在浴室洗澡時混著水聲哭泣，浴水混著淚水，她回到家才感覺自己被家遺棄。現實的家人竟如潮水蝕壞了原有記憶，她對媒人點頭，不再堅持。

桃妹嫁出門後，舒家鬆了口氣，這和當年三貴瘋女人夜好帶著孩子離開這間落魄戶的口氣一模一樣。

至於桃妹的後來，其實沒有太多精彩可以著墨的，她讓舒家瞠目結舌，因爲她不僅沒有病死（廖氏媽就說這女孩滿肚子鬼，也許當時是裝病，好讓我們爲她說媒去。）老公還頗善待她，加上生了幾個頭好壯壯的男女寶寶，遂和許多婦人一樣，孩子是她的命，她的往後人生都爲孩子活，孩子完成她的未完成，至於提起她自己，她根本沒有自己。

晚年她穿起藍旗袍，成了居士，她一生都爲別人活。任誰也無法將年老桃妹和年輕時的桃妹情色有所連結，水蛇腰之名更成了桃妹的絕響。

後來大家都叫伊桃妹老菩薩。

長崎蝴蝶姑娘

152

台灣女人是落後的，期貨阿嬤一直這麼認爲。她未失憶前都還會請貨船主人順便帶些西方書給她。當她晚年有一回讀到一本智利某女詩人所寫的英文詩時，她既訝異又感到羞愧，她們可算前後差距不大的同時期人，但在她的周圍女人卻連認識字都有困難，何況談論詩。她印證了自己早年的想法，這島嶼快把女人悶壞了。而她讀英文或者日文都是靠自修的，她一直像個男人，總是主動出擊。（她唯獨對自己的死亡方式毫無自主能力。）

鍾家高祖婆裡只有這個被叫做期貨阿嬤的女人是唯一有坐過現代輪椅的人，她呷百歲以上，沒人知道確切數字。傳說死前的她一直坐在輪椅上望著廊前那場無止無盡的大雨，漫長的雨季沒有停止的跡象，她渾身潮濕地日日轉動著生鏽的輪軸，來到廊下望雨。然後在雨聲中沈睡，進入她走進鍾家的那場婚禮，她當時心裡頭想的是另一個人，一個女人，她的年輕奶媽。她就這麼想著，像是在看電影似的，每天在雨中看一回，想一回。想到自己胸前的兩顆肉球早已癟塌如牛舌餅了，過去還是相思不得。

期貨阿嬤很喜歡她那輛新科技產品，聽說老人都會拒絕坐輪椅，但她不會，她覺得她的兩腿眞是可憐，承載了她日漸發福的肉身，如斯沈重，且如斯漫長。她也不曉得怎麼自己活得如此長壽不堪，有時她會想起仙麗，心裡就會嘀咕這女人搞什麼鬼啊，我沒要她幫我延壽啊，我不是要延壽到身邊的人都走了，獨留我寂寞難耐啊。她一定是不安什麼好心，是存心要我嚐嚐孤獨滋味的吧。當期貨阿嬤眼見著她領養的最後一個孩子都走了之後，她才意識到她要做的不是延壽，而是減壽時，已經來不及了。無論她菸抽得如何凶，酒喝得如何猛，她還是好生生地活著。她就這樣一個人在花東一帶孤獨地又活了二十幾年。最後她的消息傳回雲林尖厝崙時，許多人都不認識她，對她和祖上的關係也模模糊糊。甚至有老人家想起她時搖頭說不過就是一個喜歡女扮男裝的瘋女人，管伊去死！

她畢竟是獲頒百年人瑞的鍾家人。

她感慨自己擅長預估貨物的未來價錢，以低賣高，但感情她從來都是估算錯誤的，來後山爲一段情，離開後山也爲一段情。起先離開二崙是爲了不要回憶，終老前回二崙又是爲了回憶。

晚年她坐著輪椅在廊下望雨的最後一個畫面被鄉公所的社工拍下，照片寄回了老家，好心的鍾家老媳婦詠美還記得這個阿嬤，婆婆的四阿嬤，於是詠美就把她的照片掛到了查某祖的那一排上，至少偶爾讓她有香火可聞。

至於期貨阿嬤生前的那輛自動輪椅車，據說是個新科技物件。期貨阿嬤一直對新事物有好奇有遠見，從她在那個保守年代竟做起期貨就可見一斑了。她從國外訂了一台輪椅車，這輪椅車是根據牛頓定律的動者恆動，靜者恆靜的理念設計的，那時候鄉下女人誰聽過牛頓啊，她們只聽過牛，也認識這個罵人「笨」的字，但就是沒聽過牛頓是個被蘋果咂到的科學家。

期貨阿嬤的輪椅後來被一輛莽撞的車撞爛了，期貨阿嬤自此還是靠雙腿行路。

153

遠去東部的期貨阿嬤有一天出現在尖厝崙，她正要轉進永定村，許多在田邊的農人都看見一個老得不能再老的老人巔巍巍地緩步行在撒滿滾燙塵土的小徑，熟透的野生芒果像冰雹似地打到她的髮上身上腳上，她對痛像是無感似地只是緩步往前，她的步履看得出想走快一點，但腿不聽使喚，愈扯它就愈有斷掉之感，路旁的農人男女紛紛說著這好像是鍾家查某祖迴轉？她還活著啊？不是聽說她愛上一個查某跑去後山？耳語擴散，都是傳聞。烈日下她像是一張紙片人，被百年時光壓彎的背脊像張椅子，骨脆化如泥堆，皮膚枯乾如葉瓣，她活著的跡象如此微弱。

期貨阿嬤沒找到西娘，她遺忘西娘早已過世了。她連鍾家的老厝正廳都沒找到，她不知她曾經和鍾家祖宗交歡的那間東廂房老厝早就在颱風裡應聲而倒。她拎著小碎花包，東嗅西聞，十分疑惑這塊遍布瓦礫磚塊的沙地究竟是怎麼回事？昔日那抹從她子宮溢出的血跡似乎還乾涸在某塊碎瓦上，她蹲身如祈禱姿態地望著，接著她又站起，走到某口碎裂的缸，缸裡還留有一些水，倒映著陽光，她冷不防瞧見自己的面容，頓時她五官揪在一塊，痛苦地抱著包袱想要嚎哭卻一滴淚也沒有。

那天她只在竹林裡找到幾粒卵石土堆，上插著香，土地公還在，但土地婆呢？她想已經沒有土地的土地公連人形都不存了，幾塊土石成了悼祭者的唯一方位，就像倒塌的石礫，螞蟻窩居之所竟成了鍾家祖厝最後的樣貌。人呢？她極目望向四周，看不見人影。

她的腦海瞬間吹過一個影像，和她同一個丈夫的女人們，她們都跑去哪了？這是仙麗的詭計嗎？

這觀音菩薩義女是否使了詭計才讓我孤獨地活得這麼久？我沒有要伊幫我買命啊，我不要用壽命換孤獨啊？她的腦海閃過一些虛實的印象，她嘴邊起了泡沫，叨叨絮語。

正午在田埂岸上見著期貨阿嬤的農人在黃昏時又見到她被某輛卡車載走了，農夫農婦想，鍾家人都不在這裡了，期貨阿嬤都不記得了？她失憶了嗎？接走她的是她以前領養的兒子與媳婦。兒媳也是很老的人了，老人照顧老人，都有苦衷。期貨阿嬤這個上百歲的老人最後聽說是被安置在某柳川水圳附近荒地的鐵皮屋，鐵皮屋陰暗潮濕，不見天不見影，生鏽的鉎鐵皮屋頂有時會落下鉎灰，銀杏樹和相思樹的樹枝橫穿了鐵皮，芒花和羊齒植物破牆而生。她在房間裡聞得到那股樹木交歡的濃烈氣味，乾掉的蜥蜴壁虎蟑螂蜘蛛青蛙成了她收藏時光的螢光記號。當她住在鐵皮屋一年後的某日，她忽然清醒見到自己竟成了一具被世間遺忘的破布娃娃後，她開始進入不洗澡的光陰，這讓她成了蚊子的最愛。她恨叨叨的嘴依然犀利，這世界對她僅有的美好是一些在鍾家和後山的時光記憶，但她連這點記憶也在流失中，也沒有人知道她在後山發生的事情了。噬血的蚊子成了期貨阿嬤百年身的陪伴者，在兒媳子孫忘了她的存在的連續假期裡，沒人去探望她，但死因不是餓死，而是被群蚊和螞蟻給咬死的，忘了點蚊香和撒上石灰是要了期貨阿嬤命的兇手。

當遠遊歸來的老媳婦忽然想起被遺忘的婆婆時，她走到荒地，使力地推開被沙塵近乎封住的鏽鉎鐵門，鐵門發霉，鉸鍊脫落，紗窗破洞，她低低地叫喚著阿依！卡桑！沒有聽聞往昔定然傳來的咒罵聲，她心裡深知不妙。一股濃濃臭氣襲來，她抓住某根木頭樑柱才沒被氣味嗆倒，眼前白蟻翩飛。當她靠近期貨阿嬤，見到她的皮膚有如一座紅豆山時，這百年老人已奄奄一息，頸上唯一的物是她長年掛在身上的一串菩提念珠，她的手裡抓著一塊未吃竟的餅，上面爬滿了螞蟻，另一手抓著一袋日本錢幣。靠床邊躺著一隻死乾多時的麻雀，枕頭上有脫落的牙齒沾著涸掉血跡，棉被如油布沾著綠藻般的垢，床上屙出的糞屎已乾如泥塊，尿漬拓滿草床，光是這一點她就可以變成厲鬼冤魂了。這百年阿祖在鐵皮屋門忽然打開的那陣風裡清醒過來，她在逆光中見到老媳婦身影，她喃喃說車廂裡都是豬仔，被運到台北㑑死的人啊，接著大喊一聲我作鬼也要抓汝走時，她才斷了氣，好像就爲了吐出這句話才守住最後一口氣似的。這老瘋婆，死了還罵人。老媳婦用手將她的眼睛闔上。

涼風轉熱，門再度被關上了。

生目珠沒聽過活生生被蚊子咬死的？話傳到小村，有人不解。無人能解被人遺忘的鐵皮屋早已被生物佔據，毀滅異常。

期貨阿嬤的死因讓她的養子兒媳很尷尬，那幾日經過鐵皮屋的人都聽見裡面的老人不斷地說若死了做鬼也要抓走不孝媳婦的咆哮。有人轉述這話給百年老媪的媳婦聽，這也很老的媳婦卻冷笑說，伊呷老這麼會詛咒人，誰能忍受伊，又不洗身，渾身臭摸摸，要抓我走，我無信。兒媳生前將期貨阿嬤關到鐵皮屋，送終卻很隆重，用期貨阿嬤留下的股票來爲她辦喜事。入殮前爲其備壽衣、鞋襪、梳子、項鍊、戒指。這媳婦還爲她穿上外衣底層的白布衫裙，這意味著一生守節的白衫裙讓入陰間的期貨阿嬤感到十分不舒服的諷刺感。這不信自己會被厲鬼抓去的媳婦認眞地爲婆婆再次辦妥了接引至西方的老人嫁妝後，她感到欣慰。

然而期貨阿嬤被蚊子叮咬過的皮膚都已潰爛，壽衣很快就成了血衣，只得快快催促入殮。請來的孝女白琴一身素縞騎著歐嘟邁快馬來到稻埕，白琴手持哭喪棒，手持寫著「接引西方」的白幡，一抵門口，披麻帶孝，從棺材數公尺前以麥克風哭喊，跪叩匍匐，面狀悲傷扭曲，面對著期貨阿嬤的黑白肖像，穿著西裝做中性打扮的期貨阿嬤英氣逼人，看起來不像是會被蚊子咬死的人。兒媳望著孝女哭喊，尖銳刺耳，可傳百里，這做媳婦的感到安慰，心想這樣妳不至於作鬼也要抓我走了吧。

三個月後，這嘴硬不信自己也會被鬼抓去的媳婦死了。

很多人是從其訃聞才得知這媳婦的名字阿粉原來全名叫蔡麵粉。

蔡麵粉死後，她的媳婦也很驚恐，因爲婆婆臨終前也是說作鬼也要來抓走伊。她怕複製了婆婆蔡麵粉的噩運，也會被作鬼的婆婆抓走，於是她四處問仙該如何辦婆婆喪事，讓她不至於也淪爲鬼？有人教她幫婆婆辦樹葬，這樣可免此命運。她依樹葬儀式幫婆婆蔡麵粉辦喪禮，燒成灰燼置於可溶解於土的紙甕。她知道婆婆生前愛極桂花，故選桂花樹下安葬其骨灰，當紙甕入土掩埋後，子孫仰望樹上藍天，鳥鳴蝶飛，無有恐懼驚怖，每個人都覺得這儀式好有氣氛啊，都覺得這蔡麵粉媳婦可眞有心。只有蔡麵粉媳婦心裡不斷地想著，我以後可不要樹葬，我不想被水沖走，不要化成泥啊。

這媳婦三個月後仍活得好好的。

她日日晨昏會走到岸上爲查某祖婆和婆婆的神主牌上香，她常聞到一股桂花香，她覺得這氣味眞好，沒有死亡的味道。

154

鳥有一天飛進鍾家古厝僅餘的斷垣西廂房。

在颱風來之前。

那是一個奇怪的颱風，去而復返，就像她一樣。

回到鍾家的呷昏阿嬤聽著老唱盤〈長崎蝴蝶姑娘〉：以前Nagasaki繁華的都市，黃昏日頭若照愛人的門口，給人會心憂，給阮想彼時，初戀的紙花傘，搖來又搖去。草花若開時，親愛的郎君，聽講坐船要回來，像花的羅曼史……

她看著鳥在房子裡亂撞，她靜靜地看著牠驚恐地朝玻璃撞去。她燃起根菸，望著鳥，心裡想著牠究竟是怎麼樣飛進這屋裡的，她早已把所有的窗戶與門的縫隙都封起來了，而鳥是怎麼飛進來的？鳥繼續衝撞，她捻熄了菸，老邁地緩緩起身，使盡全力地打開窗戶與大門。出口已如此大了，但鳥卻怎麼飛都還飛不出去，她搖頭失笑地又坐回床沿邊。
她再次地靜靜看著這飛不出去或者不願飛出去的鳥，她忽然想起遠去已久的鍾家老祖上，她的男人。
屋外的風很大。
她靜靜地望著窗外，她想也許這會是她駐留鍾家老厝的最後一次了。
風送來了麥寮六輕排放的二氧化碳，六千七百萬公噸的碳聞起來很輕很輕。
她看見了自己的死亡。

155

掛在樹梢上的一整把竹葉懸盪風中已久，遠遠望去像是虎色貓死了吊樹頭。那是颱風時被風刀切斷的辭枝，還掛在枝上的竹葉慢慢枯萎。風吹起，颯颯如笛，過了秋颱後，原本簷下川滴如溪如瀑之景將不復再見。南方進入乾燥，像守在門口的老婦風乾的面皮。

這鍾家高祖阿嬤村人已逐漸忘了她叫什麼名字了，以前太多阿嬤，故以年代或特色稱之，現下都叫阿嬤阿太，或者人瑞婆婆，鍾家人也不加名字了，以免感傷。只有少數人還記得早年伊被叫做呷昏阿嬤，她回到鍾家敗壞前的古厝後，老是坐在門楣上，老人家的眼睛和鐵花窗掛的粽葉一樣灰褐，她的眼睛有一眼是玻璃珠，假眼，耳朵聾了，記憶顛顛倒倒。

她期待死亡前的迴光反照，或者介於死亡和投胎之間的中陰身。她記得仙麗曾經告訴過她人死後別以爲可以脫罪，記憶會是生前的七倍，至於殘缺的也會復原。記憶爲何會變好？曾孫媳婦餵她稀飯時問著，呷昏阿嬤只張嘴笑。我一直找不到我的小繡花片，無知放哪了？一位照顧她的後代跟這位老祖上說，妳的繡花片不是被一個拜基督留鬍子的男人買走了嗎？阿嬤皺著眉，想不起這件事。阿嬤口中的繡花片早已不知流落何方，聽說有一年有個從台北來的西方傳教士看見掛在門上的繡花，喜歡想要珍藏而買走了。阿嬤反反覆覆，總是想著這些不著邊際的東西。

老祖上躺著望向窗上的粽葉，忽然說我不久就要走了，呷土豆粽後我就要走了。詠美家人聽了微笑心想，土豆粽不是幾個月前才呷過，要吃就再包囉。曾孫媳婦出了房，拿下繫在窗上粽葉，她邊將粽葉攤開，邊將粽葉泡在木桶裡，心裡忽然萌生一念，如果延遲這祖上的願望，會不會也可以延遲她的死期？但看粽葉吸吮水後展顏暢快，她又想也沒好延遲的，祖上阿嬤等這一天已經等很久了，這樣孤單了，再等下去，她的世界都被拋在後頭了。接著她要孩子去打些糯米來。雪色的白糯米和土豆仔泡著水，膨脹肥滋，裹在青粽色的葉裡，香味單純，顏色果決。大灶喘氣，蒸騰的水氣浸潤著老宅的每根木頭和家具，掀開大鍋蓋，蒸好的粽葉亮潔，粒粒滴油水，沈甸甸的互撞，香氣灌滿老宅的風，連附近鄰家都聞香而來，叨唸著怪了，五月五早過了啊。

老祖宗呷著土豆粽，無牙的嘴大口吞嚥著，吃到第四顆的最後一口是葉上沾黏著幾粒肥大如白蟲的土豆仁，她微笑著，臉皮全皺在一塊，看著窗外，好像有人在召喚她似的眼神，她閉上眼，就嚥了氣。嚥氣時頭瞬間垂下，玻璃眼珠因此掉落木床上。媳婦才去拿茶轉回，這祖上阿嬤就走了。

村人於是謠傳這鍾家人瑞查某祖是呷死的，糯米多難吞啊，包準噎死的。有人說吃死總比餓死的好，有村人道。

這是村人對鍾家對這位阿嬤的怪異傳聞。

自此，呷昏阿嬤將鍾家傳奇封箱，將故事上了鎖。

156 心內事誰人知

遠方有著巨型陽具般的煙囪，消波塊阻絕了童年的海。一根煙囪就可以蒙蔽他們的目光。緣分總有盡頭之日，一九九六年虎尾建國一村與二村的人再度面臨遷移，許多炒地皮者認為高鐵未來會在虎尾的此地設站，於是他們被迫遷移。

密密龍眼林和芒果林裡群聚著傾頹的房舍，人去樓空的屋內彷彿人才離去不久似的，四處散落著許多被主人來不及或者惡意遺棄的簡陋家具、碗筷、海報、地圖、月曆、西裝、被單……甚至在高階軍官房舍裡可以見到西洋物殘留，壞掉的鐘、硬殼行李箱、一隻大米老鼠玩偶、迪斯奈美人魚。

阿珍婆常邁著彎曲的身體遊走這巨大迷宮，她本來想把米老鼠帶回去給孫子玩，不過兒媳婦罵伊不要撿垃圾，許是死人留下的。這些房舍不像外表這般簡陋，隱藏著許多往昔生活刻痕，有些屋子進入後又蜿蜒出無數的房間，串連著記憶，被孤立或遺忘的南方村史。

在此地流連的村人乍遇阿珍以為是幽魅現身。鎮定安魂後，才知是阿珍阿嬤，她常來此。除了照顧房舍外面的田，她更是愛在此散步。到處走著，眶著考古學家似的精爍目光，仔細地看著門牌，褪色春聯，歪倒破門，碎裂窗子……面向窗口的日本俊美少年側影。

孤伶的籃球場也坐著一個老人，看起來像是老兵，午後正在樹影下打起瞌睡來，前方是帶他們來此溽熱小島的蔣偉人銅像，他的人生被騙了很多回，不差這一次。他成了眷村的孤獨身影，面對著他抵達島嶼的最初居所，他初識了南方的姑娘，年輕的姑娘，聽不懂他說的話，只是嗚著嘴一逕咯咯笑著，營養不良的瘦削身骨，日後將在無盡的夜裡，讓子宮住進一個又一個不同的房客，這些房客日後將被叫成芋仔番薯。

157

那是怎樣的年代？

阿珍阿嬤不敢想，卻又往往情不自禁地甘願被這些往事幽魅狠狠地牢牢給抓住。比如她日日來此，對兒孫說是來巡田水，看看土豆有沒有被老鼠吃去，但其實她腦中盤旋的常是昔日的男人形影。她靠往事過活，因爲這往事讓她的人生有了重量，不至於輕飄飄地飛上天空。

中國尪無知伊的過去，她不文靜也不佻蕩，她只是被動地坐在那個陰暗的空間，和一個英俊的陌生青年對望竟夜，直至中國尪死前都沒打算告訴過他。現在說出來倒更像是海市蜃樓的故事了，後代也許以爲是傳奇動漫，老一輩或認爲是其自願顚頓失足，顢頇墮落。那些駭人聽聞的歲月，像倒塌房子的塵埃般消失無影，不光彩的事卻如霧般地瀰漫在她一生的港灣裡。這面對台灣海峽的港灣曾經讓她迎接生命的兩個男人到來，他們都說著她聽不懂的話，一個給了她一夜，一個給了她一生。

和她共度一夜的第一個陌生男子是阿本仔少年郎，很多年後，她才知道什麼是神風特攻隊，有去無回的人生，只起飛不降落的飛翔，只離岸不靠岸的男人。那一夜，其實什麼也沒做，如牆上懸掛的兩張肖像，一切如冷空氣靜靜的。太年輕，太傷感，太懵懂，或者太不知所措？那張臉，俊美且淨肅，看不出死神即將往他身上狠狠掠去的傷痕黯影，看不出即將按下熄燈號的肉身？生如朝露，明日將消亡於虛空中的太陽。

不是所有的侵略者都如獸，也非所有的人談起刻板名詞都是制式的感情，其間的個體幽微與細節差異，實則千千萬萬種。阿珍明白，但她的許多女伴不明白。就像不明白她爲何又嫁給了中國人？

一切都源於那一夜的誤打誤撞。

她看過那張神風少年青春卻即將赴死的臉孔後，她日後人生就聽憑際遇的差遣。她想如何抵抗？怎麼選擇？即使是自選的難道就會更好？主動飄來她生命河流的難道就沒有幸運的成分？

一定有的。就像那一夜，她想沒有人像她那麼幸運的，她遇到的竟是愛情最乾淨最純粹的形貌，沒有任何利益駁雜，也無身體主權的施與給，一切只是淡淡的，羞怯的，自說自話的，沈默的，凝視的，張望的，感傷的，流淚的，撫慰的……

阿珍握有愛情地貌的初次風景，這讓她提早看見愛情美麗的可能。但阿珍的少女伴阿華就很少想起這些事，她的不幸，讓她內傷。也養成了阿華日漸成爲最務實的女人，她想到的都是人生失去與獲得之間的秤斤秤兩，阿華說想這些作啥？想東想西又不能當飯吃。擱再講，阮係恨死他們。

阿珍阿嬤還是喜歡來這裡尋尋，那裡望望的。像是回憶之犬，總是眷戀老窩與舊主。

外面南方陽光燦爛，燻烤得肌膚如麥。黃昏前她頭戴上花巾斗笠騎機車去巡花生田。老鼠愛吃土豆，吃得很肥，得快點趕這些老鼠，她行過一畦又一畦，想著昔日的自己和神風少年的兩張臉，未經風霜的臉，只消一夜，即老了。

她和對岸來的陌生阿兵哥，可以靜靜地一起老去了。守著這些高大的樹林，守著蕭條的眷村房舍，守著被老鼠偷吃的花生田，守著才開始就結束的愛情秘密，守著以爲很快結束卻彼此纏繞一生的「中國人之台灣某」的身分，守著「福佬皮客家骨」的母語交雜。什麼是身分？什麼是認同？阿珍不知，或也不想知，但她知道愛情。

158

當大部分的男女都離開小村後，留在鄉下的男女除了被釘在土地的男人與妻小外，就幾乎沒有未婚的女性了。就連被人側目的虎妹兩個小妹馬妞牛妹日久也讓人忘了她們是老處女了。馬妞牛妹在出生的這間老屋裡度過她們的一生，起先舒家老宅還有阿叔三貴和阿依，還有阿依最疼愛的孫子阿盟。

阿叔三貴和阿依廖氏過世後，老宅就只剩下她們兩了，連她們惜命命的阿盟也到大陸去工作了，她們兩姊妹在村口望著視如己出的小盟離鄉背影紛紛落下步入中年的眼淚，她們各自懷想著是如何幫失去父親阿清的小盟洗澡，這阿清哥哥的遺腹子成了她們未婚的寄託，每天從成衣廠下工就是想奔回家裡抱盟仔，仔細地輪流餵著他，就著月光在茅廁替他把屎把尿，洗香香浴，唱搖籃曲，兩姊妹一人躺在紅嬰仔的一邊，像是左右女護法似的不容神鬼侵犯小盟仔。

黃昏時分，馬妞牛妹常坐在老宅的院子裡聽廣播，任兩隻神經質的小黃與小白狗跳坐在她們的兩腿之間，任牠們舔著踩著她們裙下的私處，那或許是她們最愜意的時光。但她們也常站在老宅的籬笆送往迎來，這些年她們已經和飼養的小黃小白一樣耳尖，只消有一丁點聲音靠近就豎起耳膜，甚至可以從聲音辨別來者。阿叔和阿依相繼過世的喪禮是她們記憶這座老宅最熱鬧的景象，她們在入口收著白包，分著手帕和米色麻布和黑色麻布給北下南上的親友們，她們頭總是很少抬起，尤其目光絕對不想和來弔唁的親友對望，因爲他們只會問兩姊妹什麼時候要吃到妳們倆的囍餅，接著見她們不答腔，有人就戲稱說要吃到這兩姊妹的囍餅看來啊得自己去買囉。她們尤其不想和南下的姊姊虎妹眼神交會，這同父異母的姊姊啊不知爲她們倆提過多少媒事，但她們勉爲其難相了幾回親後再也不敢領教虎妹的安排了。

在老宅的院子裡兩姊妹最常調侃彼此的話也和當年那些相親對象有關。她們且幫每個相過親的男子取暱名，被她們取歹名的男人都是她們倆看不上眼的，比如青春痘傻蛋、無齒老農、空癲小開、癲癇帥哥、狐臭騎士、兔唇洗車男、肉雞公務員……被她們取美名的卻看不上她們，比如溫柔領班、森林壯士、丟了就不走的郵差、愛說笑總幹事、肌肉水電工……。虎妹說妳們挑到最後會剩下駝背和賣龍眼的，不然就是等著在紅眠床老去。聊完這些無緣男子後，她們各自躺回紅眠床，那是父親三貴賭博贏錢時買的兩只鑲貝殼雕花紅眠床，這紅眠床成了她們一生的床，換了床她們都會失眠。

高中畢業的她們其實如果不要留守鄉下或許也可以有機會做不同的事，但在小村裡，顯然她們就只有幾個機會可以選擇。當阿盟也長硬了翅膀離開這間老宅後，兩姊妹頓入虛空，加上成衣廠陸續移往大陸，她們守著空屋面對不久將至的空巢期，此時麥寮忽然多出一座新生的小島，沿著海邊上空矗立著冒著雲朵的巨大陽具，一根一根地戳進如絨的虛空。兩姊妹騎著摩托車尋找打工機會時，她們聞到陣陣的石化氣味，漫天飛沙走石，一時頭暈目眩，她們停在一座座石化槽的前方，望著前方孤島般的新世界聳立在她們的老宅土地裡而心生奇異，這不是小時候我們常來撿貝殼的地方嗎？她們望著白煙之島，望著一會後，有個人從廠房裡走出來，警衛正打算趕走這兩姊妹時，一輛車子正要進入廠房。車內有人搖下車窗，對著兩姊妹喊馬妞！牛妹！她們轉身也喊著溫柔領班！溫柔兩個字如蚊聲，領班二字卻喊著震天價響。

溫柔領班後來介紹她們去這些矗立著巨型陽具的廠房打工，她們也才知道原來這就是電視上常說的什麼五輕六輕的，她們不知道什麼是六輕，她們只知道自己的愛情很輕，生命很輕，唯獨體重很重。沒想到抵達這座矗立萬根陽具的海邊孤島只要騎摩托車二十分鐘即可，她們很高興工作機會這麼快就找到。她們倆姊妹常爬在鷹架上幫廠房漆油漆，或者在工廠切割。有一回牛妹的手指被切了一小節，血沾在機器上，所有的男女工人都停下手上的動作，有人尖叫，有人忙呼喚領班來。

那是多年後，溫柔領班再一次撫摸牛妹的手，當時牛妹眞希望溫柔領班可以用嘴吸吮她的指頭，她曾爲自己這樣的念頭而感到羞愧。

事實上溫柔領班只是拿紗布先幫她止血，接著親自開車送她去醫院。

初老時，兩姊妹體內的工業化學物已經成了她們中年後發福的一部分了，她們和所有麥寮附近的居民一樣無知，她們常常咳嗽或者胸悶。

印著Formosa的油罐車對她們兩姊妹而言並沒有太多想像，讀到高中的她們當然知道這個英文字是美麗之島的意思，但她們想，反正這世界名不符實的事物並不少，比如叫福安的表兄一點也不平安，比如叫美人者往往不美，叫發財者常是窮困一生。她們習慣了無感生活，她們最詫異的不是什麼六輕八輕將整座城鎮風沙化的傷害現實，她們詫異的是她們虎妹家的那個小娜日日埋首寫字的模樣，她們以爲那才是抵抗現實世界裡最魔幻的東西。

寫字者，她們想那不是早年父親三貴在路口擺攤做的事嗎？

159

她們和所有島民一樣日日用著ＰＶＣ製品但卻不知什麼是聚氯乙烯，什麼是酸雨。她們孵夢，和這座新生孤島一樣地孵著經濟大夢，日日混在一堆男女裡刷著油漆，碎花頭巾綁在斗笠邊緣遮蓋住刺眼的陽光與刺目的風沙。有時夜晚，她們會走下紅眠床，兩姊妹分從老宅的東西廂房推開門行至院子，望著前方的天空轉成通紅，不斷在上空飄散的灰。

第六輕油裂解工廠，三萬多間的下游工廠讓麥寮出現許多食物鏈，穿著藍白拖手提漁夫袋的新台客是藍眼金髮阿兜仔，他們被台塑聘請至此教英文或者其他，這些洋人漸漸習慣南方的熱與塵，空曠的冷，下過雨後黏著在空氣的化學味濕氣。洋人學會吃薑母鴨羊肉爐，大口啖西瓜，呷花生糖，他們甚至知道市場何處有好吃肉粽、九層糕和肉圓，以及要沾哪一家出產的醬油。洋人不是來宣揚教義，洋人這回是來服務海上石化巨人與陽具孤島，他們不解爲何成天都有島民在廠房外抗議著。直到他們幾次在午夜裡被爆裂聲嚇醒，望見窗外通紅的天空時，他們終於有了些明白。但誰能抗拒經濟誘惑？反正這是島民的事，他們只是過客。他們繼續吃著薑母鴨，卻渾然不知那鴨裡的毒可以殺死他們體內的許多細胞。許多洋人賺飽了錢回到他們的美國故鄉後，聽說不消幾年有人禿了頭，有人成天聽見喉嚨發出如鼓巨響，有人的肺裡長了氣泡，有人的皮膚破了老是好不了。

二十年啊，二十多年來麥寮孤島上空陽具所飄出的白煙讓許多在地人不曾仰望天空，灰翳的眼眸無神地見著自己守著家園的身軀老去。

舒家馬妞牛妹下了工，從六輕騎回尖厝崙，她們從不知體內有化學物質作祟，反正她們西螺米照吃，濁水西瓜照啖，虎尾甘蔗照啃，花生糖照咬，她們說別想太多。毒死總比餓死好吧。當她們對前來此地拍照的虎妹女兒小娜這樣說時，小娜想起了去越南旅行時曾經在暗巷見過一個小小的招牌：寧可愛死也不願餓死，愛死的愛用的是愛滋的愛。性病是未知的故以爲遙遠，但餓死卻是當下的隨時會發生的。

160

小娜在故鄉也已成了過客，她像是觀光客似的四處拿著相機拍著照片，也四處被陽具孤島的警衛驅趕著。拍什麼啊，走走走，警衛出來趕她，她說我來找我阿姨。妳阿姨是哪位？馬妞和牛妹，小娜答。哦，馬妞和牛妹啊，她們有妳這樣的外甥女啊，我還以爲她們是相依爲命的姊妹，沒有其他親友呢。警衛進去查工人名冊，在密密麻麻的工人名單裡翻找著，卻遍尋不著名字。就在那時，溫柔領班開車出來，揮手著要警衛放開柵欄。警衛走出朝溫柔領班說，馬妞和牛妹工作的地方可以接聽到電話嗎？你以爲她們是坐在冷氣房啊，刷油漆還能聽什麼電話，溫柔領班笑說。警衛指著小娜說，這女生要找馬妞和牛妹，她的阿姨啦。

溫柔領班對小娜說，妳沿著海邊走，看見廠房外爬著幾個女人，其中頭戴藍花巾的就是馬妞，頭戴粉色豹紋的就是牛妹。再過十分鐘剛好休息，妳可以找到她們。不過下次沒有我，妳是很難進得去的。

小娜知道這就是阿姨們口中常傳說的溫柔領班，黑如油槽的眼睛有被南方太陽曬傷的痕跡，那是一張很矛盾的臉，帥氣明亮的五官下卻有一種奇異的傷心感。

看看被人類剝奪的海洋吧，小娜突然像檳榔西施賣檳榔的姿態，她整個前胸都快貼近拉下車窗的溫柔領班眼前。

她住的八里海邊沿岸於今也聳立著一座座恐怖油槽，沒想到故鄉亦如他鄉了。海懂得包容懂得原諒，阿姨牛妹對小娜說。其實她們自己也不懂什麼是海，她們甚至不會游泳，一生沒穿過泳衣，更遑提什麼是比基尼了。她們喜歡看海，但這片海是再也靠近不得了。

161

村民都不記得三貴姘頭夜好女兒們是幾歲時智力就被上帝回收的，沒有人注意到時間與季節的遞嬗，好像只是轉個頭就見到她們逐一露出那種特有的傻笑，沒有時間感的笑，一張白紙的笑。無一倖免的孩子，一身破衣沾著陳年油光，牙齒脫落也沒能補，到了冬天冷到極點了，鼻涕都凍成膠固狀了，兩頰的微血管像是要爆破了，逢人還是一模一樣的笑，從夜好到女兒，從老到小一字排開的笑，一模一樣的笑。那笑襯得屋後綿延的芒草與白煙更突兀更荒涼了。兩根煙囪就遮住了前來之路，那三千根煙囪呢？

麥寮輕油廠惡火烈焰那夜，驚醒夢中村人，傻女兒們也全從爆破聲中驚醒，如夢遊似地傻笑在屋後望著惡夜塵暴，智商稍高些的姊姊說放煙火，傻姊妹們一起鼓掌跳躍起來，笑容不增不減，其中一個傻妞鼓著一個大肚子還兀自雀躍地隨著火光竄上地跳著，幾個月前她才被強暴，父不詳，母癡也算不詳，傻女人無感無知地火舞著。經過傻姊妹的鄉民叫著夜好趕緊帶孩子離開，萬一大火延燒過來妳們就變成烤小鳥了。夜好聽了也是笑，移動不了身旁的傻女人們，好心鄉民就叫消防車開來待命。惡火沒延燒過來，傻女孩們的笑容逐漸停擺，清晨時終於陸續睡了。

隔天，她們見到家門前的小圳水岸上擱淺許多魚鴨蛤蠣，有的直接抓著就放進嘴巴，被發現時，嘴巴四周都是黑色如墨，她們肚痛很多天，痛到臉上還是笑，有採訪的人見了說這裡的空氣和水都沒問題，你看她們沒事嘛，臉上都是笑的呢。幾個月後，大肚子的那個傻女孩吐血死了，一口紅血噴得正要餵她一點米粥的夜好母親一身，夜好身上的白衣噴出一朵大牡丹。

這回夜好沒有掉淚，智商不高的她當然知道死了個孩子的悲傷，但她呆滯著面容。來幫忙的婦人想，這個家徒四壁的寮房空無一物，獨獨不缺的就是孩子，一次死了兩個孩子，也許這是好的，窮得只剩下孩子，生命裡還可以禁得起損失的竟也只剩下這個了，連吸一口氣都是負擔的生命，卻又住在最貧窮的惡土，旁人嘆息著，死亡女孩的姊妹們仍是朝她們嘆氣的人們傻笑著。如果連苦都不知這算不算苦？也許苦的人是咱們，其中一個婦人邊在夜好家門前掛上白幡邊如此地喃喃自語。

死亡在這裡就像廟，轉個彎就會遇見一座宮一間廟地尋常，但可不一定會受到保庇。

攪海大夢

162

燒王船放水燈，鬼界遊天河，隨風勢飄搖的灰燼在虛空裡消失，紙灰四散，鍾琴看得好失落。但少女時期，鍾琴常被阻絕去看這些民間習俗，母親西娘對她說妳這女孩家的別老是往那麼野的地方跑。加上有人告訴鍾琴在這些場合得不見喪不見紅，妳經期來時千萬勿去。鍾琴聽了很不悅，經期怎麼了？有罪？她穿著山黃麻製的好木屐，走路故意走的好大聲，敲敲響響，像是跟魔神賭氣。西娘喊她去買火球，十多個火孔的火球炭來燒熱水用，鍾琴買了兩個火球，花了一塊錢，把西娘多給的五毛錢拿去吃了碗水果冰才消了氣，

母親西娘見她這樣任性，遂暑假把她送去山上讀經作義工，這一送，把鍾琴的野性收伏了大半，且竟至讓鍾琴出了家，這是西娘沒有想到的後來事了。

遠走高飛的移民或者女渡海者幾乎都不想再回到這塊荒涼之地，但也不乏想要落葉歸根者。離開鍾家又返回者通常是爲了婚喪喜慶，但期貨阿嬤、呷昏阿嬤、廖花葉和鍾琴除了因死亡或新生回到老家

外，她們的晚年都在祖厝敗壞前回返出嫁或出生之地，做最後的人生憑弔。

出家多年的鍾琴從廟宇下山，回到了古厝，鍾琴大約是在八二年回到祖宅，她整整住了四年，直到韋恩颱風來襲前，她都安然地在出生地讀經，偶爾在廊下教鄉人讀經唱咒，但大部分時間鄉人都不耐讀經之冗長與煩悶，所以返鄉的鍾琴泰半時光都是嘴裡念念有詞，手持念珠，靜靜地等待死亡。

很多人以爲寺廟不要她老人家，鍾琴笑稱回家養思鄉病啦，其實她返鄉還有個目的，想就近偷偷探望看她的孩子。

大家一直以爲出家的她沒有結過婚，但她其實偷生了一個孩子，這個祕密連母親生前都不知道，她沒有打算告訴任何人，包括那個孩子。那個孩子成了外省囡仔，就住在虎尾建國一村，她在虎尾眷村外圍租綁了一小塊地種自吃蔬菜，私心是那個孩子每天都會騎著歐嘟邁從她身旁行過。

阿婆！早啊。

早啊！（孩子）。她笑著，臉躲在碎花布裡。

孩子也已是壯年女子了，她叫趙雲闊，她想多好的名字，要是在鄉下不就是阿珠或是素珍之類的名字，雲闊大器。

163

夜晚到來，鍾家長壽婆鍾琴深恐菩薩笑她連這個都沒放下，還談什麼修行，於是更勤奮念經，彷彿念成了一座雕像，一念萬年，直到雞啼。有村人早起行經，看見木窗櫺下的她盤腿不倒如石，有人還對她雙手合十膜拜起來。

雲闊沒有結婚，每天都捧著好大一疊資料，像是在做什麼研究似的。

但雲闊倒了，六輕來雲林來定了。

她的努力和那場要命的颱風一樣，付諸流水。

鍾琴沒有等到死神，死神沒有看上她，死神看上的是她的女兒雲闊。

雲闊的死也由鍾琴主持，鍾琴似乎在等這個神聖的使命。孩子的生和死都由她來完成，起點與終點。

雲闊死於韋恩，她原本想獻祭給六輕，島嶼颱風卻輕取了她。

韋恩不是恩典，這是一條巨大的死亡颶風帶，千叮萬囑也無法避開的凶猛。去而復返的韋恩，從濁水溪直撲，繞海三匝，三萬六千房子倒了，鍾琴看著鍾家化爲瓦礫，僅餘西廂房。她看著母親西娘吐出其肉身時流的血痕，洪水洗刷乾涸在地上的幾代胎血。

微笑的樹葉，最後折枝，然後斷根。

風雨中，她尋覓著兒時丟在床下與瓦上的牙齒。

奔跑的鍾琴，跑得過風的速度，跑得過來抓她的死神，但卻沒有跑過女兒的死。

唯一知道祕密的是趙家大哥，賣饅頭豆漿的趙家大哥找到鍾琴，要她超渡雲闊，他說母親超渡女兒，天經地義。她是妳的，一直都是，她是雲林女兒，她爲我們做很多事。

於是她守著不再呼吸的女兒，不該出生的女兒。

望著雲闊的軀殼，她想著那個在蔗田的夜晚。月光投射在她的頭上，頂上如一座光亮的湖，她感到後腦杓一片刺養，少了髮絲的遮蔽，極其敏感，她被敲昏，疼痛醒轉中，只見一個強壯身影罩在她的頭上，挺刺前進，背光的臉看不清楚，很快地他就拉著褲子跑走了，整片玉米田如鬼影掠過。她只聽見是外省口音，跑向虎尾溪，縱躍而下。

碎散一地的念珠，她撿拾著，一百零八顆就是少了一顆。她從小不知男女事，入山更不知，直到僧衣下的肚子都大了，才知悲劇要來了。

以往她總是自豪於女人間，她知道唯有讓送子的產道閉鎖才能避免女人的災難，但這回送子的產道還是被迫打開了，在她獨自走在甘蔗田的無月之夜，夜成了業海，她沾了一身腥。

悄悄生下孩子的鍾琴將孩子祕密送回建國眷村，她讓孩子回到父親的屬地，這裡的每個成年男子都可能是孩子的父親。一九五四年她將嬰兒給一對要領養孩子的外省夫婦，夫婦都是海軍隸屬的飛官，孩子的生活沒有問題，這是她確信的。

然而之後的雲闊生活，她毫無知悉。

直到此時此刻，雲闊養父母都往生了，命運的迴圈讓她注定來幫孩子送終。母女的緣分僅在出生與死亡的關鍵時刻。

鍾琴捧著雲闊骨灰，她老邁的身軀走在上百根煙囪的怪獸下，這白煙怪獸沒日沒夜地噴出油汙、塵燼、鎳、釩、多環芳香氫，懸浮微粒的雲朵白亮，這世界像是曝光過度的刺眼，鍾琴瞇著眼走在木麻黃小徑，手往鼻子一擦，烏黑一團，大力擤鼻涕後，整個鼻腔黏膜都感到刺癢的痛。

她艱難地爬上消波塊，像是一隻烏龜似地爬著，一席灰色僧衣恍然和天空合而爲一。嚴禁入內的標誌旁有個小兵，他當作沒看見她，小兵想一個出家尼姑不會有傷害性的。彎僂著背的鍾琴取出雲闊骨灰，她撒在六輕廠外的這片污染之海，想以反對興建六輕的雲闊之軀來洗淨這片染海。

午後飄來的酸雨打在她的光頭上，她抬頭望天興嘆，她不怕掉髮，卻怕傷了頭皮。這頭皮上有三個疤，戒定慧三疤痕。這片土地自她往山林去後，她想四處是塵埃了，此地已然是眞正的滾滾紅塵，她想或許可以重新興建倒塌的祖厝，但想到要取得所有後代子孫同意的簽章就打消了主意。她想還是退隱山林吧，廢墟般的廠房長滿雜草，她從中看見死亡。沒有變成廢墟的就化成白煙，迷濛在浮塵裡的工業區如一座孤島，兩千多公頃的千億資金都化成往上飄的煙，塡海造陸，抽溪阻水，風沙刺目，她揉了揉眼睛，竟揉出血水來，鍾琴駭了一跳，本能地用僧袖往眼底一抹，袖口沾了一記腥紅。鍾琴想，之後也得準備自己的死亡了，死神在趕路了。

黑雨滿天。

164

但幾年後，鍾琴還是沒有等到死神。

她等到一封信，鄉公所限時來函，要全村僅剩未拾骨的鍾家墳墓他遷，空出來的地將打造遊樂園。負責拾骨儀式者除了拾骨師外還有鍾琴，她已經是老到不能再老的老人了，熟悉一切的生死典律，也熟悉所有乾涸的淚水如何再潮濕耳目。她沒有想到會有這麼一天，一口氣開所有的祖先棺。

打開西娘棺木，棺木未腐朽的是一張寫在羊皮上的遺言。

開阿爸漁覲的棺，黑氣瀰漫，連拾骨師都生病。鍾琴念咒，超渡冤魂。她的肩膀疼痛，幾乎抬不起來，亡魂壓得她喘不過氣來。持續七天七夜的法會後，嘉南平原下起大雨，鍾琴也跟著大病一場，她以爲自己也要步上先人的後塵了。大雨在下了幾週幾日幾夜後，忽然藍天明淨，鍾琴睜開雙眼，她聽見自己的心跳，齋房天花板上的壁虎遊竄，她一蹦彈下了床，晃到藥石房的灶裡打開鍋蓋，撈起冷掉的菜尾麵食狼吞，把在角落裡揀菜的老婦駭了一大跳說，酥父啊，我以爲妳袂去做仙囉，幾天無呷無動，現時又活跳跳囉，眞係菩薩保庇。

她揮揮衣袖笑著，窗外山林隨風搖曳，一片朗麗，這一睡讓她忘了憂，她想如能不再下山就好了，她想死神這回應該騎馬快鞭來尋她了吧。

165

幾年後拾過骨的土地雜草叢生更甚，傳說中的遊樂園沒有出現。幾個孩子在魂埋祖先的土地被一隻跑出圈欄的鵝猛追著，笑成一團，跌了一地的喧囂。他們在廢棄的塑膠輪胎上玩著跳著，曾經有過的遊樂遺跡是褪了色的大玩具，猴子鴨子小飛象在芒花中悄悄露出腿和手，孩子群裡有鍾流的憨兒子龍叔，這個村中快樂人是最常去這些地方玩樂的老孩子，他在黃昏的廢棄遊樂園裡等著來接她回家的女人。

女人帶回龍叔，幫他準備晚餐和幫他洗澡。她來替龍叔做些事是因爲酬勞，龍叔的外籍新娘早已不知下落。接著女人得回家看顧另一個病人，沒有酬勞的病人，她的夫。工業廠房的一場大爆炸，奪走了他的面容，眼睛與好脾氣。男人每天敲打著他的枴杖來到天后宮，嘎嘎嘎嘎，每個人都聽見他來了。失去眼力也可以賭博，賭十八，他聽力極好，可以憑落點知道點數。

輪到當褲子的夫成了女人的夢魘，洗澡，餵食，原本親密的語言化爲霸凌。女人恨那場奪走她幸福的大火，每回騎車經過廠房，她都感到鼻息塞滿粉塵，讓她幾乎無法呼吸。村裡每個人見到她，都會想起那一夜火衝上天的末世紀驚爆。

娘家相思寮的人要夜宿凱道，她第一個報名參加。來到台北那天，她驚喊這座城市到處都是房子山啊，像山的房子密佈在眼前，女人好久沒有來台北，這世界這麼陌生，她突然好害怕，還是回去吧。那一夜她沒有夜宿凱道，她搭野雞車回到西螺，累得倒頭就睡。半夜被夫嚇醒，持著刀的夫要砍她，好在他僅憑記憶來認知方位，每一回砍到的都是木板或牆壁，推倒許多的貼皮家具，鄰居被聲音吵醒，要她去報警，但她放棄了。

這個女人後來就消失在村裡。有人說，她回娘家，也有人說她去找鍾琴，到廟裡出家了。受害的是龍叔，沒有人願意幫他洗澡了，即使酬勞加碼依然無人願意。渾身臭氣的龍叔依然在午後時光會晃到廢棄的遊樂園，只見他喃喃自語，常常傻笑，有人說他是在和鍾家祖宗聊天。愈來愈臭的龍叔，讓在遊樂園遊玩的幾個孩子也跟著消失了，空盪盪的遊樂場芒草愈長愈高，幾乎蓋過了猴子小飛象，最後草偃了龍叔。發現村中快樂人龍仔屍體的人是鍾琴，那天她偏巧有事下山，路過拾骨墓地，她從草縫裡看見一雙熟悉的鞋子，弟弟鍾流的么子龍仔長年穿的鞋，像僧鞋般處處看得破。

鍾琴想，難道這是僞裝的死神，她再次想自己的死期應該不遠了吧。她從窗口聞到從工業區孤島吹來的黑風，可怕的粉塵與砂暴，像極了墓地靈骨塔的氣味，窗櫺都被烯氣染黑了，她大口聞著死亡的氣味，聽見骨骸喀嗤作響。哥哥鍾聲隨著卡車遠去，跑馬町成堆屍體裝在麻袋裡丟棄，她從小就熟悉死神的身影，她見過塞滿甘蔗車的無數血肉，可恥的糖，可恨的甘蔗園。她見過死神靜靜匍匐在革命者與妓女酒鬼癡漢烈士的身旁，她聽過暗夜哭聲，她嘗過微鹹的眼淚與偏苦的人生。然而她就是聽不到屬於自己的死亡召喚。這回龍仔的死，讓鍾琴再次有了歸返終極之鄉的期待，她忽然想起呷菜阿嬤，猛然心驚地想，難道這延緩的死期是因爲呷菜阿嬤幫她買的命，是呷菜阿嬤幫她延的壽，但這延長得也未免太久了啊，久到這村裡只剩下她一個人知道這小村的過去血腥與曾有過的繁華。

她等死神等了很久，很久，她可不想再看到遠方廠房深夜大爆炸的火焰狂舞，也不想再爲往生者誦經送終，她很疲憊，也很孤單。她離開靈骨塔後，將已經不太認識的鍾家親眷老小拋在腦後，嘉南平原的鴨蛋夕紅和她的光頭疊在一起，遠望彷彿她的頭在燃燒，在被火焰吞噬，她的晚輩查某孫小娜在背後凝視著。

這時的鍾琴望著平原血色的夕照低語，阿嬤帶我走吧，別讓我這麼荒涼，我穿上僧袍不意味著我無驚這孤單啊。

但這回趕路的死神仍然跳過了她。曾經希望死神搭噴射機來接她的鍾琴仍還活著，且記憶力驚人。

166

鍾琴遙想起童年和少女時期呷菜阿嬤都會帶她去眺望台灣海峽，靜坐，念咒，放生。每年鬼門關大開前夕，呷菜阿嬤會邁著小步伐攜著孫女搭鐵牛車，去鎮上餐廳和港邊餐館逐一買下當日即將要被宰殺的大魚，然後去漁港雇了條魚舟，將魚放生大海。

鍾琴覺得那是她此生的夢幻之最，海霧迷茫，只見呷菜阿嬤不斷地轉動手中念珠，口中不斷吐出咒語，然後她要鍾琴幫忙把魚從水桶中舀至大海，大魚入海，跳躍翻滾，尾巴甩動，終至消失。每一回放生前，呷菜阿嬤總是四處募款，然而也四處碰壁，那個年代放生是很新的詞，將魚買回來放到大海，更是前所未聞。村人說，我們是敬佩呷菜阿嬤，但要我們做傻事那可不幹。話傳到呷菜阿嬤耳裡，她對鍾琴說，人心以為眼睛所見即是，眼見不能為憑，眼見太多表面事了。鍾琴回話，其實他們相信放生有功德啦，但要他們掏錢買魚又不能吃魚會覺得花錢很心疼。呷菜阿嬤搖頭嘆了口氣說，本想留些功德給別人呢，沒關係，我們自己來也行。

回程，鍾琴舀水的手已經痠疼，海上迷霧裡，只見漁舟緩緩送回了她們子孫兩。呷菜阿嬤對她說水是人間甘露，和神龜、大蛇神、白象、如意樹、珠寶纓珞、七珍八寶等値，供菩薩水是很重要的。乖阿琴啊，阿嬤跟汝講，有一天我們要去攪拌大海。

攪拌大海？鍾琴聽得新奇。

對，妳知道天上的眾神對阿修羅無休止的戰爭厭煩，遂將此情況秉告毘濕奴，毘濕奴要眾天神和阿修羅結盟，一起去攪拌大海。大海經過眾天神和阿修羅的攪拌後，藏在海底深處的珠寶琉璃瓔珞和草藥甘露就會浮出水面，大蛇神聽了就自動化為攪拌繩，天神與阿修羅將某座山化為攪拌的棍子，這時祂們飛到已化身成巨大海龜的毘濕奴背上，合力轉動著大蛇神的蛇頭與蛇尾，來來回回，終於讓大海的珍寶浮現，珍寶在千道光芒下化為牛奶與酥油，阿修羅們喝了這些珍寶化成的甘露，自此就休兵不戰。

鍾琴望著說故事的呷菜阿嬤語氣那麼堅定，眼神那麼嚮往，彷彿已生在天堂。

可惜鍾琴一生沒喝過可以讓心平靜的幸福甘露，她以為出家就是幸福甘露，但她晚年才明白自己只是外相出了家，內裡啊，還是在家啊。

隨著呷菜阿嬤過世，放生與攪海大夢的傳說就煙消雲散。加上之後村人面臨肅殺與大飢荒年代，謹守與神承諾儀式的鍾家，卻也難逃白色恐怖事件的非死即獄，於是村人就愈發往物質追求去了，村人不斷蓋廟，因爲廟也是可見的物質，他們覺得這樣才安心。

這麼多年了，鍾琴只聽過攪拌水泥，再沒聽過攪拌大海。只聽過人被大海攪拌，沒聽過人能攪拌大海。老尼的她在每日的暮鼓晨鐘裡特別想念呷菜阿嬤，她望著山下的海，目睹呷菜阿嬤的慈悲汪洋。只消想起呷菜阿嬤的攪海大夢，她就如嘗甘露。

河邊春夢

167

鍾琴繼承了呷菜阿嬤的志業，親近觀世音菩薩。呷菜阿嬤是她少數出家斷念後還會有執念的人。

那些年，少女鍾琴下學總是騎單車騎得很快，因爲聽說日頭落下後就不能再給冥間燒香了，因爲鬼魂會跟著回家。她深愛極是疼她的愛水阿嬤和呷菜阿嬤，然只說起天黑拜拜，會有魔神魔鬼會跨坐上她的腳踏車後座，魔神會一路跟著返家的傳聞她還是沒來由地非常害怕。她曾問過呷菜阿嬤爲何沒有幫美麗的愛水阿嬤買命買長一點時，呷菜阿嬤說憨孫，能不能買命要看能不能和冥府打通關外，也得看這個人有沒有福報。妳的愛水阿嬤是善女人，可她不快樂，是她缺乏意志力來和病魔打戰的，所以走了也好，生病只多增苦痛。

至於通陰陽兩界的呷菜阿嬤常牽著鍾聲與鍾琴兩兄妹到處閒走，呷菜阿嬤告訴小孫兒們她常會看到三度空間的異事，她指指說說，街頭外那些樓房的中間會突然岔出一條條的隱形鄉間小路，這時許多差吏忙碌而過，是受託於陰陽兩界的使者，有鬼魂精怪魔神菩薩，六道眾生都在呷菜阿嬤的眼裡紛紛成形，且她能感通感應感受。肉眼看不見的事太多太多了，人不能僅以見爲憑，因此不能驕傲自大。呷菜阿嬤的傳家格言。這稀有能事很快傳遍小鎮，陽界託呷菜阿嬤到閻羅府通融買命，陰界則託她當陰差上傳陽界給親屬所愛地府消息。但呷菜阿嬤通常僅作受託買命的事，她較不喜帶陽界者觀地府，她說買命之事大於尋找亡魂，因為生命有時還有餘糧可以賒欠，肉身可以修復，尚可在人間行事，就像她自己一樣。至於亡魂自己會托夢，陽界人何必下地府攪亂一池陰水呢。

往昔情景常是，忽見傍晚過後的呷菜阿嬤突然站在某個地方不動了，有時是廊外，有時是某條鄉間小路，有時是自家客廳，或是她的床上。只要見到她一動也不動時，便知有陰間的孤魂野鬼來找她了。鍾聲和鍾琴童年時常擔起保護呷菜阿嬤的人間保衛者，以防有人冒失走近不知何事地莽撞了她的身子，那會壞了好事。在呷菜阿嬤為自己買命以致還多了些年歲壽的時光裡，他們倆擔綱了呷菜阿嬤多年保衛陰差使者的任務。

在日常生活裡，常常有人急匆匆地擋住了呷菜阿嬤的去路，拜託她火速幫他們買命。這時她總是不徐不緩地一手搖著蒲扇一手牽著孫子的手，向前來買命的人殷殷以戒說，你們總是這樣急，突然被宣判沒救了才來找我，平時不燒香臨時抱佛腳，我不一定能夠交涉成功的啊，個人有因有緣，有定數有劫數，也得看誠心和福報呢。呷菜阿嬤要進入地府交涉前總是誦經水懺大悲咒和地藏菩薩本願經多日且淨身淨口，非常嚴肅，每每交代媳婦們把總是非常好奇在旁看熱鬧的其他兒孫們給看顧好，免得小孩受驚或者閃了神，魂魄也被帶走了。她進行的程序是她得先向牛頭馬面黑白無常打通關，交上大筆大筆委託者的紙錢，生命簿點了點，才得以拜見閻羅王，閻羅王不忙且能會見時她，先得報上她是觀音媽的侍身，然後對閻王關說一番，若是成，那成者之命即不斷，名字生辰暫除死亡簿。有的則是直接向菩薩請願，通常業障輕者呷菜阿嬤比較不費神，可直接面見菩薩。呷菜阿嬤買命的姿態是躺在神桌下，一躺好幾天，必須有人不間斷地在神桌前供應食物，呷菜阿嬤的全身則鋪滿了經文紙，像是黃金紙人般地躺在陰幽的神桌下。廳堂焚香誦經，不斷燃，不斷咒，不斷念。

168

稍長鍾琴替呷菜阿嬤把關，看顧著她魂魄入地府後其在世不動的肉身，阿嬤躺在神桌下方，靈魂出竅，下了地府時，這時她必須和前來委託求買命的苦主互相輪流，日夜輪守著祖母的肉身，以防貓兒跳躍其驅，或者是不相干或不敬者的打擾。呷菜阿嬤拜觀音媽欽點，受人之託奔赴地府交涉的陰差使者工作，這一作竟是瞞天過海讓閻王給忘了回收她的生命期限。鍾聲老是問阿嬤妳不累啊？這位出入生死關的鍾家阿嬤則依然氣定神閒地搖著蒲扇說不累不累，作這個陰陽差要氣飽神足，不帶自己的私心，就怕辜負他人所託。有的千託萬託也沒用，因爲業力可不買單。鍾琴當時聽了又問，爲什麼有的人命買成了有的買不成？有人一生老想賣命，有人卻一直要買命？

唉，善事不足的人，怎麼幫他買啊，都是白忙一場的，最後還是被黑白無常給抓走了。有人不買命是因爲對人間沒有眷戀，你看自殺的人不就是把命給賣掉的人嗎。唉……買命成不成是未知數，未進地府時也是不知道能否成交的，她說這一切和委託者的福報德心善念有關。福地福人居，陽宅陰宅風水好壞都不比心地心宅好的重要。鍾家這位女查某祖苦口婆心常在廊下開講，然而聽者稀少，倒是貓狗蟲鳥比人有福報，牠們可聽多了。

169

很多年後這些少年仔已老成，甚至有的人出國喝過洋墨水，當他們之中有人聽到有人叫珍妮佛時，都不禁想起遙遠故鄉童夢裡的鍾家呷菜阿嬤。

關於呷菜阿嬤她替人買命的事與她的攪海大夢同樣烙在鍾琴的腦海裡，她那些數說不盡的遊仙府神話與獨有瑣事儀式。神話，讓呷菜阿嬤成了她隨機教示鄉下歹子的活善書。

一直到鍾家古厝被颱風吹垮前後代媳婦們都還維持著每日兩回的煙供儀式，上午煙供神，黃昏煙供鬼。燃煙時，香氣繚繞。傍晚木麻黃小路逐漸暗了下去，光線不足的廳捻起小燈，呷菜阿嬤生前對著兒孫說著不知重複幾回的故事，但孩孫們還是聽一回起一回雞皮疙瘩。呷菜阿嬤的故事聽爛了，但還是愛聽。她說起餓鬼之王林姜陽是力大無比的大士爺，唐朝大學士時告老返鄉，積蓄頗豐，子孫送飯時，他賞錢。就這樣子孫當然搶著去給他送飯，竟因此起爭吵。有一房的母親出來對孩子們說，別爭了，祖父死了，錢不都歸你們嗎。子孫一聽後甚覺有理，竟不再送飯，這林姜陽氣得散盡家產，寧可自己花掉所有積蓄也不留半塊給子孫，但他也因此把自己給活活餓死了。他死後因力大無窮成了餓鬼之王，惹得鬼界陷入無糧之境，一口痰都是美味，但往往正想把一口痰吞下時，鬼王舌頭一伸就搶去了。小鬼個個沒得吃，求助聞聲救苦的觀音大菩薩，觀音菩薩化了一隻蒼蠅黏到大力士的臉上，他乖乖吐出舌頭就範，無法吃食。從此這餓鬼之王就聽命觀世音，也成了管理眾小鬼的大士爺。所以我們要禮佛也要敬鬼神，就在呷菜阿嬤的這一句話中最後一抹煙消失空氣中，每一日都是如此，煙供與鬼神故事，點燃了小村寂寥的黃昏，屬於呷菜阿嬤的魔術時刻。

170

每一年到了年終時日，儀式就更是照表抄課，尊敬物神，不可亂移。鍾家媳婦們個個聽命呷菜阿嬤口令，送神日前去租田農家收款，送神日後媳婦們才拎起掃帚抹布打掃洗刷大廳和房間前後，除草栽花，修樹劈柴，裁布製衣，蒸粿炊糕，直到除夕來臨。約莫一週時光，在鍾家洋溢著送神迎神，換年迎年的氣氛。

那是鍾家後代和許多村人回憶起呷菜阿嬤的畫面。

多年之後，終於有村人開始戲言耳語，這鍾家人如此敬鬼神，日日儀式不斷，房子還不是被水神轟然擊倒了，也沒聽說鍾家人發大財買豪宅。鍾家人聽了不作聲，詠美曾辯解說敬鬼神並非為了求取，村人聽了沒敢回嘴，但有的心裡則想你們不求不取的，那在拜辛酸啊。某些信心薄弱者，也確實再也不做此儀式了。呷菜阿嬤對鍾家留下的影像遺跡隨著時光洪流的沖刷，終於淡出了。

關於呷菜阿嬤的攪海大夢，就更像是夢幻一場。海不枯石不爛，唯海龍王宮淚水不斷，死亡的蝦兵蟹將，讓海龍王擾海不寧，海成了寂寥小村傷心的風景。

鍾琴知道追尋源頭使斯人有斯疾的安慰，呷菜阿嬤常對後輩說不知來處不解今生。鍾琴常拉著呷菜阿嬤講往事，但沒想到呷菜阿嬤卻把那個來處推到還沒有地球人形成的原始紀。

她說我們原本是光音仙人，因為貪執而成了人。

變人不好？大家不是都找妳買命，買命不就是為了延長當人？鍾琴問。

人苦啊。呷菜阿嬤說。

苦著當人，鍾琴自語。呷菜阿嬤看這鍾琴頗有慧根，於是常把她和鍾聲帶在身邊。她在入冥府時曾看過這兩個孫子的生死簿，一個只活前半生，一個是把別人的生命也活在自己的身上，成了近乎不死之人。鍾琴當時年幼並不知自己將來會出家且會成了長壽婆婆，至於人苦不苦，她戲想也許村裡姓「許」的人家最知道，因為他們一家人一天到晚都被叫「苦乀」。

鍾琴往昔常幫呷菜阿嬤虱蓖頭皮，將白髮梳順，在後面盤了個小圓髻，拿了銅鏡給她照，呷菜阿嬤點頭後，鍾琴再幫她在額上套上繡有蓮花等圖案的眉勒。這時換上大衫大褲的呷菜阿嬤像是古人。鍾琴和呷菜阿嬤把矮板凳一拉到亭廊下後，鄰近孩孫們就如蒼蠅奔至，張著耳朵圍著想要聆聽故事。

呷菜阿嬤說的光音仙人，當時大一點的孩子原以為會聽到什麼女堝補天之類的神話，光音仙人還是第一次聽聞。那時還沒有人這個東西，只見到光或只聽見音的仙人？是啊，呷菜阿嬤言之鑿鑿，彷彿說的是電腦遊戲螢幕裡那滑地一聲現身的光。

但不論光音仙人或是攬海大夢，村人都喜歡呷菜阿嬤，她是添壽婆，有她有喜，死神的步履終於在這座村莊放慢了速度，直到偉人帶著國民黨的軍隊抵達這座島嶼才瓦解。

鍾琴回憶著呷菜阿嬤常摸著自己的手說，鍾家就屬妳和菩薩最有緣了，可是長大心情總是受苦，妳的感情辛苦，愛的總是會失去，不愛的總是緊跟著，比如我若爲妳買命，但卻不一定能買成。末了呷菜阿嬤嘆了很長一口氣，命可以買，但際遇卻無法買，快樂無法買，愛情無法買。不然阿嬤一定幫妳買個生生世世都愛妳護妳的好男人，但是很多男人寧可買醉也不願買命了。

當時還小的鍾琴聽了不很明白，很多年後她出了家剃了頭卻才冷不防地被愛情偷襲，忽然聞到了愛情的味道。她想起當年呷菜阿嬤在即將知悉自己來日不多前，呷菜阿嬤曾再次在床畔握著她的手對她說了感情的人間難處，鮮少流淚的鍾琴在旁聽了竟簌簌流淚，哀哀問阿嬤妳爲何不再次替自己買命。呷菜阿嬤聽了大笑，說命早已過期甚久，該是重返觀音媽身邊之時了，她還意味深長地說，我不寂寞的，你阿公會陪我去。他要是不跟妳去呢？小鍾琴問。呷菜阿嬤笑笑，由不得他哩。就這樣，當年鍾家一次辦了兩口棺。至於小他們十多歲的呷昏阿嬤和期貨阿嬤則是送終人，只有她們倆深知這一切都是有靈體附身的仙麗搞的鬼，她是帶走他們老伴的人，但人死了也莫可奈何。成了寡婦的呷昏阿嬤繼續流連鄉下賭間，依然菸抽得很凶，那年她仍然身骨妖饒，老是叼著大菸抽著。因爲一直沒有生育，所以男人死了後成全了她的自由，聽說就跟著一個也死了老婆的同齡男人過日子，鍾家人最後一次見呷昏阿嬤是看見她大肚子，未及鍾家祖上過世十個月，她就產下一子，南方島民傳言她在鍾家祖上還活著時就討客兄，她晚年曾一度回到鍾家悼亡，但南方島民常常忘了她是鍾家的媳婦了。

171

鍾琴到晚年都還記仇著嫂嫂廖花葉，人往生多年了，名字卻活在她的嘴上。

有回返鄉，逢人聊起往事，鍾琴就說起某回參加同姓氏宗親喜宴，她的空碗被來幫忙張羅喜宴的花葉橫生搜走，鍾琴未開口，但橫眉豎目地把目光劈向嫂嫂，旁人見狀嘴巴都微微笑了，心想這兩人又要鬥嘴了。妳這是趕客啊？鍾琴還是開了腔。妳是走修行，呷菜人，沒頭髮的不要跟有頭髮的坐一起，歹看。這花葉平常冷淡至極，開口的話總是如刀。鍾琴好不容易下山參加換帖好姊妹婚禮，竟被嫂嫂說得如此難看，吃素不吃素還勞她掛心的。喜宴最忌諱空碗被中途收走了，鍾琴心想我一定活得比妳久，哪天別輪到妳的喪事要我來辦。想著瞬時就離開喜桌，旁人也拉不住。

想起這些事，鍾琴也是很老的人了，列入長壽婆婆之流了。

老婆婆的鍾琴陷入當年老是置身在一群老婆婆的荒遠往事裡。

她嗑著土豆，坐在籐椅上望著遠處狼煙，搖頭失笑地想女人的愛執，眞是不分年紀。

這麼多年了，她的手中送走許多所愛，送走許多陌生者，也送走許多所厭。所愛鍾聲和母親西娘，所厭還包括廖花葉，在廖花葉的喪禮上，暗自高興的人有她和虎妹。交給閻羅王的赦免罪狀由鍾琴所擬，她在狀紙上用毛筆細細麻麻地寫了一堆，許多人就以爲這鍾琴眞是有修，能夠將往事一筆勾銷，不僅以年老身軀來送嫂嫂花葉一程，還擔起她的輪迴大事。其實沒人知道鍾琴寫了什麼，目不識丁的鄉人只要見到毛筆字就以爲是好的。

鍾琴說來並不常出現在村子裡，大家都不希望見到她，因爲她來就意味著有村人往生了，需要她來誦經。許多人倒是很喜歡鍾琴誦經的聲音，那聲音常讓再無情者也情不自禁地涕泣泗流。鍾琴那種懾人心魂的唱腔把世界都帶到他們眼前，有人感覺踩踏在高山峻嶺，有人以爲如入汪洋大海，讀過書的會說喜馬拉雅山恍若眼前，太平洋舞踏而來，鍾琴的誦經歌聲安撫生者崩裂四散的魂魄，也讓死者走得了無罣礙。村裡的老人都期待自己可以趕在鍾琴的死日前嚥下人間最後一口氣，花葉晚年也很安慰自己可以走得比鍾琴早，她在病房前曾經悄悄後悔自己對鍾琴很壞，當年收走她在喜宴吃飯時的空碗是不對的，是她這個做嫂嫂的沒度量，但她說不出口。伯夷託人上山問鍾琴是否願意送母親往極樂世界一程。鍾琴一邊捻著念珠一邊心想，極樂世界，她從鼻孔哼出一聲，臨時抱我佛腳啊。不過她嘴裡仍稱是，筆畫著念珠，盤算著指頭，然後告訴伯夷何時花葉會往生，何時是辦告別式好時辰。花葉果然在鍾琴說的日子離去，離去如聽窗外第一聲蟬鳴是好的徵兆，代表不落三惡道。夏日時節，整座村莊的蟬都紛紛出土飛奔樹梢，嘶鳴求偶，熱鬧異常。騷蟬的性交氣味瀰漫在村莊方圓，脫褲卵的孩子在溪水裡打水仗。鍾琴的誦經音聲依然穿透有如是被罩了層蟬鳴聲網的村落，隔著木麻黃與竹林的省道上都能聽得鍾琴那種獨特嘹亮的誦經聲，如泣如訴。那聲線像是一種勾魂線，把人吊得像是魂不守舍，如陷在缽內，許多在省道騎腳踏車開鐵牛車和卡車的人都不知不覺地速度慢了下來，恍似被聲音抽掉了格速。

鍾琴的聲音是練過的，丹田發音，如草原人家在犁田牧羊時對話的嗓音，越過了防風林，嗓音清晰漫過濁水溪，在收成西瓜和土豆的農人音聲入耳，都知道對岸是誰與發生何事。只有鍾琴有這等嗓音，一個肚皮像是藏著好幾個共鳴箱似的嘹亮，音質悲愴有力，六道被經文音圈包圍，苦者病者皆聞之歡喜，天人亦不畏五衰。

花葉若在棺材裡，或許該覺得自己甚幸，有此送行者，許多老人趕在鍾琴前往生似乎不是沒有道理，他們老了才開始相信有個死後的世界，於是他們在每一場鍾琴為村民主持的喪禮或者超渡儀式上都來弔唁，名為弔唁，實則靜靜地坐在凳子上讓耳朵領受鍾琴的誦經聲音，這比他們在公園下著棋還讓他們著迷，這是提前的死亡聚會。

因而當多年後，有鍾家人再度看到西娘的遺書裡交代要後輩去蘭嶼代她招鍾罄魂魄回返島嶼時，這重擔就落在鍾琴身上。鍾琴不禁遙想起鍾罄死亡的消息傳到家裡時，阿依把自己關在房裡三天三夜之景，沒有吃一口飯，連放在門口的水碰也沒碰。然後三天三夜後，門咿呀地打開了，走出門外的西娘卻畫了口紅，還抹了紅胭脂，塗了紅指甲，她那時看呆了這一幕，素顏的母親反了性，嗜紅啖紅，門外正巧夕落稻田，血色黃昏映得水光紅滋，母親啼血，以紅弔唁孩子之死。鍾琴瞬間看懂了這一切的大悲，大悲無言，大概是這樣子了。

母親的遺書，已經被蟲吃了泰半，餓壞的蟲躲過飢荒似的，把西娘木盒子裡的許多紙與書蠹無一完好，但碎片拼織能仍見得端倪。西娘手寫字細秀，幾撇幾勾消失，仍能辨得。她在微光中讀著「守刀安人，川時耳大」等字，細思量才搞懂應是「守分安人，順時聽天」，這和村子入口「信耶穌得水牛」是一樣的，永生遠，水牛近；永生虛，水牛實。鍾琴笑赤窮怕了的村民人人要得水牛，不要得永生。被吃掉的幾撇，使字像啞謎。

木盒裡有一本書《萬事不求人》，紙頁泛黃，藍墨處處，字跡如蟻，鍾琴拿著放大鏡看得津津有味，這本快翻爛的小冊子是母親生活的聖經。九九算法歌訣、百家姓、千字文、治家格言、小學韻語、書法研墨、天文地理、經驗百方、飛禽走獸、蛇蟲花卉、魚肉五穀、菓物菜蔬、四時衛生、食物相忌、張天師病符、寫地契、租市房據、租廠據、撫養遺囑、過房文書契、父子分書、兄弟分開據、納彩回聘、喪務帖式、神主牌書寫，鍾琴徹夜讀之，拍案叫絕，明白爲何母親如此博學了。當年尚有賣水、賣樹、賣牛、賣馬、賣船契式。其中的觀音靈課是鍾琴未見過的，她會易經六十四卦，未聞觀音三十二卦，她興致一來也學著，自卜卦木盒裡取出母親遺書，遺書提及赴蘭嶼招魂鍾磬一事。鍾琴得卦爲「遂心卦」：時逢融和氣，衰殘物再新，更遠微細雨，春色又還生。她讀到這個偈語後，微笑地放下放大鏡，從殘敗西廂房走到後院，她聞到新的空氣，聽見春鳴雷響，她的一襲灰色僧衫揚起塵腳，頓感鍾磬在召喚她，如人行暗夜，今已得天明。

從海上歸來的莉露

172

聽人講妳在海邊，悲傷地看船要開……，歌聲從某人家裡散出。海洋封鎖多年，鍾家人多畏海懼水，總說那裡有水鬼，水鬼像海藻，會把人的雙腳活活地纏住，無法逃脫。有美人魚，會以歌聲和大胸脯誘拐水手。種田者，不會游泳，他們的雙手雙腳牢牢地需要土地的支撐。於是這份遺書一直被鎖在西娘住過的房間，房間角落裡有一只木花雕鎖盒，日久蟲蛀，後人遺忘。

得知鍾馨客死在異鄉小島的那些天，沒有人知道把自己關在房裡的卡桑在想什麼？

她除了哭還能幹嘛？

她可能每天以淚洗面，有人說。前面說的人就反駁她，啊妳說的不是和我一樣。

不一樣，我用的是成語。

有人說，她睡了三天三夜，在夢中和閻羅王交涉，能否讓愛子死而復活，但是她沒見到閻羅王，她見到了另一個亡魂，死去更久的鍾聲，在地底成了鬼王。見鬼殺鬼，見佛殺佛，鬼王凌厲，眾惡成灰，眾善也成燼，鬼王不選邊，鬼王作自己。鬼王見母欲殺母，西娘大叫一聲愛兒。鬼王刀立斷，涕泣良久說黑暗周界裡唯一一次淚水只流給母親一人。西娘淚流滿面醒來，她在床沿邊不斷地跪了又拜，拜了又跪，想爲愛子贖罪。

鍾琴在母親遺書裡大略地讀見了這些書寫，她收拾一下招魂祭物後，就上路了。

但事實上那回鍾琴沒有抵達蘭嶼，她搭慢車抵達台東後，就遇到阻攔她的超級颱風，淋了大雨還跌到水溝，腳肉挫傷的她受了大風寒，差點去了半條命，只得回山中寺廟休養，不再談招魂事，她想是鬼王阻撓，鬼王在人間受挫，在地獄卻快活如神仙，鍾聲要鍾馨和他作伴吧，不想出地府，她只得自我解釋，免得落得未履母親遺言所託。其實那次她卜觀音卦時因眼花而看錯卦，實則她卜到的是顛險卦：迢遞途中旅，雲積日墜山，羈心無可託，前後總皆難。

她知道自己也許時日無多了。

百年人瑞在臨終前看著鏡中的自己，眼鼻唇下形成的歲月三線路，感到自己像個木偶，淚溝深如海，像是一生的神秘都集結在她的眼皮下，那樣無情的蒼衰。

鍾琴記得自己是如何躲在祕密農家生下不能見光的孩子，於今死去的孩子雲闊出生時的樣子她都還能歷歷在目。嬰孩透明的指甲張揚地亂抓著空氣，她在山上的霧中風景裡盯著嬰兒的手，手中的小小指甲片，美麗如蝶翼，乾淨無塵。她都去哪了？爲何獨留我在這裡？

鍾琴從夢中驚醒，想到孩子，出家人的私生子，這一想讓她趕緊拜懺去，冷汗直流，不知以後如何去見佛？

大雨終於在下了第二十一日後，雲散，天晴。屋內反潮，到處都像是可以從四周吐出一尾魚的濕。鍾琴想起多年前遺失了少女時代就一直帶在身上的小香水瓶，她記得那氣味，熱帶植物花草氣味將木頭薰出一種奇異的刺鼻味。熱濕的香氣，像死亡前凝視的老相簿，一室的琥珀色光芒，黯淡地輕飄在樑柱上，是誰煽動蝶翼，把它們從玻璃框內呼喚而出。那時候，幾十隻蝴蝶一毛錢，她們抓著蝴蝶，手指沾滿蝶粉，死亡的美麗顏色。那麼美麗的蝶身，換來那麼輕的銅板斷翼蝶則連銅板都換不到，小心它們的美，餵養一家的肚皮，也是裝飾一室的美。

好殘忍啊，鍾琴起了一身雞皮疙瘩。

這雞皮疙瘩讓她感到死神已經煽動了翅膀，來到了身旁，

這回眞的來了，她放下送佛經的錄音帶，打坐，準備入至定中。

她確信日後不再管鍾家的種種儀式，不再管亡魂的歷劫輪迴與生死流浪。村人沒再見過她，有人說她在某處森林山洞日日拜經作懺，如達摩面壁打坐，等待彌勒佛降世。她曾說這娑婆世界苦，彌勒佛的

世界都是笑呵呵的，她要等待這個微笑時代的來臨，即使千年，即使萬年。

173

行徑詭譎的韋恩颱風如封印，此地無人遺忘它的威力，它在飛過台灣西海岸後，像是想起什麼任務未完成似地折返，從西邊挺進，肆虐人畜屋舍。當年烈風如刀把西娘的寶盒劈開，詠美抱著寶盒遺物登上屋頂求救。這個從濁水溪虎虎上岸的颱風對鍾家而言，掠奪的不是身家財產，而是記憶遺產。鍾家古厝年老失修，一股颶風把女人睡過的房間劈成碎片，原本蒼白的老屋只是順勢腐朽，所有的苦難都放水流。當年詠美的身軀瑟縮在某個高地角落，旁人拉住她，以防她跌落水中。

她怕水，那個年代的女人沒有人接觸過海水，更遑論游泳，美人魚是另一種人類。她是望海的女兒，她只會望海，把自己望成一個姿勢。

討海人家和村莊死傷慘重，三十多年後，許多女孩加入她的命運，將成寡婦貞婦或者烈女。

小娜對韋恩颱風沒有記憶，她在青春城裡逸樂，死於逸樂的墮落街時光。

彼時颱風過後返鄉，她見詠美嬸婆在曬書，這姿態很吸引她。嬸婆說，是曬遺書啦，妳阿太留下來的遺書。小娜瞇眼望著疑惑問，阿太？詠美遲緩地嘆了口氣，後代都快莫記得了，阿太就是汝阿公的阿母，妳見過，但沒記憶，因爲妳才剛出生，被抱到阿太房裡，不久阿太就往生了，還好妳是先出世，不然很多人一定以爲妳是阿太的魂魄投胎再返回人間，詠美眼睛依然盯著遺書，唯恐風吹落。詠美又說，阿太是笑著走的，看見出生的妳嘴笑目笑的，她很歡喜。

小娜想跟詠美說自己被阿太抱著是有記憶的，但她知道說出口會被當成神經病。遺書就這樣來到小娜手裡，嬸婆轉交給她要她去蘭嶼招魂。但當時逸樂仍是她的生命之輕，彼時任何太重的名詞或感情都無法承接。她很野，好玩，也曾想過蘭嶼或許是她航行世界的出發點，但她輕忽象徵，不顧虎妹反對，只一逕往更遠的美洲前去。

遂招魂工作延宕幾年，小娜晃蕩海外歸來，某日鬼王托夢，說她不該自私留下叔公鍾磬，應該放鍾磬歸鄉。

醒來小娜才想起鍾琴姑婆曾赴蘭嶼未果之事，先人糾葛盼後者拆解，但招魂儀式小娜不熟悉，不過她熟悉寫字，幫阿公三貴磨墨時也曾多回目睹寫字畫符的力量，她帶著阿公鍾鼓留下的畫符祖傳秘笈與《萬事不求人》及一些宣紙和自動墨水筆後就上了路招魂。

蘭嶼，小娜來了，作爲家族第一個赴此惡海的招魂者，鍾磬叔公死在這片孤島大海裡，小娜什麼儀式都沒有準備，她帶著相機和筆墨紙本，還有許多零食。她和一個攝影師同去，和另一個攝影師回來。先回台的攝影師起先將她托給一個達悟族的寫字漁人，寫字漁人載她去住民宿。那時寫字漁人還不知道後座的這個女生將來也會成爲他的同業，不是當漁夫，而是也成了寫字者。寫字漁人的身體隨著海風送來一些魚腥味，小娜聞著，感覺自己像一尾魚，海洋瀰漫周遭，每一口空氣都是生鮮活猛。

飛機不飛。船艦不開。她滯留島上，曬黑如族人。

民宿主人把赴本島讀書的孩子房間闢爲民宿，青少年的氣息還殘存在房裡，明星徐若瑄可愛俏麗海報貼滿牆面。徐若瑄成爲海島達悟少年的夢幻出口，而小娜還年輕，日子的出口從來不是某個明星或某個偶像，她無法將自己建立在他者的人生上，即使是家族的傳說英雄。她看著徐若瑄海報，永遠不會老去的明星底層哀愁，和她永遠不願老去的心或許相同。望著美少女想著老祖宗，她想時代眞荒謬啊，如此輕盈對應如此沈重，她則是輕重的混合體，住在邊境的人，善惡兩邊均沾，既新且舊。

她在蘭嶼和民宿阿美去採地瓜葉餵豬，攝影師騎摩托車載她走的那條路是當年犯人開的路，那些犯人裡，曾經有一個是她的舅舅義孝，某年被徵召來這裡當短暫蓋路工人，阿美說當年她們放學都不敢走那條路，犯人如獸的眼神讓她害怕。小娜笑著，外來異鄉人讓當地住民不安，當穿著犯人制服修路時，任誰都畏懼的。她那時是個逸樂者，雖然帶著招魂的使命。她每日望海，坐在茅屋露台，喝啤酒混可樂，米酒混維大力或舒跑，什麼都可混，喝起來事事轉茫茫。她的民宿露台對面是一個老坐在牆面陰影處的中年人，阿美說得了潛水夫症，再也無法親近海，連海水都不曾再碰觸一回。他常舉酒瓶朝著小娜舉杯，臉上分不清是汗還是淚，小娜移步和他併坐，他的腿萎縮，被海洋遺棄的肺，小娜猛然想起叔公鍾馨，她是爲此而來的，她卻故意拖延與遺忘。

新認識的攝影師小鄭帶著她前往海邊，小鄭問她叔公長什麼樣子？高個子細長眼睛絡腮鬍子穿木屐配武士刀……，小鄭聽了搖頭笑，知道小娜亂編。那時候很少人留絡腮鬍吧，除了浪人。他是浪人啊，她說。祭拜後，搖鈴招魂，將寫好的疏狀呈天，燃火燒成灰，化爲煙，一時之間雲全聚攏在海上，藍海瞬間成黑海，小娜感覺應是招魂成功了，叔公的神主牌已有靈識，她任務完成。收拾妥當和小鄭去了蘭嶼的青青草原，她想從高處俯瞰海洋。穿越及膝草地，開滿野百合的花地，一派春色還生，馥郁馨香，不聞死氣。然下了青青草原，死氣襲來，曬乾飛魚屍剖兩半，誰幫飛魚招魂？小娜自言自語。小鄭聽見笑說，妳這人注定多眠夢。

她看見自己去蘭嶼卻無意中參加了核廢料的抗爭。她看見一座孤島從海中升起。她聽見有人咳嗽，有人尖叫。她看見大火從孤島的夜空竄起。

大火過後，島民依然數鈔票。

幸福在這裡

174

一直到二十世紀來臨前，這群少女女工已經變成歐巴桑時，她們才又再度重返當年被她們恍如瘟疫般離棄的家園。她們在中年失業時，回到老家住，白天受雇於六輕。不論風雨騎著摩托車前往麥寮六輕，做的卻仍是油漆工、雜役工、水泥工。且這刷油漆工作比往日辛苦多倍，她們得踩在鷹架上塗刷著廠房外牆，毒辣的海邊陽光像是烤爐，烘烤著她們早已粗糙皸裂的肌膚，腳板都裂開了，手心也如糙紙。早已沒有戀人的撫摸，她們曾經有過戀人，又失去戀人。曾經她們有母親，接著失去母親，然後自己成了母親，又失（嫁）去了女兒，她們現在爲自己謀飯吃，卻傷害和傷痕處處。接著她們失去了肌膚彈性，多的是難好的傷口。一個不愼，從鷹架跌了下來，或者手指被機器切掉了肉。衣服少有增添，生命活得像個回收場，打了場來來回回的回力球，疲憊不堪，歷史覆轍，肖像只等著被子孫掛到牆上。

虎妹當年不敢往前想，她以爲往後有大片的無垠天空等待她。到了晚年，她是往前往後都不敢想，覺得人生是場幻影般的騙局。意念是不饒過她自己，家園的電線杆柱子被貼著「天國近了」或者「南無阿彌陀佛」，她總是閉著眼，不敢瞧這些剛學習認得不久的文字，覺得這些字都是審判官，讓她覺得刺心刺目。很多年後，虎妹掛在客廳的那張油畫皸裂了，拿破崙果然是破輪了。畫布有些地方也和畫框逐漸脫離，成了一幅落魄戶樣。虎妹用標會又以頭款買了另一間房子，那是三兒子以前讀小學的校地改建的，有電梯的公寓，在當時很時髦。搬到新房子當日，她把拿破崙左看又看，想想忽然狠心地決定賣給來收壞銅古錫的鄰居老婦妖死客。

那年小娜已經讀高二，已轉過三所學校，她放學看見拿破崙不見了，問母親。虎妹淡淡地說拿破輪壞了，畫裡查埔郎臉都落色了，妳每回無甘放捨，這回搬家賣去了。小娜感到心疼的可惜，她那時候已經著迷油畫，還曾想過要重新補過呢，母親卻搶先一步將之棄之。那間有電梯的公寓不久又轉手賣人，因爲某日虎妹發現公寓的陽台外正對著一間已經在蓋的廟，怎麼媽祖到哪都要跟著我？她看著蒼天，趁著媽祖廟還沒落成，買方多半不知未來這公寓將正沖廟宇飛簷時趕緊將公寓轉了手。但因急著轉手，虎妹沒賺到錢。她這一生轉手和經手很多事情，但從來沒有得過些什麼好處，轉手房子只是不想讓房子眞的成了不動產，又被媽祖廟連累。虎妹一生不斷地經手別人的感情，仲介男女的婚姻，有時只是看不過孤男寡女的寂寞，有時只是爲了幾盒訂婚囍餅，其餘還有什麼？虎妹自語這是在做善事，因爲她老覺得上天既然給了男女就是爲了配對，沒有嫁不出去的男女，只有願不願意罷了，留著孤單要做啥？虎妹不知外界對感情的觀念已經變化劇烈了。

當台灣跨入八〇年代，虎妹返鄉回二崙時，走起路來都有風。因爲村人知道她的幾個男孩子個個將才，來來來來台大，去去去去美國，連虎妹也會朗朗上口。當時聯考是個小窄門，考進前幾志願更是窄之中窄，於是每個村人見到返鄉虎妹，都忘了她是沒識幾個大字的文盲呢。還有新婦人抱著出生不久的孩子去給虎妹抱，希望她的雙手可以加持孩子會讀書。只有當看見一些新婦比其女兒年齡小卻已是小孩圍繞時，唯獨這個時刻，虎妹會懷疑自己投資女兒上大學和出國讀書是否會是一種奢侈的錯誤？

虎妹覺得人生很徒勞，忙了一生，末了還是住到了這棟初上台北未久買下的水泥磚公寓，和樓下天后宮媽祖一起惶惶老去。只是拿破輪不在了，若隱也早死了，大兒子也娶妻生子，不想嫁不想娶的她叨念了許多年也沒力氣再管了。

175

鍾家倒塌古厝的空地草長及膝，能辨識出方位的是一些破裂的水缸廚灶廢墟等。後院的舒家竹管厝在幾次颱風後，逢小雨必漏，遇大雨成災。舒家人窩在那老宅的僅剩偶回來透氣的馬妞，和沒嫁的牛妹。牛妹守著老宅和一條狗，缺錢時就去鎮上的成衣廠車衣服，成衣廠移往大陸關門後，牛妹就偶爾和幾個村中老姊妹們去六輕當女工，錢當然是只夠她自個花用。阿霞看不過去，決定從男人那裡賺來的檳榔錢提出來幫舒家重建老宅。

舒家竹管厝拆的時候，有大半的人聚集在外看著怪手如何將房子大卸八塊後剷平，人群裡面四十幾歲以上的村民對舒家的房子都以飽滿的感情看著它的死去，有些老人不禁想起了他們往生多年的老友三貴，屍體被洪水泡爛的三貴，生前糜爛但卻引人懷念，也許因爲他有特色吧，所以想忘也難。我們很少會去記得平庸的人，但我們多會記得那些大善大惡者，就好像二十一世紀的八八水災，有人把馬政府政策殺人比擬惡甚陳進興。阿霞的十歲孫子問誰是陳進興？壞人啦，很大尾的壞人。阿霞看著電視簡單回答。比把拔大尾嗎？孫子又問。阿霞呵呵大笑了。轉頭對妹妹說，你看這孩子也知影啥米是大尾咧，一代過一代，仇恨都會被遺忘，何況恩情。

舒家房子急於脫去它被主人黏貼的難堪恥辱：義孝殺人、三貴狂賭被打斷腿、貧窮、天災。懸掛在石灰泥牆上的「蔣公毋忘在莒」玻璃相框被怪手壓得粉碎，有孩子看見了跑去撿僅餘的木框和沾滿灰塵的相片。阿霞以爲小孩怎麼會知道誰是蔣公，但小孩精明，旋說這可以上網賣呢。一聽可以上網賣，孩子們開始尋寶，老甕老收音機老桌老椅……阿霞趕了這個來了那個，最後只好拿掃帚打人，野孩子才紛紛離去，但有些寶物已然被孩子撿去。阿霞最後從一個野孩子手中搶下一只木頭枴杖，由於阿霞緊抓不放，在野孩子終於放棄鬆手時，阿霞失去彼端拉力，一個踉蹌跌得滿頭灰，大罵猴死囝！你好膽擱來村裡耍，我抓到你把你吊起來打。罵著罵著，起身尻骨疼痛，看著手中搶來的木枴杖，嘴裡叨念阿叔，佇係你生前用的拐杖啊，我無甘放捨。

唉算了算了，若眞有人要那些壞銅古錫也就拿去吧，牛妹見了這般說。

提早搬出的五斗櫃，裡面有三貴還沒老番癲時收藏的寶貝，水晶洞、玉石觀音、微笑木刻達摩、還有老了配戴的老花眼鏡。

這幾年村落並沒有什麼變化，路沒變寬，四周農田卻漸被廢去，外圍看來無比蒼涼，像是無政府狀態。怪的是，被木麻黃小徑圍起來的四方形聚落裡面卻大興土木，新木橋跨上髒水溝，三合院一條龍陸續傾倒往生，大廳入口懸掛的「衍功派」、「穎川堂」、「昭德堂」化成灰燼。繼之而起的樓房卻多長成同一款樣子，外皮像衛浴貼小磁磚的三樓洋房林立，聚落裡面新樓房四起，外圍小徑卻荒涼如廢村，這形成一種視覺對位。在村落旁若有新翻修之物則是廟或墳墓，廟或墳墓被重新貼磚或者加以裝飾彩繪，看起來像是過年。然而從大城市攢錢回來翻修祖厝或者祖墳的人在完工後相繼又離了去，村子又寂靜了下來。

虎妹和這群回返老家重建的功德主也相繼離開了，重新將自己日益垂老的身體擲入大城市的狼煙之中。

還守在那宅子的仍是舒家沒有出嫁的牛妹。

夜晚到來，在滿是油漆味與新家具裡，唯獨牛妹躺的是她堅持要留下的貝殼木雕紅眠床。這紅眠床四角掛著紗紋帳，只要躺進這個空間，她就覺得一切都還在舊時空，阿叔阿依都還在，嫁入隔壁鍾家的大姊虎妹常帶著孩子回來要她幫忙帶，其餘姊妹爲了嫁人正喧嘩吵鬧討論著，那已成往事幽魂的老房子收納著活人的聲息。她只能往紅眠床的粉紅色紋帳裡躲去，這幽暗空間頓時像一個小小洞穴，進入這個洞穴就進入連結回憶的舊世界。每晚她進入這個洞穴去見許多陰魂不散的老靈魂，這個可以穿越舊回憶的洞穴成了牛妹的秘密，她老死都要在這張床的秘密。

舒家幾代人都注定飄泊成爲流動的過客，只有在六輕當女工的牛妹成了舒家宅院的最後守靈人。

那日她的屋裡飛進了幾隻黃蝴蝶，蝴蝶停在父親三貴和廖氏媽的黑白肖像上。牛妹走近相框，她看見自己的肖像疊影到父親賭徒的臉上，忽感心驚。

這時牛妹恍然聽見遠處的糖廠火車聲氣岔氣岔地襲來，甜蜜的甘蔗下堆擠著被槍殺後亂丟進來的屍體，小孩子追著火車跑著，晃啊晃的，她記得姊姊馬妞使力抽出了兩根小甘蔗，蔗業沾著血跡，她不知情地抹了去，將一根遞給了自己。飢餓克服了恐懼，她們望著小火車和野孩子們遠去。她們蹲下身來，用牙齒大力嘍咬了一口甘蔗。

夏日的西北雨落下，牛妹的長髮和薄衣濕透透，甘蔗渣吐了滿地。

她聽見有人嚇哭的聲音。

火車廂內彈出了一雙斷裂的手。

雲很快就飄散了。她看見中央山脈，看見台灣海峽，看見父親的老房子，她緩緩地吃著甘蔗，那時她還不知道自己將不曾出嫁且將會老死於此。

她抹去父親三貴肖像上的灰塵。

光影移往，她的臉消失在父親的肖像上，將歪掉的相框調了正，父親忽然就有了笑，這帶給他們苦命的父親，但她想他終還是個父親，她的君她的父。雖然這個君這個父曾罵過她是一個沒有出息的農村屄，但他還是以父之名，掛在祭祀祖先的牆上。

牛妹開始掃著地，掃著新房新厝的老塵埃，彷彿她是新嫁娘。

風一路從濁水溪掃蕩而來的沙塵，她很熟悉這沙這塵，雖然掃著掃著，瞳孔被刺出了淚。她想這滿屋的寂寞，可比風沙還烈啊。

秋風女人心

176

晚年虎妹和往事很近，隔著一片螢光幕。童年她擠在一堆村民裡看著有人抬出一口黑箱，黑箱裡面竟跑出人。眞恐怖，人可以縮這麼小。她好奇地跑到黑箱後面。

這啥米牌子？Sony，讀過英文字的孩子答。收妮，阿本仔實在厲害。

虎妹的夢斷斷續續的，忽今忽昔，忽苦忽樂。唯一確定的是她不再飢餓，且廚餘甚多。

每到冬日黃昏，虎妹就會在公寓窗口眺望。下午重播的誇張台語戲劇剛演完，她按下遙控器，嘆了口氣自語寂寞人看猾戲。走到街上盡是老人，經歷過最窮與最富的老人，人生暮年，如木枯朽。

這間陰暗的老宅是她年輕時來台北打拚時不意買下的，幾十年時間這間老房子讓她成了收租婆。這房子一直沒能脫手，因爲路衝加上樓下開了間天后宮。濁水溪老家早已傾頹，孩子家她覺得不自由而不願同住，這些年她收回老屋，此成了遮風避雨處，雖常感孤寂，但也好過住到安養院。快過年了，年年這樣過。之前來談要改建的商人給了她今年一個新的發財希望，屋後的老宅都拆了，唯獨他們這棟老公寓有釘子戶，她想拆到門口了，他們難道會不給拆。但眼前這個年當富婆是不可能的，她常想爲什麼要發明時間？每一天撕下的日曆如頭皮屑增生，時間除了增添恐懼，是沒有意義的東西。對孤獨者而言，時間更是邪惡，是致病之疾。散著毀滅性的鄉愁，時間流逝常使人的心靈遭受絕望的重重一擊，因而眼神常佈滿哀傷。過年，日漸成了折磨虎妹的儀式，成了她的感傷來源，以及她對兒女的怨懟。每天撕下大張日曆能作什麼？時間被拿來墊在桌上吐骨頭、果皮、殘渣，然後一包，時間被彈入垃圾桶。

尤其她現在有二十四小時的速死店（偶爾她的發音是速屎電），入夜有許多老人都在那裡打盹，這是她無法想像的。她總是慶幸當年有到台北做生意，當年人人都說男的賣拳頭，女的賣肉體，她不信命運，催促若隱北上，兒子有回返鄉祭祖對她說，好在我們有讀書，不然我可能留在這裡當貨車司機，小娜可能去成衣廠當女工。小娜當時聽了不服，我就當女工啊，我可能是當大哥的女人呢。虎妹聽了打了女兒手臂一記。到老她常說比上不足，比下有餘來安慰自己。冬日能安慰她的還有黃昏時開著藍色發財車來到路口的小販，藍色發財車讓她想起死亡已久的若隱，但發財車上的食物才是她最眷戀之物。碳烤地瓜水煮花生剝菱角，那些昔日的土物，苦物，於今成了三寸舌根的安慰，她吞了幾下口水，抓起桌上的零錢包湊了些銅板，穿出陰暗甬道，走向小販買了一包一百元的菱角和花生。

虎妹婆，汝好啊，今日土豆仁肥又香，中年小販對她打招呼。

鄰居孩子故意叫伊虎姑婆，虎妹笑，剝了幾顆土豆給孩兒。一剝竟有五粒仁，有孩子抓著虎妹手，虎妹抽手把五粒仁放入外衣口袋，口裡唸著眞罕見啊，難道要中獎劵啊？對爭食的孩子說五粒仁係土地公的五隻指頭，無使呷。她走進天后宮，把五粒仁土豆置在供桌，手順勢舉起朝媽祖拜了拜，於她而言，所有的寺廟都是神仙居所，恭敬總是沒錯。

虎妹到老都被叫做「妹」，這讓她感到有點驕傲又有點失落，畢竟老了就是老了，管你是妹還是姐，管你有錢抑或窮。

177

當幾年後，虎妹有天從台語新聞得知有個老婦埋在後院的鈔票全被蟲吃了時，她深覺慶幸沒有如此做，因爲她也有過同樣的念頭呢。

還好有民視台語新聞，好讓虎妹可稍爲理解外在世界的種種騷動，可惜那時候她已邁入初老，膝蓋逐漸痠痛鈣化，最多也是到台北郊山陽明山走走罷了。

虎妹初老台北行，她眼見這個城市已成異鄉，她想以後不再來逛了，沒什麼好逛的，這座城市從來就不屬於她這種「做工人」，這座城市已經沒有她的方寸之地，沒有屬於她的東西。城市石灰牆噴著「需要工人嗎？」她在初老習字讀出這些字眼時，她心裡笑著誰會需要工人，如果噴著需要男人或女人嗎？可能電話生意馬上就上門。

這城充斥著虎妹年輕的肉身廢墟，這城四處點著新女人的肉身戰火。她是不折不扣的老女人了，可是好像一切不過才昨天而已，怎麼她突然就老得不像樣了。

她想要是自己這時候還是年輕小姐的話，絕對不會輸給眼前行過的辦公室小姐，她是那種凡事都可以爲錢奔赴的人，一定會把業務做得嚇嚇叫。但當她望到女兒的側影時，她又失去了信心，她不明白自己怎麼會生出一個對賺錢和上班不熱中的女兒。

她在那個當下看見自己過去在這座城市的少婦身影，她是怎麼度過那些日子的？最初這城的每一條街她都是認得的，她熟知哪家店可以進去偷偷兜售酒，哪家店進去不得。起初這城的一草一木都是為她遮涼的林蔭，每一天對她而言這城都是鈔票的化身，是一個變數，一個奇異，一個豐收，或者一個栽跟斗。這城不安，但又吸引著她做著違法的高利潤走私洋酒洋菸生意。那時她可時髦的，至少得穿體面，身旁又拎了個像洋娃娃的小娜，當年生意還頗可觀呢。但只要遇上密報者，那她就吃不完兜著走了。她那時做這種生意說來也沒啥好羞恥的，她想窮人別跟人家談什麼道德，對她來說這世界只有溫飽的存亡問題。酒是眞洋酒，又不是害人的假酒，只是沒有經過公賣局而已，所以她當年賣得坦蕩，但警察扣押她包包裡的洋貨也很坦蕩。她討厭這些戴帽子的賊頭，他們只會柿子挑軟的吃。黃昏澄黃日影落在樟樹林裡，瞬間捻亮的車燈掃來，有如千萬隻飛蛾，白燦撲來，讓她興起這城幻影重重，忽一股冷地兜上心。

當年的她在這些街道只懂得數鈔票與躲警察，現在呢，這城到老卻讓她徒增落伍的感傷。還有身旁的可憐女兒，才四五歲就跟著她在這城流徙跑路，一直跟著跑到十三歲，這條以個人為貿易單位的跑單幫走私路才在斷貨下換了別的工作。

因此，偶爾想起這些往事滄桑畫面，她都會想對女兒好一點。不然媽媽出錢，妳去整容一下。我聽麗婷說現在有什麼電波拉皮，不痛的，媽出錢讓妳去試試。人到中年啊，就像中古車一樣要常保養。她好意地想要彌補，女兒卻不願意，不是不願意領母親的情，是她沒有這種心思。我到底是多醜啦，哪有母親苦勸女兒去整型的，女兒回答。我是沒有給妳生醜啦，不過時間不留情，是時間將妳弄醜了，虎妹笑言。妳看到的只是表面，時間將我的心係整得眞水喔，小娜說。

母女對話，卻轉成哲學議題了。

虎妹想，那一回為什麼會興起要女兒帶她去台北走走逛逛？她慢慢想起原來是她要女兒帶她去看看電視中的美麗台北女人。她聽巷口美髮院的老闆娘麗婷說現在那個女人不做點美容？鼻子要高一點，胸部要大一點，皮膚要緊一點，臉頰要豐滿一點，臉骨要小一點……接著麗婷在她耳朵嘀咕一聲，虎妹笑得當場直不起腰，洗頭小妹還得等她把頭扶正。

連查某雞掰也可以做？虎妹聽得心嚇紅了。對啊，做緊一點，爽一點，假仙一點，我也要去做，做成在室女，麗婷修著指甲又說道。這一說逗得洗頭小妹也呵呵大笑，洗髮泡沫頓時飛在空氣中。這激起虎妹好奇，她要女兒帶她台北逛逛，看看台北女人，看看整型診所。她還勸女兒時髦點，前衛點，讓自己美一點。總之，差一點，差很多。虎妹去了趟台北，既感慨又感傷，她一方面看著自己不久就要邁入七十了，自己已經和美的世界很遙遠了。但她卻也前衛地建議女兒應該「跟上」時代，整型一下讓自己看起來更美。女兒繼續轉著方向盤，像是一個導遊，像是一個往事聆聽者，她沒有接腔，她只是心想，母親對於美還眞跟得上時代啊。豈知虎妹接著說，其實我也美容過。啊，哪有可能，我怎麼不知道！女兒驚呼。妳整過哪裡？我其實有抽脂過，還把抽脂的油打到臉上。就是去給那個女醫生做的，叫林什麼芸的。女兒點頭，她知道母親說的是誰，但她一時也不記得名字。

媽，妳眞大膽，那麼多年前，妳就去試了，也不怕危險。女兒一邊這樣說，一邊卻想不起母親臉上有過任何變化。是母親開玩笑的吧？還是自己從來沒有關心過母親？但母親是傻膽的人沒錯，但不曾見過她嫌自己不美啊？女兒的思緒轉來轉去。虎妹只是笑，一副又眞又假的模樣。其實她早已明白歲月會讓女人求饒，自動不再爲美傷腦筋。就像現在，她常常午後昏睡打盹，她怎會去求外貌美，她只求膝蓋不疼，心不痛，牙不鬆。收音機總是傳來廣播主持人的聲音，主持人名苦ㄥ，（苦者許也），但她不知他的名字怎麼寫，反正她每天都把苦ㄥ掛在嘴上，時間一到就轉開小小的黑盒子，聽著他的台語節目。孩子都戲說她是信「苦ㄥ教」，苦ㄥ叫伊買什麼，伊就買什麼。客廳茶几上除了普拿疼和露露外，就是補給品了，大都是些顧骨頭顧目珠顧心臟顧肝腎的，這時代連卵葩也可顧，查某連雞屄也可整型，虎妹常語言生猛地開玩笑說著。茶几上還散落各種吃了會瘦的瓶瓶罐罐，或者茶几下的各種運動器材，但虎妹身材總是如如不動，而運動器材也總是蒙上灰塵。虎妹晚年聽苦ㄛ廣播所買的補品藥品所累積的點數還讓她可以參加澳門三日遊。

她沒想到自己也有走到要減肥的這一天，她以前總以為自己會餓死。電視購物頻道還在訪問著某某人一個月瘦了十公斤，仍照常吃吃喝喝。虎妹恍然從電視裡看見她自己少女時期半夜偷偷起來吃東西狼吞虎嚥模樣，常有的飢餓恐慌症，使得冰箱總是堆滿了她捨不得丟的剩菜剩飯。她常聞到炒魚乾的味道。她沒有錢買大哥義孝愛吃的魚鬆，只得去菜市場買一尾魚，將之炒成魚鬆狀。孩子只要夜晚看見她在炒魚，聞到魚鬆的味道就知道她隔日要去台中監獄探監了。可怕的監獄，十年後她也進去過，因為賣走私的菸酒。真是可憐啊，沒飯通呷，窮得要被鬼抓去，沒做走私，活不下去啊。

下午的眠夢如果沒被夢中飢餓景象嚇醒或是被往日氣味喚醒的話，那麼她那日應該是做了好夢。夢裡也許是她的理想婚禮，或者理想夫婿。偶爾夢境會偏離夢想的軸心，跳到她吃苦的一些記憶畫面。夢境最常出現的是少女前的夢幻大鎮西螺。孩童時看什麼都是巨大的，連矮小父親三貴在眼裡都顯得十分高大。當延平大街在蓋整排的泛厝時，虎妹也曾去當女工過，手裡攪拌過無數島嶼經濟起飛的水泥。南方四處起泛厝年代，讓虎妹第一次看見什麼叫水泥，什麼叫油漆，什麼叫瓦斯。她低頭大力聞著水泥和油漆及瓦斯味時，心裡十分受到震盪，直以為那就是財富的氣味。她將來要有要住這款堅固的房子，住新大樓，有樓梯有流籠（電梯），有玻璃，有紗窗有紗門……但當時她只是一個水泥工，流的汗水被攪進了水泥，水泥被蓋成了樓房，未來的樓房裡將有她的汗水，和無數女工的汗水。這群女工後來都遠離了家園，摒棄那個尖厝崙小世界。

虎妹心臟裝了三個支架，她的心臟也常心律不整，有中醫告訴她心臟代表人的七情六慾，情緒都由心生。啥米雞情遛玉？她不懂。

感冒沒時間看醫生，喝友露安、克風邪、三支雨傘標，生產完第二天就去田裡和市場，把嬰兒丟給大一點的孩子，女兒小娜就是差點養到死掉，爲鈔票，虎妹全心全意。所以虎妹不像虎，她更像是錢鼠，只愛咬米咬錢，她是打拚到連流目屎都沒時間的女人。但一生聞錢就開心的虎妹終於爭不過天，她得退出江湖了，在身體無法消受勞力的工作後，她才開始當米蟲。以前她常笑若隱是無米樂，若隱是那種無米也不知愁的傻人，她罵伊無米也在樂，實在眞係無中用。虎妹伶牙俐齒，現在她連罵人都沒太多力氣了。晚年熱中的事就是早上看股票數字跳躍，雖然股票她不懂，但對數字她敏感，她買的股票後來都變成水餃股，她把股票貼在牆上，孩子若喜歡可以自行拿去。她想天公疼傻人，那麼她是太聰明了？所以不受天公疼愛？她不解爲何她到老還是輸家？午後聽廣播苦ㄧˋㄥ節目，買兒茶素玻尿酸膠原蛋白紅麴素葉黃素薑黃大豆異黃酮，她不知道這些字怎麼寫，她學著發音，或請小娜寫好，她親自到廣播節目說的地址買了無數次，她覺得自己雖不美，但在晚年也得挽回一點面子。除此她熱中選舉事物，她戴著選舉棒球帽搖著綠色小旗去走街。她覺得選舉好有趣啊，每天電視和街上吵吵鬧鬧，讓她有回到年輕時的感覺。牽手護台灣那回，她自願報名去參加敵手苗栗票倉的牽手造勢活動，那是一個讓她難忘的日子。她守寡這麼多年，和一些陌生人同搭遊覽車到苗栗客家莊，牽手活動正式開跑時她才發現左右都是男人，一個年輕，一個和自己差不多。

她這麼多年第一次摸到老男人的手，粗糙的手牽起來可讓也是老皮的她瞬間觸電。有時午後坐在竹籐椅打盹時，她會想起那個感覺，有一回去泡溫泉，腳伸到食足魚池時，瞬間被數十隻小魚喫咬的小小甜蜜痙攣，她憶起牽手男人的感覺就是被食足魚喫咬腳皮的這種滋味。那一牽牽那麼久，她心裡暗想自己眞沒見笑啊！老男人長什麼樣子？阿霞問。反正不就是那種不舐鬼和苔哥鬼啦，虎妹笑回阿霞。但她還眞沒記得牽手男人模樣，她當時只記得自己很不中用，肚子咕嚕咕嚕叫，心裡想著何時發便當啊。

老想著啥米時陣要發便當，虎妹說著笑了。

妳啊，啥米好料沒呷過，竟被一個便當收買，阿霞嗤之以鼻。

無係收買，係甘願去造勢，虎妹說。連造勢妳都學會了，阿霞嘖嘖稱奇，想想選舉眞厲害，讓姊姊都變得像是狂熱份子。

除了選舉的激情外，其餘日子虎妹都不懂什麼是激情了。有時她的女兒常好奇母親對選舉熱中的激情究竟從何而來？是爲了鍾家亡魂？還是她根本地討厭外省郎？這個母親說不出又記它不得的祕密是關於那個來到小鎭又離去的外省郎？但五歲小娜記得。她記得母親帶著她去旅館找過這個陌生人，但母親顯然聽不懂這個陌生人在說什麼，她的好耳力與機靈嘴巴頓時像是廢掉似的，完全失靈。啥米？她常緊鎖眉頭。伊講愛妳好好顧家，別對他走，小娜突然翻譯起來。虎妹輕輕打她一記，妳又知東識西啦。

妳剛剛看到誰？虎妹在客運上問著小娜。

誰也沒看到，小娜咬著嘴唇說。

眞乖，返轉媽媽買雞腿乎妳呷喔。

這些往事碎片虎妹完全失憶，從來不曾在心海搖晃過，以至於她常以爲自己天生就是要來替鍾家亡靈報冤的，她認爲報冤的方式就是贏得選票。她晚年最懊惱的一件事就是當年她傻傻地帶著女兒去國父紀念館排了九個小時的隊伍，竟是爲了看一眼殺父仇人，當時她不知道她要瞻仰的人是鍾家的殺父仇人。她看兒子從學校回來後制服就多了一片黑麻布，像是狗皮膏藥，且千千萬萬人毫無緣故地就成了喪家，虎妹想那這件事一定是很重要的事，她非去瞻仰這偉人一番不可。

晚年她要女兒載她去兩蔣文化園區，她想看往昔她口中的烏龜星。電視上蔣友柏行銷公仔，她問伊是誰？蔣仔的孫子啊！女兒無聊地答著。生得眞有板，其實和米國阿兜仔結婚生子也無壞，似乎暗示著女兒大可一混。伊是混蘇俄的。酥鵝干係眞遠，哪毋係去米國……妳去酥鵝玩耍過干無交查埔阿兜仔朋友……虎妹喃喃自語，竟是惆悵。叔公去過蘇俄。恁三叔公眞可憐，活活被彈掉。屘叔公也死了，鍾家大老走光了。以前聽妳講玨叔公、玨叔、玨姑，以爲他們都好有錢，玨唸成萬，我以爲每個人都有好幾「萬」。有好幾萬就好了，以前三重正義北路的一棟四層樓房子也才四萬元啊，以前躲空襲時，一間市區的房子幾隻鵝就可以換了，戰爭時房子被轟炸就不値錢，鵝卻可以飽肚子。

小娜聽了笑，媽媽還是在意吃。

除了吃，就是錢。錢讓虎妹心疼，一如她不敢去台北城，不是怕高樓大廈，是傷心這高樓大廈的水泥森林裡竟沒有她這麼認眞勤勞者的位子，她不明白，等她明白自己被政客玩掉了人生攢來的鈔票時，她對政治失去激情的這一天終於來了，虎妹忿忿地按掉電視開關，深深地嘆了口氣。沒想到自己也落入和哥哥義孝同樣的失望。她逢人就說阿輝、阿扁都挺過，但你看看現時阿陸仔滿街跑，這還不打緊，台灣之子入監定讞，這更讓她傷痛。起先她還在小巷和敵手遭逢時嗆聲道，飯桶黨以前歪哥，爲何攏無罪？她後來痛到沈默了，要讓虎妹閉上她會咬人的嘴，這簡直是新聞。但虎妹眞的心痛，這種痛啊，讓她突然在夢裡見到鍾聲。

鐘聲若歇，鐘還是鐘嗎？虎妹在夢裡變成一個智者。

178

大戰的記憶已經很遙遠了，戰爭隨著時間模糊，何況虎妹當時不過是個三四歲的孩子，她僅記得了戰爭的飢餓以及往地球丟炸彈的飛羚機。飢餓造成她什麼東西都捨不得丟。晚年有佛教徒告訴虎妹要吃素累積福德，她說年輕時肚子每天餓著，每天巴望著每個月的肉票，眞命苦了，現在要什麼肉都有，也可以吃牛肉了，哪有晚年才吃素的，這把年紀吃菜，她說這太艱苦歹命了，何必有吃了卻不去吃。她想搭飛羚機，但又怕。以前飛機都是往人們身上丟炸彈的，現在卻載他們環遊世界。但沒有人帶她去搭飛機，她覺得僅有的殘餘價值是活著。

於是虎妹減少在街上走動了，她喜歡打盹，被夢繭包起來。許多往事會來敲門，比如她那年復一年一個人的祭拜旅程，她像是一個由人骨和牲殺所形塑的黑衣使者，前往一個早已沈湮失落的帝國。她隻身一人前往祖先魂埋之所，還沒拾骨前墳塋處處。她攜了祭物買了牲禮供品去到了某無名郊山的墳前祭祖告天拜地，她宛如以面聖般的嚴肅，請出了往生的死骸靈骨，她拜祖父父親生母及生母外婆和生家舅舅……鍾家與舒家祖先，她總是叨叨述說並點燃蠟燭焚燒紙錢，她怨鍾家，她氣舒家，但她年年記得這些祖宗的魂歸日，她也花很多錢超渡他們，她總想著他們現在輪迴到哪了?還是茫茫渺渺，不知去向？

虎妹跳過繼母廖氏的墳墓，她僅雙手合十行過，沒有任何鋪張的祭品與祭儀。繼母在病榻上一雙凹陷如縫的哀愁眼光，全身筋脈血管發黑，長期赤腳與吃檳榔的腳與唇都發黑。然後虎妹行經花葉婆婆的墳墓，她也是僅雙手合十。殘留在花葉這個狠毒女人子宮裡的精蟲糜爛在其頸口上，她男人過去在其身體的興奮時刻於今成了查某體內的惡瘤，花葉致死之因，虎妹沒忘，婆婆打針打到血管都看不到了，乾瘦如柴，那個黑暗產道，像是彼岸之花，充滿天人五衰死亡前的腐臭召喚。

她的婆婆花葉過身後，老是聞到她睡過的黑暗床鋪瀰漫一股腐朽酸蝕。但虎妹沒忘記童年時見到花葉感覺她眞美啊，她是村裡少數入中年還依然美麗的女子，當她過身後，虎妹和一堆人頭一同覷著逐漸冰冷的哀敗軀體，她不知如何形容那氣味，直到有日她見到女兒插的百合腐朽發出的臭氣，她才想起就是這氣味，婆婆花葉的死亡氣味，腐蛆四爬，餿氣四溢。於是喪葬工人不斷地得在棺木裡塞著厚厚的陀羅尼往生蓮花與吸味吸濕的紙團和木炭，同時以表面銀紙作爲裝飾，好遮掩一切的華朽老去之腐臭。花葉的靈堂肖像，用的照片美如天仙，黑亮的大眼精爍，深邃的五官，像是一朵才綻放的花葉，花葉交代往生要掛讓人懷念的照片。

虎妹望著這照片，燒在瓷磚的照片，不是遺照，是音容宛在，讓虎妹又欣羨又畏懼的照片。她在祭拜祖墳時過去往往會跳過花葉與廖氏繼母之墓，這種生前就散出糜爛肉體的女人，她對她們並沒有太多的同情。直到後面幾年，聽說將來的祖墓要變公園，未來拾骨是必然時，虎妹才放下成見，行經時都會祭拜一下，她想還是和解的好，她可不想再和她們狹路相逢。

偶爾她也會對田裡墓地不遠處的某個親戚肖像多看幾眼，那個墳瑩墓碑依然鑲著拓印在瓷磚上的黑白照片，那照片英俊清秀。這個某一房的親戚男人是若隱的堂哥，聽說他是死於鄉里人所認爲的不名譽事件，他離奇死亡時，法醫來勘驗，把整個小矮厝擠爆了好奇的村民男女老少。法醫事後以自殺死亡定讞，但此只是一種慰藉想法，那一房的叔公嬸婆寧願相信兒子是自殺，因爲一旦定奪他殺，紛紜事端將起。相熟的法醫私下向大家長透露這位叔叔的死是在某種窒息性愛遊戲裡，法醫更語帶曖昧地說這叔叔的肛門呈漏斗狀，長期就是個肛交……，叔公聽了以手一檔阻止年輕法醫再續說，嬸婆則聽得很糊塗地當場楞住。當時虎妹好奇地躲在其他長輩的房間偷聽到了，聽時也很懵懂，她問別人，別人說是這個叔叔是愛查埔郎。虎妹聽得一愣一愣，啊，查埔愛查埔，沒聽過。在旁的小娜聽了也覆誦著，虎妹卻輕打了她一巴掌，自是什麼囝仔有耳無嘴之類的話，但她自己後來卻在煮晚飯時在廚房裡自言自語伊唔是這款人啦！伊眞將才，對人有禮有情，應是無限風光的人啊。

鄉人心知肚明遂不再提這件事了，自此這鍾家某房的男人之墓就荒煙漫草了，無子嗣當然是注定的。所以虎妹總是會順便祭一祭無子無嗣也已無親無故的阿叔，女人多跟著孩子叫，所以她是喚伊阿叔。早年身體還硬朗時，她還替無人祭拜的阿叔的墳塚四周緩慢仔細地拔草去蕪，燒冥紙與燃蠟燭，剝水煮蛋殼，而有時跟在旁的小女兒小娜也會四處摘些野花放在每座墳塚前。爲什麼要剝蛋殼？小娜說。虎妹望著照片說，好快點換殼，投胎轉世啊。虎妹繼續在墓上壓著五彩繽紛的掛紙，小娜好奇又問原由，虎妹笑說，厚，妳眞愛問，這壓墓紙是爲了讓妳阿公阿太啊添換新瓦。喔，幫他們蓋新厝。虎妹又笑又嘆，但我做這麼多，也沒看祖先保佑妳。

虎妹的祈願很容易明白的一點是她祈求的無非是她請老天爺幫幫忙，讓那好玩成性的死查某囡仔鬼趕緊早嫁個好人家。好丟臉的查某啊，這麼老了還讓別人老是問起老母何時吃到查某囝仔的囍事大餅。

小娜聽了常嗤之以鼻，有時會和童少時一樣四處攀爬，將拔來的野花獻給祖先，在荒地無邊裡遂有了潑灑鮮豔的色澤，恍如祖先們藉花還魂似地冒著生機。但小娜更喜歡染著紅紅蛋殼，放在野地很是紅豔，像一雙雙有情人注目的發熱眼神。

對於女兒不嫁的內心怨嘆就像一種不自覺的擬蟑螂生態，凡見人影必往黑暗竄，虎妹亦然，見到有人問起小娜年齡與何時結婚，她一概往黑暗躲，傻笑笨笑，岔出話題。唯獨在墳塋四周無人時，虎妹才喃喃自語和老天說說話，她總是認爲老天虧欠她。祖先虧欠她的太多了，別說兒女不嫁不娶，就是之前曾試著在鄉下僅有的兩分地上種點菜，卻也歉收。虎妹自播種後就哀嘆立夏不落雨，犁耙高掛囉。後來虎妹放棄自耕自耘，她放下顏面，要孩子每個月一萬兩萬的拿給她零用，對於晚年這樣開口向孩子要錢，她是不舒服的，但去哪討吃？她又問著這些躺在地底的亡靈們，尤其老是對那夭壽短命的若隱抱怨，恁這麼早走，恁都眞自私。

179

晚年舒家女人大都和村莊人一樣消磨在電視機前，她們想會不會有一天死時還握著遙控器，或者在半夜起來打給電視購物頻道時忽然心肌梗塞。阿霞看電視說什麼某企業家和小三十二歲的女生結婚的新聞，她在電話對姊姊虎妹說這也沒什麼啊，我那個年代就這樣了，只是我是不得已啊。但話說回來，其實劉中校對我好，也沒得嫌了，還留給我一大筆退休俸。

阿霞那個年代往下相差個一代十年的台灣女生，家境差的也大都度過幫傭年代，近一點的到外省家庭幫傭，遠一點的到阿拉伯當護士，這些女人撐起島嶼大片經濟。但阿霞沒有，她過得好好的，每天穿好吃香的，日子輕盈得讓她在鄉下都像是要飛起來似的，有錢眞嬈掰喔！村婦見狀道。

她和兒子和老公，看起來像是三代人，

沒想到兒子長大後一度變成壞子，走夜路的人。阿霞某一年在夜市地攤買了一本盜版百科全書之類的書，竟然讀到「餵哺母乳者切忌在泌乳期性交，性交會損壞乳汁。」讓孩子從野獸的乳頭吸進了邪惡，她看著書發抖，想自己當年確實還在哺乳期強被劉中校要了幾回，她的乳汁成了野獸，還摻著邪惡成分，這忽然讓她明白爲何孩子變吸毒的壞子了，這要怪都要怪他爸，那個說異邦話的老爹。這樣一想，阿霞安慰了許多，她怕別人說寵子不孝，而她就是那個寵子的女人。不怪劉仔難道要怪我啊。她都叫劉中校劉仔，劉仔老仔，好像他是天生的老人。兒子斷奶的晚，成天雙手攀抓在她的奶上不放，有天虎妹看不過這種溺子模樣，大聲說這不成款啊。她說阮的奶囝仔一天也沒呷到一口，妳還讓他呷到四歲。說著就教阿霞把灶裡的煤灰塗些在奶上，好讓孩子一吃就不敢再碰了。當兒子台生把生出乳齒的嘴往阿霞奶子張嘴一吸時，他頓時露出一張老臉，痙攣的憤怒與咆哮樣，把虎妹逗得可樂的，她雙手捏著台生肥嘟嘟雙頰笑說，妳看一個囝嬰仔竟氣到臉歪去，這個藕啊蕃吉，恁母太寵你，這係害你，以後你要爬到阮的頭尾頂囉。

好命的阿霞想以後也不靠孩子孝順啦，她在村莊裡可人人殷羨，染金絲毛，塗紅指甲，村裡的電視機屬她家的螢幕最大，多年下來，她是被電視餵養的第一代。她看楊麗花演周公、呂布、薛仁貴……，她愛死了楊麗花，她幻想自己是桃花女、貂蟬，且想男人當如是。虎妹知悉後笑說伊袂作叼蟬？她想這村裡每棵樹到夏天就瘋了，每一株樹都有看不見的成百之蟬，眞不知妹妹叼隻蟬就這麼開心是啥。夢醒不必靠自己，當很多年後阿霞知道楊麗花竟然是個女的，不僅比她還有胸部，且還嫁給了醫生。自此她就不相信戲，還是姊姊務實，狷郎看狷戲，這世界狷在一塊才鬧熱。

阿霞是冬夏晴雨都會用到棉被的人，棉被有時蓋，有時是一種安然的陪伴，棉被有時代替了男人。她唯一常做的家事就是彈棉被，又重又厚的棉被被睡壓得密密實實，蓋在身上像巨大劉中校壓在身上，她沒事就把棉被掛在舒家老厝的女兒牆上彈著，直至遠方雷聲一路也彈了過來，她才趁大雨降下前，收了棉被。她喜歡彈棉被，看著塵埃飛飛揚揚，這些塵這些埃如鬼魅藍煙，揮之不去，但彈來有快感。阿霞常想，這村莊沙塵眞大啊，她一天到晚眼睛過敏，揉著眼皮，人還未老，眼皮就被揉皺了，人家是要去割雙眼皮，這個村莊的女人是要把三四五層的眼皮縫合。

初老時這村莊的沙塵暴隨著東北季風增強加烈，她開始詛咒這個地方。後來她才知道原來是六輕搞鬼，截斷濁水溪後，溪床無水，只餘飛沙。讀過書的阿霞想，這無水河床，不就像自己的床嗎，她的床也早已乾涸。

從濁水溪到六輕，阿霞忽然話題一轉，提到現在有一個男朋友了。

男朋友？虎妹怪叫著。晚年有一個油漆工來到阿霞的生命現場，虎妹都開玩笑說他們是相逗的，也就是姘頭。阿霞聽了很不爽，覺得虎妹自己沒人愛就來恥笑她。

虎妹每回和阿霞通電話都是聽到話筒脫落一旁，人已經半盹了。

沒通電話就是按遙控器。

在冬日冷雨天，虎妹裹著棉被看著「娘家」，隨時都可以開始也可以結束的瘋戲，專餵養她這種人。還有台語新聞，至少還知道外界發生的事，但泰半時光她都任影像隨興出入。剛上台北時，她還會帶小女兒去看三廳電影，八九歲小女孩看接吻戲，看男女主角在海邊奔跑，看舞廳客廳咖啡廳的情情愛愛，母女兩都很刺激。世界的盡頭都在身後那一束光裡，光暗燈亮，她們又索然地回到現實。後來虎妹也不看電影了，她從夢幻裡醒轉，她告訴女兒，這種愛得半死的戲，劇情都差不多，人生要眞這款愛，不都全狷了了。虎妹是那種只要斷去緣就不再回頭的人，義孝哥哥是這般，對電影也是這般。但情牽者，則終生念之，西娘如是。所以她常很自然地想起西娘阿太，這鍾家唯一對她善意的長者，教她在嬰孩手腳綁上紅線的西娘，虎妹思起伊，臉上帶著笑，她想起那個怕男孩長大，會像他們舅舅義孝變歹子的擔憂，當時在二崙老厝，她可是狠狠地將男嬰的手腳纏繞了好幾圈紅線，唯獨小娜出生時卻沒綁紅線。她想這綁紅線也許眞有那麼靈驗，三個男孩都很乖，七坐八爬九發牙，從出生即按秩序行來，然而也太乖了吧，她想當年會不會綁過了頭，男孩個個都謹守本分，連建築榮景大好時，搞營建的大兒子竟然也沒賺到什麼錢。沒綁紅線的小娜雖說不至於當惡女，但腳老是飛得老遠，她難得見到這死查某囡仔幾回啊。當年女嬰滿月，她忘了紅線事卻有照西娘的叮囑，虎妹找個屬龍的女孩揹滿月女嬰跨出鍾家廳堂，走過鋪好的小橋，要龍女跨出鍾家廳堂時搖晃女嬰朗朗地說著出大廳，好名聲，出大廳好名聲。虎妹在廳堂內望著龍女揹女嬰剪影，她開心地笑著。心想這一招，爲何阿太沒有教伊也用在男嬰上，她想總是阿太當時給忘了吧。女嬰過百祿時，迴光返照的西娘緩緩起身從抽屜裡找出一個木製刀劍，然後艱難地邁步至女嬰的房間，將黑檀製木劍掛在女嬰房外，黑檀香氣蚊蠅不侵，劍氣破煞，西娘好生放心。她進去望著女嬰一眼，虎妹早就去水稻田挲草了，她抱起這安靜如處神秘境地的女嬰，女嬰的臉撞上這西娘的刺繡眉勒，女嬰發著咕嚕咕嚕聲，對著西娘笑著。下工的虎妹拉開牡丹花布幕時正好望見這一畫面，這畫面讓虎妹到老都難忘，那是她對人生還有幸福感的少數吉光片羽，這畫面足以減弱她對女兒的怨，她得不時地像阿拉丁神燈般地召喚它，如此才能抵擋這晚年寂涼的光陰。

180

老年虎妹也常夢見童少時去探望親生外婆廖對的時光，廖對有一個姊姊叫廖錯，也就是虎妹的姨婆，一對一錯，讓人印象深刻。有趣的是廖對說東，廖錯就愛說西。廖對不喜這名字，一度改叫如紅，她記得日本國旗那紅如鴨蛋的圓滿圖案，但子孫仍喜叫她廖對，這名字好記。

那是這座小村值得虎妹回憶的童少往事。在鄉下水稻田農歇日裡，虎妹總會回去探望母系唯一最親的親人廖對阿嬤，那時虎妹的世界還覺得很完整，雖然離開出生的老窩，但那只有凌厲繼母的老窩是冷酷如冰霜的，所以利用農閒時來探望外嬤成了她活得最有歷史感的家庭光陰。孩提時，她也常想和哥哥義孝一起來看望外嬤，但那得赤腳走上半天的時間，任柏油燙著腳板。孩童時光即使巴望看到母親那邊的親人，但畢竟那只是渴望，畢竟是距離遙遠。她最多只能赤腳走在沙礪地到西螺鎮。西螺鎮在童年與少女時，已是她凡間物質的繁華盡頭。

虎妹去探望廖對外嬤時，外嬤已經很多年沒有見過那扇大門的陽光射進老牆壁的縫隙了。

廖對外嬤怕陽光，她只愛月光和《聖經》。

廖對外嬤是虎妹除了幾個舅舅外，唯一的母系親人。母親在她嬰孩時就撒手人寰，導致舅舅們對虎妹生份。唯獨廖外嬤還疼她，但她才開始要離開冗長苦澀的繼母家時，廖對外嬤在虎妹結婚那年被隔離了。

廖對外嬤臉上坑坑疤疤，說是痲瘋病，痲臉是眞的，但人可不瘋，瘋是爲了隔離而附加之名。不能見陽光的廖阿嬤，過著沒有白日的生活，只有黑夜的回憶疼痛噬咬著她的晚年。外嬤常想起虎妹的媽因爲虎疫而死，有人就說是虎妹剋了自己的母親，唯獨廖對外嬤嗤之以鼻，每個人都有命有運，若眞被剋也是她的運。她到現在這麼老了，都還記得阿本仔稱霍亂爲虎列剌，他們也就以爲這叫虎疫。

村裡有天來了胖阿娥，伊常被叫肥鵝，她爲什麼來到這裡，沒有人知道，就是有一天就看見她出現在這裡了，賣點雜貨。聽說肥鵝怕月光，怕黑。壞年冬，多猶人，但虎妹和肥鵝倒頗好，也許因爲兩人身形皆屬肥胖型，也都愛吃。肥鵝和廖阿嬤生活是互補，因肥鵝居無定所，故在虎妹的牽引下，住到了廖阿嬤那裡，一張床兩人睡，怕月光的睡晚上，怕陽光的睡白天。兩人各自擁抱各自的星球，很自在。肥鵝說這村裡的任何一個角落都比她以前好，以前她被認爲是瘋癲起猶，住過愛愛寮，愛愛無愛，盡是乞丐癩病臭哥郎。

照顧廖對外嬤的女人是虎妹同鄉苦命查某，她從小就被村人叫伊歿鼻矮仔財，怪的是當年村裡有好幾個被稱爲歿鼻的女人，其中又以這個歿鼻最矮，一張大人的臉，卻有著孩童的身體，被稱爲歿鼻矮仔財。歿鼻的鼻子整個鼻梁骨塌陷，歪斜。村童也跟著大人叫伊歿鼻矮仔財。

小孩問大人，那個歿鼻怎麼鼻子會長成這樣？

大人笑答，這哪裡是她要長成這樣的，誰要長成那個樣子，伊開始也是個正常娃娃，家裡沒米，母親沒奶水，就被送去當童養媳，到了七歲卻發現她根本長不高，是個矮仔，那個病叫什麼？

侏儒症。

對對，叫豬乳病。

歿鼻養母時常感覺自己被不知搬去哪的歿鼻生母給騙了，竟然花錢飼養一個長不高的爛醜貨！所以沒事就找伊麻煩。伊養母一天透早看伊煮飯慢吞吞，其實不是慢吞吞，根本是人矮要煮大灶很吃力。伊養母見了脫下柴木屐，往伊彈去，伊可能是突然被佇動作驚駭了，也無知躲閃。柴木屐不偏不倚擊中伊的鼻子，歪一邊，流血沒藥醫，了後結痂，整段鼻骨沒去，剩歪七扭八的傷痕。被伊婚配的未來婿嫌嚇，就這樣歿鼻被送走，童養媳也做無成，伊來到耶穌孤兒院。阮相識時，伊住在孤兒院，乎人叫歿鼻矮仔財。阮看過伊做囝仔時相片，眞是古錐！眞是水啊！唉。

歿鼻矮仔財雖醜雖矮，卻有一手廚藝。於是虎妹和一群鄰近勞動婦女在貧窮年代就懂得要聯合集資，共有七戶老人家的膳食與生活起居以及打掃等事務就由歿鼻矮仔財照料，七戶再集資給她。

廖對阿嬤是歿鼻矮仔財最好照料也最難照料的老人。白日廖對外嬤並不讓歿鼻矮仔財進入，她只留一個洞口給歿鼻矮仔財送飯。到了晚上，卻又常黏著歿鼻矮仔財不放，說有魔神要來抓她了。歿鼻矮仔財有個良善的心，畢竟她誕生在苦裡，她知道那滋味。但七戶人家對她一個人太沈重，所幸後來她遇到了另一個也被叫矮仔財的男人，兩人成了天生一對，歿鼻從此刪掉了矮仔財的名字，而僅簡化成歿鼻，要不然一叫歿鼻矮仔財時，兩個人會同時回頭。

很多年後，虎妹才想起自己童年時即見過矮仔財男人，就是大約在五〇年代時矮仔財男人隨著雜耍技團來到村裡演出雜耍。那雜耍團改變了幾個人的相遇時刻，鍾大頭、西娘（為失蹤的鍾大頭流淚多時）、劉中校遇見阿霞、歿鼻遇見矮仔財。

181

當虎妹看見整個世界都霧濛濛時，她才第一次聽說什麼叫白內障。當她某次從樓梯重重地摔下來時，她忽然想起了公公鍾鼓和阿太西娘。鍾鼓晚年被叫做青瞑公，西娘跌倒在田裡自此沒再爬起來。一切都因為眼睛失去了光。還有個阿嬤過世前玻璃眼珠都滾到榻榻米上。

她憶起鍾鼓公還在世時伏案時，他之前有個習慣動作就是先摺信紙，將信紙摺出一條條的直線，折好後以手觸摸線痕，一路寫下去字就不會歪了。

大官在剩下一些微弱目光時曾傷心對花葉說，我再也無法替汝縫補衣裳了。彼時虎妹在外頭削番薯皮時聽見了，她驚詫知悉大官有縫製衣裳好手藝。但一切精細的事物都將隨著眼力消失，視覺不存時，人對世界物質的依戀一定減少，目光所及，意念萌生，虎妹漸漸思起逝去多年的大官所言，雖然不懂，但她知道講的無非是眼睛和想望的關連吧。她確實在眼力退化後，少照鏡子了，鏡子依在，但無眼，鏡子有何用。就像樂器空有妙音，沒有妙指，樂器也是無用。虎妹的這點想法，把在她眼前檢視的醫生倒是嚇到了，醫生說阿桑有智慧啊。虎妹聽了很開心，她回說是啊，我只是欠栽培。

醫生檢查後對她說妳的眼睛神經線都乾了啊，口氣頗為惋惜。醫生告知她得了白內障和青光眼。妳以前種田？還是住在海邊？醫生問。虎妹聽了想這有關係嗎？田水和大海的反光讓眼睛承受更多來自天空的紫外線，面向田水，背對天公，大地最後還讓他們的眼睛目盲，虎妹覺得像是被世界拋棄了，外界再也看不清了。後來她就不愛出門了，她常常閉目，進入黑暗，跌倒後更是乾脆鎖在房間的時候多，就像複製了晚年的阿叔三貴，一度得過肺結核病的三貴，曾被關在一條龍房舍旁的茅屋長達一年，像是一條狗地活著。呷菜阿嬤留下一本《眼明經》，小娜見到了，念給母親聽，要虎妹複誦。

大智菩薩放毫光，文殊菩薩騎獅子，普賢菩薩坐象王，大地空羅漢，眼翳雲霧一掃光，生生世世得光明。呷菜阿嬤加註讀此經者，可眼明心輕，虎妹卻說那是安慰人的話，經有效，眼科醫生都失業了。要讓虎妹相信一件事比中樂透還難，《眼明經》還是讓小娜從老家祖先案上帶去了台北，虎妹常戲謔她，媽媽不信妳眼睛多明啊，妳看妳交的查埔郎，個個有多將才？想騙妳上床罷了。鐵齒虎妹不信讀經有此功力，晚年亦不願身體再恢復往昔。她常對女兒說，我不懂啥米眼明經，只知查某人有月經，這很煩的事妳若提早沒有也是好的。小娜說可以補充荷爾蒙啊，讓自己看起來更女人味一點。原本躺著的虎妹卻忽然跳起揚聲對女兒說，要那麼查某人味作啥，還不是給查埔郎睏和玩爽。

一本經勾起的不是對身體康復的遐想，卻是回憶起更多的身殤。晚年虎妹少了身體剽悍的支撐下，僅獨嘴巴還能逞強。有天虎妹忽然產生誠信是想起詠美嬸有說過三叔鍾聲的弱視同學吳建國曾因念《眼明經》竟至眼力好到還可以當警察的秘辛。

我比誰都愛妳

182

虎妹曾經無法忍受台灣總統被關在監獄裡，但隨著時間流逝，她的信念也節節敗退。她不再知道什麼是眞是假，她只知道她還是討厭深藍或淺藍，但問題是她長年支持的綠，卻又讓她無法驕傲。她想自己爲了這個政黨晚節不保，竟讓一個陌生男子牽她的手牽了那麼久，她覺得自己犧牲這麼大，而這個總統卻讓她失望與傷心。這島嶼已經失去了屬於她的風景，她不再熱中選舉，不再關心誰上來誰下去了。

虎妹還關心的是股票會不會變壁紙，以及何時住的這間老公寓會都更。她氣那些死釘子戶，怎麼樣也不肯改建。有一天她聽女兒小娜說起天母聖安娜之家被財團以好多個億標走時，虎妹覺得自己永遠都不可能成爲台北人，她很懊惱年輕時怎這麼笨，買這間老舊水泥又路衝的公寓做啥？在台北四處做生意，竟沒嗅到鈔票注定是往大城市漂流的錢潮，都怪自己沒讀書啊，不識字讓她錯失很多機會，連新聞都聽不懂，早年只能看呂布貂嬋歌仔戲，晚年只能看夜市人生，她想就是富貴列車開到眼前，自己也不知道怎麼搭上車啊。

　　愈是這樣她愈成爲強悍的綠色支持者，只可惜晚年她對這個顏色的政黨也失望透頂了。她聽小娜說，以前她在大學參加什麼慈幼社，她常覺得這個女孩胳臂往外彎，對別人家總比對自己好，沒事去照顧陌生的孩子，就是不會得空來看看母親。有一回虎妹對小娜說，母親以前笨，有一回差點買了天母的一棟透天厝呢，那時候一棟七百萬，我想眞係貴森森！沒想到現在七千萬都買不到。小娜就和母親說，唉，這種事台灣處處可見啊，前陣子天母聖安娜之家標出好幾十億呢。剩安娜豬家？虎妹不知是什麼地方。小娜就開始形容她曾去當義工的地方，形容著裡面浸滿許多失去母愛的棄子傷痕，然而孩子的表情都是笑的，沒有淚水的天使，那些腦性痲痺和蒙古癡呆症的女孩成天對著人笑著，智商不到三十的不解人事。舌大突出，眼皮內斜，口齒不清，微笑卻動人，小娜用表情形容給母親知。虎妹看著笑說，喔，這以前鄉下很多哩，妳記得那個成天笑著沿著村路賣菜的查某囡仔，就是得那款病啊，媽媽見過眞多哩，以前鄉下都叫這些孩子猴兒。妳說現時有啥公義？多少年來多少善心人捐助之地，愛心就這樣被財團標走了，小娜對虎妹說。虎妹點頭邊看著連續劇裡的激烈人生，虎妹嗑著土豆對女兒說，所以妳要爭氣點，找個有錢人嫁了，還有別亂捐錢了，沒路用的，到頭來都成了傻子。小娜把土豆丟進嘴巴咀嚼著，忽聽母親下的定論與建議時，嗆著了，咳了半晌。

183

老虎妹常坐在客廳的沙發上打瞌睡，瞌睡中她最常恍惚夢見自己飢餓的身影，吃著豬的餿食，餓鬼地獄，連吐出的痰都有鬼想要搶食且還搶不到，即使搶食到的鬼只要一吞嚥任何食物都會瞬間被燙傷或者嘔吐而出，食物不屬於餓鬼道，就像知識不屬於文盲般。這點道理，經虎妹說出可是很有哲學味兒。

午後昏黃魔術時光裡，虎妹忽然從乾巴巴飢餓的荒景中嚇醒過來，醒來卻見自己一身肥胖的肥油時，捏捏肚子，笑著自己現在不是沒飯吃，是吃太多飯了。前不久她才和女兒去了台北受夠百貨，說是想買調整型塑衣，卻遇上週年慶，女人搶購化妝品的人潮讓她十分驚嚇，整條忠孝東路的整型診所也讓她很陌生。她自慚形穢起來，她想這麼多年過去了，自己從來沒有辦法在這座城市有間房子，自己總是對不上時代……她問著女兒這是什麼路？敦化南路，女兒說。她想眞的不認得了，枝葉繁茂的街道下奔流著車子，每一間店面都光燦燦的。她有進去這些店鋪嗎？那時候她提著包包，裡面裝著時髦的走私酒，那些酒都叫什麼來著？衛素記、白卵地、粵漢走路……警察把她帶走了，關起來了，那是在那裡？看守所在那裡？博愛路嗎？那時候自己在想什麼？想起怎麼和鍾家命運一樣都被關過？她記得聽若隱說過伊的呷昏阿嬤賣過鴉片被日本人關過，鍾鼓也去火燒島吃過十幾年牢飯，她的大哥義孝也被關著，那時候她也被關進去時，她記得自己是沒在害怕的。她記得她拜託警察看顧跟著跑生意的小娜，她被關起來前有摸摸孩子的頭，要伊無驚無怕。她遞給警察一個電話號碼，那一次找的人是若隱在當警察的堂弟，請他來保她出去。她記得這些事，都是些慘澹不堪的畫面。那個幼女現在正坐在她的身旁轉著方向盤，她從不知道有一天這個膽小的幼女會開車，且技術看起來還不錯，至少她坐起來還覺安穩。

如果沒有那些什麼愛啊、飛龍在天、娘家和夜市人生，或者虎妹的晚年是很無聊的，那些布景打光和擺設都很像她自己的家，連續劇倒不是說有多合乎她的口味，主要是因爲她可以看得懂的電視劇實在少得可憐，何況她的膝蓋痠疼，老年注定得的退化性關節炎，使她愈發少動，成天看著紅綠股票閃燈與轉動著電視遙控器，在午後昏睡裡偶爾會遙想起做囡仔時剛看到電視機裡面有人時，還和一群孩子跑去電視機後面好奇地瞧著且嘖嘖稱奇不已。

晚年她給自己一個創舉，她重新入學堂再次學認字。想看懂阿扁寫的《台灣十字架》，但後來就放棄了，她僅能讀簡單的文章。她總是看見文字會發抖如見神，也瞬間想起她悲慘的童年。

老師要她起來朗讀一篇文章。她唸偶素中國輪，偶愛偶的家瞎，偶愛偶身長的吐地。

文章是一堆符號，火星文加錯別字，她的女兒看了很是心驚，原來母親才是最適合當代書寫的人。

老虎妹有一天讓長青社區老師請她喝一杯咖啡，她才想起這是好多年害她坐牢的進口洋貨。摩卡咖啡，再有一天，一個老男同學請她吃一片巧克力，這巧克力瞬間將她所有跑單幫的流浪往事喚醒。

然後是她去領老人年金，她發現機器會吐出人的聲音和鈔票，起初這可把虎妹給嚇死了。

她覺得世界已經走得太快，太神奇，竟憑一張卡片就可以到機器換鈔票。虎妹總說人老無錢就無用啦，幹恁娘勒，虎妹的語言生猛到了晚年依然如故，尤其是大選前後，她在大街小巷裡高舉著自己旗幟鮮明的政黨色彩時，有很多查埔郎看不下去時紛紛趨近她的身邊想伺機做點什麼。很多年後她從不知握著男人的手是什麼滋味，但那個失去政權的執政黨在造勢活動裡卻把兩隻男人的手送到了她的掌心，且一握就是多時，那是自死老公過世後，她第一次和陌生男子握手，握到出手汗，領回了一頂印有手牽手的白色帽子，白帽上繡有一個孤單綠色的番薯，很像她寂寞的童年。

184

這棟老公寓成了老虎妹的晚年安居之所，這讓烈性的虎妹不必看兒媳臉色，她想看電視就看電視，想罵人就罵人，想燉一週的滷肉就燉一大鍋……除了生命寂寥，常肉身疼痛外，她已經不再強索際遇的欽點了。人間原是堪忍世界，活著還可堪忍受，這讓她花了一生才懂得。

有一天，她決定不再念《眼明經》了。她不想再看清自己這張老臉，也不想再看清這無情的世界。

如果還想再看一眼，有想再看清楚的懸念臉孔，那就是女兒小娜了。然而女兒的瞳孔映得出虎妹母親的臉，而這做母親的瞳孔卻乾癟，映不出女兒的臉了。

再看妳一眼，虎妹晚年的願望，在度過如此漫長的人生哀歡後，屬於女子的傷歌行，是她們都熟悉的旋律。女子有行，行者傷路漫漫。

不必闔上眼睛也能頓入黑暗前，她想再看女兒一眼，一個母親的願望。

她知道不久，黑暗將全面席捲她的白日，黑暗將放大回憶，她想原來連面對這種生活的空虛也需要勇氣。

消失目光的母親，將遺忘自己的臉，但卻記起女兒的臉。她聽見幾代以來的陰風慘慘，逐漸適應黑暗時光的腳步後，她常聞到隱密角落發出一串香焦淡淡的霉味，這氣味讓她憶起遙遠的下午，媒人婆帶錯照片來尋她的生命關鍵時刻。爾後命運紙片沒有顯示幸福的預言，是她自己彰顯了自己，藉著女兒那雙或許不聰明卻很勤勞的手。在近乎無光的老公寓，她已半瞎了，陽台的鳥搧動著翅膀，她聞到一陣腥臭，也聞到活了大半輩子的老街揚起一般暖風習習。

她這雙已然對世界緘默的眼睛，以她自己的尊嚴之姿，靜靜等待這黎明前的非常寂靜，倦怠而孤獨。

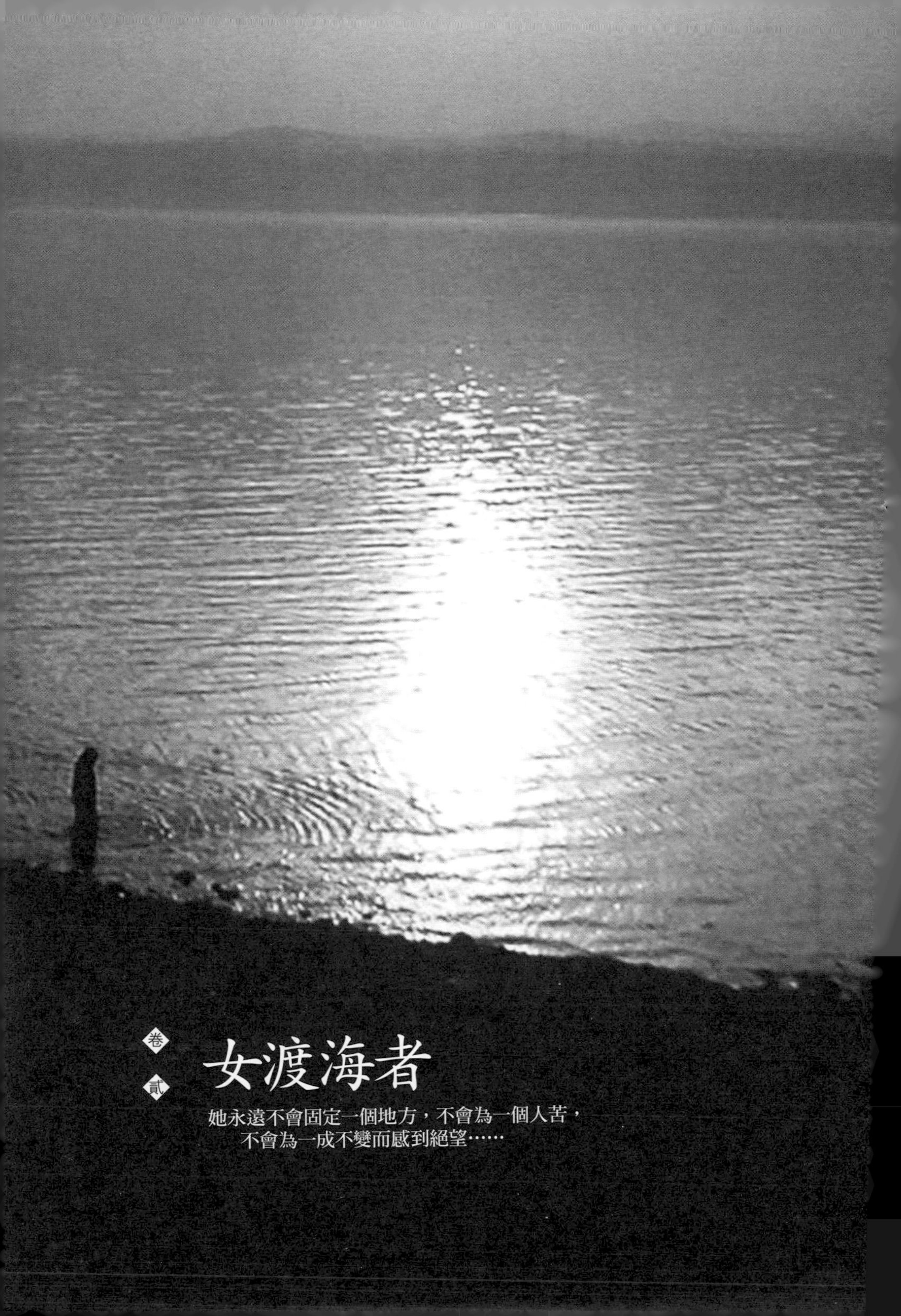

卷貳

女渡海者

她永遠不會固定一個地方，不會為一個人苦，
不會為一成不變而感到絕望……

【編號1：劉媽媽】

海上來的女人 盛夏之死

1

妳注定死亡在一座島，雖然妳生來注定在海上。熟睡的島看起來比夜還巨大，妳站在甲板，看著島如眼睛地慢慢睜開，夜褪去，島的輪廓乍現，汽油混著海水的氣味，妳感覺來到荒島。

爲戰爭所迫，妳成了女渡海者，在海峽浮沈，妳聞到自己身體的汗臭味時，妳在甲板上流下淚來，然後告訴自己，今後逢悲或遭難都將不再流淚。

流淚前，妳想起母親，沒有遭轟炸的城市，讓她免於被遺忘。在靜安寺裡，一小甕灰，編號1，名諱茉莉。茉莉像是一個小女孩的名字，但相片裡的她已是老婦了，不再嘮叨著阿拉阿拉，極其安靜。雖然妳不喜歡妳的母親，但妳愛她。喜歡有後天的成分摻雜，愛則沒有，天性的愛，想到會無緣無故流淚的這種愛，就像母親，就像上海。

戎克船下的唐山石妳不曾見，妳和這些開口唐山閉口唐山族類的歷史是兩條平行線。妳愛上海大城，對於眼前的番島有著恐懼。但人生已無退路，求生成了最大的動力。必得隨著軍隊撤退的老公劉中校在甲板另一頭抽著菸，沈默如鐵。妳看著他的側影，妳想妳愛這個男人（妳那時還不知道來到荒島後，你們的愛情也將枯荒凋萎了），妳那時愛這個男人，那種尼采式的堅毅與沈默如鐵，是妳喜歡的樣子，軍人的帥勁與文藝結合的氣質，讓他充滿著完美雄性的魅力（妳那時候不知道他日後會在這蔗甜之島退下軍職且魅力減退至完全消失）。

他的手很厚，腿毛捲，叼著菸像個鐵漢孩子。他正在傷懷，像個離鄉的末代將軍。妳遠望著他的側影幾乎可以感受到他的嘴唇和手指都在顫抖著。前方是福爾摩莎，這字眼對你們沒有意義，這只是暫時的棲身處，它可以是任何名字。但妳想像它是美麗的，椰子海岸，細沙叢林，熱塵的日子，疲倦的夏天，暴雨的颱風，妳尚無以名之的地理方位，妳將迷失其中，或者妳將雀躍未經驗的一切……最多的想像僅此，妳甚至沒有看見自己將魂埋此島，妳不是一個想像力豐富的人，這讓妳的人生按部就班，但也無聊得蒼白。

上海已遠，隨著大船開動，它彷彿成了一個冶豔的外遇對象，妳不得不正視眼前的逃難現實。殖民地那些風華，讓妳闔上了眼睛。妳以爲自己將在他城複製上海生活，因此妳想到任何地方都可以生存下來，妳是女渡海者。

2

妳還沒成爲母親，妳知道自己將在前進的島上成爲母親，妳當時是這麼地想著。在未見的島和大海之間，船上的人都在伸長脖子極目眺望，但眼見是海霧與偶爾飛過的海鳥，彷彿身前身後都沒有歷史了。

妳將像母親一樣，編號1，被安放在一座寺廟裡，日日聽機器播放的大悲咒？

不，我的婚後人生還沒開始，我要完成子嗣生活，妳想著。妳看著劉的背影，指望他給妳孩子。但他好像無感了，戰爭剝奪了了人本大樂。

現在妳只能指望船即將下錨這座熱與塵的島嶼了。

沒有棕櫚椰子，灰瓦的房舍，靠海山城，層次著樓房，黑瓦露台上有人在拍打棉被。熱塵，如爐火轟然在妳多日未洗的臉上。

他們告訴妳這裡是雞籠，妳想這裡養雞人家應該很多。妳聽見陌生的多種語言，看見深邃的南島臉孔，人力拉車幫你們拉行李，妳看見新的世界在眼前張開翅膀，妳收掉暫時棲身之想，回歸妳生命務實的一面。劉中校則不然，他臉上一直展現著驚人的沈默與情緒克制，靜靜地下船，像是認命的囚犯。

然後未久你們來到虎尾。

糖的氣味隨著風送來。妳東嗅西聞，像是進入一座抽過鴉片般的暈黃小鎮，古老氣味像空氣般地緊緊纏著妳，一些鄉民像望著陌生客般地把眼神殺向妳，那些語言都是妳陌生的。飛沙走石，事物蒙塵，是妳對此新故鄉的感受。妳第一次嚐到夏日的西瓜如保齡球堆疊，小孩吃得一手紅血淫淫。

3

妳覺得這裡的古厝舊低矮陰暗，妳得睜大目光才能看清事物。

領養了雨樹後，妳卻懷了孕。

不孕的子宮突然像是有了競爭者地甦醒了過來。

妳想是此地的熱帶氣候孕育了冰冷子宮的種籽，是熱啊，濕熱得皮膚長出紅斑與疹子，妳喜愛的桂花酒釀與嗆蟹當地人聽也沒聽過。這裡什麼都沒有，妳總是聞到糖與醬油的氣味，或者花生油。

原本妳想自己只是過客，總有一天要穿過海上，回到上海，所以一切的家具都是組裝的，連床都是。每年妳都會去看海，把海的對岸想像成海上花。幾年過去了，海仍阻絕了陸與島。幾年的等待，連劉中校都退伍去當糖廠經理了，妳也死心了，這時妳才開始把行李箱收起，丟掉簡陋的組合家具，開始買固定的物件，睡固定的床，把行李箱束之高閣，同時也將自己固定在這座島，然後開始認眞思索收養一個島生的嬰孩，妳要在這座陌生之島當母親，妳已不想再看海，妳想看一個孩子。日日走出門，眼見從日式營舍、眷村民宿、兵工自建克難式小房裡走出許多大肚子的女人，在雞犬相聞的眷村裡，每一聲產婦吐出孩子所伴隨的尖叫都刺痛著妳無聲無息的卵巢，卵巢空穴無風，一張張新生的嬰孩臉孔也加深妳的渴望，於是妳逐漸知道自己也將在這裡擁有後代了，只是妳的後代起先並不從妳寂寞的子宮裡孵出。妳只好尋找一個可靠的島嶼貧窮之家願意交換一個孩子給你，換取的孩子終於來到。丈夫幫妳在糖廠的員工眷屬裡找到了，妳一看見那雙晶亮聰慧的眼睛就歡喜，在風沙飛天的背景中，妳接下了包在花布包的嬰孩，妳心裡叫他雨樹，妳希望他的生命大如傘蓋的樹，不像此地的飛沙走石。

4

妳是在台灣流行成衣年代時妳都還堅持穿訂製服的女人，成衣對妳而言穿起來都像是衣穿人，而不是人穿衣。妳喜歡作衣裳，穿旗袍，讓師傅仔仔細細地量著身，爲了讓師傅見到時能讚美妳一聲好身材，妳一直盡量保持不發胖。早在上海時期，妳就喜歡裁布製衣。

到了經濟起飛，妳更是如此，妳認爲亂花錢買一堆成衣，還不如作幾件自己愛穿耐穿的衣裳，如此更是環保經濟。

那時妳總是每天教養著雨樹，開口閉口就是上海啊，哪有容你吃飯這樣拼命似的吃法，吃完還舔盤子，簡直是瞎塗亂抹，上海人最後才吃飯，哪像你成天要飯吃。妳總是忘情的將上海掛在嘴上，情非得已地說著，像是拿來炫耀式的好情人。每當雨樹行經那些黑摸摸的雜貨鋪時眼睛死盯玻璃罐裡的紅芒果乾黃橄欖綠梅子，妳總死勁地拉他往前走，別吃那些垃圾，那都是色素染的。妳怕死那些市場攤位上賣的紅龜粿仔和草粿仔，妳嘖嘖說都是色素，都是色素！雨樹卻偏偏非常愛吃這些東西，等到他自己有能力買東西了，往往就是買這些當年妳口中的垃圾食物，彷彿爲了吃足以往的缺失。

妳往往讓雨樹帶到學校的只有幾樣東西，糖心蛋（關於這樣食物雨樹倒是愛極了）、水煮蛋、土司沾果醬（妳親自手工做的果醬）、滷雞腿、蘋果。國中以前雨樹對妳的印象就是蹲在門口擦皮鞋，幫皮鞋擦上發亮的油，妳教雨樹看男人看他的鞋子，有頭有尾的人都這樣子。

蘋果的滋味，沒有眼淚。妳輕而易舉就有了，一天到晚有人送給劉中校。

最早妳一個人帶著雨樹住在公館汀州路，那時汀州路還有鐵軌，雨樹常拿小石頭放在鐵軌上，老被發現的小火車站長氣呼呼地拿著棍子喊著猴死囝仔！打給你死喔！妳起先都聽不懂這男人在嚷著什麼話，聽懂後，就告誡雨樹別這樣壞，人家句句都喊要你死，這多危險。妳覺得這裡的人說話眞兇惡。

妳本來以爲很快就要回到上海，但心死後，有一天清晨醒來，妳忽然發現自己再也不愛劉中校了，渡海的男人也不愛妳這個渡海的女人了。有天妳從美容院回來，劉中校放下報紙，看了妳那一頭極短的赫本頭後，忽然開口說，離婚吧。妳留了十多年的長髮一旦剪去頓時清涼，婚姻也是。妳聽聞街上某婦人說起她老公跟她說如果剪了長髮就要跟她離婚，妳聽了反問她那妳剪剪看，看他離不離？婦人說，他眞的會離。妳忽然想，也許那一天自己頂著一頭短髮，給劉中校太大的刺激了。當然後來證明，無關頭髮長度，頭髮剪去會再長，感情斷去不再回。劉中校心懸一個島嶼女人，一個年輕南方姑娘。她也是南方姑娘，但大陸的南方和島嶼的南方可不一樣啊，島嶼的南方野性沙塵，大陸的南方則是小橋流水、吳儂軟音。但妳又在此例外，妳精明卻不軟語，妳非常果斷。

5

結婚渡海領養孩子離婚，妳都當機立斷。此當機立斷都救了妳，比如渡海，妳決定渡海時，就去花旗銀行將所有的帳款變成黃金，換成袁大頭，這黃金讓你們在他鄉有好日，妳的父親在公館落腳也有了資本開了間麵包舖。

雨樹記得外公的那間麵包舖，每天早上與傍晚總是排隊長長，沒吃過西式麵包的人和懷念西式麵包的人總是在麵包出爐前就來報到。

那是你們父母與母子的幸福時光，直到妳的父親死在這座島嶼，妳才驚然發現妳也要長守島嶼度日了。媽媽妳的爸爸死了，那我的爸爸會不會死？雨樹孩子氣的問著妳。妳笑著看孩子，心想，你的爸爸當然也會死啊。

妳無法再次渡海，妳注定在島裡終老，當妳看著父親入土，聞著這座島翻起的泥土味，午後的雷陣雨，妳這樣地想著自己的未來，妳想要在島與裡有新的男人。妳和也是外省仔的新男人生了雨果。劉中校和島嶼新女人也有了孩子台生，你們各自都有了子嗣，你們就像大陸與島適合分開。

於是，雨樹就這樣多了一個繼父與弟弟雨果。這孩子雨樹將有三個父親，生父、養父、繼父，他自己往後又有岳父岳母，他的生命最不缺的就是父與母，但這孩子卻像是一個無根的人。之後，這孩子成了妳生活的全部，一個女渡海者如妳，後來的島嶼歲月全仰賴養子，因領養產生的契子，一個鄉下總舖師的孩子給了妳所有的安慰。沒有這孩子，妳將寂寞晚年。

妳生病時，雨樹這沒有血緣的孩子天天揹妳上樓，爲了妳雙膝不良於行，還考慮在三樓公寓加裝電梯。但妳阻止了雨樹在老公寓裝電梯，妳想自己能活多久？何況妳心裡偷偷地很享受著被雨樹揹著的親密感。雨樹大學畢業，沒想到長得英挺帥氣，當年這個沒人要的嬰兒，瘦弱如小貓。領養時見了嬰孩的親生父母時還心想，這嬰孩父母長得如此細瘦，妳預期抱起也將輕如雨翼，當時念頭就是好輕的貝比啊。妳一手抱著孩子，使眼色要劉爸爸把鈔票遞給這對老實的夫婦。妳抱著雨樹回家，就開始嬰兒與母親的生活。但無論妳怎麼顧養雨樹，他在國中前都還是坐第一排。妳有一天想到上海母親曾經說過男孩要行割禮，才會長得高大。就這樣妳帶著雨樹和雨果去重慶北路割包皮，這一割果然讓雨樹高三時，眞得長的像顆高大的雨樹，足以讓她初老遮蔭。妳自己親生的兒子雨果，就沒有雨樹孝順了，雨果連揹妳一次都沒有，成天都在鬼混。

新男人與雨果卻沒有伴妳終老，新男人初老時，某日離家未歸，幾日後華中橋下漂來浮腫屍，妳憑他身上掛的那串鑰匙認出了這個寂寞思鄉遊子。

6

自此，妳知道渡海者注定漂流。

雨樹後來對妳說，當時割禮很時髦，母親果然有先見之名。但說起國中暑假的割禮往事，雨樹還彷如昨日。雨樹對妳說他根本不知要去幹嘛，只聽妳說去了以後會長高，就乖乖地牽著弟弟的手同妳前往。雨樹笑著說永遠都記得麻醉打在那小小的軟肉時，瞬間感到那團小肉在消失中，十分恐慌。麻醉去後，如針氈刺著，如萬蟻嚙咬，疼痛異常。整個暑假有一半時光都沒出現在街上，玩伴都說劉家兄弟去割弟弟了，他們兩個是太監。那個年代割包皮？台灣人沒聽過也沒做過，吃都成問題，還割皮去肉的，有婦人大口吃著卦包聊天道。妳從廚房窗邊聽到婦腔婦道，雖聽來懵懂，但依然知曉她們是在談論孩子的事，妳包著水餃，心想這些無知的查某，妳也說起查某了。

妳在孩子們上學後，偶讀著白先勇和張愛玲的小說來撫慰一些失落的上海滋味。但掩卷惆悵更甚。

雨樹竄升得高且長得帥時，妳已經漸漸衰老。那一刀，換來雨樹的高大，似也值得。但也有人說雨樹吃外省人的口水，所以長得和原生家庭都不同款了。

妳在雨樹的背後想著往事，雨樹的背脊很像一座島，妳棲息在這「買來的」無價之島，妳感到欣慰，妳唯一來台灣的終極安慰，竟是來自於雨樹，這個貼心又風趣的孩子。來島嶼得雨樹，扣寂寞以求音，這些年的異邦生活，唯一無法滅去的是思鄉，回憶讓妳夜夜難入眠。

上海年代，妳的少女夢幻盡頭已如燼。妳走後，這座城市一度進入黑暗。晚年，妳生病則趕不及渡海赴它的重生歲月。

妳沒有再渡海，於是妳交代雨樹，將妳的骨灰撒在海峽中線，讓骨灰飄到上海，也許那時候妳的魂見了海市蜃樓般的新上海也說不定。

妳注定成了渡海者，寂寞者，背鄉者。雖然表面上看來妳是如此的時髦風華與特立獨行，有人叫妳外省婆，而妳其實是海上漂流人，如此寂寞，也如此堅強。

妳注定死在一座島，熱之島，南語之邦。

妳像畫家高更，高更死前要希瓦島人將其抬至庭園，面對滿院春意與襲來熱風，畫家拿出紙筆，畫下法國原鄉雪國。妳臨終前，要雨樹抬妳至陽台，妳吹著熱風，聞到盛夏之死，妳拿出紙筆，寫下「海上來的女人」，此爲墓誌銘。

【編號2：鍾桂花】以我自信　毫無阻礙

7

妳遺忘許多前生事，近乎忘得徹底。

人生直接跳到中年，妳來到多倫多，以爲這座城市是不會有任何邂逅的，妳不會愛上任何人，這座城市於妳是來尋找島嶼傳道人的聖潔靈魂，妳不想墮落，但也不欲成爲天使。

妳只想成爲傳道人。

妳喜歡這座城，因爲妳在這座城遇見上帝的代言人，一個有信仰的男人。

妳在這裡是一個符號，東方的，黃色的，島嶼的。妳想像當年那個留著鬍子的傳教士馬偕醫生是如何地踏上蠻荒，進而改變一座島嶼的歷史。但妳來不爲改變，只爲尊嚴求生。但尊嚴何在？妳寫信給母親，妳想告訴她異鄉台灣人的尊嚴也是輕如羽毛，妳原先日日哭泣，寧可待在母親身旁，即使無法讀好的學校也無所謂，即使日日被跟監也沒關係，見到母親妳就安心。但母親要妳走，帶著父親鍾聲未竟的使命遠離，這對妳太難了，妳沒有父親的使命，也無母親身上那種近乎永恆的肅靜，妳只想安逸。但年紀尚輕時，妳也沒有太多掙扎，妳還沒長出意識的血肉，只能任憑安排。

猶如當年妳在傳教士幫忙下生命啓航。

妳成爲島嶼最早的一批女渡海者，但妳的渡海是單程旅程，只去不返，很堅決的單程，像老家阿珍阿嬷少女時遇見的神風特攻隊。

單程旅程，猶如妳從不主動回憶往事。一個女孩無父無母且無母語，妳的艱苦無法補償，所幸還有十字架，還有溫暖的教會可棲息。

不要回憶，一切不留，妳總是對前來訪妳的故鄉人這麼說著。但說這句話時，妳總心虛地想起離鄉前夕那藍如深海的天空，那片永恒的大藍。

8

晚年妳在多倫多安大略省博物館工作，雖然只是在櫃臺賣票，但這就夠了。妳愛上這座博物館的大器，還有一些來自妳原鄉島嶼的照片與物件。一八六〇年，一個掙脫既定命運的張聰明，從蔥仔變聰明，成了馬偕之妻，墳埋淡水，成了荒湮蔓草裡的眞理。照律例，永爲我丈夫。簡潔鏗鏘有力的宣言，在妳生命裡嚮往的誓語，妳幾乎可以背下張聰明和馬偕結婚的字詞。善意的傳教士，冒著頭顱被高懸風中的危險，將十字架釘在島嶼，南方的十字，頂著地的罪，妳覺得他們身上有父親的影子。上斷頭臺的父親，不知前方險惡，只知現下不公。島嶼各處的萬善祠埋藏許多征服者殺戮的革命無名氏殘骸，對映傳教士將十字架的愛遍插島嶼許多山頭部落，妳寧可愛這十字架，那些萬善祠萬應公讓童年的妳行經時十分恐懼。天主明亮，聖母垂憐，聖樂歡愉妳感到有安慰。

偶爾思鄉，妳就去唐人街。潤餅最是妳的唇舌鄉愁，豆芽、蛋皮絲、豆干絲、紅蘿蔔絲、花生粉……，顏色白綠黃紅如印象派畫，吃潤餅時妳的眼眶偶泛淚光，遙遠之海的村裡一座老宅內的婦人面色憂憂，妳的母親在灶火上弄著湯湯水水，然後常忘了灶火，而把自己凝成一道幽影，直到燒焦的氣味傳導到神經才突然驚醒的母親目光哀愁，美麗而憔悴，停息在傷心風中的母親臉孔，是妳唯一的惦記。屘叔公鍾流的女兒鍾情常來安慰母親，她和家裡親。鍾情姑本來早年是去學當產婆的，太平洋戰爭爆發後就不敢再去了，怕學醫會被徵調。但鍾情後來還是當了醫護士，到處宣導男女一樣好，兩個恰恰好。這些故鄉人，妳既陌生又熟悉。鍾情偶爾寫信給妳，署名鍾桂花的信，妳拿在手裡反覆看著，彷彿這不是寫給自己的信。妳在這裡不叫桂花改叫梅監霧。妳遙想在一座熱島，在避孕藥匱乏年代，一個女傳教士爲了在異域福爾摩沙島專心傳教竟切除了子宮，妳的名取自她，妳亦不想要有子宮，妳想要有愛。子宮麻煩，愛不麻煩。

初老時一個神父來到妳的生命，妳沒有想要改變神父的命運，妳敬他如失去的父，他是妳的新父，妳心裡愛著這神父，願爲他改變信仰，且虔誠至終生不嫁，安貧樂道，這是妳的秘辛，妳想上帝並不反對。「十誡」裡獨獨沒有得對他人誠實之誡，妳以爲對自我誠實更重要。神父對妳說過一個故事，《舊約》裡有個國王晚年作了一個夢，他召來城裡的聰明人，命令聰明人爲他解夢圓夢，否則將處死他們。其中一個聰明人說：「請陛下告訴我你作了什麼夢，好讓我們盡力爲您圓解出來。」國王說，我忘了我做過什麼夢，但肯定有做一個夢，你們的職責就是將我的夢講出來，講出這夢意味著什麼？「連你都不知道，別人怎麼能講得出來？」這可憐說出眞相的人卻被國王處決在斷頭臺。妳聽著感到悲哀的淒涼。妳相信生命不需要向別人交代，關於妳的告解妳只對上主告解，妳喜歡這樣的神秘時光。妳對神父告解，神父對妳說故事的隱喻，妳消失的父，可憐被處決的父親鍾聲又返轉妳心，妳在異鄉因爲信仰而有了父，妳的天父。

9

這城到處有叫瑪麗、溫蒂、泰瑞莎的名字，以前是颱風的名字，現在成了可親者。偶爾妳會想起以前家鄉的村人瑪麗，她的名字由來，許多人以爲是因爲她出生時遇上瑪麗颱風之故，瑪麗卻輕鬆回答是因爲父親愛逛鎮上酒家，酒家女瑪麗的名字就移到了她的身上，瑪麗的弟弟叫喬治，發音常被笑成台語蟾蜍。那個村落的人事物，現在妳回想起來都是陳年影片。往事愈想愈遙遠，這符合妳的想望，一切都不要太清楚。來到異鄉多年，那座海中之島，隨著母親的過世，彷彿島已沈沒，往事已逐漸滅頂。

如果對往事有什麼渴望，那就是如果能把台灣的一種折疊藤椅搬來這裡就好了，妳覺得外國的家具都不好坐。這裡沒有這種老物，家具都大，足以把瘦小的妳整個包住，連腿都搆不著地，妳坐起來空曠而彆扭。那種類似海灘椅的藤椅坐在上面很舒服，看書看風景，發呆打盹，妳童年很喜歡坐在藤椅上面，夏日黃昏時，籐椅涼涼的，躺在上面聽樹梢蟬鳴，舔著枝仔冰，看著村裡的炊煙燃起，散到天際的塵煙，妳總是望著發怔，那煙塵藏著離別的氣味。妳懷念一些氣味，包括母親在清明節總是會帶著妳去村口的梅芳蘭香舖買香燭和銀紙，但現在妳不能拿香了。妳記得鎮上有一家棺材舖，妳陪母親去買了要給亡體睡的小盒子，沒有窗戶的房間散著木頭香氣，妳在散落著不同木頭材質的小盒間裡遊走，直到被悲傷的母親喚說別再走了，阿母都被妳弄得頭暈了。夢魘的小村，日日有哭泣聲，妳被牧師送往異鄉，爲了妳的大好前程。但妳至異鄉後卻不再努力了，妳老是陷入一種恍神的模樣，平庸地讀完大學，然後在教會作中文翻譯，就這樣，孤孤單單地，直至遇到照顧妳的男人，妳心中的馬偕，從歷史復活的經典名字，褐目珠洋教士來到妳的生命，但妳不是張聰明，妳只是想找個港灣航進，別無它想。

妳不懂愛情，但這字詞各自分開妳就懂，妳懂愛，懂情。

妳成了傳教士，妳遮起妳的髮，妳閉上妳的眼睛，但妳打開妳的心。

在這異鄉紅塵，妳飄零，但妳不帶往事生活，妳只有主，如鹿渴慕溪水。妳保有亡父的髮絲，此即相思，此即封印。

妳是這麼地告訴著來自鍾家後代親眷小娜，面對這個對世界好奇的提筆者，妳盡可能保持大量的沈默。

因爲沈默是最好的武器，面對傷痕。妳取出多年前西娘阿嬤爲渡海的妳訂製的木屐，妳的島嶼全在這裡，每踩一下都發出相思的木屐，妳交給了小娜。「記得這一日。」妳覆誦當年西娘在妳耳邊說的話。

背後聖樂響起。

妳逐漸遺忘帶著血痕的異鄉甘蔗園，但父親的血腥，有時在妳脆弱時會潛進妳的夢裡，窟窿的雙眼，妳的父悲傷著一張臉，把妳推向背鄉旅路的父，也常渡海來到妳的枕畔。

【編號3：舒菲亞】
上帝的羔羊　覆轍的命運

10

妳夢見他躺在一口棺木時，頭部有道裁切縫合過的痕跡，那條像是棒球表面的某道縫合線，像是拉鍊般地把頭殼拉上了，那些原本埋藏在腦子裡亂七八糟的種種意念與思想都像是被一道門給徹底關上了。這道拉鍊般的傷痕像是終結了舒家浪蕩子的基因，許多人圍著棺木時都想著這舒家眞是徹底的輸家啊，猶人義孝即將火化，最終連傷痕都灰飛湮滅。

妳終於在父親的現場，但他無法再和妳對話。父親，讓妳受苦的父，終於收起瘋癲，收起暴力，他沈默。

妳終於敢打開那個充滿黑色迷霧的黑盒子，那可說是童年原鄉最大的惡夢圖像。

那還是妳有父有母的年代。

幼年時的妳總是想看又不敢看，半隱半顯地看著母親殺雞，妳用雙斗大好奇的眼睛盯著溫順的媽媽在抓著雞。回娘家的姑母虎妹則在旁教著母親如何殺雞，虎妹幫忙抓著雞頭，姑嫂二人說笑著，一把刀在眼前晃啊晃的，雪白刺目，看得妳心驚膽跳，唯恐刀傷母親。妳看著媽媽抓著雞的翅膀，拔去脖頸上的毛，然後虎妹姑母流利地一刀劃下，白頸流血，一滴滴地落在缺角的碗裡，碗裡紅血頓時像村裡那個奇怪算命仙桌上的硃砂，寫符咒和阻止鬼近人身的硃砂，紅豔豔地擱淺在白瓷藍盤。

老算命仙其實是個假仙。

那時老算命仙的屋裡，黑赭如墨，長年飄著艾草驅魔。當時妳看著雞血紅了刀，紅了瓷碗時，不禁地想起村口的老算命仙，想起來就頓時一身雞皮疙瘩。

此刻，思及此，妳閉上雙眼，那個小女孩躲在石柱下以緊閉的雕塑姿態昭告自己可是一個慈悲的人喔，這人間殺戮是不忍看的啊。妳覺得自己不過是一個僞善的人時，這事已經過了許多許多年了，妳在異鄉早已經歷無數的悲歡寒暑，往事迷濛如霧，影事失真又寫眞。

當然，現在妳在異鄉過新年，沒家的人不需要吉祥話了，因爲再壞也不會壞過孤寡一人了。

11

在父親老家時，母親學著姑母，學習在圍爐前喊一聲「起家」，要你們此時才可以夾雞肉吃。吃雞即起家，有了這個字眼的吉祥加持，妳才敢將筷子探向白斬雞。母親夾起第一塊雞肉，是謂起家。雞和家，閩語同音。同音的象徵可眞害慘不少事呢。就像雞，永遠都背負著諧音的十字架。你們起家這麼多年，家卻四散飄零，連純眞相信一切美好事物，開心地跟著虎妹姑母學習要在新年圍爐喊著「起家」的母親都改嫁了，家已不在。桌下有爐，爐火劈哩啪啦，那些案桌上的柑橘發粿春飯春花長年菜韭菜菜頭……然沒有好彩頭，日子進入寒冬。除夕夜通宵達旦打牌的小村是妳在一整年的夜裡喜歡的熱鬧，妳甚至喜歡聽骰子落在碗盤上的聲響，妳母親躺在旁邊笑且以擔憂口吻說難道妳也是個賭徒？聽虎妹姑母來家裡時說她可不守夜，守什麼夜？她在嘴裡丟了些土豆說。通宵不眠守歲是爲求長輩長壽，但看舒家長輩，查埔祖愛博，查某婆只顧自己生的囝仔，哪值得阮替伊守？母親之靜聽了趕緊要虎妹小聲點。這些聲音於今都還清晰歷歷，彷彿她還是個小女孩，躺在舒家老厝的眠床，等待著鞭炮四響。妳喜歡冬瓜糖，還有裹著糖粉的土豆米，那些滋味倒是很遙遠，很遙遠了。

女人喜歡事物的象徵意義，妳想起童年妳口中的仙爺也是村裡最愛搞象徵的人。這是多少年的事了？那些曝光不足的畫面卻依然在夢境徘徊，尤其新年的孤單異鄉時刻。

眞正知道這發黃故事的人是妳，已經渡海的妳。

那老假仙看起來有些陳腐，衣腳髒髒的，看出來沒有女人照顧的生活底色。他的神色大多是疑神疑鬼，一個人嘟噥著俺俺俺，當年妳一直不知道俺就是我，村人也不知道，沒人聽過這種口音。妳老見他一個人拿著羅盤在村子裡東走西走，小孩會在旁邊幫他數步伐，往東走一百步，然後他吐了一口大痰，說是流年在東方要吐出晦氣。往西走一百步時，他常被路邊觀看的小孩大喊著仙勒，走過頭了！你走過頭了！算命仙還差點跌跤，這時小孩在旁看老算命仙的模樣總是很樂地鬧著。

但許多已婚婦人卻害怕這假仙，虎妹姑母尤其耳提面命告誡地說著，替人算命的人伊爲何不算自己的？如果那麼厲害能夠未卜先知，那阮阿叔早就算出二二八時伊的兒弟會被抓去彈掉了，伊成日幫人算命，自己家人的命卻看不清。算命仙的話哪可以聽的話，海水都可以顛倒流了。母親之靜也對妳說算命仙的嘴黑累累。

這老假仙很喜歡妳，每回妳讀半天課放學經過村口時，老假仙在門外哈菸用歌聲喚著妳，好一朵美麗地茉莉花，芬芳可愛又美麗……鄉音濃厚，妳當年也沒聽懂。老假仙露出黃黃牙齒笑著對妳說小丫頭啊，來來，俺爺給妳糖吃。

妳看著蹲在門外的仙爺，感覺他像是個神仙似的留著白鬍子，穿藍袍掛，聲音好聽。妳心思單純地走近他，他站起拉著妳的小小手，跨過門檻，一同走進老房子。老房子上方有面八卦鏡，一張長木桌，上面有文房四寶，艾草在燒著，感覺一切濛濛地薰薰然。屋內會投射一些彩色光影，是五色旗掛在窗櫺上隨風兜進屋內，小村子裡只有此地是唯一讓妳感到世界原來是彩色的。

老算命仙帶妳走進他的房間，說有糖果在櫃子裡。

這櫃子叫氣死貓，妳阿公三貴說這種櫃子是專門讓賊賊的貓兒看得見食物卻抓不著地乾瞪眼用的。

妳一眼就看到一條條橫木門的櫃子裡有許多杯盤碗筷，裡面有殘餘剩菜，還有一尾煎魚被吃了半邊，骨骸外露。這光景讓從屋頂一躍而下的野貓氣呼呼地，櫃子有爪痕可爲證。

老假仙對妳這個小丫頭說妳跟俺說糖果在那裡？

妳一手指著氣死貓，一手咬著自己的指頭，嘴巴咕咕咕地嘖嚅著別人聽不懂的言語，口水溢著嬰兒香氣似的甜甜泡沫。

老假仙搖頭，不勝憐愛地對妳溫柔說著小丫頭妳再猜猜看。

他忽然把幼小如貓的妳抱上飯桌，妳聞到他身上的老人酸味與菸草味。然後妳突然感到有點害怕想要跳下餐桌時，老假仙又一把地快速把妳抱下來，抱妳的時候一手抓著妳的臀部，把妳用力地搖晃著，妳忽然感到害怕地尖叫一聲，他才把妳放下來。他抓起妳的小手往近窗的木床走，示意妳掀開床單下的枕頭看，枕頭下正有幾顆糖發著亮光。

一隻蒼蠅陡然飛起，嗡嗡嗡地，像是才沾了甜氣似的歡愉。

老假仙又問妳小丫頭想不想自己有錢可以買糖果？妳聽了大力點頭。

老假仙掀起藍袍掛，露出裡面的鬆緊帶睡褲，他抓著妳的手探進他溫熱的褲子裡頭。妳仍然咬著指頭，老假仙便把妳的手用力地往裡掏去，小女孩怎麼掏都掏不著錢幣，只感到一陣莫名的恐懼襲來，妳想大哭。

老假仙這時見狀竟乾脆就把自己的睡褲給退下來，一時之間，紙鈔銅板咚地一聲掉到發出黑色硬塊的泥地上。

撿啊！撿起來啊，都是鈔票銅板呢。

妳彎身撿鈔票和銅板時，老男人順勢摸了妳的臀部一把。妳還不知怎麼回事時，正巧當時窗外有人在喊著仙有在厝裡嗎？

老假仙快速帶妳往廚房走，推妳一把，要妳從後門出去，並對妳做了個拜拜的可親手勢。妳在要離開時，又回頭抓了桌上的兩顆糖才走。男人呵呵地笑，吃，吃，盡量吃。

那間老房子對妳的回憶有如昏濛濛的黑暗地窖，有某種橫慾暗流，既眞切又不眞切。後來妳又拿了好幾次的紙鈔和糖果，玩著猜猜在哪的遊戲後，很快地妳已經要上全天的課了。村裡某個單親母親阿秀和她的憨女兒和老假仙住在一塊，那時妳已經知些人事了。可憐的女人，妳有時候會想起阿秀和憨妹，那個遙遠而悲哀的遺址。

當年妳把小幣値的紙鈔都放在塑膠透明豬的肚子裡，後來妳用這筆錢去了西螺小鎮上新開的文具店買了一架桌上玩具小鋼琴，可以彈出一些音樂的模型鋼琴，花了妳四百元。

母親有天不解地問妳怎麼會有這麼多錢？

妳忽然哭了起來。妳那善良溫馴的母親是個想法純眞的人，無法想到鈔票背後的黑暗。看見妳哭了就心疼地算了，也沒再追問，想也許是過年壓歲錢存下來的吧。幾年後老假仙在某個雷大雨之夜傳出心悸暴斃，妳是在隔日聽說這事，後來妳奔跑至假仙的老厝逗留一晌，當然是已不復見老假仙了，假仙已死，跟他的可憐女人阿秀姨和她的憨妹女兒也都離開人間了。

而妳早已被時間帶開了那個可怕的黑暗地窖。

12

作孽啊！我是上輩子打破你們的金斗甕喔！不然我這世人怎麼爲你們做牛做馬地忙。虎妹姑母常在廚房煮飯時會這樣地亂吼罵著，這時妳總是又神遊到往事，那些奇幻時光，屬於哀愁的和際遇的，以及無奈的，討生的……。虎妹姑母後來取代了父親與母親，成了構築妳島嶼世界裡的重要親眷，如父如母的姑母，曾短暫接管妳與妹妹藍曦的人生。

陌生人在流離亂世時代相碰撞，妳悄悄以視覺拍下了一張陌生家族的拼貼合影，這影像是妳的祕密，妳童年收藏的悲哀合照，裡面有陌生人阿秀姨憨妹與算命仙。妳不知道後來的妳也將如憨妹般地失去父母，妳不知道關乎家族一切的甜蜜溫暖都將被取走，妳看不見前方的際遇。童年的妳曾在這兩個陌生女人的死亡現場，以爲自己是幸運的，逃過算命仙爺的陌生愛撫。比起憨妹的悲劇，妳的生活反倒成了喜劇。

然而幸福不長，妳也繼承了不幸，她沒有逃過父親與母親的遺棄。

妳後來也成爲變相的憨妹，在喜妹兔妹憨妹這三口組之後，妳當時慶幸有母親，還沒看見自己即將接續這村落女人的鄉野傳奇，鄉野傳奇從來沒有斷過，缺乏的只是被述說。

幾年後，厄運來敲門，父親義孝槍殺了人，母親之靜離去再婚。

那年妳們來到姑母家，和小妳四歲的妹妹藍曦，阿公總是笑著叫妳飛呀，叫藍曦是懶屍。

那年，虎妹姑母成了妳們的臨時母親。虎妹姑母，妳叫她虎姑母、姑母、姑姑、姑媽……

妳們到姑母家前，妳一路上已經被自己的眼淚給哭傻了腦子。妳爾後在學校看起來像是個智能不足的女孩，而藍曦還不知道發生什麼事，但她也知道母親不見了，她知道哭。

那是一個星期天，妳們像貨物般。先是從高雄上了火車，然後又換了客運，一路接駁地隨著幾位蔬果商人來到姑母家。姑母虎妹以爲是送批發蔬果的人，一看竟下是兩個女生，入獄大哥的兩個女兒。妳穿著一件有蝴蝶絲帶的洋裝，套著雙看起來皮革頗佳的娃娃鞋，頭髮糾結，前額劉海濕透，張著驚恐的大眼望著四周。

而藍曦才下車不久就躺在姑母家的客廳木椅上睡著了，她看起來像是哭了很久而疲憊睡去。

妳們全部的行李就是一個包裹，兩張小棉毯。

自此虎妹家多了兩副筷子，妳和藍曦。但也多了兩雙可以幫忙做家事的手。表妹小娜還小，日日哭哭啼啼要妳揹。

妳和自己的母親之靜有一次見面是因母親帶妳去監獄面會父親。大家都爲母親常去探監而感動，但只有妳知道，母親要監獄裡的父親簽字放她走。

放我走吧！讓我帶走菲亞。

父親不肯。還寫信要阿公偷偷將妳帶走。妳不知發生什麼事，天天哭，哭到都傻了，還不見母親來接妳回家。

要舒家的孩子，門都沒有！誰也不能帶走舒家的孩子，除非媽祖婆或者上帝。

阿公說寧可把孫女賣掉也不讓她隨母親嫁入別人家。妳姑母虎妹偷偷聽到要賣妳們的消息，心軟地把妳們安排帶離雲林，帶到身邊養著。

我就是這樣變笨的，哭笨的，妳躺在愛人身旁說。

13

不經召喚的往事畫面，在妳的暗夜跳舞。

那時掛著選舉人肖像的卡車緩緩駛進小街裡，破引擎聲伴著刺耳擴音器分貝，擾村人午夢。選舉季節，妳是巷子裡最高興又有選舉的人，因爲虎姑就不會常呼妳巴掌了，選舉人送的大同瓷碗綁著紅塑膠繩，一疊又一疊，多了這麼多潔白印花瓷碗，虎姑很高興，要是妳不小心打破了碗也不會很生氣了，最多叨念一聲汝洗碗甘願點。當然虎姑看著放在灶腳的碗時，偶爾也會碎念有碗無飯，有啥用，空碗能呷啊。

妳有很長的經驗是當作業員，妳少女時期四處可見誠徵作業員、供食宿等紅紙條。工廠對妳比在虎姑母家熟悉，妳寧可住工廠，也不想住虎姑母家，至少在工廠裡妳還可以作點自己的事。首先妳去成衣廠過，接著虎姑母聽說製造電視機的電子工廠錢比較多，又將妳換去。妳穿著制服，在一條緩慢移動的輸送帶上，妳想像著未來，妳想要儲存勇氣來過自己想過的未來，但妳看不見未來。在電子盤裡妳得裝上一個個小如螺絲的零件，有時妳被工頭換到另一條輸送帶，手裡又更換另一種零件，妳的人生就像零件，七拼八湊也看不到成品。有時是負責檢查電視螢光幕，用電子檢驗器檢查著不合標準的成品，妳偶爾在情緒低落時會希望當年自己在母親的肚皮裡就該被淘汰，妳的生活根本是不合標準的淘汰品啊。

妳的周遭充斥著待拼裝的零件，電視機、遊樂器、錄音機、照相機、攝影機、手錶、時鐘、電子琴、遊艇、汽車、機車……零件等待被組裝，生命等待成形。這是一個巨大的加工區，但不會是恆久的停息處，妳知道。一旦知道，反而就安頓了自己，於是妳乖乖地在廠房與夜補校間擺動腳步。妳不再像以前那般逃家，還讓幼小表妹小娜跟蹤，妳也不在保齡球館當計分員鬼混，至於妳愛上的跛腳男人妳也把他遺忘了，妳十五歲就和跛腳男人在一起，當時只是爲了氣對妳十分嚴厲的虎姑姑罷了。想通了自己有更遠大的未來後，妳就得以暫時安居在這座圍城裡，加工廠的巨大圍城外植有一排大王椰子樹與鳳凰樹，行過印著紅色莊敬自強、處變不驚、服從領袖的白色牆，妳告訴自己鳳凰花開至第三回時，妳要離城遠航。

在工廠裡的午餐時分，妳老是掛著一張不笑的啞臉，捧著鐵盤在自助餐裡點三道菜，一碗飯，舀著大鍋湯，節日加菜妳會多點一條紅燒魚、幾塊百斬雞和荷包蛋。傍晚，回宿舍，偶爾有人邀約玩鑰匙機車遊戲，妳都搖頭，不解那有什麼好玩的。

籃球場總有幾個男工人在打著球，妳看著流汗的年輕男工，妳常想他們怎麼能忍受滿足於這樣的生活？當然妳也有點自卑，妳的臉上有一顆指甲片大的痣，虎姑姑老說要幫妳點掉，但又擔心點不好會留下疤。獄中的父親常寫信吩囑要點掉臉上那顆痣，但妳只任它長在臉上，好像要讓它見證妳的生活不美好似的。裝配員、作業員、黑手……妳有時會在宿舍看著家住較近的作業員騎著腳踏車或機車從廠房魚貫離開，那些疲憊的背影，負擔了一家子的肚皮。妳被虎姑安排住宿舍，一來虎姑家裡空間小，虎姑又一天到晚要帶她自己的女兒小娜四處做流動生意，是無暇再照顧妳們了。而住在多人一間的宿舍免費，若想住好一點的三百元，不過妳連三百元都要省下來的。

當時妳身邊的女孩都在收集林青霞的照片，在戲院裡爲三廳電影落淚時，妳只想著出走，或者在工廠寢室裡亂翻著不知誰留下來的一本叫《荒漠甘泉》的書，書裡有偉人留名，工廠廠房高懸偉人的照片，廠長有時經過鑲著金框照片下方時都會嘟囔著我排了九個小時才看到伊的遺體呢。（是這偉人和偉人的兒子讓妳流亡他鄉的，因偉人過世，減刑了的父親，而妳畏父，他出獄，妳逃亡。）

妳開始有點生活的樂趣是廠方為了幫妳們調劑生活，在週末日開了許多免費課程，插花、烹飪、美容、美髮、縫紉、土風舞、社交舞、橋藝、吉他、素描、英語會話……，妳對素描班和英語會話特別有興趣，妳也常跑去廠內的迷你圖書室看書，妳嚮往有朝一日離開這個窄小的世界，女工們都覺得妳是一個特別沈默又怪異的女孩。妳除了把部分錢交給虎姑外，其餘的每一分錢妳都存了起來。虎姑送妳來當作業員時，轉身拭著眼角的淚。她對妳說，妳乖乖做事就好了。人說孔雀不食毒羽毛不美，所以妳要激勵自己出頭天，阿姑能力不好，養妳只養到今日，自今日後妳要靠自己的雙手攢食。妳知道她這個人是這樣烈性的，妳不怪她送妳來這裡當作業員，補校的功課沒斷，能賺錢就有尊嚴，妳是高興的，雖然對於這樣無依無靠的生活感到茫然過。

妳在窗邊觀看外界繁華一眼後，旋即沐浴換制服，妳得趕到夜補校上課。

沒英語課的週末妳都把自己捲在被窩裡，女工們全都出去溜達或回家了，無人的廠房，像是未來世紀的冰冷，而妳像個未出世的無眼嬰孩，沒有任何意志地睡著。

15

妳出生時，腳紋斷掌外，在出生那日，還逢繼祖母娘家的父親意外過世。於是妳被阿嬤廖氏視為剋星，阿公三貴對父親義孝說，這查某囝仔不能住進家門，這孩子會剋我和你，父親不理會，但母親擔心，於是妳有泰半時間住在母親張簡的外婆家。但父親入獄母親訴請離婚後，阿公想賣掉妳，還好虎姑母捨不得，她說還會有誰是舒家的剋星，絕對不是妳。後來妳才知道眞正舒家的剋星不是自己，是祖母，續絃阿嬤。不過這種論調當然是妳從虎姑口中聽來的。

妳那時候常背地叫虎姑母為虎姑婆。於今屋頂上再也沒有壁虎了，那刺耳尖鳴如鳥的聲音，爬行在滲著水氣的牆壁上。此地的屋外森林有倒掛的蝙蝠，張著翅膀不眠，詭譎地望著屋內交纏戀人。

16

金髮洋男友聽了妳說的往事，他說中國人的八字和面相等等算命眞奇怪，竟就決定一個人的未來。

妳喜歡寄信收信，童年時妳和妹妹藍曦最大的樂趣是將信封上的郵票剪下後，泡在水裡，郵票和膠脫離後，將郵票曬乾，就是一張有印記的郵票。但長大離鄉之前妳們收到的信卻都是從一個不名譽的地方發出：台中監獄。那些美麗的郵票，有著時代印記，來源卻讓妳們羞恥。

因爲會寫信給妳們的不是母親，而是父親。但父親信裡寄出的地點卻是一個不怎麼光彩的地方，台北看守所、高雄監獄、台中監獄……，充滿了罪惡印記的郵戳。不像妳長大後寄出的信封郵戳總是充滿了異國情調的地理想像，香港、曼谷、東京、京都、羅馬、巴黎、柏林、布拉格、蘇黎世、紐約……

妳喜歡機場，喜歡搭飛機，那種流動感可以讓妳鬆開被定型已久的生命，飛機讓妳除卻鄉愁，今日雅加達，明日巴黎。飛機載妳瞬間升空，讓妳有餘力回望地球，離開傷心往事。於是妳永遠不會固定一個地方，不會爲一個人苦，不會爲一成不變而感到絕望。

妳一直覺得自己是一個遠來客，外來客。

當然也有很多時候，妳痛恨旅館，迷茫於那種不知身在何處之感，面對一個比起妳成長過的小村落，這世界簡直是大到讓妳無以適從。

妳唯一的原鄉充滿沙塵，每一片葉脈都瀰漫著黃沙，每個人的眼睫髮梢都沾黏著細沙，刺目刺耳……

17

虎姑對妳而言是拿著棍子的主人，心情不好時會賞妳耳光的主人。

國小畢業那年夏天妳的姑母突然決定先送妳去當車衣學徒，呷頭家睏頭家娘，來遊說的人對虎姑說妳賺的錢養不了那麼多小孩，阿亞可以去學手藝。聽說虎姑想了七天七夜，每天都頭痛，炒了幾道菜送去探哥哥的監，但要把菲亞送去當學徒的話到嘴邊了還是吞了進去，她怕以義孝的個性聽來是會捉狂的，可能會把電話筒往透明玻璃敲碎也說不定。（十幾年後，義孝減刑出獄得知有這麼件事時，他還是和虎妹鬧僵決裂了。）

妳記得有一陣子姑姑對妳甚好，妳不明白為什麼姑姑總把荷包蛋留給自己。直到某天上午，妳見她幫妳打包了一個小包袱，然後找出最好的洋裝給妳穿，接著就帶自己和表妹小娜出門。妹妹藍曦那時在哪？對了，在學校。而小娜還沒上小學，可以跟，但妳不知自己要去哪？妳記得搭了好幾班公車，那日風飛沙大，灰塵沾了眼睫嘴唇和洋裝鞋襪，妳們三個女人就來到一家灰色工廠。

自此，妳釘著牛仔褲的鈕釦，編織過緞帶。被可能是月經不調的女師傅毒打過，用熨斗燙傷大腿。滾生絲時不小心滾到手指流血，有好幾回流血不止，好心車衣婦人身旁也無藥膏，教妳趕緊到廁所用尿液灑傷口。也有好心送貨年輕司機恰好來成衣廠收貨時見狀，奔去工廠四周的田裡抓螞蟥，那蠕動的噁心黑獸吐出分泌物，黑獸分泌物竟封住了妳的傷口，工廠藍領人見狀拍手。工頭吆喝大家頂眞做代誌時，才又恢復安靜。

妳記得這些畫面，妳當時常想自己可能隨時都會休克在這間地獄裡，妳突然覺得姑姑家是天堂了。這是妳以為最悲慘的歲月了，妳不知自己惹姑姑生了什麼天大的氣？姑姑為何要把妳送走？這是妳少女成長前第三次被遺棄的感覺，一次是和父親打棒球時突然父親被帶走，留下妳在原地嚎啕大哭，直到黃昏媽媽才想起妳似地提著燈籠來到一間小學運動場找到妳。第二次是妳見到外公忽然現身在高雄外婆家，起先妳怕外公，但外公帶了糖給妳吃之外，還說要帶妳去找爸爸。妳和藍曦跟著外公上了火車後，突然不知怎地意識到被母親拋棄了，外公是來抓妳們的，妳嚇得一直哭，從高雄一路哭到斗六，又從斗六一路哭到二崙，從二崙一路哭到尖厝崙，從尖厝崙一路哭到永定村，從永定村一路哭到舒家，沒有停過哭泣，最多就是哭到喘不過氣時乾嚎，外公不管別人的眼光，偶爾有婦女來勸這個老男人說，汝孫會哭死喔。他說，別睬伊，伊係愛哭愛對路。長大後妳在學校成績一直都敬陪末座，妳笑說自己從小就哭笨了，被嚇笨了。

是啊，妳非常確信自己的某一塊靈魂在搭上火車，意識到自己已被媽媽拋棄時，那種無來由的恐懼，眞的可以把一個心智成長中的孩子嚇哭的。

18

這浪蕩子基因可以追溯到三貴，接著一路並不乏繼承者，義孝之後，皆女承之。

他叫妳年輕，卻把自己一身的腐朽送給了妳。那年他二十九歲，流亡者，恆常停格的黑色年齡，數字透著某種中國人宿命式的不祥，一種象徵，一種難關，妳知道這是他的宿命。他讓妳想起一個遙遠而日益模糊的人，妳不知那個遙遠而模糊的身影還能稱之爲妳的父親嗎？妳有身世嗎？父親告別妳，妳現在也等著告別情人。

妳遠走，他高飛。這是妳的情人，期望高飛的年齡，雖然什麼是高飛他未必知曉得眞切。沒有心情，沒有玩樂，沒有永恆，只想高飛，飛向瓦解的核心。他覺得自己夠老了，老聞不到革命後的和平氣息，他第一次想要無畏於生命時，妳來到了他的生命。

他看妳一眼，就喊出了舒菲亞，Sophia。只消一眼，他就望穿了妳缺乏愛的殘缺荒蕪。

妳是我的舒菲亞，妳的名字，有了新的意義。

我是Philo，妳是Sophia。我是愛，妳是智慧。他喃喃說著，撫摸著妳的髮絲，東方女人的髮絲，柔順輕盈，像黑瀑一般的髮絲，於他生命裡從沒有過的嬌小柔軟女體，以愛之名來敲著他已經死掉的心牆。

19

我告訴你一個故事，妳對男人說。

從前從前，有一個人叫年輕。（男人摸的妳的髮絲，說妳是我的年輕，永遠的年輕。）

她二歲的時候，上山砍柴遇到一個先生念金剛經，她聽了很感動，想說天上神仙境遇很深，不知不覺中天黑了。三歲的時候，突然悟到沒有永恆這件事。接著四歲，家裡發生變故，這世界只剩下她一個人孤伶伶的。

五歲，她跟了一個窮小子生活。她喊他大哥，他是她父親的朋友，窮兮兮的，愛罵髒話和喝酒，大家對他都沒有法子。六歲，她跟著大哥，她從都市搬到鄉下去住，一個叫做月眉的小村。同年，她入小學，什麼都沒學會，就只學會逃學和無止盡的玩。九歲時，她被外公騙上火車，帶離開她親生母親，來到了新家，她的姑姑家。十二歲，小學畢業讀國中，她第一次發現自己原來是個女孩子。同時還想起，她當年那還未改嫁的媽媽曾經叫她小貓，她媽媽叫她爸爸大虎。十三歲那年，年輕和姑母一家人移民北上，去到大都市之前，南國夏天颱風做大水，年輕在深及膝的水中會見了一些親戚。

一個姑婆在一幢古老的西厝裡，執起年輕的手，流著淚。

年輕覺得這樣很腐敗。

十四歲，姑母領她去新莊某戶人家工作，表妹一起送行。住在那裡的年輕，天天躲在廁所咬指頭流淚。半年後，年輕的姑母良心不安，把她再次接回家。十五歲，她開始抽煙。十六歲，年輕在撞球間和保齡球館當計分員，她已經老了。一年後，她離家十五天，爲了跟一個跛腳的有錢男人，最後她病了七十五天。次年春，她呼吸腐敗的空氣後，決意往前走。十八歲，她看了十八場電影，在電影院裡和陌生人做愛。十九歲，她遇見迪維拉，是期望高飛的年齡。迪維拉擲球把一整排保齡球全撞倒後，他俯身吻了她，那一吻就把一身的陳腐給了她。

「嗨，年輕。」他對已老的妳說。

20

我在異鄉就已遇到妳的故事了，男人笑著摸了摸妳的頭。

妳不斷述說的故事，男人早已耳聞，妳忘了我叫妳年輕。

妳笑著繼續說，我叫父親義孝是「一笑」，男人聽了一愣一愣的，中文很深奧。妳說我最怕黃昏時光了。

妳出生在一間祖傳老厝的黃昏時刻，那種要亮不亮的冥界時刻後來成爲妳生命最畏懼的時間點。妳的名字注定出生就老成，妳知道，妳就是踏入墳墓再次重生也還是個老成之人。妳父親曾嚮往西方，喜歡洋言洋語，爲妳取名菲亞，舒菲亞，智慧之名，有智慧者注定老成，注定是跋山涉水的老靈魂。

妳改變不了的是眼前這個革命者的命運，男人知道自己離死亡的路並不遠，他抓起妳的手撫摸自己的心說很硬對不對，這裡的節奏早已經亂了，這裡的血液早已獻給土地與人民了。妳摸著，臉靠過去胸膛，盯著看男人的胸脯膚色，黑黝中有著無盡的蒼白，一些黑叢如草的毛橫生其上，妳的手掌貼在心臟位置，豎耳傾聽這顆熱騰騰的心臟彈動。默數到一百，妳就流淚了。

有愛情時，總是讓妳感到特別不幸。肌膚之親的氣味總是容易成了刀光劍影的回憶。妳的淚冰涼涼地滴在男人的胸膛。像是把淚水澆在雜草上似的，男人一個翻身面對著妳的淚光，吻去妳的淚，心疼妳的淚。因爲他是個死人了，他是死活人，他想他不值得眼前這個女人爲自己流淚。

一個身無寸鐵的革命者死亡是可預期的，他不要妳爲他改變什麼或準備什麼。

他來自古老土地，一大片中央廣場的地底可以魂埋無數顆被瞬間挖出且擲下的心臟，他在流血的土地老去，而他此時艱難生命所相逢眼前的這個女人，他聞著她清新的氣息，他知道妳從年輕的島嶼而來，沒有歷史的島嶼卻很沈重，屬於個人的沈重讓他好奇。男人帶著近乎獻祭的心情插入妳的核心隧道，痛苦難掩的人是妳，他沒有，他的生命再無苦痛，只等待成灰燼。

21

但妳不這樣想，妳所能的是聽覺觸覺和嗅覺，妳的個體輕重無關。你們躺在床上歇息調整呼吸時，妳起身，拖曳著發黃床單，走到角落的書桌，一路高地月光冰冷如霜燒灼著妳帶著血色的肌膚，妳劃起火柴，燃起一支香，檀香混著伊蘭伊蘭。流亡者男人在床上抽著雪茄。古巴的菸絲沾著咖啡抽，奇異的組合，奇異的魅香。

浴室。他一把將妳扛起，就像獵人在扛獵物一般的姿態，妳柔軟地倒掛在他的肩膀，像是受傷的垂死獵物，顫抖的小動物，流落在不知名的異鄉房間。

旅館前方是監獄。

九層樓高的旅館窗戶可以目視監獄放封人的走動模樣，妳想起一個父親，陌生的父親。

妳每到一處就豎耳傾聽，卻怎麼聽都聽不見任何一個嬰孩的哭聲。這座城市沒有嬰孩的哭聲，一座嬰孩不哭的城市。妳抱緊流亡者，一具從戰場歸來的身體，又可能即將赴刑場的身體。他曾經是自己祖國的黃金名單，如今黃金成黑，他要妳不要愛上他，他讓妳想起父親，哀傷寂靜且陌生之城，也讓妳想起廣島，聽不見哭聲的城市。像是手榴彈就放在抽屜的一間房間，引爆他只需要一個抽取的動作。那個小小的鞘門，只消指尖一撥，就足以毀滅。父親，廣島，都被妳鎖在一種安靜的哀傷與暴力形象裡。

22

他的體膚有一種奇怪的溫度，特別溫暖，妳想是因為色澤的關係，中南美洲的陽光為他的肌膚烙了層金黃麥色，在昏幽雨天裡也感到溫暖。他的臉特別烏黑，像故鄉案上父親曾經祭拜的關公。後來妳的父改祭拜耶穌。妳常想，監獄改變了父的信仰，但卻沒有改變他的命運。

濃眉大眼，像土匪的神色愈發蒙上了他的臉。她第一次愛上一個如此斷裂的人，寫詩能文的土匪，好聽是說遊擊隊。但他似乎需要更濃烈的名號，土匪，軍閥，或者山寨王，或者刀疤小子。

流亡者裸露的身體四處有刀疤，刀疤王子於今已成刀疤老王，疤痕不再是傷口，倒像是運動員的獎牌。展示傷口的獎牌，充滿了淚水。

妳的小臉上也有個母親所說的小破相，一抹小疤像是一記飛吻。母親摔破父親的酒瓶，碎裂的玻璃片劃過妳的臉。

疤痕，戰爭遺址。妳的情人是活在戰爭的地雷。

妳深深環抱著眼前這顆巨大地雷的腰，冰冷食指在他的肚臍上進出搓揉，那肚臍的凹陷處有絨絨質感，切口處像捏壞的發縐水餃皮。肚臍深處有一顆痣。妳懷疑自己是流亡者生命裡第一個發現他身體有痣的人，如島浮起的痣，一種親密的看見。

有天他的身體有著發高燒般的溫度，他的聲音卻恆常像情報員沒有溫度，又解放又防衛。他要妳聽聽他的心臟，他的心臟跳得比正常人還快二十幾下。妳說他這是心律不整，他撫摸著妳的頭說，不是，是革命者的熱情沸騰不歇，是愛情動物的疼痛攪拌不止。啊，流亡者臉上長滿了野草，他的身體長久磨礪粗糙，他的口水如奔馳荒漠的駱駝體臭，他渾身無一處完好。

你知道我再也不在乎愛情了。流亡者看著窗外撇頭低啞說著。

那你還在乎什麼？妳望著朦朧的煙氣想著，妳感到黯然神傷，彷彿自己一無是處，對眼前的男人與命運發生不了阻擋與飛揚的作用。

這城市讓人疲憊，呼吸沈重，高原之都，陰面陽面兩種絕然，日出日落爲絕然劃下稜線，霧在山頭如煙瀑，上下冷熱對流衝撞在妳肉體城堡的深處，妳落腳在群山山坳處，是流亡者的阿叔爲他覓得的藏身小窩，妳在這裡因爲高原而感昏睡與嗜食，易睡易餓。緩慢與快速交替，妳醒來時會詫異自己竟然會在此和一個革命的流亡者生活在一起。妳像是來南美洲體驗押寨夫人幾月遊的遊客，既安全又不安全，妳的情人像是妳故里島嶼之父，只是兩人所亡命的東西不同，妳的情人爲國族亡命，妳的父爲捍衛生存而亡命。

妳常黯然神傷。因爲妳想起了母親，不，或者該說妳不是想起母親，而是妳發現妳也成了母親感情的覆轍，愛上一個亡命的男人。

窗外是山坡，櫛比鱗次的人家燈火和月色闌珊，有霧的城市，窗外有人唱著童年妳遙遠遙遠的南方故鄉叔父就曾唱過的「鴿子歌」，鴿子鴿子，和平鴿子的自由是否是一種絕對的快樂？阿公三貴，也是個革命者與流亡者，他少年時從大陸到島嶼淘金，他是實踐者，他不像妳的父親義孝，父親的革命只是一種火爆浪子的衝動，男人的父親所造成的殺戮，是毀了別人的家庭也毀了自己的家庭。躺在妳旁邊的這個流亡者，他的血液也將註定白流。妳已經看見他的屍體，他早衰的心臟，外面的天羅地網已經撲下了，而他還不知情地和妳交媾狂歡。

那你還在乎什麼？那你還在乎什麼？她停了幾分鐘吐出一種艱難的疑問。不在乎愛情的情人還能給予你什麼？如果我們無法對話了，我們還能擁有愛情嗎？沈默還有力量嗎？

流亡者只是把手伸過來，讓妳的小頭殼有仰靠的土地。他抓過妳的手放在他的心臟。我的心臟像顆石頭。他說他懷疑把尖刀刺下去時，會不會流血，或者只緩慢的一滴一滴地流。

他說他要給妳一個特權，就是當他被捕時，生命開始駛入名爲絕望的隧道入口時，請妳殺死他。往他的心臟刺下，像是直取鴿子的心臟一般。

23

這城市沒有哭聲。

妳曾經走在印度，沒有哭聲。妳曾經走在廣島，沒有哭聲。

妳走在墨西哥，走在玻利維亞，革命的前哨站也沒有哭聲。

昔日的哭聲，轉成暗夜的失眠。

妳說，在我的城市到處可聽見嬰孩的哭聲，特別是在妳青春時光的整個島嶼充斥著嬰孩的哭聲。

妳的男人，流亡者笑著，他說這裡的嬰孩不哭，哭聲還沒發出就被女人擁在溫暖而安全的懷裡，哭聲就像水龍頭被扭緊不哭了。妳險險以爲流亡者要說哭聲還未發出就先被大人掐死了，是有這樣的原始島嶼存在，因爲狂歡作樂所生下的孩子在發出哭聲前就得掐死了。原始島嶼人害怕神靈，害怕神靈處罰他們旦夕肆無忌憚的作樂。

沒有嬰孩哭聲的城市，卻到處充滿著其他的聲音。嬰孩不哭，夢會代替他們哭泣。但是大人哭，大人哀嚎，因爲大人沒有夢了。

像監獄和看守所，妳父親烙下恥辱的囚禁之地。

那一聲槍響，擊碎了一家人的分崩離析。母親改嫁，妳和妹妹本來要被賣掉，妳們有幸逃離。流亡者在黃昏未來之際的午後睡著了，身體在激烈過後與燠熱異常的午後，陷入了沈沈的昏睡。像吸入過多一氧化碳的睡，沒有粉色玫瑰的屍斑記號，卻有如小泉的流水潺潺沿著凹陷的脊椎溢下。妳手指往他的脊椎畫下，像畫中國水墨畫的皴法，妳的五指是山麻筆，可濕可乾，可抓可嵌，可提可頓。

24

以前妳去印度浪遊時買的帽子仍然高掛在牆壁的鐵鉤上。

買這頂帽子，妳旅行風霜的鐵證。妳記得虎妹姑母說舒家人都有狷的基因。

十盧比，十盧比。幾個小孩抓著蜘蛛人氣球玩偶不放，幾個小孩直盯著機器不斷吐出的粉色棉花糖吞嚥著口水，戴著紅鼻子的小丑正用雙手丟著球，另一個人在滾車輪，小孩和大人愈聚愈多。小丑，悲傷的小丑。妳聽見拍打擊窗的啪啪啪聲音。妳轉頭見到是個紅色的蜘蛛人。

從山丘教堂廣場下飄飛上來的蜘蛛人，被小孩不小心遺棄，一路隨著氣流飛到妳的窗前，被窗外鐵釘鉤住停駐在妳的眼前。妳終將明白，他待妳就像他參與的任何一場革命的戰爭，最後他都是要離去，且丟下傷亡的。就像妳在童年第一次看見父親望著田埂的某個遠方妳就知道父親也會棄妳而去一般。

那時妳還不知道自己即將被遺棄。

妳有時甚至在流亡者發燙的肌膚裡聞到燒焦味，帶著金屬氣味的。那刀疤彈孔還流著一絲絲乾涸的血跡幻覺。關於他人之血的疼痛似乎只有因爲愛才會連通到觀望著的眼神，妳就這樣因爲觀望而痛了起來。妳蜷縮在這小房間的小床榻上，任被褥凌亂裹其裸露前胸，妳像冰敷地靠近流亡者的溫體。流亡者在昏昏入睡前喃喃自語地說著，他說要回去我的祖國了，即使我被捕捉，我也要回去搞革命。他的T恤印有流著同文同種的革命血液弟兄切格瓦拉圖像，切，已成時髦商標。革命的T恤死亡者的圖騰和觀光客的米麻色帽子。

流亡者忽然說起他的母親。

妳聽著，心裡駭了一大跳，妳不敢看他的眼睛，唯恐妳自己先流下淚來。妳以爲他是沒有身世的人，妳聽他說起家人感到一種奇怪，好像他和家人連不在一起。他這樣的人吐出我媽媽我姊姊時，他突然不再是妳眼中的他，像是和一般路上的男人沒有兩樣。那種有家室男人的神色，妳知道的，就是帶有一種家庭安全滿足式的拘謹平實卻又忍不住會飄著眼睛望著路過辣妹胸脯的人。好在很快地流亡者就嘆了口氣，那哈出的一口大氣就足以摧毀平庸，他又成了妳眼中的經典男人。

他說妳愛的是不同於世俗的我，妳一定不會愛上走入家庭的我。

妳聽了想著，確實無法愛上穿著西裝打著領帶或是假日揹著娃娃的男人。妳生命裡從來沒有這樣的男人出現，妳因爲畏懼而常有無法親近之感。

25

妳躺在山坡黃土小屋，看著窗外的天色。

小學教室，小矮人支支吾吾地唸著偶素中國輪。臺上老師糾正，我是中國人，人不是輪，來再念一遍，我是中國人。再念一次謝謝。

偶係中國輪，亞亞，妳的南方口音還在。

上課上到一半，姑母卻帶著妹妹藍曦及表妹小娜站在教室外，妳回頭看見這些女生，像是可憐的小姑娘，妳感到自卑。

妹妹藍曦和表妹小娜，妳在異地痛苦地回憶著她們倆。

妳和妹妹表妹三人曾異想天開地偷偷出門搭火車，看著密密麻麻的火車站名，找了人問怎麼到三貂嶺？這奇異的地名，母親聽說在那裡過著新的人生。妳們想躲去母親的新天新地，一個叫三貂嶺的奇異之地。妳們以爲在三貂嶺隨便閒走就會撞見和自己長得相像的女人，妳手中有一張唯一的母親黑白肖像，妳想憑著這一張照片也可以指認她。妳們終於搭上平溪線小火車來到三貂嶺，十幾歲的妳想這裡根本沒有貂，沒有動物，倒是到處都是樹木，冷空氣把妳們吹得臉紅咚咚的。四處都有登山客看著一個少女帶著兩個小女孩，問妳們來做什麼？妳說來找媽媽，手中的照片秀給登山客看，登山客笑著說，這黑白照片很久了吧，如何尋影中人……，有人搖頭，有人目光流露疼惜，要妳們一路小心。妳想也許在市場會遇見母親，或者到鄉公所，然而許多婦女人家都沒有一個長得像妳們的。就這樣一路失望，又一路禁不住地想玩耍，邊玩邊盯女人看，不知怎地就玩過頭而錯過了小火車，於是妳們不知危險地沿著鐵軌走。鐵軌山徑水聲淙淙，岩壁蕨類漫生，瀑布如銀鍊，那時候妳們步行穿過三瓜子隧道，妳懂得危險了，叮嚀她們若有火車開來，要貼在山壁。結果就在驚怕中眞的聽見火車從前方㘓㘓要開過來，妳機靈大喊一聲火車來了！三個女孩緊貼岩壁，慢車穿過揚起風。車過，妳們臉和衣服都髒兮兮的，驚嚇過後，三人終於笑了開來。

妳記得三貂嶺車站窄仄，基隆河峽谷現前，緊鄰山壁，落雨時分，岩壁如水簾，有火車來時，站長在月台上揮手著。孤獨的站長，妳約是那時見到這個畫面，想起了母親，妳想落淚，妳想也許妳們曾經和她錯身而過，只是她不想指認妳們，妳們是她不要的女兒。

在那時三貂嶺煤礦場已有荒廢感，沒有領班與廚娘，沒有挖礦人與肺矽病……什麼也沒有，只剩一堆被雨水和時間鏽蝕掉的鐵片齒輪，殘敗的運煤車，幾隻野貓，湍息的水聲……沒有熱鬧的挖煤潮，幾無人煙，只有幾個登山客偶現的身影，後來才聽說母親和新的家人早離開那裡了。聽虎姑說起搬去宜蘭，有了四個孩子，但沒有想要見舒家的任何人，包括自己的孩子。

那時妳並不嫌熟旅行的種種準備，也不知三瓜子隧道口有台灣總督明石元二郎落款著至誠動天地之類的字句，也不知除了十分瀑布外，妳們所行經的三貂嶺沿線瀑布，皆有好聽之名：合谷瀑布、摩天瀑布、枇杷洞瀑布、迷魂洞瀑布、新寮瀑布……，也不知道這明石元二郎就是規劃南方嘉南大圳的總督。那時候，妳什麼也不知道，連旅行這個字都還沒有被妳吐出，對三貂嶺的幻想全以尋找母親爲核心。所以抵達三貂嶺時，眼見山色舒展如貂，河谷將渺小的自己環抱其中時，妳的心裡是極爲惆悵的。這三貂嶺不只烙印著離開南方旱土的母親，也牽引出一個他鄉地名「聖地牙哥」。當聽老師向妳說三貂嶺是從西班牙St. Diago字的發音轉借得來，那時有西班牙艦隊上岸後驚呼而出的，彼時妳在課堂上聽著，印象深刻至萌生奇異感。母親和西班牙如此陌生，卻連結在一起。

怎麼會在此人煙渺茫之深山裡，聖地牙哥被輕易地吐出？男人臥在床枕聽著妳訴說島嶼關於小女生的旅行，關於母親、聖地牙哥、西班牙、艦隊……

躺在妳身邊的男人母語是西班牙語，他吐出的語言，讓妳想起母親，不想見女兒的母親，她的心究竟有多傷？妳不明白，難道她都不曾思念起女兒，姓著舒的女兒讓她不想再見，連一面都不願意？夢裡是否會狹路相逢？夢裡是否會流相思淚？妳想著，愛打不贏際遇，眼前的男人是愛妳的，但也注定別離。

26

在陌生的床上，革命者的體味特別濃烈，像是火燒故鄉的甘蔗園。腥甜的黃昏，晦闇的黃昏，不明的黃昏。談不上快樂也談不上不快樂的黃昏，介於黑灰色調的黃昏，妳知道以後妳會想念他。

只要黃昏時刻一到，妳就會想起妹妹藍曦，情境的對應，讓妳們像是彼此通電流似的連線，幾秒鐘的魔術時間，兩地相思，只能感應。

父是殺人犯，父在囚籠如獸，妳不相信他以前是讀明星高中，不相信他喜歡讀詩。但他從監獄寄給妳聖經和泰戈爾詩集，妳相信了。

但妳更相信監獄是非人之所，把父親性格扭曲了。看守所，住在這裡的孩子半夜常聽聞槍聲響。看守所旁是小學中學，妳記得上「公民與道德」課的某一天你們被帶去看守所，在法庭參觀學習。那時妳第一次聽見「通姦」這個字眼。妳在沒有樹沒有風的封閉之城，遙想起這裡是父曾受刑之地。

父是受刑人，妳是參觀者。

通姦，淫亂，私生子……大人吐出這些陌生字眼，童年的妳跟著重複喃喃跟著說了幾回。妳參觀看守所，妳帶著黑暗秘密，妳不得不跟著學校來到這裡做校外教學活動。曾經父親在等高院審判前是被關在此地。

妳恨父親，妳記得父親對妳說過不論妳躲到天涯海角他都要把妳抓放到身邊來，他不讓妳離開。於是他的出獄日就是妳的起飛時。妳曾經那樣鄙夷自己的父親，父親要妳在身邊並非爲了愛，而是爲了控制。起飛前，妳想妳今後唯一會懷念的人是妹妹藍曦和表妹小娜，叛逆的妹妹藍曦，親如妹妹的小娜。

表妹許久已失聯，妳記得小娜七歲的模樣，因爲長頭蝨的夏天即將剪去兩根長辮子，喀嚓被剪去兩根辮，她默默地在樹的陰影下流淚，黃昏也沒有哭聲。活在虎妹姑母這個家庭裡的孩子都沒有哭聲，不像別家的小孩哭起來聲嘶力竭，妳們沒有，妳們只是默默流淚，後來連流淚也難，兩顆眼睛像是哭井崩毀，僅餘兩個深深然的黑洞射出寒冷的黯然神傷。

妳刻意失聯表妹姑媽家，妳想要一切都無親無故，妳一旦遠走，一切就俱已切割。但妳有時知道這樣對表妹不公平，因爲其實妳害怕的是表妹的媽媽，也就是妳的虎姑母，父親的妹妹。父親和虎妹姑母，這對兄妹，都有讓人害怕畏懼的體質，久了，妳們都活得像是銅牆鐵壁。就是男人朝妳們的感情開槍恐怕也不會死去，妳們只會緩緩地、緩緩地流淚流血。

27

這革命之城竟不聞哭聲。

也許躲在棉被裡有哭泣者吧。

可是連小孩都不哭，多麼世故的拘謹城市，馴化至被消抹的情緒。

情人流亡者這一生看過太多的屍體了。他今後也將成爲屍體一具，躺在荒湮蔓草的廢墟裡。

我看見你了，我看見你了。妳說。

我擋住你前進的日頭了。他說，妳不要爲我準備什麼，也不要妳爲我改變什麼。

妳默默，聽著，想著，心痛著。

電鈴在這時候響了起來。

他臉上表情明顯地緊縮，一種防衛系統的自我啓動。

流亡者日記，妳的不要命情人，一個即將赴戰場的革命者日記。

妳們的相遇和第一次相遇的城市陌生人沒有多大的不同，如有只是你們直接省略了基本問話，其餘你們也沒有瞭解多少。陌生人，在床畔靠近，在床沿分手。五年前是陌生人，五年後依然是陌生人，連結你們的只有這張陌生的床，泗滿氣味體液與無奈嘆息哀嚎狂喜的漂流者床，哭泣與耳語。

恆常在白日大量的晃蕩後，入夜躺在床上卻感飢腸轆轆，遂在愛情堵塞的入睡感傷時刻再度起身走到廚房，尋覓食物。這晚妳吃起滷味雞胗，雞的排泄器官，雞胗皺褶，妳張開牙齒如狼牙般上下嚙咬吞入。流亡者在回教徒聚集的市場買來的雞胗滷味與公羊乳酪起司以及還滲著血絲的羊排肋骨。

黃昏很快來到眼前，你們喝酒配公羊乳酪起司。公羊比母羊好吃，乳酪起司塗在薄餅片上，口感極佳。妳把奶精球打開，倒進嘴裡。男人看得驚訝不已，轉笑說，沒看過將奶球這樣喝的。

妳不置可否地舔著嘴唇。妳說我喜歡將許多原本要在一起的事物分開，比如咖啡和奶精要分開喝，起司和火腿要永遠不夾在一起，成套的衣裙絕不一起穿，甚至左右腳常穿不同的鞋子。

男人因爲妳這樣說了，才慢慢注意起妳這個女人的生活細節。他覺得妳是一個奇異的東方女子，奇異並非因爲搞怪，而是妳就是這麼地想如此。

那我們也不能成雙成對了，男人說。

我們本來就不會在一起的。

你們都是生命和感情的流離失所者，深切記得生命曾有過的原生疼痛。所不同的是男人以爲他的這種原生疼痛是要去抗爭的，而女人則以爲只有逃亡可以遺忘疼痛。

28

妳有小麥色的肌膚卻與眼前這片陽光無關，而革命者卻是一眼就看出妳來自一座燃燒太多陽光的南國。

妳的童年有段時間永遠都是在大片天空上行走，在舒家三合院最邊邊的一間小屋舍裡是你們窩居遊戲之處。那是妳最後的家，妳的伊甸園，母親之靜還沒改嫁，父親義孝還沒殺人。家裡只有你們三口，妹妹藍曦的靈魂還不知在哪飄盪。沒了屋頂的房子白天很熱，陽光乾乾地籠罩皮膚，妳戴著眼罩，坐在院子裡搖晃著雙腿仰望天空，假想一片海洋在眼前。

屋頂多年來一直沒修，幾年後，父親殺了人，父親消失了。

祖父三貴暗地準備把妳們賣掉，祖父下高雄好心接回妳們。妳以爲母親也會跟來，上了火車卻發現母親沒在車廂，妳嚎啕大哭，哭個不停，哭到腦筋哭壞掉了還在哭。妳總是說，妳就是從那一刻開始變笨的，被嚇笨的，哭笨的。後來虎姑托人把妳們偷偷藏起來，藏在上台北的蔬果菜車裡，後來就一直跟姑姑一家住了多年。

搞不好當年被賣掉比較好，妳看著屋頂喃喃自語。

什麼？男人沒聽清楚妳說什麼地溫柔問著。

妳轉過身去，臉對著男人的臉，妳想起這張吸引妳下墜的臉有某人神韻，妳說什麼？男人又問。

坂本龍一，妳想起這張臉。

男人笑，因爲不論他怎麼問，妳說的他都聽不懂。

妳和母親在高雄西子灣，妳們曾在那裡看著落日，離島之前。海有大船，岸有拍婚紗戀人，隨風飄搖著笑意，浮蕩的笑靨，淫淫如海波。而海洋燒烤肌里一如眼前這個男人在爲妳準備晚餐，燒烤著小羊的肋骨，切碎的羅勒與薄荷醬，綠綠的像一片延展味蕾的草原，他擅廚藝。妳的生命第一次有男人願爲妳燒飯做菜，雖然男人即將赴戰場，妳不懂爲何他要赴戰場去殺人？妳討厭男人殺人，那會帶給自己與別人的不幸。

我不是去殺人，男人說。

上戰場不是殺人就是被殺，妳聳聳肩說。

我是去爭討我們失去的正義。

正義不是靠這樣子就可以得來的，妳想起父親，殺人也是一種正義，因爲被欺侮太久了，再也無法忍氣吞聲了。但結果呢？正義沒來，不義卻先來了。

奇的是，殺人的男人很MAN，很悶。

妳想起島上的父。和妳睡在同一張床好幾年的父，忽因槍殺了人，往後被關在巨大圍城裡，讓妳的人生好荒好蕪，一個曾經肉體這麼靠近妳的父親，自此在感情上僅僅只是陌生基因的傳遞者，只是一個父親，只是名詞。

父親是一個名詞，他本來是動詞，入獄後於妳就只是個名詞。

這是多少年前的事了？在那樣草莽年代，父親殺人像是注定發生的悲劇。殺人犯多不名譽，而當年名譽勝過一切，且這名譽還是別人的面子所硬要的。

妳的靈預見了男人的身體未久將倒臥荒野，如眼前烹調燒烤的小羊排般被切割。但妳對他微笑，妳不要男人看見妳的血，妳的淚。然而妳是多慮了，其實男人對愛情是電光火石，他只在乎革命，他不在乎愛情。

你們這一生其實都是不斷地流離失所，所差所別是妳不肯放棄對愛情的嚮往與擁有，妳總想著有一天可以泊岸，妳不認爲有永遠，但相信永遠是由無數個當下的熱情澎湃所構成的幻境，而男人處在那個幻境裡，妳也在那個幻境裡，否則妳不會看見男人的屍體曝曬荒野了，卻還愚癡地想要擁有愛情的永遠。

妳對眼前這個男人的愛有一種永慕之慕，但對於男人的身體卻也同時有一種永訣之訣。

就在你們準備吃晚飯的時候，男人的革命伙伴來敲門。

妳忽然流淚，知道情人要離去，妳看見他的身上某個孔洞流出血……

妳重複那失父失母的景象，妳怨舒家鄰人爲何要欺負阿公，在那個際遇裡，父親因而槍殺了那人家的孩子，自此破碎了兩個家。

被欺負就被欺負，忍著罷，復仇是更大的傷害，妳這麼想著。以前妳上學時，妳不就是個沒人要的孩子，父囚母去，誰都知道妳是沒人要的孩子。這欺負延伸至妳，父親那聲槍響難道就是正義？難道這樣就會有正義？還是有更大的毀壞禍至下一代？事實證明是後者，妳告訴男人，勸他不要去打戰。

但男人只是微笑，玩弄妳的捲髮，聽妳的一千零一夜。但妳的一千零一夜說的永遠是舊的故事，舊的片段，男人不以爲意，他不會因此棄妳而去或殺妳爲快。你們其實是同病相憐，都是逃亡者，都是舊故事裡的一抹陰影。

30

放我走吧！讓我帶走菲亞與藍曦。妳聽見母親之靜隔著玻璃門尖叫吶喊，用電話聽筒敲擊玻璃窗，被女警拉走。

父親臉色一沈，不肯，父親被刑警拉走前大聲說妳自己要走那妳走，但妳別猜想帶走舒家的種。我就是這樣嚇笨的，哭笨的，妳重複說了好幾次這樣的話，妳躺在愛人身旁呢喃，像是爲了解釋不是自己不聰明，而是被嚇笨的。我以前上學都在發呆，剪分岔頭髮，每天都不知道老師在講什麼，我很笨，哭笨的，被嚇笨的，妹妹也一樣，妹妹也很笨，不過我有個表妹很聰明，好在她沒被嚇笨。

妳說那時候我姊妹倆去姑母家只帶著從小蓋的小棉毯，唯一帶到姑母家的貴重東西。即使姑母買新的棉被給我，或者企圖將小棉毯從我身上拉開，都沒有使我和這張棉毯分離。直到某一回，下課回家後，發現小棉毯不見了，我才發現小棉毯被姑母賣給舊貨商了。我哭了很久，偷偷傷心了好幾個月。

妳吐了口菸，聲音沙啞地對男人說，你可以是那張毯子嗎？不要和我分離？

男人沈默。他想像著自己剛硬的心如何成爲一張溫暖的毯子？

他即將赴戰場，戰場不是殺人就是被殺，男人的命運如當年的父親。

31

很快地蝴蝶絲帶洋裝和娃娃鞋就穿不下了，當妳過十五歲後，妳逐漸抽長增高，使妳看起來像高中生，加上妳書包一直都揹得老長，白襯衫也不老實地紮好，頭髮永遠長過耳下，胸前戴了個骷髏頭項鍊，一副天塌下來也不在乎的壞女生模樣，使妳在學校愈發被同學孤立。

每次放假出門，姑母在背後總不斷對妳說，別打扮像站壁的查某。很多年後，台妹流行，站壁之類的詞再也不是陌生之字，更多湧進的交媾語言已經比「站壁查某」更血腥、更混血了。

夜店夜衝殺很大，爆衝爆乳爆點，妳還沒加入未來時代的速食色情，但妳當時生活的島嶼也情色正興，而妳正青春，四處有夢蘭、舒蘭、莎蘭的泰國浴或馬殺雞店，蘭字台語諧音讓人臉紅尷尬，那原生城市讓妳快速蒼老，妳害怕老死台北城前，未曾看過這個世界，於是妳急著離鄉，在父親出獄前。

但那城市那島嶼卻好生奇怪，妳一再遠離它，它卻一再地靠近妳。

32

十八歲，長大了，姑姑不得已只好放妳走。

妳穿著良家婦女般的長洋裝，掛著一張秀氣素臉，搭上慢車，嘎嘎嘎叩叩叩地遲緩著未知的旅程。落腳台北都心，妳虎姑口中的不淨之城，事後妳一直認為這是一座讓妳早熟之城，妳的慾望在此熱孵，正處於茁壯卻營養斷輸之期。

由於長久在床上高昂地保持一種狀態，妳的尾椎恆常感到痛，起床痛，拎東西痛，洗頭痛……這種痛讓妳想起男人，也想起自己還活著。

人有什麼故事？

妳看著自助餐廳不斷播放的無線新聞，政治動物戴上白手套飲血茹毛宰殺對手狂歡，消費不斷排泄不斷，男歡女愛恨奪仇殺，家族爭產醜相畢出，意外降臨血鄉有淚……妳還有什麼故事，妳咬著筆尖想著剩下的最多只能作自己。

妳沒有故事，妳只有發生。妳沒有出口，妳只有迷宮。妳無壞亦無成。妳看著巷內賓館門口有個趿著拖鞋的龜公朝妳迎面吐檳榔汁，看著天色忽大罵著某某，檳榔汁噴在牆上如腦漿迸裂。妳把步履移往旅館，這步伐艱難，但妳卻往前行。

虎姑母那日找妳沒找著，電話也不通，虎姑母想問妳假期要不要回家，妳想不起自己有家，虎姑母那天沒等妳回覆，就自個單車來到老家附近的墳塚郊山祭祖。

虎姑母後來對妳說起她是一個人如何去祭拜舒家祖先時，妳的腦海跳出的畫面卻是妳和某男出去玩兩天一夜，在汽車賓館入宿是夜的天花板壁虎與壁虎的奇異叫聲。就在妳和某男在汽車賓館採蝴蝶美麗交尾體位的某個時刻，妳的腦海畫面突然出現夢境，夢裡只見凹陷墳丘旁四散發黃老牙，歷劫不壞的牙齒。妳聽見有人說著，祖先也會來人間搶食，這麼多牙齒啊，聲音就是虎姑姑，如母親的姑姑。

就是在這個奇異的同一個時間裡。

妳和島嶼末代情人驅車來到小鎮時約莫五點過後，尋覓一家看起來潔淨舒爽的汽車賓館，賓館入口像一般的停車場，中間有如電話亭大小的櫃台小姐於裡面幫人們辦理出入住宿登記。欄杆升起，汽車通過。妳們車子的前方有好幾部在排隊等著進駐，高級轎車玻璃黑壓壓的，妳看見前方的車窗都只搖下一小縫。

汽車旅館裡某對男女發出嚎叫般的快感，一種痛與樂混雜的聲音，由於這樣的玩樂，遂使得當虎姑在對妳述說她如何地忍著腳痛爬坡走上舒家祖墳祭祖的情節時，陡然讓妳背脊發冷。因爲就是那個時間點，妳正在那家廉價俗豔風情的旅館和情人同眠，離老家很近的省道廉價旅館。旅館以前是大片大片的甘蔗田，妳的虎姑母童年爲了想要吃到一根甜甘蔗可以冒被男主人逮到脫裙子抽鞭子的危險而進入的甘蔗田，如今只存在虎姑的遙遠夢境裡。

妳過門而不入，任虎姑步履孤獨攀爬老祖宗的墳瑩，任妹妹藍曦一個人在家望穿秋水。

33

如果有個無關的第三人拿著鏡頭拍攝的話，那麼拉開最遠最高的鏡頭往其中拍，將見到這對姑姪兩人其實只隔著幾塊田畝之遠，她們被方形矩陣隔離，方形的建築，方形的田埂。女人的獻祭，祭拜著肉身，僅活與死之差。

妳的虎姑母繼續嘮叨關於妳的任性個性和妳父同款模樣之語時，妳坐在角落裡蹺腿嗑著虎姑祭拜祖先過後的雞瓜子，妳想著自己在汽車賓館時恍然見到自己嘴巴裡的每一顆牙齒都浮顯出一張張模糊的臉，臉漂浮在不斷溢出的口水裡。

接著虎姑述說起她去祭拜祖先時，整個墳瑩墓地的泥沙土地上散落許多無主的白白銀銀的牙齒，終年在地底不壞的牙齒，是被撿骨師如拔玉米粒所削棄的白牙。

虎姑母說伊望了一眼牙齒，感覺好像看見死去的阿公，他怎麼沒有庇佑舒家後代啊！虎姑母感慨。

那足以穿越多年腐朽時光的牙齒依然健壯，但這樣不朽的物體卻被輕擲，只因怕先輩亡魂有牙齒來搶吃後代子孫們的財產。

妳想起那些人像浮水印地拓在虎姑母的白牙上，並且在她不斷發酵的口水裡載浮載沈的臉，妳想原來就是虎姑的意識搗入了妳的夢土，那些被人輕擲在墳坑的牙齒，無端地長出了死去者的肖像。

妳在嗑瓜子的當時，聽著虎姑母在廚房邊舀水邊要煮飯的嘮叨，妳翹著二郎腿的下部感到一陣陰風灌入，一時之間妳覺得這些牙齒正要進入妳的軀殼且逐漸在底部抽長，直至將妳整個人穿破。

來幫我打幾個蛋，別手不動三寶，你在鍾家不是客人……直到虎姑叫了妳，妳才從破碎裡起身。虎姑家可眞不好過，妳心想在姑姑家也住幾年了，彼此只剩下薄薄的血緣關係。

父親還沒出獄，虎姑說當妳父親出獄時，也就是我們彼此緣分盡時。

妳總是想離家出走，和妳父親一樣。

妳聽了心想，虎姑妳說對了呢，我是來告別的。

當年妳一個人去台北補習，沒考上大學，姑母大罵妳一世人討債，不知珍惜我撫養妳的錢，妳寫信給表妹要她轉告虎姑，阿亞有天會還姑姑恩情。

事後妹妹藍曦得知妳和一個小兒痲痺的男人住在一起，男人腳跛，但卻有錢。

妳寫信給妹妹說，和男人住了兩年，有了錢，要去流浪。那時候島嶼每天都在唱橄欖樹，流浪啊！妳將一些錢寄給表妹，供她零用，不靠虎姑的錢，如此也算是還姑母的情。

妳當時迷上看旅行節目與著迷於神秘學。宗教、卜卦、占星靈魂學、能量學……妳都很有興趣，因爲妳以爲這樣可以淨化自己。妳用男人的錢買了許多礦石，白硨磲、黑曜岩、鈦晶、鍺石、異象水晶、金字塔紫水晶洞……妳感到日漸安心。

34

妳和跛腳有錢男人住了一陣時日，存了不少錢，妳聽說父親出獄在即，妳很害怕他，且希望出去流浪。

妳決定在父親特赦減刑出獄前，離開家鄉，帶有罪惡與受苦印記的原鄉。

妳父親在蔣經國過世後獲第二次減刑特赦，父親即將出獄前，妳逃到他找不到的遠方。

妳怕見他，一個已經成了數字代號的父親：1327。

妳曾是1327的小訪客。

妳拿起黑色的電話話筒，隔著玻璃門，她們要妳和父親說話，而妳只是發抖地沈默著。

35

妳攢夠了錢，離開島嶼男人。

妳躺在異鄉流亡男子的床上。

旅行到未知世界的人帶著關於異國動植物的氣息來到你們所愛的眷屬身旁，傾訴著故事，傾訴著奇遇。這空間貼著磁磚，磁磚上燒著圖像，讓妳想起故鄉墳塋處處上有磁磚肖像，框住一個亡者的圖騰。

而這個小房子貼的磁磚彩繪著動物，流亡者對妳說以前農人沒有機會出遊，就委託遊歷的藝術家們替他們得獎的公牛與最好的乳牛及最肥胖的小豬模樣燒成磁磚，請遊歷各地的藝術家帶著磁磚畫替他們宣傳。

公雞勤勞，狗警敏，貓安居，馬興旺，牛財富。磁磚圖騰在妳躺的床上四周，磁磚比起油漆壁畫都顯得不老，不若流亡者擱置在地上的書皮隨著他的移動而日漸腐朽了。

妳的異地流亡者情人出城去了，出城前他傾其全身力量和妳交歡纏綿，流亡者如刃使力導入，她如被閹割的小羊，頓然瓦解成碎片。妳企圖彌合之前碎裂的身體感受，像牆上磁磚拼貼成一個完整的圖案，但好像再也無法拼完整了，妳徹底流失了自己，流失的碎片慢慢地化爲粉末，妳看見這樣的未來。妳將懷著流亡者的子嗣去尋找流亡者，懷著流動的胎體去尋找一個可能生還於戰場的父親。

就像自己當年失去父親一樣，妳知道妳在今天的交合之後就不再是年輕了，妳即將成爲一個擁有年輕之名卻無比蒼老的母親。

流動的胎體會流淚，妳知道。但妳不打算告訴革命者，妳知道就是他知道了他也還是要赴戰場，他生來是爲了革命的，爲了獻祭理想的光，而妳好像生來是爲了長途跋涉來和他在一起。

36

疼痛讓妳想哭，也讓妳躺在床上不想動。腦子很緊，四處想要流竄的意識撞著妳的心門。心門被彈開，像血瀑。在遙遠的島嶼故里，妳生來就有被凌虐的感情，父是妳際遇的凌虐者，妳一生的流離早已啓程。

但妳不知道爲何長大後妳要還被愛情凌虐。

妳是那麼害怕感情的凌虐，那是何等的精神凌虐，那種精神的凌虐讓妳逃無可逃地無法呼吸。但那種凌虐似乎又帶著快感，有點像是小時候沒什麼太多食物可吃，任何食物總是徹底被吃到盡空。妳想起虎姑常遞給妳們鳳梨的心，鳳梨心粗粗的，常讓幼小的妳們吃得一口血淋淋，但吃的時候還是笑著的。

愛總是飽滿如排山倒海，恨也總是如海嘯焚風掠境。妳愈是怕卻愈老是遇到。妳帶著被凌虐的身心，凌虐的印痕只在夢裡了，還有偶爾殘存在閃過的眼神裡，除此並看不出來。

黃昏之前的白日像是釋放了所有的光與熱，妳等著涼颼颼的風灌進空無的時光。黃昏前，妳的媽媽（那時她還沒改嫁）總是在後院拔毛殺雞，雞血答答答地流在缺角的碗內，等著和白米做雞血糕。雞血糕，貧瘠裡的甜美食物，帶點殘酷卻很本質的生活樣貌。碗缺角，被父摔在桌上造成裂痕，妳家的碗盤都缺角，愛恨的刻痕。就像妳的門牙也撞缺了一小角，暴力的遺跡。

多少黑暗的日子，妳以右手食指爲器，以左手掌面爲唇，以棉被作爲他者肉身，以大腦想像鋪成的刺激光體，如此才度過黃昏來前的黑暗。在感情的失守寒穴裡有一種溫暖的刺激幻覺。即使幻覺一旦飛離，悲傷也旋即潰堤。

島上第一道東北季風襲來，是妳離開老家進入異鄉流蕩城市的季節。島上已冷，而異鄉的熱與冷以黃昏時光分隔兩岸。

37

妳聽說島嶼男人即將結婚，男人有錢不怕沒婚盟。即使又老又殘，但男人常以爲那是愛情。妳還聽說父親提前出獄了，且和妳的室友同學結了婚，同學成繼母。

妳慶幸妳在異鄉不用面對。

妳知道妳可以藉夢進入父親的生活，但妳知道妳對島嶼男友即將一無所知。妳不知道父親這些年是如何度過監獄的日夜，關於他在監獄多年黑暗時光的性慾底層妳無從得知，妳只有在他剛入獄前去面會過他。

但妳意感一旦他出獄，他會很快找到女人，他一向不陌生女人，即使睽違經年，那是他的本能，事實如此。

一如妳身旁的陌生者，一個流亡者即使在昏睡時也還是繼續分泌著如獸的氣味，野獸安息在一座潮濕封閉的斷裂之城。市集的人們在等待雨季結束，旅館的人在等待雨季結束，革命者在等待雨季結束，拾荒者在等待雨季結束，入宿街頭者在等待雨季結束。

整座城市的旅館空蕩蕩的，夏末的雨季又熱又濕，入夜卻又是又冷又濕。

雨季，讓如獸的氣味濃烈，在妳周邊游移飄忽，若即若離的肉味與雄性激素體味一直都不願對妳發出告別的聲音，他們不願離去卻又不願意一起把妳帶走。

妳和男人同醒在一張床的日子少得可憐，但是同時在不同的床震動的日子卻不少。

妳以爲妳將注定要和許多女子一樣在這座陌生的城市孤單地睡著，孤單地醒來。但這回妳的注定來得慢些，雖然妳從童年就已經出現了孤獨的感傷裂縫。妳父親說的，這是感傷裂縫，在他發出第一顆子彈時他就看見了那個深沈下陷的感情裂縫。無以返轉的孤寂宿命，但父親痛擊了宿命，他出獄後竟有了第二個人生，也許他把宿命轉嫁給另一個女人。

唯獨雨季可以短暫讓男人棲息在妳的港灣，雨季擱淺了他的行腳。在這座城市的雨季裡，妳總是和流亡者混在一起。

芸芸眾生在夜裡焚燒取暖，在草篷仰望天空，期待雨季停時，只有妳害怕雨季消失。雨季消失，男人消失，就像落魄大團圓，妳竟期待這已造成城市傷害的雨季永不消失。

雨季終結，流亡者即將翻山越嶺歸鄉，雨將被血取代。

妳看見異鄉流亡者即將步入島嶼父親的歧路荊棘。

而妳的父即將步入結婚聖殿，開闢他的二度花園。

38

母親不上床，妳也不上床。因爲若媽媽不上床睡覺，而妳先睡的話，這就意味著妳要和爸爸同床而睡了，而妳總是早熟地害怕一個男人睡在妳旁邊，即使是妳的爸爸。

有一回妳被一種像狂風在吹的濃稠呼吸聲吵醒，妳不敢張開眼，後來實在是好奇壓過了畏懼，妳忍不住地拉開眼皮的一條縫，當下妳的眼睛如色盲，無法辨色只能辨形。兩團影子交疊，蝶變在深夜。

後來妳聽虎姑母說媽媽生病了。

長大後才知道那不是生病，她是去拿掉小孩。

這一天清晨，雨季終於停了，藍天如嬰兒瞳孔。妳看見離別，妳望著異鄉男人離去的背影，年輕男人的身影消失在薄霧裡，那樣俊美，那樣絕望，那樣殺氣，那樣不回頭……妳摸著肚皮，心想妳也該處決小孩了嗎？

妳不想再次覆轍命運，讓一個即將無父的孩子降世。

但妳只是這麼地想，妳的故事還在路上。

39

【編號4：舒藍曦】

如鹿渴慕溪水

渴望，不再見到自己的父親。
即使這種渴望如刀刃深切著。
父親的缺離，如一座隔絕陸地與島嶼的海洋，妳此刻在陸地，確信不會見到父親，除非在夢裡。如果妳學會控制夢，妳希望不要見到父親。但這是謊言，因爲妳想夢見父親，夢裡的父親有妳的理想投射，一座平靜的海，不屬於任何逃離者。走過這段不再有父親尾隨的旅程，但妳以爲的安然並沒有來到，妳才明白渡海者留戀陸地，逃離者其實是渴望者，背對者其實是相思者。無母的妳們逃離父親，沒有人爲妳們送行，也沒有人接住妳們身體的墜落。
墜落父土或沈淪母海，妳迷惘。
妳的身旁躺著當年被父親稱爲美國狗的男人。父親從監獄寫信來說出獄的日子，妳就等待成年，好往美國狗的懷抱尋去。妳想他自己當年出不了國就這樣咒罵他人，而妳在父親出獄幾年後複製了姊姊菲亞的路徑，妳也徹底成爲女渡海者，背鄉人，一生不再受雇任何人。
起先妳對男人隨口說出自己的家族歷史時，內心感到奇異，因爲對妳而言，妳沒有歷史，也沒人對妳提起。沒有人會想要提起殺人犯父親的歷史，沒有人會告訴妳關於棄女而去的母親歷史。妳沒有歷史，但有過去。
要把童年根深柢固的影像與想法去除是很難的。妳痛恨父親，但又渴望有個父親。
妳睡在男人的枕上就會夢見父親，因而妳不想離開他，這是妳的祕密。枕上遺留的都是看不見的金色細絲毛。不若妳的髮，色重而長，觸目皆驚心。
時光一去經年，再傳來父親的消息是父亡，黑衣少年亂棒弒父。
父親生前是一組編號，父親死後也是一組編號。監獄和寶塔，盡頭相同，一條死路。活著的父親是死了，死了的父親還沒復活。就像不再撥打或不被接聽的號碼，只成了數字，這是父親寫的，因爲妳和姊姊從很久以前就都不再接聽父親的電話，父親在牆上曾寫下這一句話。

父親的遺物裡有一本日記，死囚的日記，那是他當年以爲自己會被判死刑時所寫的日記，但泰半都是他讀書的節錄。「悲劇的誕生——出自藝術家和作家的靈魂篇：思想家以及藝術家，將其較好的自我逃入了作品中，當他看到他的肉體和精神漸漸被時間磨損毀壞時，便感覺到一種近乎惡意的快樂，猶如他躲在角落裡看一個賊撬他的錢櫃，而他知道錢櫃是空的，所有的財寶已經安全轉移。」父親抄錄的字跡鏗鏘有力，對比他的人生顯得如此堅毅，他個人即是悲劇的誕生。

男人其實不是父親口中的美國狗，男人是西班牙人。他們在巴塞隆納相遇，高第建築下，走出一個深邃的男子。

那張臉瞬間就把妳打回童年。妳和姊姊菲亞及表妹小娜去尋母的慢車之旅。

山貂嶺，聖地牙哥。

西班牙艦隊，母親。

母親和一個礦場領班結婚，在礦場入口就交代警衛，不想見到她們了，請回吧。

妳們三個女孩安靜地離去。沒有眼淚，只有沈默。同樣的慢車來得很慢很慢，妳們在車站風中瑟縮一團，用剛毅的眼神抵禦著軟弱的侵襲。

妳們落寞地回到虎姑母暫時落腳淡水河邊打工的家，天色已經晚了，虎姑母大聲罵著妳們，袂去做雞啊，袂去呼郎幹啊，親像汝無積德老爸啊，猶這呢晚才回來，爲何不歸去死在外面卡快活……如刀語言，任誰都受不了。有一回風寒感冒，虎姑母聽見擤鼻涕聲又開罵，係脫褲臭雞掰去寒到喔，哪不歸去脫褲乎郎幹，感冒免開錢喔？妳聽了這些侮辱性的字眼後，淚終於奪了出來，悶在棉被裡哭泣著，晚飯也不吃，直到虎姑母拿著衣架掀開棉被打妳的腿。直到有一回表妹感冒了，虎姑母對自己親生的女兒也如是開罵時，妳才有了點釋懷，但心頭還是恨得牙癢癢的，恨不得早點飛離這個漫飛著語言與肢體暴力的惡窟。每天不是幹就是銜啥，不是臭雞掰就是卵葩，妳到了國外，很多年後才明白那是他們工人苦痛人生裡所能運用的最大暢快，無關語言的本身。

那年頭妳和表妹是家裡的跑腿，被叫去柑仔店買的東西不外是味增、醬油、鹽巴、土豆油、味素、雞蛋、麵線、米酒。偶爾被喚去買汽水，妳和表妹一路都興高采烈的，有一回還因爲太興奮了，竟把汽水打破了。兩人在街上晃，不敢回家，直到姑母尋來，一路被掐著耳朵回家，用衣架打，罰跪，家常便飯。

這些滋味如此遙遠，滋味就像心裡的那些苦楚，也成了過去。現在妳的口中滋味盡是些起司、培根、麵包、奶油、紅酒。

40

在台北，妳們不聊身世。即使不經意聊起也都以謊言搪塞。妳不想讓人知道妳無父無母，妳寄人籬下，妳寧可自己是粒石頭。

在未渡海前，十九歲的妳愛上了仇家之子。妳父殺了另一個兒子的父。妳說妳心裡愛著仇家的兒子，妳被姑母狠狠的打，罵著妳們都起秋（發春）啦，忙著雞掰給查埔郎幹啊。妳蒙上耳朵，抵擋姑母如刀之語。

妳總是被虎姑母叨說沒女人家款，妳總是兩腿大張地蹲在門檻上吃著大片西瓜，紅色如血水般的汁液濃稠地沿著嘴角和手腕流淌，妳吃得淅哩呼嚕的，呸呸呸地連番吐出西瓜小黑籽，大有一切無人管妳的撒野姿態，這是妳想要的一種野性。住虎姑母家時，妳常這樣隨性，學吃檳榔，抽菸，咬甘蔗，吐痰，像乞丐般地跨坐在門檻扒飯。

41

十九歲，妳返回父親之鄉。

東北季風送來一股奇怪的氣味，妳依味聞去，田溝裡一隻得了皮膚病的狗兒幾乎是毛髮落盡般地頹唐於泥地上，身未死，卻已佈滿屍臭。

妳看見父親的未來，妳感到恐懼與感傷。

被命運挫傷的人，浸滿血色的夕陽老是掛在天邊與屋角一隅，像是等著刮人記憶的疼痛色調。

至西螺車站前，妳特意繞去童年父親帶妳和姊姊來過的濁水溪河口。小村的灌溉水渠在連連大雨後，漫漶至河岸，流向讓稻苗發爛的田。這圳水曾讓雲林彰化兩邊打了起來，妳的父因之打死了人，打死了隔壁也姓舒的人家，同是衍功派的人家，妳在此遇見仇家之子，同年紀的感同身受，俊美異常，但仇家之子只能是鄉下人，他不想離開原鄉，他的俊美將很快蒼老。

當時你們那麼年輕的對望，其實誰都不敢開口，唯恐開口世界就崩裂，妳只敢在心底頭叛逆，其實妳什麼也不敢，愛上仇家之子只是一種故意，並非眞實發生。眺望溪口和悲傷的稻田後，妳前往車站，聽虎姑母說父親曾在台西客運當過車掌，那個還有男性車掌的古老年代，妳想去瞧瞧。

台西客運依然是赭黃色配著墨綠色的車身，二十幾年都還是老樣子的車站，洗石子地板和木椅，小磁磚上沾滿了污漬。車站一角賣茶葉蛋和糖果餅乾的婦人都像是發黃的報紙了，老了。遲暮者轉動著緩慢停滯的鵝黃眼珠子正看向妳來。妳許久未歸鄉，成了自己出生地的異鄉客。車站周圍是老街，老師傅正在糊著往生的靈厝，他的徒弟坐在竹籐板凳上紮著小紙人，年紀看起來比妳都大些，但一臉一身的結實，話雖如此，他的手藝卻十分的細，小不及巴掌大的紙人在他靈巧一紮下就是個活生生的胎靈胎現。妳興味地看著活人巧奪天工地爲死人準備送行，但即將渡海他鄉的妳，無人送行，妳好想買個小紙人旅途作伴。

42

妳回到阿公三貴的家，客廳掛著一張舊照片，到底多舊了，沒有人去追查過它的年代，似乎這個家族的人沒有人願意眷顧歷史。妳聽說那張老照片裡的年輕女子是虎姑母和父親的親生母親。妳記得童年時看過回娘家的虎姑母常把那老照片自牆上拿上拿下地端看個不停，嘆聲連連。

那是一個很美麗的女人，如果不是早死，虎姑母和父親的命運將改寫。虎姑母常哀嘆說，妳們別怪妳父親逞兇鬥狠，沒有母親的孩子，只能如此來保護自己的自尊。

像刨了層亮度的愛，無可替代的思念，很兇很烈的虎姑母其實是好人，妳知道。

妳在離鄉前回小村閒晃，妳試著任意搭上一班未知旅程的台西客運，一路隨著車子愈開愈荒涼，以爲是到了窮鄉僻壤之地，但見路旁小孩的臉被海峽吹來的風颳得紅通通的。

妳在午後僅三兩老人搭乘的客運上打了盹。

妳在搖晃的旅途裡夢見到父親未來的死訊，出現在天黑後的父親亡魂，他巨大的身影直接穿過木門，影子彈撞上了木門，黑夜裡，發出像白蟻把頭對著地面，喀喀喀的敲擊聲。又好似沙子群飛落至紙面的細瑣聲音。

醒來，出獄的父親還在，不僅還活著，且已結婚，他找到妳，拉妳去把眉上的痣點掉，說那是凶厄之痣，但妳氣憤的是父親，草莽的父親在夜市隨意就找攤販來幫妳點痣，這讓妳的臉自此留下一道疤。

舒家後院，有父親栽下的芭蕉，傍晚在風中搧動著雨露，油綠的葉脈一派冰涼。聽說性情如此暴烈的父親卻愛芭蕉樹和夜合花，一個是因其形狀，一個是因遐想之美。但未殺人前的父親其實最早給過妳和姊姊美好的形象，父女在收割的稻田上打棒球，父親在他最喜歡的書房教妳們識字，寫得一手好字的父親用同樣一雙好手開了槍。寫字讀詩與扣扳機殺人的是同樣一雙手。

妳記得書房有他終年抽菸的氣味，他一早咳的痰每每有如黑煙。書被風吹開了，飛出了裡面夾的紙張。沒有郵戳的手札，缺乏遞送者的關注，就只是喃喃自語。那是父親形象最好的年代，也是曾經給過妳們短暫幸福的年代。

妳和姊姊菲亞不同，妳喜歡收到父親的信，姊姊只拆不讀，妳是清晰地讀著，父親的獄中信簡，有的是寫給妳們的，但那麼深的文字誰看得懂，妳們只是看著，根本讀不懂。父親其實是寫給他自己的，筆跡俊俏瀟灑，唯獨字跡連結的是妳心中年輕的父，還沒失手的父，仍掌握著生命的美好。

43

我的美麗的孩子們：

我們這個時代的絕境是難以絕處逢生的，因爲曲折跌宕、離情試煉還不到連根拔起的地步，還沒有能力把自己推向更廣闊的世界與無盡的黑暗冷溼。

而我也該吃藥了，我的體力又開始不聽使喚。獄中溼冷，宛如冰棺地塚，把妳們擁入夢境才能化解那襲擊的孤冷。

我失眠，和主辯論。你不要試探我，我說什麼就是什麼。耶穌上了試探山，被魔鬼三次試探的故事。「撒旦，你走吧，我只信奉我的主。」如果你是我的主，那麼我那曲曲折折的角落，主的光芒理應探照得到才對。然而我只見那曲折的幽暗。妳們要注意不要因爲好奇而嚐試當魔鬼的滋味。

我很好，不知道妳們姊妹在虎妹姑母家好不好，要聽虎姑母的話，她從妳們外公的手中將妳們搶回，這恩情妳們一生也難以報答，何況在如此貧困裡，她有四個孩子又多養了妳們兩個。

如今的我，就像一頭被逼入黑洞的大野獸，喘息漸定，心念漸靜，轉而睜大眼睛往洞外瞧去。我在平靜的等待，我不陷入希望之網的束縛，我只等待著天亮，準備縱身而出。我無意去抓住些什麼，只是善盡人生的本分和情愛的緣分，而我已擺好了隨時捨身的姿態。

如果能和妳們像以前地野遊，千山共行，千念同享，那自是快樂中更添美妙的。

天氣冷了，父親要入睡了。

監獄很冷很冷，監獄關不住冷風，監獄關住了我的才華，我的文字在此是只能寫信給妳們了。代問候虎妹一家人。虎妹是不是更老了？少婦的她應該已被生活折磨成不堪的樣子，我已看見。所以妳們要聽話，要乖。

父親想念妳們，即使隔著無情的圍牆。

父　義孝獄中筆

44

妳對愛扭曲，變形。父親信簡，多年後重新來到了妳手裡，但這安慰太稀奇。妳怕虎姑母，怕她的棍子與暴力的語言。妳是很想記住父親的好，但父親的好是早已成爲雲煙的過去，入獄的父，離開的母是妳此刻與後來的巨大黑影噩夢。這噩夢如何才能解脫，年輕的妳所能想的只有遠去他鄉，投靠唯一的親人，妳們這對苦情姊妹花。妳將飛抵另一個地方，姊姊會去接妳，妳和她將重逢，妳準備告訴她，父親娶了她的室友同學，同學成繼母，姊姊慶幸自己早去他鄉，沒有目睹就可以佯裝不存在。

妳在離鄉前還有能力偷偷返到出生地憑弔，以訣別的心情，再看一眼仇家的兒子。心愛的人將離去，妳猶仍眷戀不捨，姊姊說妳總是瞻前顧後。

離開只是離開妳熟悉的身外，但離開卻離不掉妳心的思念。

（很多年後，妳看見父親死亡的照片，收到父親遺言：一切勢將要灰飛煙滅，擲於荒野；唯一的例外是，掬一把骨灰，遞給我的愛：菲亞與藍曦，要親手把信件和我的骨灰交給她們，一絲一些都好，就是交給她們，她們就知道父親不是無情人。「交給她們！」父親嚥下這句話時，氣已斷了，聽說眼睛還睜地亮亮，「交給她們！」這句話就像是一個有如「阿門」般之同等重要的臨終偈語。妳父親年輕的再婚妻子在父親的喪事結束後，突然把所有高跟鞋的鞋跟都敲斷，她在夜裡發出尖叫，把敲斷的鞋跟發狠地往牆上丟，「你就這樣離去，你了解我這幾年又是怎麼過的嗎？」這眞是宿命且愚蠢的折磨。她好似把她一生的無名火燃盡，也把癲狂全給瀉盡了般。她丟完鞋跟後，她呆坐了一晌。然後緩緩起身到浴室，在鏡子前卸著彩粧。溶解的油在她的臉上擴散，油料和著顏彩，朵朵開向一個迷魅的後花園。）

45

妳覆轍姊姊，成了女渡海者，也是單程票之旅。妳在父親娶了姊姊的同學後，妳在那一刻舉行著自己原生家庭的感情告別式。妳也上路，複製姊姊。

妳搬離了住了多年的家，虎姑母的那個家，比靈骨塔還陰冷。妳看到虎姑母坐在陰幽處，她忽然說，查某都是留不住的，妳們比父親還浪蕩。

虎姑母家的窗台前盆栽裡的花都枯了，葉子萎了。虎姑母也老了，以驚人似的曇花消隕速度謝去。虎姑母以她那高八度似割玻璃的聲音轉化成瘖啞的嗓調，她說妳要自由飛，我知影妳的鬼心思，妳要走就好好走吧，自己的女兒也四界趴趴走，何況是別人家的女兒，哪裡留得住，都是白白飼養的。

那一刻妳彷彿看到借天使之手擊打埃及法老王的摩西，附靈在虎姑母的身上，虎姑母也有軟弱與慈悲之時。

妳拖著一個大皮箱和一只裝滿書的小皮箱，站在門口看著虎姑母。突然知道，這女人喪失力氣後所呈現的落寞。妳心裡好想擁抱她，可惜妳怯懦，這造成妳離鄉前的遺憾，畢竟虎姑母是養母，可憐的姑母啊。妳看見她把一生的精力全拿來對付生活，肩挑天公降諸於窮人的重重擔子，她沒有自己，她眼裡只有孩子和鈔票。

至於妳自己的母親呢？妳想改嫁的母親反而不如姑母，母親不願看妳們長大，她有了自己的二度婚姻就不願再見妳們，但妳後來想也許母親是慈悲的吧。

生活的快樂在虎姑母的身上已有漸行漸遠的姿態。妳記得曾經在電視上看到一頭因難產而死的母象，一旁目睹過程的公象，自此不吃不喝，絕食而亡的景象。

妳當時認為，那就是愛的表達。愛的表達還包括，未犯案的父親在妳童年裡有過那麼幾年的時間，在妳臨睡前，總是念書給妳聽。常常妳看見他自言自語地念著，不論妳有無反應。念書的第一晚，他還沒念完第一章就打了瞌睡，書皮斜斜地倚在他多肉的大腿上。窗外的美好小村落，曾經在燈光霧濛明滅裡，宛如天使降靈大會，一切只因妳的父親還在身旁。

46

在台西客運上。

妳像是一名站在無法靠岸卻又停擺擱淺的小船甲板上，看著孤寂旅路的一片茫然汪洋，一種希望卻又隱含毀滅的甲板，聯繫著舟子和石砌的岸邊。父親宛如藝術家達文西以坐著向上帝臨終懺悔之姿，父親此生的殘缺要靠再次結婚才能彌補缺憾，就好像達文西要借助上帝的垂眼以撫平藝術之未竟。

而妳卻只能靠自己。

妳在世間的血緣聯繫，只剩姊姊了。

二十世紀聽說社會上的家庭人數將銳減，人被寂寞和孤寂重擔壓得生活厭煩。脆弱的人們再也承受不起災難，承受不起諾言。妳把意識拉回了父親的小村，客運上貼著一張發黃的老地圖，也許這張圖在少年父親當車掌時也對望過？但一張無法指引旅人的地圖算不算是一張地圖，就像一個不在兒女身旁的父親能稱爲父親嗎？

妳想著人生地圖與父女的地圖，這像是兩張沒有重疊的平行畫面。人生天涯海角，頗有烽火連天的孤獨味道，曲曲折折，織滿交歡的絮語；任何小島，偏遠小村，情深儷影總想辦法尋去。而父女的地圖，卻是天倫的正派感，光亮，平鋪直敘的，然一旦失去，就難再修復，除非死亡。

妳現下才知道父親入獄前曾嚮往渡海留學，地球儀是他的最愛，但父親哪裡也沒去，除了台北除了島嶼南方的一些荒涼小村之外，父親哪裡也去不了。

但妳和早已出發上路的姊姊卻是天涯海角任意漂流。妳們不需要地球儀，妳們自己就是地球儀。

47

君父的城邦，竟是如此的陌生。祕密情園的路徑像是熱帶雨林的氣息，嗅得到氣味，卻難以嗅出氣味攙雜的正確成分和所在。

父親殺人成爲舒家浩劫，家庭地貌自此一去千里。

當妳去海邊時，雨忽然說來就來，一時雨絲漉漉，交雜著燥熱的氣流，大陸高壓和太平洋暖流在城中激戰，互不相上下，形成了對峙，鋒面滯留，雨季初初形成，一股怪異的霉味隨著風游移鼻息和肌膚方寸間。

雨過天霽，妳在溪口眺海處讀著發黃的父親獄中信簡，唯獨妳還願意瞭解關於父親的過去，這是父親寫給母親之靜的信，請姑母代轉交的，但姑母丟給了妳，姑母說，文字很危險。

我的靜：

如果，你問我移動的滋味，我將如何言說，一個嚮往移動卻被強迫滯留的人。

我是被上了腳鍊的天使。

我的愛在哪，我的人就在哪。這是少年時代我本來所以爲的，那時我連蹺課去基隆港邊看國民軍隊下岸都很激情，我想我就是太過容易激動了，這激動把我的手殺向另一個人，沾滿宿命的血腥。

現在我想說的是愛如果使人的眼界目盲，那愛的依存是什麼？那是何等侷限之愛。我們的愛有時盡，但卻是各自擁有的時空，偶爾交會也是靈光一閃。這樣的愛情令人慌。我知道我不配談愛說情。

但這是我的最後一封信，我知道妳要求去。

我們這一代的人都缺乏一種絕境，沒有這個，那就換另一個，總是有替代的，所以缺乏刻骨，缺乏銘心。

妳的求去將是我生命的第二次絕境。

一直覺得男生可以比女生來得純粹，俐落。女人有太多的陰幽面和條件式的想望依戀。妳的求去就是條件，妳和我談條件，妳太小看我了，我絕對不要孩子跟妳走，讓孩子有了繼父，這對還活著的我是一種羞辱，我不讓妳這樣羞辱我，何況我愛妳。妳的愛就因爲我的雙手沾滿血腥而消失，妳的愛太有條件了，妳是個不帶種的女人（但或許妳比我還帶種）。

女生的純粹常常是不得不然地自欺欺人，並非眞的對愛情磊落，女人的愛情條件不比男人少。

對我而言，靜止比移動更艱難，不愛比愛還要艱困。

……義孝

48

妳見到漁村前方有風霜凝結的老人之臉，荒涼小村的老厝牆瓦長滿了生命力旺盛的野草。

妳就這樣四處走著，在離鄉前，爲了適應妳日後更將劇烈的荒蕪感。

妳準備好好生活下來。

妳不打算再知道父親與母親的未來事。（雖然妳已夢見父親之死，被棒球棍擊至頭殼裂開的父親，倒在血泊裡。）

妳將輕盈。

即使天空片刻就被雨給濘老了，即使天空老是黑皺著臉。即使雨來了又下了，即使總以爲放晴了雨卻又來了，且大雨將狂襲這城，狂風過後，天色幽冥。

但妳無懼，在虎姑母終於把父親的信簡給妳之後，妳發現原來妳有愛。

妳知道，這將是個很特別的夏天，它將藉著回憶的手，蒼啞地揭櫫小村小鎮那掩埋在時光厚塵的愛。恨原來是以愛爲包裝的變形禮物，生前人們以恨相見，死後卻以愛的面目相知。

妳看見姊姊，她在前方，她牽著一個小小孩，混血美麗的小孩，無父之子。

所幸還有女人，寂寞者需要作伴取暖。

【編號5：渡海新娘們】

失語新娘的夜哀愁

49

江西新娘，女孩來自鄉下，第二春可。

贛台會，眞的是贛到台灣了，男人涎沫四散。

妳都戴墨鏡耕田了，還有什麼不可能。

一邊的水塔水泥表面被噴著「協助離婚」，一邊卻被噴著「江西新娘」。時間並不遠，就在二十一世紀還常見到這樣的字眼。越南新娘，十八萬包辦，字眼也仍熟悉。

妳們是廣義印象裡的外籍新娘，進口新娘，妳們是婚姻商品，從低度開發嫁到高度開發國家的新娘。妳環視這座荒蕪小村小鎭，不覺此地有何高度開發之感。

妳的老公在小鎭上開鐘錶店兼賣樂透，有點小兒痲痺，四十二歲還是王老五，他花了三十五萬包辦費，把妳娶來這裡。

妳覺得自己還算幸運，妳的另一個同鄉好友阿嬌的老公卻是智能有些障礙的男人，同樣的過程，阿嬌卻悽慘，先被公公強暴了。因爲老公智障，公公替兒子去越南時就已經在旅館睡過阿嬌這個媳婦了。來台灣，公公對兒子說，你憨啊，腳跨過去就有孩子啦，公公示範，阿嬌的孩子不知要叫這男人阿公還是阿爸，還是阿公爸。

妳們都年輕，二十二歲，卻是貧窮老家的老小姐了。

娶無某的男人紛紛渡海尋妻，一旦選定，從此男人不再渡海，而女人則成了徹底的渡海者。男人看了上百個女人，妳想如果一個男人在看過上百個女人後卻挑中了自己，那麼這也是注定的緣分了。母親抱著妳痛哭，在妳穿著白亮如雪的新娘服時，妳看起來很悲傷，母親卻更悲傷，在妳上了轎車前，母親喊說著我死了記得回家來拜我！母親好像不是參加妳的婚禮而是參加妳的葬禮。

是葬禮，妳穿著白紗，看見自己的未來即將葬送在他鄉，遙遠而陌生的島嶼，妳將失去前生的一切依靠，語言文化服裝土地植物氣味……，失去母親看顧妳的眼神，母親沒有別的東西送妳，只有送妳不捨的眼神，化爲魂魄都要繞著妳的關愛與傷心的眼神。母親的背影漸漸縮成一個小點，離開者身影都是逐漸化爲灰塵般的點，不若抵達者是逐漸顯影，逐漸放大在視野裡。妳在原鄉母親眼裡逐漸消失，妳在原鄉婆婆眼裡將逐漸放大。婆婆在沙塵暴裡迎著妳下車，那天從濁水溪沙床狂飛上岸的沙塵遮蔽了婆婆與妳的身影，妳瞳孔被沙塵刺痛著，忽然就流下了淚，想起母親，母親的淚。

那個等待被揀選的日子已經在妳踏上台灣土地的那一刻成爲永恆的歷史了。

那麼經典的外來新娘史，如幽冥之花，悄然而卑下。

50

最早妳只是想來台灣作看護，一名仲介男人來到妳的小村，告訴妳可以到台灣當看護，一年有一億兩千萬越盾，一億多耶，那是妳夢裡沒想過的數字。仲介暗示妳未婚，還不如嫁給台灣郎。妳沒意會過來，當晚和母親喜孜孜地想著妳到台灣工作的美夢，但妳太瘦了，作看護一定被刷下來。母親靈光一閃，從門後拿了一塊原本繫牛的大鎖鐵塊，要妳綁在褲頭上，以防三十八公斤體重太輕而不被挑中。但妳仍沒到台灣當看護，妳才初到胡志明市，就被滿街台商氣氛吸引，而妳果然去面試看護時立即就被淘汰，面試者笑說，妳乾巴巴的，連殺雞的力都沒有。

胡志明市阮紅桃街上，婚姻仲介的牽猴人日日在街上遊晃，短短一條街裡有八九家仲介公司，仲介的是男女的一生與幻象的幸福。妳當不成看護後，妳不想回到小村了，妳怕見到母親病容與愁苦的削瘦神色，老是哀戚的臉。妳想一定要攢錢回家才行，於是妳和大多數女人一樣也來到了這條街，妳在不被媒人挑中時，就在街上的臨時成衣廠車衫，兩年內，妳也見過上百個男人，就在兩年期滿妳要下放到工廠時，一個男人選了妳，妳當時對著因爲腳有點小跛而幾乎要撞到仲介公司辦公桌的男人也許正好起了一個善意而溫暖的微笑，因此被選上，這是妳想的。因爲聽仲介媒人說，男人挑了很久，抱怨說越南女人都不笑啊，既然那麼怨恨自己站在那裡被挑選，那爲何不走？媒人給了男子一個壞臉色，那意思是說你以爲你是帥哥啊。妳聽了笑了，因爲一個同情的微笑，卻被男人挑中。妳當時爲何微笑，妳腦海裡其實浮現的是腿傷的父親，一拐一拐的父親，自此暴怒的君父，成了眺望黃昏的一個剪影。

一個微笑，讓妳在仲介的期限內終結成衣的工作。被選中後，妳開始準備文件、身體檢查和學新的語言，中文。兩個月速成班，遠赴異鄉當新婦，一本《越南新娘學國語》被妳摸得紙頁都破了邊。胡志明市大雨過後，午後時光，許多女人的白薄紗都濕透了，女人排著隊，等著背鄉旅路，等著在一座島嶼生下混血的孩子。

村書記說，妳想嫁台灣？

是啊。

口氣好像整個島嶼都歸妳一人。

臨行前妳寫信告訴弟妹，姊姊要搭飛機了。

抵台後，妳在老公的鐘錶行門口掛起「專修指甲」，一個一百元。孩子很快就像下蛋，一個個地跑出來嚇人。妳本以爲結婚難，後來才知結婚容易，生活難。妳去參加台灣媳婦識字班與台灣媳婦生活專修班，頻頻抱著電視節目看，一句一句地學著語言，後來生活情況才漸好些，但只要旁人一聽妳的腔調，有的女人忍不住將鄙夷神色拋向妳，這時妳就會告訴自己，我可是撐起整個娘家支柱的女人，妳們能嗎？雲嘉平原上的稻田常讓妳想起故鄉梯田，被地雷轟成殘廢的父親，流淚的母親，還小的弟妹。屋後窗外的稻田，撫慰妳的心。

新郎年紀不得大於新娘父親。

這個規定讓阮氏娥妳笑很久，父親剛好只比丈夫大一歲，丈夫說好險啊。

妳尚未歸化這座島嶼，因爲財力不夠，沒有錢沒有身分，妳寧願將錢寄給越南的家，至於身分，反正妳是在先生店裡擺攤，也不外出，歸化再說吧。

直到有一回他的公公提起往昔在牛墟挑牛的過程時，妳邊乾笑著，才想起當年妳被許多陌生男子挑的過程，妳想自己不就是牛嗎？牛墟婚姻市場。

假結婚眞賣淫。妳從電視機飄來的聲音裡，笑了。以前電視是妳的語言與文化習俗老師，現在妳只當作耳邊風和無聊時看著聽著。其實我是眞結婚假賣淫，妳在日記本自嘲地寫著。結婚是眞的，拋不掉的，但床上那件事啊，絕對是以假代眞的，妳對這個詞笑著。一週性行為幾次？床上採什麼姿勢？老公內褲穿什麼顏色？警察蔑視地盤問妳的姊妹們。男人內褲不是黑色就是白色，還會有什麼顏色，前天和妳訴苦的油車新娘憤怨又帶點玩笑地說著以前被盤查的問題。

當時屋後的窗戶開著，在午後車衣服的空檔，妳們望著水稻田風光，想著陷落在黑暗裡的君父，母親凹陷的眼窩，被太陽曬傷的孩子，綠色梯田，開在地雷的慈悲蓮花，湄公河海岸，香茅檸檬草河粉……妳們喝起了一杯越式咖啡，那獨特的豆蔻香味，很快地就安撫了妳們的相思。妳們缺席的少女夢，直接跳到少婦的人生裡，妳們常以這味道召魂。

不論婚盟或不婚盟，都得以勞力來換取生存。

妳們遠離家鄉，老遠來到這座有著極度偏見的不友善城市。妳們洗碗，倒垃圾，照顧老人，殘障……甚至可能被主人虐待或者毆打性侵。

這叫洗衣機，這叫保險套，這叫吸塵器……離開家鄉前，妳們學著一些中文用語。妳們做的工作像一群人形木偶，妳們生活在自己的圈子裡，卻和台北沒有什麼互動關係。妳們離鄉背井，沒想到來到陌生城市又住回了貧民窟，妳們是有錢人家的僕人女傭。或者是勞工窮人家的妻子，陌生之妻。

妳叫什麼名字？我愛妳，妳愛我嗎？

妳是阮氏娥，妳不再相信愛。

51

妳來到尖厝崙，照顧廖花葉。妳在胡志民市時是住在湄公河畔附近，曾經在醫院當清潔工，後來自行去學了些護理而成了看顧工。但看顧工沒什麼錢，年輕的身體偶爾也被旅社的老闆相中而遊說妳陪旅客睡，夜資足以讓妳鄉下的阿爸有錢看病，但還不夠蓋房子。十七歲就開始流連湄公河畔尋找要帶妳走的人，現在終於機會來到。

白色越南傳統長衫成了箱底衣，妳換上運動衣，妳的衣服都是一件一百元。

妳和尖厝崙的阮氏鳳與印尼新娘處得不錯，印尼新娘是村中快樂人阿龍的太太，阿龍太太最怕遇見阿龍弟弟鍾南，豬販的鍾南味道，嚇死這女人了，後來這女人卻不知去向，而妳也在期滿後輾轉其他家庭多年，送終幾個老人後，妳終於也被送回湄公河畔。妳平時要幫忙挖竹筍，背後得揹蚊香，台灣黑蚊子好可怕，冬筍皮有細毛也讓妳害怕，妳總是被螫到痛得想罵這是什麼鬼地方！

偷殺狗，北越河內狗肉店，妳們記得在原鄉裡窮到什麼都入腹。有人相信每個月的十五號以後才吃，生意不好吃狗肉補運，生意好吃狗肉慶祝，可憐狗仔。

妳聽見鍾家詠美看著電視新聞播報越婦殺夫時，詠美驚叫著夭壽啊，阮是巴望尪婿對阮走到白頭，這些查某囝卻希望尪緊死！時代不同囉！

52

車子往山林斜坡開去，夏日芒果澄黃如滿月，橘紅如豔陽，到處寫著歪扭字眼的「售蜂王乳」的廣告，之後見到「越南文化村」，一個頭戴斗笠的姑娘招牌被放在村字的下方。儼然外人一入山村即感到此地似乎集結著許多外籍新娘。新娘的命運，一張漂浮的床到了午夜悠悠蕩蕩，擺盪在性慾與金錢的兩端，黑夜擁抱的是混雜著奇異哀傷的閃爍燐火。

妳見到匍匐在枕頭和床單的女人，在血染的土地上爬動，妳們從原鄉長途跋涉至異地，妳們失語，失去一切，妳們被島嶼人的目光鄙視，妳們時間被用盡，妳們常心力交萃。

妳見到湄公河畔的潮汐，在滿亮的銀月拖曳下，如一尾尾發著燦光的女人，等待著上岸被交配，女人在此窮國成了感情的兩棲動物，既要照顧南島的家，又要照顧原生老母親的家。

男女的身體是島與船，葡萄紫的島嶼和黑金似的海水，傾斜前進的風帆，暗夜的海，進行合法的性殺戮。

外籍新娘的床，妳們可能血淚斑斑，可能激情舒爽，也可能歡喜甜蜜到天明。一張異地的新娘床，是妳們生命無以言說的漂浮象徵，是無盡的一千零一夜，然阿拉丁神燈已然失效，不知能否再爲汝輩差遣？又或女人自己得是阿拉丁且又是神燈呢？是物也是人，在人間也能有神蹟。如此妳們才能走過悲劇。

暗夜裡，無數的妳們念頭紛紛閃過，質疑來到這島嶼是否是走對的一步棋？

唯獨習慣的是島嶼的熱，因爲妳的原鄉只有兩個季節，熱與更熱兩種季節。

【編號6：阮氏鳳】

魚露之鄉　傷痕之河

53

妳來到尖厝崙。阿鳳妳嫁給鍾南後，鍾南已經不再賣豬肉了。

妳聽過丈夫鍾南說起半夜兩點進養豬場，抓住待宰豬仔，在搖晃的燈泡下，長刀一插就射入豬喉，接著刮豬毛，切割，清腹內。妳在生產前做了個噩夢，妳夢見一隻喉上還插著一把刀的豬仔四處嚎叫狂奔。妳嚇醒，發現羊水破了，疼痛難耐，叫醒鍾南，奔至醫院。嬰兒採倒踏蓮花姿勢降世的，嬰兒以腳伸出子宮，雙腳先吐出產道，像鴨子似地划水，探著這個娑婆世界的溫度，這可讓妳吃足了當母親的苦頭。

妳常聽鄉村老婦開玩笑說嫁給殺豬尪，吃不空。她聽了總是起了一身雞皮疙瘩，那個恐怖的夢，千萬別再來。

阮氏鳳，妳將帶著一身殺豬的臊腥氣味回到胡志明市。

返鄉前，妳去鎮上的農會超市採買物品，在櫃檯結帳時，差點沒被人笑死。阿鳳，妳買這麼多衛生棉幹嘛，妳有那麼多屁股啊。

我要帶回老家啊，妳說。

農會超市櫃檯結帳的人就別有含意地低語道，妳可別一去不回啊。

妳聽了怒目以對，心想這些人都這樣狗眼看人低，鍾南愛我，我也愛鍾南啊。拎著袋子走出超市時，妳戴上安全帽，跨上小綿羊，騎著騎著，心就放下了。妳想也莫怪人家會這樣想，妳的妯娌不就落跑了，現下不知流落何方，到處傳言她在茶室玩十八招。

妳的妯娌即阿龍的印尼太太，她在逃離鍾家前，唯一說過話的人就是妳，但妳當時聽不出逃亡意涵，只想她壓力太大了。阿龍是村中快樂人，他的印尼太太就成了村中悲傷人。婆婆蔡瓜癱在床上不能動時，空囝仔阿龍就陷入無人願管的境地了，他喜歡火，有人笑說他是火星來的人，更有村人第一次聽到火龍果的名字就笑說是阿龍投胎的。他有過拿打火機燒房子的紀錄，還好燒的是廢棄的豬寮，要不鍾流一生累積的財富就會化為雲煙。稻埕前大廳裡的一座關公像也被他燒得鬍子去了一半，公公鍾流罵說你這憨孽子連關公你也敢燒，無驚伊拿大刀刣你。阿龍還是笑著，打火機沒了，奇異的火光世界消失了，阿龍僅有的智商也似乎日漸被莫名的事物抽走了，他整日拿著他小時候坐過的一把矮凳，肥大屁股往凳上一坐，就恍如黏住似的，他可以一坐萬年，萬年一坐，在屋前發呆，從日出望到日落。那矮凳木材吸了他不愛洗澡的氣味，他的印尼太太每回被鍾流逼著去餵食阿龍時，總是心不甘情不願地嚷嚷鬼叫著。後來有家人發現原來阿龍褲底都是屎。印尼太太日日要小心看顧阿龍，免得讓他有機可玩任何火而引爆瓦斯。

再也受不了，印尼太太最後對妳說的最後一句話。（村中快樂人龍仔晚年的生命裡來了個陌生女子，一個女外勞受雇來為他洗澡。空囝仔哪懂得洗澡，有人笑說。空囝仔阿龍和異鄉女子就這樣一生連結，和許多老人一樣，異鄉渡海女子撫慰了他們，或者虐待了他們，但總之，女渡海者，妳們已是飄在島上的一股巨大陰風。）

54

這天，妳回到家後，煮了飯，安頓了家小，整理了物品，阿南明午會載妳去機場。時間好快，阿南不賣豬都七八年了，怪的是身上還是有股豬肉的騷味，當年常引得阿龍的印尼太太行經其身旁時很不給面子地掩鼻而過，偶爾沒預防地在走道相逢時也常嚇得像是見到鬼似的。

豬是卡到妳喔，自己都叫得像是刣豬的，鍾流常叨念印尼媳婦。妳每回聽了想笑又覺得不好意思，妳的老公身上有豬味，也許是印尼女人的錯覺，都不賣豬肉那麼久了啊。夜晚她望著這安靜的小村，胡思亂想也許這印尼女人搞不好再也受不了的是和他們同住屋簷下的鍾南身上豬味，印尼女人的這種奇異的心理苦楚定然是很多人不瞭解的，嫁給癡呆丈夫，公公鍾流又常有風流事，空間又到處飄著鍾南帶回來的長年豬臊味，妳這樣一想，忽然就有了同理的悲哀感。

妳在即將離開二崙的夜晚，一個人失眠地望著小村之夜，妳從來沒有好好看這些年的自己以及這塊異鄉土地。妳的越南姊妹來到這裡有千百種理由，但妳的理由是愛，沒有人提過的愛，在妳身上最不見到的拉扯力量。

記得剛來到這裡時，妳有一種失望感，和妳家鄉的貧窮寂寥相似的感覺在妳心裡萌生，一直到孩子生了，根生的感情與親切感日漸發芽。妳以濁水溪代替湄公河，妳以荔枝芒果代替榴槤紅毛丹，妳以烏龍茶代替咖啡，妳以三合院代替有屋腳的茅房，妳以運動服代替白棉衫，妳以東北季風代替南風，妳以俐落短髮代替長髮，妳以小綿羊代替腳踏車，妳以小黃代替三輪車，妳以塑膠品代替手工織品，……唯一不能取代的是魚露，再好的西螺醬油也絕不能取代這個鄉愁聖品。

妳以爲自己逐漸將海的那一岸忘了，忘了屋子裡的貧窮與溽熱，忘了母親生養過多乾涸乾癟的乳房，忘了被太陽曬傷的哀愁眼睛，忘了父親身上那難以忍受的病體酸腐氣味，忘了棕櫚椰子橡膠，忘了焦味似的炊煙黃昏，忘了香茅熱辣酸湯，忘了地雷炸開的無腿傷童，忘了街角和金髮男子議價的妓女，忘了在黑暗咖啡館空轉的留聲機，忘了旅館交歡的異鄉男女，忘了無天無夜的工廠機械生產線，忘了午後將妳的貼身白棉衫淋濕的大雨，忘了在法式別墅露台盯著妳瞧的異鄉人，忘了妳的青春寂寞，忘了妳的祖國悲慘歷史，忘了追逐妳們的美國大兵，忘了槍殺妳們的共產同胞，忘了斷腿斷手的男女，忘了遊手好閒的男人，忘了佈滿黃塵的大路，忘了三輪車與人爭道的虎口，忘了蒼蠅與牛糞的氣味，忘了死去家人的靜穆村落，忘了美而憂傷的綠色稻田，忘了有人朝妳喊西貢姑娘，忘了等候嫁到台灣的移民長長隊伍，忘了入關時的種種身家扣問，忘了第一眼見到村民的鄙夷與戲弄眼神，忘了違法躲在暗處打工被剝削的同鄉女子，忘了夜晚獨自一人面對鏡子矯正口音咬到舌頭的痛……妳走進一個奇怪的世界，這個世界有錢人奢華，沒錢人只有粗泥牆與鐵皮頂，妳的世界維持著三合院的古老風景，但這個看起來也極其落後和貧窮的新天新地對妳有意義起初只因爲鍾南，後來只因爲孩子。

妳集著一身的女性屈辱與勳章。

直到前幾天妳去西螺鎮上的成衣連鎖店採購返鄉禮物，妳買到了Made in Vietnam時，妳忽然有了深深的挫敗與鄉愁感。

尤其這一夜，妳以爲所有的遺忘卻瞬間全憶起了。在起霧的夜晚妳搧著從家鄉帶來的棕櫚扇子，昏然迷失在妳自己內在的暗室迷霧裡，往事如黑森林，濃在一塊。妳忽悠想起十八歲時的生日黃昏，憂傷而沈默的母親和妳靜靜地坐在廊下，吹著從棕櫚園和咖啡園襲來的涼風，風裡有股尼古丁似的醒氣。母親望著前方，空洞的眼神忽然有了些光，她從瘦削的手上拿下一只戒指，不起眼的戒指，母親轉頭望著妳，開口了她一生少見的幾句話，母親說這是阿嬤的遺物，現在換我給妳，現在妳的一生可以自己作主了。隔天妳就決定要前往胡志明市，母親的話給了妳可以依賴的現實，妳第一次從貧窮村落裡接觸了未來的可能。

55

此刻，妳意識到了妳這一生從來沒有爲自己活過，好像妳沒有自己的眼睛，妳臉上長的是別人的眼睛似的，妳很少說自己想要什麼，妳像一隻牛，被際遇的主人催著往前，即使遇見鍾南妳也還不懂得什麼是愛，妳只是直覺地感覺鍾南是個好人，但他也不知道要帶妳前往的島嶼如何描述。如果提早知道是落腳在這樣荒涼偏僻的小村，還要來嗎？妳不知道。此刻妳在夜裡無眠，搧著風，聽到鍾南的鼾聲如雷，孩子的呼吸節奏有韻律，妳想這小村從來沒這麼熱過啊，那麼可想而知的家鄉將是更熱更熱了。

接著妳又意識到，從妳訂機票決定返鄉探親以來，妳遺忘的前生世界又都悄悄回來了，遙遠而荒涼，奇異而原始，傍晚血紅的油棕，在稻田上輕輕駐足的白鷺鷥，披頭散髮的乾瘦少女頂著竹籃，水滴滴答答，如霧的炊煙在棕櫚林裡騰空飄上天際，斑駁的大佛立在肅穆的小庭院裡。

往昔像慢動作地滑過阮氏鳳妳失眠的這一夜，像未分類的垃圾堆，妳逐漸進入這稀少人煙的村落夢鄉，做著無人知曉的夢，發往家鄉的汽笛聲響，滿載著水果與青春正豔的多情女，即將青春熄燈的遠行姑娘。

【編號7：鍾小娜】不徹底的女渡海者

妳想飛走，當生活失去著力點時，當生活無法寫下來時，當哀樂無法碇住妳不斷傾斜的飛揚雙腳。妳想離開，此去天涯。妳聽見植物在說話時，那種帶著夏日著火的聲音，喜洋洋的生命。妳想飛走，掏空可以掏空的孤獨。

這日妳從一座佛寺醒來，清晨獨步回家。想起曾經當廟公的父親若隱，妳見到「若隱」竟變成一個建案的名字，但父親從來沒有自己的房子，直到他死亡。他有了陰宅，父親很適合陰宅，他很安靜。他生前顧著孤魂野鬼，他的背後是神秘的一堆無主魂。他喜歡喝他的米酒頭配花生，看著落日一丁點地落在前方的稻穗，他失意的人生就此失意了下去。他曾說那些鬼很兇，不過人更兇。清明節妳祭父。肖像被燒在白色磁磚上，濕氣使他的容顏有了皺紋。雜草蓋過了他，在鐮刀逐漸劈下時，他的臉才慢慢出現，隨著妳對他的失憶而逐漸被妳記起他曾是一個父親，妳的父親，沈默卻沒有力量的父親。他或許已經投胎，看著妳在他的墳前如此虔誠而動容？父親說不要火化我，他要回到他一生耕種的土地上。

妳窩在島嶼男人身邊時，妳的母親一個人在祖墳上祭祖，請出了祖父父親……，妳的母親不喜歡妳的祖母。所以她只請出她想請出的祖靈。妳聽她說，妳們這些女孩子都留不住了，祖先只剩下我一個老查某在拜。她買了祭品，牲禮，冥紙，水果，蠟燭，摘了許多野花……她騎單車，來到田邊墳地。當時她沒找到她的女兒，也沒找著菲亞和藍曦這兩個死查某囡仔，她不知道這些女孩都在逸樂。前方是鄉下的一座新起的靈骨塔，火焰映著南方的綠色稻田。母親虎妹以前老對妳說燒冥紙時要記得邊燒時邊說要燒給誰的，否則死去的祖先那麼多，會搞不清楚。妳忽然閃過一念，父親墳墓旁邊是個和其同年過世的女亡者，名喚周覓娘，妳想生前父親寂寞，死後父親也許並不寂寞。雖然這塊土地，到處都有死亡的角落，到處都有傷心的影子。

清晨妳從佛寺回家。有一隻夏日的蒼蠅飛過，且死亡。牠也是一件獨一無二的作品。當妳無力表達生命這一切時，蒼蠅成了一種見證。以父之名，在夏日微風的窗台，種上幾盆植物。夏日就端然穿越了春天，來到了眼前。妳在日記上寫生活沒有值得寫下來的，但也一切都值得寫下來。百年一日，一日百年。

妳是如此地不喜歡熱夏。妳只好種上植物佯裝清涼。但妳總是捨一執一。

妳即將啓航，妳將跟隨兩歲時，家裡多了兩雙筷子的美麗少女的後塵而去，妳叫她們姊姊，這兩個姊姊，母親說是她們帶壞了小孩。

這兩個姊姊奪了妳原本以爲自己可以一輩子在鍾家當獨生女的希望。母親是這麼地介紹姊姊給妳：叫阿姊，妳大舅查某囝飛呀和懶屍。

妳對大舅舅是有印象的，妳還知道自己這個帶有西洋味的怪名暱稱是大舅舅取的。舅舅喜歡洋名字，後來妳才知道大表姊叫菲亞，小表姊叫藍曦。

妳母親還是無法接受自己的女兒叫什麼「泥那」之類的難聽名字，儘管當時大舅不斷地遊說這個名字來源及其獨特性，但還是沒能登記在戶口名簿。

離鄉前，妳想到媽祖婆前燒點香。童年家裡若有吃不盡的零食通常都是拜媽祖婆的賞賜，新街四媽宮是平時妳媽走動祈福的廟宇；若是祭祀大事，妳媽都會和一群阿姨們到北港朝天宮卦香，返家後妳見母親因眾香雲集以至於背後薄紗衣裳被香燒得一個個小洞。母親只有這時候大方，她見到衣服破洞，卻不心疼，直說這是媽祖臨幸，有保佑囉。就像印度人希望恆河氾濫家裡，淹水的房子是濕婆神的加持。若面對苦難都如此，苦難就都轉化了。

妳喜歡這時候的母親，大器。

妳知道離開島嶼，妳會想念母親的好。

母親那種不顧一切的好，以驚人力量在生活的人。

妳想起小時候老宅的天花板上常有仙尪，妳學母親叫壁虎為仙尪。仙尪，到處都有啊，牠們是老房子天花板的主人，這沒什麼好怕的，以前媽媽作囡仔時村人還吃過炸仙尪呢，吃起來就像現在的鹽酥雞。

妳的母親虎妹，妳離鄉時想她，妳返鄉時她想妳。

是母親，讓妳作不得一個徹底的女渡海者，不能和老祖宗鍾郎一樣在異地蔓延子嗣。但妳有文字，讓妳母親敬畏的文字，來到了妳的手裡、心裡，換文字害怕妳，因為妳將不斷蔓延文字的子嗣，無遠弗屆。

女渡海者眾，不亞於男渡海的老祖上們。

妳喜歡數字七，以七為隱喻，記號的終站。妳知道，女渡海者終將晃動世界的愛情板塊。

卷叁

查某世紀

從夕霞走來，
這一切存在過……

從夕霞走來，這一切存在過

生活慢慢走著，年邁女巫自歷史的暗處行來，女人悄悄彼此互訴，嘀咕著被遺忘的時光。

在這些說不出四書五經、大道理的女性日常生活裡，生命激情的能量來源或許難可言說。

這些針線分明的繡片碎花，飄著胭脂香粉的梳妝台，卻彷彿隱藏著一套專屬於女人神秘的傳承系統，隱約顯現著充滿奧義的人生符碼。

女人的小宇宙，在每一張臉孔的眼眸裡，看見名之爲「妳我她」的日夜時光裡，閃爍著生命哀愁與際遇的荒謬，隱喻的吉光片羽。

虛實交錯，百年女人的滄桑碎片，局部凝視。

二〇一一

那年代結婚前要爲自己準備將來的產仔裝，一種黑布裙，另外還裁製了煮飯裙。但產仔裝妳一天也沒穿過，妳常想自己是斷翅的蝴蝶，因爲不孕，成了悲哀查某，男人遂堂皇可再另娶她人。妳的卵子不發光，青春期之前能展翅高飛的卵子都早已隨著紅血排出了，剩下的都有氣無力。男人橫衝直撞的鞭毛蟲彷彿抵達了妳的廢墟荒原，頓時不知所爲何來，也不知何去何從地感到悲哀。爆裂的百萬卵子自此無聲無息，成了妳午夜的寂寞姿態。註生娘娘也不知拜了幾回，連婆婆都罵妳是個連孵臭蛋都不會的查某。她叫妳去養雞，好讓另一個女人坐月子吃麻油雞，她的奶水噴出如湧泉。妳唯一的子宮聖戰是比她們都活得久，雖然結局也不怎麼光彩，但至少妳有機會訴說。只是百年人瑞和世紀相逢，結局和脆弱蝴蝶一樣不祥。妳坐著輪椅被推出來不久之後就受了風寒，妳看見自己的死亡與新生。輪椅被裝飾得很像是花轎子，可惜妳已不是花嫁娘，妳風燭殘年。妳成了無齒女，牙脫齒落，那年頭整座村莊都沒有牙科，一台燒牙齒機器可買一甲地。妳到現在都還記得牙痛時光，阿母將妳欲落未落的牙齒懸上絲線繫在房門上，牙落時刻，盡是標誌成長或者衰老。

可怕的逢整數紀念日又來了。建國百年，中華民國一百年，妳記得可怕的千禧年。兩千年，瘋狂的兩千年，追逐第一道日出。這庸俗的「百」字也包括妳自己，妳竟這樣就活過百年，還被某個陌生女人寫進島嶼百年物語，妳想這根本是一個大而無當的包裝。會動輒喊出百年者，其實很孤單啊，所以動輒以「百」來壯大自己，百年家族，百年滄桑，百年荒蕪，百年孤寂，百年世紀，百年老店，百年百畫，……，島嶼百年甚比千年，女伶在百年的老唱盤裡兜轉花腔：「大千世界　恍如一嘆」，大夥充耳不聞，哈哈大笑，繼續卡拉ＯＫ。豎起耳膜聆聽的是妳，妳聽見屋頂的蛀蟲聲，妳知道某一年這個家族將分崩離析，這間屋子將大卸八塊，被時間大水化爲廢墟。祖上的百年老厝將再度還原成木屑、石灰、泥磚、米糠殼、竹管……想起這一生，實在眞粗做。

提早看見老屋將毀的妳在那時還是個初老之人，抱著領養女兒生的孫子親了又親，說伊會呷百歲，說伊會呷土豆呷老老。養女留下孫子給妳，她自己卻死在手術台，那年頭還是有許多女人爲了生子而亡，這讓妳很感嘆，很孤單，很無助。口湖村裡的萬善祠每年辦赦罪月前，總是會通知妳，希望妳捐點錢爲孩子超渡。妳總是拿著那張要捐錢的粉紅色單子發怔，不知如何捐起，當一個人什麼都沒有，只剩下一條命時。

孤單的島嶼百年，只有島嶼人還在用的年曆，數字將往上跳至一〇〇。妳將看到很多和妳當年一樣要當花嫁女的女人搶當百年好合裡的其一，或者忍著肚痛或剖腹搶生一月一日生的寶寶。妳不知這有何意義？在妳的眼裡看盡生死無常，妳只剩下一個「人瑞」的稱號，卻無瑞氣可言的生命。妳這個百年人瑞將再度從幽黯的屋宇被推至門外，妳那凹陷的瞳孔乾涸如濁水溪，水床成了沙床，灰翳沙塵刺得肌膚與眼睛疼痛，妳想這些環繞妳的人究竟在變什麼把戲？爲什麼有人在妳如雞皮的胸口上塞紅包？只剩一層乾皮的肌膚無法承受紅包的重量，唰的幾聲，飄飛的紅包四散，許多孩子爭相搶著，老村民看著這一幕都笑了，拉開的口腔如躲了時間野獸，蛀掉的牙齒鑿刻了窮鄉僻壤的生活實相。

妳忽然想起以前也有個倒楣的百年人瑞，他被從床上推到西螺大橋，這開通大典的百年人瑞隔天就受風寒死了，他象徵的瑞相與長壽並沒有給這座小鎮帶來如何的百年繁華。這些「百」之紀念，都是爲了分食預算大餅而衍生的抽象概念，而不是從土地裡緩慢長出的東西，什麼百年一遇、百年好合、百莊齊鳴、百花大獎、百世一回，尋百寶箱、百莊工藝、百世傳家、百態人生、百畫傳習、百道佳餚、百校青年、百庄藝旅、百項達人，百事可樂，百戰百勝，百萬大明星……。民國百年，只有這座島嶼還在用的年分，百年遍地。唯獨百日咳、百廢待舉等負面百字不見，而百年老厝禁不起颱風塌成一片，妳的百年記憶早已幻滅。和兒孫拍照，應媒體說的是金玉滿堂。照片登出來了，妳坐在中間，上百個陌生人環繞在妳的四周，都是妳不認識的人，妳不知道他們爲何要環繞在自己周邊，妳想難道是要等著我分糖果嗎？還是等著鄉公所發送的面紙和洗面皂？

妳想這個百年的國家是否也該要包大人了？台上這些口沫橫飛的大人有一天也會需要包大人吧。包大人讓妳有點尊嚴些，妳想起做囡仔時，常夜裡尿尿，棉被總是濕了，被母親打得淤青凝血，說是這樣妳才會記得。但妳不記得，妳去上公學校的第一天就看見水沿著大腿滴滴答答地落下，椅子下一灘水。忽然有人尖叫，報告老師，有人偷尿尿。接下來就忘了，妳想看到老師走來應該是自己先嚇到暈厥過去了吧。現在妳胯下的「包大人」是衛生所送了好幾箱來作爲妳的百年贈禮。妳訥訥地接過，忽然鎂光燈一閃，妳想這眞是讓人害羞的禮物。

現在偉大的包大人正包著妳滴滴答答如雨落不停的破瓦之地，失禁之處，如島嶼的反潮日。包大人正摩挲著妳疲倦的陰蒂，百年來空虛的隧道，已成鵝肝色了吧，妳從不敢看那個黑色地帶，妳想那裡應該會像是滷味上的海帶豆干吧。妳這無子子宮在夢中卻是房客滿溢，夢中從這個逃生口吐出過許多薄膜般的天使，妳不記得漂浮在水裡孩子的臉了，妳看著自己把他們埋在會開花的樹下，有的埋在田邊。夢醒，妳看見下體流血，他們消失了。每個孩子的臉都遺忘了，包大人正摩挲著妳的胯下，跨下好癢，但妳連搔癢的力氣與姿勢都沒有，妳聞到那尿臊味伴隨著風沙襲來。鄉下有野孩子叫妳「老拎脯」，妳的胸部垂扁如曬乾的柚子皮，兩片布袋垂吊著兩粒乾葡萄。

殘忍卻口吐眞實的孩子。

鄉公所爲了讓妳活過民國百年，才好端出去做「活體」展示，因而假好心地派一個年輕志工來照顧妳的三餐，以及幫妳沐浴等事。年輕女生在水盆裡放著溫水，脫去妳的衣服，將妳的手抹上肥皂，手溫暖而光滑地撫摸過妳的胸部，妳的下體，妳那僅剩下枯骨的肉體。妳聞到年輕女子胸前的香氣，這讓妳想起自己也曾年輕過啊。然妳現在卻只是一個被推出來展示的百年人瑞，老人只有這時候才有用處，不然這島嶼最厭惡歷盡風霜的陳年老物了。但被推出來展示的百年人瑞都沒有什麼好結局，妳記得西螺大橋開通大典時，隔壁人家的百年老翁也被官方推上橋上，那日風大，橋上到處都是人，人瑞看見七爺八爺時，像是個孩子似的有著驚恐的表情，回家就病倒，不久百年人生隨之閉幕。很多人說他是受了風寒，也有人說恐怕是恍然把七爺八爺看成是要來抓他的黑白無常吧。

妳立在風中，沒有看見什麼，妳看起來極爲清醒。只是妳知道這是迴光返照，妳也將不久於人世，只有那些白目記者不斷地要對著妳說呷百歲，這百歲分明又是對著中華民國而說的。其實妳已經失去好幾年的光陰，妳並不滿百啊，早在妳視爲己出的養子因八七水災往生後，妳的年齡就在那一刻停頓了。

養子死的好慘，被水泡得跟豬頭一樣。阿嬤，妳說什麼我聽不清楚？一個叫妳阿嬤的陌生人，手持麥克風。一個女生到了一個年紀就有了新的稱謂，阿妹，小姐，查某人，牽手，太太，阿依，阿媽，阿祖，阿太……未亡人……未亡人也將亡，長壽的婆婆，守著荒涼的小屋，乾枯的眼睛如井，穿越多少世紀的陰風。

百年有何開心之喜？妳那空洞的眼神牢盯著角落裡的蛾不斷地吐出卵，激烈地吐著卵，然後靜靜地臣服在時光之盒。妳看見妳的子宮，悲哀的卵子，上百萬的卵子，如妳的世紀，盡是悲哀，清朝人日本人國民黨民進黨……吵吵鬧鬧，莫怪妳耳根先衰，繼之眼閉身毀。

妳不懂爲什麼百貨公司擠滿了人，而自己的生活卻空蕩蕩的。受夠週年慶，妳從沒去過，妳不知道爲何爲了一個塑膠袋可以排幾個小時的隊伍，幾個小時對妳而言，像是好幾年似的。下午的女志工幫妳修指甲時，把電視轉得好大聲，女志工揮舞著指甲刀，邊噴口水說，百貨公司物件貴松松喔。雪肌精植村秀香奈兒香華天豔色唇筆貓眼睫毛膏……妳的耳裡如鼓亂彈著聲音。

妳很慶幸自己已被時光遺棄，如斯再無掙扎。

妳坐在椅子上打瞌睡時，臉上的那只黑洞張得老大，像是萬聖節的骷髏頭。那只黑洞通往的感官世界都已枯花萎葉。妳聞到一股奇異的臭味，比自己臉上那只黑洞上通往的器官隧道更臭的氣味，妳尋氣味尋去，在氣味之上竟是母親，母親頭上的花冠已然凋萎，發出腐臭。母親曾經是上過馬偕淡水牛津女學堂的聰慧女子，她在眼前。妳們都老了，母親像是一張矮小的凳子，她笑著說等妳好多年了啊，沒想到妳活這麼久，久到母親都當完天人的日子。天人五衰，其衰之一就是腐臭，妳知道聞到這個味道就知道不久將死，幾個活得很老很老的女人也要來了，妳們一起等待新生。

妳從打盹的夢中醒來。闔上黑洞，酸腐之氣在唇上溢出。妳微笑著迎接這腐臭，腐臭飄散，烈火焰焰，快者七日，慢者四十九，又是新生，又是悲哀降世。

誰要百年？妳不要。妳寧可老天爺還妳那間百年老厝。

電視播出埃及豔后伊莉莎白太熱（泰勒）過逝了，妳在西螺戲院看過她的電影，伊莉莎白太熱那麼美豔，紫羅蘭的瞳孔，令妳豔羨的八度婚姻。

然妳已預見自己的死亡，妳臉燒耳燒，以此爲有事前兆。百年酷寒，煙火四起，震耳欲聾，死鳥死魚，妳熟悉的日語第二個故鄉世紀大地震，震得妳魂飛四散，熱淚盈眶。死訊將至，無常已抵達。

一○○不就是1嗎？妳想一就是孤單，一就是無法成雙。一○○就是一，又是下一個輪迴在等著。百年神話，在這神話裡，妳即將告別這座島嶼。一九四五妳看過烏雲之花，廣島之戀。二○一一妳目睹黑雨之花，福島之殤。這活了百年的人間，絕望而空虛，妳感到空蕩蕩，和世界打成一片，也如此之難，如此之易。臨終前妳的畫面是一片花海，妳被推去台北看了花博，人好多啊，妳看著很高興，妳聽多桑以前說「入門見佛，出門見眾生」這就是最好的風水。那一刻妳笑了起來，感到這世界有花園眞好（只是不要擠爆了），回程有人送妳花的種籽，要妳挑向日葵、大波斯、鼠尾草、時鐘花、薰衣草或玫瑰，妳挑了時鐘花，妳已看見自己的死亡，妳在後院種下時鐘花，讓自己在人世的時鐘延續下去。

妳沒熬過百年強烈三月雪，合歡山積雪二十公分，妳在夢中見到羽毛，輕盈的妳，裸身如潔白天使，即使滿身皺紋。妳走過不孕之悲與寂寞之苦的百年。

二○一○

這是明媚時刻，小鎮令人不安。妳整理了一下碎花衣裳，洗去衣上沾的泥巴和腐葉，妳瞇著眼望著農田，妳的眼睛長年承受陽光倒影，日益白內障的目光是作爲一個女農的代價，看出去的風光帶著白，如霧中風景。這片霧中風景，已然被怪手碾過，傷痕累累。前方小路兩旁圍起一座座小土堆，垂頭的稻，喪氣的妳，妳低身望著泥土裡橫屍遍野的蟲屍蛙體，這傷心的氣味正瀰漫著妳的心。老屋赤裸的石灰牆映出一片起伏不平的醜陋陰影，不平整的土地，落入不可靠人的手裡，無恥之徒都穿得極體面，索討新天新地者，只猛咬新世界的財富果實，卻丟棄舊世界的良心種籽。

七十三歲的妳望著夫妻努力撐過的苦，但卻撐不過這回的蠻橫。妳無法理解妳繳稅的政府可以公然粗暴？對著生養人的稻穗。妳那天望著怪手碾過的稻穗傷心，妳還想去田裡拿鋤頭和雨鞋，但連這個也不被允許，警察將妳阻絕在耕耘一生的田之外。妳這雙手養孩子，養天養地，但卻養不起自己的餘生。妳只是一個嫁雞隨雞的作劏郎，沒有田，沒有地，妳也沒了自己。妳認爲電視那些人的嘴臉不配來分配妳的田地歸處，這些禿鷹啊，難道不用到天公那裡報到？天公就准許蠻横怪手碾過餵養人肚的稻？妳想起老伴，妳還是少女時就認識老伴，淡然莊稼人，樸實的人，從沒想到變賣什麼，因爲雙手雙腳皸裂的作劏郎就是以田爲家，連臉都長得像一張溝渠遍布的水稻田，想到傷心處，妳落淚了。妳老了，也瘦了許多，臉上手臂上大腿上盡是勞動者的殤痕，被陽光曬傷的鬆塌塌皮膚如過熟的橘子，橘之皮肉看似要分家，而妳也即將離開心愛的家，妳面對從未有過的困境，既悲戚又悲壯，妳僅簡單地想，也許這是讓官方可以見到問題嚴重性的方式。初夏熱氣撲面，妳臉上的悲戚裡躲藏著一抹對往昔美好的微笑。農藥是殺蟲的，妳卻往嘴裡倒，妳殺了自己，以如此孤寂的抗議之姿。

島嶼的惡意，無處不在。

門外選舉造勢晚會正開始著，喧嘩聲一波波地傳入妳的耳膜，妳感到十分刺耳。妳成了一張肖像，人生自此不再立體。妳躺在那裡幾日了，沒什麼人聞問，妳高估那些禿鷹的良知，妳忘了良知在這島嶼連秤重都嫌麻煩。電視不斷追逐著什麼補教人生，妳的人生在螢幕論秒計，很快地，怪手會在無人再關注時，再度壓稻毀穗，柔軟麥穗將擠壓成一張梵谷的臉，如戰時被強行推入土坑的姣好屍體。天色漸漸暗了下來，離去的道士，拆空的白布，萎去的花圈。妳看著生活過的這片景色，整齊井然，如廟宇大雄寶殿之莊嚴，如冷刀般的小溪，流過翩翩竹林。妳看見往昔的自己在火爐裡丟上幾把稻草，稻米還魂的炊煙，它們飄忽地燃起，靜靜地升上天空，迆長，漫開，俯瞰田地，在樹林上方停駐如雲朵。暮色往昔的這份溫柔，讓妳的心揪著，但妳發現妳已經不屬於那裡了。

島嶼的善意，隨處可見。

一種隱密似的少數社群團結將妳和他們牢牢緊聚一起，形成一種槍口對外的抗壓家庭，但眼見怪手堂皇碾過土地，如戰爭坦克車壓過胸膛時，妳還是選擇獨自「單挑」這個假面社會。譴責還可忍受，冷漠就讓妳厭畏了。對未來生活的喪失，強大了妳的勇氣與孤獨，這種壯大的孤立性，超越了官方無恥之徒的那種卑鄙，因此妳輕易地打敗了他們，以一種意志赴死，深深打擊了媚俗者，雖然結果仍令人悵然，人遺忘的速度與對事情的熱度超越了妳所能想像的。妳以奇異意志赴死之姿和妳一生勞動的姿態讓人無法連在一起，人們叫妳「阿嬤」，好像阿嬤就是含飴弄孫，阿嬤就是黑暗角落的一抹陰影而已，哪有阿嬤具有如此堅決姿態的，沒人見過，沒人見過這樣的阿嬤。以死明志，以死護田。

妳選擇一個人在野地遊蕩，遠離地平線溫暖的人間燈火與閃爍的金銀，除了尊嚴，妳不再盼望任何東西了。妳將沾滿稻穀氣味的古老肉身置之度外，妳此刻莊嚴，然島嶼易忘。在綠地背景前一張迷惘的老臉，似乎在嘆息。望妳早歸，田的呼喚。春風吹不斷，新近下了雨，天空彈了雷聲，來日稻香穀肥，空氣中植物的香氣依然，田等著妳，踩踏它，踩出柔韌，擠出堅強。黑夜來了，真正的孤寂深淵來到，鳥鳴聲，蟋蟀聲和窸窣逃竄的聲音都靜了下來。誰能忽視植物的韌性，妳們比動物來得柔順，也比動物來得具殺傷力，緩慢的，極其緩慢的……

好年冬不再，惡寒已遍地。一個女農阿嬤如妳，孤寂而悲壯。島民健忘，文字不忘。

二〇〇九

購物頻道每天都在放送補品和內衣內褲，或者減肥與微整型，產品琳瑯滿目，從算命到旅遊，從瘦身到鑽石，不小心轉到這些頻道總會被尖銳的女人聲音刺醒。我偶爾想昏睡時，就轉到這些頻道像看瘋戲的心情來讓自己醒轉。

今天幾個女孩在我面前嚷著，牛眼般大的眼睛，一整排眼睫毛像是椰葉隨風搧動，聽說光是台灣女孩子每年就要消耗一千萬片假睫毛，還有拋棄型隱形眼鏡。女孩們金光閃閃，香氣濃烈，肌膚吹彈可破，彷如蛋殼。我量著她們的腰身，邊想著都二十二吋了，還嚷嚷著什麼太胖，那我這個胖中年婦女豈不成了「卡門」一族了。女孩直對我說我的臉上那塊灰黑色的胎記可以去雷射，可以打肉毒桿菌、玻尿酸、電波拉皮、微波拉皮……女孩嘰嘰喳喳，波來波去。我問她們怎麼現在女孩子腰都可以這麼細，胸前還能波濤洶湧，我學著水果報紙說著，邊量著她們的胸圍。其中一個在我耳根咬著，都是假奶啦。一對假奶換來好幾個LV皮包當然值得，另外一個接著說。蘇姐妳幹嘛要當黃臉婆啊。我拉著尺，用粉筆劃著衣服，我笑說胸部那麼大要幹嘛？成天埋在成衣堆裡，怎出得了門。

蘇姐啊，妳怎麼會去學做裳？我聳聳肩。眾女孩的腰看起來都像隨時會被折斷似的，妳想這樣的女生布料可眞省啊。隔幾日後，我邊車著衣服，邊無聊地看著電視新聞。畫面裡的女孩們可讓我嚇出一身冷汗。夜裡兩車對撞，疑似司機酒駕，四個女生命喪黃泉。我的腳停在踏板上，手裡修改的衣服懸著。

這些衣服將不會有人領回了。穿過的衣裳依稀可以聞到女生的香氣，我猛然一聞，黑色的胎記貼著布料，心裡感到十分地難過。

我不知道該怎麼把衣服送回主人手裡，但我確信我不需要整型與豐胸的。

男人和孩子都不知去哪野遊了。女人呢？我繼續車著衣服，即使失去主人，我仍有義務把它完成。

二〇〇八

沒讀過書的蕭張翠碧從來不知道什麼叫癮君子，她也沒抽過菸，不知道飯後一根菸快樂似神仙是什麼境界。但她有大半的人生都在種菸葉，燻菸葉。她就像種可可樹或咖啡樹的非洲工人，一生不知巧克力的滋味亦不知什麼叫卡布其諾。當年她只知道燻好的菸葉可以換錢，錢可以買食物，一家人可以維生。

蕭張翠碧和丈夫蕭南在雲林古坑大埔村種植菸葉，昔日他們在每年稻田收割後的休耕空檔約八、九月時節，向公賣局申請菸苗。在春耕來臨前完成菸葉採收，之後就是燻菸葉，在簡陋的烘焙室常常被燻得兩眼昏花。

仔細看駝背的身影，依稀可見往昔的姣好胸線，臉龐仍極典雅，嬌小的翠碧阿嬤年輕時無疑是個美麗的南方小姑娘。我心想是個嚴重「缺鈣」的阿嬤，但她缺的又何以只是鈣。

翠碧阿嬤一直住在大埔，她對世界的記憶還停留在菸樓年代，因住偏遠山城，從小目睹父母生病延遲治療的畫面，在她心靈烙下身苦的感受，她對許多遠離她生命的親人有無限追念。

她不知道大埔村將因爲她而留名於雲林的社區歷史，這眼前重新整建的美麗古樸菸樓，是大埔村民送給她的一個禮物。昔日她總是對村人說，大埔菸樓不能全垮啊，她的亡夫蕭南臨終之眼是環顧這棟用竹管厝蓋成的菸樓，在陰暗的矮厝裡，蕭南對翠碧說起去日誠然苦多，但這種苦也可以轉變成一種對往昔生活的印證，其遺言是「一定要保留菸樓」。於是這間半垮的菸樓沒有被怪手推倒銷毀，村人深受這美麗動人愛情的感染，他們知道這僅存的菸樓將見證一段大埔生活史的刻痕、一個肺腑的愛情印記。

在翠碧的瞳孔裡，蕭南成了她最悠遠的往事回想曲，他和她一生都在稻田和菸葉的兩端裡勞動。儷人身影在綠色裡移動，默默地不發一語。那種對艱苦生活的不棄，對彼此的堅貞互持，在當代或許成了遙遠傳說。

二〇〇七

流感年代。

流感流行時，妳想起少女時參加過合唱團，那時有瘟疫時就會去獻唱。妳還記得當年的保安宮保生大帝會在流行性感冒其間出巡，妳總是在合唱群裡。

妳是民國三十年出生的，從小送給別人當養女，還好不是當童養媳。這不太一樣，因爲妳是老大，父親心想妳是家裡的老大，送給別人倒不是因爲家裡窮，而是因爲舅媽生不出孩子。以後再生就有了，所以就把妳過繼給舅舅。親生的那邊在妳之後生的卻都是男孩，竟再也沒有生過女兒，父親就很哀怨將妳這孤查某囝送給別人。生父常喝醉酒時嚷嚷著要用所有家裡的金子去把妳換回來，妳的弟弟們聽了就很緊張，唯恐生父眞的把家裡的金礦給挖走了。

妳是幸運的養女，妳有兩個爸爸兩個媽媽。

妳七歲就會游泳了，割稻的夏天，妳就跳下溝裡玩水。小學時還曾到虎尾溪游泳。妳改寫了保守村落的女人樣子。

妳會玩又會讀書，後來讀完女中就沒再讀了。畢業後去郵政局做了點事半年嫁人，結婚後就沒再出門工作。先生是讀台大的，村人都笑伊呆大的。妳曾經跟隨先生去泰國經商，看準島嶼將來會需要「冷氣機」，妳覺得先生瘋了，誰會買冷氣機？

妳覺得自己很幸運，孩提時妳替阿公阿嬤準備鴉片捲菸和吸嗎啡，還幫阿嬤解開纏腳布，幫阿嬤剪腳指甲，妳過過老派生活，活到當代，妳還會用伊妹兒，吃姊妹會，出國玩拍照都是用數位相機。

呷到老還是會失眠，孫女說因爲妳是雙魚座的，屬於敏感型。啊，雙魚座，我從來不知道我是魚，難怪我這麼會游泳，妳笑答，一口牙齒銀燦燦的。

二〇〇六

妳在黑暗裡，我看見妳的隱居歷歷如島嶼洪患刻痕。換做今日時光，我可以學妳嗎？就是可以，我去哪隱居？一個失婚者如我還有什麼？

我打手機給妳後，便眺望起前方的太平洋波濤，唰忽唰忽的白浪裡我瞥見妳的黑衣身影。我站在一個高的坡度上見妳朝我爬上迎來。

妳帶引我先散散步，不要急著述說故事。

關於妳自己，妳說妳是可以斷然不受外界事物而影響情緒的，即使浮現起過往人事，妳也沒有什麼經典不經典的，妳認爲因爲一切的後來發生，其實都是人潛藏的有機意識作祟，根本是有所爲而爲的。妳離開一個婚姻，藉著一個戲劇化的告別演出，來表示從今而後妳那斷然離去的決心。青春期到二十歲的動盪不安，三十歲到四十歲的幽閉，四十歲後的安靜與不斷出土，我看妳的生活痕跡如此絕然歷歷。每一回離開一處，就是再喜歡的東西也不帶走，爾後，妳天涯海角，到哪永遠都是一個包包。

感情一旦生變，一切事物都無法帶走。男人是不得不，妳是自己可以果決，結果一樣，過程層次卻大大不同。

失婚者未必失昏，台灣離婚率節節攀高，我在其中。

女人的白紗穿了又脫了。

二〇〇五

黃昏小街，商家捻亮燈泡，準備營生。

許多人看起來像是從正午的熱氣裡重新復甦過來似的，他們趿著拖鞋，穿著簡單的汗衫，從靜謐得近乎死寂的屋宇往山丘下行去。這時女學生高金虹也從灰樸牆面上掛著一只不搶眼的「伯特利聖經書院」招牌裡穿出。她剛剛才結束和院長的對談，她對院長說想要輟學，因爲要嫁人了。「伯特利」是神的殿也是天的門之意，十幾歲的少女在這裡獲得了知識技藝家政與安慰。

院長十分不捨，覺得女學生的這項提議著實傷了她的心，但她又不願讓學生察覺到她的失望，畢竟她也年輕過，也曾十分迫切地想要離開這座死寂的山城。女院長望著女學生的背影，不禁也想起自己的一生，也曾經在俗世和神界掙扎過，最後她選擇了缺乏資源的山城，在山城奉獻了她畢生的歲月。她眼見著許多女生被送走或者被賣掉的殘酷事實，她想只有教育可以從根改變她的女孩們。但她發覺她改變不了際遇，女孩子們一受到外界的激盪誘惑，一心就想奔離山城了。這裡當年還是蠻荒粗礪之地，祖靈之光黯淡，她必須挨家挨戶勸大人讓女孩子就學才能一年收到那麼幾個稀有學生，但往往女學生也待不了太久，能唸完三年的更是區區可數。

最近她察覺到山區裡躲來了一個陌生的平地人，他一看就是屬於她上帝國度的人，她知道這個人的品行，就只是憑她和其對望的一眼。他看起來大約小自己十來歲吧，她不知道為何這樣一個看起來斯文且對人有禮可親的人會窩藏在這座死寂的山城？她用窩藏二字，因為她常見到村民張金火偷偷用竹籃送東西給他，也見到這不識字的張金火竟然每天都在籃子上擱著一份報紙。另外她也見到這人一天到晚不是在踱步沈思就是窩在茅屋廊下靜坐，宛若在聽天籟蟲鳴或雨聲。偶爾他會來到書院，帶著一些他約略不要的舊書或者報紙，許多男孩繞著他，要他說書裡面的故事。女孩不好意思靠近的，則偷偷在群聚裡咬耳朵。學校正好欠師資，她這個院長也就任由這平地人在此說故事。

高金虹即伊娜，她是其中最活潑的女孩，很快地她煩膩了女生無聊的咬耳朵後，她也圍在圈圈裡聽這陌生平地人說故事了。莫斯科在哪？她問。男人抬頭往聲源處望去，見到自己的身影映在一雙深如湖泊的瞳光裡，輪廓深邃美麗的少女正大膽地迎向自己的目光。他深感一股溫暖後，接著用樹枝畫出幾大洲，告訴他們世界是圓的。

高金虹聽了內心澎湃激動莫名，她想走出這狹小的山城，封閉無風的小城。男人把她介紹給哥哥長子，他要上山來送他禦寒冬衣的么弟把金虹的照片帶回家裡，以牽引一條姻緣。就這樣，十七歲的山女金虹要離家了。山裡的女孩說金虹要嫁有錢人，聽得金虹家裡老母親很不悅。不是每個母親都愛錢啊，我覺得妳應該聽羅院長的話，把最後一年的書讀完，去社會走走，再決定要不要嫁人。一想到從她的家走到學校上課得走八個小時的山路，金虹就決定不再如此過日子。羅院長不語，她看著自己的書院也不過就是一片茅草和一間三合院小屋，三個姊妹修女兩個義工教友，此地這樣貧瘠，有什麼理由吸引金虹留下呢？

羅院長，她再次來到院長的門口。

叫我羅傳道吧，一切榮耀都是歸主聖名，院長對她說。最後院長惋惜地同意她下山嫁人，但要記得無論發生什麼事都要帶著主的力量。金虹在鍾家歷經驚濤駭浪，她景仰的男人消失了，鐘歇已無聲，他把她叫下山，卻一個人走了。公公鍾鼓出獄眼睛瞎了，世界暗了，婆婆變得怪裡怪氣，丈夫卻不事生產且外遇……這世界變化多端，人來來去去，只有她依然是她。中年時她很後悔過去沒有待在山上傳教，感情她是輸家，眞的是如母親所言嫁人嫁歹命的。晚年她得一個人在黃昏市場守著一籃菜賣著，一把菜十元，寒風裡她蹲著，手裡持著十字架，渾身都像發光體，一座玫瑰岩。

賣菜也可以傳道，金虹賣菜時總不忘度人，她一生以生命傳道，度過無數的孤苦年月，許多鍾家先人都比她早一步往生了，但她總感慚愧，因爲她覺得能度到天主懷抱的鄉民竟是這麼少。晚年，她常坐在輪上仍四處走動，在醫院裡傳福音。整座灰澀病房，因她的信心與歌聲，似乎也就少了些人間苦痛。連生病都是在想著他人，這就是神的女兒，上帝的羔羊。她是鍾家少見的十字印記，她常懷念起當年那個逃亡者，那個把她帶下山的男人。她自此不曾再見過他，男人被槍決了，她記得她給過他一條十字架項鍊。男人還給她說，我整個人已是十字架了。

天主教來台上百年了。這一年，金虹走完她的人生。她是一個奇特的印記，在那樣古早的年代裡獨樹一格，在鍾家歷史裡亦然。

二〇〇四

千人牽手。

她自從先生死後從來沒有握過任何一個男人的手，更別說和一個陌生男人手牽手，她想我都忘了我和那個陌生男子牽手多久？總之像是一個世紀似的。要不是因爲支持阿扁，我怎麼會來到這個客家莊，還害羞地和一個陌生男子手牽手，像有一搭沒一搭地讀小學時，也常遇到跳土風舞時的害羞模樣，我總是和班上最瘦小的男孩配對，因爲我也瘦小。女人過了一個年齡就發福了，說起我曾經瘦小，小娜聽了好像以爲我說的是冷笑話。

我很怕餓，一日餓了就會臉變屎色，給別人難看。

這千人牽手，好歹也給每個人一個便當吃。

很多在政黨造勢的人想的竟然是一個卑微的便當。

二〇〇三

我聽著梅豔芳的女人花，在前往寂寞屠宰場的路上。

我戴上口罩，騎摩托車將前往之地，我稱爲寂寞屠宰場，一座醫院。

我帶著衣物，院方交代的，說進去後不知何時才能出來。

sars流行，戴口罩的我變美了，遮住了抽菸過多的一口黑牙。

我看見封鎖的現場，被阻絕的醫院，一點也不和平。

醫院窗戶吊掛著自裁者，就像童年我看見鄉下的死貓掛在樹上。

梅豔芳過世，我連帶想起可憐的阿嬤，子宮頸癌奪走了她們，糜爛的悲傷子宮。妳翻開報紙看到聳動的字眼：花蓮有無子宮村，發現當地老年婦女的子宮幾乎全被當地某醫師切除殆盡。我想起母親，一生極其忙碌的子宮，孩子的宮殿傾頹，許多房客崩塌了子宮的良善基地。

二〇〇二

妳生平第一次走進美術館時，妳的心跳像是初嫁女，那對妳是很奇特的經驗，妳看著門票上印的畫，聽導覽員說票上的畫是陳澄波。妳不知誰是陳澄波，妳想到的是自己欠栽培的人生。

十三歲就去學裁縫，妳手藝好，很快就會拆衣打板製衣，每一件衣服都像是藝術品，但妳只是個做衫女。妳學東西快，成衣興起，量身訂製衣不再，妳隨著丈夫在師大夜市賣鹽酥雞，本來做衫的手變成每日剁雞去骨。妳特製的胡椒粉讓剛起鍋的鹽酥雞香到幾里外都知名，每日鹽酥雞賣到手軟，一日收入可以到三萬多元。然而身體也因此敗壞了，甲狀腺問題讓妳的臉變大，脖子變粗，眼睛突出。最後鹽酥雞攤不得不收起來，妳又回到做衫世界，妳要丈夫去學正夯的民俗療法。

回到做衫女，妳想起妳喜愛的藝術，妳常往鶯歌看陶藝，往美術館看畫。大女兒永遠是那個年代被忽略的犧牲者，但妳可不想再被自己犧牲了。

一個醒轉的女人，讓人敬畏。

二〇〇一

「壹」是偉大的，壹是一切，壹是屍體與裸體，壹把妳讀過的新聞倫理全打敗。

妳作爲一個狗仔的女友，起初是蠻刺激的事，比如幫忙攝影狗仔男友偽裝成快遞或是打掃婦人，妳還陪著男友深入險境，準備接應狗仔男友落跑。狗仔男友化身成第三性，化身成黑道，化身成富商去大陸吃嬰胎補身……守在旅館暗處，守在名人出入口，隨時有近乎情報人員的緝察系統，看見可疑名人車牌都可以隨時查詢。後來妳的狗仔男友卻和採訪對象發生感情，這讓妳也成了狗仔。

這是一個錯亂年代之始。

二〇〇〇

千禧年第一道日出。

總統阿扁當選，在中山足球場之夜，許多人都瘋狂了。阿蓮千禧年跑去日本，她的外婆是日本人，是日據時代在日本和番政策下，嫁給原住民的日本女人，外婆死於霧社事件，這一直是阿蓮心中的痛。所以阿蓮對日本一直有好感。

阿蓮作客白老，她從JR札幌站搭乘特急列車，再從札幌站前搭乘公車到白老。

沿途的房舍變得較灰矮，景觀稍感荒涼時，當地人指著路上的房子說，這些建築都是日本政府替原住民興建，以前他們也過得較清苦，但現在一般都不錯。有些房舍已頗有別墅的氣派。當地人還告訴阿蓮，愛奴的意思就是人，人族敬天尊物，火、水、風、雷有自然神，熊、狐狸、鳥梟是動物神，蘑姑、艾蒿等是植物神，鍋碗瓢盆是物神，還有山神、湖神等；因爲相對這些神，所以把自己叫做人。阿蓮進入愛奴村，掛在竹條上的一尾尾鮭魚，還風乾，魚鱗片灰藍地襯著被剖開肚皮的紅，白雪堆得老高，空氣極爲清爽。幾個穿著傳統原住民服飾的女人在旁邊踩著搖擺的細碎步，她刻意趨前一瞧，當然沒有什麼紋身了，那是以前的傳統。但見她們臉白泡泡的，鼻子確實大了些，一臉笑意。立在茅屋門口，用手比著請進。入屋，榻榻米上方有個凹陷地，星火紅光嗤嗤剝響，燒著炭火，暖烘烘的。愛奴女人們於是繞著炭火，開始吹起一種竹製類口琴的樂器，跳起傳統歌舞。導遊特別叮嚀，等會酋長出來，可不能拍照。「酋長是非常有威嚴的，可不是用來觀光宣傳的。」

作爲有原住民血緣的阿蓮而言，聽來心卻很痛。

千禧年的第一道日出，阿蓮看到了自己的身世源頭。

一九九九

後傾城之戀，被翻轉的記憶。

說我是因爲九二一才結婚的並不爲過。

之後我才明白以前讀的《傾城之戀》根本就是羅曼史的變形，一座城市的傾頹成就了我和我的男友步入禮堂。一場九二一大地震時成全了我們再聚，再聚的念頭起於我在大地震隔日突然想起此舊愛在台中工作，翻出舊電話打了去，電話接通竟就是他，自此又接續了因緣。

九二一拆散許多人，但也因緣促成許多人。但百年一震的奇遇卻抵不上日後生活的杯盤狼藉。我想我的這場婚禮和那一場大地震一樣，是一開始就傾斜了。我想婚禮的必然儀式最後還眞是只落得了個儀式。一場九二一，讓我們這對大學校對又再度重逢，而彼此已經歷經多場戀愛，遂以爲這是一種天意的成全。

小心命運的暗示，暗示常朝相反方向而去。

快樂一天，辛苦一生。婚姻的聖殿頓成愛情絕跡的荒場。

新娘成母親，女兒面世，新的掙扎新的辛苦旋即來報到。

我畏懼九二一。

我的後傾城之戀，沒有范柳原，沒有白流蘇。

一九九八

女子阿紅殺夫案轟動家鄉新竹，鄉下每個人都說阿紅很乖啊，怎麼會呢？她僱用了六名殺手，在四個月內動用了各種方式弒夫，車禍、縱火、砍殺其夫，她還創下台灣第一次用眼鏡蛇的毒液注射被害人體內的謀殺方式。

最難以相信的是她的老公竟然僥倖逃過六次，最後是第七次日紅才如願。

謀殺親夫的廖日紅被叛無期徒刑確定，在監獄中度過她的下半輩子。

車禍時老公只受輕傷；第二次請人再撞，這回是重傷，老公經送醫後挽回性命；第三次阿紅教唆人用火燒，將老公灌醉後在其住處潑灑汽油並點火焚燒，結果老公被救出，雖燒傷且引發敗血症，但仍僥倖逃過一死；第四次由阿紅把安眠藥摻進酒裡來灌醉老公，再僱請殺手兄弟等人攜刀將其砍殺，老公被路人發現送醫仍獲救。第五次阿紅到萬華蛇店買了眼鏡蛇的毒液，用針筒注入老公體內，結果因毒液遇到空氣轉變成蛋白質，老公僅受到皮膚腫大的輕傷；第六次阿紅將除草劑裝在膠囊內，佯裝是藥丸餵老公服用，但因老公剛好胃痛拒吃而沒有得逞；第七次則是將老公灌醉載到新竹的竹林橋下打成了重傷，這一次她的老公終於被毆打兼被燒死。

黑寡婦阿紅，人聞其名變色。但奇的是，歷經那麼多次的鬼門關，她的老公竟渾然不覺幕後殺手就是他的老婆。那是怎麼樣的死去再復活？連阿紅都覺得奇怪，甚至激發了她的可怕魔性，她竟是非成功不可。最毒女人心，許多人都這麼地想著。最後阿紅殺夫的離奇過程，變成民間劇場，成了玫瑰瞳鈴眼，真實的恐怖人生，成了灑狗血的電視劇。

這一年，立法院通過《家庭暴力防治法》。

一九九七

香港回歸，她也回歸了，回歸她自己的世界，女人小小世界的大大宇宙，她開始重拾畫筆。她的回歸和許多人不一樣，無關身分與認同。

一九九六

台灣總統直選，對岸炮口對台灣，台灣上了紐約時報頭條。她在紐約街頭逸樂，有人問她擔不擔心台灣祖國命運時，她忽然感到自己是不知亡國恨的商女。

當美國艦隊飛抵基隆時，老阿嬤打開海港窗戶，她想起童年追著阿兜仔索討一塊美金的往事。

彭婉如命案。張愛玲過世。黃性女軍官企圖自殺，抗議軍中長官對其性侵犯且軍中知悉卻漠視的態度。女人的事，被遺忘得快。

許多年輕女生在山上集體剃度，她們剃度時可能還不知戒律，如知戒，是否還剃得下去？女生家屬上山抗議。

一九九五

閏八月，妳是在這一年的這一個月結婚的。

但台海戰爭卻沒有來，而妳和老公的床上戰爭卻才開始。

直到你們聽到電視上傳來鄧麗君過世消息，忽然你們兩個都安靜下來。

我只在乎你，甜蜜蜜，但願人長久。

雲林褒忠出生的鄧麗君也是雲林姑娘，妳說。

聽鄧麗君柔美的歌，戰火頓時煙消雲散。歌可撫慰人心，妳想著小鄧。

一九九四

新光摩天大樓新五十一層高的展望台上，有些人俯瞰這島這城，物質給了他們慰藉。新世界新台北，幸福列車要開了。

那時還沒有人聽過家暴法這個詞，夫妻冤家吵來鬧去，從門腳口打到灶腳前，尋常畫面。所以當她們打開電視聽到新聞播出殺夫案時，她們嚇得心都要跳出來似的。

一九九三

婦女團體聲援鄧如雯，她因長期遭受家庭暴力，最後殺夫。末了她竟讓台灣成為亞洲第一個有家庭暴力防治法及民法保護令的國家。報紙登出警方記載的事件過程如下，其情節有如小說，也可說是因果警世錄，很像廟前放的小書《地獄遊記》：鄧如雯的老公林阿棋原本是和經營檳榔攤的鄧母發生關係長達一年，後來又強要了日漸出落美麗的鄧家女兒鄧如雯。林阿棋酒後常對鄧如雯冷嘲熱諷，並恫嚇要殺害她及娘家家人，又無緣無故常動手毆打鄧如雯。這一日林阿棋在晚上入了臥房睡覺，鄧如雯取出鐵鎚及水果刀各一把，於當晚九點趁林阿棋熟睡之際，先持鐵鎚猛擊林阿棋頭部（鐵鎚竟因此還被打斷），再持水果刀猛刺其頭部、左肩、背部、左下肢等處，導致林阿棋頭部、左肩、背部受傷九處、左下肢後大、小腿部受傷六處，並因左胸傷及肺臟出血過多而當場死亡。鄧如雯將林阿棋扶正蓋被，冷靜地洗去雙手血跡，瞬間有感人生苦痛而欲割腕自殺時，卻傳來孩子的哭聲，她才從死亡中驚醒，想起自己對小孩還有責任，遂丟下刀子，放棄自殺念頭。然後鄧如雯打電話給親戚，請他們替她自首報案。

一開始報紙僅以小篇幅報導，社會以為這只是一個悲慘婦女不堪長期受暴而殺夫的尋常案件，因此未對此案予以關注。在婦女團體等社會團體聲援上訴，要求仿照美國羅瑞娜閹夫案，因而讓鄧如雯有機會受精神鑑定，三軍總醫院精神科出具鄧女案發時精神極度耗弱的鑑定證明，法官認定符合精神耗弱條件，改判有期徒刑三年六個月。

這一年世界婦女高峰會議在臺北舉行，社會開始正視家庭暴力問題。

一九九二

避孕藥琳瑯滿目，以前沒有這些藥時，妳聽母親說還曾異想天開想過用「衣架」往子宮掏去，或自行喝藥流掉。

母親晚年總是懊惱以前去墮胎。以前常常病子，以爲有個兒子就夠了，結果兒子卻是愛男人的。做母親的知道了誰不難受，這輩子林家無後了，妳老爸老是在我耳邊嘆氣著，誰會知道往後餘生事。

一九九一

在深夜裏，她醒來，那種聲音如同潮夕般地在耳旁起伏著。

那天下午接近傍晚時分，從廣播和電視新聞裡傳來的消息都是扣問三毛怎麼會在手術成功後卻厭世自殺？四十八歲，還年輕啊。

越接近晚上，城內各處都有感性的孤獨靈魂在低低啜泣。許多女孩子在單身女子合租的公寓裡，熄了大燈，點上燭光，播放著三毛所寫的專輯「回聲」，任齊豫和潘越雲的歌聲空蕩蕩地繚繞在那個鬼魅的空間裡。

關於三毛，是流浪的封印。

女孩們的童年幾乎是每個同學家的書櫃都有那麼幾本關於三毛的流浪書，在那麼封閉的年代，那些拓印著「撒哈拉」如此異國情調的地理符號，說來簡直是一場閱讀的奇幻之境。女孩子記得小學還曾被大哥帶去聽女作家流浪歸來的演講，擠在黑壓壓的人潮大廳，只聽見纖細而帶點神經質的麥克風聲音傳進女孩的腦波，於今想來恍然是一場又一場的流浪者佈道大會。

三毛在當年如流浪之神，有個性而稜角分明的女郎紛紛仿效穿起波西米亞衣裳，長花裙下繫著綁皮繩的夾腳鞋，華麗刺繡，寬鬆游牧民族棉麻連身衣，長髮、皮靴、叮叮咚咚的手環與晃啊晃的大耳環……，長大女孩旅行他鄉時，身處雜沓如迷宮的非洲市集，在漫天無邊無際的孤獨曠野，當她騎著駱駝循著撒哈拉沙漠前進時，她忽然想起童年的幻想之境原來就是如此啊。但斯人已杳，徒人獨戀。

一九九○

日本女學生井口眞理子來到台灣自助旅行，卻踏上死亡之旅。她搭車到高雄火車站就此人間蒸發，傷心的日本母親特別從日本到台灣尋找愛女的下落。

單身女子到異鄉旅行魂斷夢碎，以此爲最。很多女人遂不敢再單獨上路，恐懼成了扼殺一個人旅行探索的元兇。

恐懼擔心讓人找到了不再流浪旅行的好藉口。

一九八九

那一年我走在馬克斯廣場，準備參與柏林圍牆倒場。那時有一個男人望著我的眼睛，他說他沒見過這麼悲傷的眼睛。

我因爲這句話而愛上他。

我撿了一塊磚，紀念這面牆與我年輕的柏林之行。

我的德國男友來台灣，落腳師大路學中文和氣功。女人知道她的天敵是誰，這種天生的敏銳讓我去他的住處抓猴。金髮外國阿兜仔到台灣人人都變的炙手可熱，這讓我簡直抓狂。柏林圍牆築牆時，我們都還沒出生，東西柏林以樹牆圈之，以絕往來，四日圍成，成了淚水的柏林圍牆。長一百六十五公里，高三米多，漫長的牆身有鐵絲網、木樁、磐石，當然還有重兵站哨，逾越牆者，可是格殺勿論。

德國男友來台灣後，我們角色對調，我成了不再具有特色的黑髮東方女，他成了人人注目的金髮白人。

在墳場酒吧裡，處處是媚外的年輕女子，她們個個都比我漂亮豔魅。

但她們都沒有悲傷的眼睛。

在島嶼，沒有人欣賞我的悲傷之眼。

一九八八

電視上小蔣過世，這回電視沒有變成黑白，但許多人身上的衣服開始轉黑白。

同年這一年，有個夢裡迴旋的女人在舞台上表演最後一幕時裸體，遭禁。

妳想起葬禮，廖氏查某的葬禮。

妳清楚記得她的名字叫廖對，那是妳從她葬禮高懸的白布條讀到的字。妳跟著一大群人穿過小水溝蔬菜田，走進木麻黃小徑，龍眼芒果正在枝頭結得果實累累，蒼蠅嗡嗡在麻孝衣裡盤旋。阿嬤的墓碑上卻刻著張對。生廖死張，有人對妳解釋。妳不懂，妳盯著她的照片，臉上有幾顆如行星的小痣，這些小痣阻礙了她成為大美人，妳覺得惋惜。母親對妳咬耳根說，那不是痣，是蒼蠅屎。以前鄉下囡仔都睡在廊下板凳搖椅，蒼蠅就來放屎。妳聽了噗嗤一笑，在葬禮沈悶的空氣上，妳這一笑，所有的人都從日頭熾熱裡鬆了口氣，於是紛紛聽見一開罐的嗶剝響，可樂七喜密魯……。

妳清楚記得另一個阿嬤她的名字叫廖伴，那也是妳從她葬禮高懸的白布條讀到的字。伴嬤如伴虎，鄉人都知伊係脾氣古怪的查某，常抓著掃帚打人的阿嬤。傳說她很會存錢，糧倉都是金銀財寶，所以只要有陌生人靠近她的糧倉她就會飛起毛腿打人。她死後，兒孫們走進糧倉，將覆蓋上面的一捆捆陳年稻草移除。裡面什麼金銀財寶也沒有，只有乾的臘肉香腸，和一些乾筍絲……餓怕的老人，守著糧倉，難怪每個靠近糧倉者都成了老鼠。但妳清楚記得她曾經悄悄地招手要妳走近她，她的上下顎不斷地一開一張著，無牙的黑洞企圖吞噬著乾硬臘肉，她的嘴角都是泡沫。她剝了一塊乾肉給妳，手指放到嘴邊說噓，乖乖呷，無通乎人知喔。妳將乾肉藏在枕頭下，沒多久乾肉就消失了，妳懷疑有人來偷吃。阿嬤聽了說，妳眞討債喔，是老鼠呷去啦，飼老鼠咬布袋，她那一副可惜的模樣，讓妳在喪禮高掛的肖像裡看見往事這一幕。

妳清楚記得還有個阿嬤叫廖嫌，那也是妳從她喪禮高懸的白布條讀到的字。她和其他查某一樣，活著時沒人想過她們也有名字的。嫌，父母嫌棄又生女兒？嫌，嫌棄這世上的一切？廖嫌阿嬤終生都掛著鄙夷或冷漠表情，對於她不喜或者厭惡的人事。許多人看見白布條書寫著廖氏嫌時都恍然大悟，覺得她的名字和她生前常掛在臉上的神情很吻合。媳婦也是這一刻經過女兒的解釋才知道她的名字「嫌」的意思，阮是乎伊嫌到臭頭……這個媳婦是廖嫌此生嫌棄對象的集大成者，沒人知道爲什麼。媳婦知道，因爲自己就像她的翻版。她討厭自己，討厭和她這麼相像的查某竟和她住在同一個屋簷下。

一九八七

她們叫「拉一把」，拉誰一把，當然是拉女人一把（這社會推女人一把的人可多了），聚著聚著，話題就成了罵前夫大會，這使得後來有人戲言，前妻是世界上最可怕的動物。拉妳一把，推妳一把，都是女人。

一個女記者要去採訪這個協會的施教主，但她發現她得先經濟獨立，不然施教主可會看不起她呢。女人要有錢，還要有一個屬於自己的房間或者得長出一對可以飛翔的翅膀。

一九八六

陳甜嚥下最後一口氣前，她看著這座磁磚寺院，慈雲寺圍牆外是車水馬龍的環河南路，現下好安靜啊。她看見自己年輕的身影旁伴著一個穿唐裝的英俊男人，炯炯有神的大眼，高大而英氣。她想著蔣渭水，她的伴侶，緣分淺薄的夫妻。

她在慈雲寺一待竟已五十五年忽過，從三十二歲開始至今，她想著自己今年應該是八十七歲了，如果蔣先生活到現在，台灣的命運不知會如何？她常覺得惋惜，不僅對自己的愛可惜，而是惋惜了一個人才的消殞。

這位蔣夫人沒有野心更沒有光環，她只是青燈古佛，本來無一物，何處惹塵埃，她拒絕前來採訪她的人。

她成了奇女子。

一九八五

藝霞歌舞劇團要來的消息，隨著卡車傳進許多熾熱的耳朵裡。

公演是人山人海，一票難求，一張票要一兩百元，對許多村民可不便宜。但那種吸引力，誰都難以拒絕。超人氣年代，藝霞日演三場，熱門時多了下午場，連午間都是大客滿，那種華麗的歌舞，成了許多女人入晚的美夢幻想，許多人都想嫁給舞台上的男子，她們不知道這些舞台上的小生啊可都是女身呢。

她對於藝霞歌舞劇團要收山感到不捨，她到現在都還留著當年看舞團的票根呢。那場古裝大戲《呂布與貂蟬》是她的最愛，其中有一幕火燒閣樓，在燈光音效和烈火中，沒想到原本應該垮掉翻下的木板機關景片卻故障了，華麗的閣樓橋段就這樣地燒完了，看得她很惆悵，那時藝霞歌舞劇團比現在的金光布袋戲還讓她著迷啊。小咪、小燕、淑芬、嘉玲、小芬等霞女是她心中自少女時代就喜愛的大明星，她邊車衣服時總邊哼著她們唱的戲。然而老戲院關了，藝霞散去，在她的心中，藝霞是華麗年代的夢幻盡頭。

一九八四

這是她們跳的最後一場秀。身材佼好的她在台上扭腰擺臀，俗豔歌聲中她的衣服越來越少，只剩下薄薄的蕾絲細紗，最後光著胴體上場，台下豬哥全都騷動起來。牛肉場今夜關門，豔舞女郎都在後台卸著妝，她們感到日後生活就心慌慌。牛肉場沒有牛肉，牛肉就是有肉，露肉，跳豔舞的色情場所台語轉音成牛肉場。不過內行的人都知道這牛肉場其實是「站崗的警察離開」或是「警察來了」的暗語。

那個每次從早場時間就拎著便當來到現場報到的老人來到後台，老人遞了一朵玫瑰給她，豔舞女郎掉下了一滴淚來。她想，如果是一個紅包該多好啊。

一九八三

她總是覺得這世界只有買房才能保值，只有房子才是不動產，什麼愛情，什麼孩子，都是會變化的。那年代預售屋工地四處興起，巨幅看板有三樓高，展現各種風格勾畫著新樓公寓未來模樣。其實她沒錢買房，但她喜歡去逛樣品屋，去工地招待所喝茶。華麗的夾板建構裝修的工地裡設有招待辦公廳，樣品屋總是給她很多幻想。業務員對她說，小姐，明年房子就會動工，半年一載的，妳就可以讓全家有新房了。

她的老公也喜歡去看預售屋，但他去工地不是看房子而是看秀。過氣藝人歌后、悲情王子、演歌女、名伶、港台脫星、肉彈、女王蜂……在工地閒晃，他的老公幻想自己是大地主，但回頭一見她手裡拿著一堆廣告單，他就醒了過來，他只不過是騎機車的水電工。

一九八二

她來到台灣土地銀行辦勞工低率貸款，她回家後才知道那間位在羅斯福路的土地銀行即是轟動的李師科土銀搶案現場。她看著電視播出李師科的樣子，她頓時看見一個老兵孤寂的哀愁。

路上有人在討論李師科，說他把錢給了乾女兒，說他對政府忿忿不平，她想這個老兵眞是孤單。

一九八一

她是受人矚目的變性人，男性的身體裡藏有一個女人的心。

他愛洋娃娃，愛口紅，愛高跟鞋，但不幸的是他不是女人，他得去當兵，這簡直羊入虎口，屢遭學長的集體性侵。怪胎、異類、娘娘腔、人妖、不男不女……她的身上有太多被言語和身體羞辱的印記。但她要向上帝在「他」身上開的玩笑抗議，她要索回失落的女身，找回這個失落的女身，「他」必須消失，消失那個部位，消失那個粗獷，重新找回她的女性身體。

一九八〇

她以前善烹飪，晚年卻吃齋念佛。

她老想起以前在廚房裡把活魚摔昏再大油炸煮的恐怖畫面，還有往雞頸一刺放血的腥紅，各種殘忍的事她都在廚藝裡展現過。

晚年，爲了昔日三寸舌根的造作，她現在日日吃齋念佛。

還爲軍隊老公吃齋念佛，老公在軍中吃狗肉，還吃養過有給名字的狗肉，她每回想到就愈害怕，木魚也就愈敲愈大聲了。

一九七九

陳香梅在來來百貨公司辦簽書會。

往事知多少，　千個春天，她與陳納德的異國戀情故事。演陳香梅的女星宋崗陵是許多女人喜愛的樣子，異國戀情給了許多一生沒有到過異地的女子幻想，但她們看著連續劇就滿足了。

一九七八

村長來爲蓋廟募款，留下一本經書給妳。

在《長壽經》當中，普光如來爲顚倒女人說法：「妳今天能誠心的在我面前懺悔，我將爲妳說長壽經，讓妳免去被無常鬼擒拿入地獄受苦。當知在未來世中，五濁惡世混亂時，眾生造下諸種重罪，如殺父、害母、用毒藥殺胎，破壞佛寺塔、出佛身血、破壞和合僧團……等等五逆重罪，若能受持此經，書寫讀誦，皆能消罪而且死後可升梵天。」

妳捐了母親留下的大筆餘錢給寺裡，後代子孫將在廟的龍柱上發現祖母的芳名。

一九七七

她決定嫁到口湖鄉，成爲汪洋中的一條船的故事女主角。

她也成了雲林口湖鄉女性傳奇。

一九七六

彩色照相機已經出現多年了。當妳第一次聽見比基尼時，還以爲是一個外國人的名字。新的發明讓女人開始目不轉睛，妳想要穿比基尼泳裝，拍張彩色照。但又想擺脫色情的聯想，百貨公司的櫃姐告訴妳選擇水滴型罩杯即可，因爲水滴型款式的包覆性較強；這樣還可以避免胸前皺褶與花樣太過複雜的款式，也能淡化胸部被盯著看的聚焦點。櫃姐又教妳要想呈現修長腿部線條的話，可以選擇高開叉的泳褲。但妳發現自己長年穿的內褲鬆緊帶早已在股溝附近形成了深深印子，穿開叉太高的底褲會暴露這個缺點。

妳要穿比基尼前，應該要先換內褲，櫃姐說。妳第一次發現穿內褲是這麼有學問。巷口那個掛著「束腹奶罩訂作」的阿嬤卻從來沒教妳這些知識。

一九七五

唱國歌的孩子常把國歌「三民主義，吾黨所忠」唱成「憨眠出去，穩當弄死」。

來後山躲債的西部人已經慢慢在此建立起家園。

她的先生每天在後山海岸公路勘查地形，卻不勘查她，不勘查她的身體。

最後她的老公死在一場爆炸公路山洞的意外裡。

那個年代，守寡的女人不稀奇，到處有傷心人。

一九七四

阿珠回家後劈頭就朝母親嚷著要殺豬，要殺豬了。在廚房洗米的母親聽了想這瘋孩子，豬圈的豬還小，殺什麼豬。然後就看著從房門走出的阿珠抱著她的心愛塑膠豬，裡面的銅板撞得哐噹哐噹響，眞是悅耳的聲音啊，母親想。

妳殺豬又要拿去冬令救濟了，這樣以後妳下半年的書本費又不夠了喔。母親提醒她。沒啦，我是要存進阿母的郵局戶頭，學校老師說只要存一百元硬幣到郵局，就可以獲得幸運券一張，「頭獎是大同彩色電視機喔！」母親同意她殺豬，散在飯桌上的銅板閃亮如星，母親拭著濕手後，幫阿珠數硬幣。燈泡下，她們的瞳孔裡映著銅板的折光，阿珠第一次覺得母親的眼睛水靈，好美。兩百二十八元，我們可以有兩張幸運券了，然後用二十元再買新豬回來，用八元當錢母，存進另一條豬裡。阿珠聽了尖叫起來，母女兩人彷彿已經中了大獎似的神情。

殺豬隔日，她們抱著銅板走到郵局，發現郵局大排長龍，郵務士經過她們身邊時說著這下國家就不會有硬幣荒了。她們不懂什麼是硬幣荒，她們只是牢牢盯著展示的電視機頭獎圖片，好像她們已經是幸運的得主了。

握有幸運券後，母女對日子都有了一種期待。

有一天，一個小偷卻趁她們這對孤母寡女上台北時，偷偷撬開了門行竊，在面對家徒四壁的房子裡，心裡正在幹譙時，小偷發現了一隻豬，搖一搖，卻只有幾個銅板，他又開了縫紉機上的抽屜，只見一些鈕釦剪刀碎布，在底層裡躺著兩張幸運券，小偷想沒有錢，就順手偷了幸運券。

發現幸運券被偷後，母親要阿珠認命，沒關係啦，妳看至少現在我們郵局裡有兩百元喔。阿珠很生氣，但一肚子氣就在時光裡逐漸消失了。直到有一天，她放學經過郵局，正好看見一個人抱著一台電視機從郵局走出，電視機的紙箱上還貼著紅色閃亮的金字：「頭獎」，她衝進郵局，望著郵局公告的幸運券號碼，她心裡尖聲一叫，這不是我的幸運券嗎？

她衝出郵局，卻不見那個拎著電視機的人了。

半年後，她和母親去跳蚤市場尋寶，發現有個老頭在賣著家電，其中有一台電視機貼著「頭獎」，她搖晃著母親的手要母親看那台電視機。母親彎身問小販說，請問這電視機怎麼來的？老頭說去收貨時上頭就貼了個頭獎的字，應該是抽到的人爲了轉現金賣掉了吧。

阿珠問母親要不要把電視機買回家？

母親搖頭，不能花錢買這些東西，除非是免費的，既然無緣，就算了。

母親拎起阿珠的手往前走，阿珠一直回頭望著電視機，她好想要這台電視機，她想怎麼會無緣呢？明明又遇見了啊。

一九七三

看似連綿無盡的防風林之後是海，無邊大海，吞噬了蘇銀花一生的目光，也吞噬了她一生的所愛。或許那時候她還不懂什麼是一生所愛，但她知道失去他，注定一生漂流，一生艱苦，她流的淚水早已還諸海神，但海神並不還她夫婿。

丈夫成仔掛在大廳的肖象還停留在三十歲，一九七三年是一個傷心的年份，她不知道生命可以這樣傷心，哭嚎可以這樣催人心肝奪人心魄，她用盡了吃奶力氣朝著大海浮上來的那個不再說話的男人哭天搶地著。但她的哭聲不僅被稀釋在海濤的聲浪裡，還掩埋在十八個婦人的集體哭聲裡。悲傷的原來不只她一個人，還有十八條討海壯漢的妻子也同樣在夕陽下聲嘶力竭，直到她們的身影被旁人拉開，直到這一切往事逐漸硬化，人們再也不願提起。

這座不太被島嶼人知曉的廣溝村，位在雲林四湖鄉，靠海小村落，討海人的臉孔被陽光燻得烏黑發亮，然而仔細盯著他們的瞳孔，卻發現當他們提及往事時淚水總是打轉在眼窩上。

他記得這一年，小學五年級的某日早晨，背著書包獨自一人走在通往學校的小徑，海邊寂寥空曠，冷風颼颼地穿越防風林，冷到背脊心裡了。這海風的冷是他熟悉的，但他不明白的是這晨光為何如此靜悄悄，平常小村落總是熱鬧營生，但這晨日卻死寂一片，甚至隱隱地他聽見了從許多窗戶縫隙滲透而出的悲愴之音。在他童蒙的心裡，並不能解這悲哀的深度，但他知道感覺有什麼事發生了。當日午後他放學回到家裡，大人告知他昨夜千濤浪捲走了十八條壯漢。有一兩位從海難裡逃脫的男人事後說夢見海神要他們趕緊回家別上船，才得以報信回來。

從此倚窗望海的婦人增多了，也有婦人從此搬離廣溝村。但蘇銀花一直都不想離開這片荒澀的海域，她知道搬離此村只是身體的移動，她的心並無法得到撫慰，她的記憶依然無法解套。

時光移往經年，但傷心的往事卻還沒翻頁。

之後——

（小五生男孩已成了後中年男子，他吃過這些傷心婦人的奶水，他看過太多滄桑。在他長長的眼睫下，吸納著整座海洋的美麗與蒼涼。他總想著，廣溝村的人不該畏懼看海啊，海洋是他們的母體，海神餵養他們。

就這樣，他親手打造了「望夕堡」，他用重達百斤的水泥抵抗海風，那幾乎要捲走一切的強烈海風必須以巨大重量才能承載亭台座椅等建物，他也重新植栽許多防風植物，讓風景不再如此荒涼。他明白際遇只是歷史幽魂的回返，作爲海洋之子其實毋須恐懼，因爲他們的先祖也經歷過海難或者渡海艱難，這一切的發生，都不是獨一的。

大雨連霄，竟日不停，他的先祖所居地竹達寮也遭海水淹沒侵蝕，而迫使他們往後退移，來到了現在的廣溝村。同時他們勤練拳術打擊拚莊與海盜，順武堂紅色旗幟高高懸掛，男人女人國術都很了得，一展俐落身手像是海風般習以爲常，也多少都能把脈治病。）

蘇銀花沒了男人後，她得自立更生，她在廣溝村繁衍的子嗣已逐漸可減她憂愁。廣溝村的木麻黃之後是綠油油稻田，雖有棄海歸田的庄稼人，但絕大部分的廣溝人都無法棄離海洋，這從只要進入廣溝村就聞到濃濃的蝦乾味即知。劍蝦曬成了蝦乾，溢著濃濃氣味，從那氣味像是可以呼喚整座海洋，被陽光燻乾的蝦子有如豐收的寓言，也可說是海神給予廣溝人的生存回饋。黃昏裡，蘇銀花的身上瀰漫著一股蝦乾味，她頭帶著花巾斗笠，關節疼痛步履艱難地登上望夕堡，整座廣溝村的小丘制高點。她的目光如往昔地穿越稻田，穿越木麻黃，一路抵達了海洋。傷心海洋悠悠蕩蕩，海風伴隨著防風林，汩汩傳來海潮音與如笛聲般催魂的慢板之歌。

二十九歲後銀花再也沒有男人，她不記得男人的氣味了。但她擁有這座島嶼西邊漁村的氣味，最撩撥也最遼闊的海洋氣味，埋藏與蘊含著她年輕男人腐朽的生鏽肉身。她成了廣溝村望夕堡的美麗雕像。我一直記得她的身影，一張瀕臨毀滅的臉，是島嶼西邊討海人家女人的小小縮影，她靜靜地坐在望夕堡，身後有幾個被海風刮得臉蛋紅通通的小孩。她沒聽見孩子的笑聲，她等著夕陽晚霞烘染其身，好移除內心的冷漠陰霾。登望夕堡，醉心的夕陽瀰漫，洶湧的海洋舞踏，它吞噬了整座村莊女人的愛情夢幻。許多懷念海或者畏懼海的旅人都從銀花的眼睛看見了海的倒影，也看見了島嶼被遺忘的故事。

因爲望夕堡，銀花的海洋故事得以匍匐上岸。

一九七二

你們每天晚上八點一到，就守在電視爲了看「西螺七崁」。以西螺七崁武功爲經緯發展出的精彩劇情，以頭崁廖錦堂、二崁蔡清標、三崁張大海、四崁施翠蓮、五崁簡阿七、六崁李英杰、尾崁鍾榮財七個姓氏的英雄人物串聯登場。這檔戲一演就演了七個月之久，創下空前記錄。

妳第一次看得懂電視劇，心裡很高興終於可以可以聽台語，看得懂了。不過妳知道西螺七崁其實都是詔安客。能過西螺溪，無法過虎尾溪，這裡有三「頭」：拳頭、戲尪頭和舞獅頭。妳常聽阿公說在清朝時，土匪常到西螺一帶打劫，因此西螺廖姓人士才延聘同爲詔安邑的福建武師阿善師到廣興開設振興社，建武館傳授武術，保家保產。

詔安客習武盛，拳術了得可拚莊可抵土匪。土匪無法越過虎尾溪。妳看著西螺七崁，總想起晨間阿公打拳的帥勁身影。

一九七一

許多當年說要嫁給楊麗花的少女已蛻變成女人時，她們發現原來楊麗花是個女人，她們都非常失落。這一年台灣開始從黑白邁入彩色，她們的世界終於有了色彩。女人盯著第一齣彩色電視歌仔戲《相思曲》日日吟唱，日後，以楊麗花爲核心的台視歌仔戲團就是她們的戲神。

一九七〇

當時她並不知道自己會成爲後來的副總統。

但她知道新女性時代必須來臨。她主張「先做人，再做男人或女人。」人是什麼？她這個已經先變成女人的人，也還在摸索。

一九六九

她出生的這一年，實施了九年國民義務教育。母親沒什麼感覺，反正讀冊總是好事，何況還是政府義務要給孩子教育，這眞好，這孩子將來好命啊，她想。有鄰人說不是文昌帶命的吧，你看她抓周就抓毛筆。

母親說如果毛筆是金子打造的就好了。日後這娃兒的德智體群裡，唯獨體育差，跳箱平衡木，單槓，樣樣不行。害羞身體，因爲體育服，母親不給買。貧窮母親叨念學校惡質愛錢，制服、軍訓卡其服、校服、體育服，細瑣眞多啊。

頭頂西瓜皮，後頭露出綠色的一塊小山丘，這娃兒未來將加入這般模樣的行列。

一九六八

亞洲羚羊紀政參加墨西哥奧運，代表中華民國奪得田徑女子八十公尺跨欄銅牌，這是中華民國女運動員在奧運會上奪得的第一枚獎牌，新聞播報著喜事。許多人站在商家的電視機前看著，有人忽然覺得讓女孩子去運動也不錯呢，聽說學校訓練時還給三餐，且有機會出國比賽得冠軍。

一九六七

十六歲過世的阿彩托夢給父母，她要討個嫁，要家人找其生前戀人，要他娶其神主牌或紙身。於是阿彩生前的男友就迎娶了因故過世的這個戀人，結果竟是姊妹同嫁一夫，且死者成爲正室。許多村人到現在都還記得阿彩這個冥妻紙身先下車，且還用米篩遮陽，所有的迎娶儀式都一樣。自此，阿彩才沒再托夢。但她的姊姊卻和老公睡的床中間必須擺著她生前的一套衣服，若任意拿掉即當夜噩夢不斷。

一九六六

桌頂沒栽老姑婆，阿彩的父母知道後嘆了口氣。

她手中的愛國獎券成了財富幻想。

她在里長開的西藥房騎樓和一堆鄰人聊著天，爲了對獎時刻，他們都在談不愛國了，買這麼多期都槓龜。她在生孩子時，朋友湊了錢，合買第一張初發行的愛國獎券來爲她的孩子添喜。孩子是財星降世，雖然不是大獎，但也讓她中了可以花用三年的奶粉錢和尿布錢。孩子是獎券養的，大家見到她的孩子時總是這樣說笑。那時候米一公斤才五角兩分，她的老公在糖廠當技工薪水才六十三元，那張愛國獎券讓她的孩子養得白白胖胖的。

自此她就迷上了買愛國獎券。

然而幸運很少再來敲門，但執迷不悟的心卻生了根。

一九六五

她十六歲那年，第一次在畫家張義雄面前解衣的那一刻開始，她就成了台灣第一個人體模特兒，時間九年。她的一生，充滿戲劇性，中日混血兒，可惜日籍父親在她小時候就離開了，父親缺席，她不僅缺乏父愛，且缺錢。只好國小畢業後就去工作，到紗廠去當了一名小女工。她總是想如果那時候家裡經濟好些，那麼人生就會海闊天空。加上生錯時代，在那個連女孩子裙子穿短一點就會被議論紛紛的年代，她當人體模特兒簡直是不得了的事。因為她住的附近緊鄰師大藝術系，所以有許多青年學生和她做朋友，她也跟著去寫生、看畫，藝術青年朋友打開了她的眼界；她不想只當一名女工，加上家裡也需要接濟，就這樣她走進畫室，終究褪下了衣裳，成為畫家筆下的藝術品。

那天，回到家，她累癱床上，她知道外界如劍的眼光將要掃射而來了。裸裎時，她面對穿衣服的畫家，她也逐漸體悟到自己絕對不會只是一個人體模特兒，她告訴自己我要成為創作的參與者。如果沒有遇見師大學生，她可能還是一個女工，搞不好嫁給田僑仔，也許會有錢，但卻沒有成為她自己。

一九六四

愛情教主寫了長篇小說《窗外》，成了許多國高中學生去租書店借書的最愛。從一九六三年《窗外》問世，愛情教主日後出版了四十多部長篇小說，言情小說的最大孵夢者。許多女工都幻想會遇到有錢的白馬王子，但她們終其一生都在打卡和計件論酬裡度過青春。有錢的白馬王子或者會吟詩的王子從沒現身。

一九六三

凌波和樂蒂合演的梁山泊與祝英台，讓她看了六遍還不膩，看一回哭一回，只差沒變成蝴蝶。

一九六二

她手中到現在還握著父親買的「救助大陸逃奔自由祖國難胞獎券」，她常就著窗前的魚肚白發著怔，這一張一百元的獎券幾乎是父親的三分之一薪水，父親二話不說就買了，但父親去了哪？

她當時還不認識蔣宋美齡，也不知什麼是中華婦女反共抗俄聯合會，她以爲抗俄是抗惡，那是當然要的。問母親，她兩眼空洞說不知，她成天發著愁，面對父親無緣無故的失蹤。獎券對獎那天她很興奮地跑到村長家等待開獎消息，然而她的希望落空，獎券只是一張紙，父親交給她的一張紙，臨別的希望，想要給全家的虛擬財富。

父親被槍決的消息終於還是傳來了。

她的母親揉了她手裡的那張獎券，只淡淡說著，明天我們要去把父親接回家。這一年對一個還是孩子的她是一個交錯著希望與失望的悲傷世界，一個失父的家。隔日，她揹著書包上學，學校老師在台上激昂地對他們說要發起救濟，解救苦難同胞，老師揮舞著報紙上的照片，要同學們傳閱，那是一些大陸飢民投奔香港的狂潮照片，報紙標題她認得的字是「五月」。她將標題字抄下來，回去問了母親，母親縫補著衣服說：「五月逃亡潮」，然後母親停下縫補的動作，抬頭瞪著她，要她別看報紙了，「都沒有好事。」接著又說：「好事也輪不到我們。」

母親要她安安靜靜讀好書就好了。自此她成了一個沈默的孩子，且從此不相信任何政府發行的獎券。

一九六一

這一年的十月，中華商場國貨推廣中心揭幕，成爲台北當時最繁華的商場。隨著西門町的全盛時期，它成爲耀眼的明星。

阿花每回來台北就要來逛中華商場，中華商場整齊羅列的鋼筋水泥時髦建築，讓阿花看的心裡很刺激。鄉下孩子在火車進入台北車站前，早已將臉貼在玻璃窗上，雀躍地指指點點，望著這台北的物質櫥窗。

中華商場，物質滿滿，每個人都在這裡流連忘返，可惜卻獨缺鈔票。

阿花每回逛完中華商場就發誓自己要在台北賺錢，出頭天。

一九六〇

我是金馬號小姐，也就是隨車服務啦。今年公路局推出高級對號座巴士「金馬號」，公路局招募了二十位金馬號小姐，我考上這個工作跟選美幾乎沒有兩樣，事前我有儀態訓練，每天在頭頂上頂著報紙走路，要走一直線且報紙不能掉才行。很多女生可都搶著當金馬號小姐，不過身高首先要過關，一六三公分以上，我姊姊就很扼腕。考試還要上台表演、演講，走台步。

車上有茶水，還有電風扇，有時髦的錄放音機可播放歌曲。金馬小姐的工作不外就是吹哨子、送茶水、發報紙、協助司機倒車靠站等，最重要的是在車上服務，「天上飛的是中華，地上跑的是金馬」，當金馬小姐可讓我在家鄉很風光，有一次遇到叔公搭到我的車，他不斷稱讚我呢。有時遇到年節尖峰，遇到乘客內急大嚷大叫著，我就要趕緊請司機臨時停車，有時還得撐兩把傘，好讓乘客在路邊就地解決。那時候我們這些金馬號小姐下班後最大的樂趣就是開玩笑互問，喂，妳今天有幾個人要方便？

「高雄就要到了，謝謝您今天的搭乘！」我用溫柔的聲音透過麥克風傳送，睡著的人全醒過來了。

藍色窄裙制服、戴著船形帽、揹黑色肩包，這些都是我被注目的打扮。當時我返鄉都會刻意穿金馬號的服裝回家，那時候啊，全村的男女老少就好像在看新娘似的，都跑出來看我呢。

我感覺我在走台步，雖然家鄉的風沙很大。

一九五九

捧著從香港寄來的《未央歌》，許多外省媽媽都有了青春回顧的安慰。當年她們那麼倉促地離開大學城，在閱讀裡，她們彷彿彌補了時間的裂縫。她點蠟燭讀《未央歌》。八七水災，她隔天才知道她那麼清閒地讀著小說，外界已經變了天，外界已經成了水中之島。

一九五八

阿路和阿來，兩個人都是從小失去母親。

父親只有阿來妳一個女兒，孤查某，遂招贅。妳五歲沒母親，阿公養大。父親組戲班缺頭手，老公給老師府招，第一胎抽豬母稅，姓陳，第二胎才姓李。兩男兩女，剛好各姓一半。阿來從出生到現在都一直住在大龍峒的老師府。妳也是讀大龍峒公小學，畢業後去摘玉蘭花賣，還去織布會社做過織棉布的工作，織藥用棉，十七歲就和阿路結婚。

中年時妳去學誦經。有記者來採訪妳，問妳有種過菜嗎？

妳笑說要種眠床底嗎？（哪裡有地可種啊）現在妳是死守老師府裡年歲最高的，每個人經過妳的房子都會打聲招呼，反正都是後生晚輩，都有遠近親戚關係，他們都叫喚妳一聲祖婆。妳沒想到的是到老了還得租屋，許多人都看過妳刨木頭棒子，說是給偶戲用，妳還雕刻了自己的父親，一個木偶。妳說自己沒學過這些雕刻手藝，可以說是完全基於本能，血液基因的遺傳。

妳後來不太想提到搬布袋戲的老公阿路，妳只記得他小時候也是個可憐囝仔，孤子一人，阿路因為孤子所以才被阿來父親招贅。說起來妳是那個年代極少數「招贅老公」的時髦女人呢。

一九五七

這一年是妳的關鍵年，已然三十六歲的妳跑去學中文，從注音符號學起，且開始寫中文詩，受日本教育的妳認為「與其寫一千首日文詩，不如寫一首首讓下一代兒女能看懂的中文詩」，因此妳克服語言障礙，寫了一首又一首的詩，詩采風庶民日常，每個瑣事所見皆美。（妳最後竟致出版了四本印有「陳秀喜」之名的現代詩集，還得了個響亮名號：台灣第一位女詩人。）

妳洗刷自己一身舊社會的痕跡：一個舊社會的媳婦，備受婆婆虐待，初老時丈夫且外遇，妳勇敢與之離婚，然後隱居關子嶺。妳是自己筆下的玉蘭花，堅忍卻香氣恆久，詩的香氣渲染著每一個讀詩的心與感官。

一九五六

這裡四處飄香，窮得很有滋味。杭州胡姥姥的寧波年糕、四川趙媽媽的麻辣鴨血、東北劉太太的白菜鍋與餃子……，不必知道吃飯時間，氣味自然會告知這五湖四海裡哪家廚房端出什麼菜色，每個孩子都是好鼻師。眷村男人都在外，女人撐起半邊天，眷村婦女必須情同姊妹否則度不了餘生，互相幫忙接生，照顧孩子，一起將客廳當工廠，拿手工回來做，好貼補家用，每場婚喪喜慶大夥都是親眷似的一起歡樂與哭泣。

唯獨不適應的是落腳島嶼的熱，她們感到這氣候眞是野啊，但熱歸熱，喜愛的旗袍裝扮可不能省。苦悶時，就打打衛生麻將吧，或者聽聽平劇看電影。她們老想著，很快就會回家了吧，很快就會離開竹籬笆的生活了。

一九五五

妳在菜市場擺攤，兩張板凳，一個盒子和鏡子就夠了。盒子裡只有一條細棉線和一塊白粉，這樣就夠謀生了。一條細線和一塊白粉，就可以將女生的臉上雜毛、粉刺和角質層除去，頓時臉光滑細緻。首先呢，妳用白粉塗在客人的臉上讓白粉來吸收臉上分泌的油脂，這樣細棉線才容易抓緊汗毛，接著妳再用一條細棉線，兩條線交叉使力，形成「叉」字形，一端含在口中，由左右手拉扯到另外兩端，三股拉扯力就可以將細毛連根拔除了。

挽面還可以挽出好運氣，新娘結婚前必挽面，這叫開臉，因爲查某臉上光亮就會旺夫家。還有運氣差者挽面後會要求妳塗上「紅硃砂」，需要財庫者塗鼻子，需要功名者塗顴骨，需要桃花者塗眼眉上，需要老運者塗下巴，結果有一個人要妳塗全臉，妳叨叨說著，做人不要太貪啊。

一九五四

玫瑰、茉莉多種花香精，加上酒精調製成的花露水是妳的新寵，出門前妳會在手絹上噴一些花露水，妳的阿嬤則不習慣那野味，阿嬤還是習慣順手栽株茉莉花插在髮上，天然尚好，阿嬤說。但妳還是喜歡時尚的明星花露水。這可是妳花錢從擺在百貨櫃內買來的頂級香水呢，鎮上雜貨鋪也貼著海報，上頭印著「我最喜歡用明星花露水洗澡、洗臉。用點明星花露水，使我周身芬芳，久久不散」，「越陳越香」。一滴明星花露水，周遭的人頓時都聞到這濃烈氣味，阿母對妳說妳噴這麼野的香味是要去給查埔郎吃啊。

阿母都用樟腦丸，整個衣櫥都是那個味道。阿母每年穿的冬季大衣，衣料吸滿一季的樟腦，這成了妳想念母親的獨特氣味。

一九五三

白色恐怖，成爲寡婦者的夢魘。她日日夢見無人去收屍的丈夫住在萬應廟裡，和一堆屍骨混在一起，她醒來淚流滿面，看見丈夫胸膛有個被子彈穿過的窟窿，不斷溢出黑血，他的雙手被釘上釘子，推倒在草堆裡。她的丈夫是校長，她隔壁也住了個寡婦，先生是醫生。她的後面也住了一個寡婦，先生是律師……。她們集體都做著噩夢。

可怕的白色，盤繞一生的愁苦與噤聲。

一九五二

她偷偷在廚房哭泣。

收到輾轉從香港偷轉來的信，信裡寫著父親在北京已被打成右派，因爲有妳這個女兒在台灣爲政府做事。父親被判刑苦役與勞改，被打個半死的父親，身體與心靈都遭受劇烈折磨，從一個她印象中的熱血教授竟變得思想近乎空殼的無用者。父親寫，我是風中之燭了，像一只被掏空的葫蘆在水上載浮載沈，看來父女要重逢是身後事了。

一九五一

她到現在都還想看這齣舞台劇，那是作家張文環寫的〈閹雞〉小說所改編成的舞台劇，那是她看的第一齣舞台劇。

小說裡的女主人翁月里被闖入車鼓陣的兄長強行拉走，舞台上不斷傳來「淫婦」的叫罵聲。燈暗，這淫婦叫聲，猶然留在觀眾的耳膜裡。永樂座的這齣戲，殘留在她當年的幸福流光裡（她沒想到未久台灣光復，她竟然看不到戲了。）

一九五〇

妳抱著孩子，手牽著另一個可以走路的小男孩，母子三人走了很遠的路去鎮上的牛奶站領牛奶，然後再到公所領麵粉。妳聽見鎮上的店家男人在談著米國第七艦隊來到台灣，韓戰爆發囉，米國人袂來保護台灣。孩子哭鬧不休，妳安慰著他很快就有牛奶喝了。

米國大兵已經來到耶穌廟了，妳感到很安心，不會飢餓明天就有希望。

一九四九

妳的夫婿被他的好友以兩萬元代價賣給了死神，這死神僞裝成政府或者偉人。提報一個人是匪諜有兩萬元，當時一個日夜無休的醫生一個月僅八百元，但只要嘴巴吐出一個名字，跟監一個人的生活，即能換取一家飽足糧柴終年。

一九四八

白色，成爲恐懼顏色之始。這一年，無父無母的苦命女廖瓊枝「綁給戲班」學戲，三年四個月値五百五十元，每一毛錢都入了別人的口袋，卻成就了日後她成爲「台灣第一苦旦」的不朽基礎。苦命也能磨出成就，她成了標竿。

一九四七

一個賣菸婦人，沒想到自己會成爲台灣人幻滅之始，一根菸，打破了和平祖國的美好想像。

她無意間卻成了改寫歷史的人。她只是一個賣菸婦，可憐的賣菸婦林江邁。警察在大稻埕太平町天馬茶房前，發現賣菸的她，查緝員沒收她所有販賣香菸和身上所有的錢財。

她一想到被沒收的所有財產，想到家中可憐的孩兒，她頓時跪地求饒，希望至少警察可以還她繳稅過的公菸，然而這查緝員卻堅持全部都要沒收。這時林江邁只好不斷纏住他，使得查緝員非常不耐煩，加上來看紛擾的民眾圍觀愈來愈多，這讓查緝員緊張極了，又加上彼此語言不通，更增查緝員煩躁，忽然間她被查緝員以槍托擊傷了頭部，瞬間血流如注。圍觀民眾看見這個情形，憤怒情緒被點燃，團團將查緝員包圍，這時其中的查緝員傅學通逃到永樂町開槍示警時，卻又不幸擊傷了在自家門口看熱鬧的市民，「出人命啦！」民眾逐漸失去理性，憤怒加深。隨後這個查緝員逃到永樂町派出所，再轉到警察總局，激憤群眾的情緒已然點燃，他們晚上包圍了這一帶，市民見蠻橫阿山仔警員濫開槍傷及無辜，但民眾卻又得不到答覆，就這樣情緒一發不可收拾，竟演變成大屠殺。

一個賣菸婦人無意中改變了不可逆轉的歷史，且讓爾後的每一年都得讓島嶼人悲傷一次與吵鬧一回。

一九四六

她的心在徘徊，回到日本或是留在台灣？丈夫施乾去年已到天國去了，獨留她這個乞丐之母與一間乞食寮。

同時在去或留之間徘徊的還有無數的男男女女。

同為日本女子，在嘉南大圳，外代樹徘徊多日。

自此她們都是住在邊境的人。日本歸不得，台灣留不起。

最後她們都徹底留在這座酷熱之島。

外代樹情奔烏山頭水庫，和丈夫八田與一合而為一。

從清水照子易名為施照子的她也決定長留乞食寮，為了延伸丈夫的大愛。愛愛寮，是愛的永恆。嘉南大圳是愛的悲劇。

乞食寮成了養老院。愛，無邊界，在荒年已被實現。

一九四五

苦死之愛。

妳用日本人送的梳子梳著長長的乾澀黑髮，鏡中的妳美麗如初春。「苦死」，他說。梳子的日文發音聽來像是「苦死」，妳聽了心驚膽跳，唯恐不祥。然而這樟木雕成的梳子如此典雅美麗，彷彿有了梳子，頭髮就會永恆發亮。妳接過苦死，這苦死之愛，無言無語。這把梳子用發黃的時光打造，他的梳子梳著妳的髮絲，妳感覺生命已然纏繞。

天皇玉音放送，送妳梳子的男人成了戰敗者。最後一夜，妳偷偷來到他的宿舍，年輕老師的宿舍空蕩蕩的，打包後的幾個布袋就放置門口，像是逃難者。他坐在床沿，靜靜地流淚。妳褪去外衣，走向他去，年輕的妳任性以為苦死也是美的。

你們第一次聽到「中華民國」這個國號，感到十分陌生且敬畏。一個叫蔣中正的偉人以德報怨，妳的老師成了日俘，被送到高雄戰俘管理處。妳找到日籍老師時，妳見到他在港口修復船隻，也看見他那雙寫粉筆的手在種菜、養豬，作鞋襪。老師把零用金給妳，要妳回家。妳偷偷用了那筆錢在港口附近巷子向一個需要錢與照顧的瞎眼老太婆租了小房間，妳在老太婆午睡時悄悄爬上黑瓦屋頂，極目眺望著迷濛霧中裡的戰俘。一到假日妳就又跑去探監。台灣人笑妳，沒有國格。半年後，老師被遣返回日本的那一天終於到來，妳丟下老太婆，直奔港口。

送君千里，千里之外，海洋婆娑。妳在港口揮舞梳子，甲板上起大霧，妳逐漸看不見大船。慢車折返途中，妳聽見有人嚷著號外號外，船中彈爆炸了。妳手掌緊握著梳子，直到梳子把妳的手掌刮出了血痕。然後妳安靜地梳著長髮，像在車廂裡一坐萬年的女鬼，緩緩地梳著流年。他還在，妳感覺到了，梳子吸著妳的髮，油光光的。妳擁有苦死，沈默的時光之愛。

一九四四

抱著嬰孩的千代在港口看著大船即將呑沒她的丈夫武雄，他說是男子漢的都應該爲天皇上戰場，怎麼好眼見友人都去打戰了，而自己卻在兒女私情裡苟活，他眯眼看著遠方，海霧瀰漫，魚蝦乾屍飄來死亡氣味。原住民血統的長長睫毛讓她感覺前方閃著陰影，她清楚聽見丈夫說，何況日本就是父親，爲父親打戰是兒子的義務。這時，千代她懷中的新生兒忽然大哭了，她遂停止眼前的告別心情，輕輕地哄搖著嬰孩，待孩兒不哭了，她自己卻流了一臉的淚。港口的男子漢都爲天皇活，暗室的女人該爲誰活？眼見大船啓錨，海洋分離了戀人家小，海洋成了堪難眺望的風景。她和送行的女人們紛紛離岸，啜泣聲伴著海風刺著耳膜，千代胸口感到悶滯，彷彿這是一場訣別。

她偶爾會想著丈夫去了哪？打戰不就是你死我亡？她不懂爲什麼男人這麼愛打戰。武雄有機會穿她臨別時趕製給他的新衣嗎？正當想時，村長的自行車轉到了她的窗前，他從窗邊丟話給千代說，武雄好像到了婆羅洲，妳請放心，好好照顧囝仔吧。她沒聽過這個地方，她邊聽著日本NHK廣播電台的主題曲，邊縫著給婆婆和孩子的新年新裳，婚前才去學的製衣手藝還常常在恍神時被針扎到。她想這眞是好奇怪的地名啊，像是住著一群阿婆似的孤單之地。但自從送別後她的胸痛就不曾好過，有如一塊大石壓著，那麼眞切的悶感，卻又遍尋不著是哪裡不舒服。

新年穿新衣時，村長又出現在她的窗前，村長沒有開口，眼神才和千代對上時，千代就知道了，她閃著淚光將指頭放在唇邊，噓！她彎身對村長說我知道，新年時節，別說不吉調的話。

傍晚，她煮好飯菜，趁四下無人時躲在棉被裡終於哭了出來。

她把武雄出征前在相館拍的唯一照片拿出來端詳，這照片得好好保存，將來孩子只能以此指認父親的曾經存在。

父親，一個父親會要了兒子的命，這是什麼樣的父親？她想著武雄在港口時的告別語，充滿著對君父城邦的眷戀與尊崇。但這父親是誰？她不識。沒有道德的父親，讓孩子失去了父親的父親，如何受到尊敬？她有太多的疑惑，以及太多午夜裡孤寂地自問自答。她想起在公學校時自己是如何地在校長指揮下全體遙拜著皇宮，高唱君之代國歌，仰望紅色太陽爬升，然後默誦歷代天皇姓名。幼時仰望巨大的父親，她以爲只是裝裝樣子就好，卻不知原來青梅竹馬的武雄就是從那時候即認眞地看待「這個父親」。他頭也不回地離岸，父親勝過妻小，打戰勝過愛情，這是千代一直無法理解的心結。

她的眼淚不是爲武雄流，頭也不回的男子漢自有他該承擔的際遇或者命運，她的眼淚是爲自己流，爲一種說不盡的哀感而流。

一九四三

多情害慘了她啊！很多人聞訊不捨。

純純的愛，是時代的悲劇，純純在灌了唱片後，她有了點積蓄和高知名度，於是在台北後火車站新舞台的斜對面開了一間喫茶店。一位來店裡喝咖啡的台大學生和她產生愛的火花，但兩人背景相差甚遠，男方父母反對下終究是姻緣夢斷。

後來一位來店消費的日本人白鳥先生和純純相愛結婚，這個婚姻是一條險路，但當時誰知道呢。快樂短暫，痛苦漫長。很多人都說這純純啊，一遇到愛情就飛蛾撲火。裝有一隻義眼的純純其實是有點自卑的，於是在愛裡她總是付出所有，彷彿少了個人意志似的愛，遇到善男可以善終，遇到惡男也只能跟隨。

這白鳥先生婚後卻吃定純純，好吃懶作，且染肺癆。當時染上肺癆是絕症，且有傳染致死病原。純純媽媽多次要她以事業身體爲重，離開白鳥，但死心眼的純純想自己收入豐，不在意丈夫吃她睡她，且她天眞地想自己細心照料夫婿，也許病情有奇蹟。但死別還是來到，癡情善良的她，竟在夫婿斷氣時，頓時忘了危險地以親吻來作爲告別。當時肺癆者斷氣後，得煎一個如太陽般的荷包蛋蓋住死者口鼻，這時純純照民間習俗拿起鍋鏟，敲蛋時手都在發抖，當她將蛋放在先生嘴巴上時，她禁不住地放聲嚎哭了。

白鳥飛走，純純發病，也染肺癆。她離開古美唱片，到日東成了臨時歌手。再度唱〈送君曲〉，然時局動盪、物資缺乏，工作不穩，純純身體加速敗壞。這一年一月八日，純純閉了雙眼，不再凝視這愁苦的人間，燦爛卻多舛，純純芳齡二十九，卻像是九十二歲似的蒼老，一朵哀愁的雨夜花。

花落土花落土，有誰人可看顧。無情風雨誤阮前途，花蕊凋落欲如何……

純純的愛，是愛情警世錄。

一九四二

妳結束了十個月的記者生涯，這十個月爲妳博得了「台灣第一位女記者」的永恆頭銜。

去年時光，妳穿著一身白西裝套裝，裡面搭著紅色上衣，頭戴寬邊帽子，妳意氣風發地以如此的裝扮出現在「台灣日日新」的編輯室，妳對負責人西川滿說妳進入報社唯一的要求是要和日本人的薪水相同。妳的隨身皮夾裡放著五歲時與母親牽手合影的照片，妳對著影中的母親說女兒千鶴做到了。女記者的頭銜與和日本人同等的薪水讓其他日籍女記者爲此和妳冷戰甚久。

妳遇見日本男同事，這種電流般的吸引力衝不過民族情感的掙扎，曾讓妳體會了初戀的苦澀滋味。

妳採訪了台灣人的生活，妳讓婦女版有了朝氣，有了台灣味。

一九四一

大甲帽洪鴦走了，許多人都懷念著阿嬤的巧手，這雙巧手手創了大甲帽，這大甲帽是女孩手中的金雞母，也是遮住島國熾烈陽光的好物。

這一年日本偷襲珍珠港，太平洋戰爭爆發，許多人戴著大甲帽紛紛走上街頭議論著戰爭，許多人擔憂男丁將赴戰場，這一年，拆散許多父子母子與愛人。

一九四〇

呂泉生在NHK放送合唱隊工作，同時又考取東寶演藝會社新成立的聲樂隊，重回日本劇場，參加新推出的「舞台秀」表演。和呂泉生同時期在東寶聲樂隊演出的台灣人，除了文壇才子呂赫若外，還有同樣是東洋音樂學校畢業的蔡香吟。呂泉生在東寶聲樂隊，學習到許多劇場的實務經驗，包括編、作曲的技巧及舞台表演的藝術，大大豐富了呂泉生的藝術視野與音樂內涵，對他未來音樂觀的鎔鑄，有深遠影響。而同期蔡香吟也因此得了東洋音樂才女稱號。

一九三九

女子文盲還是很多的年代，竟然有台灣女子讀到了博士，且這個博士後來被稱爲嘉義現代媽祖婆。

這一年，當許世賢從九州帝國大學授位醫學博士後，她知道她正在改寫台灣查某史。

一九三八

賭馬正時髦，她陪父親去嘉義，馬券價格一圓，那回他們賭櫻花贏，贏了彩金五十圓。她記得那是父親最高興的一回，他們還去了海水浴場，她常笑兒孫不會游泳，兒孫反駁說根本不准到海邊還談什麼海水浴場。她想那時她總喜歡騎旋轉木馬，陪多桑喝麒麟啤酒，吃親子丼，打撞球，她愛西方文明。

一九三七

中日戰爭爆發，漢文寫作被禁，日語寫作抬頭。

南京大屠殺消息傳來，島嶼人們愁眉終日。

七七事變，島嶼人心沸騰，但對日本敢怒不敢言。其中礦溪女子施裏卻公然批評日本軍閥製造侵華事端的行止如暴民……，女子施裏被拘押，這於她已不新鮮，幾年前她就被關獲救，還被當地廟宇獻匾額「澤及黎民」，一介女子，不讓鬚眉。總是不安於室，遊走街頭，堅決抗日，氣魄驚人。

一九三六

藝旦們去上國語講習所學習如何講阿依烏乀歐。蓬萊町臨濟宗傳教所的私立樂園國語講習所擠滿了鶯鶯燕燕，她們拚命地學習日文五十音。

鶯鶯燕燕們很高興，上課既是免費且還提供紙筆，紙筆是珍貴之物，它象徵一種知識權力與認識世界的途徑，會講國語後，她們的客人也就可以增多了。何況眼前的講師是年輕僧侶釋東俊，她們目光仰慕著他，他就像佛陀弟子阿難，俊俏秀逸，出類拔萃，年輕女人們都恨不得自己是色誘阿難的摩登伽女。「生在偉大的國家卻不知國家的語言，沒有比這更羞恥的事，一起拚命學習國語吧。」每日上課都會唱這樣的歌曲，藝旦們本以為自己被生家母親賣掉淪落風塵已是人間最羞恥的事了，沒想到還有更羞恥的事是不會說國語。

現在她們會說國語了，她們覺得她們的羞恥幾乎在口吐標準國語時就瞬間全消失了。同時間感到羞恥少了些的女生還有被稱為番地女孩的女生們，她們在進行為期十天的番地女子家政講習會裡上著課，從訓詁禮儀裁縫到衛生，她們開始進入文明的馴化。她們學習文明後始發現「番」這個字的鄙夷，於是也間接讓教育她們的當局決定日後不再稱「番」，而改稱為「社」，且公告獎勵洗澡好習慣條款，常沐浴洗澡者可獲得當局致贈民生物資。花蓮鳳林女孩就因勤洗澡（雖然社人懷疑怎麼檢驗洗澡多寡？）而獲贈昂貴稀有的鹹鮭魚一尾。鳳林女孩散著肥皂水的香氣，手裡拎著一尾鹹鮭魚，走在返家的山徑小路時，許多人都從茅草屋裡步出交頭耳語著，洗澡這麼好啊。也有人只聞到鹹鮭魚的腥味而未聞女孩香氣地說怎麼這女孩愈洗愈臭啊。

一九三五

留日鋼琴家高慈美讓許多人第一次聽見鋼琴的美妙聲音。返國參加賑災義捐音樂會的她在彈鋼琴的現場，看見以兩大桶冰塊做為充當冷氣設備時，她的眼眶紅了，從小生活在父親名醫的貴族優渥之下，她卻懂得人間疾苦，因為音樂人有著最敏感的心。

這年台灣中部發生大地震，傷亡慘重，於是高慈美返台以鋼琴奏出生命禮讚。這個義舉，成了台灣音樂史美麗的一頁。善女子恆在。

一九三四

畫出「合奏」膠彩畫的陳進才二十七歲即入圍了日本帝展，美人吹笛，美人彈月琴，工筆細緻，她如武士精神般地專注在繪畫裡。另一個女學生，走到醫學之路，醫學和藝術一樣，都是極其精緻的。

這一年，女學生十七歲隻身拎著行李來到東京聖路加女子專門學院，自此她的美麗之手將和米開朗基羅的創世紀一般，這雙手捧過許多血淋淋的小小肉身，她的耳朵將聆聽許多肉身在人間發出的第一聲哀歌。產房是很臭的，女人的屎尿和胎衣順著生命的窄窄隧道狂瀉而出，她開始明白來到東京聖路加的意義。

然而許多當地女子卻朝和她迎生的相反路徑行去，她們走向愛情，挖掘了自身墓穴，準備埋藏失望，並迎接自己的死亡。

她自此對自己的生命有信心，但對愛情沒有信心。

從此，她接生了很多非愛情下的產物，但卻是活生生的小肉身，她聆聽太多生命的第一道哭聲，她拍打過太多的小屁股，這些投胎的小可憐，每個都得叫她一聲產婆啊。

一九三三

林是好，唱出了〈月夜愁〉，島嶼幾代人的愁。

一九三二

第一首台語流行歌曲誕生了，「桃花泣血記」帶著中國血緣與中國歌星阮玲玉海報來台宣傳，迷倒了島嶼的人，終於在阿本仔的天空裡飄來一朵祖國的花。而且這花還是標榜自由戀愛，讓許多男女的心都昂揚起來。「桃花泣血記」歌詞娓娓道出男主角與女主角在吃人禮教之下所受的苦與委屈，一時間青年男女無不共鳴，淚灑黑暗的戲院裡。

台灣古倫美亞唱片販賣株式會社老闆柏野正次郎，看到台語歌曲唱片背後勃發的廣大市場，爲了符合時代新潮流，決意不再走歌仔戲、南管、北管、正音、採茶等老路，因此這「桃花泣血記」就成了台灣第一首台語流行歌曲了。時髦的男女一時之間聞到了自由戀愛空氣的味道，然而那只是味道，距離自由戀愛，還有很長的路要走。

一九三二

初子穿著毛織和服，上有絹染腰帶，鵝蛋臉的膚色如早春，她面對石川巡查，毫無畏懼，她寧靜而哀戚的美麗樣子讓人對她抱以敬意。懷有身孕的她回娘家，再上山後，一切都成灰，一族二十命已全走上黃泉路，獨留她一人。花岡山上已無二郎，最後一面是二郎送她到荷歌溪，他在溪岸上對著蒼穹低語，此地是妳我的永別之岸了。

她的夫躺在荷歌溪，密密林帶處處流著祖靈的血淚，而日本人則以此地是小小的富士山。荷歌溪山林裡某座絕命森林橫屍遍野，森林裡倒下了兩百九十六具肉身，如貓屍掛在大樹枝幹的亦有兩百九十多具，眾多婦女帶著孩子上吊辭世，如此可以減少吃掉有限的糧食，也讓男人們能夠無後顧之憂地繼續抗日。其中包括她的最愛與族人，她晚年常想著二郎的悲劇，堪難忍受啊，他怎麼能夠看著所有的族人全部上吊呢？那都是所親所愛之人啊，他且一一幫他們的臉蓋上白布，以防不能成爲善靈。「賽德克的泰雅人祖先啊，祖先您從波索康夫尼（PosoKofuni）的巨木中誕生，請讓我們在面對死亡的煎熬時，讓我們回歸您的身旁，讓我們的靈魂回歸祖靈。」她聽見森林的頭顱回音。

「要盡可能的活下去。」二郎訣別語，「我等必須離開這世間。」他寫在牆上的遺言。「達獵都奴是壞人，我們只能一死。」頭目掉下淚來，喝了離別酒。達獵都奴——日本人，他們反對獵首級，最後也以首級來做爲獎賞。頭目的頭值一百圓，蕃婦三十圓。她被叫成蕃婦，她想兒童的頭值二十圓，好廉價啊。娥賓．塔達歐，高彩雲，娥賓、彩雲、初子，這些名字都是她。她的悲劇就是美麗而孤獨。父死，夫縊，族人顛沛流離，她受盡屈辱，日日以芋頭果腹，日本人用鄙夷的眼神掃射她。日後她隨著兩百九十八名殘存族人走了一天的山路才來到川中島，浮腫的雙腳，臨盆的肚子在六日後，終於生出極度營養不良個頭瘦小的男嬰，安安靜靜摻著血的一張老臉，男嬰不哭，母親拍打二十多分鐘，終於微弱的哭聲如哀切的鐘聲傳來。

要盡可能地活下去，因此她的故事被流傳了下來，一個巨大的悲劇，無人能解的哀傷，一頁默默行過的女史詩。

一九三〇

如果那一天那個多嘴且輕薄的年輕巡查沒有看見她裙下的那抹紅，是否這十六歲的生命不會以如此和世界決裂的方式結束青春年華？

信子被發現時，臉受重擊，腦出血及多處骨折。在南方澳開雜貨舖的父親等不到信子歸來，他去了蘇澳的警察課詢問在那裡當接線生的孩子怎麼還沒回家？警察課的人說，下午三點多她就說因瘧疾不適先告退了。隔日，在蘇澳的一處山涯邊，發現了信子的鞋子，鋁製便當盒。

辦公室的人回憶當日下午信子工作的情景，有人憶起當日一直坐著工作的信子忽然站起，某年輕巡查見到信子裙上的一抹紅血，嘲笑她來了紅潮，許多人隨著年輕巡查的輕浮聲音都將目光轉至信子的裙背，那一抹月經的紅拓在裙上像是港灣的落日。信子面對這樣的訕笑，她有那麼一刻幾乎無法移動腳步，她的臉可能比裙布上那麼刺眼的紅還要紅吧，來初潮的她不知如何是好。她感到極度情緒低落，她沒辦法抬頭，她以爲這是最大的屈辱。她想無法再待在辦公室了，低語身體不適要請假就如難犬般地落荒逃走。一路上她都覺得所有的人都在盯著她那片刺眼的腥紅看著，這拓在裙布上的紅意味著她的粗心，或者貧窮，或者沒有母愛的教導。她傷心羞愧欲死，怕明天還要回到辦公室，怕這世間可怕的目光，心情低盪至希望自己從此消失。岸邊的海灣燈火逐漸亮起時，她從岸邊一躍而下，她想不用去面對明天了。

她傻，但她走不出那目光的殺傷力。年輕巡查知道因爲他的一抹輕薄訕笑竟導致一個年輕少女的羞辱之死後，年輕巡查自此閉上了嘴，他沈默，幾乎在日後成了一個啞巴。

月經殺人，紅血刺目，未開化年代，少女之死，死得奇冤。港灣夜裡鬼火飄向雜貨鋪，她的父親日日痛哭，沒有母親教信子成長的落紅，沒有人爲女兒縫月經棉布，紅血輓歌，無母的孤寂，讓她拓上殖民長官拋向她的語言屈辱。

一九二九

囍事男女主角沒出現，因爲他們昨夜被銬上腳鐐手銬，關進了台中監獄，沒有行大禮的革命夫妻，卻在牢獄裡度了十七天的蜜月之旅，用想像來度過人生重要的時光。葉陶入獄，心很篤定。就像當年讀公學校時，她就把裹腳布往海裡丟去，她天不怕地不怕，就怕當不了自己，她要當一個新女性，不要那又臭又長的老太婆裹腳布來絆住她的未來人生。十七天後，他們才磕頭行大禮，自此生命線綁在一塊。往後不是同時入獄，就是老公入獄，由她挑起家計重擔。農民組合的解散，曾讓夫婦倆在高雄賣起童裝來，那時常常沒吃的，衣服自然也生意不佳。拾薪變賣度日，這種日子讓他們更靠近苦難者的辛酸。借貸租地開闢首陽農場，惡土惡地也會有流奶與蜜。三次的牢獄就像閉關一樣，她依然直挺挺地看著未來的路。人稱她鱸鰻查某，她總是笑，她知道這是土話裡的女英雄，大家都叫她葉陶兄呢，多氣派啊。

雖說老伴常吃掉她的名氣，但她明白女性的光芒總是照射得十分緩慢，況且她本不爲人間名望的光芒而來，她是爲黑暗而來。在其六十五年的人生走到盡頭時，她知道婦女與農民革命之路漫長，然未竟之路，後代女性會接下去的。（一九六九年的盛夏時光，在幾度昏沈裡她聽見農場的蟬聲齊唱，她看見盛夏之死，她以臨終之眼，恍然已瞥見未來女人將在台灣文學點燃的光了，這光既微小又壯闊，像夏蟬嘶鳴，熱情而喧嘩，女族的未來之世。）

一九二八

一對英國籍的傳教士蘭大衛與梅監霧夫婦愛福爾摩沙，他們將生命貢獻在此，竟成了彰化的先生公與先生媽。梅監霧的愛，讓我提筆時都手顫，這樣的愛巨大，爲了一個陌生人竟至割膚救人。這一年，一個就讀埤子墘公學校的十三歲學生周金耀罹患了腿部潰傷，傷口發爛已延至一台餘尺，有併發骨膜骨髓炎的致命危險，加上周生家境不好，長期身體虛弱，已無法再從中割其皮肉塡補傷口了。人稱蘭夫人的梅監霧於是捐出她的皮肉，由醫生老公蘭大衛割下右大腿上的四片皮肉，移補至周生身上。這愛這樣大，他們是傳教士但卻做到佛教所言之「同體大悲　無緣大愛」之無分別心。

蘭醫館最後成了今日的彰化基督教醫院。

（以前每回阿嬤生病都是送到彰化基督教醫院，而我總是在那裡遙想蘭大衛夫婦，尤其是盯著梅監霧女士的照片良久，彷彿要吸納她的善良與大愛之氣。）

一九二七

妳去蜂蜜工場做過事，分裝蜂蜜的作業員。妳常想當時那個老闆眞的是賺死了，一罐蜂蜜摻四倍的糖，卻佯裝整罐都是蜂蜜。哪有那麼多純蜂蜜，妳想。但妳常挖些蜂蜜回家，摻上冰水後就可以做枝仔冰了。後來妳也學著自己做過蜜，將買來的蜜在自家分裝（用紹興酒空瓶），不過妳說妳賣的絕對是貨眞價實的蜂蜜啦，不摻糖。一罐蜂蜜一瓶一百元，有錢人吃的。後來收起蜂蜜生意，以前的蜂蜜老闆叫黑道來修理妳。於是有人介紹妳去西螺農校開福利社，一年後又轉去虎尾女中開了三年的福利社。妳喜歡學校，妳一直以自己沒有讀完高中而懊惱。從福利社退下來時妳已五十五歲了，兒子都念大學了。妳說之後其實也沒退，因爲開始幫忙帶孫子，現有九個孫子，最大的女兒都已經五十六歲了，最小的兒子也有四十四歲了。

妳在困苦中栽培六個小孩都至少讀到大學。在晚年，有一天妳看到一齣日劇，妳才想起妳曾有個阿本仔名，妳叫卡加客。妳記得有個鄰村的舒家同學叫妖死客。妳記得那些青春，但妳紅顏已老。短暫的紅顏，如傷歌，夜歌。妳這輩子不懂什麼是慾望的顏色，但妳懂憂傷，在很晚很晚的晚年，面對空空然的化妝台，妳想起縱身一越溪水時的那尾冰涼的水蛇纏繞腰身，妳的腳踝如是柔軟地踢著，游著，妳以爲溪的出口是海，妳會成爲美人魚。

但妳沒有，妳成天站著，嘶吼著，叫囂著。妳是鄉下柑仔店的阿姨。

一九二六

牛仔褲本來是鈕扣的，到了這一年，Lee製作了第一條使用拉鏈的牛仔褲。當時Lee的牛仔褲可都是女裝褲，這一款在前方裝有拉鏈的褲子在當時很轟動。上海來的她很快就去買了一條穿，她走在路上聞到解放的自由氣息，緊身的牛仔褲襯托出的好身材，讓許多三輪車伕都差點腿軟呢。

一九二五

妳的美麗女兒去台北當了剃頭小姐，很風光的回到家鄉。指甲豔麗地掐進古老木頭，一抹蟻灰跟著成屑飛出。傳說她跟一個開電子工廠的男人相逗（姘頭）。情婦對妳是新的行業，高競爭，高淘汰的物種競爭，妳不懂。妳只知道帶著金錢回鄉下要給妳蓋新房子的查某囡，妳已經快不記得她離家前的樣子了。

從查某囡仔手中接過鈔票時，妳覺得很惶恐。妳忙去捻香祭祖，三跪九叩，期望能爲查某囡仔贖罪。

一九二四

坑坑疤疤的臉孔，被叫痲臉，不能見陽光的人，只能過著月光生活。

戴仁壽夫人是他們的安慰，是他們的太陽。他們知道這偉大的女渡海者爲了專注將愛貢獻天主與島民竟把自己的子宮給切除了。（沒有避孕藥的年代，女人得割除孕育孩子的宮殿，這讓他們聽來十分驚嚇，當然知道這事時他們都已經是老人了。）

一九二三

大稻埕迎神賽會，江山樓樓主吳江山請連雅堂設計了詩藝閣，美麗女子爭奇鬥豔，遊行花車行經大稻埕時，每個人都擠在騎樓與路上，窗口與門口，目不暇給地盯著遊行花車。花車正要前往抵台巡視的日本皇儲裕仁下榻旅店，詩藝閣與大稻埕及艋舺陣頭要一起表演，好讓皇儲裕仁開懷觀賞。故事是連雅堂構思，詩藝閣表演了〈賢王課耕〉與〈仙人泛舟〉等戲碼。

我在其中，那時候的我啊，一身公主裝，蕾絲邊花裝飾整件衣裳，手裡撐著像法國油畫裡面才有的陽傘，以燈泡飾月，鑼鼓喧天，背景布幕華麗閃亮，如金光霹靂。皇帝的兒子要來，我們要唱歌跳舞給他聽。舞台下的觀眾紗帽藍衣，也有赤腳挑伕和婦孺嬰孩，全盯著我們這些妙齡女郎，這是我感到榮耀之事。但回家後，我被多桑打了一記耳光，他說要我永遠記得自己是唐山查某。（沒想到二十多年後，多桑最疼愛的么兒卻以日本眷屬身分爲祖國打聖戰出征，且自此一去不回了。）

一九二二

妳說妳的母親在這一年生下妳時已是三十九歲的老蚌了，老蚌生珠。一九二二年生出了妳這個命很硬的查某。妳，林家老三，林家當時生有五女五男，四個女的送人養，只有妳是唯一留下來的女兒。當時女兒送人的條件是，要還四個媳婦回來給林家，四個媳婦送做堆。妳說鄉下生活歹過，人丁繁多卻只靠父親一人在西螺工廠做事，一人賺的錢剛好還上個月借的米錢。妳從十五歲起就開始做事，一直做到五十五歲，之後也幫忙帶孫子，可以說是大半輩子都在工作。

十六歲在西螺戲院收票驗票，因戲院人來人往較複雜，查埔店員和女生交來交去。後來又去菸廠做了些年。當時戲院老有混混出入，妳得拿著手電筒查看戲票，抓到沒買票的就要他們補票，遇到同村的熟面孔就給他們免費混過去。反正戲院也不是妳開的，偷渡幾個人有什麼關係。被發現後，妳因此丟了頭路。妳後來去學了珠算六個月，考試通過，於是去糖廠當助理會計，一個月就有四十圓，妳好開心，去做了件旗袍，在鏡子前照啊照的。母親見了就說，發春啊。

妳二十二歲結婚，算是剛剛好要嫁人的不大不小姑娘了。（妳深刻記得了二二八，因爲本來二月要文定，遇到二二八延到八月，八月時沒錢結婚，又延到十月。一九四七年，二二八當時阿兵哥，被叫作土匪兵，一群一群地走過。扛著一鍋一棉被。四處佔民社空地，連祖祠廟宇都被一群人佔過許久。）

以前哪個家裡有未嫁的媒人婆就會四界牽，聽說當時的大厝頭家有個三四個未娶，媒人婆就來說看你要哪一個？有人介紹鍾家某房的遠親，妳的父母就去影一下，卻接連三次都沒看成，父母請人擲筊，連三下都是聖筊，遂說可能就是了。第四次又再影一下，卻遠遠的，只感覺到這個人不太高，稍稍緣投。妳是第一代職業婦女，自己在糖廠也工作了多年，這些年當然有遇過喜歡的男人，但當時社會風氣保守，男女授受不親，誰敢有私交啊，貞節要留給別人探聽啊。所以結婚事還是給父母做決定，這種際遇連神也不知道結局吧，妳對於將來要過一生的人很忐忑，妳怕嫁到痲子，但結婚前僅得輪廓，壓根兒不知對方長的是圓或扁。所幸父母去影了一下後，頗滿意，直對她說放心，阿母難道會出賣自己的女兒。妳見了夫婿，沒有長痲臉，聲音好聽，人也健壯，有好頭路，妳燒香謝了菩薩恩賜這場「盲婚」。結婚後妳照顧孩子只得辭去糖廠的助理會計，小姐已經變太太，那年頭女人沒得選，結婚生子就注定要被頭家熄頭路。

妳的婆婆有纏腳，妳得幫婆婆洗腳，纏腳布真的很臭。不過阿嬤纏腳的腳肉倒是很柔軟。

結婚後的第二年妳即開始生子，每兩年一胎，共生六個，三男三女，等於有十二年都在懷孕。以前的人不拍照是因爲聽說攝影會被影煞到，會不能生。但妳的孩子卻是一個個地吐出來。爲了生計妳將西螺的大廳隔出一半來，妳開了間童玩柑仔店，然後跟會，顧囝仔，日子忙得不可開交，也不知什麼是快樂或悲傷。

一九二二

基隆港上出現許多揹著相機與引頸企盼的人，他們都舉目望向海洋上逐漸航向基隆港的船，這艘船裡正載著從日本東京女子醫科大學學成歸國的蔡阿信，台灣阿信，正沸騰著熱血望向她的出生地，彼時她不知道有朝一日她也會再次遠離這座島嶼，航向海洋的另一塊陸地，且終生漂泊他方。

萬綠叢中一點紅，斗大的報紙出現在隔日。成了名人的她連穿的衣服都有人模仿，而她則想趕緊貢獻所長。

經蔣渭水的媒說，台灣阿信和當年在日本台灣同學會就認識的華英結婚，（蔣渭水過世後，華英失志，開始和酒肉朋友度日，被恥笑是在家幫老婆的男人，且受到日本警察不斷跟蹤，遠赴大陸結識京劇花旦，自此阿信就又成了單身女人。收起醫院和產婆學校，她經由日本前往美國。（她在海上，思憶起二十二歲時在基隆港走下船時的光景，十七年的光陰已然飛逝。她又再次上路，且一上路就是八年。一九四一年阿信受加拿大基督長老會婦女傳教協會之邀，她想最多做完訪問就要回家了，後來太平洋戰爭爆發讓她返台因而受阻，她到聖文生醫院工作，接著前往日僑集中營擔任駐營醫師，熟悉的日本人臉孔，驕傲的臉孔現在卻變成受難者。直到二戰結束，時間已是走到一九四六了。隔年，二二八事件導致阿信的失望，她與吉卜生牧師醫生結婚後的第四年，一九五三年從此成了徹底的異鄉人。別人渡海來台，阿信是渡海離台。她的船隻和別的船隻往不同的方向駛進港灣。她抵達了新大陸，但心中總是想著島嶼。尤其是一九二一年的基隆港，鎂光燈朝著自己發射，每一個閃燈都是爲了台灣第一位女醫師而莫名地按下快門。）

但這些都如此久遠了。

她想起前半生，她的前半生是屬於島，屬於這塊島的所有幸與不幸。五歲父親過世，她被母親送給牧師（她想自己和牧師是多麼無緣與有緣啊），但她不要當童養媳，她無法待在陌生的家庭，無法遠離自己的母親。她身無分文，決定用走的回家，她記性好，早就在母親送她到大龍峒時就記住了回家的路線。從大龍峒走回艋舺家，一個五歲的孩子可以走那麼遠的路，回到家時著實把母親給嚇了一大跳。當晚，她覺得好幸福，終於又見到母親了。走這麼遠的路卻沒有打消母親想把她送給牧師當童養媳的念頭，一個古早母親沒了丈夫，母親的憂愁她不懂。她又被送回大龍峒，且故意走了不同的路，好讓她遺忘來時路，但她仍下決心再走回家。這回母親沒再被她髒兮兮地出現在門口嚇到，但領養的牧師倒是嚇到了，爲這樣的五歲女孩的毅力與聰穎嚇到，而決定放棄領養。

她在海上，想起島嶼童年往事，想起母親。島上正風聲鶴唳，當年有多少產婆從她的手中瞭解接生一個生命的專業過程，當年有許多赤貧的婦女生完孩子後還收到她送的嬰兒衫衣與鷹牌煉乳，但這座島已不屬於她了，這島已成了傷心地，但她想至少還有愛，船冒著煙，把她載往遙遠的他鄉。（吉卜生握著她的手，她深情地望向藍眼珠，她知道前方是她終老魂埋之國，前方港灣是開拓者馬偕醫師的國度。馬偕魂埋島嶼，而她將死在加國。她看見自己和馬偕的命運對調，同是醫師，但愛的引力與歸屬不同。）

一九二〇

林歌子渡海來台，背負著日本基督教婦女矯風會的任務，開始她在台的矯風事業，禁酒、廢娼是主要矯正的事，她發配傳單，催生九月一日是無酒之日，她演講、講習、慰問、奔走……保護救濟婦女，轉介職業，尋宿泊之所。然而，酒色財氣，慾望萌生仍是島嶼處處。

一九一九

住淡水的商人之女林屛第一次隨著父母去剛開場的淡水高爾夫球場時，她覺得一群人如螞蟻在山坡上移動很有趣，手中的小白球散落山坡，如可愛的雪球，她第一次聽見叫桿弟的職業。父親問她要不要參加俱樂部。那時入會金五十圓，後來她才知道這筆錢可是一般中下階層公教人員的兩個半月薪水。

父親叫這運動是狗路福，Golufu。她是當年迷上狗路福的第一位小女生，揮杆的姿態極美，有如揮舞的不是球杆，而是舞動風，舞動樹，舞動整個世界。

一九一八

這一年，妳十七歲，年紀輕輕卻已滄桑，妳歷經了賣身安葬父母，當人童養媳，備受了苦毒，還當人侍妾。這一年，妳隨丈夫渡海至青島，妳第一次深受共產主義思想的洗禮。妳渴望知識，渴望力量。這一年是妳的關鍵年，妳不再是一個沒沒無名的女子，妳成了前衛者，改寫自己的命運。

妳叫謝雪紅，島嶼發亮的傳奇名字。（但當時妳並不知，更不知會經歷被捕，坐牢，赴莫斯科，積極投入農民協會，最後竟至逃亡他鄉，在大陸繼續領導台共，一九七〇年客死北京，妳成了一個奇女子，生命在妳的手裡翻了好幾翻。）

這一年，連雅堂寫下《台灣通史》序。

這一年，蔡惠如、林幼春和林獻堂創立「台灣文社規則」。

這一年，妳看見了農民的希望，聞到了社會改革的空氣。

一九一七

妳第一次擁有牙刷和軟管狀牙膏，這對妳很新奇，疼妳的妗婆買給妳當生日禮物的。以前妳都是用樹枝刷牙，還有用妳的手指刷。資生堂齒刷子，妳看著包裝唸著。妗婆還告訴妳，台北有個叫馬偕的博士，古早前爲台灣人拔了兩萬多顆牙齒。妳的想像裡感到銀森森的，許多牙齒如家中收成的玉米粒，在月光下發亮。妳刷著牙，不禁打起冷顫。妗婆又在背後新奇的說，台北啊什麼都有，洋傘香水冷霜皮鞋洋裝和服髮油……每個女生都水，妳長大也要到大都市，不要當庄腳人。

妳轉頭見到在梳頭的妗婆樣子好時髦啊，身上飄著資生堂的香味，妳在妗婆的體香和牙膏香氣一夜好眠，這是妳和台北文明的第一次接觸。

一九一六

昭和三年，她出生。

這一年是一九一六年，妳說，還用手指比了比，有點懷疑自己有沒有說錯。

陳老太太二十四歲從新莊有錢人家嫁到已經沒落的大戶人家，結婚之初很不習慣，因陳家二媳是童養媳，和婆婆熟悉要好，不若她是個外人。

陳老太太氣質閨秀、貴氣，結婚後常窩在房裡讀租來的日本小說。聘金他們娘家沒收，嫁妝卻給了三十箱，共花了六百圓（當時公務員薪水一個月不過三十圓）。當時她穿著橘色洋裝，白色披紗，坐黑頭車來到了陳家。三天後才請客，六天後回娘家。陪嫁者一直陪她住了六天，才和她一起回娘家。她是好命的女兒，女人不一定是苦的。

一九一五

女放足男斷髮。女子有了天足，加入生產。保甲一戶一戶盤查看有無未解者，天足會成員，解纏足運動，救了很多女人，她們終於可以跑步，行走外界了，女人的腳終於重新又長回了身上。

一九一四

這年日人鋪設阿里山森林鐵路，車載著檜木，經山中人家時，許多人都聞到那奇異神秘的木香，這條鐵路載著神木屍體，對許多人而言這條鐵路是神木的盡頭。女人的床畔多了男人從森林帶回的神聖木香。

一九一三

女子被浪蕩子騙財騙色的故事，古今沒斷過，鄉里害怕的林投姐即是。說書人對著在書院裡聽講的孩子們說鬼故事，小孩都凝神專心聽講。

台南禾寮港，從禾寮港一直走，據說是林投姐人生命運的悲慘故事起點。早嫁林投姐，伊尪行船犯強風，死在海上，留下大批遺產。二十歲林投姐帶著孩子阿龍守寡，伊尪朋友堆裡有一個浪蕩子，看伊年輕守寡，又有美色與錢財，於是花言巧語後，林投姐就和伊在一起，日後浪蕩子散盡其財產後又愛上別的女人（唉呀！老故事嘛，有女生聽了在心裡說著），林投姐悲傷地在林投樹下自縊，變成鬼……。

說書人簡單說著，每個孩子都哀嘆起來，有的還忙問，後來呢？後來呢？這時書院先生正好歸返上漢文課，聽見說書人講林投姐故事，笑說這些囝仔晚上可能不敢走林投樹林了。

一九一二

抓老鼠賣，她如貓，總是抓得最多。

許多人家初見電燈，感動流淚，以爲這光是來自上帝。

女子很害羞，忽然看見了身體，看見了睡了一輩子的男人清楚的長相。

照過來，照過來，對面的女子照過來。

一九一一

街上到處可見巡警用剪刀剪去女人的長衫裙。

許多女子像是從屬品地活著。

女人的逝水年華，望著淡海，悠悠流淌，低低切切。直到她們遇見了一個馬偕博士，已來台近二十年的洋人教士讓她們進了學堂，教她們種甘藍菜、番茄、敏豆、花椰菜、胡蘿蔔，她們有了知識與愛情，還懂得爲植物命名。

她們之中有人改了姓，自此這座島嶼後代就有了「偕」姓，啓拓著島史的綺麗印記，連結一個遙遠的旅行者、聖者……

【後記】

重返我心中的島嶼野性

——織就三部曲「百衲被」

第三部曲《傷歌行》終於響起，三部曲皆備，三本百萬字，此爲一個寫作階段的實踐。

二〇〇六年交出《豔歌行》作品後，我沒料到我的生活頓入黑暗，沒想到有那麼多的生活難題正在迎接著我去面對，故寫作時間開始大量受到現實傾軋而無法聚焦寫作，於是從二〇〇四年開始寫第一部曲，至二〇一一年完成第三部曲，前後共七年。三部曲以鍾小娜開場，以鍾小娜收尾。

前面的一、二部曲《豔歌行》與《短歌行》出版後，有許多許多的聲音，褒貶都有，得獎與落寞皆備，但我欣慰的是，我只想完成自己想完成的樣貌，在這一點上，這三部曲非常一致地呈現了我想要的樣子，或許不夠完美，但整體而言是我想要呈現的「百姓史」、「小說百貨」樣貌。假使這三部曲沒有寫就，我就不可能再往下一步走，這對我個人而言是一個很重要的寫作歷程。

常有人問我這三部曲從《豔歌行》、《短歌行》到《傷歌行》爲何裡面的人物總是非常的多，且以「拼貼」爲敘述的結構，拼貼出許多人生裡的各種錯綜之當代現實。問者有所不知，我著墨家鄉鍾舒（蘇）廖百姓的「生命關鍵時間點」，我常想他們在那個關鍵點可以按下其他可能的選擇鍵嗎？拼貼或許在長篇小說敘述上有其閱讀的零碎，但拼出每個碎片來成爲完整，一直是我想貫徹此三部曲的敘述主調。其實「拼貼」還不足以詮釋精準，眞正小說展現的樣貌應該是說：我寫這三部曲用的是「櫥窗式百貨公司」寫法，一間一間的櫥窗玻璃屋，串連起時光走廊，展演各自的感情風暴，命運風情與心地風光。每一個人都是一個專櫃，每間樓層都錯落著「不同品牌（名字）」的際遇內裡，讀者「逛來逛去」，喜歡停下流連，不喜也可換至另一個專欄。每間專欄連通但又獨立。每個「人物」所代表的專欄都可以是小說的起點和終點，可以出出入入瀏覽一間又一間的專欄。

也就是說，在這麼多小老百姓裡，每個老百姓是主角也都不是主角，際遇才是主角，這是百姓史小說，也是眾多人物拼成的「百衲被」，人性百貨行。

作者在茲念茲的東西，會不斷地重返筆端。我以爲我們所認爲的「原地」其實從來都不是「原地」，每一次作者再次書寫他筆尖的魅影，縱使角色相同、事件相似，但每一回所勾勒的內蘊或抵達之謎總是不同。

那如何定義我心中的這三部曲？

我會說，這三部曲是重返我心中的島嶼野性。

身體的野性《豔歌行》。

土地的野性《短歌行》。

感情的野性《傷歌行》。

遮蔽的天空

遮蔽的天空，受傷的土地，財團的金錢只是路過這裡，卻留下苦難與傷害，我沿路走在麥寮等地，聞著氣味，看著烏雲，望著矮厝門口滄桑的老人，無知的孩子，浮在岸邊的漁屍……。當一個作家的筆墨要戳進這片南方被漠視十多年的底層現實時，我不知道「她」的心是否能承受這樣的重？這在這本小說裡還沒辦法呈現，因爲這傷還不是我現在關注的。文明究竟是什麼？許多商業經濟的思考是以爲「金錢」「換地」即可「收買」人的記憶，然而如果鄉愁可以隨時替置，如果環境可以隨時污染，那麼文學也將喪失了某些力量，因爲許多小說的花朵是從庶民生活的野地綻放而開的，文學人若把眼睛朦起來，那麼就像搞政治的人把耳朵關起來一樣。媒體總是一時的，激情也是一時的，但文學的書寫有機會留下刻痕，所以我想把這些土地的殤與感情的傷寫進《傷歌行》裡。島嶼三部曲《短歌行》已然寫了南方土地在時空演變下的「迷路亞當們」，關於他們的罪與欲。《傷歌行》想把這種無以言喻的「傷」埋得更深，寫得更廣，且以「傷心的夏娃們」爲敘述主角，這些女人啊，她們是無名小卒，但卻無法不逼視她們，她們是我血液的一部分，我是她們，她們也是我，很兇，很暴烈，很蒼涼，很細緻，很激情，很蕭條，很沈默，很壯烈，很溫柔……女人是島，新的諾亞方舟，只載愛與理解，而男人是海洋，是撞擊女島的潮浪……正在發生的事還是少談爲妙，但爲土地之殤，六輕還是寫了些。

這島嶼三部曲是一個寫作的個人體驗，叨叨絮絮，有人或爲不耐，有人勉我務必裁減，但「繁瑣纏繞」正是我這三部曲對「史」的詮釋方式。且很少人指出我小說裡的意圖與隱喻（後面收錄的翻譯家上田哲二的看法有稍微帶到我小說的隱喻，可能因爲做爲一個翻譯我作品的譯者他有必要深切瞭解之故）。這三部曲裡有大量的名字大都具有雙關語隱喻，舉例來說《短歌行》裡最後一章被土石流吞沒的紹安，其實是客家「詔安」的擬仿，我失去詔安客家母語猶如被土石流吞噬的肉身，一種繳械。小說裡有非常多的這種隱喻，但不知歷史者就難以知悉。

這三部曲有我想表達的樣貌，有點類似織布過程。每個人都各有喜歡的樣貌，有人喜愛簡潔，有人喜愛層層疊疊，有人喜愛混搭，有人喜歡不工整，有人喜歡魔幻，有人喜歡現實。而我的製衣過程是不先打版，也不先預期，我想把散落的每一塊碎片縫補起來，成爲一件或許不怎麼賞心悅目或帶點失序卻很個人化的一種樣貌，所以這是我長篇小說的「百衲被」。這三部曲想避開早期我熟悉的文字感，在三部曲裡改以一種較爲「拗口」兼具台語的、混交語言、甚至帶點瑕疵的「聳」筆觸爲特色寫作，或是帶點散漫的姿態，一路排開堆疊的沿街櫥窗來鋪展小說結構，至少在這三部曲裡是這樣的。

寫畢三部曲，我知道我離眞正的目標還有很長的一段路要走，我也發現每一次試圖貼近它時，它總是退回它的遙遠海岸線。

它只靜靜地讓我成爲一個自我的發現者而已。

另外，我想再次言說，這三部曲一直被誤讀：它不是大河小說，也不是什麼個人家族史。百年只是一種說法，一種時代背景而已。這比較像是屬於島嶼式的傷心小說，招魂小說，回顧小說，百姓小說，這也是個人的小溪小說。

寫畢島嶼「行」者系列三部曲，也許以後會寫「不行」三部曲，什麼是不行，就是各種被綁住的人，被各式各樣困住的人，當然現在只是說說好玩而已。

我慶幸在此變動微利時代，我一直都能寫作，且漸向日本專業作家的寫作精神看齊（雖說是專業寫作但卻是業餘報酬），持續寫，且盡可能每年都有作品問世。重之後輕，輕之後重，生中求熟，熟中求生，如此生活，如是寫作，讓寫作和自我合而爲一。

寫作是我人生一開始就喜歡的地方，我總是在生活節節敗退時仍保有這塊小小的心田，持續耕耘著，歉收豐收皆然。

寫作是甜蜜的折磨。

◎作者註：①二部曲《短歌行》初版頁四一九～四二〇——「藍曦」係「菲亞」之誤植。

②二部曲《短歌行》初版的颱風應是「韋恩」，小說誤植賀伯。

【附錄】

鍾文音的島嶼三部曲《短歌行》評介

去日苦多的百姓史書寫——悵青春之短，為土地與亡靈的深情彈奏

文／上田哲二《短歌行》日譯者，慈濟大學東語系助理教授

《短歌行》是一本非常難以簡化述說的小說，因爲此小說並不具備主軸核心的那種寫實故事，小說是由許多「片段」故事再「拼貼」成一張全圖，小說很像一幅織錦圖，每一個碎片都爲了組裝成一張魔幻地毯。小說沒有眞正的主要故事，但卻也說了許多無盡的故事。故事不是小說的重點，小說人物的心靈所思所想毋寧才是小說的圖像，歷史只是背景襯圖，「直寫人物心靈細節」與「關鍵事件的凝視」是小說家鍾文音三部曲的主要敘事基調。

作家鍾文音自言《短歌行》：「不是我寫它，這是一齣老天爺早已寫好的戲。」意思是「命運與際遇」是在小說人物背後「興風作弄」的主要推手。於是革命者鍾聲魂斷台北跑馬町，想成爲詩人的理想者舒義孝卻成了殺人犯，小說有非常多人物在面對同一段歷史糾葛之下卻發展出各自的際遇。

《短歌行》小說分成三大卷：卷壹——他無法安眠的時代，卷貳——沒有影子的你，卷參——我豬牛變色。每大卷裡，再切割細分成許多小單元故事。卷壹主要人物是被槍決於白色恐怖的鍾家愛子鍾聲，與活到二十一世紀搭過高鐵的鍾家最末長輩屘叔公：鍾流。以此兩個人物爲主軸，穿插帶出整個百年家族的蒼衰與新生，最後看似毀滅，其實是新生。

小說並不採傳統的「單一人物說到底」的敘述手法，而是以「多聲」人物爲說故事的手法。有點像是「全景」書寫「辦案」手法，讓每個牽涉歷史時空的人物都有機會「敘述」一段。在篇章的分段上則又帶著古典性，

採類似「章回」小說的曲目，每一單元都各有「人物開場」。此爲這本小說的主要內容架構大綱。

《短歌行》小說初始是二次大戰末期，台灣小鎮西螺的市井人生表面平靜，但人心實則暗潮洶湧，仕紳耆老在茶房聊著許多往事，鍾漁觀和詩會友人一起品茶，感到人生去日苦多。大夥恭喜他在日本留學的三子鍾聲即將學成返國並舉行婚禮。鍾聲和詠美的婚禮讓小鎮小村帶來一絲的喜氣，猶如烏雲破日，撫慰了枯竭的心。他們沒有料到的是，鍾聲的這場婚禮將是小鎮最後的一場華麗喜宴，日後他們的人生將進入黑暗期。鍾聲婚禮次日，玉音放送，無預警地日本戰敗了，他興奮地在屋頂上架起天線，放送「我的祖國」等古典音樂，許多村民都聚集在屋瓦下，感受回歸祖國的靈光時刻。

鍾家隔壁的舒家義孝也正帶著妹妹來到了鍾家廣場，他聽見這美妙的西方音樂時，心理湧起對西方文明的無限嚮往。義孝竟蹺課去基隆迎接回歸祖國的軍人，然而他失望了，他看見破銅爛鐵毫無紀律的一群軍人湧向港口。而鍾漁觀則在台北松山機場迎接這些祖國軍人，回鄉的漁觀卻因北上染了病，未久過世，三子鍾聲傷心欲絕。他面對祖國來的強權，於是和一群知識份子嚮往社會主義的均富理念，籌組地下組織，未久被跟監，他逃往山上，被捕，旋即送往台北跑馬町槍決。因爲革命，左翼理想，使得鍾聲踏上了改變他一生的旅程，許多人因他的牽連也遭槍決或送往綠島監禁，鍾家自此多了許多寡婦，村人噤聲，面對通膨民不聊生，失親的無言之苦與貧窮的悲哀種種，此是小說悲劇之始。

百年台灣，南北差距，傳染病與貧窮交替，颱風與地震之殤，感情與失親之慟，卻讓許多村民堅強地活下來了，這些村人以小說裡的重要人物鍾家么子鍾流爲此代表，他在十八歲時自願徵召赴南洋打聖戰，其實內心是想證明自己長大了，戰後他回到家裡，正巧遇到父親漁觀的喪禮，但因傳染病而被隔離一段時間，之後他也因哥哥鍾聲的政治迫害而遭到監禁四年。但鍾流遇到這些災難卻都挺了下來，不僅成爲鍾家最後的耆老，也活到了二十一世紀，見證了台灣的經濟發展，還至大陸娶了大陸女人，搭過高鐵列車環遊台灣，鍾流是這本小說的主要貫穿時空的人物，他代表著「妥協」，這種妥協者隱喻著在複雜的台灣政局下才能活得好。

小說（卷壹）以第三者「他」作爲小說的敘述角度，小說人物非常多，鍾文音以「歷史辦案」手法來寫小說，也就是說西螺鎭二崙鄉的每個「歷史小人物」都能上場說段話。這種寫法是從未有過的小說視野，因而小說雖然以鍾聲和鍾流兄弟爲主軸，但主軸之下不斷地生出插曲，這些小人物插曲是爲了讓台灣歷史有「百姓史」的味道，讓這些湮滅在歷史的回音有機會再現。小鎭小村的許多人活著但卻被過去的悲劇鬼魅纏繞著心，他們爲了遺忘，因此延伸各種型態的生活方式，有人徹底離開家鄉，像後代鍾若隱一家人。有人死守家園（但卻暗夜哭泣或者沈默終日），像寡婦詠美和花葉等。了解越多小說人物，就越靠近造成他們悲劇命運的成因，成因有來自歷史，有來自大自然的反撲。小說不斷地提及「颱風」「地震」「土石流」對台灣的災難和「政治迫害」相等，不容忽視的島嶼未來，但台灣人卻任其發生，只爲經濟追求。小說（卷壹）結尾有個大隱喻：大自然的災害迫使台灣人提早面對生離死別，然而歷史殷鑑不遠，人遺忘的速度卻太快……，小說家所述所言，如鏡子，藉由一個台灣濁水溪鍾姓與舒姓家族，照映出台灣近代百年之殤，青春之「短」，種種哀愁，述說不盡。

小說（卷貳）以第二人稱「你」爲敘述觀點，以鍾家隔壁的舒家長子舒義孝爲主要書寫。「舒」在台灣的發音和「輸」一樣，隱喻著舒家即是「輸家」之意。舒家如何成了徹底的輸家，小說故事在卷壹就提及舒家父親三貴的少年時期，從他如何隨著父親和哥哥來到台灣開墾，但他卻不斷地成了際遇的輸家，竟因好賭還賣妻賣女，他可說是小說裡「沈淪者」的代表。鍾流是「妥協者」，舒三貴是「沈淪者」，但這位沈淪者仍有人性的動容處，那就是他對長子舒義孝的愛。卷貳主要描寫因爲爭奪灌溉稻米的水源，而意外槍殺了人的舒義孝被關。村裡的人都知道舒義孝是爲了護衛被欺負的父親三貴才槍殺了人，故三貴也非常自責，他常換搭多班公車去探望義孝，也常在黃昏面對一片金黃稻田時想著這人生究竟是怎麼回事？爲何一步步地讓人偏離了軌道，種下再也無法回返的錯誤。「農夫不就是要種田嗎？」三貴哀戚地望著田，心情不好時就往賭桌上去。小說賦予這對父子最大的同情，作者隱隱地想要說的是人性的黑暗墮落都是被「形塑」的，其實每個人都有他的生命靈光時刻。流傳幾代的鮮血鬥爭，一代又一代地不曾改變的「輸家」命運，在舒家長女虎妹身上產生了變化，《短歌行》因爲著重的是男性書寫，小說在女性部分僅輕輕帶過，但小說已經隱隱透露下一部曲《傷歌行》的部分人物況味了。虎妹害怕自己也將無法逃離輸家詛咒，她催促著鍾若隱離開南方，「到台北」是當時每個人的嚮往。她不願成爲下一個際遇的犧牲者，她渴望「移動」，她要到大城市打拚，她不願她的孩子在這樣充滿死亡陰影的小村長大，她將從註定的舒家悲劇中把自己拯救出來。（註：女性的心事擴大書寫在鍾文音的台灣島嶼第三部曲《傷歌行》，《短歌行》的女性多只是驚鴻一瞥。）

小說（卷參）以「我」爲主要敘述觀點，上場主要人物「劉雨樹」，在小說裡他是象徵歷史重要「大和解者」的隱喻人物。原來劉雨樹原姓「林」，是台灣虎尾糖廠的廚師之子，因爲家貧又子多，遂將剛出生未久的劉雨樹送給虎尾糖廠經理，經理姓劉，來自一九四九移至台灣的外省權貴。劉雨樹從小都被人戲謔叫「外省豬」，被叫「外省豬」多年的他，末了才發現自己竟是道道地地的「台灣牛」（當時台灣本省與外省人都以牛和豬互相取笑對方，故豬牛變色），出生於一九五六年左右的劉雨樹象徵夾雜在上一代與下一代的知識青年，他擁有外省與本省的雙重背景，他活過台灣貧窮年代，卻也成爲當代台灣最重要的電腦菁英主力象徵人物。小說結尾安排鍾家小女兒鍾小娜（這位人物也是作者鍾文音貫穿台灣三部曲的人物，鍾小娜具有歷史串場效果，具有「說書人」和「聽眾」的雙重意義）和劉雨樹曖昧地見面，彼此似乎有情，但礙於年紀等隔閡，只能情愫暗流。劉雨樹和鍾小娜的故事段落，意味著小說家對於台灣的希望書寫，時間會彌補傷痕，但人活著要有智慧。

本書結構繁複，人物眾多，情節插曲橫生，亂中有序，引人入勝，結合百年歷史傷痕與當代流變，台灣人歷經的「歷史雜交」遠勝於許多民族，台灣人發現自己口口說的「純正」血統，根本早就不純正，許多人有荷蘭人的藍眼珠白皮膚，許多人有日系血緣，許多人更是具有平埔血統，一九四九之後，本省女人嫁給外省人更如雨後春筍，雖然是歷史之迫，但卻也造就了往後的血緣複雜現實，誰還能說自己是純正的？小說提及了兩岸現況，台灣人到上海灘營生談戀愛，小說也述及南洋，外籍新娘勢不可檔，於此之時，做爲一個台灣人的世界觀何在？書寫台灣人不能僅以單一角度來書寫了，必須以一個更高更廣闊的視野來重塑台灣人的肖像。當一個台灣人發現自己的人生竟然與百年前的歷史故事密不可分，當一個台灣人發現自己的人生與日本（台灣到處都有日本殖民遺跡）和大陸（血緣早已難以解析單獨成分）糾纏不清時，百年後的新世代應該要讀的小說就是鍾文音這樣的小說，因爲她的遼闊視野是從歷史下手，但卻超越歷史狹仄觀點，且超渡了歷史幽魂，從而小說有了新的生命。

小說總字數大約三十萬多字，原本島嶼百年三部曲的寫作計畫是以「年代」來作分割，但作家鍾文音在漫長的寫作時空裡發現，筆下人物甚多，近幾年發生的事也往往在過去的事件即有「預言」或「寓言」的揭露，爲了讓新舊時空有交錯對照，讓時空呈現縱深對比，因而鍾文音決定不以年代來切割三部曲，而改以「女性」和「男性」作爲劃分。當然，以性別作爲敘述的切割，並無法眞正劃開男調或女腔，只能說主要人物的軸線是採「男性敘述」，小說裡當然還是有許多女性人物敘述，畢竟這是以家族興衰幻滅爲基底的小說，一個家族必然牽涉許多成員與歷史背景。因此《短歌行》副標是——男聲之都。之後的第三部曲《傷歌行》副標是——女腔之城。不同的性別，一起發聲，各自表述著同一個歷史時空與事件，將呈現出不同的關注面與心理。

鍾文音自承：「我眞正想呈現的是人之處境，至於歷史事件只是背景，或者該說我關注更多的是際遇與人面臨際遇的選擇。」

這是十分具有宏觀與人性關懷視野的台灣當代小說，由台灣中生代女作家重新詮釋台灣複雜交錯的歷史時空格外具有不凡意義，這意味著台灣一九六六年之後出生的中壯輩作家已經走向更大格局的小說書寫，同時也意味著這群受西方與旅行啓蒙的世代已經走入另一個「回歸己身，凝視內我」的廣義島嶼家族史的書寫了，一個個體秤出了集體重量，此即文學意義。

受西方文明與旅行啓蒙洗禮的這一群世代在台灣女性作家群象裡以「鍾文音」爲當代最具代表與重要人物之一，她正處在創作的成熟期，走出年輕時的青澀迷惘與長年不斷旅行的心情動盪，她重新將筆墨碇錨在自己的島嶼海洋，勾出血痕是爲了徹底治療傷害，凝視際遇是爲了替小人物打一場時間的勝訴，書寫歷史是想再次縫合台灣幾代人因血緣複雜所致的誤解裂縫。

鍾文音的生命經驗有長達十多年在國外文化的旅行學習上，她近幾年回到台灣，長居她眷戀深愛的台灣，其書寫格外經過世界文化與藝術的粹練，因而小說更具有開闊的世界觀視野，一種「混血」的地理情調屢見。於此之時，鍾文音這位崛起於九〇年代的小說家也已然邁入成熟，她的台灣島嶼百年書寫懸接了台灣上下世代，其小說書寫具有強烈個人的女性氣味與陰柔特質，加上開闊的旅行與人性視野，故傷而不悲，具有十足的個人魅力與強烈風格。《短歌行》雖然以老舊的歷史爲開場，但其結構與語言卻有「實驗性」，以「你」「我」「他」三種敘述腔調爲歷史人物發音，同時在小說語言與對話上常注入當代流行語，企圖以「語言的雜交」來說明「血統的雜交」，這種寫法其實很危險，但卻也說明作家不拘泥於成就的自我成長企圖（鍾文音的文學語言曾被台灣重要小說家駱以軍認爲是最能承接上一世代如朱天文等作家的接班者「（聯合報書評《豔歌行》一文）」，這在她十多年前的短篇小說《一天兩個人》和長篇小說《女島紀行》和多本散文著作裡已然被證明其書寫之中文魅力。但她在此三部曲裡，尤其在這本《短歌行》裡卻企圖打破原有的古典中文風格，她放棄自己擅長的書寫，反而走「語言雜交、轉音變形」險峰，書裡出現大量的台語，客語，日語，英語與原住民語等音譯的語言，讀來有趣但也著實替作者的勇敢實驗捏了把冷汗……。

小說的第一部曲《豔歌行》是鍾文音書寫一九八九至二〇〇六的台北青春豔曲，這本小說被台灣評論家范銘如譽爲新一代的台北「風月寶鑑」，腐朽的色慾風月浸透紙頁。此是鍾文音展開台灣島嶼書寫的第一部曲。懸接的第二部曲即《短歌行》，作爲一個讀者，我非常期待三部曲能一併讀之。鍾文音說，三部曲可以拆開單獨讀之，也可以連貫讀，因爲年代重疊比較多的關係，所以《短歌行》和《傷歌行》的相關細節比較有連貫，可一併讀之。我在此向讀者們鄭重推薦鍾文音這位台灣重要作家，以及其優秀作品。

（編註）：這是上田哲二先生為了翻譯《短歌行》而替日本出版社撰寫的推薦文。因為日本人不認識鍾文音與其作品之故，故推薦文帶有「導讀」與「簡介」文本的角度。

國家圖書館出版品預行編目資料

傷歌行／鍾文音著.——初版——臺北市：大田，
2011.07
面；公分.——（智慧田；98）

ISBN 978-986-179-216-3（平裝）

857.7　　　　100010380

智慧田 098

傷歌行
作者：鍾文音

出版者：大田出版有限公司
台北市106羅斯福路二段95號4樓之3
E-mail：titan3@ms22.hinet.net
http：//www.titan3.com.tw
編輯部專線（02）23696315
傳真（02）23691275
【如果您對本書或本出版公司有任何意見，歡迎來電】
行政院新聞局版台業字第397號
法律顧問：甘龍強律師

總編輯：莊培園
主編：蔡鳳儀　編輯：蔡曉玲
行銷企劃：黃冠寧　網路企劃：陳詩韻
校對：程梅／劉國欽／鍾文音
承製：知己圖書股份有限公司．（04）23581803
初版：2011年（民100）七月三十日
定價：新台幣 380 元

總經銷：知己圖書股份有限公司
（台北公司）台北市106羅斯福路二段95號4樓之3
電話：（02）23672044．23672047．傳真：（02）23635741
郵政劃撥：15060393
（台中公司）台中市407工業30路1號
電話：（04）23595819．傳真：（04）23595493

國際書碼：ISBN 978-986-179-216-3 / CIP：857.7 / 100010380
Printed in Taiwan

From：地址：

姓名：

廣	告	回	郵
北區郵政管理局登記證北台字1764號			
免	貼	郵	票

*請沿虛線剪下，對摺裝訂寄回，謝謝！

To：大田出版有限公司　編輯部收
地址：台北市 106 羅斯福路二段 95 號 4 樓之 3
電話：(02) 23696315-6　傳真：(02) 23691275
E-mail：titan3@ms22.hinet.net

大田精美小禮物等著你！

只要在回函卡背面留下正確的姓名、E-mail和聯絡地址，
並寄回大田出版社，
你有機會得到大田精美的小禮物！
得獎名單每雙月10日，
將公布於大田出版「編輯病」部落格，
請密切注意！

大田編輯病部落格：http：//titan3.pixnet.net/blog/

智　慧　與　美　麗　的　許　諾　之　地

閱讀是享樂的原貌，閱讀是隨時隨地可以展開的精神冒險。

因為你發現了這本書，所以你閱讀了。我們相信你，肯定有許多想法、感受！

讀 者 回 函

你可能是各種年齡、各種職業、各種學校、各種收入的代表，
這些社會身分雖然不重要，但是，我們希望在下一本書中也能找到你。

名字／＿＿＿＿＿＿ 性別／□女 □男　出生／＿＿年＿＿月＿＿日

教育程度／＿＿＿＿＿＿

職業：□ 學生□ 教師□ 內勤職員□ 家庭主婦
□ SOHO族□ 企業主管□ 服務業□ 製造業
□ 醫藥護理□ 軍警□ 資訊業□ 銷售業務
□ 其他＿＿＿＿＿＿

E-mail/＿＿＿＿＿＿＿＿＿＿ 電話／＿＿＿＿＿＿

聯絡地址：＿＿＿＿＿＿＿＿＿＿＿＿＿＿＿＿

你如何發現這本書的？　書名：傷歌行

□書店閒逛時＿＿＿＿書店 □不小心在網路書站看到（哪一家網路書店？）＿＿＿＿

□朋友的男朋友（女朋友）灑狗血推薦 □大田電子報或網站

□部落格版主推薦＿＿＿＿＿＿＿＿＿＿

□其他各種可能，是編輯沒想到的＿＿＿＿＿＿＿＿＿＿

你或許常常愛上新的咖啡廣告、新的偶像明星、新的衣服、新的香水……
但是，你怎麼愛上一本新書的？

□我覺得還滿便宜的啦！ □我被內容感動 □我對本書作者的作品有蒐集癖

□我最喜歡有贈品的書 □老實講「貴出版社」的整體包裝還滿合我意的 □以上皆非

□可能還有其他說法，請告訴我們你的說法

＿＿＿＿＿＿＿＿＿＿＿＿＿＿＿＿＿＿＿＿

你一定有不同凡響的閱讀嗜好，請告訴我們：

□ 哲學□ 心理學□ 宗教□ 自然生態□ 流行趨勢□ 醫療保健

□ 財經企管□ 史地□ 傳記□ 文學□ 散文□ 原住民

□ 小說□ 親子叢書□ 休閒旅遊□ 其他＿＿＿＿＿＿

請說出對本書的其他意見：

大田出版有限公司編輯部 感謝您！

＊請沿虛線剪下，對摺裝訂寄回，謝謝！